有爱的青春陪伴者

春日出游计划

蓝瘦子 著

江苏凤凰文艺出版社

图书在版编目（CIP）数据

春日出游计划 / 蓝瘦子著. -- 南京：江苏凤凰文艺出版社, 2024. 11. -- ISBN 978-7-5594-9023-0

Ⅰ. I247.5

中国国家版本馆CIP数据核字第2024QY3579号

春日出游计划

蓝瘦子 著

责任编辑	王昕宁
特约编辑	娄　薇
出版发行	江苏凤凰文艺出版社
	南京市中央路165号，邮编：210009
网　　址	http://www.jswenyi.com
印　　刷	天津睿和印艺科技有限公司
开　　本	880mm×1230mm 1/32
印　　张	11
字　　数	442千字
版　　次	2024年11月第1版
印　　次	2024年11月第1次印刷
书　　号	ISBN 978-7-5594-9023-0
定　　价	42.80元

江苏凤凰文艺版图书凡印刷、装订错误，可向出版社调换，联系电话025-83280257

/前言

我生活在大江大湖的大武汉,也就是书中所提到的"江城"。这里的夏天又热又漫长,冬天阴冷还没有暖气,春天和秋天就在冬夏的夹缝中短暂地到访,然后一阵风似的离开。所以本地人有句玩笑话:武汉的春秋,留在了战国。

跟许多人一样,我对这座城市的感情很复杂,有时候很想离开,换一座冬暖夏凉的城市生活,但有时又会被一些小细节打动,发现这座城市可爱的一面。

而这些细节,大多发生在春天。

比如,萧条了一整个冬天的柳树,在某个夜里,偷偷冒出了新绿;街角随处可见的樱树,风一吹,花瓣纷飞,浪漫得像电影画面;郊外的油菜花田,在阳光下连成一片明媚的黄,目之所及皆是灿烂;光脚踩在雨后的草地上,脚底的触感痒痒的,早春的气息湿润又冰凉;湖面上突然冒出一只小潜鸭,拨开一片浮萍,又"咕咚"一声钻进水里;迎面溜达来一条小狗,惬意地摇着尾巴,冲我咧嘴吐舌,仿佛在说:"春天好啊,人类。"

…………

还有许许多多、鲜活的、具象化的幸福瞬间。

这座城市的春天,一次又一次地留住了我。

所以,我才会想写这样一个故事。春天那么美好,武汉那么可爱,那么,就让书中的主人公带大家开启一场春日之旅,一起去捕捉春天的所有细节,感受市井街巷里的烟火气息,发现平凡生活中的美好与温暖。

旅程即将开始，还想特别强调一下，书中部分情节，例如江边钓鱼、骑电动车载人、与人起争执说不好听的话、网络找人等，都是剧情所需，有艺术加工成分，现实中是不提倡的，请大家不要效仿。

最后，希望这个故事，也能像春天一样，在大家的心里，拂过一阵温柔的风。

蓝瘦子

目录 contents

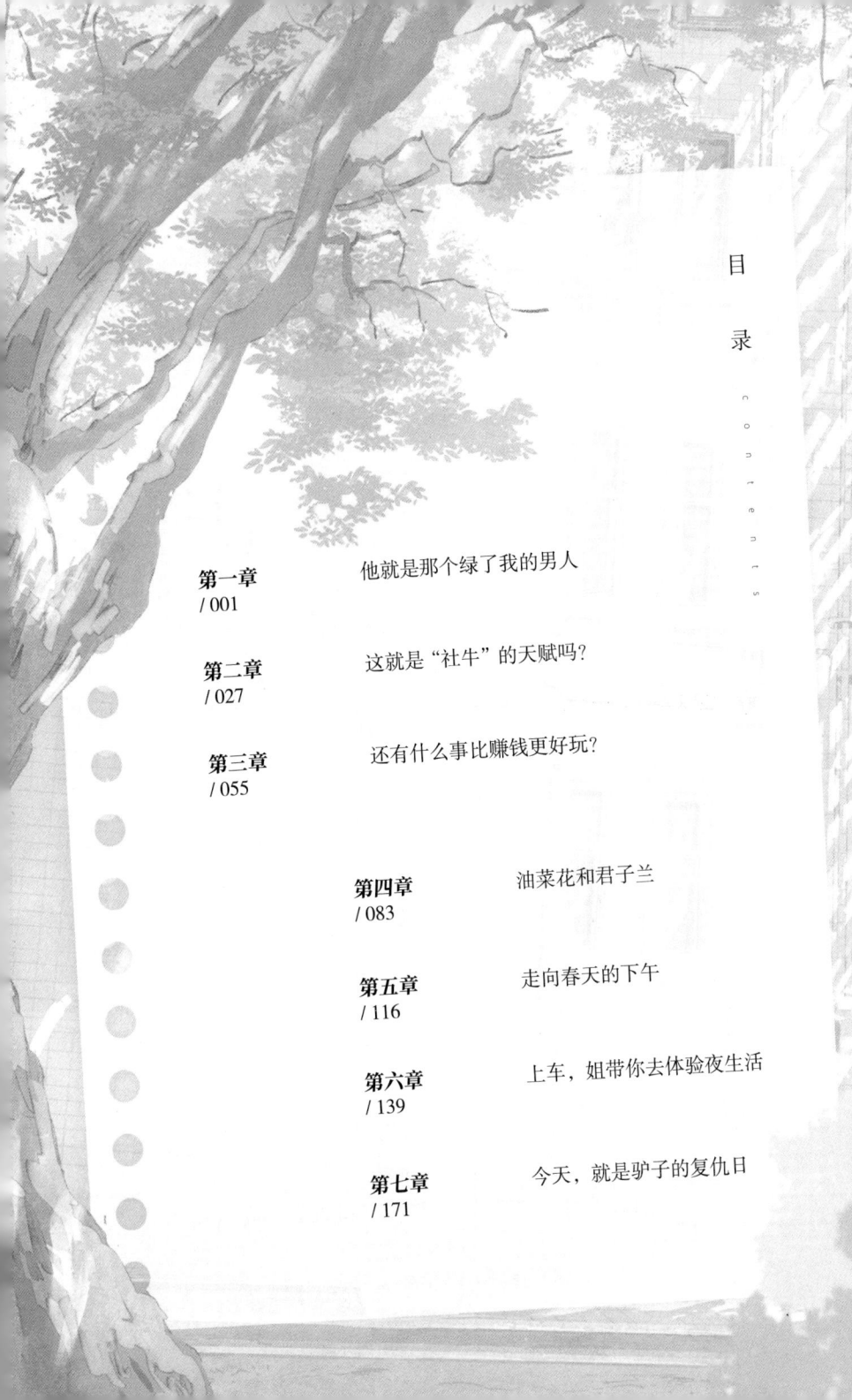

第一章 他就是那个绿了我的男人
/ 001

第二章 这就是"社牛"的天赋吗?
/ 027

第三章 还有什么事比赚钱更好玩?
/ 055

第四章 油菜花和君子兰
/ 083

第五章 走向春天的下午
/ 116

第六章 上车,姐带你去体验夜生活
/ 139

第七章 今天,就是驴子的复仇日
/ 171

目录

contents

第八章
/ 199
"社牛"的主场,"社恐"的火葬场

第九章
/ 220
至少,他拥有这个浪漫的夜晚

第十章
/ 244
想见她的心情是如此急切

第十一章
/ 268
抓小偷可比看演唱会刺激多了

第十二章
/ 287
她是自由的鸟,谁都无法让她停下

第十三章
/ 304
只有出发,才是一切的开始

番外一
/ 322
你的未来规划里,终于有我了

番外二
/ 333
找对了人,一切都是水到渠成

第一章
/ 他就是那个绿了我的男人 /

时值早春,江城刚要回暖,又被昨夜的凄风冷雨一秒打回冬天。

郑好打着哈欠进了化妆间,把大包小包往桌上一搁,跟几个正在分吃小笼包的小伙伴道了声"早"。

外面气温接近零度,屋里也没好到哪儿去,抠门的丁老板舍不得开空调,还美其名曰要打造鬼屋的阴冷氛围。

唯一能制造热气的,是郑好面前那碗香喷喷的牛肉面。

她用筷子扒拉几下,拨开香菜碎叶,红油汤里浮起几粒萝卜丁。

咬一口,酸爽开胃。

再喝一口汤,浑身舒畅。

牛肉切得很大块,肉质紧实多汁,不像有些店小气巴拉的,只有几片干巴巴的牛肉薄片当点缀,塞牙缝都不够。

郑好正仰头喝着热汤,化妆间的门又开了,丁老板赫然出现在门口。他满面红光,声音洪亮:"孩儿们,出来接客了!"

"咳咳——"郑好呛得满脸通红,边咳边抗议,"老丁啊,你是老板,又不是老鸨,用词能不能文明点?"

一旁正在换衣服的老驴接话:"这才上午十点,接什么客?谁会这么早来鬼屋?"

从沙发上传来柳儿姐的附和:"就是,我还没化妆呢。"

老驴和柳儿姐都是郑好的同事,是这家鬼屋的常驻 NPC(非玩家角色),一个擅长扮演青面獠牙的地狱恶鬼,一个戴上假发活脱脱就是贞子转世。

郑好是个尚在实习期的"新鬼",跟其他虾兵蟹将一样,负责干体力活——扛着凶器道具围追堵截一路厮杀,把客人们吓得屁滚尿流落荒而逃。

老丁拍着巴掌催促道:"人都来了,就在大厅坐着呢。动作麻利点!拿出你们的士气来!"

郑好把脸埋进面碗里,小声嘀咕:"打工人只有怨气。"

老驴已经在挑选"兵器"了,柳儿姐还在慢条斯理地剥着鸡蛋。见老丁催得急,她便说:"让小郑先去,我这还没化妆呢。"

郑好夹面的筷子一抖:"我也没化呢。"

老丁鼓励道："没事，你不化妆就已经很吓人了。"

郑好幽怨地瞟了他一眼。

老丁从架子上抓起一条白裙，往她头上胡乱一套，推搡着她的肩往外走："很好！就这样！"一路上还不停地叮嘱，"待会儿从井里爬出来的时候，动作表情一定要到位！要邪恶！要狰狞！"

郑好都听烦了："要不你上？"

"不行，哪有我这么肥美的贞子？而且井里也装不下。"他倒挺有自知之明的。

借着幽暗的光线，郑好提着裙摆，一路小跑到洞穴的尽头，钻进了一口井里。一切准备就绪。

老丁拿起对讲机，一声令下，诡异阴森的音乐骤然响起，黑黢黢的洞穴里浮起白雾。

郑好一边整理着乱糟糟的假发，一边腹诽：今儿个不是周五吗？就算不用上班，这个鬼天气躺床上玩手机不爽吗？谁会闲得无聊来鬼屋消遣？

她正想着，洞口的方向忽然传来一阵不疾不徐的脚步声。

听这动静，好像只有一个人。

莫非是来打头阵的？

脚步声渐近，郑好停止胡思乱想，迅速进入角色，双手慢慢攀上井口，紧接着脑袋从井口探出，黑色长发如藤蔓覆在脸上。

透过长发的缝隙，她看见洞口有个人影，瘦瘦高高的，应该是个年轻男人。

郑好高高拱起肩胛骨，四肢呈扭曲的姿势慢慢爬出井口，向着男人的方向缓慢前行⋯⋯

按正常流程，到这一步，客人就该尖叫着抱头鼠窜了。

然而，现场却异常安静，只有恐怖音效还在"咿咿呀呀"。

莫非对方是高度近视，没看见地上有只"鬼"？

郑好快爬到他脚下了，一只手都攀上了他的小腿，还是没听到任何动静。

这人还挺能忍。

不行！郑好下了狠心，一定要击破他的心理防线。

她模仿丧尸的姿势，抽搐着站起身，歪着头扬起下巴，黑发散落开来，洞顶幽幽的红光投在她脸上。

她这才发现男人是背对着她的，难怪一直没反应。

敢情之前都白演了。

郑好拧眉瞪目，龇牙咧嘴，露出此生最狰狞的表情，缓缓张开"双爪"，然后提起一口气，从喉腔爆发出一声凄厉的尖叫。

这一嗓子效果显著，男人果然吓得一哆嗦，猛地转过头，跟跟跄跄地后退了好几步。

短暂的慌乱后，他很快恢复冷静，与郑好四目相对。

两秒后。

"噗——"

居然笑了出来。

郑好震惊、疑惑、不知所措，还有一丝丝受伤。

怎么回事？

是她表情不够凶狠，还是他脑子有病？

虽然他正低头抿唇，极力掩饰自己的笑，但那一耸一耸的肩膀和零星溢出的嗤笑声，还是深深伤害了郑好的自尊心。

大哥你笑得挺开心啊！来鬼屋看喜剧表演的是吧？

郑好攥紧双拳，怒目圆睁，正准备用凶狠的眼神震慑住他，忽然，一个可怕的念头闪过脑海——

该不会是自己牙上有菜叶吧？

刚刚出门着急，没照镜子，郑好越想越觉得这种可能性很大。

记得上次她提着电锯把一群年轻人逼到角落，张开血盆大口，正要大开杀戒时，突然听到一个贱兮兮的声音说："你牙上有辣椒皮！"

郑好瞬间出戏，慌忙用舌头舔了舔牙缝，还傻愣愣地说："谢谢啊。"

一伙人顿时笑翻了。

简直丢死"鬼"了！

算了算了，人有失误"鬼"有失蹄，这次仓促上阵，准备不足，没达到预期效果也不能怪她。

至于这个傻乐男……

郑好眯眼盯着他，阴险地笑了。

前方还有一帮牛鬼蛇神在恭候大驾呢，你就等着尿裤子吧！

郑好收回双手，默默"飘"走，重新爬回井里，双眼一闭，补觉！

回到化妆间，郑好对着镜子龇牙咧嘴，左看右瞧。

咦？牙上没有香菜啊。

脸上也是干干净净的，眼角没眼屎，嘴角也没饭粒。

那他笑什么啊？

郑好一屁股坐下，准备继续吃面，用筷子扒拉几下，发现面已经坨了，汤也已经冷了，之前剩的几块牛肉也不知被哪个天杀的给偷吃了。

她的至尊奢享豪华版牛肉面！上班前她绕了两条街，又排了半个小时队才买到的！

她心里的火又"噌噌"往上蹿。

角落的沙发上，柳儿姐已经化好特效妆，正悠闲地喝着豆浆看手机。

郑好挤到她身旁，眼神直勾勾地盯了她半天，忽然冒出一句："柳儿姐，我看起来很好笑吗？"

柳儿姐挑眉一笑，捏捏郑好的脸颊："你笑起来很好看。"

"谢谢！"郑好瞬间开心起来，一把搂住她，"俺爱你！"

"噫，肉麻。"柳儿姐故作嫌弃地把郑好推开，"别蹭到我的脸，这个冻尸妆我化了半个小时呢。"

郑好看着她白里透青、"七窍流血"的脸，心里一动，又问："哎，柳儿姐，你有没有失手的时候？比如，客人见到你根本不害怕，还莫名其妙地笑了？"

"笑？怎么笑的？是被吓傻了的傻笑，还是不屑一顾的冷笑？"

"就是……"郑好回忆起那个男人的脸，"很开心的那种笑。开始还挺正常的，可是刚刚我正准备吓唬他时，他忽然笑了起来，我都蒙了。"

柳儿姐搓了搓胳膊上的鸡皮疙瘩："噫，什么玩意儿？抽风了吧？"

郑好撇撇嘴："我也觉得。"

正闲聊着，化妆间的门被推开。老驴闷头走进来，嘴里还嘀嘀咕咕的，仔细一听，好像在抱怨谁"有个大病"。

"看吧！"郑好激动得像是找到了同盟，"你也这么觉得？"

"不然呢？正常人谁会一大早来鬼屋？"

"他是不是也对你笑了？"

老驴眉头一皱："笑？那倒没有。我那么费劲地吓唬他，他跟个面瘫似的，什么反应都没有，真是没劲。"

后面又进来几个"虾兵蟹将"，都垂头丧气的。

有人抱怨道："才一个人，让我们费这么大阵仗，至于吗？"

郑好这才反应过来："就他一个人？"

当时她遭受打击，脑子都蒙了，压根没留意过还有没有其他人。

"对。"老驴解释道，"丁老板说他包场了。"

郑好"啧啧"摇头。

果然病得不轻啊！

第二天是周末，鬼屋生意火爆，来的大多是成群结队的学生，咋咋呼呼，跟一群鸡鸭鹅出栏似的。

郑好意外地发现这群人的边缘有一道身影莫名眼熟。

仔细一瞧，那瘦瘦高高的身形、安安静静的气质，不就是昨天那个给她职业生涯一记重创的男人吗？

俗话说，爱笑的女孩运气不会太差，但爱笑的男人……

今天就要倒大霉喽！

郑好眯起眼，脸上浮起奸笑，不怀好意地搓搓手。

今天上岗前，她在柳儿姐的帮助下化了一个惊世骇俗的厉鬼妆——脑门上顶着把斧头，将她惨白的脸"劈"开，伤口处血肉外翻，眼底还流下两道血泪……

经过员工通道时，她不经意瞟了一眼反光的玻璃门，差点把自己吓出心梗。

哼，一雪前耻的时候到了！

这群人你推我搡，磨磨蹭蹭，终于进入郑好的地盘。她看准时机，猛地从角落里蹿出来，手上高举着一把沾满血的斧头，喉咙里还发出"嗬嗬"的低吼声。

"啊啊啊——"

尖叫声此起彼伏，"鸡鸭鹅"吓得东逃西窜。

郑好强忍住笑，不断发出惊悚的号叫，紧追在这群人后面，一次次挥舞着斧头，作势要劈下去。

尖叫声已经破了音，还夹杂着哭爹喊娘的告饶声。很快，这群人就跑得没影儿了。

算了，穷寇莫追。

郑好身心得到极大满足，收起斧头，准备返回"老巢"，一扭头，竟发现屋里还有一个人。

男人双手抱臂，倚在墙上，安静地注视着她。阴森的光线下，他的表情晦暗不明。

他居然没跑！

郑好愣了几秒，忽然反应过来，这人莫不是专程来找她的吧？

慕名前来？她有那么火吗？不至于不至于。

来找乐子？有人会这么无聊吗？鬼屋的门票也不便宜呢。

还是来考验她的？

满打满算，她在这家鬼屋已经干了三个月，是时候转正了，莫非是丁老板派人来考察她的临场应变能力？

看他表现得这么淡定，极有可能是同行。

郑好心里有底了。

她重新摆出狞笑的表情，拖着缓慢的步子走到这个男人面前，斧头在地上摩擦，发出刺耳的声响。

距离近了，她才发现他也不是完全面无表情——他眼角微弯，眸光闪烁，双唇紧抿……

好像在憋笑？

郑好怒了。

她从地上抓起一具"尸体"，双手用力一劈，就给它"开膛破肚"了，然后扯下脑袋、掰断双臂、折断大腿……但是这一招杀鸡儆猴并没有什么效果，男人无动于衷，还挑了挑眉，似乎在看戏。

耳机里传来丁老板的怒吼："干什么你？还演上瘾了？破坏道具要赔钱！从你工资里扣！"

郑好充耳不闻，还从口袋里掏出两枚"眼珠子"——这是她从老驴那儿顺来的道具——放进嘴里，一边咬牙切齿地嚼着，一边恶狠狠地瞪着这个男人，

- 005 -

仿佛嚼的是他的骨头，吃的是他的肉。

"眼珠子"被嚼碎，迸出一股猩红的糖浆，顺着她的下巴缓缓流淌。

有几滴飞溅到男人的脸上，他抬手抹掉，还低头嗅了嗅手指，唇角扬起一抹意味不明的笑。

郑好有些窘，他一定是闻出糖浆的味道了。

没劲。

就像一个早已知晓所有机关和秘诀的魔术师，再去看同行的表演，只会觉得寡然无味。

郑好怄气地踢了一脚地上的"碎尸"，捡起斧头转身走了。

自个儿玩去吧你！

第三天，柳儿姐告假，郑好又如愿扮上了贞子，提前蹲守在井里，等待第一批顾客上门。

门口脚步声渐近，郑好慢慢露出头，拖着长长的黑发，在地上阴暗扭曲地爬行……

终于有人注意到地上的白影。

一连串撕心裂肺的惨叫声后，众人四处逃窜，作鸟兽散。

郑好狞笑着站起身，拨开挡在眼前的头发……

那个男人又来了！

只见他双手抄兜，姿态闲散地站在洞口，向她投来一个眼神，似乎在打招呼。

真是活见鬼！

郑好在心里爆了句粗口，转身钻进了井里。

不管他是闲得无聊，还是变态痴汉，还是老板派来的卧底，都无所谓了，她现在只有一个念头——

毁灭吧，赶紧的，累了。

耳机里传来丁老板的训斥："外面还有客人呢，赶紧出去！"

郑好装聋作哑，闭上眼装死。

罢工的后果就是被扣一天的工资，整整两百块！

"凭什么？"郑好愤愤不平，"我在地上爬了一天，手都被踩肿了！"

贞子这个角色看似轻松悠闲，不费体力，但每次出场，都会被慌不择路的客人误伤。

丁老板看着她红肿的手背，一时语塞："这个，呃……医药费另算，但你消极怠工的行为十分恶劣，给客人带来了极其糟糕的体验！"

郑好立刻紧张起来："那男人投诉我了？"

果然是个变态！

"这倒没有。但他一连来了三次，对于这种回头客，我们更要拿出饱满的热情来接待！"丁老板捏着肉肉的拳头，一脸激动。

郑好呵呵冷笑，一语道破天机："还回头客，这是你派来考察我的吧？"

丁老板无语地翻白眼："你区区一个临时工，值得我这么大费周章吗？"

被他坚决否认后，郑好很快找到了另一种可能——

"我知道了，他肯定是楼下那家鬼屋派来的奸细！"

丁老板"嗤"一声："楼下的鬼屋早垮了。"

这几年线下门店生意不好做，娱乐经营场所更是哀鸿遍野，他们店也是苟延残喘才熬到了今天。

"那就是……"郑好不死心，绞尽脑汁想着理由，"肯定是其他地方的同行来偷学我们先进的经验！"

丁老板不耐烦地摆摆手："管他是哪儿来的，总之，来了都是客。你态度消极，工作偷懒就是不对，该罚的还得罚。"

郑好咬牙切齿。

万恶的资本家！

打烊后的商场空荡荡的，门一扇扇关上，灯一层层熄灭。郑好肚子空空的，经过一楼的便利店时，拐进去买了几个茶叶蛋当夜宵。

旁边的咖啡店还在营业，暖黄的灯光透过窗户洒落在店外的几张桌椅上。这么晚了，还有人在外面悠闲地喝着咖啡。

郑好路过时，不经意瞥了一眼，隐隐觉得这个人有几分眼熟。

她停住脚步定睛一看，这人也正侧眸打量着她，还友善地点了点头，似乎跟她认识。

他眉眼清俊，鼻梁高挺，脸部轮廓分明，穿着一件浅灰色毛衣，昏黄的灯光虚虚地笼着他。

画面很唯美，只是主角这似笑非笑的表情，怎么有种熟悉的欠揍感呢？

下一秒，郑好猛然清醒过来——

这不就是那个多次来鬼屋拿她寻开心的男人吗？

看他长得相貌堂堂，穿着也人模狗样的，怎么净不干人事呢？

还笑？是笑话她被扣工资吗？

郑好一时怒火攻心，大步冲到他面前，双手叉腰，气势汹汹地吼道："你是不是有病？"

男人一下子愣住了，眼底的笑意渐渐收敛，慢悠悠地站起身。

郑好比他矮一个头，气势一下子弱了几分。

他垂眸望着她，慢条斯理地开口："对，我是有病。"

这下轮到郑好愣住了。

这人怎么不按常理出牌呢？

按照电视剧里精神病院的收治标准，说自己没病的，一般都有病。但是主动承认自己有病的，是没病，还是有大病呢？

男人掏出一张名片，递给她："所以想请你帮个忙。"

愣怔半天，郑好终于回过神来，呆呆地接过名片，低头一看，只有寥寥一行字：韩澈，185×××××××××。

翻过来一看，没了？

就这几个字，有必要浪费纸吗？直接扫个微信就好了啊。

郑好忍不住翻白眼。

真能装。

"帮什么忙？"郑好说完立刻意识到不对，"等等，先说说你有什么病？"

要是有什么精神分裂症、被害妄想症、斯德哥尔摩综合征之类的，她就爱莫能助了。

男人别过头，回避着她的视线，语焉不详："一时很难解释清楚，但我能保证不会伤害别人。"

郑好"嗤"一声，把名片塞回他手里，冷声道："不说清楚，其他的免谈。"

沉默片刻，男人抬手示意："坐吧，慢慢聊。"

郑好拉开椅子坐下，掏出手机看了眼时间，已经十点半了，肚子发出了激烈的抗议。

她从塑料袋里取出一个茶叶蛋，在桌角敲碎，一点点剥壳。

感受到对面投来的目光，她抬起头，客套地问了句："要吃吗？"

男人摇摇头："这么晚了，吃东西不健康。"

郑好瞥了一眼桌上的咖啡杯。

这大半夜的，喝咖啡就健康了？真双标。

她把鸡蛋囫囵塞进嘴里，含混地说："说吧，你有什么大病？"

男人目光沉敛地看着她，缓缓地抬起左手，将毛衣袖口往上拉了一截，露出劲瘦的手臂。

他突然说："掐一下。"

"啊？"郑好顿时呆住，连鸡蛋都忘了嚼。

他们很熟吗？动手动脚的不太好吧？

等等，该不会是什么新型碰瓷吧？

现在的骗子套路可真多啊。

大脑飞速运转中，郑好艰难地咽下鸡蛋，抹干净嘴角，义正词严道："我不掐。"

"我没有别的意思。"男人见她神色警惕，又放下手臂，向后靠回椅背，"大概是半年前，我发现自己身体出了点问题，我好像失去了感觉。用冰水洗脸感觉不到冷，脚趾踢到桌腿感觉不到疼，鸡蛋煎煳了闻不出来，点最辣的火锅也尝不出味道……"

他语速不疾不徐，描述着身体上的种种变化。

郑好皱着眉听完，始终半信半疑。

世上竟有如此怪事？

再联想到他发病的症状，她才恍然大悟："哦，你感冒了？"

男人摇摇头，沉默了会儿才继续说："除了这些，我还发现我失去了情绪变化，感受不到喜怒哀乐。外界对我产生不了刺激，我整个人是麻木的，就像行尸走肉一样。"

郑好愣愣地看着他。

这完全超出了她的认知范畴。

"所以，你到底得了什么病啊？"

"我去医院做了全身体检，没有查出任何问题。"他顿了顿，移开视线望着远处，"我又去看了心理医生，目前初步诊断是抑郁症。"

郑好轻轻"哦"了一声，眉头依旧紧锁。

抑郁症也不是什么疑难杂症，尤其是在现代社会，这个病太常见了，可是她从未听说过还有这些症状。

不是她没同情心，只是他的描述的病情太过离奇，一时很难让人相信。

"那你应该去接受专业的心理治疗，来找我干啥？"

"我去了，医生说我应该多休息、多放松。所以我向公司请了长假，到处旅游，到处玩，可惜收效甚微。"他耸耸肩，微叹一声，"可能是我从小循规蹈矩、按部就班，已经忘了该怎么玩了吧。"

他收回视线，直直地看着郑好。

"所以，想请你帮个忙。"他将名片递到郑好面前，"你带我玩，费用我包，时薪你定。"

"玩"这个词好暧昧，尤其是跟钱扯到一起。

郑好很难不想歪。

"玩……什么啊？"

"你来决定。你平时喜欢去哪儿玩、喜欢玩什么，带上我就行。薪酬也由你来定。"

"薪酬"这个词好诱人……

郑好忍住了搓手的冲动，故作淡定地拿起名片，轻咳一声，试探地问："真的多少钱都行？你就不怕我狮子大开口？"

男人眉眼微弯："都行。不过，我们的合作是按次付费的，每次任务结束，我都会进行效果评估，再来决定要不要继续。你的开价会影响我的评估标准，价格越高，我的心理预期也越高。"

郑好点点头："懂了。"

果然，钱没那么好赚啊。

按次收费，完成任务后还要评估，这跟上班有什么区别？

"我不一定有时间。"她委婉地拒绝。

男人见招拆招："周末就行。正好我的假期休完，也该回去上班了。"

郑好急忙说："周末是我们店最忙的时候。"

男人笑了。

郑好发现这个笑跟他之前几次的都不一样，带着几分职场谈判的意味。

"选择权在你。"他淡淡说完，不再劝她。

郑好纠结许久，站起身："我再考虑考虑。"

她拿起桌上装鸡蛋壳的垃圾袋，顺道拿走名片："太晚了，我先走了。"

男人也跟着起身："路上小心。"

郑好走到地铁口，顺手把垃圾扔进垃圾桶，脚步一顿，忍不住回头。

男人依旧站在原地，面目有些模糊，整个人仿佛融进了咖啡店温暖的光晕里，而在这团光晕之外，是黑压压的高楼和无边无际的夜色。

在地铁站呼啸的冷风里，郑好忽然想到一件事——

为什么找她？

这个问题，一直到聊天结束，男人都没有正面回答。

她想掏出名片再研究研究，手伸进兜里，指尖传来的触感不太对劲。

掏出一看，怎么是一包鸡蛋壳？

那她刚刚扔的……

地铁正好到站，稳稳地停在面前，郑好只得叹一声"命里无财"，一脸哀怨地走进了车厢。

郑好的家是一栋自建房，位于热闹的老街区。

房子不大，只有三层。一楼租给一对老夫妻开面馆；二楼分租给了几个在附近打工的年轻人；三楼原本由郑好一家居住，但她父母前几年突然想回归田园生活，便在郊区租了一栋带大院子的民宅，于是她把剩下的房间收拾收拾，租给了两个年龄相仿的女孩。

一开门，一团黄色毛球热情地飞扑了上来。

"郑大钱！"

郑好兴奋地大喊一声，蹲下身，把这条小黄狗从脑袋到肚子都撸了个遍才乐呵呵地进屋洗手。

郑大钱摇着尾巴跟在后面寸步不离。

洗手间里，一个矮个子女孩正在洗拖把。她叫谷小雨，长着一张娃娃脸，脸上还有点婴儿肥，再加上娇小的身材，让她看上去就像个初中生。

她去年大学毕业，不幸赶上最难就业季，一直找不到工作，只好在附近的小学门口支起小摊卖冰粉，赚点生活费。

听到动静，谷小雨抬头问道："怎么这么晚才回啊？"

"说来话长。"想起那个男人，郑好不禁面露愁容，余光瞥见客厅里一道白瘦的身影，又探出头去打招呼，"梦梦，今晚没去演出啊？"

童梦冷哼一声:"别提了。乐队里那几个傻子又吵架了,这一周的活动都取消。"

童梦在地下商场开了家女装店,同时跟几个朋友组了个乐队,每晚在酒吧演出。白天是精明能干的女老板,晚上是朋克摇滚的女鼓手,但是两份工作都不怎么赚钱,只能勉强糊口。

轮流洗漱完,三个姑娘瘫在沙发上敷面膜。

听郑好讲完她的离奇经历,童梦语气笃定:"骗子,妥妥的。"

谷小雨提出不同观点:"骗子会这么有耐心吗?一连来三次,鬼屋的门票也挺贵的吧?"她冲郑好挤眉弄眼,"说不定人家是对你一见钟情!春天来了,你的桃花也要来喽!"

谷小雨虽然恋爱次数为零,但在各种甜宠剧和娇妻文学的浸润下,她的"恋爱脑"发育得很彻底。

童梦简直恨铁不成钢:"你呀,多看点社会新闻吧。要我说,这男人多半是整'杀猪盘'的。"

郑好捏着下巴思索:"我也想过这种可能,尤其是他身上有种精英男的气质,就是那种乍一看穿得很普通,但是低调中透着考究,身材也保持得不错,一看就是长期健身的。你懂吧?"

"你观察得还挺细致。"童梦斜睨着她,一脸"果然不出我所料"的表情,"我猜他长得还挺帅,对不对?"

郑好疯狂点头。

别的先不提,那长相、气质确实一绝,当个网红绰绰有余。

童梦语气肯定:"绝对是'杀猪盘'。你小心点,别再搭理他了。"

"不过,说来也奇怪……"郑好想起那张不小心扔掉的名片,"'韩澈'这个名字我好像在哪儿听过。你们听过吗?"

两个姑娘都摇摇头。

郑好皱眉回忆道:"而且仔细一想,他的脸也有点眼熟,好像是在手机里见过。"

童梦有些狐疑:"该不会真是哪个网红吧?"

思忖片刻,谷小雨突然坐直身体,两眼放光,如醍醐灌顶:"我懂了!你俩以前就认识,他一直对你念念不忘,终于在三天前与你重逢,但是,曾经的女神已经把他彻底忘了。他想接近你,才编出了自己有怪病这个理由……啊啊啊,这男人好会啊!嗑死我了!"

郑好听得目瞪口呆。

童梦翻了个大大的白眼,仰天长叹:"'恋爱脑'真是绝症啊!"

郑好同情地拍拍谷小雨的肩:"攒点钱治治脑子吧。"

直到面膜都干透了,三个臭皮匠也没讨论出什么结果。

各自洗洗，回屋睡觉。

灯熄了，床尾响起郑大钱均匀的鼾声，郑好却在床上翻来覆去地睡不着。

床头柜上的手机忽然亮了一下。

郑好抓起手机，眯眼一瞧，只是一条垃圾短信。

一颗心悬起又落下，却始终无法平静。

反正睡不着，她索性打开常用的社交软件，浏览了几分钟，退出，又打开下一个，直到鬼使神差地打开某理财软件……

一道绿光映在她的脸上，阴森森的，透着鬼气。

视线在屏幕上定格几秒，郑好倏地瞪大眼，后背像装了弹簧，直挺挺地从床上弹起。

"小雨！梦梦！"她激动地拍打着两人的房门，又怕吵醒楼下的住户，只能压住嗓音朝门缝里呼喊，"醒醒，有重大发现！"

好在两人都是夜猫子，一个刚打完一局游戏，另一个还在追剧，听到敲门声，两人拖鞋都没穿就跑了出来。

郑好举起手机，眼里闪烁着几分癫狂，狞笑道："我终于知道他是谁了！"

屏幕上，一个西装革履的年轻男人双手抱臂，双目炯炯，气度不凡。

童梦和谷小雨大眼瞪小眼，最后齐齐望向郑好："谁啊？"

郑好"呵呵"冷笑，一字一顿说得咬牙切齿："他就是那个——绿、了、我、的、男、人！"

此话一出，犹如一颗惊雷，把两个姑娘都炸蒙了。

两人面面相觑，震惊之余还夹杂着一丝同情。

谷小雨小心翼翼地问："他就是你那个渣渣前男友啊？"

"不。"郑好舞着拳头，义愤填膺，"他是我仇人！"

童梦还算冷静，仔细看了一遍照片底下的介绍，这才恍然大悟："是个基金经理。你买了他的基金？"

郑好沉痛地点点头。

"亏了多少？"

"五万八千三百二十一块五。"

童梦点进郑好的基金账户，K线如坐过山车，攀上高峰后就急转直下，从此一泻千里。

看着就惨。

大约一年前，郑好看着基金形势一片大好，一时心痒难耐，拿出这些年攒的十万块钱入手了几支，不到两个月就涨到了十五万。其中一位叫韩澈的基金经理操盘的卓越混合型基金涨幅最高，于是她犯了每一个"新韭菜"都会犯的错误——将"不要把鸡蛋放在同一个篮子里"的至理名言抛诸脑后，全部买了这支表现优异的基金。

当然，选择它还有一个原因。这个基金经理长得最好看，而且看他的简介，名校海归，履历光鲜，年纪轻轻就能独当一面，啧啧，妥妥的天选之子啊。

现实中，这种人高不可攀，但在基金的大海洋里，他们相遇了，于是她毫不犹豫地抱上这条大腿，憧憬着跟着大佬发家致富。

大佬吃肉我喝汤，结果汤没喝着，反倒烫了一嘴泡。

篮烂蛋碎，十五万一路下跌至七万。

郑好痛心疾首，咬咬牙准备割肉离场，不料基金又小涨一波，变成了八万。

再等等吧，说不定能把本金收回呢？结果，这么卑微的愿望都无法实现，等了一个月，八万变成了五万，她彻底栽坑底了。

"郑韭菜"觉得人家是天选之子，她是天选傻子。

郑好正一把鼻涕一把泪地回顾着"韭菜"的心酸血泪史，谷小雨却只顾着嗑CP："哇，这不是偶像剧的设定吗？你们好有缘分啊。"

郑好义正词严地纠正她："是孽缘。"

谷小雨指了指她的手机："你都知道了他的真实身份，至少证明他不是骗子啊。"

"也不一定。"童梦冷静地分析，"现实中骗财骗色的男人多了去了。而且他还说自己有大病，一听就是男人撩妹的借口。"

郑好点点头："说实话，我也觉得奇怪。抑郁症挺常见的，但我没听说谁有他的那些症状。"

谷小雨不以为然："哎呀，男人嘛，总有些奇奇怪怪的毛病，特别是有钱的男人。"她顿了下，不太确定地问郑好，"基金经理应该挺有钱的吧？"

郑好嗤之以鼻。

都是我们"韭民"的血汗钱！

"你看电视剧里那些男主，哪个是正常人？什么幽闭恐惧症、人格分裂、双相情感障碍，或者小时候受过伤害，得了什么PTSD（创伤后应激障碍），再不济也得有个胃病，不然怎么被我们的女主角治愈啊？"

谷小雨说得头头是道，郑好听得无语望天。

"我觉得，你应该答应他。"谷小雨两眼放光，嘴角带笑，已经脑补出了五十集爱情连续剧，"他一见你就笑，说明他对你有化学反应啊，这就是爱情的开端。"

郑好和童梦默默对视，表情一言难尽。

"恋爱脑"真的无可救药！

童梦拍拍谷小雨的肩，语重心长道："求你了，以后远离甜宠剧。"

郑好严肃道："还有，远离男人。"

说完，两人各押谷小雨一条胳膊，把她架回了房间。

第二天清早，郑好顶着黑眼圈，迷迷糊糊地走进洗手间，看见正在刷牙的童梦，一边打哈欠一边说："早啊啊啊——"

童梦从镜子里瞥她一眼，满嘴泡沫地问她："没睡好吧？"

"嗯，纠结了一晚上。"

"有啥可纠结的？不管他是不是骗子，都要牢记一条真理。"童梦漱漱口，吐字清晰，"远离男人保平安。"

郑好倚着洗手间的门，跟镜子里的童梦对视，挑挑眉，神秘分兮道："我有个想法。首先，这个男人的身份已经确定了，对吧？"

童梦点点头："其次呢？"

"他坑了我本金五万多块钱的事，也是真的，对吧？"

童梦哭笑不得："什么叫坑？股市有风险，投资需谨慎。人家只是个基金经理，控制不了涨跌啊。"

郑好思索片刻："那就换个说法。他害我损失了五万多块钱，对吧？"

"……然后呢？"

"他说让我带他玩，按次收费，价钱我定。"郑好伸出一只手，五指张开，"我打算一次收五千，这样，只要玩十次，我的亏损就差不多收回来了。"

童梦忍不住惊呼："你还真打算答应他啊？陪玩呢，一听就不正经，万一陪到床上去了怎么办？"

"不是陪玩！是带、他、玩！"郑好加重语气，"相当于导游，懂吗？怎么就不正经了？"

"你呀，长点脑子吧！"童梦用手指戳了下郑好的脑门，从她身侧挤了出去，没好气地说，"一次五千？什么导游这么值钱？你当他是冤大头啊？他要是答应了，绝对是另有所图、没安好心。"

郑好弱弱地说："要不，我再便宜点？"

仔细想想，五千块一次，确实有点黑心……

要不三千？

大不了她辛苦点，多玩几次，薄利多销嘛。

报价的事可以先缓缓，当务之急是如何联系上那位冤大头客户。

正值上班高峰期，地铁口人潮汹涌，不少人的目光都被一个半个身子栽进大垃圾桶里的女孩吸引了。

现在的就业形势已经这么严峻了吗？一个如花似玉的大姑娘居然要跟拾荒老人抢饭碗？

翻找了十分钟，一无所获，郑好沮丧地蹲在地上，唉声叹气。

倒霉啊！

天降横财的机会，就被她稀里糊涂地扔了。

都怪那个喜欢装的男人，年纪轻轻的用什么名片？就不能直接加微信吗？害得她一身臭味，上班都要迟到了。

- 014 -

郑好火急火燎地赶到鬼屋，老丁已经在大厅沙发上等候多时了。

"还知道来啊？"他瞪了郑好一眼，指了指墙上的挂钟，"自己看看都几点了！"

店里规定十点上班，郑好飞快地瞥了一眼挂钟，现在时间是……

"哎哟，这不才九点六十五分嘛。"她试图用个小幽默蒙混过关。

老丁冷脸道："迟到五分钟，扣十块。快去收拾收拾，准备营业了。"

郑好干巴巴回道："好。"

内心狂怒。

今天不用化特效妆，因为她眼里迸射出来的怨气足以震慑住每个跟她对视的活人，恐怖效果堪比暴尸荒野半个月、怨气深重的山村老尸。

一个小姑娘还被她吓哭了，同行的小伙子为了展示男子气概，大吼一声，用后背把郑好抵在墙上，冲小姑娘声嘶力竭地喊："快跑啊！不要管我！"

小姑娘本来已经跑远了，听到这感天动地的台词，又百米冲刺回来，对着郑好又抓又挠，哭喊着："呜呜呜，你放开他！"

郑好惊呆了：你先放开我！NPC的命也是命！

今日鬼屋头条：恩爱情侣危急关头上演情比金坚，无辜女鬼惨遭痛殴成为play的一环。

这场结束，郑好拖着被掏空的身体回到化妆间，对着镜子检查肩上的伤，疼得龇牙咧嘴。

柳儿姐同情地摸摸她的脑袋："放心，老丁会出医药费的。"

郑好稍感宽慰，还有钱拿，这波不亏。

"多少啊？"

"就你这伤势……"柳儿姐上下打量一番，"十块吧，够买一瓶碘伏了。"

想起早上被扣的十块钱，郑好终于领会到什么叫羊毛出在羊身上了。

晚上，她躺在床上，跷着脚，思前想后，终于做出决定——

她也要找只羊薅薅。

第二天轮休，郑好睡足了觉，吃了顿丰盛的早餐，又花了半个小时精心打扮了一番。

谷小雨刚起床，看见在玄关换鞋的郑好，揉了揉眼睛，惊奇地问："你这是要去约会啊？"

郑好冲她邪魅一笑："捉羊去！"

说完，她把包往肩上一甩，昂首阔步地出了门。

昨晚她已经做足了功课，顺着韩澈管理的基金找到发行基金的公司，再去官网找到公司地址。

嘿嘿，跑得了和尚跑不了庙。

不过，高档写字楼也不是那么好进的，第一关就差点过不去——电梯口都要刷员工卡,现在已经过了上班高峰期,大厅里除了几个火急火燎的迟到族,只剩两个虎视眈眈的保安。

郑好进去晃悠了一圈,又做贼心虚地退了出来。

碰巧门外有几个外卖小哥飞奔而过,她灵机一动,偷偷跟了上去,溜进了大楼背面的货梯。

顺利到达十六楼,郑好出了电梯,沿着过道拐了几个弯,终于看到"卓越基金管理有限公司"几个金光闪闪的大字。

玻璃门自动打开,前台小姐微笑颔首,彬彬有礼:"您好,请问您找谁?"

郑好泰然自若道:"请问韩澈韩经理在吗?"

"请问您有预约吗?"

"没有,你给他打个电话吧。"郑好还报上了自己的大名。

前台小姐三言两语地通完电话,露出疑惑的表情:"韩经理说不认识您。"

郑好愕然:"怎么会?你是不是没说清楚啊。'郑州'的'郑','好人'的'好'。我刚刚听你的发音不太标准,前后鼻音都不分……"她摆摆手,径直往里走,"算了,他在哪间办公室?我自己去找他。"

"哎哎,小姐……"前台小姐急忙拦住她,一脸狐疑,"您跟韩经理认识吗?您来找他是因为公事还是私事呢?"

郑好一时语塞。这该怎么解释?说出来自己都觉得离谱。

为掩饰尴尬,她耸耸肩,故作随意地说:"算了,我不想打扰他工作。"她走到角落的沙发前,"我就在这儿等他出来吧。"

前台小姐回到原位,不时看向她,眼神带着几分警惕。

郑好看了眼时间,才十点半。

烦。

谁知道韩澈什么时候下班,下班了会不会出来吃饭。万一他叫了外卖或有自备午餐,那她岂不是白等了?

等了会儿,郑好坐不住了,又溜达到前台。

"小姐姐,"她挤出笑容,好声好气道,"能不能麻烦你再给他打个电话,就说,我是女鬼。"

前台小姐脸上写满了不信任:"您到底是姓'郑'还是姓'吕'?"

郑好纠正道:"是'女',不是'吕'!你看,我就说你有口音吧。"

一句话彻底把人得罪。

前台小姐重重"哼"了一声,头一撇,再也不搭理她了。

终于挨到饭点,陆续有人从办公室里走出来。

不愧是金融人士,一个个穿着剪裁得体的西装,从头发丝到脚后跟都散发着精致的气息。

郑好不自觉地挺直后背,目不转睛地盯着每一个走出来的人。

视线终于捕捉到那个清瘦修长的身影,郑好两眼放光,猛地站起来,喜悦之情溢于言表。

亲人哪！可算把你盼到了。

韩澈今天穿一身浅灰色休闲西装，没有打领带，白色衬衫领口微敞，头发也打理得恰到好处，优雅中透出几分闲适，如清风拂修竹，气质卓然超群。

他边走边跟同事聊天，聊得很投入，并未注意到角落里的人。

郑好只好快步跟上去，用手指戳戳他的背，小声呼唤："韩经理！"

她嘴角都要咧到耳根了，忽然意识到不对，这哪是亲人啊？分明是仇人！于是眉头一拧，目露凶光。

转念又一想，马上要跟他谈合作了，新仇旧怨先放一边，她现在应该表现得热情、得体且自信！

韩澈脚步定住，回过头，终于注意到郑好。

惊讶之余，他还有几分惊吓。

为什么她前一秒还笑靥如花，后一秒就凶神恶煞，现在又变成了三分谄媚三分高冷四分志得意满？

是脸抽筋了，还是脑子抽风了？

一旁的同事也看傻眼了。

完了完了，该不会是今天基金又跌了，所以疯狂的基民一怒之下找上门来了吧？

韩经理，危！

同事一脸紧张，凑到韩澈耳边小声问："要不要报警？"

"不用。"韩澈笑了下，语气平和，"你先去吃饭吧。"

同事仍不放心，把郑好从上到下打量一番，仿佛在用眼睛当扫描仪，检测她身上是否藏匿着武器。

临走时，他还晃了晃手机，叮嘱韩澈："有事打电话。"

韩澈拍拍他的胳膊："放心。"

当事人郑好则是一脸蒙。

两个大男人这是干吗呢？就分开一顿饭的时间，又不是再也见不着了，至于吗？

韩澈送走同事，转过头，视线重新落在郑好的身上，露出恍然神色："原来前台说的那位'真好'女士是你啊？"

"是郑好！'郑州'的'郑'！"郑好气急败坏。

她就说前台小姐口音很重吧。

不对，明明是前台小姐的理解能力有问题，哪有人会叫"真好"？简直离谱。

更让她意外的是另一件事——

"你居然不知道我的名字？"

她还以为韩澈早就对她做过背调，全方位地掌握了她所有信息呢。

还是说，那天的请求，只是他随口一提，她却当真了？

"抱歉。"韩澈微笑注视着她,"我觉得,你的名字,还是当面问比较有诚意。"

"叮——"电梯到了。

韩澈抬起手,示意女士优先:"走吧,先去吃饭。"

既然来到了韩澈的地盘,那就客随主便,在附近的商场随便吃点吧。

只是,这吃得也太随便了吧?

郑好扒拉着盘子里绿油油的菜,一时竟不知该从何下口。

草、草、草,全是草,吃在嘴里寡然无味,生无可恋。

唯一的荤菜,水煮鸡胸肉,吃起来也跟嚼干草似的。

郑好感觉自己像一头苦命的老黄牛。

"你中午就吃这个啊?"郑好愁眉苦脸地问,"就这么点儿,吃得饱吗?"

韩澈淡淡回道:"习惯就好,轻食更健康。"

郑好不动声色地打量着他,肩宽、腰细、腿长,身材比例刚刚好,虽然不知道西装底下是什么风光,但体型摆在这儿了,想必不会差太多。

"我看你也不需要减肥啊。"

韩澈不紧不慢地咽下嘴里的西兰花,解释道:"久坐容易积食,对身体不好,只能少吃。"

郑好想起自己肚子上的一圈肉,只好咽了咽口水。

她环顾这家餐厅,莫兰迪色系的装修让人心情放松,郁郁葱葱的绿植点缀其间,明亮的落地窗外,城市的车水马龙尽收眼底。

环境优雅,吃饭的人也优雅,一个个穿得简约又高级,说话轻声细语,完全是悬浮都市剧里的场景。

郑好默默叹气,摁了摁瘪瘪的肚子。

要不再点一份牛排吧?或者加一份意面?这盘"草"真的不够吃啊。

但这顿饭是他请客,她点太多是不是不合适?要不跟他 AA 吧?

不行,她刚刚偷瞟了一眼菜单,贵得离谱……

郑好正在脑子里算着账,韩澈一句话又把她拉回现实:"你是怎么找到我公司的?"

"呃……就随便上网搜了搜。"郑好欲盖弥彰地解释,"毕竟你们的介绍都是公开的。"

韩澈低笑一声,语气带了几分自嘲:"网上都是骂我的吧?"

郑好尴尬地笑了笑。

去年,韩澈的基金大涨那阵子,他在圈内的地位堪比当红小鲜肉,基民们都亲切地称他为"A股车神",还自发组成了后援团,喊出了一系列肉麻兮兮的口号,什么"不经一番韩澈股,怎得梅花扑鼻香""车神不倒,追车到老"……

毕竟是真金白银的"打投",比娱乐圈可疯狂多了。

后来,基金"跌跌不休",这群人立刻粉转黑。车神名号不再,韩澈变成了"旱厕",口号也变成了"基金买韩澈,卖房又卖车",无数人指责他是废物、诈骗犯,是资本家的帮凶,哭着喊着要他退钱。

郑好偷瞄着对面的人,眼里多了几分同情。

承受了那么多的谩骂和威胁,还能云淡风轻地坐在这里吃"草",这家伙的心脏不是一般的强大。

所以,重压之下出了点小故障,也是情有可原。

一时间,两人都没说话,只能听见刀叉和餐盘碰撞的轻微声响。

韩澈吃完擦擦嘴,把餐盘挪到一旁,重新抬眼看向郑好。

"所以,能请你做个自我介绍吗?"

郑好喉咙一紧,差点被干巴巴的鸡胸肉噎住。

有必要这么正式吗?

她紧张地喝了口柠檬水,清了清嗓子,重复了一遍自己的名字。

"挺好听。"韩澈稍稍坐正,向她伸出手,"你好,我叫韩澈。"

郑好伸出手跟他握了握:"幸会幸会。"

"我的工作和公司你都知道了,电话你也有。"顿了顿,韩澈面露疑惑,"对了,这次来怎么不打电话?"

"因为……"郑好噎了一下,很快想出一个冠冕堂皇的理由,"我觉得,有些事还是当面说比较有诚意。"

韩澈又笑了,向后靠着椅背,一只手搁在餐桌上,手指漫不经心地敲着桌面:"说说你的条件吧。"

郑好挺直后背,直视着他,神色认真:"我可以带你玩,但是咱们得事先说好,我是绝对不会提供那种服务的,你懂吧?"

"绝对"两个字,说得斩钉截铁。

韩澈笑意更深:"这点你放心,我根本就没往那方面想过。"

"第二,两个人出去玩,必然会产生分歧和矛盾,所以我们得明确分工。"郑好用大拇指指了指自己,"由我全权决定去玩什么、该怎么玩、玩多久,你跟着我就行。咱俩就相当于导游和游客的关系。"

韩澈沉吟:"要是你安排得不合理……"

"你可以提意见。"

看似民主,实则还藏着后半句——我也可以不听。

"懂了。"韩澈耸耸肩,"价格呢?"

郑好做了个深呼吸,然后像个久经商场的谈判老手一般,淡定地报出了数字:"两千。"

她注意到韩澈的眉毛微耸了一下,眼底似乎闪过一丝笑意,很快又收敛了。

这是嘲讽吗?觉得她痴人说梦?

郑好轻咳一声:"这个……你要是觉得贵了,可以再商量,做生意不就是要讨价还价嘛，哈哈……"

静默片刻，韩澈轻声道："不贵。"

郑好不解："那你笑什么？"

"我只是觉得很巧。"韩澈嘴角扬起淡笑，"我的心理医生时薪也是两千。"

郑好倏地瞪大眼，倒吸一口气。

这么贵，怎么不去抢？

为了彰显自己物美价廉童叟无欺，她迫不及待地说："我说的是日薪。"

话一出口就后悔了。

她怎么就这么实诚？

现在坐地起价还来得及吗？

"那就这么说定了。"韩澈站起身，抻抻衣袖，再次向郑好伸出手。

完了，好像来不及了……

郑好还在云里雾里，迷迷糊糊地起身，伸出手，感受到他手指传来的力道才愣愣地冒出一句："合作愉快。"

从商场出来，他们走在大楼的阴影里，抬头望去，湛蓝的天空被高楼分割成不规则的几何图形，阳光虽然明亮，但不够温暖，迎面吹来的风里带着几分乍暖还寒的凉意。

郑好侧眸望着韩澈。

好看的人必然有个好看的鼻子，他也不例外，鼻梁高挺又顺直，像一笔勾勒出来的，衬得他的脸更显清瘦俊朗。

郑好："说起来，有个问题你还没回答我。"

闻言，韩澈停住脚步，垂下眼眸，迎上她明亮的目光。

"其实上次我还没想到答案。"他移开视线，望着路上匆匆而过的行人，"今天看到你，我突然想明白了，有的人，你一看到就会觉得开心，忍不住想笑。这大概是一种玄学吧！"

郑好愣了愣：啥？

困扰了她几天的问题，答案居然是玄学？还能更敷衍点吗？

见她一脸匪夷所思，韩澈只好继续解释："比如，有的喜剧演员，一出现就让人忍不住发笑。再比如，有的人一见到小孩就会开心，有的人一看到小猫小狗就两眼发光走不动路，这都是很正常的反应，你肯定也有过这种感受。"

郑好正琢磨着他的话，恰好迎面走来一条大金毛，那一身金灿灿的毛让她茅塞顿开。

"还真有！"她语气兴奋，"郑大钱！"

同样姓"郑"，韩澈自然而然地联想到什么。

"你爸？"

"去你的！"郑好怒目圆睁，大吼，"是我家的狗！"

韩澈低头憋笑："Sorry！"

她皱眉瞪眼的表情，凶狠中透着几分傻气，让他莫名想起了"雪橇三傻"之"大傻"——哈士奇。

当然，这话可不能对她说，不然又是一顿爆吼。

回到刚刚的话题，郑好顺着他的话分析："也就是说，你见到我，就像我见到我家的狗一样？"

韩澈小心地斟酌着措辞："只是在描述一种心理现象。美好的事物都能给人带来愉悦的感受，你懂吧？"

郑好肯定地点头："懂。"

原来她是美好的事物！

走到地铁口时，郑好才想起正事："加个微信吧。"

韩澈莞尔，掏出手机。

等待扫码时，郑好忍不住问他："你怎么确定我能帮到你？"

"我不确定，只是想试试。"韩澈一边打字一边说，"至少，看到你会让我心情愉悦。跟你出去玩，应该会有意想不到的收获。"

郑好心虚地挠挠头："万一没什么收获，你的钱不就白花了吗？"

韩澈添加完好友，将视线转向郑好。

"你听说过精神抚慰犬吗？有些医疗机构用它们来安抚病人的情绪，缓解病人的焦虑或抑郁的症状。这些狗不需要做什么，只是陪伴和玩耍，就能让人感到愉快、身心放松。"

"哐——"

郑好一拳头砸在路边的垃圾桶盖上。

她大吼道："所以，你想让我当你的狗？"

声音太大，引得路人纷纷看过来，眼神颇为暧昧。

韩澈嘴上说着"我不是这个意思"，可脸上分明是一副"你可算是懂了"的表情。

郑好气沉丹田，正要开骂，手机突然响了一声。

屏幕上显示韩澈发来一条微信。

搞什么鬼？

郑好瞟了他一眼，他抬了抬下巴，示意她打开微信。

点开一看，转账 20000 元！

郑好震惊地瞪大眼睛，仔细数了一遍数字，又抬头看向韩澈。

韩澈主动解释："这是第一天的薪酬。"

郑好傻眼了，结结巴巴道："不是，我说的是日薪两千，你是不是手抖，多打了个'0'？"

韩澈说："我给你算时薪。"

郑好一瞬间气势全无。

金钱的力量就是这么朴实无华，一击致命。

她讷讷地说："有点多……"

良心这个东西，总是在赚钱的时候跑出来添乱。

"不多。"韩澈垂眸望着她，温润的眼眸浮起浅浅的笑意，"我知道，你还有很多顾虑。我解释得再多，也不如真金白银有说服力。希望这笔钱，能让你感受到我的诚意。"

郑好一回到家，郑大钱就热情洋溢地飞扑过来，热乎乎的大舌头在郑好脸上舔了个遍。

郑好揉揉狗头，又挠挠狗肚子，心里的最后一丝怨气也烟消云散了。

狗塑（把人当成或是想象成小狗）就狗塑吧，谁让小狗是全天下第一可爱呢！

客厅里，谷小雨正在收拾东西，见到郑好就眉开眼笑。

"'羊'抓到啦？"

"抓到了，还吃了一肚子的'草'。"郑好撇撇嘴，摸摸干瘪的肚子。

这才三点，她就饿得前胸贴后背了，真不知道那些上班族是怎么挨过漫长的下午的。

"有吃的吗？"

"冰箱里还有几个包子，你拿出来热热。"

郑好弯下腰，在冰箱里翻找，余光瞥见谷小雨正在搬保温桶，便问："这么早就出摊啊？"

谷小雨斗志满满："我要抢占校门口C位！"

郑好拿出几个冻包子，刚要放进微波炉，忽然想到什么，又问："那条街上应该有挺多好吃的吧？"

"当然啦，上了一天课的小学生犹如饿虎归山，战斗力惊人，所以校门口全是各种小吃，有炸鸡排、烤猪蹄、梅花糕、车轮饼……"

她滔滔不绝地报着菜名，惹得郑好口水直流、眼放绿光。

"走走走，我跟你一起去！"

郑好重新背上包，又给郑大钱拴上狗绳。小狗一听到要出门，兴奋得上蹿下跳，尾巴摇成了螺旋桨。

谷小雨忍不住笑话她："急什么，小摊还会跑了不成？"

郑好急吼吼道："晚了我怕抢不过那帮小学生！"

还未到放学时间，校门口已经挤满了接学生的家长。

郑好左手牵着郑大钱，右手拎着几袋小吃，艰难地在人群中穿梭。

终于回到冰粉摊，她第一时间跟谷小雨汇报侦察结果："街对面也有个卖冰粉的，才五块钱一碗。怎么办？咱们要不要打价格战？"

谷小雨胸有成竹："我知道那家，他们是用冰粉冲的，我是手搓的，原材料不同,付出的时间精力也不同,价格当然不一样。就像酸奶,原料是生牛乳的,价格就是比用乳粉的更高。"

郑好拿出鸡排,给谷小雨分了两根签子,一边吃一边说:"可是小学生不懂啊,他们都是谁便宜买谁的。"

"所以我的目标客户是家长啊。一分钱一分货,家长知道该怎么选。"

郑好若有所思:"有道理,咱们要以质量取胜。"

一阵电铃声响起,人群骚动起来,不一会儿,就见小学生三三两两地出现,校门口一时间热闹非凡。

很快,冰粉摊迎来了第一单生意。

谷小雨和郑好配合默契,一个负责盛冰粉、加小料,另一个负责打包、装袋。

郑大钱也没闲着,冲每一个路过的小孩子摇晃着尾巴,迎来送往,尽情释放自己的热情和魅力。

忙碌之余,郑好还不忘偷瞄一眼对面的小摊——那边的生意明显好多了,围满了嗷嗷待哺的小学生,旁边的家长似乎并不在意。

看来谷小雨的策略有 bug(漏洞)啊,以质取胜的前提是要让大家都知道你的质量好。

郑好心生一计,问谷小雨:"有喇叭吗?"

"没有。"谷小雨神色警惕起来,"你想干吗?"

"你等着。"郑好忙完手中最后一单,扭头就钻进了熙熙攘攘的人潮之中。

没过多久,她就回来了,手里还举着个喇叭。

谷小雨惊奇道:"哪儿来的?"

"找那家水果店借的。"郑好回头大致指了个方位,就开始调试喇叭,"喂——喂——"

音量调试到位,她举起喇叭,一口气沉到丹田,下一秒,整条街都响起了她嘹亮的吆喝声:"手工冰粉,新鲜现做,天然无添加,健康无污染……"

谷小雨的脸一下子红到了耳根。

妈呀,这么大声!好羞耻,好尴尬!

"手工冰粉,清凉解渴,QQ 弹弹,酸酸甜甜……"

怎么还带立体回声的?魔音绕耳,伤害加倍啊!

谷小雨在这里摆摊半年,一向不争不吵,和气生财,从未经历过如此窘境。这跟当众放响屁有什么区别?

她都想收拾东西落荒而逃了。

突然,有人粗声粗气地问:"冰粉怎么卖啊?"

谷小雨刚要开口,旁边的"大喇叭"抢先一步回答:"一碗八块,两碗十五。"

"这么贵啊?对面才卖五块。"客人抱怨了一句,转身就要走。

郑好声如洪钟:"我们家的冰粉都是用冰粉籽手工搓出来的,没有任何科技与狠活,更健康也更美味!"

这位客人像个专业的捧哏:"真的假的?我怎么看不出来区别啊?"

郑好给他盛了一小碗:"您可以看看,手搓的冰粉都是有气泡的,吃起来也自带一股清甜味,不信您尝尝。"

客人尝了一口,连连点头:"确实不一样。"

"咱们家有蜂蜜、酸梅和酒酿三种口味,任您挑选,还有八种小料任您添加!您要来一碗吗?"

"行,我扫你吧。"客人爽快地掏出手机。

这两人一唱一和,看得谷小雨尴尬症都要发作了。这么拙劣的演技,这么浮夸的语气,傻子才会信啊。

"八块是吧?我扫你了。"

"给我来一碗。"

"老板,来两碗。"

…………

还真有人信啊?

谷小雨迅速回神,笑脸迎人:"好嘞!您要什么口味的?"

一碗接一碗,小摊前渐渐排起了长队,谷小雨忙得不可开交,耳畔还萦绕着郑好的魔音 rap(说唱):"各位瞧一瞧看一看嘞,纯手工冰粉,健康美味,清甜爽滑,小朋友吃了笑哈哈,姑娘吃了美如花,小伙子吃了顶呱呱!"

排队的人群发出一阵哄笑。

谷小雨忙里偷闲瞟一眼郑好,无奈地笑了。

这都是哪儿找的广告词啊?土得掉渣,但莫名有种魔性是怎么回事?

不管了,赚钱要紧。

半个小时后,校门口的小学生和家长们都散得差不多了,两大桶冰粉也全部卖光。

大获全胜!

两姑娘相视一笑,开始收摊。

"哎,最开始来的那人是你找的托儿吧?"谷小雨悄声问。

郑好"嘿嘿"一笑:"这么明显吗?"

"演技有待提升,不过效果真不错。"

谷小雨打开手机账单粗略算了下,今天的营业额将近六百,净利润至少三百,远远超出预期。

心情大好!

"对了,请托儿花了多少钱?我给你。"

"不要钱。"

谷小雨惊讶道:"真的假的?"

天下还有免费的托儿?

"那个大哥就是水果店的老板，我俩说好了互帮互助。"郑好左手牵着郑大钱，右手拉着谷小雨，"走，还喇叭去。"

不一会儿，水果店门口响起了郑好浮夸的大嗓门："哎哟，这榴梿果型真不错啊，至少能开出五房吧？"

大哥热情地接话："那是当然，我们家的榴梿都是精挑细选过的，开不出五房我把头拧给你。"

谷小雨觉得非常尴尬。

羞耻小短剧又开始了？

救命！她好想逃。

今天收摊早，两人一狗早早回到家，围坐在沙发旁边分享胜利的果实——一颗七斤重的榴梿。

郑好掰下一小块让郑大钱尝尝。

小狗黑溜溜的眼睛瞪得老大，表情震惊又嫌弃。

"不吃拉倒。"郑好"嗤"一声，把榴梿肉塞进嘴里，随后发出一声心满意足的喟叹。

谷小雨一边吃一边用手机算账："说起来，那大哥还是赚了。我们买他的榴梿，他买我们的冰粉，这价格差了快二十倍！"

"别这么算。他给我们当托儿，是人流量最大的时候，等人都散得差不多了我们才去给他帮忙，营销的效果不一样。"郑好拍拍胸脯，"而且这榴梿是我请你的，不用算到成本里去。"

"啊？那怎么行？你帮我摆摊，应该是我请你啊。"

"客气什么？我今天发了点小财，吃个榴梿庆祝一下，嘿嘿！"

随后，郑好就把中午的经历跟谷小雨汇报了一遍。

谷小雨越听越兴奋，看到那两万的转账，语气更是斩钉截铁："绝对是一见钟情！这么有钱又大方的男人不多了，你可得好好把握啊！"

郑好摆摆手，不以为意："你真的想多了，我跟他连朋友都谈不上，就是纯纯的雇佣关系。做生意而已，谈感情就伤钱了啊。"

而且，一见钟情什么的，也不会发生在她身上吧？

她虽然一向自信，但也有自知之明，她绝对不是那种让人过目不忘的大美女，充其量只能算个邻家妹妹，可爱有余，美艳不足，脸型中规中矩，五官平平无奇，圆脸圆眼圆鼻头，唯一的亮点就是瞳仁又黑又亮，总是神采奕奕的，像两枚电量满格的小灯泡。

童梦曾形容她像一条精力旺盛的小狗，开心就笑，生气就叫，累了就睡，醒了就吃，见到草地就撒欢儿跑，跑累了就跳进湖里泡个澡，对这个世界永远好奇，永远热情，永远斗志昂扬。

谷小雨按捺不住想嗑糖的冲动，兴致勃勃地问："那你的雇主提什么要求了吗？就是纯玩啊？玩什么？有没有什么KPI（关键绩效指标）之类的？"

郑好正为这事发愁呢。

她沉吟道："我打算制订一个计划，把我觉得好玩的事都安排进去，然后从易到难，循序渐进。"

说完，她从卧室里拿出一个粉色小本子，在茶几上摊开。

第一步就卡住了。

郑好抓耳挠腮想了半天，最后问谷小雨："标题就叫'一起去玩吧'，怎么样？"

谷小雨露出"嫌弃脸"："幼稚，像幼儿园组织的活动。"

"那就叫……"郑好思索几秒，在扉页上写下"韭菜的复仇"几个字。

谷小雨哭笑不得："你想公报私仇啊？既然是工作，就要摆正心态，别带个人恩怨。"

有点道理……

但这个标题好霸气，郑好舍不得放弃，就当个副标题吧。

那就再想个正式点的。

她抓抓自己的脑袋，又挠挠郑大钱的脑袋，不出意外地捋下一把黄毛。

郑大钱每年春天都会脱毛，风一吹，跟蒲公英播种似的。

对了，现在正好是春天，春暖花开，万象更新，是江城最美的时节。

郑好心念一动，那这个计划就叫作……

她郑重地写下几个大字——

春日出游计划。

第二章
/ 这就是"社牛"的天赋吗? /

夜色渐沉,韩澈倚在阳台上眺望长江对岸。已过十二点,两岸璀璨的灯火早已熄灭,只剩一片黑沉沉的夜幕笼罩着寂静的江面。

手中的酒杯已见底,再看一眼手机,与郑好的聊天还停留在三个小时前。

郑圆脸:明早九点,不见不散。

还附上了一个定位。是一家面馆,位于老市区的麻雀街,离他家不远。

收到消息时,韩澈有些意外。看她这意思,是要请他过早?

韩澈:明天什么安排?

郑圆脸:不该问的别问。

神秘兮兮的。

过了会儿,她又补上一句:保证让你乐不思蜀!

韩澈不禁莞尔一笑,脑海中又浮现出郑好的脸。

连他自己都觉得奇怪,他并不是一个记忆力超群的人,从小到大,他遇到过形形色色的人,见识过各式各样的面孔,大多数都在时间的冲刷下变得模糊不清,唯独这张脸,第一次在鬼屋见过后便过目不忘,简直像是印在了脑子里,清晰深刻。

明明长了张娃娃脸,却要装得凶神恶煞,龇牙咧嘴、拧眉瞪目,结果用力过猛,满满的违和感让人瞬间出戏。

他笑出来的那一刻,心中有一丝异样的感觉——自己已经好久没有体会到这种发自内心的快乐了。

笑不难,难的是快乐。

韩澈一向睡得晚醒得早,天刚蒙蒙亮就起了,换了身装备去了小区健身房,快到八点时回家、洗澡,简单收拾一番便出门了。

早晨的麻雀街两旁全是小摊,人都难进,更不用说车了。

韩澈把车停在路口,跟着手机导航,艰难地穿梭在过早和买菜的人潮之中。

九点整,终于抵达目的地——胡老爹热干面店。

小店门口架着一口热气腾腾的大锅,一位精神矍铄的大爷高声吆喝着,抓面、烫面、捞面的动作一气呵成,旁边的大妈手脚麻利地给碗里加调料。两人配合默契，不到半分钟便搞定一碗热干面。

韩澈向店里望去。小小的店面不过二十多平方米，里面摆放着几张桌椅，此刻已被食客们挤占得满满当当。

粗略扫视一圈，没看见郑好的身影。

韩澈拨通她的电话："我到了，你人呢？"

郑好嗓音清亮："好嘞！"

电话刚挂，就听见"哗啦"一声，楼上的窗户向两侧推开，郑好的脑袋探了出来，还伴随着一道喜气洋洋的招呼声："韩老板早上好哇！"

韩澈后退两步，仰头望去，突然间明白了他为什么对这张脸过目不忘。

因为生动。

郑好的表情太有感染力，笑起来眉眼弯弯，脸颊上的肉挤到两旁，露出一排白牙，整张脸洋溢着喜庆的气息，像年画里的福娃。

韩澈忍不住笑了。

郑好冲他挥手："我马上来！"

紧接着，又有两个女孩在窗口探出头来，中间还夹着一只……狗头？

看它龇着大牙吐着舌头"嬉皮笑脸"的样子，想必就是传闻中的郑大钱兄弟，久仰久仰。

郑好如一阵风般飞速下楼，不到十秒就出现在了韩澈面前，笑嘻嘻地道了声"早"。

"你住这儿？"韩澈指着楼上问。

"对啊，要不要上去坐坐？"

"不用了。"韩澈环顾四周，神色有些拘谨。

虽然生活在同一座城市，相隔不过五公里，但这里与他居住的环境相差甚远。他很不习惯这样的市井气息。

"还没过早吧？我请你。"郑好完全没察觉到他的神色变化，依旧热情洋溢地向他介绍，"别看这家店小，它可是入围了江城第二届热干面大赛的前十强，不信你试试？"

不等韩澈开口，她就冲门口的大爷喊道："胡老爹，来两碗面！加卤蛋和干子！"

"好嘞！"胡老爹麻利地抓起两把碱面扔进沸腾的热水里。

一旁的大妈笑盈盈地问郑好："细伢，这是你男朋友啊？长得蛮精神！"

韩澈尴尬地笑了笑，刚要开口解释，就被郑好的大嗓门给抢先了："王大娘，你莫乱点鸳鸯谱，这是我的大客户，韩老板！给他多放点芝麻酱，莫小气巴拉的，哎哎哎，对头！"

"咦哟，大老板啊，怪不得这么称头（形容长得好，有精神）。"大妈递上调好酱料的面，顺便把韩澈从头到脚打量了一遍，眼神充满了慈爱。

郑好凑到韩澈耳边，小声提醒："她夸你帅呢。"

"我听得懂。"韩澈神色微窘,"我是江城人,只是家里很少说方言。"

两人端着面,韩澈正要进店里,被郑好"哎哎"几声喊住了。

"店里多闷啊,座位又少,别进去挤了。"

"那去哪儿吃?"

"端着吃呗。"郑好一手端面,一手拿筷子来回搅拌,然后夹起一大团,"呼啦啦"全吸进嘴里,大口大口地嚼着,"又不是汤面,两三口就吃完了。"

韩澈看着她嘴巴周围一圈的芝麻酱,一时无语。

"我不习惯。"

"……你个假江城人。"郑好无奈,环视四周,发现店门口零零散散地摆放着几只大红塑料凳。

她用脚勾来一只,示意韩澈:"那你坐着吃吧。"

韩澈正要坐下,动作突然一顿。凳子上有一圈红油,幸好他眼尖,不然今天穿的裤子就报废了。

"你个苕货(傻子)。"郑好嗤笑,又从旁边踢来一只矮凳,"高凳是当桌子用的,矮凳才是用来坐的。"

韩澈迟疑着没动,四处张望一圈,才发现周围人全是这样的坐姿,跟幼儿园小朋友排排坐似的。

他只好端着面缓缓蹲下身,半个屁股落在矮凳上,两条长腿局促地弓着,裤子绷得紧紧的。

郑好则站在店门口,一只脚踏在一只倒扣的水桶上,风卷残云地吃完面,然后把纸碗捏成一团,潇洒地投进了墙角的垃圾桶里。

"还吃点什么吗?"她一边擦嘴一边问韩澈。

"……够了。"韩澈艰难地咽下裹满芝麻酱的面条,还得小心防止酱汁溅到自己的衣服上。

终于吃完,郑好带着他往外走,一路上不停地推销。

"这家店的牛肉面很好吃,下次带你来。"

"那家梅花糕超级抢手,每次都要等半个小时,今天时间紧任务重,就不吃了。"

"要不要买两袋豆浆?这家的豆浆都是现磨的,不是粉冲的。"

"等等,我去买几个糯米包油条。"

韩澈震惊:"不是刚吃完?"

"刚刚是主食,这些都是小吃啊。"郑好振振有词,"吃不完还可以留着当中饭。"

韩澈隐隐感到头疼。

不说话就代表默认,郑好欢欢喜喜地去了,回来时,两手提着满满当当的东西,脸上洋溢着丰收的喜悦。

这条街终于走到尽头,韩澈大步走向停在路边的车,拉开车门。

郑好脚步一顿,惊道:"你要开车去?"

"不然呢?"

"坐地铁啊!开车堵到死!"

韩澈语气抗拒:"我不习惯坐地铁。"

他刚上大学就考了驾照买了车,就连在国外留学的那几年,也有辆二手车代步,所以很少使用公共交通工具。

郑好撇撇嘴,不情不愿地坐上车,把手机导航打开,又是一阵唉声叹气:"你看看这路线,红得发紫啊!"

韩澈瞥了一眼她的手机,再次震惊:"你要去樱园?"

"不然呢?难道要去 A 大?"

四月正是樱花盛开的时节,江城赏樱花最出名的两个地方,一个是百年老校 A 大,一个是坐落在东湖风景区的樱园。

正值周末,又碰上了久违的晴天,想都不用想,这两个地方肯定人满为患。

韩澈用力揉了揉眉心,叹气道:"不能换个地方吗?我不喜欢人多。"

"韩老板。"郑好看着他的眼睛,郑重其事地说,"根据我多年的人生经验,我总结出一个道理——好地方,人都多。"

这年头信息那么发达,有什么好吃的好玩的好看的,很快就会一传十十传百。大家又不傻,好东西都想要,好地方都想去。

"可是……樱花实在是看腻了。"韩澈一想到那乌泱泱的人群就头疼。

"谁说是去看花了?"郑好咧嘴一笑,眼里亮晶晶的,"咱们是去看热闹的。"

一路堵,堵得人心烦气躁又无可奈何。

韩澈消磨时间的方式是听财经播客,郑好平复烦躁情绪的方式是吃。

在吃完了糯米包油条、面窝、米粑等小吃后,又开始吃卤鸭脖、卤藕、卤凤爪等零食。

韩澈终于忍无可忍,趁着前方红灯,深吸一口气,转身面向郑好:"我说你能不能……"

刚开了个头就打住了。

人家睡得正香呢,脑袋仰靠在椅背上,嘴唇还在微微翕动,仿佛在梦里继续享用美食。

这人真是……

韩澈瞪着她,一肚子火无处发泄,最后只能重重叹了口气,伸手把车载音响关掉。

一路龟速前行,油门、刹车、油门、刹车……韩澈已经彻底麻木了。

旁边这位倒好,酣睡一场后迷迷糊糊地睁开眼,伸着懒腰打着哈欠问:"到哪儿了?"

韩澈没吭声,抬抬下巴示意她自己看导航。

郑好凑近屏幕,猛地瞪大眼:"才到小李村?"再看看时间,"开了一个多小时?哎哟,我真服了。"

她斜睨着韩澈,鼻孔重重哼气。

叫你开车!活该!

江城的交通会制裁每一个不爱坐地铁的人。

韩澈也没好气地瞪她一眼。

叫你要来樱园!活该!

江城的景区会教训每一个爱凑热闹的人。

前方是一眼望不到尽头的车屁股,郑好双目呆滞,瘫倒在座椅上,长叹一口气:"算了算了,我再睡一觉吧。"

"别睡了。"韩澈把方向盘向右一打,拐进一条小路,"导航显示前面有个停车场。"

"这就要下车?离樱园还有两公里呢。"

"走路二十分钟,开车四十分钟,你自己选。"

"……行吧。"

沿着小路往前开了几分钟,终于看到一片荒地。附近村民搭建起简陋的围栏,再派人驻守在门口,就成了个简易的停车场。

就这么个犄角旮旯的地方,现在也停得满满当当的。

小车在里面绕了一圈又一圈,终于找到停车位,韩澈迫不及待地下车,感觉浑身都要散架了。

郑好倒好,吃饱喝足又睡了一觉,此刻是精神抖擞、干劲十足,背着满满一包食物和水也丝毫不觉得重,还时不时回头催促,嫌队友拖后腿。

"快点快点,腿那么长,当支架用的?跑起来啊!"

韩澈生无可恋地跟在她后头。

着什么急啊?花又不会飞,树又不会跑。

两人紧赶慢赶终于来到樱园大门外,在手机上买好票,刷二维码进园,绕过门口的石碑,立刻被眼前的景象震慑住了——

人比花还多。

熙熙攘攘,人声鼎沸,小孩哭闹,大人喊叫……

郑好:哇,好多人啊!

韩澈:我觉得自己快要窒息了。

他终于理解灭霸了,甚至幻想自己是那个"大紫薯",只需一个响指,全世界就都清静了,多好。

面对乌泱泱的人群,韩澈双腿开始发软。

怎么办?现在逃还来得及吗?

郑好则是一脸兴奋,刚要举起胳膊吹响冲锋的号角,一回头却发现韩老板神秘消失了。

咦，人呢？

她踮起脚尖东张西望，寻寻觅觅，终于在一棵树后面发现一个鬼鬼祟祟的身影。

那人戴着卫衣帽子，抽绳系得紧紧的，恨不得连头发丝都藏起来，脸上还戴着不知从哪儿弄来的黑色口罩和大墨镜。

郑好奋力越过拥挤的人群，伸手去扒拉他的胳膊，打趣道："你这是明星出游啊？"

"人太多了。"韩澈的声音从口罩后面传来，瓮声瓮气的，"我想低调点。"

"你这样更显眼了，知道吗？"

"反正别人看不见我的脸。"

"看不见才会引发无限遐想啊，不信试试。"郑好忽然倒抽一口气，浮夸地睁大眼，指着蒙面的韩澈大喊，"啊啊啊！你不就是那个、那个、那个谁吗？你来这儿录节目吗？啊啊啊……我好喜欢你！能不能跟我合影啊？"

韩澈瞬间呆住，墨镜后的两只眼睛瞪得老大，急声制止道："你是不是疯了？这么多人呢！小点声！"

郑好这一招指鹿为马效果显著，很快，韩澈身边就围过来几个年轻女孩，看他的眼神充满惊喜，又带有几分怀疑："你是那个、那个……"

有人瞎猜："孙亦晨？"

"不是不是，应该是齐家洛！"

"不像啊……是不是金宇啊？"

"我家金宇哥哥一米九呢，这个有吗？看着跟我弟弟差不多高，才一米八五吧？"

郑好在一旁煽风点火："哎呀，明星都会谎报身高啦，肯定是金宇！我听说他最近在江城录综艺，去了好几个地方呢。"

那姑娘半信半疑："啊？那怎么不带保镖呢？"

"哎呀，私人行程，要保持低调啦。"郑好一副很懂行的样子。

后面的人听风就是雨："啊？金宇来了？哪儿呢？哪儿呢？"

"前面那个大高个，戴黑口罩、黑墨镜的那个，看到了吗？"

"不像啊……"

"明星嘛，上镜和真人本来就有区别的。"

"金宇金宇，我超喜欢你！你参加创造营的时候我还给你投了好多票！"

围过来的人越来越多，韩澈头皮一阵阵发麻，僵硬的双腿好不容易找回知觉，后退、后退、再后退……

撞到人了。

回头一看，是幸灾乐祸的郑好。

退无可退。

隔着墨镜都能看到韩澈眼里迸射的怒火。

他压低嗓音，气急败坏地问："现在怎么办？"

"都叫你低调点啦。"郑好双手抱臂，得意地挑了挑眉，"要么将错就错，要么大方认错。"

韩澈难以置信地摊开手，腹诽：我有什么错？

眼看看热闹的人越来越多，甚至还来了几个维持秩序的保安，他被逼无奈，只能摆摆手，开口道歉："对不起各位，我真不是明星……"

女生尖叫声响起："啊啊啊，声音也好像！是他是他就是他！"

这么巧吗？

那个传说中的金宇，该不会是他失散多年的兄弟吧？

实在没办法，韩澈只能硬着头皮把墨镜、口罩和帽子一一摘了，露出一张羞窘的脸。

"我真不是明星，你们认错人了。"

"嘻，不是啊？害我白高兴一场。"第一个埋怨他的，居然是始作俑者郑好。

韩澈从未见过如此厚颜无耻之人。

郑好甚至干起了保安的活儿，一边挥舞双手驱散人群，一边吆喝着："没什么好看的，都散了都散了。"

围观的人群渐渐散开，韩澈隐约听到几个姑娘在抱怨：

"一个素人装什么大明星啊？"

"我看这小哥也挺帅的，说不定是哪个公司的练习生。"

几个姑娘又回头瞟了韩澈一眼。

"就算是，也只是个十八线小糊咖而已，装什么啊？"

"啧啧，小牌大耍呗。"

"一辈子红不了！"

莫名被诅咒的韩澈腹诽：我招你惹你了？

郑好偏偏还来刺激他："嘿嘿，当明星很爽吧？"

"你真的是……"韩澈对她彻底无语了。

他瞪她一眼，迈开大步，怒气冲冲地走了。

郑好急忙追上去赔笑道歉："哎呀，我就开个玩笑，让你体验一下众星捧月的感觉嘛。"

韩澈冷冰冰地说："不需要。"

郑好跟在他身后，一个劲儿地哄着他："韩老板，你长得这么帅，要学会享受别人欣赏的目光，不要不好意思嘛。"

韩澈头一撇，懒得搭理她。

"韩老板？韩老板？"

韩澈只顾着大步朝前走，忽然听到背后传来一声笑。

他脚步一顿，回头冷眼瞥着她：又抽风了？

郑好笑嘻嘻地说："我突然发现咱俩好像一部动画片里的组合——没头脑

和不高兴。"

韩澈眼神很冷:"呵。"

你对自己的定位很准确。

林间小道上游人如织,韩澈的怒气渐渐消散,不自觉放慢脚步,郑好也不再絮絮叨叨,安静下来专心赏花。

两旁的樱花开得正盛,白色如云,粉色如霞,连绵成一片浪漫的花海。

树下,赏花人比花更盛,有全家出游的,有情侣约会的,有班级团建的,还有踩在凳子上拍写真的……

郑好走到一棵树下,恰好花瓣簌簌飘落,轻盈纷飞似雪。她深吸一口气,闭上眼沉浸其中,幻想自己是动漫里的女主角。

不对,头发丝都没动,哪儿来的风?

她扭头一瞧,竟然是一个大叔在踹树,他大概是想趁着花瓣飘落时给树下的阿姨照相。

阿姨还嫌花瓣不够多,指挥大叔去摇晃头顶的树枝。

郑好顿时怒火中烧,双手叉腰站定,大吼一声:"喂!"

两人吓了一大跳,韩澈也吓得心脏一紧,生怕她又整出什么幺蛾子。

"干吗呢干吗呢?"郑好指着树下的大叔,气势汹汹的,"树都被你们踹断了!五万一棵,自己去保卫处交罚款!"

大叔和阿姨也不知道郑好的身份,还以为她是来巡逻的工作人员,听到她的厉声斥责,脸都吓白了。

两人交换了个眼神,低着头仓皇逃走。

郑好佯装追赶,一边小跑一边大喊:"站住!没交罚款不准跑!园区到处是监控,你们跑不掉的!"

那两人跑得更快了,一溜烟消失在人群中。

郑好停下来,弯着腰,双手撑在膝盖上,大喘着气假装跑累了。

一扭头,又看到一对情侣在折花枝,她立马直起腰,指着两人大声呵斥道:"喂!折花的那两个人,对,说的就是你们!跟我去保卫处一趟!"

那对情侣吓得连忙扔下"赃物"落荒而逃。

两战成名,这下,路人看郑好的眼神都充满了敬畏。

韩澈更是目瞪口呆。他见过"社牛",但没见过胆子这么大、脸皮这么厚,还这么爱管闲事的。

"郑女侠"志得意满地回来了,韩澈忍不住问:"你不怕被打?"

"怕什么?我是正义的一方。"她把胸脯拍得"砰砰"响,"邪不压正!"

重新上路,韩澈十分谨慎地与郑好保持三米远的距离。

这么爱惹事又爱拱火,迟早要跟人开战,他可不想莫名其妙成为正义女侠的炮灰。

果不其然，下一个就碰上了硬茬。

园区东北角有棵樱树，花瓣是淡淡的绿色，十分罕见。郑好正兴冲冲地往那儿赶，远远地看到树底下并肩站着三个人，似乎在拍合照。

可是对面没人举着相机啊。

郑好心生疑惑，眯起眼，从他们腿缝间往里看。

嘿，一个小男孩正对着树根撒尿呢！

她顿时义愤填膺，又不想直接开骂，思索几秒，忽然换上笑脸，高声说："巧了，我家的狗也喜欢在树底下撒尿。"

嗓门又大又亮，隔十米远都能听清。

韩澈一愣，又来？

耳畔仿佛吹响了战斗的号角。

树底下那几个人脸色都变了，目光不善地盯着郑好。

郑好不为所动，继续阴阳怪气："可是，狗撒尿光明正大，人就要遮遮掩掩了，是不是也觉得丢不起这个人？哈哈哈！"

韩澈头皮开始发麻。

这语气……很难不被群殴啊。

果然，其中一个女人按捺不住怒火，大步冲了过来，嚷嚷道："你骂谁是狗呢？小孩子憋不住能怎么办？你一个大人跟小孩子计较什么啊？"

郑好轻蔑地嗤声，指着不远处的小平房说："走两步就是厕所，你们是没长腿还是没长眼睛啊？再说了，小孩子'鸡鸡'小，实在憋不住，垃圾桶里捡个空瓶子解决呗，别来糟蹋树啊！"

此言一出，女人顿时呆住了，也许是没想到一个年轻姑娘会轻易把那个词说出口。

本打算上前拉架的韩澈也震惊了，胳膊停在半空中，又尴尬地收了回去。

这时，小男孩从树后怯怯地走了出来。

郑好视线落在他还未提起的裤子上，撇撇嘴，满脸不屑。

她本以为是个三岁小孩呢，没想到他个子还挺高，估摸着至少上小学了。

此时不教训，更待何时啊？

女人又回到树下，蹲下身给男孩穿裤子。

郑好挑了挑眉，弯下腰与男孩平视，一本正经道："小朋友，随地大小便会烂'鸡鸡'的，以后想尿都尿不出来，知道吗？"

小男孩哪经历过这种恐吓，"哇"的一声哭出来。

这下彻底激怒了几个大人。

一个大爷揽着男孩的肩，清了清嗓子，呵斥道："你这小姑娘怎么说话的？这么多人看着呢，张嘴闭嘴都是脏话，你怎么好意思？"

郑好毫不客气地怼回去："哟，您也知道这么多人看着呢？我不过是说了几句脏话，您孙子可是当众掏出了脏东西啊。"

"你说谁是脏东西!"大爷气得假牙都要蹦出来了,举起拐杖就要冲上来打她。

郑好语气贱兮兮的:"啧啧啧,说不过就要动手,来啊来啊来啊……"

"都住手!"

身后陡然响起一声爆吼,郑好吓得一哆嗦。

回头一看,竟是韩澈。

他快步走过来,板起脸审视着这几个人,神色威严,声音更是前所未有的冷厉:"我们收到群众投诉,说有人在樱树下撒尿,就是他吧?"他的视线冷冷一瞥,锁定哭闹不止的小男孩,"跟我们走一趟吧。"

"啊?"小男孩傻眼了,随即爆发出更激烈的哭号声,"我不去!我不去!我要回家,呜呜呜……"

女人急忙把小男孩护在怀里,强词夺理道:"你们这么大个园子,这么多树,撒泡尿怎么了?犯了什么法?"

韩澈冷哼一声,指着树上的挂牌,义正词严地说:"你看清楚了,这棵绿樱叫御衣黄,是我们园区最珍稀的品种,全国只有几棵,每棵都价值上百万。这么多树,偏偏挑了棵最贵的糟蹋,你家的童子尿还真是金贵啊。"

他转过头,左右各指了一下:"周围都是摄像头,别想抵赖。跟我去趟管理中心交罚款吧。"

女人顿时哑口无言。

大爷明显是有点怕了,赔着笑说:"就撒泡尿,不至于吧?小孩子不懂事嘛,憋不住,我们能怎么办呢?"

另一个年轻男人附和道:"就是,我们也不知道这棵树最贵,小孩子尿急,厕所又要排队,我们就想着就近解决一下。"

韩澈眼睛一瞪,怒斥道:"小孩子不懂事,大人也不懂吗?"他瞥了大爷一眼,"你刚刚是不是还想打人?"

大爷讪讪地低下了头。

韩澈回过头,跟郑好交换了个眼神。

"算了,这次就不罚款了。"他清清嗓子,语气缓和了几分,"给这位女士道个歉。"

郑好扬起下巴,斜睨着他们,眼神不屑中又带着几分委屈与不甘。

这一家人不情不愿地道完歉,拽着小男孩灰溜溜地走了。

一切重回风平浪静。

郑好仰天大笑:"爽!"

韩澈懊恼叹气:"我堕落了。"

真是学好不容易,学坏一出溜。

郑好用胳膊肘捅捅他,坏笑道:"你演得还挺像那么回事的。"

韩澈摇摇头,故作谦虚道:"没有没有,是老师教得好。"

郑好拍拍胸脯："以后跟着我行走江湖，做一对雌雄双煞，替天行道！"
想起刚刚那一幕，韩澈仍心有余悸："你这么爱管闲事，不怕被报复？"
"怕什么？"郑好目光炯炯，语气铿锵有力，"我是正义的化身，是公序良俗的捍卫者，是黑恶势力的死敌。谁敢报复我，就是在跟全社会对抗！"

韩澈愣了愣。

还敢代表全社会？脸可真大。

不过说真的，某人能平安活到现在，还真要好好感谢这个法治社会。

很快到了中午，两人在小吃集市上绕了一圈。韩澈对这些煎烤炸类的食物一向不感兴趣，郑好去看了一眼价格后瞬间萎靡了。

"我包里还有很多吃的。"她拍拍背包，招呼韩澈，"咱们去草地上坐会儿。"

樱园中央有片大草坪，游客们三三两两地围坐在地上。

郑好在一片树荫下驻足，蹲下身，在包里一顿翻找，终于从某个犄角旮旯里掏出一团塑料布，捏住两角，抖开，像铺床单一样铺在草地上。

韩澈环顾四周，又看看脚下，叹气。

为什么别人露营都是天幕、折叠椅、野餐垫，各种装备一应俱全，他们的却是一次性桌布？

还是大红色的。

郑好似乎完全不在意，一屁股坐在桌布中央，把背包里的东西一股脑儿全倒了出来。

抬头一看，韩澈还杵在原地，她招呼道："坐啊，愣着干啥？"

韩澈深吸一口气。

算了，既来之，则安之。

一次性桌布也好，用完就扔，省事。

他在郑好的身边盘腿坐下，随手拿起一袋小吃，看了眼，扔下，又换另一袋，还是没胃口。

"有别的吗？我不吃碳水。"

郑好愣愣地问："那你早上吃的啥？"

韩澈不吭声。

早上那是盛情难却。

而且那碗热干面的热量已经足够他支撑一整天。

郑好在这堆食物里翻翻找找，琢磨着该给他投喂点什么。

糯米包油条？不行，全是碳水。

炸酥饺？不行，糖油混合物，热量超标。

卤虾球？不行，这是她的最爱。

郑好偷偷瞟一眼韩澈。

要不还是给他分点吧，他可是"金主大大"，万一饿坏了金身，以后还怎么玩？

郑好咬咬牙，把一盒卤虾球递到韩澈面前，故作大方地说："没胃口可以吃这个。"

韩澈淡淡扫了一眼，摇头："重油重盐不健康。"

郑好瞬间炸毛，爆出一句"学友哥"经典语录："食屎啦你！"

韩澈扬眉："什么意思？"

幸好他听不懂她蹩脚的粤语，郑好迅速调整表情，笑眯眯道："意思是你想吃啥自己拿。"

韩澈望着地上这一堆，无奈地叹了口气，一番挑挑拣拣后，终于勉为其难地选中了自己的午餐——

两个茶叶蛋。

郑好对他的眼光表示满意。这是她早上亲自煮的，纯天然无添加，跟外头那些"花枝招展"的"小妖精"可不一样。

"味道怎么样？"

韩澈快速吃完，用纸巾擦擦嘴才说："不知道。"

郑好反应了几秒："哦，我差点忘了，你现在没有味觉。"

提起这事，她还是觉得匪夷所思："丧失感觉是一种什么感觉啊？是不是全身都麻了？"

韩澈别开视线，望着远处几个在追赶打闹的小孩，沉默许久才淡淡地说："感觉像是有一层罩子把我和外界隔绝了。"

郑好一脸严肃："会不会是你皮太厚了？"

韩澈咬咬牙：算了，不跟傻子较劲。

他继续说："心理医生说，是因为我的精神长期高度紧绷，情绪大起大落，导致神经系统进入自我防御状态，所以现在外界对我的刺激无法通过神经系统传递到我的大脑。"

郑好面无表情："说人话。"

韩澈想了想，解释道："这么说吧，就像一根皮筋，被不断地拉扯到极限，久而久之就会失去弹性。"

郑好似懂非懂地点点头："所以，你的神经就是这根失去弹性的皮筋？那还能恢复吗？"

"不知道，心理医生也不能给出一个明确的答案。"沉默了会儿，韩澈收回视线，望向她，"其实，你刚刚是想帮我吧？"

"啊？"郑好一脸茫然，"我刚刚干啥了？"

"你故意拱火，到处引战，是为了帮我找回愤怒的感觉吧？"韩澈低头笑了笑，"其实你不用这样，到处吵架也挺累的，还会给自己惹麻烦。"

郑好更糊涂了："……啊？"

"虽然方法有些粗暴，而且也没什么效果，但我还是要谢谢你的好意。"

郑好直愣愣地盯着他，半晌后"啧啧"感叹："你可真自恋。"

韩澈不解。

郑好义正词严："首先，我这不叫到处引战，而是铲恶锄奸、匡扶正义。"

韩澈敷衍地点头。

是是是，你是正义使者郑女侠嘛。

郑好扬起下巴，睨着他。

"其次，我做这些事也不是为了你，纯粹是因为我看这些人很不爽。如果不当场发泄出来，我会更不爽。"她双手交握，把指关节掰得"咔咔"响，"我不爽，其他人都别想好过。"

她意味深长地看了韩澈一眼："所以，生气了别憋着，容易憋出毛病。"

韩澈坦然道："我没生气。"

"那么问题来了。"郑好双手一摊，"你为什么不生气？"

"啊？"

"看到那些没素质的人、那些不文明的行为，你为什么不生气？"

"……啊？"韩澈彻底蒙了。

他不生气还有错了？难道要像她一样，一点就炸毛才对吗？

"该生气的时候就得生气，这才是人的正常反应。"郑好一针见血道，"归根结底，你太麻木了。"

韩澈耸耸肩："我早就跟你说过了，我感觉不到喜怒哀乐……"

郑好打断他的话："这是因，不是果。"

什么鬼，他完全听不懂。

郑好摆摆手，懒得解释。她又不是心理医生，不负责给他治病，不过，倒是可以趁机欺负他一下。

郑好用余光偷瞄着他，乘其不备，突然伸出手去抓他的手腕。

韩澈像是触电般猛地缩回手，整个身子往后倒，看向她的眼神里满是警惕和抗拒。

郑好被他激烈的反应吓到了。

"干吗啦？那天晚上你不是主动让我掐你吗？现在怎么不敢了？"

"不是不敢，是……"韩澈犹豫片刻，缓缓地伸出左手，撸起袖子，露出结实的小臂，"掐吧。"

郑好没动，盯着他藏在身后的右手，调侃道："那只手怎么了？难道装的是义肢？"

韩澈支支吾吾："……前阵子受伤了。"

"行吧。"郑好也不喜欢强人所难。她伸出手，在韩澈的左臂上轻轻掐了下，同时观察他的表情。

没反应，跟面瘫似的。

继续加大力道，掐、捏、拧……

他手臂上那块皮肤都被她掐红了，甚至还嵌进了两个指甲印，他却依旧神色平静，连眉头都不皱一下。

直到手指累得脱力，郑好终于收回手，长吁一口气。

好吧，应该不是演的。

她好奇地问："既然感觉不到痛，那你去拔牙是不是也不用打麻药？"

"不知道，没试过。"

郑好忽然想到什么，两眼放光，抬起手在他的大臂上比画了一下："那我砍你一刀，你是不是也不会怎么样？"

韩澈面无表情地看着她："我会报警。"

"哦……"郑好悻悻地收回手，"看来脑子还能正常运转嘛。"

春光正好，微风和煦，枝叶摇曳，地上的光影也随之轻舞。

吃饱喝足后，郑好揉揉肚子，往桌布上一躺，拿背包当枕头，嘟囔道："我睡一会儿。"

"现在？"韩澈惊了。

他抬头环视四周，公共草坪、人来人往、吵吵闹闹……她居然能睡着？

"嗯，我困了。"郑好已经闭上眼，手在身上摸来摸去，像在找什么，"算了，没什么值钱的东西，就一个破手机。"

韩澈难以置信："你还真睡啊？"

"半个小时后叫我……"她的声音越来越含混，下一秒，手就垂落在草地上，整个人睡了过去。

韩澈愣愣地盯着她，过了许久才确信她是真的睡着了。

旁边有一群学生嬉笑打闹着经过，差点踩到郑好的手。韩澈一个眼刀飞过去，学生们急忙躲闪，连连道歉。

就这样她也没醒，呼吸均匀，睡颜平静，仿佛世界的纷纷扰扰与她无关。

这入睡速度，这睡眠质量，这心理素质……

韩澈又震惊又钦佩。

半个小时很快过去，韩澈推推郑好的肩，试图唤醒她。

"喂，醒醒，醒醒。"

声音太柔和了，没反应。

"半个小时到了。"他打开手机闹铃，搁在她耳边循环播放，"醒醒！"

一连喊了几分钟，她都岿然不动，不知是睡得太沉，还是赖着不肯起。

韩澈心生一计，俯身在她耳边呼唤："正义使者，有一帮熊孩子在爬树，树枝都被踩断了，你快去管管！"

郑好猛地坐起身，跟诈尸似的，左顾右盼，两眼放着精光。

"哪儿呢？哪儿呢？看我不收拾他们！"

强制开机成功，韩澈对自己的智商表示满意。

两人收拾好垃圾，起身继续逛园子。

郑好睡了个饱觉，恢复满格电量，背包也空了大半，走起路来简直是健步如飞。

韩澈紧跟在她身后，从林间小路绕到主干道，又沿着小溪走过小桥绕到湖边，脚步片刻不停。

他越走越迷茫，越逛越头晕。

这哪是逛花园啊，分明是新兵拉练，而且"教官"跟打了鸡血似的，不走完每个边边角角誓不罢休。

"差不多了吧？"终于回到园区入口的石碑处，韩澈仿佛看到了希望的曙光，"出去吧，我实在受不了了。"

"这就累了？"郑好投来轻蔑一瞥，"身体挺虚啊，中看不中用。"

韩澈背靠着石碑，仰天长叹："不是累，我想透透气。"

一连几个小时被密密麻麻的人群挤占着眼睛、轰炸着耳朵，他现在脑子里都是嗡嗡的，只想找个安静的地方缓口气。

忽然，旁边传来一道客气的女声："小伙子，麻烦让让，我们想拍个合照。"

"好的。"韩澈立马直起身，往旁边挪了几步。

"谢谢了。"说话的竟是个老婆婆，满头白发，身材瘦小，却穿着一身淡绿色的唐制汉服。

韩澈忍不住多看了一眼。

这几个老婆婆全是这样的打扮，通身的鹅黄、湖蓝、粉红、雾紫……总共七个人，服装款式统一，颜色各异，广袖飘飘，裙摆翩跹，跟七仙女下凡搞团建似的。

这画面实在引人注目，不少游客兴致勃勃地驻足围观，或举起手机拍照。

韩澈继续往旁边挪，避免出现在别人的镜头里，却被郑好挡住了去路。

"哇！"她夸张地感叹一声，"好漂亮啊！"

声音太大，引得不少路人看过来。

几个婆婆似乎也听到了，脸上都掩不住笑。

"你小点声。"韩澈蹙眉提醒。

在他的认知里，议论别人的穿着是不礼貌的，不管是夸赞还是批评，当面或是背后。

郑好没理他，笑眯眯地冲那几个婆婆比了两个大拇指，饶有兴致地问："婆婆，你们这衣服真好看！是在网上买的吗？哪家店啊？我也想买。"

几个婆婆都笑了，然后将目光投向了那个穿绿裙子的婆婆。

有人告诉郑好："都是老杨给我们做的。"

郑好惊叹，问穿绿裙子的杨婆婆："这么厉害！都是您一个人做的吗？"

杨婆婆谦虚道："嗐，这算什么？我家开裁缝铺，做几件衣服不麻烦。"

郑好夸赞道："原来是专业师傅啊。我说呢，怎么从没见过这种款式。网上那些汉服看起来都花里胡哨的，穿起来好麻烦。你们穿的这身就很合适，素雅又精致，还很显气质……"

她噼里啪啦说了一大堆，把几个婆婆哄得笑靥如花。

韩澈看傻眼了。

这就是"社牛"的天赋吗？

为什么要对一群陌生人吹"彩虹屁"啊？会不会太浮夸了？

而且对方还是一群老人，这样很容易被怀疑成是卖保健品的啊。

那边，郑好跟几个婆婆越聊越开心，还主动提出要帮她们拍照。

"一二三，茄子——"

"很好很好，竖着再来一张。"

"咱们站成一列，摆个千手观音的造型。"

"再换个姿势，大家围成半圆，左手合在一起，右手举高，哎，对对对！"

郑好指导婆婆们摆出各种姿势，而且几个手机换着来，一张接一张拍个没完没了。

下午入园的人更多，闸机内外，一片黑压压的人头向前涌动。石碑正对着大门，这群人穿得又显眼，因此围观的人也越来越多。

韩澈实在待不住了。

他走到郑好身后，压低声音说："差不多得了，走吧。"

郑好头也不回："急什么？"

韩澈看着她的认真劲儿，忽然产生怀疑："你该不会真的要卖保健品吧？"

郑好回头望着他，大声说："什么？你想跟她们一起拍短视频？"

韩澈震惊了。

几个婆婆惊喜道："好啊好啊，一起来，我们正好缺个男主角。"

韩澈腹诽：现在咬舌自尽还来得及吗？

不等他反应，几个婆婆就伸出七八只手将他生拉硬拽过去，然后众星捧月般围在他身边。

韩澈很想拒绝，可是看到婆婆们热切的眼神，又于心不忍。

什么叫骑虎难下？他可算是懂了。

郑好努力憋住笑，提议道："《西游记》的片头都记得吧？咱们就拍七仙女和孙悟空那一段，发到抖音上肯定火。"

婆婆们打量着韩澈，七嘴八舌地讨论着：

"小伙子帅是挺帅，可是也不像孙悟空啊。"

"我看他白白净净的，倒像是唐僧。"

"哎，我这儿正好有条红丝巾，给他披上当袈裟。"

"不错不错，还差个饭盆儿。"

"什么饭盆？那叫紫金钵。"
"对了，我包里还有泡面！"
…………

众人一顿捯饬，终于搞定了韩澈的造型——他身披大红丝巾，左手托着一碗泡面，右手杵着郑好不知从哪儿"借"来的拖把，头上还戴着一顶高高翘起的贝壳帽，耳边垂下两条丝带。

郑好笑得幸灾乐祸："太像啦！"

就连那张生无可恋的脸，都跟被绑在妖精洞里的唐僧一模一样。

"一二三，Action——"

"七仙女"依次从石碑后走出，围着"唐长老"翩翩起舞，转圈儿、摆造型。

郑好积极地指导：

"哎哎，杨婆婆，你走慢点儿。"

"刘婆婆，你手举高点儿。"

"刚刚镜头前有人，这条作废，辛苦大家再来一次。"

一次、两次、三次……

十分钟后，终于拍出了一条令所有人都满意的视频。

韩澈感觉像活了十辈子那么长。

临走前，婆婆们拉着郑好的手依依惜别，有几个还开始打听她的婚恋情况。

交换完各种社交账号，郑好才得以脱身，回头冲韩澈大手一挥："走啊，去下一站。"

韩澈肩膀一塌，长长地吐出一口气，如释重负。

出个园子，比精神病出院还难。

终于坐上车，郑好低头刷着手机，忽然惊喜地说："杨婆婆发抖音了，哈哈哈，笑死我了！"

《西游记》里经典的BGM（背景音乐）响起，韩澈忍不住好奇，视线瞟向她的手机，想看看自己到底被糟蹋成了什么样。

这一看，他顿时面红耳赤，无地自容。

整个视频毫无艺术性可言，从滤镜到布景到造型，都土到了极致。他饰演的唐长老杵在C位，呆愣不动，与画面格格不入，跟抠图放上去似的。

"哎哎，下面有人评论。小伙子，你要是被绑架了就眨眨眼，大姨扛麻袋来救你。"郑好笑得直拍大腿。

见韩澈一直默不作声，她渐渐收住笑，问他："你是怎么同意跟她们一起拍的？我还以为你肯定会拒绝呢。"

受害人："我哪知道……"

可能当时被某人下蛊了吧。

郑好继续看评论："哎，下面有人在问唐长老的抖音号。"

韩澈没好气道："没有。"

"还有人说自己是女儿国国王转世，问唐长老还记不记得你们前世的约定。"

韩澈没回答，心里想的却是另外一件事："很多人评论吗？这视频不会火了吧？"

郑好侧眸看着他，"啧啧"道："你可真自恋。"

韩澈腹诽：我又不想当网红，有此担心也是很正常的吧？

郑好摆摆手，不甚在意："放心啦，杨婆婆没几个粉丝，不会被其他人看到的。"

韩澈没说话，缓缓将车驶出停车场。

他虽然不玩抖音，但也是知道它的流量机制的，视频能不能火，并不完全取决于粉丝多少。万一这条视频突然被流量之神眷顾，那他真的要宣布社会性死亡了。

见他神色担忧，郑好这才认真起来，安慰道："网上帅哥千千万，想火没那么容易。而且，火了也没用，很快就会被人忘记的，放心啦。"

韩澈眉头稍稍松开，却依旧沉默。

郑好提议道："要不我给杨婆婆说一声，让她给你打个码？"

"……算了吧。"

他还记得刚入园时的教训——越遮遮掩掩，就越引人遐想。

她说得对，网上的视频千千万，一条平平无奇的土味视频不足为虑。

车子终于驶入主路，韩澈收回思绪，问她："接下来去哪儿？"

郑好给他导航了一个位置。

韩澈看了一眼，瞬间感觉呼吸困难。

市中心步行街，又是个人山人海的地儿，想想就觉得窒息。

他忍无可忍："你就不能挑个清静点的地方？"

郑好佯装思索，说："太平间人少，要不去那儿？"说完她就开始在导航上搜索全市各大医院的位置。

韩澈彻底服了。

他知道，以她风风火火的行事作风，没准儿真的会带他去太平间一日游。

"算了算了。"他把手机抢回来，架在操控台上，抱着一种视死如归的悲壮心情，"去步行街。"

果不其然，又堵车。平时只要半个小时的路程，磨磨蹭蹭了一个半小时还没有到。

两人瞟向对方的眼神再次充满了幽怨。

"叫你要开车。"

"叫你要去步行街。"

"坐地铁半个小时就到了。"

"地铁人挤人，还得换乘，麻烦。"

"路上车挤车，也没好到哪儿去。"

小学生斗嘴，没完没了。

终于到达目的地。

下车，郑好带着韩澈穿过熙熙攘攘的步行街，钻进一家地下商场，七弯八绕，最后停在一家夹娃娃机店门口。

韩澈头上缓缓打出一个问号。

开了三十多公里，堵了将近两小时，一路上舟车劳顿，他还以为她要去什么神秘的场所，体验什么新奇的玩法。

结果……就这？

真是高估她了。

韩澈双目呆滞，语速迟缓："请问，为什么，要来这里，夹娃娃？"

郑好冲他挑挑眉，笑容神秘又有几分得意："这你就不懂了吧？根据我闯荡江湖多年的经验，这家的娃娃最好夹。"

韩澈表示怀疑。夹娃娃还分难易？这不纯纯智商税嘛！

"等着，我给你演示。"郑好扭头去了柜台，回来时怀里抱着个小篮子。

看着满满一篮子的游戏币，韩澈惊了："你买了多少啊？"

"一块钱一枚币，买两百还送五十。"

二百五……你没发现店老板在暗示你什么吗？

郑好在店里来来回回巡视了几圈，最后选定一台娃娃机。这台机厢里的玩偶是可爱的猫咪，大小适宜，而且堆得老高，看起来一击就垮。

她让韩澈抱着篮子，然后双指夹起一枚币，眼神坚定如即将出征的战士。

"看好了。"

她扎起马步，投币，左手握住摇杆，视线随着抓夹在机厢顶端缓慢移动，然后轻轻摇晃摇杆，抓夹也跟着匀速摇摆。

摆动几圈后，她看准时机，右手猛地按下确认键，抓夹甩出，夹起最上方的猫咪脑袋，迅速缩回。

抓夹撞到厢顶时，倏地松开，玩偶也掉回原处。

韩澈耸耸肩，一切如他所料。

郑好脸上不见一丝沮丧。她转身重新拿起一枚币，抬眼瞥见韩澈的表情，淡定道："胜败乃兵家常事。"

韩澈实话实说："我只是觉得这里的娃娃机看起来跟别家的没什么区别。"

"不一样。"郑好解释道，"首先，所有的娃娃机都是可以设置爪子松紧的，有输有赢才能吸引人来玩。但是有些小气的店家会设成十五次、二十次一紧，这样虽然也能夹起来，但成功率太低了。"

韩澈听着新鲜，继续问："那这家呢？"

"根据我过去的经验，应该是'九松一紧'，理论上，每十个币就能夹中一个娃娃。"

"所以，你这二百五十枚币，能夹到二十五个娃娃？"韩澈表示怀疑。

"都说了是理论上，实际怎么样，还得看你会不会操作。"

"哐当"一声，郑好继续投币，微弓着背，目不转睛地盯着抓夹。

又是一顿摇杆、下抓、吊起……

再次失败。

一到关键时刻，那爪子就跟肌无力似的，让人看着生气。

郑好毫不气馁，再次投币。

韩澈看得有些无聊，又问："对了，你刚刚说了首先，那其次呢？"

"其次啊，"郑好的眼睛紧紧盯着抓夹，手有规律地摇动着操作杆，"这家的娃娃机可以摇杆。抓夹夹住娃娃，再利用惯性把娃娃甩到洞口，这样成功的概率就会大大增加。"

说话间，她一只手仍在摇杆，另一只手猛地按下确认键，抓夹一甩，夹住猫咪的屁股，再收回来……

娃娃再次掉落。

什么概率，什么惯性，算得那么清楚，全都敌不过商家的诡计。

韩澈轻嗤一声。

郑好回头瞪他："笑什么啊？"

"不是说要利用惯性吗？"韩澈冲娃娃机抬了抬下巴，语气轻嘲，"这也没效果啊。"

郑好没好气地说："你没注意到这个娃娃离洞口越来越近了吗？我是有策略的，你懂什么啊？"

不帮忙就算了，还尽说风凉话。

哼，看她待会儿怎么把他的脸打肿。

再次投币，摇杆，抓夹。

这一次，爪子虽然还是松了，但娃娃在即将掉落时被爪子轻轻一勾，斜着甩进了洞口。

"耶！"郑好兴奋得又蹦又跳，手舞足蹈。

她从下方洞口掏出娃娃，在韩澈面前耀武扬威："怎么样？我厉害吧？服不服？"

韩澈轻哼一声，嘴硬道："还行吧。不过，你不是说这是概率事件吗？只要你一直投币，总能成功一次。"

郑好怒了，觉得他真是站着说话不腰疼。

"那你来。"她从篮子里抓起一把币，塞给韩澈，"我给你十次机会，你要是能夹起来一个，我就喊你爹，给你磕几个响头。"

韩澈愣住了。

这莫名其妙的赌注。

他又不稀罕当别人的爹。

但他转念一想，能看她吃瘪，还是很爽的。

"行。"他接受这个挑战。

韩澈重新选了一台机器，投币，模仿着郑好的操作轻轻摇杆，然后瞄准目标娃娃快速出击。

抓住娃娃的脑袋了。

韩澈的心一下子揪紧，跟着抓夹缓缓上升。升至最高处，抓夹果不其然松开了，娃娃自由落体回到原处。

身后传来郑好毫不留情的嘲笑。

韩澈没工夫搭理她，毫不犹豫地投下了第二枚币。

一颗心随着抓夹忽上忽下，最后又是一模一样的失败方式。

郑好："啧啧啧……"

韩澈斜了她一眼，她得意扬扬地挑了挑眉，贱兮兮的模样实在欠揍。

第三次，娃娃掉落在另一个娃娃身上，滚了几圈，离洞口更远了。

郑好阴阳怪气："嚯，好家伙。"

韩澈咬咬牙，忍。

第四次，韩澈换了个目标——有个娃娃离得更近，但是屁股朝上头朝下，头似乎卡在了一堆娃娃中间。

这次，抓夹稳稳地抓住了娃娃的屁股，虽然上升过程中依旧肌无力，但好歹把它的脑袋从缝隙里拔了出来。

郑好轻蔑一笑："呵，又浪费我一枚币。"

韩澈忍无可忍，回头瞪着她。

郑好挽起袖子，假装好心地问："要不我帮你吧？你喊我一声爹就行。"

韩澈冷冷道："闭嘴。"

第五次，抓夹在空中转着圈，然后直直地伸出去，抓住娃娃的屁股，提起，一甩，娃娃斜斜地飞出去，撞上了玻璃墙，居然反弹进了洞里。

郑好眼睛都瞪直了。

韩澈慢悠悠地弯下腰，取出娃娃，在郑好眼前晃了晃。

他眉梢微挑，双唇紧抿，一脸暗爽的表情仿佛在说：

怎么样？你爹厉害吧？

愿赌服输。郑好后退一步，双手抱拳，准备屈膝行个大礼时，被韩澈伸出一只胳膊拦住了。

"喊'爹'就不必了，我们基金圈忌讳这个字。"他宽宏大量地说，"你喊我一声'大爷'吧。"

"爹"与"跌"同音，听多了对心脏不好。

"嚯，韩大爷！"郑好一脸奸笑，单膝跪地，给他行了个太监礼。

韩澈真心佩服她能屈能伸。

"平身吧。"

"好嘞！"郑好点头哈腰，一副狗腿子相，谄笑着，"韩大爷，您老还想玩哪台机子啊？"

手里的娃娃越来越多，郑好去柜台要了两个大塑料袋。

店老板的表情一言难尽。

最后，韩澈和郑好一人扛着一大袋娃娃，在老板幽怨的眼神和其他客人羡慕的目光中，大摇大摆地走出了地下商场。

一路上接受无数路人的注目礼，有几个小孩都羡慕哭了，这种感觉实在太爽了。

郑好喜滋滋地说："咱俩好像圣诞老人来进货啊。"

韩澈看着这两大袋娃娃，又看看身后几个跟父母哭闹的小孩，跟郑好商量道："要不把娃娃给他们分了吧？"

郑好怀疑自己听错了："分了？凭什么？这可是我辛辛苦苦抓到的。"

韩澈于心不忍："那些小孩哭得挺可怜的。"

"因为他们哭了，就要把我的胜利果实分给他们？凭什么？我也会哭，比他们哭得更惨更大声，不信我当场哭给你看。"郑好嘴巴一瘪，开始抽泣，跟受了天大的委屈似的。

韩澈真是服了这个戏精。

"你要这么多娃娃干吗？放在家里也占地方。"

郑好"哼"一声："我自有安排。"

为了防止这位男菩萨广施善财，她强硬地抢走他的那袋娃娃，一袋抱在胸前，一袋扛在肩上，雄赳赳气昂昂地往前走。

韩澈望着她的背影，一时无语。

哪有这么抠门的圣诞老人？只进不出，跟个守财奴似的。

回到步行街，天已经全黑了，街上甚至比下午更热闹。郑好在密密麻麻的人群中艰难地开路，韩澈寸步不离地跟在她后面。

"不回去吗？"他注意到郑好走的不是来时的路。

"回去？"郑好回过头，不可思议地望着他，"夜生活才刚开始。"

韩澈深深叹气。

虽然现在才八点多，但他真的累了。

周围全是人，比樱园和地下商场更拥堵、更嘈杂，就连空气都更混浊。

那种窒息感又来了。

郑好在人海中艰难跋涉了十几分钟，终于带韩澈来到夜生活的主场——保成路夜市。

这条路本就狭窄，一到晚上更是挤满了小摊，中间只留一米宽的小道供人行走。偏偏来这里逛街的年轻人特别多,他们被人潮推着往前走,连转个身都难。

"你到底要买什么?"韩澈已经开始头晕了,只想赶紧撤离。

郑好头也没回,大声喊道:"我找人。"

终于在一处摊位前停下,她敲敲桌子,跟老板打招呼道:"胡哥!今天生意怎么样?"

一个戴墨镜的小个子男人正坐着玩手机,抬头见到她,没精打采地说:"别提了,还没开张呢。"

郑好向韩澈介绍:"这是胡老爹的儿子。胡老爹,你还记得吧?就是我家楼下卖热干面的。"

韩澈点点头,打量着这个小摊。

一张铺着白色桌布的长条桌,前面摆着四张塑料凳,后面的架子上挂着几只硕大的玩偶,还有一条横幅,上面写着"从1写到600,写对拿大奖"。

"有时间限制吗?"韩澈问。

"没有。"墨镜男递来笔和纸,"要试试吗?"

韩澈点点头,拉开凳子坐下,低头认真地写起来。

"十块钱一次。"墨镜男敲敲桌子,提醒他付钱。

"我来我来。"郑好在韩澈旁边坐下,扫码付款,又跟墨镜男商量,"胡哥,反正今天没生意,不如把摊位租给我用用呗?"

墨镜男烦躁地挠挠头:"行吧,两百。"

"啊?以前不都是一百吗?"

"今天周末,跟平时能比吗?你没看到这儿这么多人啊?"

郑好小声嘀咕:"人再多,你也没生意啊。"

"这样吧,一百五,我留一半的摊位。"

"我怕地方不够大……"郑好还想跟他讨价还价,转头瞥见正在埋头写数的韩澈,突然意识到中计了。

胡哥该不会是故意跟她闲聊,想分散韩澈的注意力吧?

呵,阴险!

好在韩澈依旧专注地盯着桌上的纸,神色没有一丝变化,完全沉浸在自己的世界之中。

"喂,我家老头怎么样?身体还行吧?"胡哥又开启了新的话题。

果然是这个套路!

郑好嘴巴紧抿,一言不发,也不看他。

胡哥急了,提高嗓音说:"我说你还租不租了?不租我租给别人了。"

"租租租。"郑好又急又气,又担心吵到韩澈,赶紧压低声音提醒胡哥,"你小点声。"

胡哥看了眼韩澈,又看看郑好,似乎明白了什么:"哟,你男朋友啊?"

郑好别过头,不吭声。

"什么时候交的？"

郑好用力捂住耳朵，哎呀，闭嘴，烦死了。

胡哥见她不吃这套，扭头拧开了桌上的音响，"动次打次"的劲爆音乐响起，震得桌子都在晃。

郑好在心里暗骂奸商净搞这种下三滥的招数，难怪大周末的还没生意。

音乐声震耳欲聋，郑好忍无可忍，拍案而起："我说你能不能……"

话还没完，余光突然瞥见韩澈收起了笔，她迅速收音，换上笑脸："写完了？"

"嗯。"韩澈把格子纸递给胡哥，"检查一下吧。"

胡哥接过纸，伸手把头顶的灯调亮。郑好也凑过去，飞速浏览一遍。

字迹清楚，排列整齐，没有一处涂改。

再瞅瞅胡哥，眉头越拧越紧，脸色隐隐透着不悦。

一般情况下，他十秒钟就能发现问题，可现在已经过去一分钟了，都没挑出毛病……

郑好心里有底了，冲韩澈比了个大拇指："不错啊。"

韩澈笑了笑："小时候练过，说是可以培养注意力。"

又过了几分钟，胡哥终于发出"啧"的一声，屈指在格子纸上叩了叩，说："'560'的这个'6'是'5'改的，不能算哈。"

什么？郑好把纸抢过来，眯起眼仔细一看，这个"6"分明写得很"6"嘛，标准得可以入选小学生课本了。

再看看胡哥，呵，大晚上还戴墨镜，看得清楚才见鬼了。

她据理力争："你好好瞧瞧，这个'6'明明写得跟'600'的'6'一模一样，怎么会是'5'改的？"

"这个不符合要求，不算过关哈。"胡哥说完，一把抢走格子纸，揉成一团，扔到桌子底下。

"凭什么不算？"郑好气愤不已。

胡哥向后一靠，双腿架在桌上，一副无赖嘴脸："我是老板，我说不算就不算。"

看到胡哥这蛮横的态度，韩澈只觉得胸腔里有一股热气在不断翻涌、膨胀……他突然有种想掀桌子揍人的冲动。

——"你为什么不生气？"

——"该生气的时候就得生气，这才是人的正常反应。"

搁在桌上的双手不自觉攥紧，他又强迫自己松开。

他不能生气，他要冷静自持，要宽容忍让，要时时刻刻控制好自己的情绪——从小父母就是这么教导他的。

郑好也忍住了怒火，毕竟她还有求于这个奸商。

她钻到桌子底下，找到胡哥扔的纸团，重新打开，在桌上摊开抚平。

"胡哥，哥，哥，"她挤出笑脸，"这是我老板，帮帮忙嘛，别鸡蛋里面挑骨头了。我们挑战成功领到奖品，也能帮你起到宣传作用啊。"

"噫，'咯咯咯'跟只老母鸡似的。"胡哥搓了搓胳膊上的鸡皮疙瘩，抬眼打量着韩澈，又看向郑好，"带老板来逛夜市啊？"

"对啊，他打算在这边开个大商场，我带他来选址。"郑好编谎能力一流。

"咦哟，大老板来了。"胡哥急忙起身，向韩澈伸出手。

韩澈极不情愿地跟他握了握手。

"那当然要给老板面子啊。"胡哥大手一挥，"架子上的玩偶，看中哪个随便拿。"

韩澈微微偏头，靠近郑好，低声问："你想要哪个？"

郑好兴奋地指着最中间："那只'哈士奇'！"

正好拿回去给郑大钱做个伴儿。

租摊位的事也很快谈妥了，胡哥收拾好桌椅和玩偶，飞速闪人，临走前还被郑好薅走一块大桌布。

韩澈看着郑好清扫出一块空地，然后把桌布铺在地上，把一袋娃娃全倒了出来。

他问："你要卖娃娃？"

郑好反问他："你会买吗？"

韩澈"嗤"一声："这么丑，当然不会。"

郑好目露凶光："重新说。"

"不买。"韩澈耸耸肩，"对我来说太幼稚了。"

"那这袋娃娃是哪儿来的？"她指着韩澈的那袋战利品。

"不一样，这是奖品，重点是玩游戏的体验感和成就感。"看到她把娃娃摆成六乘六的方阵，韩澈忽然明白过来，"你这是要套圈？"

"知道了还不过来帮忙？"郑好站起身，指挥韩澈，"把丑的摆前面，好看的摆后面，间隔大点儿……我去搞点道具，马上回来。"

接下来，东市借喇叭，西市借圈圈，回来的路上还顺道去买了两瓶矿泉水。看到这两瓶2L装的水，韩澈沉默了。

看来今晚要打一场持久战啊。

喇叭试好音，郑好在小摊前站定，深吸一口气，举起喇叭，洪亮的嗓音迅速响彻整条街："套圈套圈，十元十次，先到先得，套不中免费送！"

韩澈"嚯"了一声。

还免费送？她压根就没想赚钱吧？

可惜这条街上套圈的太多了，来来往往的路人并不买账，吆喝了半小时也才吸引来三拨客人。

其中有个小伙子身手了得，几乎每投必中，郑好这一波损失惨重。

看着她一脸幽怨的样子，韩澈忍不住想笑，又想起了那个被他们搜刮一空的娃娃机店老板。

真是天道好轮回啊。

"不行不行。"郑好趁着现在没客人,急忙指挥韩澈,"你把桌布往后拖一点,娃娃放得再分散点儿,还有,把那几个好看的娃娃先收起来。"

韩澈"啧啧"几声:"奸商。"

郑好大方承认:"无奸不商。"

双标乃人之本性。

重新布局后,郑好安排韩澈站在红线外,塞给他几个圈,叮嘱道:"演得像点儿。"

韩澈心里叫苦不迭。

他这一晚上到底要打几份工?

"来人了。"郑好小声提醒他。

没办法,韩澈只好摆好姿势,等到左右的人都慢慢停步时,手腕一转,飞出去一个圈。

居然套中了!

左右传来一阵叫好声。

郑好拿起娃娃递给韩澈,笑眯眯地说:"帅哥技术不错哦。"

在众人的注视下,韩澈又扔出去第二个圈。

居然又中了,还是倒数第二排那个挺好看的机器猫。

众人拍手叫好。

没想到第三个又套中了。郑好把娃娃递给韩澈,顺手拿走他剩下的圈,疯狂给他使眼色:演完了就快走,别耽误我赚钱。

于是,韩澈拎着三个娃娃,在众人羡慕的目光中扬长而去。

这一招营销果然有用,套圈的人一个接一个,套不中还免费送,第一袋娃娃很快告罄。

不过,那个托儿怎么一去不复返了?

郑好忙完一波后给韩澈打了个电话:"你人呢?"

正在路口咖啡馆优哉游哉喝着冰美式的韩澈说:"我迷路了。"

郑好惊呆了:"就这么大点儿地方,半个多小时了还没找到路吗?"

韩澈语气无辜:"人太多了,我晕人。"

郑好忍住想骂人的冲动:"算了算了,你开位置共享。"

"OK!"韩澈一口饮尽剩下的咖啡。

不得不说,摸鱼就是爽,连咖啡都比平时香。

十分钟后,韩澈终于出现在小摊前,脸上还带着深深的迷茫和疲惫。

"你跑哪儿去了?"

"不知道啊,这里小摊那么多,转得我头晕眼花的。"他晃了晃脑袋,又捶了捶双腿,仿佛刚经历过一场暴走。

看他都累蔫了，郑好也不忍心再压榨他，只能劝慰道："再演一场咱就收工，行吧？"

韩澈拿着几个圈，乖乖站在红线后，正要扔出去，忽然发现最后一排的中间位置蹲着一只硕大的哈士奇玩偶。

等等，这不是他送她的吗？

郑好神色有些尴尬，讪讪地解释："这不是为了引流嘛。放心啦，肯定不会有人套中的。"

韩澈起了叛逆心，专门瞄准那只"哈士奇"，手腕力度加大，向前一扔，圈圈从狗头上方擦过去。

郑好急忙提醒他："现在没人看，等会儿再扔。"

韩澈置若罔闻，继续扔圈，这次力道小了点，套中了前排的一只小恐龙。

第三次，他依旧瞄准那只"哈士奇"，幸运的是，圈圈稳稳地飞出去，挂在了狗狗的一只耳朵上。

他挑眉问："算不算？"

"当然不……"郑好刚要否认，忽然瞥见他身后站着几个年轻人，急忙改口，"当然算啦。"

她满脸堆笑，双手捧起"哈士奇"，跟颁奖似的郑重地递到韩澈手中："恭喜这位帅哥，一举赢得我们今晚的大奖！"

身后响起一片羡慕之声。

韩澈提着"哈士奇"的耳朵，再次扬长而去。

微信里，郑好发来一条语音，带着命令的口吻："五分钟后回来。"

以防他再次迷路，她还发了个自己的定位。

此刻，韩澈心情很不爽，很想直接走人。

他在夜市上漫无目的地游荡着，一个小摊接一个小摊地逛过去，有卖100元3件男士T恤的，有卖各种亮闪闪小饰品的，有卖手机壳的，有塔罗牌算命的，还有做美甲的……

每个人都在努力地经营着自己的生意。

这是这座城市里大部分人的缩影。与他们的辛苦相比，韩澈忽然觉得自己的那点小情绪简直不值一提。

他溜达了一圈，决定往回走。

远远地，他看到郑好举着喇叭，站在摊位前卖力地吆喝着："套圈套圈，十元十次！"

她依旧是那么声音高亢，那么快乐，仿佛永远不会疲惫。

韩澈忍不住笑了，不自觉加快脚步。

等全部娃娃都处理完，已经十一点多了。夜市人影零星，小摊收了大半，街上的灯一盏接一盏地熄灭。

两人收拾好后，快步回到车上。

夜幕笼罩下，车子在空旷的路上疾驰，夜风卷进车厢，带来丝丝凉爽。

郑好对着手机一笔一笔地算账："夹娃娃花了200元，套圈收入320元，不错不错，小赚一笔。"

韩澈提醒她："还有租摊位的150元。"

"哦……"郑好向后一靠，懊恼地叹了口气，"小亏一笔。"

十分钟后，车子停在麻雀街的路口，郑好向韩澈道了声"再见"，推门下车。

"喂。"韩澈忽然喊住她。

郑好转过身，歪着头望向他，眼底有深深的倦意。

"这个给你。"韩澈从后座拿起那只"哈士奇"，从窗口递给郑好，"这样就不算亏了吧？"

郑好粲然一笑，捏住"哈士奇"的两只前爪，冲他做了个拜年的姿势："谢谢韩老板。"

韩澈嗤笑一声，目送她的背影消失在麻雀街的尽头才缓缓升起车窗。

回到家，他只觉得筋疲力尽、头昏脑涨，赶紧简单洗了个澡，躺在卧室的大床上，累得连灯都懒得去关。

特种兵的一天终于结束了。

床头的手机"叮"的一声。

他强打起精神，拿起手机一看，是郑好发来的微信。

郑圆脸：韩老板对今天的服务满意吗？

韩澈的唇角不自觉翘起。

这羞耻的用词……

他换成侧躺的姿势在手机上打字，打着打着，眼皮就开始打架……

于是，洗完澡跷着腿躺在床上的郑好盯着对话框上"对方正在输入中"几个字，足足等了五分钟。

什么情况？

这是打算写封表扬信感谢她，还是写篇小作文控诉她啊？

第三章
/ 还有什么事比赚钱更好玩? /

上午天气晴好,阳光洒落在枕头上,睡了个饱觉的韩澈伸了个懒腰,舒舒服服地醒来,发自内心地感叹一句,一觉解千愁啊!

他已经好久没有睡过这么痛快的觉了。

睡前没玩手机,闭眼后几乎是秒睡,一整晚连梦都没做,一觉睡到自然醒,简直是人间极致享受。

他一直有睡眠障碍,每晚轻则喝酒,重则吃药,最严重的时候,连安眠药都不管用,只能强迫自己闭上眼,脑子清醒地熬到天亮。即使勉强入睡,梦里也很不安稳,且极易惊醒。

这种状态已经持续了很多年。

可是昨晚,居然出现了医学奇迹。

韩澈躺在床上,望着窗外湛蓝的天空,回忆着昨天那场跌宕起伏的出游经历。

热干面、樱园、步行街、地下商场、夜市……说起来也不复杂,可是发生了好多事,结束那漫长的一天后,他只觉得身心俱疲。

本想给郑好回条微信,在感谢她的同时,委婉地提几个小建议,比如说以后别安排他打工,他是来花钱的,又不是来赚钱的;比如说在人多的地方尽量保持低调,他本来社交能力挺正常的,硬是被她逼成了"社恐";再比如……

等等,他说了吗?

韩澈猛地坐起身,掀开被子四处搜寻,终于在床垫和床头的缝隙里找到了电量几乎耗尽的手机。

五个未接来电,两个来自同事,三个来自他妈妈。

韩澈心一沉,瞬间被拉回现实。

他下床喝了一杯水,给手机充电,回拨过去。

同事没有什么要紧事,只是跟他聊了聊某家公司暴雷的新闻,顺便探讨了一下北美的股市走势。

挂断后,韩澈做了个深呼吸,回拨母亲的电话。

接通的那一刻,心头压力陡增。

韩母这边难应付得多。他首先要解释为什么睡到十点才起,然后找个借口说今晚不回家吃饭,最后还得委婉地推掉她安排的新一轮相亲。

挂断电话,韩澈缓了缓呼吸,心绪才渐渐恢复平静。

打开微信,昨晚跟郑好的对话框位居首位,点开一看……咦,他为什么会发过去一串乱码?

那头倒是淡定,连个问号都懒得回。

韩澈思忖片刻,决定以一句经典的讨人嫌问候语开场。

韩澈:在吗?

等了好半天,那头才慢悠悠地回复。

郑圆脸:在不在,取决于你要说什么。

韩澈:在干吗?

郑圆脸:钓鱼。

嚯,你这业余生活可够丰富的。

韩澈:在哪儿钓?

郑圆脸:你要过来?

看她这爱搭不理的样子,似乎并不期待见到他。

韩澈略一思忖,点开转账,输入数字"20000"。

郑圆脸:爹!

紧接着发来一个定位,在汉江边上,离麻雀街不远。

后面还跟了一连串"磕头谢恩"的表情包,将狗腿本色展现得淋漓尽致。

韩澈扯唇一笑,呵,小样儿,还治不了你?

决定去见郑好后,他压在心上那种沉甸甸的感觉消散了大半,出门时连脚步都轻快了许多。

一路畅通无阻,很快到达汉江边,韩澈下了车,站在河堤上放眼眺望。

今天天气好,江边全是钓鱼的人,都默契地间隔开一两米,跟什么秘密组织的集体行动似的。

韩澈从他们身后走过,顺道看一眼桶里的战果。在走过了十五个老大爷和八个中年男人后,他终于看到郑好的身影。

她戴着一顶亮色渔夫帽,蹲坐在小马扎上,一只手压着鱼竿,另一只手拿着手机看视频,典型的一心二用。

他悄声走到她身后,瞅一眼她的大白桶,果然,空空荡荡。

"空军啊?"韩澈忽然出声,语气带了几分揶揄。

郑好吓得一哆嗦,回头见到是他,脸上瞬间绽开了笑容。

"爹!"她大喊一声,声音饱含热情,"您可算来了!"

韩澈心脏一颤,差点没抽过去。

她怎么就这么没羞没臊、没皮没脸呢?

韩澈缓了缓呼吸,又扯回原来的话题:"一条都没钓上来?"

郑好面露窘色,辩解道:"我才刚来,屁股还没坐热呢。"

韩澈弯下腰,看着她的手机:"视频都放到一小时零三分了。"

郑好咬咬牙:"……我十倍速看的。"

反正只要没被抓现行,她是不会承认自己八点就出门,在这儿坐了两个半小时还一无所获的。

韩澈在她身边蹲下,眺望汉江两岸。今天阳光明媚,空气清透,江面泛着粼粼的波光,不远处就是晴川桥,如一抹飞虹嵌在湛蓝的天空上。

郑好顺着他的视线望去:"桥上看日落很漂亮,下次我带你去。"

韩澈不以为意:"日落有什么好看的?每天都一样。"

"重点是'看日落'吗?"郑好认真地说,"是'我带你去'!这是一种承诺。"

"行啊。"韩澈低下头,笑意在嘴角蔓延开来。

安静片刻,他再次望向那座桥,说:"桥底下好像更好钓。我刚从那边走过来,每个人的桶里都有收获,越往这边走,桶越空。"

郑好撇撇嘴,语气无奈:"我能不知道吗?那边有个出水口,水草茂盛,虫子又多,鱼最喜欢那种地方。"

"那你怎么不去?"

"我不上清华是因为我不想吗?"郑好抱怨道,"我这不是来晚了嘛,只能分到这块鸟不拉屎的边缘地带。"

韩澈沉默片刻,意有所指地说:"刚刚我经过那儿,看到一个老大爷好像睡着了。"

郑好一脸茫然地看着他。

看了足足有半分钟,她忽然咧嘴一笑:"韩大爷,你学坏了。"

无须多言,两人迅速收竿,提着水桶拎着渔具,沿着河堤往晴川桥走去。

快到桥底下时,果然看见一个老大爷坐在小板凳上一动不动,后背佝偻,头垂得很低,几乎埋进了膝盖里。

郑好偷偷摸摸地走近,弯腰观察他的侧脸,还伸手在他眼前晃了晃。

嗯,没反应,睡得很沉。

她回过头,给韩澈比了个"OK"的手势。

韩澈蹑手蹑脚地走过去,在大爷旁边摆好小马扎,抽出鱼竿,穿上鱼饵,正要抛竿,被郑好"哎哎哎"地制止住了。

她压低声音凶道:"会不会钓?先打窝!"

韩澈本来还想说"你行你上",视线忽然一偏,越过她的肩膀,不知看到了什么,眼睛越瞪越大,神色越来越惊恐。

郑好蒙蒙地转过头。

只见那老大爷弓着背,头越垂越低,几乎垂到了水面上。

下一秒,只听"扑通"一声,老大爷整个儿栽进了水里。

"哎哎哎,老爹爹——"郑好吓得语无伦次,慌忙伸手去扶他。

韩澈也扔下了鱼竿,大步冲到水里。两人各拽一只胳膊,把老大爷从水里扒拉出来,拖到岸边放平。

"什么情况?"两人面面相觑。

郑好蹲在地上,猛拍老大爷的脸,掐他的人中,晃他的肩膀,终于听到他发出一声微弱的喘息:"哎哟……"

郑好急忙道:"爹爹,你醒了?怎么钓鱼还钓睡着了呢?一下栽进水里,可把我们吓死了。"

韩澈扶着老大爷坐起身,轻拍他的后背,温声询问:"您还好吗?要不要叫救护车?"

老大爷摆摆手,有气无力地说:"我可能是低血糖又犯了,老毛病了,今天没吃早饭,在这儿一坐就是一上午。"

"你现在要吃点东西吗?"郑好打开背包,从里头掏出各种零食小吃,"还有酸奶和可乐,你要喝点吗?"

"谢谢你啊,姑娘。"大爷只拿了两个包子,"我垫一垫。"

看他动作缓慢地嚼着包子,头发和身上还淌着水,郑好和韩澈对视一眼,眼里的担忧有七分真诚,还有三分醉翁之意不在酒。

"大爷,要不要送您去医院?"

大爷摆摆手。

"爹爹,要不跟你家人打个电话,让他们来接你?"

大爷摇摇头。

吃完包子,他支撑着站起身,步履蹒跚地回到了原来的位置,颤颤巍巍地拿起鱼竿。

坚如磐石的钓鱼佬,愚公来了都移不走。

郑好小声跟韩澈商量:"怎么办?要不直接打120把他强行拖走?"

韩澈眯起眼:"你可真够损的。"

郑好怒呛:"不是你想的馊主意嘛。"

她的钓鱼装备还落在离大爷一步远的地方,直接坐下开钓,应该不会被驱逐吧?

毕竟她还对他有一饭之恩呢。

郑好做贼心虚地走过去,蹲在大爷身边,佯装看他钓鱼。

看了会儿,她故作随意地说:"老爹爹,我就坐在你身边看着你吧,万一你又掉水里了,我还能第一时间捞你。"

大爷哼唧一声,不置可否。

他四点多就摸黑起床了,出门时早餐铺子都没出摊,饿着肚子走了三条街才抢占到这块风水宝地,今天就算是下冰雹他也不挪窝!

韩澈走过来,蹲在大爷的另一侧,提起他放在水里的鱼护瞅了瞅,夸赞道:"嚯,大爷,您技术可以啊,都钓四条了,条条都这么大,加起来至少得有五十斤吧?"

大爷露出得意之色,嘴上却故作谦虚:"还行吧,今天运气好。"

郑好笑嘻嘻道:"爹爹,你这也钓得差不多了,要不让我试试?我也想蹭蹭你的好运。"

大爷立刻拉长了脸,高声道:"这才到哪儿啊?昨天我楼下那老吴钓了六条呢。"

郑好瘪瘪嘴,小声嘀咕:"钓个鱼而已,胜负欲那么强干吗?又不是比赛,钓赢了也没人给你颁奖啊。"

大爷瞧见她闷闷不乐的样子,沉默了会儿,终于松口:"你在这儿钓也可以,钓一条就走,行吧?"

"行!"郑好喜出望外,果断答应下来。

她搓了搓手,拿起小马扎稳稳地坐下,把自制的饵料揉成一团,扔进水里打窝,然后在鱼钩上穿上饵,抛竿入水。

成败在此一举了。

鱼饵才入水不到一分钟,浮漂就倏地一沉。

郑好腾地弹跳起来。

"中了中了!"韩澈急喊一声,大步冲到郑好身边,弯腰捡起地上的抄网,叮嘱郑好,"慢慢往回拉。"

郑好紧张地说:"我知道,我这不正在……"

话音未落,只听见"咔嚓"一声响,鱼竿竟然断成了两截!

郑好呼吸一窒。

这什么破鱼竿,关键时刻掉链子!

幸好韩澈眼疾手快,猛地拽住鱼竿的上半截,一只手勒住鱼线,另一只手缓缓往回拉。

水面翻腾起一阵水花,隐隐能看到猎物的轮廓。

连大爷都忍不住望过来,"哟呵"了一声:"大家伙啊!"

鱼线不停地往岸边收,大鱼折腾得更厉害了。韩澈双手拽紧鱼线,指挥郑好:"差不多了,用抄网。"

郑好早已站在水里,手持抄网,双目炯炯有神,这威风凛凛的样子俨然西瓜地里的闰土。

她看准时机,一个网子抄下去,稳稳地兜住了大鱼,铆足了劲儿正要把大鱼捞出水面时,不锈钢的网兜杆居然折了!

郑好顿时傻眼了。

"哗啦"一声,大鱼从网里腾跳出来,一个猛子往水底冲,差点把韩澈拖进水里。

韩澈腹诽:能不能靠点谱?

旁边传来大爷毫不留情的嘲笑声："你这什么水货哦，鱼竿断了，抄网也断了，别搞得鱼线也断了就搞笑了。"

郑好终于反应过来，冲他求救："爹爹，把你的抄网借我用一下！"

大爷不慌不忙地递来抄网。

果然，好的渔具握在手上的感觉就是不一样，郑好屏气凝神，等待大鱼的轮廓再次出现才不疾不徐地从后方将它整个儿兜住，慢慢往回带。

快到岸边时，大鱼突然加大力道，使劲扑腾，但终究无力回天。

"哈哈哈！"郑好激动得连蹦带跳，"是胖头鱼！太好啦！中午可以喝鱼头汤了！"

韩澈揉了揉被鱼线勒得乌青的手指，回到岸上，蹲下身仔细观赏他们胜利的果实。

郑好笑眯眯地向他邀功："你看！好大一条！"她还特意提起大爷的鱼护瞧了瞧，对比一番，笑得更加猖狂，"哈哈哈，比这几条都大！"

韩澈一脸无语。

还说别人，我看你的胜负欲也挺强的。

大爷脸都绿了："抄网还我！"

回去的路上，郑好向韩澈生动地诠释了什么叫钓鱼佬的至爽时刻。

有车不坐，她偏要走路回家，一路上趾高气扬、大摇大摆，嚣张得不可一世。

有桶不用，非得用手提着鱼，有路人经过，她还故意发出"哼"声，装出一副"鱼好重，我好累"的样子。

碰见熟人那可不得了，她恨不得将钓鱼全程分五章八十回事无巨细地讲述一遍，重点描述她在渔具坏了的危急关头如何与大鱼斗智斗勇。

韩澈果断与她拉开两米远的距离，以防精神病院来抓人时自己被误伤。

走到麻雀街，更是回到了她的主场。她好似一只花孔雀，每家店门口都要开屏展示一番。

比如，快到包子铺时，郑好特意趁包子西施到门口倒水时溜达过去，果然听到一句惊叹："嚯哟，这么大的鱼，你钓的？"

"不是我还能是谁？我刚坐下，鱼就上钩了。这鱼力气好大啊，给我一顿折腾……"

接着又是一番激情说书，没完没了。

韩澈在她身后听得耳朵都起茧了，抬眼望去，距离她家还有足足五百米，天黑之前能赶到吗？

旁边牛肉面店的老板也走了出来，饶有兴致地问："你啥时候去的？咋不叫我呢？"

郑好表情夸张："我刚去就钓上来了，哪来得及喊你哟。"

包子西施疑惑道："咦？我看你早上八点就提着鱼竿出门了啊。"

"我那是……"郑好噎了下,面不改色地扯谎,"我先去办了点事,耽误了两小时。"

韩澈低头憋笑。

钓鱼佬这莫名其妙的虚荣心啊。

经过废品回收站,老板大嗓门招呼道:"哟呵,这么大一条鱼啊?是买的还是钓的?"

郑好立刻停住脚步,喜气洋洋地炫耀道:"当然是钓的。"

"看不出来,有两下子啊。"老板比了个大拇指。

郑好更得意了,看见店门口摆放着一台电子磅秤,便把鱼放了上去。

一看仪表盘,才十三斤半?

郑好质疑道:"你这秤不准吧?"

旁边正准备卖纸箱的老大爷动作一顿,探头看向磅秤,露出狐疑的神色。

老板面露尴尬,打着哈哈道:"怎么可能?你这条鱼看着挺大,实际上一肚子草,没多重的。"

郑好把鱼装进桶里,自己站到秤上,指着仪表盘说:"我还不到一百斤?怎么可能嘛。我自己几斤几两我不清楚吗?"

老板讪笑两声,脸色有点难看。

趁老板发火之前,韩澈赶紧把郑好从秤上拽下来,提桶跑路。

他没好气地训她:"有没有点儿眼力见?人家正做生意呢,你跑去当面拆穿他,小心以后结仇。"

郑好愤愤不平:"我只是想替我的鱼讨回公道。"

碰巧路过菜市场,最外面是家水产店,门口的大塑料盆里装着各种鱼,一个中年壮汉正坐在小板凳上刮鱼鳞。

郑好眼睛一亮,重新提起鱼,假装不经意地从店门口经过。

果然,壮汉的目光被她吸引了。

他看看鱼,又看看郑好,语气透着不满:"哟,哪儿买的胖头鱼啊?街里街坊的,多照顾照顾我的生意呗。"

郑好佯装抱怨道:"嗐,我哪舍得买这么大一条鱼啊?自己钓的,就在桥边上,把我的竿子都扯断了!"

壮汉的脸色好看了点:"钓的?厉害厉害。"

"帮我称称呗。"郑好把鱼递过去。

壮汉把鱼放电子秤上,瞥了一眼:"刚好二十斤,你运气不错啊。"

韩澈差点惊掉下巴。

这差额大得有点离谱了吧?

郑好顿时喜出望外,扭头就跟韩澈炫耀:"你看吧,我就说废品站的秤不靠谱。我亲自钓上来的,还能不知道多重吗?"

韩澈欲言又止:"可是,这家店的秤……"

也挺可疑的。

看着郑好欢天喜地的样子，他又把后半句话咽了下去。

算了，你高兴就行。

郑好喜滋滋地说："哎，你在这儿等着，我进去买点菜。"说完，扭头就往菜市场里冲。

"等等。"韩澈急忙追上去，从她手里夺走鱼，语气强硬，"买菜可以，鱼留下。"

不然，不知要猴年马月才能出来。

被剥夺了炫耀资格的郑好犹如被卸了尾巴的孔雀，不到十分钟就灰溜溜地提着菜回来了。

她抱怨道："我跟他们说我钓上来一条二十斤的胖头鱼，他们都不信，说我吹牛。"

韩澈语气笃定地说："放心吧，一天之内，这条特大新闻就会传遍整条麻雀街。"

郑好眼睛亮了："真的？"

韩澈哼笑："你要对你的街坊有点信心。"

他算是看明白了，这条街上全是跟郑好一样的"社牛"，大喇叭又爱八卦，一有风吹草动，马上一传十传百，这广告效果用钱都砸不出来。

这句话犹如一剂强心针，郑好又生龙活虎了。

眼看胡老爹热干面店就快到了，郑好忽然刹住，一个转身又往回走。

韩澈无奈叹气："又干吗去？"

郑好指着不远处的一家渔具店，气呼呼地说："找老板算账去。"

一进门，郑好就冲柜台后面看剧的光头男嚷嚷道："吴老板，你卖的什么水货鱼竿？鱼刚一上钩就断了，抄网也折了，要不是我反应快，差点就被鱼带江里去了。"

光头男不紧不慢地起身，淡淡地瞥了她一眼，视线落在她提着的大鱼上："嚯，这么大一条，至少得有十五斤吧？"

郑好立马转怒为笑，跟他显摆道："刚刚称了，二十斤整！"

韩澈愣了愣：这是重点吗？

"哇，厉害啊。"光头男"啧啧"称赞，又把话题转回来，"我跟你说，你买的那种鱼竿只适合钓鲫鱼、鳊鱼、黄骨丁，超过五斤的就不行了。你这一下子钓上来一条二十斤的，竿子肯定承受不住啊。"

听上去有几分道理，但郑好仍不服气："我这套渔具也花了两百多呢，第一次用就坏了，质量也太差了吧。"

"两百算什么？你去江边看看，那些老头用的都是上千的鱼竿。老话说，放长线才能钓大鱼，这话放到现在，应该是买好竿才能钓好鱼。"

经他一提醒，郑好又想起那个老大爷的抄网，握在手里确实很稳当，网兜也很牢固，要不怎么说一分钱一分货呢？

光头男继续给她灌迷魂汤："这样吧，我给你推荐一款进口碳素材质的鱼竿，进货价就要九百多，我给你算便宜点，一千一，怎么样？"

眼看郑好就要心动了，韩澈急忙将她拉出店。

一出店门，郑好就清醒了："哎呀，差点被他策反！"

手里的胖头鱼已经奄奄一息了，郑好也无心恋战，这一仗无功而返。

终于走到热干面店门口，韩澈把渔具包和桶递给郑好。

"干吗？"郑好有些蒙，"你不上去啊？"

韩澈仰头望着三楼的窗台，语气迟疑："不太方便吧？"

"有什么不方便的？我朋友也在家，她做饭可好吃了。放心，我跟她打过电话了。"

韩澈有些犹豫，继续推辞道："你们吃吧，我中午随便吃点就行。"

"害什么羞啊？"郑好大大咧咧地说，"再说了，这条鱼也有你一半的功劳啊，我怎么好意思独吞？"

韩澈别开脸，抿唇掩笑。

你还记得啊？这一路上你可是只字不提啊。

郑好见他笑了，终于放心下来，推搡着他的背往前走："哎哟，赶紧上去吧，我都快饿死了。"

楼梯入口在面馆的东侧，楼道里没窗户，光线昏暗，郑好一路把感应灯喊亮了。

快到三楼时，她突然顿住脚步，转过身，一脸严肃地盯着韩澈："待会儿见到我朋友，一定要有礼貌。"

韩澈愣了愣：我是三岁小孩吗？这还需要你提醒？

郑好继续警告："不该说的别说，不该问的别问。"

有必要这么紧张吗？

韩澈忍不住怀疑："你这朋友，不会是什么大明星吧？"

"不是。"郑好欲言又止，摆摆手，"算了，待会儿你就知道了。"

很快到了三楼，她掏出钥匙开门。

一团黄色影子倏地飞扑上来，郑好眼疾手快地接住它，抱着转了几个圈才晕晕乎乎地停下来。

"来，给你介绍介绍，这就是我家郑大钱。"她举起郑大钱的前爪，对着韩澈挥了挥。

韩澈笑了下，伸手摸了摸郑大钱的脑袋。

都说狗随主人，这郑大钱也是"社牛"一个，初见韩澈就用热乎乎的舌头舔他的手。郑好把它放到地上，它又绕着韩澈的脚嗅来嗅去，尾巴摇成了雨刷器。

谷小雨听到动静，也从厨房里走了出来。

郑好介绍道："这是我朋友谷小雨，这是我老板韩澈。"

韩澈垂下眼帘,看着面前的女孩,这才明白郑好的用意。

谷小雨身材娇小,目测只有一米四,比正常人矮了一大截。郑好一定是见过太多人对谷小雨指指点点,才会如此紧张地提前警告一番。

韩澈微笑颔首,主动伸出手。

"韩老板好。"谷小雨紧张地在围裙上擦了擦手,跟他握了握。

"进来坐啊。"郑好招呼韩澈进屋,又高高地提起手中的鱼,跟谷小雨炫耀,"没骗你吧?至少有二十斤!这一路提回来可累死我了。"

谷小雨接过鱼掂了掂,疑惑道:"这有二十斤?不太像啊。"

"那必须的。"郑好转了转手腕,又揉了揉肩膀,忽然想到什么,"咱们家不是有个体重秤吗?"

找出体重秤,把鱼装进塑料袋里,放秤上一称,才17.5斤。

空气中弥漫着一丝尴尬。

郑好挠挠鼻尖,心虚地说:"咱们家的秤不准吧?"

韩澈调侃道:"没准儿是路上耽搁太久,鱼脱水了。"

"对对对。"郑好丝毫没听出他话里的讽刺意味,还郑重地告诫两人,"咱们对外统一口径就说二十斤,打死都不改。"

韩澈心说:除了你,还有谁会把这点小事到处宣传啊?

谷小雨提着鱼进了厨房,郑好冲韩澈挑挑眉:"要参观一下吗?"

三间卧室不方便进去,他们就在餐客厅简单溜达了一圈。

郑好家的装修虽然简单,但软装很用心,米色沙发搭配灰色地毯,色调柔和舒适,白纱帘随风轻舞,窗台上的花花草草也在轻摇着枝叶。

过了会儿,谷小雨从厨房里搬出一只沉甸甸的不锈钢桶,稳稳地搁在餐桌上,冲郑好一笑:"辛苦了。"

郑好撸起袖子:"应该的嘛。"

刚刚在菜市场,她给谷小雨打电话询问要买哪些菜,谷小雨为难地表示下午出摊的食材还没准备好,于是她拍拍胸脯,主动接下了搓冰粉的重任。

桶里装了大半桶凉白开,郑好将冰粉籽倒进几只纱袋中,逐一系紧袋口,放在水里浸泡。

韩澈站在一旁,好奇地观察着。

郑好问:"要试试吗?"

韩澈点点头,脱下外套挂在椅背上,又挽起袖子,露出结实的小臂:"我先去洗个手。"

郑好瞥他一眼,冲卫生间的方向抬了抬下巴,自己则去厨房拿了双手套,然后扔给韩澈。

"怎么做?"

"其实挺简单的,你就不停地搓这个袋子,让果胶流出来。"郑好拿起一只浸满水的纱袋搓揉几下,很快就看到一股透明的黏液从虎口处流了下来。

韩澈依样拿起一只纱袋反复搓揉了几下,果胶慢慢渗出,手套上黏糊糊、滑腻腻的……

他欲言又止:"呃,这个有点像……"

郑好瞪他一眼:"看破不说破。"

韩澈乖乖闭嘴。

搓冰粉的感觉很奇怪,有点不可描述,又莫名地治愈。

看到桶里的水渐渐变成黏液,布满小气泡,再加一碗沉淀后的石灰水,看它慢慢凝结成固态后像果冻一样Q弹爽滑,还是挺有成就感的。

"谢谢你啊。"当韩澈将满满一桶冰粉放进冰箱时,郑好突然冒出这么一句话。

"客气什么?做冰粉又不累,还挺有意思的。"

"我不是说这个。"郑好扭头看了一眼厨房,谷小雨还在灶台前忙碌着,"谢谢你没有像其他人那样大惊小怪。"

韩澈不在意地笑了笑:"多大点事。"

郑好侧眸望着他,认真地说:"我觉得你还挺有教养的。"

"你也一样。"韩澈微笑着摘下手套,伸出右手,手腕处布满了一道道深深浅浅的血痕,看上去触目惊心,"你不是也没有大惊小怪吗?"

两人收拾好餐桌,走到窗边,隔着葱葱郁郁的花草,看着底下热闹的麻雀街。

"有时候,无视也是一种善良。"郑好说,"这是我妈告诉我的。小时候,有次我看到一个老头蹲在路边吃盒饭,我好心提醒他衣服后面破了好几个洞。那老头很尴尬,把头埋得很低,没搭理我。"

韩澈忍不住笑了:"确实像你会干出来的事。"

郑好脸色微赧,继续说:"我妈知道后把我骂了一顿,硬拉着我去给那老头道歉,还送给他几件干净的衣服。她告诉我,当别人陷入窘境时,如果你不能帮忙,就不要多嘴。"

韩澈赞许道:"你妈妈还挺有智慧的。人的成长,就是从学会说话到学会闭嘴。"

祸从口出,少管闲事——从小到大,他妈妈也经常这样告诫他。

但二者的出发点完全不同,一个是给予他人尊重和包容,另一个则是明哲保身。

郑好继续回忆往事:"后来上了初中,我分到一个胖胖的新同桌。我忍住了好奇心,从来没有打听过她为什么那么胖,也没有像其他同学那样嘲笑她、排挤她。初中毕业时,她才主动跟我说她小时候生了一场大病,需要长期服用激素类药物,所以才会变成那样。她很感激我,因为全班只有我把她当正常人看待。"

韩澈静静听完,低头一笑。

"幸好我没有憋三年才告诉你。"他摩挲着手腕上的伤疤,"你肯定好奇极了吧?"

"我只是有点意外,像你这么……呃……"郑好顿了顿,一时找不到准确的形容词,"像你这样的人,也会有想不开的时候。"

韩澈轻声道:"我不是自杀,不过……也差不多。

"我犯病最严重的一次,是在今年年初。过完年,股市一开盘就狂跌不止,坏消息接二连三,整个市场哀鸿遍野,我管理的几支基金几乎腰斩。"

郑好又想起论坛里的那些谩骂,也是年初那阵子最猛烈。

"所以是因为工作的关系?"

其实她不太理解,无论基金是涨是跌,只要有人买卖,他就能赚到管理费。投资这种事,本就是谋事在人成事在天,何必给自己那么大压力呢?

韩澈摇摇头:"还有很多其他事,各种负面情绪堆积在一起,承受能力到了极限,所以一下子崩溃了。"

沉默了片刻,他继续说:"我不是说过我丧失了感觉吗?那段时间我试过很多办法,比如直接喝开水,扎自己大腿,用刀子割手臂,想用这类极端的方式找回一点点痛感……"

"等我清醒过来时,就已经成这样了。"韩澈垂下眼帘,手指轻轻摩挲着颜色最深的那道伤疤,"就是这道,差点割到动脉,医生说要不是我当时比较虚弱,力气不够大,现在已经重新投胎了。"

他轻笑一声,带了几分自嘲。

郑好听得唏嘘不已。

她一向能言善道,此刻却不知该如何开口。

他是一个病人,一个被抑郁情绪控制和折磨的病人,他需要的不是几句轻飘飘的安慰或同情,而是专业的治疗和安心的陪伴。

气氛安静得有些凝重。

韩澈收回手臂,慢慢放下袖子,反过来安慰她:"还好,都过去了。"

郑好望着他,忧心忡忡地问:"过去了,还会回来吗?"

"不知道。"韩澈如实回答。

病根未除,恐怕还会反复发作。

放眼望去,前方仍是一片灰暗,幸好,还有点点亮光给他一丝慰藉和几分希望。

"开饭啦!"厨房里传来谷小雨的呼唤。

两人对视一眼,迅速收回思绪,调整好表情,走进厨房帮忙。

郑好端出一只盛满鱼汤的不锈钢盆,对韩澈说:"你们先吃,我去去就回。"

"干吗去?"

"给胡爷爷他们送一碗啊。老两口一天三顿吃馒头咸菜,我都看不下去了。"郑好目不转睛地盯着手里的盆,小心翼翼地绕过餐桌。

韩澈忍不住吐槽:"就不能换个好点儿的碗吗?跟个狗盆似的。"

正在往一个大如脸盆的不锈钢盆里舀鱼汤的谷小雨愣了愣:那是狗盆,那我怀里的是什么?猪桶?

空气一时凝固。

郑好挑挑眉,阴阳怪气道:"哟,韩老板这是瞧不上我们穷人的餐具?"

韩澈虚心认错:"对不起对不起,我嘴贱瞎说的。"

为表歉意,他随手从灶台上拿起一只不锈钢饭盆:"我用这个,行吧?"

"汪汪汪!"身后响起一阵狂吠。

回头一看,郑大钱不知何时蹲在了厨房门口,对着他龇牙咧嘴、目露凶光。

郑好幽幽道:"这才是真正的狗盆。"

韩澈惊呆了。

你们家的餐具人狗不分啊?不会弄混吗?

等郑好送完鱼汤回来,又给郑大钱倒了满满一盆狗粮,三人一狗终于美美开吃。

"完了!"郑好一拍脑门,望向韩澈,"忘记给你买'草料'了。"

"呵呵……"韩澈难得冷幽默一把,"我偶尔也会吃人类的食物。"

"那就委屈你了。"郑好打开电饭煲,"你吃人类的大米饭吗?"

"来点儿吧。"韩澈决定破一回例。

米饭入口,温软香糯,这种感觉熟悉又遥远。回忆起来,上次吃米饭还是除夕夜,他在母亲的监督下勉强吃了小半碗。

电磁炉上搁着不锈钢盆,奶白色的鱼汤正"咕噜咕噜"地冒着泡,锅里除了肥大的鱼头,还有娃娃菜、冻豆腐、蘑菇和魔芋丝。

郑好夹起鱼脸上那块嫩滑的鱼肉吸进嘴里,在舌尖细细抿着。

"呲——"她闭上眼,满脸陶醉,"爽。"

韩澈虽然闻不到鱼汤香,品不出鱼肉嫩,但这烟火气十足的画面,依旧唤起了他许多与幸福有关的回忆。

不知不觉,他竟吃完了一碗米饭。

郑好惊奇地"哟"了一声,问道:"还要吗?"

韩澈犹豫了两秒,递上碗。

碳水这玩意儿天生就有吸引力,全人类都抵抗不了,他也只能乖乖认命。

在吃光两碗米饭,喝完三碗鱼汤,还吃了若干鱼肉和配菜后,韩澈终于放下碗筷。

起身时,他忽然感到大脑缺氧,困意来势汹汹。

大白天犯困,这对他来说可不多见。

郑好正收拾着餐桌,见他眼皮耷拉、哈欠连连,关切地问:"要不你去我房间睡会儿？"

"不用了。"韩澈强打起精神，端起碗筷准备进厨房，"你们歇会儿吧，我来洗。"

"别啊，你是客人，哪能让你干活儿？"

郑好把他赶出厨房，打开自己卧室的门，招呼他进来："我刚换的床单，干净着呢。"

要睡……她的床？韩澈突然有些紧张。

在她的注视下，他磨磨蹭蹭地走进她的卧室，视线不敢四处乱窜，只好直勾勾地盯着床尾。

床尾放着一个狗窝，窝里除了几个小玩偶，还有一只硕大的……"哈士奇"？

他蓦地转头，瞪着郑好。

郑好尴尬地挠挠鼻子，咳了几声，试图解释："那啥，我……"

她突然回头，冲跟在自己屁股后头的小狗嚷嚷道："郑大钱！我放在床上的娃娃，怎么到你窝里去了？你自己没玩具吗？这可是韩老板送的……"

她一边骂咧咧，一边观察韩澈的脸色。

这拙劣的演技，这熟练的甩锅技术，郑大钱就是吃了不会说话的亏啊。

韩澈看不下去了，摆摆手让她闭嘴，然后走到床边坐下，说："半个小时后叫我。"

"好嘞。"

郑好正要关门，忽然想起什么，又回到房间，从狗窝里拿起那只大"哈士奇"，端端正正地摆在自己枕头边。

她冲韩澈一笑，退出房间，还贴心地关上了门。

看着"哈士奇"被咬得惨兮兮的脸，身上还有几根可疑的黄色狗毛，韩澈一时无语，唯有叹气。

算了，就当他一片真心喂了狗。

厨房里，郑好负责洗碗，谷小雨则搬出一箱柠檬，逐个用盐洗净、擦干、切片，然后放进保鲜盒。

最近摆摊竞争太激烈，冰粉生意不好做，谷小雨决定开发一项新业务——手打柠檬茶。

谷小雨跟郑好商量："下午能不能帮我搬一下？东西太多，我一个人实在拿不动。"

"可以啊。"郑好欣然同意。

过了会儿，她忽然想起什么，疑惑地问："今天不是周末吗？学生又不上课，校门口会有生意吗？"

"放心啦，那条街一直挺热闹的，好多学生就住在附近，不过……"谷小雨话音一顿，回头瞥了眼卧室的方向，"韩老板怎么办？"

"一起带过去呗。"郑好一脸坏笑，"看他一身的腱子肉，此时不用，更待何时啊？"

谷小雨不得不佩服："让老板花钱给你干活，你真是打工人的楷模。"

郑好"哈哈"大笑："他不是让我带他玩吗？世上还有什么事比赚钱更好玩的呢？"

"我还以为你们一周只玩一天呢，连着两天不累吗？"

"谁知道呢。早上突然来找我，二话不说就打钱，这谁招架得住啊！"郑好思索片刻，自信道，"他一定是觉得昨天收获满满，物超所值。嗯，真香。"

谷小雨挤眉弄眼地笑了笑："我就说嘛，你俩肯定有戏。"

"得了吧，谈恋爱哪有赚钱有意思。"

两个姑娘嘻嘻哈哈聊了好久，等郑好终于想起沉睡的韩老板时，已经是一个半小时之后了。

韩澈坐在床边，使劲揉了揉眉心，缓了好半天才从迷糊的状态中清醒过来。

看一眼手机……

说好的半个小时呢？"郑秘书"能不能靠点谱啊？

郑好双手递上一杯凉白开，讪讪地笑道："哎哟，我这不是看您操劳过度，想让您多休息会儿嘛。睡饱了才有精神开展下午的工作啊。"

韩澈喝水的动作一僵："……工作？"

半个小时后，韩澈站在人来人往的街上，看着面前的小吃摊，陷入了沉思。

到底是谁替谁打工啊？

"哐哐哐……"

韩澈捶打柠檬的声音强劲有力，宣泄着打工人的怨念和怒气。

一旁的郑好犹如一个金牌销售员，激情澎湃地吹嘘着自家老板："瞧瞧这凶猛的肱二头肌，这健硕的大胸肌，这结实整齐的六块腹肌……"

腹肌藏在浅灰色亚麻衬衫底下，只能隐约看见起伏的轮廓，令人浮想联翩。

韩澈的脸又红又热，头发也乱了，汗顺着鬓角不断滑落。

郑好一边欣赏着这荷尔蒙爆表的画面，一边跟谷小雨商量："要不咱们创立一个品牌，就叫'猛男暴打柠檬茶'，到时候雇几个健身教练捶柠檬，怎么样？"

这画面，想想就让人心潮澎湃。

谷小雨哈哈大笑，附和道："行啊，广告语就叫'猛男柠檬茶，色香味俱全'。"

韩澈动作一顿，投来一个幽怨的眼神。

郑好美美地构想着她的商业蓝图，决定从第一步做起——打广告。

"我去水果店借喇叭。"她跟谷小雨打了个招呼，转身就走。

谷小雨冲她的背影大喊："别再找托儿了！"

营销一次就得买一个榴梿，这买卖太亏了，不是长久之计。

一回头看见韩澈,谷小雨又心生内疚,安慰道:"韩老板,你放心,不会让你白打工的。一杯柠檬茶分你三块钱,怎么样?"

"钱是小事,关键是……"韩澈欲言又止。

出卖体力就罢了,怎么还得出卖色相呢?

这隐隐的女性凝视让他浑身不舒服。

很快,郑好就火急火燎地回来了,手上既没喇叭,身后也没跟着"演员大哥"。

"完了完了,那家店转让了,现在在重新装修!好端端的店,怎么说没就没了啊?"

谷小雨关心的则是另一个问题:"要开什么店啊?"

郑好蒙蒙道:"不知道啊。"

"再探再报!"

过了几分钟,郑好又回来了,还带回了"特大喜讯":"我找装修工打听过了,是雪王!咱们以后摆摊,可以顺便买个冰激凌吃啦。"

跟郑好的欣喜不同,谷小雨则是脸色煞白,如遭雷劈:"完了完了,这下全完了……"

"怎么了?"郑好不明所以。

韩澈幽幽地看她一眼:"你知道雪王的柠檬茶多少钱一杯吗?你们的价格是人家的两倍。"

郑好这才意识到问题的严重性。她眉头一皱,提议道:"那咱们以后就不卖柠檬茶,专心卖冰粉呗。"

谷小雨依旧满脸愁容:"我好不容易才找到一个水果商,能稳定供应香水柠檬,一个星期三箱,定金都交了……这下都要打水漂了。"

郑好安慰她:"别那么悲观嘛。你想想,一家店装修至少得一个月吧?那你还有时间把存货卖完啊。"

韩澈纠正道:"雪王的店用不了那么久,一个星期就能搞定。"

郑好怒了:"你怎么老说风凉话啊?"

"我是在陈述事实。"韩澈冷静分析,"你们现在有两条路:一是只卖冰粉,不卖柠檬茶;二是重新选个地方摆摊。"

谷小雨犹豫不决:"这个地方人流量大,生意一直不错,但最近又多了几家冰粉摊,我觉得竞争太激烈了……换个地方也好。"

韩澈:"你也不用太着急,毕竟还有一周的时间,多去周边走走看看。"

郑好附和道:"对啊,树挪死人挪活嘛。"

有人过来买冰粉了,三个人匆匆结束讨论,回到各自的岗位。

为了能尽快清掉库存,他们把推销的重点放在了柠檬茶上。

虽然没有借到喇叭,但郑好的大嗓门依然电量十足,魔音穿耳,至少能辐射方圆三十米。

"柠檬茶十块钱一杯,肌肉猛男新鲜现做,酸酸甜甜,清凉解渴……"

每听她喊一次"肌肉猛男",韩澈的耳根就要红上几分。

"哐哐哐!"他使劲捶打着杯中的柠檬和冰块,试图转移注意力。

偏偏郑好还来假意关心:"你热不热?要不要再脱一件?"

"不热!"韩澈没好气道,一把抹去脑门上的汗。

哼,色狼之心,路人皆知。

凭借郑好卖力的吆喝和韩澈优越的色相,小摊前很快聚集起一堆年轻女孩子,不少人趁着等柠檬茶的空当偷瞄着这个男人——长相清俊帅气,身材堪比男模,穿着得体的衬衫,手臂因为用力而肌肉紧绷,下颌线微微收紧,额上渗出一层薄汗……

真是将禁欲和糙汉结合得恰到好处。

见他衬衫的前胸和后背都被汗浸湿了,郑好又起邪念,怂恿道:"你看看大街上哪个男人干活穿那么多啊?别害羞嘛,好东西就该拿出来让大家欣赏。"

韩澈咬牙忍着,把怨气全发泄在柠檬上。

郑好开玩笑道:"哟哟哟,还跟我玩欲拒还迎?你们男人练这一身肌肉不就是为了吸引雌性嘛。"

语言调戏不够,她还得寸进尺,用手指戳了戳他因用力捶打而鼓胀的肱二头肌。

韩澈忍无可忍:"你再这样,我告你职场性骚扰了!"

摆摊也得遵守《劳动法》吧?

"呵,男人。"郑好转过头,跟谷小雨相视一笑,"还装,明明心里享受得很。"

几个小时的疯狂卖货成果斐然,当街边亮起路灯时,两桶茶加一箱柠檬全都卖光了。

算算,总共卖了六十五杯,比预期的要好太多了。

谷小雨拿出手机,感激地说:"韩老板,我把工钱转给你吧。"

韩澈当然不肯收,谷小雨执意要给,三番五次下来,郑好都看烦了。

"哎呀,给你你就拿着。"她直接在微信上给韩澈发了个两百的红包,"走啦,去吃饭。"

谷小雨摆摆手:"你们先去吧,我这儿还有一桶冰粉没卖完呢。"

"行吧,你卖完了早点回家。"

郑好正低头收拾着自己的东西,突然听见一个男孩高声叫唤:"矮冬瓜,来一碗冰粉。"

周围响起一阵窃笑。

郑好猛地抬起头,瞪着摊前的那几个人。

五个男孩,看上去都是小学生,刚刚说话的那个男孩扬着下巴,一脸浑不懔的模样,后脑勺还留着一根细长的辫子。

旁边一个胖胖的小孩接话:"你看她长那样,应该叫'矮倭瓜'啦。"

又是一阵哄笑。

郑好冷冷地盯着他们。韩澈也没有好脸色，但依旧保持着冷静，沉声道："小朋友，说话注意点，别动不动给别人起外号。"

"算了算了。"谷小雨小声劝他。她手忙脚乱地把冰粉盛好，递给那个小辫子男孩。

小辫子男孩眼珠子一瞪，骂道："我的勺子呢？你瞎啊？"

郑好忍无可忍，回呛道："你才瞎呢！勺子就在你眼前，你没手啊？"

谷小雨一直在桌子底下拉郑好，郑好这才忍住怒火，没有继续开炮。

几个小孩冲她做了个鬼脸，嘻嘻哈哈地扬长而去。

谷小雨故作轻松道："算了，他们还是小学生，就住这条街上，来我这儿光顾好几次了。"

"每次都这样？"郑好愤愤不平，"你也能忍？"

谷小雨勉强笑了笑："他们还小嘛……再说了，我不是要换地方了吗？以后就见不到他们了。"

郑好一肚子火无处发泄："那也不能让他们……哎？"

她的眼睛倏地亮了。

——这是要干大事的前兆啊。

韩澈突然有种不好的预感。

郑好问："你确定要换地方了？"

谷小雨点点头："你说的嘛，树挪死人挪活。"

"那就好办了。"郑好一脸兴奋，摩拳擦掌。

她正要拔腿追出去，又被韩澈拉住了胳膊。他温声劝道："让我去吧。"

"不行，你骂人太文明了，毫无杀伤力。"

韩澈呛住。

不等他想好策略，郑好已经一溜烟蹿了出去，他只好一路小跑紧跟在后。

几个男孩还没走远。

等韩澈赶到时，郑好已经揪住了中间男孩的小辫子，恶狠狠道："你这狗东西，嘴巴怎么那么臭？是不是屎吃多了没刷牙？"

韩澈一下子震住了。

这脏话水平确实有杀伤力。

郑好继续骂道："现在连狗都不吃屎了，哈哈，你连狗都不如啊？"

其他几个男孩忍不住哂笑。

郑好回头望着他们，冷笑："你们跟他做朋友，不怕被他的口臭熏死啊？"

小辫子男孩涨红了脸，大喊道："你才吃屎！放开我！"

"不放！"郑好一只手扯着他的辫子，另一只手拧着他的耳朵，"去跟那个姐姐道歉！"

"放开我！"小男孩拼命挣扎着，抬起脚狠踹郑好的小腿。

韩澈顿时怒火攻心，一个箭步冲上去，反剪住他的双手，一把将他摁到墙上。

几个小男孩吓得四散而逃。郑好眼疾手快，几步追上那个小胖子，揪住他的后衣领，也摁到了墙上。

"还有你，一起去道歉！"

最终，在路人震惊的目光中，"雌雄双煞"一人押一个小孩，大摇大摆地走过半条街，回到谷小雨的小摊前。

谷小雨惊诧又紧张，手脚都不知该放哪儿。

在郑好和韩澈的眼神威胁下，两个小孩轮流向谷小雨鞠躬道歉：

"对不起，我不该给你取外号。"

"对不起，我不该骂人。"

虽然对手是两个小学生，但"雌雄双煞"一致认为收拾熊孩子人人有责。这一仗，他们打得很爽。

关于晚饭，郑好提议去吃饺子，韩澈没意见。他中午破天荒吃了两碗饭，热量严重超标，晚饭走个形式就行。

饺子馆遍地都是，他本以为郑好会就近选一家，没想到居然导航到了一所大学附近的小吃街上，开车至少要半小时。

韩澈忍不住质疑："有必要去那么远吗？"

郑好回道："我听说这家店很好吃。"

韩澈不屑一顾："又是营销出来的网红店吧？"

"不是，是……"郑好眨了眨眼，"是我朋友推荐的，她说这家店在江城第五届饺子大赛中得了冠军，每天生意火爆。"

韩澈眯起眼打量着她。他相当怀疑这个理由，江城举办个热干面大赛就罢了，还有饺子大赛？简直闻所未闻。

而且她的眼神躲躲闪闪，就差把"心虚"两个字写脸上了。

"行啊，去吧。"

他倒要看看她又在搞什么鬼。

已经六点多了，路上依旧拥堵。前方道路的尽头，橘红色的夕阳渐渐沉入地平线，道路两旁的高楼大厦在暮色中愈显暗沉，像两扇厚重的大门，将落日余晖的美景关在了城市之外。

韩澈忽然想起上午钓鱼时，郑好说过要带他去晴川桥看日落。

他不喜欢黄昏，甚至害怕看到日落。他最好的朋友，就是在一个黄昏从十六楼办公室的窗户一跃而下。

那天，夕阳如火，灼痛了他的眼睛。

前方红色车尾灯越来越近，韩澈猛地踩下刹车，思绪瞬间回到现实。

"干啥呢你？"郑好紧紧抓着安全带，扭头瞪着他，"睁着眼睛睡觉啊？"

韩澈长吁一口气："抱歉，没注意。"

"就你这开车技术……"她嫌弃道,"我本来还想睡会儿呢。算了,还是盯着你吧。"

韩澈:"你睡吧,我会小心的。"

"算了,睡不着……"

话音未落,郑好余光瞥见旁边一辆黑色越野车试图加塞,半个车头都别了过来。她立刻降下车窗,探出脑袋,冲越野车大吼:"你挤个锤子啊?再往前'戳戳',老子铲飞你!"

骂完,她又催促韩澈:"你跟紧点儿,别让他插队,老子最烦'加塞狗'了。"她边说边把手伸进包里摸索,似乎要往外掏什么"武器"。

韩澈提醒她:"那是大G。"

"……哦。"郑好讪讪地缩回了手,还识时务地关上了车窗,"那你开慢点儿,别蹭到人家了。"

韩澈之前就发现她这人能在耍狠和认怂之间收放自如,被打脸也丝毫不觉得尴尬。这是他羡慕又学不会的品质。

跟她做朋友,应该会挺开心吧?

车子在小吃街上弯弯绕绕,终于抵达那家传说中的饺子馆。

可惜,这家冠军店的生意好像有点惨淡。小小的门店只坐了三四桌客人,看模样都是附近的学生。

店主是对夫妻,男人长得高大壮实,在后厨进进出出。女人扎着马尾,身材瘦高,负责点菜和收银。柜台后面还有个小男孩在埋头写作业。

平平无奇的一家店,怎么看都跟"网红""冠军"不搭边。

韩澈满腹狐疑地坐下来,问郑好:"你确定是这家?"

郑好看看手机,又看看端着两盘饺子的男店主:"没错啊。点单吧。"

韩澈浏览着墙上的菜单,眉头微蹙:"可是我不吃……"

"碳水嘛。"郑好没好气地接话,"耳朵都听出茧子了。咱俩共点一盘饺子,你吃馅儿,我吃皮,这样总行了吧?"

"……咱俩还没熟到这种地步吧?"

郑好无奈地摊手:"谁让咱们韩老板这么难伺候呢?"

她起身去柜台点单,没过多久,一盘白胖胖、热腾腾的饺子就上桌了。

店主大哥笑眯眯地说:"您的玉米鲜肉饺子来喽,桌上有酱油和醋,喜欢什么口味您自己调。"

"谢谢。"郑好拿起两只小碟,目光一直追随着他进了后厨。

过了一会儿,大哥又端来一盘香菜拌牛肉和一盘凉拌毛豆,笑容温和:"您的菜品上齐了,请慢用。口味上如果有什么不满意,都可以跟我们说。"

韩澈冲他点点头:"谢谢。"

郑好用筷子扒开饺子皮,把肉馅夹到韩澈碗里,视线却一直盯着那位大哥,嘀咕道:"这大哥还怪礼貌的。"

"是啊。"

"唉,麻烦了。"郑好颇为苦恼,"伸手不打笑脸人啊。"

"是啊……啊?"韩澈愣住,前后两句话有什么逻辑关系吗?

算了,她的思维一向跳脱,正常人理解不了,他也懒得去深究。

韩澈环顾四周,之前几桌客人陆续吃完走了,现在店里只剩下他们一桌。他小声说:"这家店生意好像不怎么好。"

郑好冷哼一声:"活该。"

"你之前还说这家店生意火爆。"

"我放屁的,你也信?"

韩澈瞪着她,表情疑惑又愤怒,质问道:"那你带我来这儿干吗?"

"哎呀,"郑好不耐烦地摆摆手,"先吃,吃完再说。"

她逐个将饺子开膛破肚,肉馅归韩澈,面皮归她,两人分工明确,很快将桌上的几只盘子消灭干净。

韩澈渐渐察觉出端倪。吃饭的时候,郑好的视线时不时地飘向后厨,尤其是当那位大哥端着饭菜走出来时,她的目光一路紧跟,恨不得黏在人家身上。

他突然有了一丝异样的感觉,怪怪的,堵在心头不太舒服。

"你认识啊?"他瞥了一眼那位大哥,故作随意地问。

郑好"嗯"了一声,这才收回视线:"勉强算认识吧。"

"你对人家有意思?"不知为何,韩澈的语气酸溜溜的。

"……啥?"郑好一脸惊恐,"你疯了吧?"

韩澈严肃道:"你才疯了。人家的老婆、孩子都在这儿呢,你就这么明目张胆,合适吗?"

郑好呵笑两声,像看智障一样看着他。

好久没听过这么离谱的笑话了。

"算了,跟你直说吧。"郑好掏出手机,打开抖音,递到韩澈面前,"这条视频你还记得吧?"

韩澈一脸茫然地接过手机,熟悉的背景音乐响起,一片袅袅白雾中,七仙女依次登场,环绕着傻愣愣的唐长老……

这不是昨天在樱园拍的小视频吗?他怎么可能忘记?

韩澈倏地抬起头,把手机还给郑好:"关了关了。"

太羞耻了。

"别急啊,视频不是重点。"郑好把评论打开,指着最上方那条,示意他看。

那条评论是:一群老妖婆,丢人现眼。

韩澈顿时感觉一股气血上涌。

仔细一看,这条评论的点赞者寥寥无几,能冲到第一完全是因为下面有几百条回复,点开一看,大多数是骂这个喷子的。

这喷子似乎不服气,跟底下的评论者互怼:

△什么年纪就该穿什么样的衣服，一大把年纪装什么嫩啊？打扮得这么花枝招展的不嫌害臊吗？

△一群老妖婆还拍这种视频，简直辣眼睛，不如回家带孙子。

△不就是想火吗？我骂她们是给她们带流量了。

…………

到后来，这喷子怼不过网友，就开始骂脏话，全是些不堪入目的字眼。

普通人尚且承受不了来自陌生人的恶意羞辱，更何况是一群老年人。

她们打扮得漂漂亮亮的，出门赏花，精心拍摄视频发到网上，结果看到底下是这样的评论，该多气愤多伤心啊？

韩澈嫌恶地皱起眉，低骂道："这人嘴真贱。"

郑好重重点头，义愤填膺："我越看越气，就点进这人的主页从头到尾翻了一遍。他有几张自拍照，定位显示是本省人，我估计就在江城，不然怎么会刷到樱园的视频呢？"

韩澈忽然反应过来："等等，该不会就是……"

他偷偷往后瞄，那位大哥还在后厨，柜台旁边的大姐正在辅导小男孩做作业。

郑好点点头，眼里闪着兴奋的光。

韩澈惊奇道："你怎么找到的？"

郑好"嘿嘿"一笑，得意扬扬地说："现在网络这么发达，想找个人还不容易？我把他的互关好友的主页都翻了一遍，最后找到了他老婆的账号，里面有他们的全家福，还有这家店的招牌……总之，我昨晚找了一宿，终于锁定了这家店的位置。"

"哇，你真的……"韩澈词穷了。

在这个信息几乎透明的时代，要找到一个人并不难，但她如此大费周章、用尽心思，从线上追杀到线下，居然只是因为一个网络喷子。

这份精神，可敬又可怕。

找到之后呢？

韩澈紧张道："你打算怎么对付他？"

"我还没计划好呢。"郑好缩起脖子，戚戚地说，"本来想当面骂他一顿的，结果看他长得那熊样，感觉打不过他啊……而且，他看起来还挺友善的，我总不能桌子一掀直接开骂吧？"

"是啊。"韩澈想到店主大哥那亲切的笑容、热情的招呼，再看看他在网上的发言，感觉真是知人知面不知心。

郑好忽然露出奸笑："还好，我随身携带暗器。"

韩澈后背一寒，看着她从背包里掏出一个小包，打开一层又一层的塑料袋，然后掀开厚厚的卫生纸，里头包着……

两个鸡蛋？

请问，这是哪个门派的暗器？

蛋黄派吗？

这下轮到韩澈像看智障一样看她了。

郑好偷偷瞄了柜台一眼，确认小夫妻都没有注意他们，这才放心地对韩澈说："我中午买菜的时候碰到周婆婆在扔坏鸡蛋，就捡了两个回来防身。"

防身？她需要防什么身？这世上能伤到她的人还没出生。

"所以，你打算用臭鸡蛋砸他？"韩澈冲后厨方向瞥了一眼。

郑好郑重地点头："砸完咱就跑，让他尝尝遗臭万年的滋味。"

好简单粗暴的打法。

思索片刻，韩澈指出这个战术的漏洞："你刚刚结账用的是扫码支付吧？人家轻而易举就能找到你。"

郑好一惊：看来此事还得从长计议。

韩澈认真分析："而且，我觉得你这么做虽然解气，但他依旧没有认识到自己的错误，不如跟他开诚布公地聊聊。"

郑好冷笑："我是来复仇的，不是来给他上课的。"

韩澈："问题是……"

郑好听得不耐烦，猛地一拍桌子，吼道："老板！"

柜台旁的大姐连忙走了过来："怎么了，姑娘？"

韩澈吓了一跳，疯狂使眼色：别冲动。

郑好视若无睹，抬眼望着大姐，一脸严肃地说："把厨师叫出来。"

很快，大哥从后厨出来了，抹了一把脸上的汗，微笑着问："姑娘怎么了？是对我们店的饭菜不满意吗？"

郑好深吸一口气，说："不是，我是来……"

话刚开了个头，就被韩澈抢断了："我们是抖音内容审核员，你的账户名是'我不做大哥好多年'吧？"

大哥的笑容僵在脸上："啊？啥审核员？"

韩澈拿起郑好的手机，点开那条评论，递到大哥面前，郑重其事道："我们注意到你昨天发表的许多言论涉嫌引战、人身攻击、网络暴力，甚至危害到视频博主的人身安全。"

他侧眸瞥了郑好一眼，郑好立刻心领神会，与他一唱一和："对，视频中的一位老人因为受不了你的漫骂攻击，昨晚突发心脏病，送到医院抢救，下午才苏醒过来。"

大哥脸上一阵红一阵白，嘴巴张了又合，一个字都说不出。

韩澈继续道："这位老人向平台举报了你，平台受理后，调取了你的基本信息，由我们上门来解决这件事。"

"那、那、那该怎么办？"先开口的是那个大姐，她一脸惊恐，"不会要我们赔钱吧？"

"这要看那位老人的意愿，看她是否继续追究你的责任。"

女人忽然转过身，用力抽打着大哥的后背，恨恨地骂道："叫你犯贱！叫你乱说话！成天抱着个手机，天天在网上骂这个骂那个！"

大哥又羞又窘，蜷缩着后背，任她打骂，一声不吭。

"好了好了……"韩澈终于出手拦住了大姐，"我们来这里是为了解决问题的。"

他板起脸，盯着大哥的眼睛，严肃地说："首先，你要在这条视频下面向几位老人正式道歉。"

大哥连连点头："可以，我马上发。"

"其次，你要发一条道歉视频，在你的主页置顶一个月。"

大哥有些犹豫，最终还是答应了："行。"

"最后……"

韩澈其实没想好，但他总觉得说个"最后"比较有气势。

郑好接话："最后，如果你还敢在网上到处乱说，我们就把你发言的内容截图发给你的每个亲朋好友。"

大哥吓得摇头："不敢了不敢了。"

"若有违背，形同此蛋！"郑好举起一只臭鸡蛋。

大哥大姐一愣，这是干啥？

韩澈内心大喊：等我撤退了再扔！

已经晚了，只听"啪"一声响，蛋液溅得满桌都是，有几滴还飞到了韩澈的手背上。

奇怪的是，臭鸡蛋的味道并未如郑好设想的那样满屋弥散开来。

她用手指捋了一滴放在鼻底轻嗅。咦？只有淡淡的腥味，不臭啊！

难道周婆婆扔的是好蛋？

与此同时，在麻雀街的三层小楼上，谷小雨正在厨房里煮面。

浓汤翻滚，香飘四溢，她从冰箱拿出一只鸡蛋，在锅边轻轻一敲，掰开蛋壳，绿莹莹的蛋液坠入热汤中，下一秒，一股恶臭味直冲脑门，令人窒息。

谷小雨仰天咆哮："是哪个天杀的把臭鸡蛋放冰箱里的？造孽啊！"

好好的一锅面，毁于一蛋！

郑好的发疯虽然莫名其妙，但是很管用，看店主大哥那唯唯诺诺的样子，明显是被震慑住了。

两人回到车上，韩澈沿原路驶出了小吃街，郑好则专心研究着那只剩下的鸡蛋。

看外观，与正常鸡蛋别无二致，蛋壳没有长毛、发绿或开裂，也没有奇怪的味道，放在耳边轻摇，有液体晃动的声音，但这能说明鸡蛋坏了吗？

只有打开才能揭晓谜题,可她又不想白白浪费这个生化武器。

真是薛定谔的臭鸡蛋。

韩澈开着车,不时瞥她一眼,神色有些紧张。

"你把蛋收好,别打碎了。"

郑好把鸡蛋立在掌心,侧身面向韩澈,认真地问:"韩老板,你有仇人吗?"

"没有。"韩澈顿了下,神色警惕起来,"你想干吗?"

"我去砸他。"

"……不必了。"

这种下九流的招数还是留给你们江湖人士吧。

车辆快速行驶,窗外璀璨的夜景一晃而过。郑好打了个哈欠,正要把鸡蛋放回包里,车身突然向右一偏,又被马路牙子硌了一下。

颠簸幅度不大,但足以让一只鸡蛋跃出手掌。

郑好眼睁睁看着鸡蛋掉落在膝盖上,想伸手去抓,它又顺着腿缝骨碌碌地滚下去,最后精准地砸在了她的鞋子上。

地垫很厚实,鸡蛋掉下去也没有声音,但她有种不祥的预感……

她用眼角偷瞄一眼韩澈,他正目不斜视地开着车,并未注意到副驾驶上的生化危机。

前方是一辆黑色SUV,刚刚的小意外就是它强行加塞造成的。

没过多久,一股腐臭味就从双脚间散发出来,渐渐弥漫了整个车厢。

太难闻了……

郑好被熏得脸皱成一团。她慢慢俯下身,把鸡蛋壳装进塑料袋里,又用卫生纸把地垫擦了又擦。

她的动作很小心,一边擦地一边偷瞟着韩澈。他的神色没有丝毫变化,似乎对毒气入侵浑然不觉。

哦,对了,他现在没有嗅觉。

郑好暗自庆幸。

沉默地挨过了几分钟,车厢内的臭味越来越浓烈,简直令人窒息。

悄悄收拾好垃圾后,郑好想开窗散散味道,按下按键,车窗却没有反应。

难道是被锁了?

她憋着气,故作随意地说:"开下窗吧。"

韩澈终于淡淡开口:"晚上冷,车里开了空调。"

没这个必要吧?热风加臭鸡蛋会产生一种煮屎的效果啊。

"那个……车里太闷,我想吹吹风。"郑好脸都憋紫了,几乎是从牙缝里挤出的这句话。

"路上灰大,忍一忍吧。"

郑好拧眉瞪着韩澈。

他的侧脸依旧平静如常,但那微弯的眼角以及眼底闪烁的笑意,隐隐流露出几分幸灾乐祸的意味。

郑好终于憋不住了，用衣袖紧紧捂住鼻子，愤怒地控诉："你故意的吧？"

韩澈轻蔑地笑了一声，转过头，目光幽幽地看着她："我是闻不到，但我还没瞎。"

"阴险小人！"郑好咬牙切齿，"快开窗！臭死了！"

"呵。"韩澈耸耸肩。反正他闻不到，臭气对他的攻击性为零。

"大不了赔你洗车钱嘛！"

韩澈挑了挑眉，依旧不为所动。

郑好捂住嘴做呕吐状："快点……我要吐了！"

此话一出，效果显著。韩澈急忙按下车锁键，四面车窗一起降下，夜风席卷而入，瞬间带走车内的污浊之气。

郑好趴在车窗上，脸朝外，大口大口地呼吸新鲜空气。

玻璃上倒映着韩澈的侧脸，一脸得逞的坏笑，嘴角都要咧到耳根了。

郑好斜睨着他，目露凶光。

哼，对付这种人，发疯比发嗲好使，威胁比求饶有用。

童梦今晚没有排练，早早地回到家，然后发现两个室友都不太对劲——

谷小雨在厨房里咬牙切齿地刷锅，郑好在卫生间里一脸幽怨地刷鞋。

空气中隐隐飘浮着一丝臭屁味儿。

童梦走进厨房，问谷小雨："你煮什么了？"

谷小雨恨恨道："你问她！"

童梦又走进卫生间，问郑好："你炸马桶了？"

郑好叹气："我踩狗屎了。"

两个神经病。

童梦暗骂一句，转身回房。

周一早上的地铁里挤满了打工人，每张脸都是死气沉沉的，像从坟墓里爬出来的干尸，散发着对这个世界的怨气。

郑好夹在一群"干尸"中间，左手提着牛肉面，右手机械地翻着手机。

百无聊赖中，她打开了理财软件，一瞬间满屏绿光，在她的脸上映出一片青青草原。

周围的"干尸们"投来同情的目光。

郑好打开基金经理的简介，看着韩澈那张意气风发的脸，简直欲哭无泪。

长这么帅有什么用？你可争点气吧！

在鬼屋度过了煎熬的一天，郑好又在收盘前提心吊胆地看了一眼基金账户。

唉，一潭死水。

晚上，郑好躺在床上，翻来覆去，纠结再三，终于忍不住给韩澈发了条微信。

郑圆脸：韩老板，在吗？

韩澈的回复模仿了她的风格。

韩澈：在不在，取决于你要说什么。

郑圆脸：你不是基金经理吗？请问一下，有没有什么理财建议可以跟我分享的呀？

郑好的措辞难得地有礼貌。

韩澈的回复很官方。

韩澈：要结合具体情况讨论，比如你的账户余额、月收入、月流水、负债情况等等。

出于对他的信任，郑好毫无保留地给他交了底，结果就得到一句话——

韩澈：我的建议是，不要理财。

郑好气得捶床，直骂他无情冷漠又傲慢。

片刻后，韩澈又补了一句：你的抗风险能力太差，我不建议你入场。不如把钱存银行，利息虽然少，至少能保住本金。

郑好抱着手机发呆。

那可咋办？亏成这样让她割肉离场，她死不瞑目啊。

郑圆脸：韩经理，你管理的基金叫什么啊？我能买吗？

韩澈看着手机，脸上浮起苦笑。

韩澈：出于自身安全原因，我建议你别买。

郑圆脸：啥意思？

韩澈：我怕你砍我。

郑好把手机一扔，躺在床上对着空气拳打脚踢。

算了，还是撤吧，这年头现金为王，割掉的肉以后慢慢从他身上补回来。

其实，韩澈这一天也过得很煎熬。

白天，投资部副总再次找他谈话，讨论调仓问题。副总认为目前市场比较萎靡，希望能从消费行业中回调一部分资金去配置一些估值更低、机会更好的板块，但韩澈坚持认为目前消费行业的估值已经处于历史低位，一旦经济形势好转，消费品市场会迅速恢复。

两人各执一词，最终不欢而散。

工作中有分歧，不是什么大事，问题是他能用这一套投资理念去说服别人，却越来越说服不了自己。

他管理的那支基金越亏越多，仿佛永无翻身之日。

屡战屡败，是否还要屡败屡战？

偌大的房子里只有韩澈一人，安静得发慌，他心里憋闷，倒了一杯酒，走到阳台上。

夜风拂面而来，江面倒映着斑斓的灯光，一艘观光船如发光的贝壳，悠闲地游荡着。韩澈饮了半杯红酒,心里的烦躁才稍稍平息。

郑好的微信来的时机恰好。

她发来一段视频,应该是从抖音上录下来的。视频中,那位饺子馆的大哥对着镜头诚恳地道歉,表示自己不该出口伤人,对不起老太太们,也对不起网友,希望大家引以为戒……

韩澈忍不住笑了。

他发现郑好总在做一些无聊的小事,比如教训没素质的游客、大战熊孩子一家、帮老太太们拍视频、整治网络喷子等等。

可是这些小事回味起来还挺有意思的。

韩澈:他很快就会意识到自己上当了。

郑圆脸:反正我留了证据,以后他要是再敢乱说,我就把视频甩他脸上去。

韩澈发了个"大拇指"表情包。

郑圆脸:这么晚了还不睡啊?

韩澈拍了张酒杯的照片发过去。

韩澈:睡不着。

郑圆脸:那我来找你。

韩澈:来干吗?

看一眼时间,快十一点了。虽然他们离得不远,但也不能这么疯吧?

郑好发过来一张截图,是某理财软件的页面,显示总金额四万左右,累计收益负五万九千多。

再一看底下的基金名称……

韩澈心里一凉。

她又发来一条信息,只有四个阴森森的大字:我来砍你。

短暂的惊慌过后,韩澈恢复了镇定。

他怕什么?她又不知道他家地址。反倒是她,把家庭住址、工作地点,甚至存款余额都暴露得一干二净,完全没把他当外人。

韩澈淡定地回了个"狗头"表情,将杯中红酒一饮而尽,回屋洗澡。

也许是内心的愧疚在隐隐作祟,这一觉,他睡得极不踏实。

他梦到一条哈士奇张着大嘴露出獠牙,对他穷追不舍。他一路狂奔,跑得气喘吁吁,还是被那条哈士奇纵身一跃扑倒在地。

狗头渐渐逼近,突然变成郑好的脸,她狞笑着,从身后抽出一把锃亮的大砍刀……

韩澈从梦中惊醒,后背已是冷汗淋漓。

第四章
/ 油菜花和君子兰 /

接下来的几天，韩澈的基金都是这副要死不活的样子，偶尔小涨一波，又很快被打回原形。他将几家公司的第一季度财报深入研究一番后，决定按兵不动。

被他一顿打击后，郑好终于狠狠心咬咬牙把基金全部卖了，把仅剩的四万九千余元安心存放在银行账户里。

她痛下决心，以后一定老老实实上班，踏踏实实赚钱，再也不碰这种有钱人的游戏了。

当然，陪玩的副业还是要搞的，除了能赚点外快，还能体验一把复仇的快感。

这天晚上，郑好抱着小本本，找谷小雨和童梦集思广益。

"我打算带他去踏青，你们有没有什么推荐的地方？现在油菜花应该开了吧？对了，这周末好像有雨，我看看……"

郑好低头查完天气，一抬眼，发现童梦正怒气冲冲地瞪着自己。

"怎么了？"

"你是不是忘了这周六我有演出？"童梦一个猛虎扑食把她摁进沙发里，掐住她的脖子，表情凶神恶煞，"当初是谁哭着喊着求我留一张票的？"

"啊？"遥远的记忆被唤醒，郑好终于想起来，童梦的乐队受邀参加一个音乐节，就在这周末。

因为是小乐队，没多少人脉和特权，所以童梦费了好大一番劲儿才从主办方那儿弄来了几张门票。亲朋好友都想要，票根本不够分，郑好能拿到票，完全是因为近水楼台加上死皮赖脸。

郑好赔笑道："记得记得，怎么敢忘呢？我这不是打算上午去踏青，下午去音乐节嘛。"

"哼，有了男人就忘了姐妹。"童梦放开她，愤愤道，"重色轻友！"

"什么色不色的？我这不是为了赚钱嘛。"郑好有些心虚。

童梦冷哼一声："那就是见利忘义。"

郑好一把搂住童梦，嬉皮笑脸地说："瞧你说的，我是这种人吗？我肯定会去支持你的音乐事业啊！就是……"她眨了眨眼，厚着脸皮问，"你还能再搞一张票吗？"

童梦眼刀一横，恶狠狠地说："自己找黄牛去！"

周五晚上，韩澈加完班，头昏脑涨地走出写字楼。一股冷风裹挟着湿意扑面而来，街上空旷无人，路灯晕染开一团团橘黄的光晕。

明天也许会下雨，他们的春游计划还能如期举行吗？

韩澈这么想着，掏出手机，才发现两个小时前郑好给他发了一条微信。

郑圆脸：明早九点，不见不散。

后面还跟着一个定位，点开一看，地点在三环外。如果他没记错的话，那里是一片城乡接合部。

韩澈好奇心起，拨通了郑好的电话。

那边很快接通，仿佛等候多时："韩老板，看到微信了吗？"

"刚看到。"韩澈的脚步声回荡在寂静的街上，"明天有什么安排？"

"说了就没有惊喜了。"郑好的尾音微微上扬，带着愉快的音调。

韩澈思忖片刻，说："我想提三个建议。"

"这么多？"郑好打了个哈欠，懒洋洋地说，"你说吧，我酌情考虑。"

"第一，一天的行程安排不能过密，我是去放松的，不是去打卡完成任务。"

第一天的经历让韩澈身心俱疲，他实在不想每次都像特种兵一样累死累活。

"放心，明天只有两个活动。"郑好回答得很干脆。

反正银子照赚，她也乐得清闲。

"第二，别让我给你打工。我是去花钱的，不是去赚钱的。"

郑好嗤笑一声："好啊，那下次不给你发工钱。"

听她这毫无愧意的语气，分明是想继续压榨他。

韩澈忍了忍，继续道："第三，把你手头上的基金卖了。"

郑好愣了下："……这跟咱们的活动有关系吗？"

"有。"韩澈语气认真，"之前我不知道你买了我的基金，按公司规定，基金经理不能与投资者有私下往来。"

郑好没好气道："放心吧，早卖了，心疼得我啊，啧啧啧……"

韩澈忍不住笑了，耐心地听她埋怨了半天，最后才说："行吧，明天见。"

"哎，等等……"郑好又想到什么，急忙提醒他，"明天别开车！"

韩澈笑容一僵："为什么？"

"因为有更好用的交通工具啊。"郑好的声音漾着笑意，向他保证，"肯定比开车方便，比地铁舒服，比公交车灵活，比自行车省力。"

韩澈揶揄道："你要开飞机啊？"

"也不是不行，只要韩老板提高预算，一天两百万，我开航母都行。"

"嗯，希望你开航母的技术比你开玩笑的水平高点。"

两人胡侃了一路，快到家门口才挂断电话。

韩澈的嘴角就没放下来过。

周六早晨，韩澈醒得很早。想到今天也许又是一顿暴走，他犹豫了几秒钟，决定不去健身房了。

一连打了个几个喷嚏，大概是降温了。他裹紧被子，把脚缩进被窝里，补了个回笼觉，再一睁眼，已经是八点半了。

简单洗漱过后，韩澈在手机上叫了辆网约车，套了件厚毛衣就匆匆出门了。

一下楼，冷风从四面八方席卷而来，他忍不住打了个寒战。

江城的春天就是这样，刚有回暖的迹象，冷空气就会杀个回马枪，打得人们措手不及。

昨夜下过一场雨，地上湿漉漉的，树叶掉了一地。

坐在温暖的车厢里，韩澈没来由地想到，樱花一定被打得七零八落了，幸好他上周去了趟樱园，否则就要错过今年短暂的花期了。

天边压着厚重的云层，随时可能会下雨。

好在这鬼天气出门的人不多，车子一路畅通无阻，驶出三环后更是飙得飞起，没过多久就抵达了目的地。

韩澈下了车，茫然四顾，内心忽然涌起一阵恐慌。

这什么鬼地方？荒郊野岭的，连个人影都见不到，放眼望去，方圆五里只有大片的农田和荒地。

已经过了约定的时间，也不见郑好的身影。

她该不会是整蛊他的吧？不然干吗特意强调让他别开车？

韩澈越想越觉得这种可能性很大，毕竟几天前她还扬言要砍他。

韩澈掏出手机，正准备打电话质问，转过头，依稀看到远处有一团黄色的身影从田间小埂上慢悠悠地"飘"来。

他还以为自己眼花了。

远远望去，那人像一个大号的黄色塑料袋，被风吹得鼓胀。

仔细一看，"塑料袋"头上还竖着两只黄色的耳朵。

再走近点儿，韩澈终于看清了——

郑好骑着一辆小型电瓶车，穿着唐制汉服，鹅黄色的外衫搭配浅绿色的内裙，两只肥大的袖子灌满了风，像蛾子扑棱着翅膀，裙摆在风中翩跹舞动，如一朵盛开的花。

电瓶车稳稳停在韩澈面前，郑好跳下车，张开双臂，美美地在原地转了个圈。

她炫耀道："怎么样？杨婆婆给我做的。我要付钱，她不肯收，我就找人做了几支簪子送她。"

"……还行。"韩澈仍处于呆愣之中，没回过神来。

见她从头上摘下一只黄色带两只兔耳朵的头盔，他问："这是？"

"楼下租户的。他是某团外卖员，这几天回老家了，我就把他的头盔借来用用。"

说着，郑好放下头盔，对着电瓶车后视镜理了理头发。

她今天梳了个双麻花辫，辫子卷成两个低低的发髻，再用绿色发带缠绕几圈，打了个漂亮的蝴蝶结。发型可爱又简单，跟她这身汉服相得益彰。

只是……

韩澈的目光不自觉飘向她的领口，为什么裙子里面还有件肉色的打底衫？

"你不冷吗？"韩澈佯装关心，"今天降温了。"

"哈哈，我早有准备。"郑好果然中计了，从袖口扯出一截打底衫，大大方方地向韩澈展示，"我穿了秋衣。"她又提起裙摆，抬起一条腿，"还有秋裤。"

穿秋衣秋裤尚且可以理解，当看到她脚上那双白色运动鞋时，韩澈彻底沉默了。果然，"优雅"和"精致"这两个词注定与她无缘。

"来，上车。"郑好拍拍她的小电驴，笑容得意。

韩澈艰难地开口："这就是……你的'航母'？"

"不错吧？"郑好提起裙摆，大大咧咧地跨坐在前座上，招呼韩澈坐后面，"咱们要去的地方离这儿还有一公里呢。来啊，上车。"

韩澈实在找不到理由拒绝，只好走到车后方，看着后座，又犯了难。

后座很小，而且比前座矮一大截。这样的设计明显是给小朋友坐的吧？

韩澈为难地表示："我这……坐不下吧？"

"那咋办？"郑好松开把手，双手一摊，"要不你来开？"

"我不会。"

"那不就得了？你就搁个屁股，坐不下就硬往里塞呗。"郑好挽起袖子，露出两只穿着秋衣的手臂，"要不我帮你塞？"

"不了不了。"韩澈心里一慌，急忙摆手拒绝。

没办法，他只好张开腿横跨在后座上方，然后慢慢往下蹲，前抵后挡，正好卡住。

只是后座太矮，他的两条大长腿无处安放，只能艰难地弓在两侧才能勉强踩住踏板。

从后面看，就跟一只大螳螂似的。

"出发喽！"郑好兴奋地呼喊一声，同时转动把手，小电驴晃晃悠悠地启动，向着远处阴云笼罩下的农田前进。

小电驴在田埂上一颠一颠，速度渐渐加快，郑好的两只肥大的袖子又开始鼓风，扑棱棱地拍打在韩澈的脸上。

冷风从耳畔呼啸而过，仿佛在为韩澈深情吟唱一首老歌——

肥肥的袖子在脸上胡乱地拍，咸咸的鼻涕跟寒风混成一块……

被两只袖子左右互扇了五分钟后，韩澈终于透过鹅黄色的外衫缝隙看到一片更亮眼的黄色。

那是一片油菜花田。

此时正值盛花期，这一大片明黄色犹如上天挤出来的一抹颜料，在阴沉沉的画布上肆意涂抹，从眼底一直蔓延到远山的脚下。

郑好停下小电驴，对着小镜子整理了一下被风吹乱的衣服和刘海。回头看见韩澈，她有些诧异地问："你的脸怎么红了？被风吹的？"

韩澈面无表情地看着她，双腿已经僵麻。他缓缓活动着脚踝，双脚踩地，用力一蹬，这才将自己从卡座里艰难地拔出来。

韩澈吸吸鼻子，抬眼环视四周，问郑好："这就是你要带我来的地方？"

"对啊，不美吗？"

"还行吧。"

油菜花而已，江城郊外最常见的景色，有必要大老远特意跑一趟吗？

郑好挥舞着袖子，神气十足地说："正好杨婆婆给我做的这身衣服是黄配绿，我越看越眼熟，哎，这不是油菜花的配色吗？"

韩澈把她从头到脚打量了一番。

这身衣服倒是挺应景的，颜色鲜嫩，样式活泼，满满的春天气息。

"嗯，还不错。"他高冷地点点头，转过身，眼底却偷偷浮起了笑意。

他们沿着一条窄窄的田埂，一前一后走进了油菜花田。

置身于花海之中，目之所及皆是灿烂。

"确实挺好看的。"韩澈由衷地感叹。

他原本以为，这样的风景他见过很多次，不足为奇，现在回想起来，其实许多美景都是在车窗外一闪而逝。小时候他没有机会下车，长大后又只顾着赶路，所以从未真正走进窗外的风景之中。他好像一直很忙，一直在向前奔跑，却不知在追赶什么。

韩澈停下脚步，望着阴霾的天空，叹气道："可惜是阴天。"

好不容易有了下车的机会，天公却不作美。

郑好语气愉悦："阴天也很好啊。"

"但户外活动最好还是选择晴天，不用担心会下雨，风景也更美。"

"根据气象局统计，去年江城的天气只有四分之一是晴天，其他时间不是阴天就是刮风下雨下雪下冰雹。"郑好像煞有介事地说完，歪着头看他，"难道剩下的四分之三的时间里，我们就不能出去玩了吗？"

韩澈狐疑道："真的假的？"

四分之一？这个数据似乎跟他记忆中的有偏差。

郑好咧嘴一笑："当然是假的，我哪记得住这种数据？"

他就知道。

郑好振振有词："但道理是没错的。出来玩嘛，最重要的是心情，而不是天气。"

她又补充道："而且阴天的风景也很美啊，明暗对比强烈，很好出片。"

她冲不远处抬了抬下巴，"你看，那几个应该是摄影师。"

韩澈顺着她指的方向望去，看见花海间有几个零星的人影，个个都端着长枪短炮，有的高举相机拍远景，有的则将镜头对准花朵取近景，装备和姿势看着都挺专业。

离他们最近的是个白发老头。他对着远山"咔咔"一顿拍后，忽然掉转镜头，对准郑好的方向。

郑好眼睛一亮，迅速理了理衣襟，调整好表情，摆出一个貂蝉月下独舞的姿势。

韩澈目瞪口呆。

这么自来熟吗？这该不会是她专门请的跟拍吧？

抬眼看见韩澈还杵在原地，郑好赶紧冲他使了个眼色：让开点，别挡着我的镜头。

根本不用她催，韩澈一连后退了十米远，像躲避瘟神一样躲避这只"社牛"。

老头举起相机"咔嚓"几下，然后低头检查拍摄成果。郑好抓紧时间又换了个姿势，手臂一前一后伸展着，下巴微抬，仰望着天空，似乎在模仿嫦娥奔月，接着又半蹲在花丛中，捻着一枝花贴在脸侧，似乎想呈现出"人比花娇"的意境，再然后是西子捧心……

韩澈都看呆了。

她这熟练程度，是在家对着镜子练了多久啊？恐怕汉服模特都没她专业。

就在郑好高举双手，抬起一条腿，艰难地摆出反弹琵琶的姿势后，白发老头终于忍不住了，冲她挥了挥手："姑娘，麻烦让让，别挡着我拍照。"

韩澈："噗——"

郑好脸色微窘，悻悻地放下腿，嘟囔："你还挡着我赏花了呢。"

她走到韩澈身边，小声问道："你说我要不要加他微信，让他把照片发给我啊？"

韩澈盯着她，许久才幽幽地说："人家压根没拍你。"

郑好瞬间呆住，如遭雷击。

韩澈掏出手机，对着她的正脸飞快拍了一张。难得见到"社牛"吃瘪，这么有意义的时刻，当然要记录下来。

白光一闪，郑好这才回过神来，瞪他："我还没摆好 pose 呢。"

韩澈低头欣赏着照片，幸灾乐祸地笑道："你这表情，比刚刚那些扭来扭去的动作要精彩多了。"

郑好怒道："什么扭来扭去？那些都是我精心设计的动作，是有想法有主题的。"说着就伸手去抢他的手机。

韩澈往后一退，灵敏地躲开了。

"什么主题？油菜仙子下凡吗？"他笑着打趣，说完拔腿就跑。

"你去死吧！"郑好大步追在他身后，挥着拳头作势要揍他，"你个螳螂精！站住！把照片给我删了！"

两人在田间小路上你追我赶，跑着跑着，韩澈一时有些恍神。

这画面似曾相识，好像在他的梦里出现过！

不同的是，梦里追赶他的是条狗，而此刻……

韩澈回头望去，郑好一脸怒气，紧追不舍，两只宽大的袖子在风中飘扬。

里面该不会藏了一把大砍刀吧？

趁韩澈恍神间，郑好纵身一跃，跳上他的背，一只手臂紧紧勒住他的脖子，另一只手揪住他的耳朵。

"给我删了！快！别逼我砍你！"她恶狠狠地威胁。

"咳咳咳——"韩澈猛咳几声，哑着嗓子求饶，"删删删，马上删，你先撒手……"

盯着他删完照片并清空回收箱后，郑好终于从他背上跳下来，拍了拍身上的灰，又抖了抖裙摆的泥土，郑重其事地说："我决定不恨你了。"

这话说得没头没尾，韩澈皱眉看着她，有些莫名其妙。

郑好拍拍他的肩，宽宏大量地说："虽然你让我亏了钱，但我也不是不明事理的人。投资嘛，本来就有赚有赔，我只是运气不好而已，不能怪你。"

韩澈望着她，一时竟不知该说什么。

"我说的是真心话。"郑好被他盯得不好意思了，干笑几声，视线移向别处，"网上那些言论你也别放在心上。他们看到钱越来越少，心里着急，只能骂你几句解解气。"

"像你这么想的人可不多。"韩澈低头笑了笑。

那些人的愤怒不只是在网上发泄，还延伸到了现实之中。这一年来，他隔三岔五就会收到一些快递，什么死老鼠、寿衣、冥币，甚至还有一袋狗屎，很多是伪装成正常快递直接放在公司楼下的。

唯一庆幸的是，那些人只敢躲在暗处叫嚣。只要他不放在心上，那些言论和行为就影响不了他。

可他没法不放在心上。

韩澈沉默许久，轻声开口："其实这件事，我也有错。"

郑好目光又转向他，眼底带有一丝疑惑。

韩澈不紧不慢地说："前两年，基金市场很火热，许多公司趁势打造了一批明星经理来吸引更多投资者，我们公司也不例外。运营部经过一番筛选后，把我和另一个同事当作营销的重点，线上线下做推广、买广告位、写软文、做数据，跟打造流量明星一样……你就是在那时候入坑的吧？"

郑好点点头。

难怪那段时间她一打开手机软件，全是各种理财广告。

韩澈眸光一黯，语气变得低沉："他们做这些事的时候，我虽然内心抗拒，但……也没有拒绝，毕竟要服从公司安排。"

郑好不解道："这么做有什么问题吗？"

韩澈:"会吸引很多像你这样的投资者入场。"

"像我这样?"郑好一愣,指着自己,"哪样?"

韩澈看着她,眸光沉敛,缓缓地吐出两个字:"穷人。"

郑好腹诽:你还真实诚啊。

她也不算穷吧?有份工作,虽然不稳定也不是高薪;有栋三层小楼,虽然是自建房,而且看不到拆迁的希望;有一点点存款,虽然现在被腰斩;还有车,虽然是辆小电驴……

郑好突然有点自惭形秽。

她的这点资产,在这位明星经理面前简直不值一提。

"穷人怎么了?"郑好不服气,"穷人就不能理财?就不能发家致富?"

韩澈摇摇头,语气严肃:"穷人的抗风险能力太差。中产能够承受投资失败的风险,你们不能。你们的收入只够维持基本的生活,好不容易攒点儿钱,应该留着应对各种突发状况,不应该拿去冒险。"

顿了顿,他垂下眼帘,直视着郑好的眼睛,认真地说:"所以,你不应该是我的客户。"

沉默了会儿,郑好豁达地笑了:"幸好我及时止损了,现在,你成了我的客户。"她攥起拳头,摆出一脸凶相,"这一次,我要把失去的都夺回来!"

"不聊工作了。"郑好冲韩澈招招手,"继续往前。"

韩澈跟在她身后:"明明是你先起的头。"

郑好振振有词:"我在聊我对你的感情变化,是私事。"

韩澈停下脚步,望着她的背影,问道:"那现在呢?你对我是什么感情?"

郑好心脏突突直跳,回头看着他,面上依旧带笑。

她想了想,认真地回答:"尊敬。"

"啊?"韩澈呆住。

郑好反问:"对老板难道不该尊敬吗?"

"只是老板?"韩澈敛眉,眸光渐暗,"我以为,你至少会把我当朋友。"

郑好摸着胸口,诚恳地说:"我心里是把你当朋友的,但是嘴上不能说。因为当了朋友,我就不好意思收你钱了。"

韩澈忍不住笑了:"行吧,只要不当仇人,都行。"

油菜花田走到尽头,眼前出现了一条小河,岸边草长莺飞,柳枝泛绿,在风中招摇。水声潺潺,啁啾鸟鸣,仿佛是大自然的召唤。

郑好兴奋地跑下田埂,冲进草丛中,裙摆在身后飞扬。

许久没听见身后的脚步声,她有些疑惑,回头望去,见韩澈还站在田埂上,低头张望,似乎在找什么。

"下来啊。"她冲他大喊。

韩澈摊手:"没路啊。"

郑好指了指他的脚底下:"到处都是路。"

韩澈没办法,只好沿着她刚刚走过的路线,小心翼翼地走下来。

湿漉漉的野草拂过他的裤脚,地面泥泞湿软,一脚下去,只听得"吧唧"一声,再提起来,鞋面上已经全是泥巴。

看到他的窘样,郑好没忍住笑出了声。

"踏青不就是要踩草嘛,你看我,"她抬起一只脚,运动鞋已经裹满了泥土,将裙摆都染脏了,"回去洗洗就好啦。"

韩澈皱眉抱怨:"踏青就不能找片好点的草坪吗?市区有那么多公园。"

"那些草坪都修剪得整整齐齐的,我不喜欢。草嘛,就是要长得乱七八糟的才好看。"郑好指着河边,那片草丛长得最茂盛,差不多有一米高,"你看,它能长到这么高呢,公园里的草能吗?"

这么一说,倒提醒了韩澈,他紧张地问:"这里不会有蛇吧?"

"放心吧,蛇怕冷又怕热,现在还没出洞呢。"

韩澈这才放心下来,继续踩着草朝她走去,裤脚很快湿透了,脚踝传来一阵凉意。

走到河边,河水清澈见底,偶尔能看见一簇簇小鱼在石缝间游弋。

柳枝轻拂过头顶,韩澈抬头望去,纤细的枝条上挂满了嫩绿的叶子,颜色温柔清新。

韩澈闭上眼,深深吸气,任由清新湿凉的空气沁入心脾。

静默许久,他才开口:"我以前学过一些心理疗法,有一种叫'森林浴',就是走进大自然之中,接触绿色环境,呼吸新鲜空气,从而减轻压力,缓解抑郁情绪。"

郑好捡起一块石头,扔进河里,随着一声轻响,溅起一串水花。

"我不懂这些理论知识,只知道哪儿让我舒服,我就待在哪儿。比起大城市、办公楼、写字间,我还是更喜欢这种地方,满眼绿色,看着就心情好。"

韩澈安静片刻,又说:"我还听说过一种抱树疗法,当你感觉自己心情压抑、充满负能量时,找一棵树,抱住它,就能跟它交换能量。"

郑好笑起来:"我也听说了,我还试过呢。"

"有效果吗?"

"那天我心情不好,就在路边随便找了一棵树,抱住了它,结果你猜怎么着?"郑好收起笑意,表情变得神秘。

"怎么了?"韩澈一边问,一边扭头望向身边的柳树,张开双臂,跃跃欲试。

郑好双眼圆瞪,气愤道:"结果我摸到了一手的鼻涕!"

韩澈一惊,张开的双臂僵硬地放下,一时无处安放,只好尴尬地挠挠鼻子。

郑好怒骂道:"不知是哪个杀千刀的,随手把鼻涕抹树上了,真是缺了大德!"

韩澈别过头,拼命憋住笑。

虽然身边这棵柳树被抹鼻涕的概率很小,但保不齐有其他奇奇怪怪的东西……他已经失去与它亲密接触的兴趣了。

郑好骂完人,话锋一转:"说到这个,我倒是知道一个办法,叫'摸叶子疗法'。当你感觉压抑烦躁的时候,可以找几棵植物,闭上眼,去摸它们的叶子,用指尖感受它的脉络和触感,多摸几次,就能让你的心慢慢平静下来。"

她蹲下身,抬头望着韩澈:"试试?"

"感觉没什么用。"韩澈嘴上这么说,身体还是很诚实地蹲下,与郑好面对面。

他环视周围,发现这里的野草野花的种类还挺丰富。

"先摸哪个?"

"你先闭上眼。"

韩澈乖乖闭上眼,感受到自己的手腕被一只柔软的手握住,慢慢向地面牵引着。

手指轻触到一片叶子,他捻住它,细细地摩挲着。叶子正面光滑冰凉,背面质感粗糙,依稀能摸到它的脉络,边缘处不规则,像起伏的波浪。

"这是什么?"他缓缓睁开眼,低头望去,指尖的叶子青翠欲滴。

"我们都叫它六月生花,不知道它的学名是什么。"郑好跟他介绍,"它到六月会开很多小白花,很漂亮。"

"是吗?"韩澈笑了笑,"那我六月再来看看。"

他再次闭上眼,在郑好的引导下,用手指摩挲着第二片叶子。

这片叶子的触感很神奇,摸上去软乎乎毛茸茸的,像是在摸小猫的耳朵。

韩澈心头一阵温软,动作也不自觉放轻,耐心地摩挲了好久。

他喜欢猫,喜欢它们柔软的耳朵、温软的脑袋、像玻璃珠一样的眼睛、慵懒地伸懒腰的姿势,还有古怪的脾气。

他终于睁开眼,垂眸看着这片叶子。它是灰绿色的,两面都长着厚密的绒毛。

"这是什么?"

郑好对答如流:"短绒卷叶草,一般生长在河边,水牛很喜欢吃它。"

韩澈默默在心里记下。他打算在家里养一盆,当作小猫的"平替"。

第三片叶子又细又薄,摸起来有点割手。郑好说这是"锯齿青茅",现在还是嫩叶期,等再过一个月,它就会锐利得像刀片一样。

第四片叶子是羽毛状的,很像含羞草,但被人触摸后不会合上叶片。郑好叫它"厚脸皮草",听上去很可疑,像是她自己取的名字。

韩澈终于起疑:"这么多野草的名字,你都记得住?"

"当然记不住。"郑好坦坦荡荡地承认,"都是我瞎编的。"

韩澈拧眉瞪着她。

眼神对峙三秒后,他败下阵来。

她这种撒谎不打草稿、被揭穿也不脸红的能力,他真是望尘莫及。

"来,再试一次。"郑好露出神秘的微笑,"这次我保证不瞎编。"

韩澈一脸狐疑，最终还是选择相信她。他闭上眼，任由她牵引着他的手，缓缓伸到了一片草丛里。

视觉失灵，其他感官就变得敏感清晰：清凉的露水、柔韧的茎干、纤嫩的叶片，清冽的空气中隐隐浮动着草木的清香……

再然后，他的指尖触碰到了一个毛茸茸的长条——

"我知道，狗尾巴草！"他兴奋地喊出声。

这是他唯一认识的野草。

他听到郑好的窃笑声："不对，再猜。"

"不对吗？"韩澈皱起眉，"那我就不知道了。"

他睁开眼，看到郑好一只手握着他的手腕，另一只手掌心向上，托着一片叶子。

定睛一看，叶片上还有一条黑色的毛茸茸的长条物，在蠕动。

蠕动……

"啊！"韩澈吓得大叫一声，一屁股坐在草地上。

郑好笑得前仰后合。

"这、这、这是什么玩意儿？"韩澈已经语无伦次了，心跳几乎骤停。

他忽然想到什么，颤颤巍巍地举起手，无比震惊道："我……我刚刚摸的就是它？"

"毛毛虫啊。"郑好眼里都是恶作剧得逞的坏笑，把叶片递到他眼前，"我刚刚在树上发现的，你看，好大一条。"

韩澈上半身拼命往后仰，眼睛都不敢睁开，又气又恼："拿开拿开！你居然让我摸它？你不知道毛毛虫有毒吗？"

"啊？有毒吗？"郑好一副无所谓的态度，"放心啦，就算有毒，也是很轻微的，手指肿个一两天就好了。"

韩澈吼道："说得倒轻巧！中毒的又不是你！"

他突然反应过来，手忙脚乱地爬起身，冲到河边洗手。也许是双腿无力加上地面泥泞，他脚底打滑，差点冲进河里。

"瞧把你吓的。"郑好慢悠悠地起身，走到河边，把他搀扶起来。

"放心啦，刚刚给你摸的是这个。"她像变戏法一样从发髻上取下一根狗尾巴草，"我吓唬你的。"

韩澈腹诽：不是，你是有什么大病吧？还有这个什么"摸叶子疗法"，该不会也是你瞎编的吧？就是为了看我出糗？

一股火气涌上心头，韩澈飞快地爬起来，拍拍裤子上的草，再跺跺脚上的泥，头也不回地往回走。

"哎哎哎，这就走了？"郑好急忙跟上去。

回到油菜花田里，韩澈脚步飞快地走了很远，没听到身后的动静，又忍不住回头看。

在原地等了半天，他才看见郑好的身影在小路尽头出现。她迈着小碎步，手上似乎端着什么东西，所以不敢跑得太快。

等距离拉近，韩澈才看清楚，她居然还拿着那条毛毛虫！

"干吗？还想吓唬我？"他一脸警惕。

"不是。"郑好喘着气，眼里闪着兴奋的光，"我想养它。"

韩澈震惊了。

郑好认真地说："我家有很多花花草草，够它吃很久。"

韩澈心说：真替你家的花花草草心寒哪。同样是命，凭啥它们就要"以身饲虫"？

郑好把叶子举到眼前，端详着毛毛虫，说："名字我都想好了，就叫郑、美、丽。"

"随你。"算了，懒得跟精神病人掰扯，韩澈扭头就走，突然又转过身，一脸严肃地警告她，"你俩离我远点。"

回到电瓶车旁，依旧是郑好坐前座，韩澈以一个扭曲的姿势将自己卡在后座上。

那条叫郑美丽的毛毛虫被郑好装进了一只保鲜盒里，盒盖上有个透气孔，郑好又摘了许多叶子，给它打造了一个临时小窝。

坐在后面的韩澈除了要继续承受大袖子的扇打，还得提心吊胆地防止那条毛毛虫越狱爬到自己身上，虽然这种可能性几乎为零。

小电驴刚骑到大马路上，韩澈就忍受不了，喊了停车。

"干吗？"郑好扭头斜瞥着他。

"坐后面太难受了。"韩澈吃力地站起身，"要不你坐后面，我来骑？"

"你会吗？"

"你教我呗。你都能学会，我还学不会？"

于是，郑好下车，花了一分钟时间对韩澈进行了简单的电瓶车教学。

重新上路，郑好刚在后面坐好，韩澈右手手腕用力一转，小电驴就摇摇晃晃地往前冲。他急忙转动左手手腕，小电驴猛地停了下来。

"松刹车！你左手松开，哎哎，右边别松！左右不分啊你？"郑好在后面探着脑袋，一边指挥，一边骂骂咧咧。

小电驴左摇右晃，走走停停，郑好实在忍无可忍，喊了停车。

她捂着胸口，冲到路边一阵干呕。

"第一次坐电瓶车坐得想吐，我真是服了。"她抚了抚胸口，平复着胃里的翻涌，没好气地瞥着韩澈，"你就乖乖坐后面吧，别瞎折腾了行吗？"

韩澈站着不动，一脸的不情愿。

郑好双手叉腰："那你说该怎么办？"

韩澈不吭声。

郑好板着脸："反正我这辆车你今天别想骑。"

韩澈继续沉默。

两头倔驴就这么无声对峙着。

一阵刹车声传来，一辆出租车慢悠悠地停在他们身边。

司机大叔探出头来，招呼道："帅哥美女，车子坏了？要打车吗？"

韩澈眼睛一亮。

坐上车，韩澈指挥司机："你跟着她的车。"

看着前方那只"大号黄色塑料袋"，司机大叔一脸愁容道："不是，她那车才二十码，我这么开费电……"

韩澈懒得废话："给你加一百。"

"好嘞。"

司机大叔一边优哉游哉地开着车，一边跟韩澈闲聊："小兄弟，这是跟女朋友吵架了，还是在玩什么情侣之间的小游戏？"

韩澈脸色阴沉，冷冷道："再给你一百，不准说话。"

"好嘞。"

司机大叔安静了一分钟，又耐不住寂寞，拧开了车载音响，开始播放有声书。

"她逃，他追，他们都插翅难飞……"

进入市区后，路面渐渐拥堵，小电驴依旧畅通无阻，潇洒自如，被堵在车里的韩澈只能眼睁睁地看着那抹黄色越飘越远。

前方的车流一眼望不到头，司机大叔百无聊赖地望着窗外，在连续打了五个哈欠后，终于忍不住开口："兄弟，要不你下车去追吧？"

韩澈正有此意。

出租车缓缓靠边停下。

韩澈扫码付款时，司机大叔又语重心长地劝他："姑娘就是要哄的。我老婆也这样，发起脾气来跟火药桶一样。等她冷静下来，你再说几句好话，买点小礼物，态度放好点。小两口哪有隔夜仇？床头吵架床尾和嘛。"

这大叔不仅脑洞大，而且热心肠，韩澈只得尴尬地笑笑。

时间紧迫，他没空解释，匆匆道了声谢就推门下车。

一口气跑了两条街，他才追上郑好的小电驴。

"哟——"郑好用余光瞥见他，装得跟偶遇一样跟他打招呼，"韩老板锻炼呢？"

韩澈假装听不懂她的讽刺，问她："还有多远？"

郑好看了一眼架在前面的手机："两公里，跑得动吗？要不要上车？"她拍拍后座，笑得不怀好意。

韩澈没好气道："不用。"

这小电驴速度那么慢，他轻轻松松就能跟上。而且他平时有健身的习惯，

- 095 -

一口气跑个五公里不在话下。

只是，这画面……说不出来的怪异。

路人好像都在看他们。

韩澈晃晃脑袋，把这些杂念赶出脑海。

跟"社牛"相处的关键，就是要学会无视他人的目光。

路上行人渐渐多了起来，前方更是人头攒动，似乎在举办什么活动。

韩澈正疑惑着，小电驴突然向右一拐，驶向一片自行车停放区。

郑好把车锁好，拎起背包，一转身，看到满头大汗的韩澈，忍不住笑了。

想起他刚刚追着车跑的样子，莫名喜感，仿佛下一秒就要喊出经典台词——

"燕子啊，没有你我可怎么活啊，燕子啊……"

"笑什么？"韩澈一脸茫然，抬手抹掉脸上的汗。

"没什么。"郑好迅速收起嘴角，大手一挥，"走，先去吃饭。"

路边有一排小馆子，正值饭点，生意都挺不错。郑好巡视一圈，最后停在一家麻辣烫店门口。

她跟韩澈商量："要不吃这家？你不是喜欢吃草嘛，可以只拿素菜，还能用清汤煮，低油低盐低热量，怎么样？"

望着这黑黢黢的门面，韩澈心生抗拒。

"还不如去吃火锅。"他回头望向马路对面，"那儿不是有家商场？"

"这两个不是一回事嘛，都是用汤煮菜，这个便宜多了。"

韩澈霸气道："又不用你出钱。"

郑好脸上瞬间绽开笑意："韩老板果然大气！"

一顿饱餐后，他们从商场里出来。

外面的人更多了，看模样都是年轻人，三五成群地聚在一起，有的手上拿着横幅，有的肩上扛着旗帜。

"你该不会要参加什么追星活动吧？"韩澈一脸狐疑。

"差不多。"郑好在前面开路，走了半条街，终于在一面巨幅海报前停下脚步。

她兴奋地指着上面的名字，告诉韩澈："我朋友在这个托尼乐队里面当鼓手，厉害吧？"

韩澈仰头看看这幅海报——粉色的樱花里簇拥着"春天音乐节"几个大字，底下是参演乐队的名单和时间表。

粗略地浏览一遍，大部分名字都很陌生，除了压轴的那支乐队，韩澈开车的时候经常听他们的歌。

算是意外之喜吧。

"不错。"韩澈难得对郑好的安排表示满意，"你有票吗？"

"当然啦。"郑好喜滋滋地从背包里抽出两张门票，递给他一张，邀功似的,"我在闲鱼上找了个靠谱的卖家,原价三百二,我花了四百才买到的。"

旁边有个大姨路过,斜瞟他们一眼,冷不丁地冒出一句:"出票吗?"

"不出。"郑好条件反射地说完,又忍不住好奇,"什么价收?"

大姨伸出手,比了个"八"的手势。

郑好倒抽一口冷气。

八肯定不会是八百,难道是八十?

郑好强迫自己镇定下来,继续打听:"你什么价卖啊?我们有个朋友要来,还缺张票。"

大姨面露喜色,立马从腰包里掏出一张票:"打骨折,两百一张,要不要?"

郑好两眼一翻,差点没抽过去。

把大姨打发走后,韩澈同情又好笑地安慰郑好:"算了,不就是亏了两百块嘛,也就是一顿饭的钱。"

郑好用力点头,自我洗脑:"便宜没好货,她卖的肯定是假票!"

韩澈振振有词:"没错,咱们不能助长这种风气。宁愿不看,也不能从'黄牛'那里买票。"

两人同仇敌忾,把"黄牛"一顿痛骂后,郑好又活蹦乱跳了。

音乐节在旁边的公园里举行,他们排队检票入园,跟着人潮一直往前,眼前豁然出现一片草坪,足足有一个标准的足球场那么大。

他们被躁动的音乐声包围,周围全是年轻人,有的围聚在一起跳舞,有的闲坐在草坪上聊天,还有的在四处拍照打卡……

韩澈仿佛又回到了一周前的樱园,喧嚣、拥挤、乱糟糟,全方位地轰炸着他的感官。

郑好好奇地东张西望,突然发现什么,兴奋地扯了扯韩澈的袖子,提醒他:"哎哎,快看!好多美女!"

韩澈顺着她的视线望去,看到了几个打扮时尚的年轻姑娘。

他淡淡地"嗯"了一声:"还行。"

"哇,辣妹!"

袖子又被猛地一扯,韩澈忍不住蹙眉,望向郑好。

她眼睛都瞪直了,满脸羡慕地说:"我要是有这么好的身材就好了。"

韩澈一脸无语,递上一张纸巾:"擦擦吧,口水都要流下来了。"

郑好目光转向另一边,又是一声感叹:"哇,咱俩真是来对地方了,这里的美女含量好高!"

"是吗?还行吧。"韩澈漫不经心地说。

郑好疯狂扯着他的袖子,语气越来越激动:"你看那个美女穿一身皮衣,好酷好有型啊!旁边那个穿洛丽塔裙子的也好可爱,还有那个长发美女,简直可以去当明星了……"

韩澈的毛衣都被她扯成露肩装了。

他敷衍道:"行了行了,都是美女。"

他的无动于衷和郑好的兴奋形成了鲜明的对比。

于是,两人四目相对,不约而同地对对方的性取向产生了怀疑——

"你该不会喜欢女的吧?"

"你该不会喜欢男的吧?"

目光对峙几秒,郑好"扑哧"一笑,举起手发誓:"我是异性恋。"

"我也是。"韩澈郑重其事道,"妥妥的直男。"

郑好表示质疑:"那你见到美女怎么一点都不激动?不像个正常男人。"

"可能是……暂时没有求偶的想法?"韩澈也解释不清,"这些人在我眼里就跟移动的木桩子一样,我对她们没有世俗的欲望。"

郑好"啧啧"几声,用老中医的眼神审视着他,然后同情地拍拍他的肩,语重心长道:"韩老板,有病就要治啊。"

"……谢谢关心。"韩澈神色尴尬,迅速转移话题,"你也挺不正常的,怎么光看美女不看帅哥?这儿明明有挺多男的。"

郑好挑挑眉,四处望了望,吐槽道:"这些男的都长得'奇形怪状'的,还没你好看。"

韩澈心里一阵暗爽,嘴上却故作谦虚:"怎么会呢?"

"没几个能看的。"郑好撇撇嘴,"看他们还不如多看看你。"

不管她是溜须拍马还是真心夸赞,反正,韩澈很受用。

同时,他也想为男性同胞挽回一点尊严。

"你看那个男的,穿皮衣的那个,多酷啊。"他指了指右前方,"你不是喜欢这种潮酷范儿吗?"

郑好"噫"了一声,嫌弃道:"感觉好油,肚子那么大,皮衣都被他撑成垃圾袋了。"

韩澈憋住笑,又转向另一边,帮她物色新对象:"那个穿衬衫的帅哥身材挺好,应该会受女生欢迎吧?"

郑好只看了一眼就皱起眉:"他还抽烟呢。公众场合抽烟,真没素质,而且肯定有口臭!"

韩澈没忍住笑出了声。

"哎,那边戴眼镜的那个不错,文质彬彬的。"

郑好双手抱臂,目光幽幽地看着他:"我怎么发现,你对男人的兴趣比对美女的还大呢?"

韩澈愣了下,哭笑不得:"我真不是……"

"等会儿。"郑好抬手制止他继续说下去,四下张望,终于找到一块干净的草坪,"反正有的是时间,咱们坐下慢慢聊。"

于是,两人面对面盘腿而坐,跟武侠片里练功似的。

郑好宣布："现在，咱们开始谈话治疗，简称'话疗'。"

韩澈有点紧张："能换个词吗？听起来怪不吉利的。"

"这不重要。"郑好注视着他的眼睛，正言厉色道，"我问你几个问题，你要如实回答。"

韩澈讷讷地"哦"了一声。

"第一，你有女朋友吗？"

"没有。"

"以前谈过几个？"

"没谈过。"韩澈面色微窘。

"那你有没有那种朋友？就是那种都市男女之间的……"郑好挑挑眉，眼神意味深长，"你懂的。"

韩澈瞪着她。

这是治疗还是相亲啊？相亲也不会问这种尴尬的问题吧？

"没有。"他干巴巴地说。

郑好一脸真诚地问："那你平时怎么发泄？"

韩澈只觉得一股热气上涌，脸颊瞬间又红又烫。

一个姑娘家居然向男人打听这种事，还问得那么直接，害不害臊啊？

这话要是由他来问，肯定会被认定为流氓，挂在网上鞭尸七天七夜。

思忖片刻，韩澈决定糊弄过去："不发泄。"

郑好"啧啧"摇头，看他的眼神已经从同情变成了深深的忧虑。

韩澈没好气道："问完了吗？"

"还没呢。"郑好坐直身子，恢复严肃神色，"第二个问题，你睡眠质量怎么样？"

一阵漫长的沉默过后，韩澈如实回答："非常糟。"

其实从他的脸色就能看出他很缺乏睡眠。

"第三个问题，你的食欲怎么样？"

"这还用问？"韩澈嘴角泛起苦笑，"我对食物没有欲望，吃饭只是为了维持身体运转。"

郑好长叹一声，握住他的双手，用力晃了晃，忧心忡忡地说："人世间最快乐的三件事，你都不感兴趣，那你活着还有什么意思？"

"韩老板，你命不久矣啊。"

郑好这神神道道的样子，像极了街头的算命先生，见谁都是一句"印堂发黑，恐有血光之灾"。

韩澈嗤之以鼻。

你吓唬谁呢？

就算他有点心理疾病，也不至于暴毙而亡吧？

"谢谢啊，本人刚做过全身体检，身体健康得很。"

郑好摇摇头，郑重其事道："咱们讨论的是精神方面的问题。我之前听过一个说法，人的三种基本欲望——食欲、睡眠和性欲，三者要满足其二，心情才会顺畅，精神才能稳定。如果缺乏两样，心理就会失衡。如果三样都得不到满足，久而久之，不管是身体还是心理，都会出现各种毛病。"

韩澈将信将疑。

毕竟她经常一本正经地胡说八道，他怀疑这套理论又是她信口胡诌的。

但是仔细一想，好像有几分道理。

"那你呢？"他反问郑好，"你满足了几种？"

郑好下巴一扬，语气骄傲："这还用问吗？我睡觉一级棒，吃饭嗷嗷香。"

韩澈试探地问："那性欲……"

郑好笑容瞬间消失，怒斥道："臭流氓！"

果然踩雷了。

不过他也能理解。男人问这种问题，不管措辞多专业、语气多认真，总带有一丝猥琐气息。

郑好剜了他一眼后，回到正题："所以说，你这三种欲望都得不到满足，肯定是会出大问题的。"

韩澈无奈，只能假装配合："还请大师赐教。"

"既然问题找出来了，咱们就对症下药，各个击破。"郑好思索片刻，坐直身体，认真地看着他，"我觉得最好满足的欲望是食欲。"

韩澈挑挑眉，果然是吃货思维。

作为一名吃货，郑好坚信这世上没有人能对美食无动于衷，于是她做出决定："明天我带你去吃大餐！"

"行吧。"韩澈没什么兴趣，敷衍道，"事先说明，我不吃甜的、辣的、油的、咸的……"

"我看你就是闲的。"郑好冷冷打断他，"你知道你为啥没食欲吗？太挑食！太矫情！太难伺候！"

韩澈被她劈头盖脸一顿骂蒙了。

"不是……"他双手一摊，"我这也是为了健康着想。"

郑好冷笑一声："健康？你觉得顿顿吃'草'才算健康，还是觉得夜夜失眠很健康？"

韩澈弱弱地解释："失眠和吃饭没关系。"

"怎么没关系？上次你在我家吃了两碗米饭，不就睡得嘎嘎香？多吃碳水能让你快速入睡，这个常识你不懂？"

"我懂，但是会长胖。"

"到底是睡不着觉危害更大，还是多吃一块肉、一碗饭危害更大？跟吃不饱睡不好比起来，长胖算什么？"

"但是我……"

"我不管。"郑好大手一挥，霸气地宣布，"从明天起，你就跟着我吃香的喝辣的。我让你吃什么你就吃什么，不准挑三拣四、嫌这嫌那，咱们上得了米其林餐厅，下得了路边烧烤摊，吃得了山珍海味，也咽得下清粥小菜。总之，就是要吃饱吃好，吃遍江城美食，享尽人间美味。"

韩澈被她豪迈的气势震得哑口无言，也为自己未来的身材感到隐隐担忧。

不过，看看她，不胖不瘦，除了脸上有点肉，身材还是挺不错的，手臂甚至还有点肌肉感，散发着一种健康的美，跟他这种健身房里练出来的不一样。

也许，如她所言，碳水没有那么可怕，偶尔放纵一把，天不会塌。

就在郑好兴致勃勃地计划着美食之旅时，周围的人群突然爆发出一阵欢呼，紧接着，从舞台方向传来一道嘹亮的呼喊声："大家好，我们是大海星乐队！"

演出开始了，所有人都往舞台底下拥去。

郑好和韩澈对视一眼，急忙站起身，跟着人潮往前走。舞台上站着四个年轻男孩，都化着大烟熏妆，一身朋克摇滚风的打扮。

一连串狂野的架子鼓声开场，如骤雨惊雷，劈头盖脸轰砸下来。韩澈的心脏被这鼓声有节奏地撞击着，心跳从未如此强劲激烈。

不只是他，所有人都被这鼓声震傻了。

直到雷鸣般的鼓声戛然而止，大家才回过神来，兴奋地欢呼、尖叫，跟着主唱的歌声又蹦又跳。

"一起来啊！"

肩膀被郑好重重一拍，韩澈终于如梦初醒。

郑好脸上洋溢着兴奋的笑，脚上像踩了个弹簧，蹦得老高，还要拉他一起："愣着干吗？嗨起来！"

音乐声喧嚣躁动，周围的人都在蹦，草坪成了一个大型健身房。

韩澈虽然觉得这种集体发疯的行为有点傻，但又抵挡不住郑好的热情邀请，只好象征性地在原地蹦了几下。

一首歌结束，郑好已经是满脸通红、大汗淋漓，辫子也散了一根。

气都没喘匀，她还不忘关心韩澈："怎么样？好不好玩？"

韩澈点点头。其实，比起刚刚的集体狂欢，他更喜欢开场的那段架子鼓，鼓手瘦小的身体竟然能释放出如此强劲的生命力，实在让人叹服。

"鼓打得不错，很有激情。"他点评道。

郑好咧嘴一笑，跟他炫耀："我朋友也是鼓手，她跟大海星乐队的鼓手还认识呢。"

"你朋友来了吗？"

"她在另一个舞台，六点多才开始演出，待会儿咱们去找她。"

她的声音很快被喧闹的音乐声淹没，第二首歌开始了，大家又开始狂欢。

韩澈发现，在这样的场合，没有人能保持冷静、置身事外。

在郑好几次三番的怂恿下，他终于放弃抵抗，被迫汇入这片欢乐的海洋。

大家不知疲倦地蹦着、跳着，时而大声歌唱，时而放声大笑，气氛自由而欢快，郑好简直像回到了她的快乐老家。

跳着跳着，一群人莫名其妙开始 battle（较量）。他们围成一个圈，有人跳街舞，有人跳机械舞，有人跳恰恰，轮到郑好，她居然跳起了藏族舞，身体前俯后仰，舞步大开大合，搭配着一脸朴实热情的笑容，还有不知从哪儿弄来一截卫生纸，挨个表演献"哈达"，逗得围观的人群笑声不断。

韩澈看着她，突然有些动容。

他感受到了久违的轻松与自由。

battle 过后，不知谁起的头，大家开始"开火车"，郑好把手搭在韩澈肩上，推搡着他去搭其他人的肩膀。

渐渐地，队伍越接越长，大家都跟着音乐节奏跳起了简单的舞步，笑着闹着冲进人群。

跳得正尽兴时，忽然听到一声令下，前面的人依次转身，韩澈也跟着转身。

郑好却没动，就这么仰头望着他，眼睛里扑闪着光，双手还搭在他肩上。

韩澈垂眸注视着她，忽然笑了一下："你傻啊？转过去。"

郑好终于反应过来，慌忙转过身，肩膀被一双手轻轻搭住。

隔着薄薄的衣衫，她感受到他掌心的温度，就像他注视她的目光一样，温热又熨帖。

天快黑时，郑好和韩澈才从跳舞的人群中挤出来，急匆匆地赶往第二舞台。

顺着指示牌走了好半天，周围的人越来越少，他们才依稀看到舞台的灯光。

韩澈忍不住吐槽："这主办方怎么想的，两个舞台隔那么远？"

稍微有点人气的乐队都安排到了第一舞台，包括他喜欢的那支，而发配到这边的，都是些凑人头的不知名小乐队。

第二舞台在一片小草坪上，音响设备、舞台背景、灯光都比较简陋，观众更是寥寥无几。郑好从侧面绕到舞台下方时，粗略估算了一下，还不到一百人。

两边对比太过强烈，郑好的心情有些沉重。

舞台后面搭了一排帐篷，郑好挨个找过去，终于在最尽头的帐篷里找到了童梦。

童梦正低头摆弄着鼓槌，旁边是乐队的其他成员。郑好去酒吧看过几次乐队的演出，所以相互都认识。

"梦梦！"郑好一把抱住童梦，"紧张吗？"

童梦依旧是一副酷酷的表情："还好。"抬眼看见帐篷外的韩澈，她压低声音，"你把他也带来了？"

"对啊，一起来给你助威嘛。"郑好握拳，给童梦比了个加油的手势，又问，"你们要唱几首歌？"

"每支乐队半小时，我们准备了五首歌，不够的话，老鹰再加一段吉他

solo。"

老鹰是乐队的吉他手兼主唱，此刻正在帐篷里闷头抽着烟。

郑好瞥了一眼老鹰。他瘦得跟面条似的，郑好每次看他在台上又唱又跳，总担心他会用力过猛把自己折成两截。

郑好收回视线，问童梦："你爸妈来了吗？"

"老早就来了，还有我舅舅、舅妈、姥爷，都来了，正在草地上斗地主呢。"

敢情那寥寥无几的观众还有一部分是亲友团？

郑好又是一阵心酸。怕童梦看出来，她脸上的笑意更浓了："你好幸福啊！能看到你的演出，你家人肯定超级高兴。"

正说着，老鹰站了起来，往帐篷外走去。

郑好跟他打招呼："嗨，鹰哥。"

老鹰目光阴沉地扫了她一眼，没接话，直接走了。

"别搭理他。"童梦斜瞥着老鹰的背影，"他就这个死德性。"

"怎么了？"

"估计是紧张，毕竟是第一次参加这种大型活动。"

外面有工作人员在催促，乐队成员纷纷起身。

郑好也急忙起身，抱了抱童梦："加油哦！"

童梦没说话，拍拍她的后背，让她放心。

上一支乐队在观众们稀稀拉拉的掌声中下台，轮到托尼乐队上场了。几个黑衣黑裤的男人站在各自的位置上，开始试音。

童梦上台时，舞台下方爆发出一阵欢呼声。

郑好循声望去。在一群潮酷的年轻人中，那几张中老年面孔显得有些违和，他们脸上兴奋和期待的表情也跟现场冷清的气氛格格不入。

旁边一对小情侣投来不屑的目光。

一支名不见经传的小乐队而已，值得这么大张旗鼓地欢呼吗？肯定是花钱请来的托儿。

郑好小声告诉韩澈："那是童梦的爸妈。"

去年童梦阑尾炎手术，郑好去医院探望，见过她的父母。印象中，他们都是很宽厚友善的人。

韩澈顺着郑好的目光望去，舞台灯光恰好亮起，照亮了他们的侧脸。他们笑得很开心，连眼尾纹里都写满了骄傲。

韩澈看得入神，心中有所触动，又有些怅然若失。

他好像从未在自己父母的脸上看到过这样的表情。

音响里突然爆发出一阵尖锐的啸叫，瞬间将韩澈的思绪拉回，周围的人纷纷捂住耳朵。

舞台上，不知是哪个乐器出了问题，其他人都在低头检查，主唱老鹰则走来走去，骂骂这个训训那个，眉宇间满是烦躁。

不知在讨论什么，老鹰跟键盘手的声音越来越大。郑好虽然听不清，但也能猜到他们在争吵，因为连童梦都从架子鼓后面走了出来，一边说话一边把老鹰往后拉。贝斯手也站了出来，用身体挡在两人中间，似是在劝架。

"什么情况啊？"底下有观众在嘀咕。

郑好心里莫名紧张，忍不住跟韩澈吐槽："童梦跟我说过，队里经常起内讧，特别是主唱和键盘手老是吵架。真是服了，吵架也不看看场合，马上就要开演了……"

台上的争吵越来越激烈，就在郑好犹豫着要不要上去主持大局时，老鹰忽然把麦克风往台上一砸，爆吼一声："老子不唱了！"

说完，他提起吉他，从台上一跃而下，怒气冲冲地走了。

台上台下一片哗然。

郑好目瞪口呆地看着他的背影。

搞什么啊？就这么走了？

那台下这些观众怎么办？乐队其他人怎么办？

她忽然回过神来，转头看向台上。键盘手还在高声咒骂着什么，贝斯手满脸无奈地摇摇头，拽着他的胳膊，把他从舞台侧方拖走了。

台上只剩下童梦一个人。

她不知所措地站在原地，望着伙伴们离开的方向，脸上满是惊诧和沮丧，几乎快哭了。

韩澈再次看向那几个中年人，他们脸上欣慰的笑容早已消失不见，取而代之的是茫然和失落，还有几分替童梦打抱不平的气愤。

郑好终于找回失去的语言系统："一群傻子！"

此刻，她无话可说。

其他观众也都在抱怨：

"主办方请的什么人啊？"

"牛气哄哄的，以为自己是什么大明星吗？"

"果然只是个地下乐队，一辈子上不了台面。"

"浪费时间，早知道我就去第一舞台了。"

…………

舞台上，灯光熄灭了，只剩一片黑黢黢的影子。童梦怔怔地坐在架子鼓后面，周身黯然无光。

郑好知道，这是她第一次登上这种正规舞台，虽然设备简陋、观众寥寥，但比起之前在各个酒吧里游走，已经是巨大的进步了，却没想到以这样狼狈的方式收场。

期待有多大，打击就有多深。

郑好看不下去了，她拨开前面几个正在抱怨的观众，手脚并用地爬上舞台，直奔童梦。

"我去把老鹰找回来。"郑好来不及安慰童梦，直接布置任务，"你把贝斯手和键盘手叫回来，他们肯定没走远。咱们分头行动，抓紧时间。"

童梦这才从愣怔中回过神来。她抬眼看看郑好，沮丧地说："来不及了，主办方只给我们半小时，下一支乐队马上要登台了。"

郑好鼓励她："不是还有半小时吗？只要把人找回来，就算只剩下五分钟，你们也能表演完一曲啊！"

童梦眼里又浮起希望，但还是担心："老鹰犟得很，你劝不动他。"

郑好咬牙切齿道："那就把他打晕了拖回来！"

韩澈的视线一直追随着郑好的身影，见她匆匆忙忙跑上舞台，又一脸杀气地冲下来，他顿觉不妙，迈开大步跟上去，追着问："干吗去？"

"把那只死苍蝇抓回来！"郑好头也不回，步子迈得杀气腾腾。

第二舞台靠近公园东门，郑好料定老鹰会第一时间逃离"肇事现场"，所以她没有犹豫，带着韩澈直奔东门。

两人一路连追带赶，终于在东门附近发现疑似老鹰的身影。

那人穿着一身黑，背着一把吉他，像根竹竿杵在移动厕所门口，似乎在等位，一只脚踏在台阶上抖啊抖，吊儿郎当的，没个正形。

郑好急忙加快脚步，走近一看，果然是他。

她顿时怒火中烧。

丢下舞台不管，跑这儿来上厕所？真是'懒驴上磨，屎尿多'！

韩澈紧跟在她身后，叮嘱道："别冲动，先礼后兵。"

"礼什么！看我不把他大卸八块！"郑好咬牙，恶狠狠地说。

就在他们快要赶到时，移动厕所的门开了，里面的人走了出来，与老鹰擦肩而过。

老鹰踏上台阶，拉开门，走进厕所隔间。

眼看门就要关上，郑好一个箭步蹿上前，拉住门把就往里冲。老鹰猝不及防被一股大力推了进去，像只苍蝇被无情地拍打在不锈钢挡板上。

老鹰刚要爆粗口，后背又被猛地一撞，紧接着，"哐当"一声响，隔间的门被关上了，还落了锁。

头顶的灯光被挡了大半，他吃力地转过头，发现后面叠着一男一女。女的他刚刚见过，是童梦的朋友；男的有些眼生，但那高大的身材和冷峻的眼神，莫名给人一种压迫感。

两男一女挤在一个厕所隔间里，这画面实在诡异。

老鹰被压得转不过身，只能扭过头扯着嗓子大吼："干什么你们？上厕所也要一起吗？"

"你进来干吗？"郑好急吼吼道。她弓起后背，把韩澈往后拱，尽量避免跟他有身体接触。

"怕你被欺负呗。"韩澈居高临下地盯着前面的老鹰。

这家伙脾气暴躁,浑身戾气,万一狗急跳墙动手打人,郑好再彪悍也不是他的对手。

不过现在,他想动手也施展不开——这个一平方米的小隔间里一下子塞进来三个人加一把吉他,实在是过于拥挤。

三人连呼吸都有些艰难,更不用说互殴。

"你先出去。"郑好抬起胳膊肘,往后捅了捅韩澈,"在门口看着,有事我再叫你。"

韩澈站着没动,沉声道:"忍忍吧,咱们速战速决。"

老鹰闻言后背一寒。

他俩要干啥?"杀人分尸噶腰子"?

"喂,你个死苍蝇。"郑好终于转入正题,伸手攥住老鹰的胳膊,"你给我回去。演出没结束,你不准走!"

老鹰这才明白他们的意图。

"不去!"他猛地甩开她的手,骂骂咧咧,"什么破音乐节、破舞台、破设备,下面的人还没酒吧里的多。在这种破地方表演,老子丢不起这个人!"

郑好气得七窍生烟。

这就是你临阵脱逃的理由?因为底下观众少,觉得脸上无光,就冲队友发脾气、在舞台上撂挑子?还说得理直气壮,哪儿来的脸哟?

郑好义愤填膺地说:"人少怎么了?酒吧里人多,可是有几个人在看你们的演出?这里虽然人少,可大家都是真心来听你们唱歌,为了你们,还放弃了第一舞台和乐队,你就是这么对待你的歌迷的?"

这一席话把老鹰的气焰浇熄了几分,但他依旧冥顽不化,语带嘲讽:"什么歌迷?不过是买了张票,进来找乐子而已,又不是冲我们乐队来的。"

说到门票,郑好更恼火了:"你也知道我们都买了票啊?我们花了钱买票,主办方花了钱请你们演出,现在你违约在先,总得赔钱吧?"

"赔就赔,出场费才一万块钱,瞧不起谁呢?我在酒吧唱几天就赚回来了。"

郑好看着他这副二五八万的样子就不爽:"还有我们的门票钱,一人三百二,你不是会赚钱吗?挨个赔吧!"

老鹰怒吼:"门票凭什么要我赔?"

"就凭你对不起我们!"郑好用力戳着他的肩膀,愤愤地骂道,"你还对不起你的队友,对不起舞台,对不起这个来之不易的机会!你以后爱在哪儿唱在哪儿唱,没人关心,但是现在,你必须跟我回去!"

说完,郑好重新抓住他的胳膊,又被他暴躁地甩开了。

她继续用双手抓,十指就像焊上去的一样,死死箍住他的手臂。

老鹰发了狠,使劲甩自己的胳膊、掰她的手指,却怎么都挣脱不了。

郑好越发用力,老鹰也越发狂躁,混乱中,两人身体都失去了平衡,往旁边一倒，重重地撞上了不锈钢挡板。

"哐——"

一声巨响，动静之大，整个隔间都在晃动。

韩澈见状不妙，急忙扶住郑好的肩膀，想把她挪到自己身后。恰在此刻，老鹰迅速抬起胳膊肘，狠狠往后一撞。

"嗷！"

韩澈哀号一声，双手捂住鼻子，表情痛苦而狰狞。

郑好顿时吓傻了，愣怔几秒后，她急忙抓住韩澈的手腕，想看看他鼻子的伤势。

老鹰也傻眼了，呆呆地看了看自己"肇事"的手，又抬头看了看韩澈。

两道鲜血从韩澈的鼻孔里缓缓流出，浸没他的双唇，染红他的下巴，然后在他的毛衣上一滴一滴地绽开……

郑好脑子里一片混乱。

完了完了，老板受伤，她难辞其咎。

她心跳得飞快，慌乱和紧张之中，还有一丝说不清道不明的心疼。

"对不起对不起，我没想到动作这么大……"郑好语无伦次地道歉。

为了将功补过，她手忙脚乱地从包里翻出卫生纸，踮起脚尖，小心翼翼地擦拭着韩澈下巴上的血。

厕所的顶灯洒下清冷的光，韩澈垂眸望着她。逆着光，郑好看不清他眼底的情绪，只觉得他眸光幽深，如夜晚的海，沉静中暗藏汹涌。

心脏没来由地一阵紧缩，呼吸也有些不稳，她蓦地低下头，把纸巾搓成两团，塞进他手里。

韩澈把纸团塞进鼻孔，用手指抹掉毛衣上的血珠，淡淡地说道："你道什么歉？"

因为鼻子被堵住，他说话瓮声瓮气的，听上去有些滑稽。

可是，当他把目光转向瑟缩在角落里的老鹰时，滑稽的声音消失了，变得低缓而冰冷，一字一顿充满了威胁意味："要么，你上台；要么，我报警。"

押送老鹰回去不是一件容易的事，他们首先得从厕所隔间里撤出来。

韩澈刚把门推开一条缝，又"砰"的一声关上了。

"外面有人在排队。"

郑好催促道："那就赶紧出去啊，别让人家憋坏了。"

她不由分说地推开门，将韩澈拱了出去。

大概是第一舞台提前散场了，外面等着上厕所的人还不少。见到门开了，一个满头脏辫的姑娘急忙踏上台阶，准备进去。

韩澈低着头脚步匆匆，郑好紧随其后，旁若无人地走了出来。

姑娘瞪大双眼，目光在两人身上来回打转，露出几分鄙夷的神色。

当看到里面竟然还有个男人时，姑娘瞬间呆住，脸上只剩下震惊，目光追随着三个人看了好久。厕所外面的其他人也都目不转睛地盯着他们，那表情仿佛是吃了个大瓜。

人群中飘来一声感慨："不愧是搞音乐的，就是玩得花啊……"

虽然老鹰迫于韩澈的威胁勉强答应回去演唱，但看他贼眉鼠眼的样子，分明是憋着坏。

于是，郑好特意走在他侧后方，密切留意着他的一举一动。

果然，走到一条幽暗僻静的小路上时，老鹰突然撒开腿狂奔，好在郑好反应迅速，低骂一声拔腿就追，没跑几步就揪住了他衬衫的袖子，任他挣扎，死不撒手。

"哗啦——"

一阵布料撕扯的声音，在安静的小路上格外清晰。

老鹰一下子愣住了，郑好也呆呆地看着自己的手。

袖子扯掉了。

郑好挤出一个尴尬的笑。

老鹰看着自己光溜溜的膀子，瞬间暴怒，扯开嗓子吼道："我这衣服三千块！赔钱！"

韩澈大步跑过来，挡在两人中间，本想说他来赔，结果听见郑好怒呛："我信你个鬼！这破衣服值三千？我在童梦的店里见过，进货价才五十！"

她本来还有些心虚，现在又理直气壮了起来，内心那点儿愧疚荡然无存。

老鹰低骂道："童梦跟我说是什么法国进口货，还卖我两百！"

"行了，老实点吧。"郑好押住他的一只胳膊，抬眼示意韩澈，"你押那边。"

韩澈目光冰冷地睨着老鹰，单手抓住他的胳膊，反手一拧，扣在他身后。

老鹰一边挣扎，一边骂骂咧咧："有这个必要吗？我自己会走！"

郑好抬手削他脑袋："你不光会走，还会跑，厉害得很呢。"

两人一路连推带搡，终于将老鹰押送到第二舞台。台上三个人已经就位，贝斯手被童梦找了回来，键盘手则是个戴着渔夫帽的陌生小哥。

童梦感激地看了郑好一眼，又看向老鹰，眼神瞬间冷了。

她目光在他的胳膊上停留半秒，阴阳怪气道："哟，打疫苗去了？"

老鹰假装听不出她话里的讽刺，抬起胳膊一抖，甩开了身后两人的钳制。他揉了揉肩膀，又扭了扭脑袋，才将视线转向那个陌生的键盘手："这谁啊？老苟呢？"

老苟是乐队的键盘手，平时就跟老鹰不对付，一个心高一个气傲，谁也瞧不上谁。

"被你气跑了呗。"童梦没好气地说，转头看向那个键盘手，"这是小路，青蓝乐队的键盘手，好心来帮忙的。"

"青蓝？没听说过。"老鹰撇撇嘴，语气充满不屑，"他能行吗？不会掉链子吧？"

郑好朝天翻了个大白眼，腹诽：这舞台上最大的隐患是你好不好？还有，能不能别叽叽歪歪了？没看见台下人都在等着吗？

童梦也发出了一声冷笑："呵，人家水平比你高多了，谱子看一遍就会。"

老鹰"哟"了一声："这么牛？"

"行了行了，快开始吧。"郑好不耐烦地打断他，又看了眼手机，"还剩十分钟，至少能唱两首。"

老鹰还懒洋洋地不肯动，郑好又怒了，扬起巴掌威胁道："动作快点！别逼我当众扇你！"

终于解决了这个刺儿头，郑好和韩澈回到台下。环视身后，刚刚耽误了二十分钟，不少人离场了，本就不"富裕"的观众阵容现在是雪上加霜。

好在童梦的家人还在。他们站在人群最边缘的位置，仰望着舞台，眼神充满热切的期盼。

灯光重新亮起，一串沉稳的鼓点宣告演出正式开始。

"哇哦——"郑好拍着巴掌大声叫好。

后面的人也跟着鼓掌。掌声虽然不够热烈，但好歹给这场"命途多舛"的表演开了个不错的头。

鼓声渐止，老鹰弹奏起了吉他，贝斯声穿插其中，紧接着，一串流畅的键盘声完美衔接，配合得居然还不错。

郑好心里的石头终于落了大半。

老鹰开口唱道："听说记忆会自带滤镜，所以过去总是很美丽，可为什么我不愿想起，我把自己杀死的经历……"

他懒洋洋地拖着调子，像念经一样念着歌词，再加上那一脸不情不愿的表情，看得郑好是火冒三丈。

她低声骂道："死苍蝇，唱的什么东西！不想唱就别唱！"

韩澈侧着脑袋提醒她："他本来就不想唱，这个结果是可以预见的。"

"那也不能这么敷衍了事！"郑好气得直翻白眼。

她不经意抬起眼，才发现韩澈鼻孔里的纸团都被血染红了。她急忙掏出纸巾，重新拧了两个纸团递给他。

韩澈接过来，云淡风轻地说："谢了。"

郑好看着他红通通的鼻头，担忧地问："你还好吧？是不是很痛？"

韩澈似笑非笑地看着她："你忘了？我现在没有痛觉。"

"……对哦。"郑好这才反应过来，"那你刚刚叫得那么惨？"

"装的。"韩澈冲她扬扬眉，"跟你学的嘛。"

郑好紧绷的神经终于松弛下来，长长地舒了口气，说："不早说，把我吓得要死。"

她转念一想，不对，他虽然感觉不到痛，但还是遭了罪，流鼻血只是表象，不知道脑子有没有事，会不会有后遗症？

韩澈像是猜到了她的心思，小声安慰道："别担心，他撞得不重，我是吓唬他的。"

"谁担心了？"郑好嘴硬，还不忘揶揄他几句，"你刚入行，演技还有待打磨。要是我被打了，轻则痛哭流涕，重则倒地不起，讹人嘛，怎么夸张怎么来。"

"没你厉害。"韩澈抿唇轻笑，语气听不出是夸还是讽。

"那是。"郑好得意地笑了，"我可是流落民间的奥斯卡影后。"

韩澈点点头："我跟奥斯卡之间就差一张厚脸皮。"

郑好暗骂：这个臭徒弟，懂不懂尊师重道啊？

她提起一口气，刚要怼回去，舞台上突然爆发出一阵激烈的鼓声。

转头一看，只见架子鼓后面的童梦手臂高高举起又落下，每个节奏都敲击得急促又狠厉，仿佛堆积在心头的愤怒在顷刻间喷薄而出。

郑好不自觉屏住呼吸，心脏仿佛被那两支鼓槌重重地敲打着，跳得又快又猛，几乎要跃出胸膛。

她在酒吧听乐队演奏过这首歌，依稀记得这里原本不是这么设计的。

是童梦终于忍受不了老鹰的敷衍演唱，所以借鼓声来发泄怒火吗？

舞台上的老鹰也被震住了，手指僵硬，一时竟忘了拨弦。

他扭过头，用眼神警示童梦，却得到更愤怒的鼓声作为回应。

郑好冷哼一声，吐出两字："活该。"

鼓声还在持续疯狂，老鹰也许是觉得傻站在台上有点尴尬，便走到舞台边缘，背身而立，仰头向后一倒。

唱成这个样子还想玩跳水？

郑好大步冲到他身下，侧身弯腰，用肩膀扛住他的后背，奋力往台上一推。

上去吧你！

老鹰发现自己又呈站立姿势回到了舞台上，疑惑地向后望，正好对上了郑好的视线。她眼睛喷着火，鼻孔喷着气，恶狠狠的样子仿佛要吃人。

老鹰吓得打了个哆嗦，想从侧方溜下舞台，可郑好就在台下虎视眈眈地守着，让他不得不放弃这个念头。

鼓声骤然停止，安静两秒后，爆发出最后一击，石破天惊。

一曲结束，如大梦方醒，童梦起身鞠躬。

短暂的静默后，台下爆发出热烈的喝彩声。

韩澈侧头凑到郑好耳边，说："你朋友不该待在这种乐队。"余光瞥见她居然在抹眼泪，他一下子愣住，怀疑自己看错了，"你居然哭了？"

郑好飞快地擦干眼泪，眼眶和鼻头还泛着红，闷闷地说："我不能哭吗？"

韩澈眸光微敛，语气也变得柔和："没有，只是有点意外。"

印象中，这好像是他第一次见她哭。

郑好斜瞥着他，意外地发现他的脸上竟也有几道水痕。

她有些诧异:"你也哭了?"

"没有。"韩澈抹掉脸上的水珠,手伸到空中,看着指尖一点点被打湿,水滴顺着手指流淌,在掌心汇聚成一汪水洼。

他浅笑道:"下雨了。"

舞台上,老鹰拿起麦克风,简短地说:"下一曲,《上岸》。"

也许是被童梦的鼓声感染,他的态度也认真起来了。手指轻抚琴弦,一段流畅的旋律过后,他凑近麦克风,用低哑的嗓音唱道:"在无声的海浪里,我一刻不停地游,在无穷的欲望里,忘了曾经的追求……"

雨点落在郑好的脸上,冰冰凉凉的,她突然有些懊恼,早知道刚刚她就该说脸上的是雨水。

承认自己哭,还是一件挺羞耻的事。

伴随着流畅的吉他声,鼓点节奏沉稳,不疾不徐地推进,贝斯穿插其间,低沉有力。

"我以为爬上了岸就能有片刻自由,可是为何我看到岸的尽头还是海,还是海,望不到头……"

雨越下越大,郑好的头发很快被淋湿,雨水汇聚成涓涓细流,在皮肤上蔓延,丝丝冷意渗入毛孔。

郑好转过头,望着韩澈。

他的头发也淋湿了,乱糟糟地倒下来,遮住了眉眼,显得侧颜更加生动。

他好像一只湿漉漉的小狗啊,眼眸湿润明亮,不知眼底闪烁的是水光,还是映着舞台的灯光。

感受到她的视线,韩澈也转过头,垂眸与她对视。

趁着音乐声渐缓,郑好问他:"你喜欢淋雨吗?"

韩澈沉默片刻,回答:"我没有淋过。"

回忆起来,从小到大他好像没有淋过一次雨。他出门总是有车,遇上急雨也不必担心,在路边找家店等等就好了,若是雨下得久了,总会有人给他送伞。

他一直被保护得很好,就像玻璃房里的君子兰,不必经历风吹日晒雨淋,只需要在主人的悉心照料下,长成他们期望的模样。

大雨滂沱,倾盆而下,鼓声再次变得激烈狂热,老鹰用力扫弦,撕心裂肺地嘶吼:

"终于看清,原来我是一只被囚禁在孤岛的兽,是注定孤独漂泊的兽……"

在旋律的尾声中,郑好弯起眸子,冲韩澈粲然一笑:"那你今天走运了。"

"是啊。"韩澈也笑了。

在这个浸着寒意的春夜,君子兰第一次淋到了真实世界里的雨。

这感觉还不错。

直到散场,这场大雨还是没停,所有人都淋成了落汤鸡。

其他人好歹找了块塑料布遮在头上，或者到附近的树下避雨，郑好站在舞台下方，什么遮挡都没有，汉服长裙被大雨浇了个透，湿漉漉地粘在身上，看起来像一只从水里捞起来的大号塑料袋。

韩澈也没好到哪儿去。他的毛衣本就是宽松款的，此刻吸满了水，沉甸甸地挂在肩头，像挂了一圈沙袋。

"真神奇。"他一边拧毛衣下摆的水，一边说，"我感觉有点冷了。"

郑好已经冻得缩起脖子，牙齿打着战，听到这话，一时没反应过来："我也冷，今天忘带伞了，失策……咦？"她眼睛倏地亮了，惊喜地望着韩澈，用手指戳戳他的胳膊，"你有感觉了？"

"有一点点。"韩澈保守地说。

他抬起一只胳膊，撸起袖子，看着手臂上渐渐浮起一层鸡皮疙瘩："反应还是有些迟钝，在同样的温度下，也许你感受到的寒冷是五级，而我只有一级。"

郑好一巴掌拍在他肩上，兴高采烈地大声说："那也好啊，说明你在慢慢恢复。"

韩澈笑着揉揉肩。

她这一巴掌也不知用了多大的力气，反正他是真切地感觉到了痛。

"希望如此吧。"

托尼乐队下场后，马上又有新乐队登台。

郑好和韩澈绕到舞台后面，在一块天幕下跟乐队的几个人碰了个头。

老鹰不知吃错了什么药，亲热地搂着渔夫帽小哥，嘻嘻哈哈地说："小老弟，你弹得不错，比老苟强多了，干脆来我们乐队吧？"

渔夫帽小哥笑了笑，没回答，转头望向童梦，说："童梦姐，我之前看过你的演出，关注你挺久了。我们乐队正好缺一个鼓手，你要不要考虑加入？"

老鹰气急败坏："当我面挖墙脚？"

童梦看了一眼老鹰，不置可否："这事再说吧。"

渔夫帽小哥跟她交换完联系方式就走了。

老鹰扭头看见郑好，又嬉皮笑脸地凑上来，掏出手机说："美女，咱俩挺有缘的，加个微信吧。"

韩澈顿时警铃大作。

呵，当他的面挖墙脚？

他双手抱臂，杵在两人中间，目光不善地盯着老鹰。

虽然他跟郑好不是那种关系，但老鹰问都不问就直接搭讪，不合适吧？

郑好笑眯眯地看着老鹰，轻启薄唇，吐出三个字："给、我、滚。"

老鹰笑得更猖狂了："嘿，我就喜欢你这暴脾气。"

郑好冷笑一声，突然转过头四下张望，然后走到一顶帐篷旁边，弯腰捡起压在地钉上的石块，在手上掂了掂。

老鹰脸色突变，后退一步，声音里透着紧张："老妹儿你这是干啥？买卖不成仁义在嘛，别冲动……"

郑好猛地蹲下身，举起石块对准老鹰，摆出一个打狗的姿势，恶狠狠地威胁道："还不快滚！"

老鹰吓得落荒而逃。

"喊！什么狗东西，也敢来惹我？"郑好轻蔑一笑，把石块放回原处，回头看见韩澈，她有些奇怪，"你笑什么？"

"没什么。"韩澈忙低头敛笑，轻咳两声，故作随意地问，"有人搭讪不是好事吗？说明你有吸引力啊。"

郑好一脸无语的表情："那也要看对方是什么人啊。吸引来蝴蝶，说明你是鲜花；吸引来苍蝇，那你是个啥？"

韩澈想了几秒，认真地说："其实，苍蝇也叮鲜花的。"

郑好："……哈？"

这是重点吗？

韩澈安慰她："好东西大家都喜欢，所以，不要因为你吸引来了苍蝇就怀疑自己的魅力。"

一番话哄得郑好身心舒畅，但她面上依旧高冷，轻哼一声："那是自然。"

乐队几个人都回帐篷里了，郑好看了眼时间，提醒韩澈："你不是喜欢听那个啥啥乐队的歌吗？现在去第一舞台还来得及……等等，我去给你找把伞。"

听她这意思，是让他一个人去？

韩澈问："那你呢？"

"我去找童梦。演出搞成这样，她现在心情肯定很糟，我去陪陪她。"

韩澈略一思忖："我陪你去吧。"

去找童梦，肯定又要跟老鹰碰面，那人心眼小、脸皮厚，万一死缠烂打，她招架不住怎么办？

郑好有些意外："你不去啦？"

韩澈摇摇头，想了个符合他人设的借口："人太多，不想去挤。"

托尼乐队的帐篷里一片乌烟瘴气，老苟依旧没出现，剩下的三人各自蹲在一个角落，都在沉默地抽烟。

郑好坐到童梦身边，安慰她说："第一次登台嘛，难免会出意外，你已经表现得很好了。"

童梦不吭声，只是叹气，脸上满是沮丧。

郑好思索片刻，换了个安慰方式："我在台下看到你爸妈了。你知道吗？你打鼓的时候，他们激动得都哭了。"

童梦苦笑，语气带了点自嘲："是气哭的吧？"

"怎么会呢？他们边哭边笑，表情可骄傲了。"郑好信誓旦旦，还掏出手机给她看，"我还拍了照片，就是雨下得太大，拍得有点模糊。"

童梦一张张翻看照片，放大父母的每个表情，眼底渐渐浮起笑意。

郑好放下心来，切入下一个话题："对了，刚刚那小哥说得挺诚恳的，你要不要去他们乐队试试？"

蹲在对面的老鹰听见这话，嚷嚷道："喂，我还在这儿呢。"

童梦没搭理他，对郑好说："青蓝乐队我不太了解，听说才成立半年，恐怕不是很靠谱。我跟老鹰、老苟合作了挺久，他们人都不错，只是有时候控制不住脾气。"

老鹰低哼一声，脸色缓和了些。

郑好继续劝童梦："都说乐队的灵魂是主唱，你再看看你们主唱，又自卑又脾气差又没担当，因为人少就罢演，根本不尊重观众，也不尊重队友。你长期跟他混在一起，是没有前途的。"

"喂！"老鹰冲郑好摆了摆手，"你看不见我吗？好歹等我走了再说我坏话吧？"

童梦还在犹豫。

郑好冷冷地瞟了老鹰一眼，又找到新的论据："你看他成天烟不离手，一点不爱惜自己的嗓子，这是一个主唱该有的态度？"

老鹰身中数箭，已经无力抵抗。

劝童梦跳槽这件事，因为当事人的犹豫不决和老鹰的百般阻挠而无疾而终。

走出帐篷，雨渐渐小了，又起了风。湿透的衣服不能保温，郑好冷得直哆嗦，韩澈也冻得脸色发青，嘴唇毫无血色。

郑好找工作人员借了两件雨衣，带上韩澈先行离开了。

韩澈大约是冻麻了，这次居然肯乖乖坐在小电驴的后座。这么大的个子挤在这么小的座位上，湿漉漉的头发耷拉在额头上，看起来可怜兮兮的。

街上空旷无人，小电驴冒着细雨前行，郑好的雨衣被风吹得"哗啦"作响。

韩澈低着头，额头轻轻抵住郑好的后背，看着小电驴在积水里碾过，溅起一串水花，街灯的光晕将路面映得一片辉煌。

回家的路好长，他都快睡着了。

郑好依照韩澈的吩咐，在一个路口将他放下。

看到他眼皮都抬不起来，也不知是被风吹的还是困的，她担忧地问："你还好吧？"

韩澈低低"嗯"了一声，只觉得脑袋有千斤重，太阳穴有根筋突突直跳。

根据以往的经验，这多半是感冒的前兆。

"要不我再送你一程？"看他这样子，郑好很怀疑他还能不能顺利到家。

韩澈摇摇头，有气无力地说："没事，回去睡一觉就好了。"

郑好叮嘱道："到家了赶紧洗个热水澡。"

"嗯。"

"把头发吹干了再睡。"

"嗯。"

还有什么?

郑好犹豫片刻,抬眼看着他,歉疚地说:"我好像……不该带你淋雨。"

韩澈垂眸望着她,眼神透着浓浓的疲惫。

"没关系。"他嘴角微扬,眼底浮起浅笑,"我很开心。"

第五章
/ 走向春天的下午 /

韩澈这一觉睡到天昏地暗，梦里晃动着大片大片的金辉，好像雨夜街头的浮光掠影，又似舞台上的璀璨灯光。

他吃力地掀起眼皮，看到窗帘缝隙间透出一缕天光。

只是稍微翻了个身，就感觉头昏沉沉的，浑身酸痛无力，鼻子被堵得严严实实，喉咙也干涩得厉害。

恍惚中，韩澈想起了郑好的"诅咒"。

不会真被她说中了吧？他已经病入膏肓、命不久矣了？

在床上缓了好一会儿，韩澈才艰难地坐起身，背靠着床头，拿起手机——才早上八点多。

屏幕上有条微信提示。

点开一看，果然是郑好。她约他早上九点在某个码头碰面，估计是要带他去坐船。

看样子，她不仅身体无恙，还精力旺盛。

真是铁打的女子。

韩澈无奈地揉了揉眉心，拨通她的电话。

"喂……"

韩澈的声音一出来，郑好就听出不对劲了："你怎么了？"

韩澈嗓音沙哑："病了，今天应该不能出去玩了。"

"啊？什么病啊？感冒了？"

"应该是。"韩澈干咳两声，嗓子里那种堵塞感才稍稍缓解。

郑好叹气道："可惜了。今天放晴了，本来还想带你去江心岛上采野蘑菇呢。昨天不是说要带你吃香喝辣的嘛，我想了想，觉得你肯定吃惯了山珍海味，不如吃点时鲜家常菜，咱们自己采自己做，好吃又好玩。"

"听上去不错。"韩澈脸上浮起笑容，"把计划留到下次吧。"

郑好惋惜了一番，忽然又问："哎，你病得严重吗？"

韩澈隐约猜到她的意图，为难地说："下床都费劲，出门肯定是不行。"

"我不是这个意思……"郑好欲言又止，顿了顿，终于说出口，"要不要我来看你？"

韩澈愣了下，手机贴在耳边，微微发烫。

脑海中浮现出她的脸，得意的、凶悍的、眉开眼笑的、偷偷抹眼泪的、被大雨淋得狼狈不堪的……

每个表情都是那么生动鲜活。

也许是生病的人格外脆弱，内心深处，韩澈不得不承认，他还是挺想见到她的。

"好啊。"他听见自己的声音带着一丝说不清道不明的愉悦，"我把定位发给你。"

挂断电话，郑好怔怔地盯着漆黑的手机屏幕，脑子里如弹幕般飘过三个大字：冲、动、了。

她本来只是象征性地客套一下，表达一个狗腿子员工对老板虚伪的关心，想着他那么注重隐私的人，肯定会一口回绝。

毕竟昨晚他都难受成那样了，还要坚持自己回家，分明是不想向她透露家庭住址。

怎么一夜之间性情大变？

难道是因为病来如山倒，此刻的他虚弱又孤独，所以对她放下了防备？

郑好焦躁不安，在房间里来回踱步。

怎么办？真的要去吗？

现在反悔，会不会有损她在老板心目中优秀员工的形象？

"姐妹们，开个紧急会议！"

童梦顶着两只大黑眼圈，打着哈欠走出房门，谷小雨也从厨房里走出来。看见郑好像一头拉磨的驴似的，在客厅里不停地转着圈，两人都是一脸蒙。

郑好把事情原委说了一遍。

两人听完，反应大相径庭。

谷小雨欢欣鼓舞："哇，重大进展！这可是增进感情的好机会！"

童梦则是一脸鄙夷，看透一切："呵，假装生病邀请女孩单独去家里，这种招数我见得多了。狗男人果然包藏祸心！这才几天，狐狸尾巴就藏不住了。"

郑好试图解释："没准儿人家是真的病得很重……"

"病了就去医院呗，没人照顾就请护工。你又不是医生，找你去干吗？"

童梦的话不无道理，但郑好一想到韩澈昨晚那可怜兮兮的模样，就于心不忍。归根结底，要不是她上午去踏青，下午去音乐节，晚上还带他淋雨，他也不会突然病倒。

这么一想，她得负主要责任。

"他不是你想的那样。"郑好觉得自己有义务替韩澈说几句好话，"你昨天不是见过他了吗？人还挺不错吧？任劳任怨还有勇有谋，他还帮你抓回了老鹰呢。"

谷小雨在一旁疯狂点头："对啊，他还帮我摆摊卖柠檬茶呢。"

想起昨天的经历，童梦态度软了几分，但仍不放心："知人知面不知心啊，你是不知道，男人为了骗你上床能伪装成什么样。"

"不至于吧？他还病着呢。"

"那又怎么样？又不是瘫痪在床了。只要他下半身还能活动，你就不能不防备。"

郑好被童梦说得有些心慌，一时左右为难："我都答应他了，临时取消不太好吧？要不，你们谁陪我去？"

谷小雨连忙摆手："你俩郎情妾意甜甜蜜蜜，我就不去当电灯泡了。"

郑好腹诽：你脑子里能不能装点正事？都这种时候了还想着嗑CP呢？

谷小雨又说："而且我上午得备货，周末是最忙的时候。"

郑好把目光转向童梦。

你都把韩澈描述成了一个心机深重的猥琐男，仿佛我这一去就会被他吃干抹净，作为好姐妹，难道不应该陪我同生共死？

童梦耸耸肩："我今天得看店，没工夫。"

郑好眉头一拧："那你刚刚说那么多……"

童梦打断郑好："我是劝你别去，又没说要陪你去。"顿了顿，她又提议道，"要不你把我的防狼喷雾带上？"

"啊？没这个必要吧？"

郑好又陷入了纠结。

防人之心不可无，尤其是男人。可是，韩澈是那种人吗？

跟他相处的这几天，他一直很绅士，丝毫没有越界行为，她也从来没有不舒服的感觉。

是童梦太多疑，还是韩澈伪装得太好？

郑好在客厅里转来转去，左看右看，想找一件杀伤力小点的防身武器。视线掠过郑大钱时，她突然眼前一亮。

"我带它去！"

童梦和谷小雨看着在沙发上翻着肚皮、四脚朝天、呼呼大睡的傻狗，又看看郑好，表情都有些复杂。

童梦"嗤"了一声："得了吧，你还指望它保护你？它比你还尿。"

郑大钱曾在某次麻雀街群狗乱战中"光荣负伤"，从此一有风吹草动它就夹起尾巴躲在郑好两腿之间，还经常被路边的野猫吓得瑟瑟发抖走不动路，全靠郑好连拖带拽才能回家。

郑好挠挠郑大钱的肚子，信心满满地说："好歹能撑撑场面嘛。猥琐男一般都很胆小，只敢偷偷摸摸下手，关键时刻让郑大钱吼两嗓子也能起到威慑作用。养狗千日，用狗一时啊。"

"也对哦。"谷小雨挑挑眉，眼里浮起暧昧的笑，"遛狗是个好借口，两个人在公园里散散步，遛遛狗，牵牵小手，亲亲小嘴……"

剩下的话，郑好懒得听了，直接回屋换衣服。

童梦盯着郑好紧闭的房门，凑到谷小雨耳边悄声说："哎，你发现没？"

谷小雨不解："啥？"

"今天我说一句她怼一句，但是你说的话，她一句都没反驳。"

谷小雨自信道："这说明我的话有道理啊。"

童梦无语地看着她。

"哎？"谷小雨终于反应过来——这是不是意味着郑好虽然嘴上不承认，但心中的天平是向她的设想倾斜的？

难道她这次嗑到了真的糖？

韩澈挂断电话就开始收拾屋子。他拖着虚弱的身体整理床铺、收拾客厅、擦桌子、拖地……

拖着拖着，就开始后悔。

他还生着病呢，家里脏点儿乱点儿怎么了？偶像包袱有必要这么重吗？

还是收拾自己要紧。

镜子里的那张脸病恹恹的，苍白的皮肤、干裂的嘴唇、泛着青色的眼圈、无精打采的眼神，让他整个人散发着一种死气沉沉、行将就木的气息。

韩澈强打起精神洗了个澡，从浴室里出来时，感觉头更重了，脚步轻飘飘的，像踩在棉花上。

身上一会儿冷一会儿热，好不容易换好衣服吹完头发，又出了一身的汗，粘在身上凉飕飕的。

造孽啊，他就不该一时冲动答应郑好。

一个人在家里安心躺着不好吗？要不是为了招待郑好，他早就睡了个回笼觉了。

郑好也是，好端端的来探什么病嘛！她又不是医生，能带来什么灵丹妙药不成？

正吐着槽，郑好的微信又来了。

郑圆脸：我到你们小区南门了，你住几栋几楼？

埋怨的情绪突然消失得无影无踪，韩澈的心好像飘了起来，嘴角也不受控制地翘起来。

他慢慢打字回复。

韩澈：我来接你。

郑圆脸：你身体不舒服就别下楼了，我直接进来就好。

韩澈：你进不来。

他们小区的安保严格到连飞进来一只苍蝇都要审核半天身份。

韩澈站在玄关处换鞋，没忍住又对着镜子检查了一遍自己的造型，也不知在瞎紧张什么。

手机"叮"了一声,拿起一看,依旧是郑好的微信。

郑圆脸:对了,郑大钱跟我一起来的,你不介意吧?

底下还附了张照片,小黄狗蹲在她脚边,吐着舌头,一脸傻笑。

韩澈无奈地笑了。

来都来了,还能撵它走不成?这波先斩后奏玩得溜啊。

保安亭前,郑好正蹲在地上给郑大钱上课:"注意喽,我勾勾手,你就到我身边来。我跺跺脚,你就汪汪叫。来,叫两声给我听听。"

两个高大的保安守在旁边一脸严肃地盯着一人一狗。

"汪汪汪!"郑好给郑大钱做示范,"叫啊,老祖宗传给你的技能都忘了?"

"临时抱狗脚"果然没用,傻狗歪着脑袋看着她,圆溜溜的眼睛里满是疑惑。

郑好一连"汪汪"叫了几分钟,它都没反应。最后,她只能无奈地叹气:"汪贵人虽然美丽,却实在愚蠢。"

"到底是谁蠢啊?"

身后传来一声打趣,虽然嗓音还沙哑着,但微微上扬的尾音透出了掩藏不住的笑意。

郑好蓦地转过头。

韩澈就站在她身后,隔着一道半人高的铁栅门。他穿着一件白色卫衣,搭配灰色运动裤,一身居家打扮,头发也柔顺地散落在额前。

今天阳光很好,洒落在他的头顶,他的头发透着光,变成了温柔的浅褐色。

目光相接的瞬间,他咧嘴一笑,因为面色苍白,笑容看上去有几分虚弱。

郑好一下子就心软了。

他好像一条乖巧温顺的萨摩耶,生病了也在努力对主人微笑,让人心都化了。再看看自家的郑大钱,对比之下,土狗的憨傻气质尽显无遗。

郑好站起身,忽然有些不敢看韩澈,只好低着头,一下一下扯着郑大钱的狗绳。

"你吃早饭了吗?"她没话找话。

"还没。"韩澈推开铁栅门,抬头跟保安打了个招呼。

郑好提起地上的两只牛津布袋,跟在他身后:"正好,我给你带了点吃的。"

"这么客气干吗?"

韩澈伸手去接她的袋子,被她拦住了:"别别别,你是病人。我总不能空手来吧?当然得表示表示了。"

他们走在小区里。此时繁花正盛,佳木成荫,满眼都是郁郁葱葱,蜿蜒的小溪穿流其间,汇入一片人工湖。湖中间还有喷泉,泉声汨汨,游鱼戏水,到处是生机勃勃。

郑好一路观赏,一路感叹有钱真好啊。

住在这种地方的人,这辈子应该没有烦恼吧?

她忽然想明白了一件事——难怪韩澈不喜欢去外面的公园。想要赏花的话,在自家楼下溜达一圈就行了,风景优美,环境清幽,还不收门票。

看来下次得带他去更有趣的地方。

绕过一排紫红色的玉兰树,韩澈刷卡进了一栋楼,挑高的大厅悬挂着巨大的水晶吊灯,落地窗前摆放着几张沙发,这是业主们的会客大厅。

郑好跟在他身后,脚步越来越慢,心里犹豫着,要不她的探病之旅就在这里结束吧?

反正人也看到了,还活着,东西也送到了,无非是几样小吃和一盆绿植。

她就没必要进屋了吧?毕竟她的狗保镖看起来很不靠谱。万一真如童梦所言,他开始动手动脚……

郑好正胡思乱想着,韩澈已经走到了电梯前,回头喊她:"发什么愣啊?我没力气了,快来按电梯。"

"……哦哦。"郑好赶紧小跑过去,走进电梯里才忽然意识到上当了。

这电梯是一梯一户,压根就不用按,刷卡就行。

郑好疑惑地望向韩澈,恰好他也正侧眸望着她,眼角闪烁着狡黠的笑意。

郑好心里"咯噔"一下。

呃……现在去买防狼喷雾还来得及吗?

韩澈的家在次顶楼,一开门,明亮的大横厅和宽敞的阳台就吸引了郑好的视线,更不用说外面那一览无余的江景。

湛蓝的天空、开阔的江面、对岸鳞次栉比的高楼、远处的天际线……

豪宅真是富贵迷人眼啊。

郑好总算知道传说中的"梦中情房"长什么样了。

她趴在阳台的玻璃护栏上眺望远方,美滋滋地幻想着中了一亿彩票后就买套这样的房子。

一阵风拂面而来,韩澈的声音在身后响起:"我也是昨天到家才发现,原来灯光秀结束前,对面那栋大楼——"他抬起手,大致指了个方位,"会出现'江城晚安'四个大字。我以前看夜景,从来没有注意到这个细节。"

江城的长江两岸每晚都会有几个小时的灯光秀,郑好看过很多次,只是从来没有站在这个黄金位置观赏过。

韩澈似乎猜到了她的心思,问:"既然来了,要不要留下来看夜景?"

郑好一怔,心跳有些乱。

看什么?看"江城晚安"四个大字?灯光秀十点才结束,她要在他家待到那么晚?

她忽然回过味儿来了。

哦,她懂了。就像那个老段子说的那样,流氓对女孩说"我想和你睡觉",

必然会遭到拒绝和痛斥，而文艺男对女孩说"我想和你看清晨的第一缕阳光"，女孩就会觉得好浪漫好感动。

"要不要留下来看夜景"这句话看似绅士，实则暗藏心机。

试想一下，一男一女坐在阳台上，吹着夜风，喝着红酒，看着璀璨绚丽的灯光，气氛渐渐烘托到位，看完都十点了，男人佯装担心："这么晚了，你一个人回去我不放心。"女人也恋恋不舍，便同意留宿。

之后会发生什么，用脚指头都能想到。

阴险，实在阴险。

郑好不动声色地往旁边挪了一小步，与韩澈拉开距离。

"灯光秀嘛，又不是没见过，随便找个江滩公园就能看，我都看腻了，哈哈哈……"

她最后几声笑得过于刻意。韩澈有些奇怪地看着她，见她表情紧张、笑容僵硬，不知又在胡思乱想些什么。

算了，猜不透。韩澈耸耸肩，转身进屋。

郑好也跟着进屋，视线扫了一圈，没发现郑大钱。

正要喊一嗓子，她突然发现沙发上有一团黄色，乍一看还以为是抱枕。

看清楚是什么后，她吓得瞳孔放大，爆吼一声："郑大钱！"

郑大钱一个激灵惊醒了，从沙发上一跃而下，在坐垫的正中间留下了两只爪印，像两朵黑乎乎的梅花。

为什么，他的沙发，偏偏是白色的？

郑好欲哭无泪，一个箭步冲过去，把闯了祸的郑大钱拴在桌脚，还恨恨地打了几下它的屁股。

在郑大钱委屈的"呜呜"声中，郑好一边跟韩澈连声道歉，一边手忙脚乱地扯出几张纸巾，在沙发上用力擦拭着。

擦了几下没什么变化，郑好站起身，想去洗手间把纸巾打湿，却被韩澈一把拉住了胳膊。

"算了，一点印子而已，叫家政来打扫就行，他们有专用的沙发清洗剂。"

"……是吗？"郑好讷讷地站在原地。

她现在的心情就像是看到自家熊孩子在别人家的墙壁上乱涂乱画一样，一边恨不得把熊孩子怒打八十大板，一边又自责加懊悔没有尽到看管责任。

她挺直腰背："那我来出钱吧，你记得把账单发给我。"

韩澈低笑一声："这点小事，有必要吗？"

为了缓解她的内疚情绪，他故意岔开话题，扭头看向她放在玄关换鞋凳上的两只袋子，问："你带了吃的？赶紧的，我都快饿死了。"

这一招对郑好果然有效。她神色轻松了几分，快步走到玄关处，从袋子里提起一只保温桶放到餐桌上，一层层打开。

最上层是两个茶叶蛋，中间一层装着酸萝卜和酸豆角，最下面是一小桶粥。

韩澈从厨房里拿来碗筷，好奇地问："这粥怎么是这个颜色？"

郑好坐在他对面，介绍道："因为放了很多调料啊，酱油、蚝油、香油、胡椒粉什么的，里面还有肉末、山药碎、芹菜碎，哦，还有一点生姜。"

韩澈拿汤勺的手一僵。

听起来好像黑暗料理啊。她该不会是想趁着他没有味觉，把他当小白鼠做烹饪试验吧？

"你自己尝过吗？"他试探地问。

"当然啦，这是我的拿手好粥。"郑好得意地扬扬眉，"去年我跟小雨、童梦同时感冒了，躺在家里出不了门，就用冰箱里剩下的食材发明了各种粥，吃来吃去，还是这一款最好吃。"

是吗？韩澈将信将疑地尝了一口。

虽然尝不出味道，但细品之下会发现口感很丰富，有大米粥的温润，有鲜肉的嚼劲，还有山药碎的细腻。

他现在喉咙疼得像被指甲抓过，只能吞咽一些细软顺滑的食物，粥是最合适不过的。

这么一想，她还是挺有心的。

韩澈忍不住抬眼看向她，见她正拿着一个茶叶蛋不紧不慢地剥着壳，剥好了就放回盘里，又拿起第二个。

韩澈心底生出几分暖意，甚至有些庆幸。若不是生病，他哪有机会享受她这般悉心的照顾？

剥好第二个蛋后，郑好倏地掀起眼皮，与韩澈目光相接。

"看什么？"

该不会又想找借口让她留宿吧？

"没什么……"韩澈像作弊被人当场抓包，慌忙垂下视线，顾左右而言他，"那什么……你要不要吃点？我吃不了这么多。"

郑好思索片刻："行吧。"

韩澈站起身，正要进厨房拿碗筷，郑好突然大喊一声："哎！你坐着，我来吧。"

她边说边起身，把他强行拽回椅子上，自己进了厨房。

韩澈看得一头雾水。

有这个必要吗？他都走到厨房门口了，不差那几步路。

他看着郑好在厨房里一顿翻箱倒柜，终于找到了碗筷，还在水龙头下冲洗一遍，然后回到餐桌旁，带着一脸神秘莫测的微笑。

韩澈瞪着她。

搞什么鬼？脑子又抽风了？

郑好当然不会告诉他，她的反常表现是因为担心他在碗里动了什么手脚，比如下药……

万一她猜对了,他没准会恼羞成怒;万一她猜错了,肯定会被乱棍打出。

面对韩澈质疑的眼神,郑好笑眯眯地说:"哎哟,你又不是不知道,我有洁癖嘛,碗筷必须得洗干净了才能用。"

韩澈一愣:"你、有、洁、癖?"

那个在车上吃完东西还吮手指的人,在人来人往的草坪上倒头就睡的人,钓到大鱼后抱在怀里招摇过市的人,居然说自己有洁癖?简直匪夷所思。

算了,韩澈摆摆手,懒得跟她深究。

洗干净的碗筷用着就是放心,郑好给自己盛了满满一碗粥,呼呼几大口喝完,一放下碗,发现韩澈又在盯着自己。

她不好意思地抹抹嘴,问他:"你觉得味道怎么样?"问完才反应过来,"哦,对不起,我忘了你尝不出来。"

"嘴巴尝不出来,眼睛能。"韩澈笑了笑,递给她一张纸巾,"看你喝粥的样子,就知道肯定好喝。"

"那是自然。"郑好扬起下巴,心满意足地笑了。

韩澈饱餐一顿后,又吃了两粒药,效果很明显,头疼的感觉缓解了不少,精神也恢复了大半,甚至还有多余的体力下楼溜达一圈。

他把碗筷塞进洗碗机,一边收拾餐桌,一边询问郑好:"要不要下去遛狗?小区东侧有片游乐场,专门给宠物玩的,遛狗遛猫遛兔子的都有,我带你去?"

郑好深吸一口气,闭上眼,半晌没吭声。

"怎么了?"韩澈好奇地问。

"没事。"

她在祈祷,下辈子就算当不了有钱人,也要当个有钱人家的宠物,猫猫狗狗刺猬蜥蜴蛇都行。

在玄关换鞋时,郑好突然想起还有一件重要的事没交代。

换鞋凳上有只牛津布袋,袋口用魔术贴密封住,郑好打开袋子,小心翼翼地从里面端出一盆绿植。

"这是什么?"韩澈弯腰观察着它。白色陶瓷盆里种着一棵绿油油的植株,没开花也没结果,他一时辨不出这是什么。

"柠檬树,送你的。"郑好把花盆放在地上,"多看看绿植心情好。"

韩澈惊奇地扬眉。

他只见过花鸟市场里的柠檬树,都长得亭亭玉立,枝干纤细,树冠如球,造型像一根棒棒糖。而这棵只有半米高,叶子随意地缀在树干上,没什么造型,像是路边随处可见的杂树。

郑好一脸骄傲地说:"这是我自己种的,从种子种起,辛辛苦苦养了大半年才长这么大,你可得好好珍惜呀。"

说得那么不容易……韩澈怀疑就是喝了杯柠檬茶,顺手把种子扔进了花盆里。

"谢了。"都送上门来了,他还能怎么办呢?只能笑纳。

韩澈端起花盆,在客厅里环视一圈,最后决定把它摆到茶几上。

这样,他每天出门上班、下班回家,都能第一时间看到。

他刚把花盆搁在茶几上准备欣赏一番时,突然发现不对劲,其中一片叶子上怎么还有一摊鸟粪呢?黑白相间的一条,还长了毛?还在蠕动?

等等,这坨"鸟粪"看着有点眼熟……

韩澈猛地反应过来,顿时吓得头皮发麻。他趔趄着后退,一屁股坐在地上。

"这这这……"他吓得舌头都捋不直了,一脸惊恐地望着郑好。

郑好脸上绽开了恶作剧得逞的坏笑,蹦蹦跳跳地跑到茶几旁。

"哈哈,你总算发现了。"她弯下腰,观赏着这摊"鸟粪","我上网查过了,这是柑橘凤蝶的幼虫,喜欢吃柑橘类植物的嫩叶,正好我家有棵柠檬树,可以给它当食物。"

韩澈震惊又无语。

刚刚还说这棵树是你含辛茹苦拉扯大的,这就拱手送虫了?

还特意带过来吓唬他,什么恶趣味?

他还是个病人啊!

韩澈咽了咽口水,强压住心头的慌乱,努力捋直舌头:"这就是你昨天捉的虫子?叫什么,郑、郑、郑什么……"

"郑美丽!"郑好一拍巴掌,将目光转向韩澈,笑吟吟的,"哦,对了,我纠正一下,从今天起,它叫韩美丽。"

"啊?"韩澈还没从刚刚的惊吓中缓过神来,就要经历第二波震惊。

该不会是……他猜想的那样吧?

"啊什么啊?"郑好一脸理所当然的表情,"它现在跟你姓,就是你的虫,你得对它负责呀。"

韩澈倒抽一口冷气,脸色煞白。

改个姓就赖上他了?简直是登月级碰瓷。

再看一眼这条虫子,又黑又密的短毛里夹杂着一抹白色,在叶片上缓缓蠕动……他仿佛看到一个丑娃娃抱着他的腿哭着喊"爸爸"。

"不不不!"韩澈连连摇头,满脸抗拒,"快把它扔出去,我不允许这么恶心的东西出现在我家里!"

郑好瞬间收起笑容,不满地说:"你怎么还以貌取人,不对,以貌取虫呢?我都说了,这是柑橘凤蝶的幼虫形态。它有四个形态,卵、幼虫、蛹、蝴蝶,不会一直这么丑,以后会变态的。"

韩澈腹诽:我看你已经变态了。

为了劝说韩澈接受自己"喜当爹"的事实,郑好掏出手机,找到一段科普视频,一边播放给他看,一边解说:"你看,这就是它的生长过程,一开始是一粒小球,慢慢地变成虫子。它长得像鸟粪,是为了伪装自己,不被鸟吃掉。然后会变成绿色的肉虫,你看,多可爱啊。之后会结成蛹挂在树枝上,再过一到两周,就会羽化成蝶,多漂亮啊!"

视频结束,郑好盯着韩澈,认真地说:"你不觉得整个过程很神奇吗?你可以亲眼见证一只蝴蝶的诞生。"

韩澈摇头,拒绝被她洗脑:"说得这么好听,你干吗不养?"

"我倒是想养,但是昨天我刚把它从保鲜盒里拿出来,就被郑大钱一口给吃了,幸好没吞下去,被我及时救了回来。"

郑好斜瞥着郑大钱,傻狗正绕着桌腿追自己的尾巴,完全没理会主人怨愤的眼神。

"所以喽,我只能给它另找一个安身之处。"

"可是……"韩澈仍不情不愿,一时又找不到理由拒绝。

"别可是了,我也是为你好啊,韩老板。"郑好拍拍他的肩,语重心长地说,"养只小动物多欢乐啊。你看看我,每天能这么开心,还不是因为有郑大钱?"

韩澈表示怀疑:"小、动、物?"

按照你的标准,蟑螂也是小动物,你怎么不养?

而且你每天这么开心,难道不是因为智商问题吗?弱智儿童才会欢乐多。

"对啊,它才鼻屎这么大,能占多大空间?"郑好板起脸,开始道德绑架他,"你家这么大,就不能留一个角落给它吗?"

"我怕它乱跑,万一爬到我床上怎么办?"韩澈一想到这个画面就浑身发痒,仿佛有千万条毛毛虫在身上爬。

它的体形是很小,但是造成的心理阴影非常大。

郑好哭笑不得:"你想多了,它以这棵树为生,不可能爬去别的地方。"

见韩澈仍是一脸愁容,她眼珠一转,想到一个好办法:"我给你买个网罩,跟箱子差不多大小的一层纱网。"她抬起手比画了一下,"我看花鸟市场就有卖的,等我买了给你送过来,怎么样?"

韩澈陷入纠结之中。

在观察了这只虫子足足五分钟,确认它没有长脚也没有长翅膀,不会突然变异飞到他脸上后,韩澈勉为其难地答应了。

"行……吧。"

他伸长双臂,小心谨慎地端起花盆,尽量与这条虫子保持最远的距离,然后慢慢站起身,视线在家里转了一圈。

最后,他决定把它放在使用频率最低的次卧飘窗上。

郑好弯下腰,看着在阳光下努力啃叶子的毛毛虫,深感欣慰。

美丽啊,恭喜你成功入住豪宅,以后要过上富贵日子啦。

关上次卧门,两人简单收拾一番后,牵着郑大钱出了门。

一到楼下,郑大钱就停住不走了,四脚并拢,屁股向下压,尾巴绷得笔直。

郑好秒懂,大叫一声"Stop",快步冲了上去。她拍了拍郑大钱的脑袋,命令道:"憋住!"

郑大钱不明所以,又不敢违背,只好辛苦地保持着这个姿势。

郑好从路边捡了两片广玉兰树叶,在地上铺好,然后拍拍郑大钱的屁股:"可以了。"

几秒钟后,树叶上多了一坨形状标准的粑粑。

郑好刚要戴上一次性手套,突然回过头,看到两米开外隔岸观火的韩澈嘴唇紧抿。

她坏笑着怂恿他:"要不要试试?"

韩澈笑容瞬间消失,连连后退:"不用了。"

请问这有什么好感受的?屎不都一样吗?热乎乎、黏糊糊、臭烘烘……

停!他不能再想了!

见韩澈死活不肯,郑好只好作罢,重新戴上手套,抓起狗屎放进塑料袋里,再连同手套和树叶一起扔进去,然后系紧袋口。

她起身扔掉塑料袋,自言自语:"颜色正常,软硬适中,不错,很健康。"

韩澈绷紧身体,往旁边挪了几步:"请离我五米远。"

"为啥?"

"我不想跟一个抓过狗屎还不洗手的人走得太近。"

郑好撇撇嘴,正要怼回去,忽然话锋一转:"所以说嘛,养毛毛虫比养狗容易多了,你不用给它把屎把尿,也不用准备一日三餐,多省心。"

韩澈震惊了:这都能绕回去?

快到小区东门时,郑好看见两个保安身姿笔挺地站在门口,又想起之前被拦在门外的情景,忍不住抱怨:"你们小区好是好,就是太不方便了。访客都不让进,那快递和外卖不是更不让进?业主点了外卖,还得下楼去门口拿?这也太不人性化了吧?"

韩澈瞥她一眼:"写清楚房号,物业会送上门。"

郑好一时哑然,良久才喃喃自语:"这也太人性化了吧……"

富人小区给郑好带来的震撼不止于此。当韩澈说有游乐场可以遛狗时,她想象的就是一块小角落给猫猫狗狗排便使用的,谁知道是这么大一块绿油油的草地,比小学操场还大!

草地一角还搭建起了玩乐设施,什么滑滑梯、秋千、沙坑、独木桥、攀爬网,应有尽有。

要不是看到几条小狗在滑滑梯下面乖乖排队,几只小猫慵懒地躺在圆网秋千上,还有两只兔子在沙坑刨洞,郑好简直要怀疑自己走错片场,误入哪家儿童游乐场了。

郑好牵着郑大钱,望着草地上几条追逐嬉闹的小狗,一人一狗流下了羡慕的泪水。

看到同类们都玩得这么开心,郑大钱早就坐不住了,仰着脑袋"呜呜"直叫。郑好解开牵引绳,揪住它的项圈,严肃叮嘱道:"不准打架,听到没?"

她一松开手,郑大钱就飞快蹿了出去,绕着草地飞奔一圈,然后强行加入小狗阵营中,闻闻这个嗅嗅那个,各种示好和贴贴,尾巴都摇成了螺旋桨。

韩澈忍俊不禁,侧眸望着郑好:"它跟你一样,是个'社牛'。"

"那可不?"郑好挑挑眉,"我养大的狗,当然要继承我的优秀品质。"

追逐打闹了半个多小时,郑大钱也玩累了,趴在地上直喘气。郑好决定在回去前带它去体验一下宠物专属的游乐设施。来都来了,必须得玩过瘾。

玩滑梯,郑大钱像躺尸一样毫无激情;走独木桥,它双腿打战一动不动;玩沙坑,它对那两只兔子极不友善,龇牙咧嘴一副战备状态。

没办法,只剩下秋千可以玩,但是每个位置都被占了。郑好只好牵着它,在旁边排队。

终于等到一架秋千腾出空位,郑好赶紧弯腰抱起郑大钱,一起身,却发现前面不知从哪儿冒出一个年轻男人,抱着一条法斗,直接放了上去。

"哎,是我先来的。"郑好试图跟他讲理。

男人转过头,耳钉在阳光下亮得晃眼。

他将郑好从头到脚打量一番,眼里透出几分轻蔑,然后又瞟了一眼她怀里的郑大钱。

"土狗啊?"他哼笑一声,带着浓浓的讽刺意味,转身不再理会她。

郑好顿时火冒三丈。

土狗怎么了?你不也是个土人?你哼什么哼?插队还有理了?

看老娘不收拾你!

韩澈察觉到气氛不对,急忙走到两人中间,低声询问郑好:"怎么回事?"

郑好瞪着耳钉男的背影,咬牙切齿道:"踩、到、屎、了。"

"我去跟他说说。"韩澈猜到了大概,试图安抚郑好。

她却不为所动,放下郑大钱,大步绕到耳钉男面前,双手抱臂,挑衅地打量着他。

精致的发型、闪闪发光的耳钉、下巴上修剪整齐的胡须、一身华而不实的腱子肉、过于紧绷的西装裤……

郑好哼笑一声,懂了。

耳钉男被她盯得浑身不自在,侧过身,试图避开她的视线。

郑好又转到他面前,继续打量着他,只是这次,她眉宇间多了几分疑惑。

耳钉男也忍不住疑惑起来,问她:"你看什么看?"

"你抬抬下巴。"郑好表情认真,拿出了老中医问诊的架势,"我看看你的鼻子,好像有什么问题。"

耳钉男虽然心中存疑,但见她好像很专业的样子,也开始担心起自己的身体问题，便乖乖照做。

"别抬那么高，低点儿，哎，对了，就这样。"

耳钉男仰着头，问郑好："我怎么了？"

郑好一本正经道："哦，没事，我只是想看看你鼻孔是不是被屎堵住了，不然怎么老哼哧哼哧，跟狗打喷嚏似的。"

耳钉男倏地收起脖子，不敢置信地瞪着她。

"你是不是手指太粗了不方便？"郑好伸出食指，一脸真诚地说，"要不我帮你抠抠？"

"你这人……有病吧……"耳钉男张了张嘴，支吾半天，没挤出一句完整的话。

韩澈在旁边憋笑憋得好辛苦。

"哦，对了。"郑好假意关心，提醒耳钉男，"鼻毛该剪剪了，长期堵塞鼻孔会导致胸闷气短，人也会变得心胸狭隘、尖酸刻薄哦。"

耳钉男被她怼得哑口无言，突然想到什么，转头望向韩澈。

"你是八栋的吧？我也住那栋，见过你几次。"他斜瞥郑好一眼，阴阳怪气道，"你家阿姨素质不行啊，赶紧辞了吧。"

"你个傻……"郑好刚要开骂，被韩澈伸出胳膊挡住了。

他冲耳钉男笑了笑，温声道："你误会了，这房子是我租的，她是我房东。"

耳钉男看看他，又看看郑好，眼神震惊中夹杂着几分尴尬，脸上红一阵白一阵的。

郑好入戏很快，从容地喊了一声："小韩。"

韩澈拼命憋笑："哎。"

郑好一手牵起狗绳，一手搭在韩澈肩膀上，慢悠悠地转身，临走前还不忘回头冲耳钉男轻蔑地一笑："这儿有人放屁，太臭，咱们回去吧。"

两人一狗在耳钉男复杂的目光中渐渐走远。

直到走出草坪，郑好才敢往后偷瞄。确认没有人跟上来后，她终于放心下来，小声问韩澈："哎，你之前见过他吗？"

韩澈点点头，眼神幽幽地看着她："你一来就给我得罪个邻居，再多来几次，我没准儿就成了小区公敌。"虽然是埋怨，但语气带着轻松的笑意，在郑好听来更像是夸赞。

他忽然想到什么，又问："你说要帮他抠鼻孔，万一他比你更疯，答应了怎么办？"

郑好无所谓地说："那就帮他抠呗。"

"……你还真豁得出去啊？"

郑好咧嘴一笑："反正我刚刚捡完狗屎没洗手，吃亏的又不是我。"

韩澈刚想跟着笑，突然后背一僵，感觉肩膀似有千斤重。

他缓缓转头，望着她搭在自己左肩上的手："是……哪只手？"

- 129 -

郑好对上他的视线，笑容明媚，声音清甜："就是这只。"

接下来，小区里上演了一场"猫鼠大战"——韩澈在前面没命地跑，郑好在后面抱着狗追，边追还边咯咯笑，跟个电锯狂魔似的。

一直追进电梯里，郑好已经累得气喘吁吁，还硬要把手凑到韩澈鼻子底下，说："你跑什么？我戴了手套的，不臭，不信你闻闻。"

韩澈拼命憋住气，身体往后缩，恨不得把自己嵌进电梯墙里。

电梯门一开，他就迫不及待地冲出来，大口大口地喘着气。

郑好牵着狗走出来，嘲笑道："至于吗？就算臭，你也闻不到啊。"

韩澈阴恻恻地瞥她一眼。

敢情我把自己的隐疾告诉你，就是为了让你欺负的？啧啧，真是令人心寒。

回到家，韩澈出了一身汗，又担心自己染上臭味，打算去洗个澡。

经过次卧时，他突然停住脚步，拧开门把手，蹑手蹑脚地走到飘窗前，弯下腰去看那摊"鸟粪"的状态——它依旧趴在那片被啃了一半的树叶上，没有越狱，也没有突然变异。

身后传来郑好欣慰的声音："你还挺关心它的嘛。"

"哎，它怎么不动了啊？"韩澈声音里有掩饰不住的欣喜，"不会死了吧？"

郑好无语地白了他一眼："没见过虫子睡觉啊？要不要我把它叫醒？"

"不了不了。"韩澈赶紧谢绝她的好意。

两人悄悄地退出次卧。

郑好一脸凶相地威胁韩澈："以后每周跟我汇报一次韩美丽的情况，它要是突然挂了，我就拿你的项上人头祭天！"

韩澈心想：本来想让它自生自灭，没想到得跟它同生共死。

韩澈洗澡时，郑好就坐在沙发上玩手机，洗手间里传来"哗哗"的水声，在安静的房间里格外清晰。

郑好发现，她跟韩澈共处一室时，不会再提心吊胆了。

或许是因为他表现得老实本分，没有任何逾矩行为，又或许是因为韩美丽的威慑作用，总之，那种紧张和怀疑的心情已经烟消云散了，她现在坐在这里，只有满满的安心。

没过多久，韩澈就洗完澡出来了，湿漉漉的头发擦到半干，东倒西歪地支棱在头上，潦草中又有几分清爽，像个还没经历过社会捶打、眼神干净清澈的男大学生。

"看什么？"见郑好一直似笑非笑地盯着自己，他忍不住问。

"没什么。"郑好收起嘴角的痴笑，低下头假装在玩手机，顺便转移话题，"我点了外卖，马上就到了。"

韩澈边擦头发边问："点的什么？我中午一般只吃沙拉。"

"怕的就是这个。"郑好轻嗤一声。

刚刚她准备亲自下厨,结果打开冰箱一看,不是水果就是蔬菜,没有一样能勾起她的食欲,还不如点外卖。而且,他都病了,更应该吃点荤的补补。

正说着,门铃响了,韩澈扔下毛巾去开门。

门外是一个穿西装制服的物业小哥。他双手托起一个外卖袋,笑盈盈地说:"韩先生,您的外卖。"

韩澈向他道了声谢,接过袋子走到餐桌边,打开一看,又是粥。

他无奈地叹气。是谁规定的病人只能喝粥?就不能有点创新吗?

幸好里面还有一盒蒸饺和几样小菜,不算太寒碜。

他把餐盒摆放在桌上,问郑好:"咱俩就吃这点东西?"

"这是你的病号餐。"郑好坐在沙发上,盯着手机运筹帷幄,"我的还有五分钟才到。"

韩澈粥喝到一半,门铃又响了。郑好兴冲冲地去开门,然后提着一袋外卖回屋,在韩澈对面坐下,从袋子里拿出一只纸盒,一打开,蜜汁烤鸡的香味瞬间飘散出来,直往她鼻子底下钻。

她陶醉地深吸一口气,继续把其他盒子里的炸薯条、煸鸡块、小酥肉、炸丸子倒在一起,依次挤出番茄酱、甜辣酱、蜂蜜芥末酱。

韩澈眼睛越睁越大。

他看看她面前的食物,再看看自己的,无论是分量、种类还是卖相,他都输得很惨。

这待遇天差地别,堪比灰姑娘和她的两个姐姐。

韩澈酸溜溜地问:"你一个人吃得了这么多?"

郑好正专心撕扯鸡腿,听到这话,轻蔑一笑:"这也叫多?你以为人人都像你喝水、吃草就能饱?"

鸡腿撕下来还带着琥珀色的汤汁,让人垂涎欲滴。郑好张开大嘴,咬下一大块嫩肉,蜜汁鸡皮裹着鲜香的鸡肉,给舌尖带来满满的享受。

韩澈强迫自己收回视线,继续吃清汤寡水的病号餐,面上装得平静淡然,心里已经在凄凄惨惨戚戚了。

仔细想想,人这一生忙忙碌碌图个什么呢?不就想吃得好点、住得好点、活得开心点儿吗?

可他呢?世间美食千千万,都与他无关。以前是家里管得严,他没有机会吃,久而久之,他开始克制食欲,每天只吃减脂餐。到现在,他连味觉和嗅觉都丧失了。

他越想越心酸。赚那么多钱有什么用?美食带来的快乐,他好像从未体会过。

郑好埋头吃得如痴如醉,一抬眼,发现韩澈已经放下了勺子,碗里的粥还剩一半,蒸饺也只吃了几个。

"怎么了?"她的嘴里被鸡肉塞满了,声音含混不清,"不好吃吗?"

韩澈看着面前的粥,露出几分嫌弃,摇摇头:"米不够好,料也不丰富,可能是煮的时间太久,黏黏糊糊的,口感不行。"

最后,他总结道:"没你煮的好喝。"

他这一番话把郑好哄得喜笑颜开。她一拍巴掌,下旨:"小韩子此言甚合朕意,赏!"

说完,她豪气地撕下另一只鸡腿,递给韩澈。

韩澈毕恭毕敬地接过鸡腿:"谢主隆恩。"

两人合力消灭完这只蜜汁烤鸡,继续分食其他小吃,那份病号餐被彻底打入了冷宫。

正吃着,门铃又响了。

韩澈疑惑地看向郑好。

郑好则是一脸淡定,冲他抬抬下巴:"去啊。"

门开了,依旧是那个物业小哥,但这次,他的笑容已经僵硬,声音里透出几分怨气:"韩先生,这是您点的外卖。"

回到屋里,韩澈看着郑好,脸上写满了无语。

"物业小兄弟已经来三次了,你就不能一次点完吗?"

"又不是在同一家店点的。"郑好理直气壮地说,"直接让外卖员进来多省心。事事都要管,只能多受累。"

韩澈一时语塞,低头看向手中的外卖,又蹙起眉:"奶茶?我不喝。"

"又不是给你买的。"郑好笑嘻嘻地打开袋子,把两杯奶茶摆放在自己面前,"单点不送,为了凑单才点的两杯。"

她举起吸管扎开其中一杯,猛吸一大口,陶醉地叹了一声。

听着她"咕噜咕噜"地喝着奶茶,一边喝还一边感叹"饭后一杯茶,快活似神仙",韩澈也开始蠢蠢欲动了。

他偷瞄着另一杯,试探地问:"你一个人喝得了两杯吗?"

郑好笑得不怀好意:"要不,请小韩子帮帮忙?"

韩澈撇撇嘴,装作不情愿的样子拿起另一杯:"那我就勉为其难答应吧。"

反正他今天已经破戒了,干脆堕落到底,明天再洗心革面好好吃草。

清凉的液体入喉,虽然品不出其中的香甜,但他意外地发现嗓子舒服了不少。

突然想起在国外留学时,有一次他得了流感,喉咙肿痛食不下咽,外国友人居然劝他吃个冰激凌镇痛,那完全颠覆了他从小到大接受的养生教育。

现在想来,那个建议应该是有些道理的。冰块能消肿,糖浆能在喉咙里形成一层保护膜,缓解咳嗽带来的痛感。

两人对饮着奶茶,继续消灭桌上的垃圾食品。

门铃第四次响起时,韩澈都要崩溃了。

他瞪着郑好,质问道:"你到底点了几个外卖?"

郑好举手发誓："这是最后一个。"

"你自己去！"韩澈已经没脸面对那个物业小哥了。郑好探完病拍拍屁股就走了，他还得继续住在这里呢，他可不想上物业的黑名单。

郑好屁颠屁颠地跑去开门，又提着一个大袋子回屋，从里面取出一个网罩，支起来像一顶小型蚊帐。

她走进次卧，把柠檬树连盆带树罩住，转头向韩澈邀功："怎么样？"

韩澈难得表示满意："能透气，也不会遮挡阳光，不错。"

最关键的是，杜绝了这条虫子越狱的可能性。

"那……"郑好厚着脸皮求情，"是不是可以把它搬出来了？"一虫一树独守空房太可怜了。

"不行！"韩澈一口回绝。

身体上的伤害可以避免，但视觉上的冲击依旧强烈。这坨"鸟粪"虽然爬不进他的房间，但肯定会钻进他的噩梦里。

午饭吃了个十成饱，韩澈果不其然又犯困了。

看到他眼皮都快合上了，郑好劝道："去睡会儿吧，我下午还有点事，先回去了。"

韩澈强打起精神，说："我送你吧。"

"不用啦，你好好休息吧，多吃多睡才能早点康复。"郑好把洗干净的保温盒装进袋子里，又想到什么，"你们小区出门不用刷卡吧？"

"不用。"顿了顿，韩澈欲言又止，"就是……"

"怎么了？"

韩澈眸光微敛，望着郑好的眼睛，犹豫片刻，有些不好意思地说："能不能……等我睡着了再走？"

郑好愣了下，爽快地答应了："好啊。"

她还以为是什么难事呢。

韩澈松了一口气，从卧室里抱出一床被子进了书房，把被子对折后铺在窗边的躺椅上。

阳光透过落地窗洒进来，将被子烤得暖烘烘的。

郑好倚着书房的门，好奇地问："你就睡这儿啊？"

"嗯。"韩澈铺好被子，把纱帘拉上，透进来的阳光变得柔和轻盈。

郑好走进书房，观摩着他满满的书墙，惊叹道："你有好多书啊。"

粗略浏览一遍，什么财经类、哲学类、历史类、理工类……书目繁多，应有尽有。

她的视线很快被其中一排书吸引了，一眼望去，全是花花绿绿的画册。

郑好抿唇偷笑。

没想到，看似成熟稳重的韩老板也有这么孩子气的一面。

"你几岁啊？还看图画书？"

韩澈一愣，顺着她的视线望去，随即笑了："这是绘本，大人小孩都能看。"

"几米？"郑好弯下腰，念着书脊上的名字，"好多他的书啊，你很喜欢他？我听说他有本书叫什么……坐地铁？"

"《地下铁》。"韩澈走到她身后，微微弯腰，从她耳侧探出一只手，手指从书脊上轻轻划过，最后停在一道银灰色的书脊上，"他最出名的一本。"

郑好心跳忽然有些乱。

她慌忙挪开视线，强迫自己不去注意他骨节分明的手指、温热的体温，还有他似有若无的气息。

待心跳平缓，她装作若无其事地问："你最喜欢哪本？"

韩澈的手指再次划过书脊，似乎经历过一些犹豫和比较，最后停在角落里的一本书上。

"我看看。"郑好抽出这本书，封面是一片绿色的草地，缀着星星点点的野花，两个女孩手牵手走向远方，标题是"走向春天的下午"。

下面还有一行英文：

One more day with you.

躺椅上铺着厚厚的被子，像个温暖的小窝，韩澈裹在里面，感觉整个人从里到外都舒坦了。

午后的阳光懒洋洋地洒落，他微眯着眼，看到郑好盘腿坐在旁边的地毯上，膝盖上放着刚刚取下来的绘本。她低着头，整个人似乎都融进了这片阳光里，脸颊上的绒毛泛着银光，微风轻拂，耳侧的碎发也在随风舞动。

难得见她这么安静，韩澈一时没忍住，凝视着她的侧脸，久久没有挪眼。

察觉到落在脸上的目光，郑好蓦地转过头，对上他的视线。

"睡不着？"她把书放在地上，准备起身，"是不是阳光太刺眼了？我把这边的窗帘拉上吧？"

韩澈急忙开口："没关系，就这样挺好的。"

郑好又坐回原位："那你把眼睛闭上。"

韩澈弯唇一笑，乖乖闭上眼。

书房里一片寂静，只偶尔能听见书页翻动的声音。

郑好只花了半个小时就把这本书翻完了。

故事很简单，在一个春天的下午，小女孩为了实现和已故朋友的约定，独自出门远行。她穿过街道、公园和河流，走过每一处熟悉的风景，最后，将朋友的遗物交还给朋友的父母。

画面温暖明媚，文字却带着淡淡的哀伤。

郑好一口气读完，放下书，望着纱帘外朦胧的天空，长长地吁了口气。

她转眸望向韩澈,他依旧闭着眼,呼吸平稳绵长。

这就是他最喜欢的书?

满书墙的文史哲政经,他却最喜欢这样一个平淡而温柔的小故事。

这样的人,大抵都有一颗柔软的心。

郑好慢慢向前倾身,认真观察着韩澈的睡颜。他眉眼清俊,眼尾微微上扬,睫毛浓密,好看得让人挪不开眼。

纱帘轻舞,阳光也随之在他脸上跳跃。他的眉心微微蹙起,眼底泛着淡淡的乌青,也许是长期失眠导致的。

"喂。"郑好轻声喊他,"睡着了吗?"

韩澈没有回答,睡颜依旧平静。

"韩澈?"

依旧没有回应。

郑好慢慢起身,把书放回原处,又回到韩澈身边俯下身凝望着他,一绺发丝轻柔地垂落在他的脸上。

伸手覆在他的额上定了几秒——

不烫,应该没有发烧。

郑好安心下来,轻声道别:"那我走咯?做个好梦。"

不知过了多久,韩澈才恍惚醒来,感觉自己做了一个漫长的梦。

房间里安安静静的,旁边的地毯上也不见人影。

"喂——"他对着空气喊了一声。

喉咙还是有点疼,但比起早上已经好多了。

等了会儿,没有人回答。

他抬高音量,又喊了一声:"郑好?"

声音很快归于寂静,空荡荡的房子里,听不见任何回应。

她是真的走了。

只剩寂寞笼罩着空旷的房间。

郑好离开后,骑着小电驴去了郊区的父母家。

推开院子的铁栅门,郑大钱就像上了发条似的,撒开了腿往里冲,满院子追鸡赶鸭,玩得不亦乐乎。

冯玉兰正坐在门口择韭菜,见状气不打一处来,扔下手里的菜,起身抓起一根笤帚,骂骂咧咧地追郑大钱后头。

一时间鸡飞狗跳,满地狼藉,骂声不断。

眼看冯玉兰的怒气值越积越高,濒临爆发的边缘,郑好这才不紧不慢地出手,控制住了兴奋过头的郑大钱。

鸡鸭全都缩在墙角瑟瑟发抖,其中一只小母鸡因为体力不支,摇摇晃晃地站不稳,最后一头栽倒在地上。

冯玉兰瞪着郑好,眼里喷着火。

郑好讪笑道:"妈,你看这鸡快不行了,不如……"

冯玉兰举起笤帚对着她点了几下:"你是黄鼠狼成精吧?每次来都要祸害我一只鸡。"

郑好狡辩:"又不是我,是郑大钱……"

冯玉兰冷哼一声,弯腰拎起地上的小母鸡,转身走进屋里,嘴里絮絮叨叨:"别以为我不知道,它平时乖得很,一到我院子里来就兴奋,肯定是你撺掇的。"

郑好笑嘻嘻地跟上去:"它想吃鸡了呗,能怪我吗?"

冯玉兰烧了一壶水,倒进不锈钢盆里,把小母鸡扔进去,搬到院子里开始拔毛。

鸡鸭目睹此景,更加瑟瑟发抖。

郑好蹲在旁边,满意地欣赏着小母鸡圆鼓鼓的身子,幻想着待会儿将它大卸十八块扔进汤煲里,再加点香菇慢慢熬上几个小时,金黄色的汤"咕噜咕噜"地冒着泡……

日头渐沉,院子里洒满了余晖。冯玉兰拔着鸡毛,郑好择着韭菜,母女俩有一搭没一搭地闲聊着。

"妈,我爸呢?"

"钓鱼去了,早出晚归,比上班还勤快。等着吧,饭做好就回来了。"

"晚上吃啥啊?"

"韭菜饺子。"

"啊?"郑好愁眉苦脸地望着手上的一把韭菜。这是她从小到大最痛恨的食物,偏偏爸妈又很爱吃,隔三岔五就要来一顿,吃得她是生无可恋两眼发黑。

"晚上留下来吃饭?"

"不了不了。"郑好急忙拒绝,找了个借口,"我跟小雨和童梦约好了,晚上喝鸡汤。"

冯玉兰拔鸡毛的动作一顿,一记凶狠的眼刀飞过来:"我就知道,你天天打我鸡的主意!"

郑好自知失言,赔着笑解释:"我这不是怕鸡把院子里的菜都糟蹋了,才想着为你分忧嘛。"

冯玉兰冷瞥她一眼,鼻孔重重地哼气。

夜幕降临,麻雀街上熙熙攘攘,灯火通明。

童梦和谷小雨回到家,一推开门,就被扑鼻而来的香味勾得口水直流。

"又炖鸡汤了?"谷小雨兴冲冲地跑进厨房,见郑好正在灶台前忙碌着。她掀开盖子,热气扑面,鸡汤的鲜香味越发浓郁。

童梦慢悠悠地走到厨房门口,说:"我跟小雨本来打算去吃烧烤。"

郑好舀了一小勺鸡汤，尝了下味道，头也不回地说道："那你们去呗。"
　　童梦倏地瞪大眼睛，声音抬高了八个度："听你这意思，这鸡汤没我们的份儿？"
　　"不是这个意思，就是……"郑好支支吾吾，好半天才编出个理由，"我不是去探病了嘛，怕被传染，想喝点鸡汤增强抵抗力。"
　　童梦冷冷哼笑，跟谷小雨交换了个眼神。
　　"你要是带回了病毒，那我们都有感染的风险，都需要增强抵抗力。"
　　谷小雨默契地接话："没错，有汤同享，有病同当！"
　　"那……行……吧。"郑好艰难地答应。
　　她也不是那种小气的人，以前每次从父母家带鸡回来，总是三人一起分享。只是这次，她心里多了个人。
　　又熬了半小时，郑好终于把炖好的鸡汤舀到碗里，依次端上桌。
　　三个人吃得津津有味、满口余香。
　　童梦很快喝完鸡汤，问郑好："还有吗？"
　　"呃……"
　　郑好稍作迟疑，立刻被童梦看穿了："还有是吧？说，想留给谁？"
　　郑好弱弱地解释："这只鸡挺大的，我怕咱们吃不完，就想……"
　　童梦大手一挥："没事儿，多大我都能解决。"
　　谷小雨附和道："对啊，我饿得很，还能再喝两碗！"
　　郑好为难地说："要不……我给你们点外卖？"
　　童梦："鸡汤留着干吗？剩饭剩菜不能吃，会致癌。"
　　谷小雨："对啊，咱们三个人还消灭不了一锅汤吗？"
　　面对两人你一言我一语，郑好无力抵抗，只得老实交代："是这样的，韩老板病得很重，吃不下饭，下不了床，我想给他留点儿……"
　　童梦挑挑眉："哟，总算说实话了。"
　　谷小雨"啧啧"感叹："没想到啊，你这个没心没肺的人也'恋爱脑'了。"
　　"我哪有？"郑好急忙辩解，"我这是在关心领导的身体，提高服务质量嘛。"
　　童梦脸上挂着假笑："呵呵，真的吗？我不信。"
　　谷小雨望着郑好，眼神真挚又八卦："你说实话，你到底喜不喜欢他？"
　　郑好摆摆手，打着哈哈："一碗鸡汤而已，你们想多了。"
　　谷小雨猛地一拍桌子，正义凛然道："别装！我看过的言情小说比你背过的课文还多！你对他到底有没有意思，我一眼就能看出来！"
　　郑好一愣：这是干啥？我好心炖一锅汤，还要被当犯人审，可太冤枉了！
　　童梦略一沉吟："这样吧，你要是承认，我们就不喝了。"
　　"要是不承认……"谷小雨端起空碗，一脸奸笑，"嘿嘿，你懂的。"
　　郑好陷入了纠结。
　　她一想到这只鸡是好不容易从母亲那里夺来的，又经历了三个半小时的小火慢炖,再一想到韩澈也许还没吃晚饭,不知他的病情会不会加重……

郑好一咬牙一狠心,下定决心地点了点头。

"耶!"两个吃瓜群众兴奋地击掌,"我就知道!"

韩澈确实还没吃晚饭。

家中无人,他也无事可做,又昏昏沉沉地睡了一觉。等到再次睁开眼,四周昏暗又寂静,而外面的夜景依旧璀璨热闹。

窗外是万家灯火,他却孤身一人,两相对比,更觉寂寞缠身。

恍惚中,门铃又响了。

韩澈心神一动,某个念头突然不受控地蹿了出来,占据他的脑海。

虽然不可能,但……也许是她?

韩澈急忙站起身,一颗心像气球般不断地充盈、膨大,就快要飘到空中。

双腿睡麻了,走起路来虚软无力,他艰难地往门口挪动,顺道打开一盏灯,家里顿时明亮如白昼。等双腿终于恢复知觉,他打开门。

门外依旧是那个物业小哥。

"砰"的一声,气球被扎破,韩澈的心又落回谷底。

物业小哥满脸都是打工人的疲惫和无奈,提起手上的牛津布袋子递给韩澈,说:"韩先生,这是您的同城闪送。"

韩澈皱起眉,有些困惑。他才刚睡醒,还没来得及看手机,谁给他叫的闪送?

他接过袋子掂了掂,沉甸甸的,再一看上面的订单,收货人的确是他的名字,下单人是……

房东郑大姐?

韩澈足足愣了半分钟,脑子才转过弯儿来。

"谢谢,辛苦你了。"韩澈看了一眼物业小哥的胸牌,暗暗记下他的名字,决定明天去物业送锦旗。

关上门,打开保温盒,没一会儿,满屋子都是鸡汤的香味。

鲜香的鸡汤下肚,暖身又暖心,韩澈的嘴角都要咧到了耳根,连眼里也满是笑意。

第六章
/ 上车，姐带你去体验夜生活 /

韩澈的病来得快去得也快，才过去三天，基本上好得差不多了。

他觉得那晚的暖心鸡汤至少占了一半的功劳，剩下的一半，得归功于山药瘦肉粥、蜜汁烤鸡和奶茶。

当然，这话不能告诉某人，否则她的尾巴该翘上天了。

这一周，韩澈像往常一样，早起查看国内外最新资讯和报道，到公司后例行开晨会、盯盘、回邮件、看研究报告、与研究员讨论交流、与交易员沟通工作、去上市公司调研，忙得无暇顾及其他。

这期间，他还以生病为由推掉了几场饭局和路演，难得过了几天清静日子，也算是"因祸得福"。

周五傍晚，已经过了下班时间，韩澈还在办公室看研报。他通常会待到十点，查看交易所的最新公告，再看看美股开盘情况，确认没什么问题再回家。

快到七点时，玻璃门被人敲了几下，助理小吴的脑袋探了进来。

"韩经理，我先回去了。"小吴语气轻快，脸上洋溢着周末即将来临的喜悦。

他是去年当上基金经理助理的，之前做了几年研究员，成绩不错，人也踏实，深得韩澈的信任。

韩澈将视线从电脑前收回，淡淡地"嗯"了一声，过了会儿又补上一句："周末愉快。"

不知从何时起，他对周末也开始有了期待。

也许是因为现在的他终于可以在这两天时间里去疯、去玩、去亲近自然、去跃入人海、去尽情地享受江城短暂而珍贵的春天。

小吴微微一愣，回了一句"您也是"，正要缓缓关上门，犹豫片刻，又把门推得更开了。

"韩经理，那个……"他像是鼓足了勇气，"我们几个人打算去吃饭，您要不要一起去？"

韩澈笑了笑，刚要开口拒绝，又听见小吴说："我舅舅开了一家店，就在平安路，离公司不远，听说生意特别好，每天五点就开始排队。他给我留了个包厢，可以坐八个人。"

平安路？韩澈心念一动，如果没记错的话，他前几次送郑好回家都要路过那里。

也就是说，离麻雀街不远。

韩澈思忖片刻，关掉电脑，站起身："可以啊，吃什么？"

小吴本来只是礼貌性地询问一下，没想到他真的同意了，一时间紧张又兴奋，语调都抬高了八度："小龙虾，您吃得惯吧？"

"不要太辣就行。"韩澈拿起架子上的外套，顺手关掉办公室的灯，"还有，别再喊'您'了，怪显老的。"

"哎，行。"小吴与他并肩往外走，滔滔不绝地介绍，"韩经理，这家店的镇店之宝叫龙虾盛宴，一盘菜就有桌子这么大……"

一起去吃饭的还有几个研究员和各自带的实习生。见到韩澈，大家都有些意外，好在韩澈平时没什么领导架子，下属们都挺喜欢跟他相处的，聊一聊上班的趣事，再讨论一下周末的安排，气氛倒也轻松融洽。

平安街位于一片老社区里，路面本来就不宽，两边又停满了车，开车进去肯定是寸步难行，于是他们在路口的露天停车场下了车，步行前往小吴极力推荐的这家名为"虾之大者"的餐馆。

不愧是网红店，远远就看见店门口乌泱泱的人群，看模样是年轻人居多，都乖乖地坐在塑料凳上等待叫号。

韩澈粗略扫了一眼，门口至少有上百人。叫号的服务员说前面已经有50桌在等，现在拿号至少得两个半小时之后才能上桌。

他惊讶之余又忍不住怀疑，到底是这家店的魅力太大，还是现在的人都喜欢跟风？什么样的人间美味值得等上两个半小时？

小吴凑到韩澈身边，语气颇有几分得意："幸好我提前预约了包厢，不然这得等到猴年马月啊？"

其他人都"啧啧"感叹，深感庆幸。

"咱们直接进去吧。"小吴在前面带路。

韩澈跟在后面，视线扫过门口等位的人群。大家都在低头看手机，有几个女孩正喝着杯中的饮品，杯子上的图案有点眼熟……

他脚步一顿，抬眼望去，发现在人群的边缘有一排小吃摊，其中一个举着喇叭活蹦乱跳的身影一下子跃入了他的视野。

韩澈情不自禁地笑了。

正想着她，她就出现了。是世界太小，还是他们心有灵犀？

服务员将一行人引到二楼包厢，推开门，落地窗外是平安街热闹的夜景。

韩澈挑了个窗侧的位置，一抬眼就能望到楼下那排小吃摊。

冰粉小摊的生意还挺好的，前面围了几个小伙子，谷小雨负责盛冰粉，郑好负责暴打柠檬。也不知她用了多大的力气，捶打得那叫一个咬牙切齿、面目狰狞、青筋暴起，仿佛跟柠檬一族有仇。

韩澈差点没笑出声。

这拨客人离开后，小摊冷清下来，郑好又大刺刺地杵在人行道中间，一只手叉腰，另一只手举着喇叭，面向等位的人群激情澎湃地吆喝起来。

韩澈收回视线，问其他人："你们要喝柠檬茶吗？"

桌上几个人面面相觑。

旁边一个女实习生有些为难地说："我减肥，就不喝了。"

另一个研究员问："只有柠檬茶吗？我中午喝了一杯，还有别的选项吗？"

韩澈微微一笑："那你吃冰粉吗？手搓冰粉，新鲜现做，有蜂蜜、酸梅和酒酿三种口味……"

咦，奇怪，这广告词怎么会如此顺溜地从他嘴里说出来？

小吴率先响应："行啊，那就一人一碗。不过这家店好像不卖冰粉，咱们是要点外卖吗？"

这话正合韩澈的意。他站起身，故作随意道："刚刚看到门口有卖的，我去买吧。"见小吴也跟着起身，他拿起桌上的手机，"正好出去透透气。"

小吴识趣地坐了回去。

"哐哐哐……"

一对情侣点了两杯柠檬茶，郑好正铆足了劲儿摇着柠檬，动作粗暴表情狰狞形象全无。旁边的谷小雨疯狂地用胳膊肘捅她的腰窝，她一时气急，手上动作一顿，扭头怒瞪着谷小雨："干吗？"

谷小雨表情很奇怪，挤眉弄眼又扯嘴角，示意她往前看。

她一转头，韩澈就站在小摊前，双手抄兜，弯眸望着她，嘴角噙着浅笑。

郑好眼里的怒意瞬间消失无踪，望着面前的人又惊又喜，还有些不知所措："你怎么在这儿？"

她心跳得飞快，脸颊蓦地发热，幸好声音还算镇定，没有出卖她的心事。

"跟同事吃饭。"韩澈指了指身后的餐馆，又补了句，"部门聚餐，在二楼包厢。"

郑好仰头望向灯火通明的二楼，露出憧憬的神色："这家店好吃吗？我们来了几次，都排不上号。"

韩澈耸耸肩，如实回答："这是我第一次来。不过看这么多人排队，味道应该不错。"

这话倒提醒了谷小雨，她感激地说："韩经理，要不是你建议我多去周边走走看看，换个新地方摆摊，我也不可能找到这里。现在每天的成交量比以前多多了，周末翻了一倍还不止。"

"别谢我，要谢就谢她。"韩澈冲郑好抬抬下巴，"要不是她跟那两个熊孩子结了仇，你也不会下定决心搬走。"

郑好眉头一皱。

这话怎么听着不像好话呢？明褒暗贬是吧？

她还没琢磨明白，韩澈就已经转入了正题："对了，来八碗冰粉。"

他掏出手机准备扫码，二维码却被谷小雨眼疾手快地挡住了："哎呀，客气什么？就当我们请你的。"

韩澈一笑，在手机上点了几下："已经转好了。"

语音播报器里并没有传出收款的声音，谷小雨正疑惑着，郑好突然听见兜里传来"叮"的一响。

她把手机递给谷小雨看："转我了。"

谷小雨无奈："哎呀，你这人真是……这么客气干吗？"

八碗冰粉很快打包好，摆在餐台上，韩澈明显拿不了。他看了郑好一眼，郑好叹了口气，提起剩下的四碗，故作嫌弃道："看来你在公司地位很低嘛，跑腿的事都让你干，也没人来帮忙，啧啧……"

她跟着韩澈上二楼，走进包厢，碰巧两个服务员刚把菜端上桌。

这桌菜分三层，最上层是果盘，摆成了孔雀的造型，第二层是个八格圆盘，每格都装着凉菜，有荤有素，搭配得当。

第三层就精彩了，盘子跟圆桌差不多大，也分成了八格，每格都堆满了红彤彤的小龙虾，麻辣、香辣、蒜蓉、五香，四种口味交错摆放。

郑好的眼睛一下子瞪直了。

这是什么人间极品啊！天上的蟠桃盛会和地上的满汉全席都比不上这一桌鲜香美味的小龙虾吧？

她呆呆地张着嘴，使劲眨了眨眼，想确认眼前这一幕不是在做梦。

"这……"她转头看着韩澈，一时竟找不到形容词，"这、这、这……"这也太夸张了吧！

桌上其他人纷纷举起手机从各个角度拍照。

韩澈把冰粉放桌上，扯了张纸巾递给郑好，小声提醒："口水擦擦。"

"……哦哦。"郑好这才回神，慌忙擦了擦嘴角，还很不争气地咽了咽口水。

她扯了扯韩澈的袖子，讪笑道："这么多，你们吃得完吗？"

韩澈假装听不懂她的暗示："八个人，每人负责一格，正好啊。"

"那个……"郑好注意到桌上有几个姑娘，继续暗示，"万一有人想减肥，我可以帮忙。"

韩澈牵唇一笑："想减肥就不会来聚餐了。"说完，他扶住郑好的肩，把她转了个身，往包厢外面推。

郑好抓住门框舍不得走，乞求道："那你减减肥吧，咱俩共吃一格……实在不行，给我打包几个尝尝味道……"

韩澈"扑哧"一笑，低下头，唇贴近她的耳朵，声音很轻地说："下次带你来吃。"

郑好离开时，还在依依不舍地一步三回头，直到包厢门残忍地关上，她才吸吸鼻子，咽咽口水，在心里暗暗发誓：有生之年，一定要吃上这顿大餐！

包厢里，大家戴上手套准备开吃，韩澈还在慢悠悠地吃着冰粉，不时瞥一眼窗外。

郑好已经回到了小摊边，正跟谷小雨说着什么。从这个角度正好能看见她的脸，只见她双目圆瞪，表情夸张，还激动地张开双臂，边说边比画。

韩澈忍不住笑了，端起碗，将剩下的冰粉一口气喝光。

聚餐吃小龙虾的好处就是腾不出手玩手机，大家只能一边剥虾壳一边聊天，从行业动态到各种小道消息，从社会热点到娱乐八卦。

韩澈话不多，大部分时候都在安静地听他们聊，思绪不时飘到某人身上。

看来她很喜欢吃小龙虾啊。

一想到她每次吃饭时那陶醉的表情，他就忍不住想笑，这世上就没有她不喜欢吃的东西吧？

说来也奇怪，她那么爱吃，居然不胖，只脸上有点肉，QQ弹弹的，手感一定很好。

韩澈正在心猿意马，突然听见旁边的女实习生"咦"了一声。

他抬起头，看见她正伸长了脖子向窗外张望，嘴里还嘀咕着："什么情况？下面怎么打起来了？"

楼下乱糟糟的，几个人在你推我搡，情绪激动，其他人都在举着手机围观。

韩澈推开窗，外头的声音传了上来，吵吵嚷嚷的还挺激烈，其间还夹杂着一个女孩的哭喊声。

没看到郑好，韩澈心里一沉。

那么爱凑热闹的人，如果不在围观的人群里，那必然是被困在了风暴中心。

"我下去看看。"韩澈拿起手机，大步流星地走出包厢。

小吴紧随其后，关门时还不忘安抚其他同事："没事儿，你们继续吃，我去找我舅打听一下情况。"

桌上的人面面相觑，只有女实习生还在伸着脖子看热闹。

一阵静默后，有个长鬈发女人终于按捺不住好奇，向旁边的男人打听："哎，不是说韩经理没有对象吗？我怎么感觉他跟那个送冰粉的姑娘关系不一般哪？他现在也是去找她的吧？"

男人剥着虾壳，大大咧咧地说："你想多了，韩经理对谁都挺好的。"

有人附和道："对啊，你也不想想他是什么层次，怎么会跟一个摆摊的扯上关系？"

有人提出另一种思路："没准儿是他亲戚？"

"肯定不是。"鬈发女语气笃定，"他家不可能有穷亲戚。你们知道他爸妈是干吗的吗？"

女实习生瞬间来了兴趣："干吗的啊？"

鬈发女正要开口，被旁边的男人打断了："哎哎，你们说话注意点儿，人前脚刚走呢。再说了，摆摊怎么了？没准是哪个富二代来体验生活呢？别聊了，

- 143 -

赶紧吃吧。"

桌上重新陷入沉默，只有零星的吵闹声从楼下传来。

"抱歉，借过借过。"

韩澈拨开一层层人群往里走，随着争吵声越来越激烈，他心里也越来越惴惴不安。

视线穿过前排的缝隙，他看到地上躺了个人，脸虽然被挡住了，但那熟悉的身型和穿着让他一眼就认了出来，是郑好！

与此同时，谷小雨的哭喊声格外清晰地传来："她有心脏病，今天没带药……"

哭声被一个中年男人愤怒的吼声打断了："少在这儿装！我都没碰到她！她自己摔倒了能怪谁？"

韩澈脑子"嗡"的一声，一阵气血上涌。

郑好有心脏病？怎么从来没听她提起过？

他一把扒拉开前面人的肩膀，硬生生挤到前排。

不知出了什么事，地上一片狼藉，小摊车倒了，保温桶倒扣在地上，保鲜盒、塑料碗、勺子散落得到处都是，冰粉流了一地，郑好就瘫倒在这片狼藉之中，双眼紧闭，面色苍白，一动不动。

"郑好！"韩澈一个箭步冲上去，蹲在郑好身边，左右来回拍打着她的脸，试图把她唤醒。

拍了半天，无果。

他心跳得飞快，一只手托住她的后脑勺，另一只手用力按压她的人中。

还是没有反应。

韩澈抬头望向谷小雨，语气急切："她昏迷多久了？"

"啊？"谷小雨愣了下，不太确定，"三分钟吧……反正没多久。"

她旁边站了个五大三粗的男人，语气咄咄逼人："刚刚还活蹦乱跳的，年纪轻轻的一碰就倒，明显是碰瓷嘛！"

韩澈视线一转，恶狠狠地瞪着他，反呛道："你不是说没碰到她吗？"

男人一时语塞，摊开双手："我这……我就把她车子掀了，她自己没站稳，被撞到了呗。"

"放屁！"谷小雨拧眉怒目，叉着腰骂他，"你就是故意撞她的，还用桶砸她！你不知道心脏病人受不了刺激吗？她要是有什么意外，你就等着坐牢吧！"

骂战还在持续升级，韩澈也顾不得那么多了，他单膝跪地，回忆着之前学过的心肺复苏的技巧，双手交叠按在郑好的胸口，有节奏地向下按压着。

才按了几下，韩澈的脚后跟突然袭来一阵刺痛。

他没有理会，继续用力按压，直到刺痛感越来越强烈，像被什么动物咬了，他才停下手上的动作转头望去。

因为蹲地的姿势,他的裤管自然向上缩,露出一小截脚后跟。上面不知何时多了两个月牙形的红印,虽然没流血,但嵌得很深,隐隐透出血色。

难怪他会感觉到疼。

视线向前移动几寸,郑好的手就搭在地上,看上去绵软无力,但那食指和拇指弯曲的造型很可疑,像是……

一只蟹钳?

韩澈一愣,视线从她的手又回到自己的脚后跟,最后转向郑好的脸上。

她依旧闭着眼,面容平静,神态安详,像是睡着了。

韩澈仿佛能透过她的眼皮看到她眼里闪烁的笑意,狡黠又得意。

他恨恨地咬牙。

没心没肺的人怎么会得心脏病?他就不该瞎担心。

思忖片刻,韩澈决定与其当众拆台,不如将计就计。他继续单膝跪地,摁住郑好的胸口,泄愤似的一下一下往下按压。

直到这个戏精终于扛不住了,猛地弓起后背,喘出一口大气,边咳边求饶:"行了行了,我醒了,咳咳……感谢华佗再世……"

出门做生意,难免跟人起冲突,对此,郑好早有心理准备。

尤其是隔壁摊的那对中年夫妻,从她和谷小雨来到这里的第一天起,就对她们没什么好脸色。

郑好起初还挺纳闷,这对夫妻卖的是卤味,她们卖的是甜品饮料,二者完全不冲突,怎么会对她们敌意那么大?

难道是眼红她们生意更好?

过了几天,夫妻俩旁边又多出一个小摊,也是卖手工冰粉的,而且价格比她们的便宜两块。

摊主是个戴眼镜的年轻男孩,收摊后会跟夫妻俩一起走。没猜错的话,他们是一家三口。

郑好这才明白过来,不过,她没把这事放在心上。

一来,她们的冰粉摊在这条街上口碑不错,已经积攒了不少回头客;二来,她观察了几天,那男孩每次都来得很迟,一副不情不愿的样子,来了也是跷着二郎腿玩手机,招揽顾客也不积极,经常挨这对夫妻的骂。

郑好安慰谷小雨,没必要把这种人当竞争对手。

一段时间下来,两个小摊虽然没有大的冲突,但小口角不断。

在这条街上,摆摊没有固定摊位,每天的位置都是靠自己抢来的。为了更靠近餐馆门口等位的人群,谷小雨每次不到三点就来占位,一直到四点多才渐渐有生意。

这对夫妻来得也挺早,可他们的儿子就懒怠多了,通常都是六点多才来。

平时夫妻俩会帮儿子早早占个位置，可今天是周五，生意更好，位置也更紧俏，另一侧的摊主不愿意腾地方，于是他们便盯上了看起来更好欺负的两个小姑娘，让她们往旁边挪挪，待会儿他们儿子来了往里面挤挤就行。

郑好当然不同意，旁边就是等位区，已经坐得密密麻麻了，她往哪儿挪？难道要摆到人群中间吗？

正好来了生意，她敷衍了几句就不再理会他们。

快到八点时，那位身娇肉贵的少爷才骑着小三轮姗姗来迟。

夫妻俩见两个小姑娘不配合，干脆自己动手，男人去推她们的小推车，女人把自家的三轮往中间挤。

郑好还没反应过来，小推车突然一晃，就往旁边撞去，把几个坐在凳子上的女生撞得东倒西歪。

郑好顿时怒火攻心，抵住小推车的另一侧，使出全身力气往回推。

没想到男人发了狠，手臂力道加大，直接把小推车掀翻了。郑好猝不及防，也被这股力道掀倒在地，两只保温桶"哐哐"地砸在她脑袋上，冰粉浇了她一身，各种小料也散落一地。

周围人都吓得目瞪口呆。

谷小雨顿时慌了神，手忙脚乱地扑上去，想把郑好扶起来。郑好却偷偷冲她眨了眨眼，然后捂着自己的胸口"啊"地惨叫一声，抽搐了几下后就彻底没动静了，瘫在地上宛如一具死尸。

不愧是好姐妹，谷小雨只用三秒钟就反应过来了。

她开始戏精上身，哭天抹泪地喊道："怎么办哪？她有先天性心脏病，不能受刺激的……"

为防止男人逃跑，她死死拉住他的裤腿，哭喊道："你还用桶砸她？你知道这一桶冰粉有多重吗？她身体一直不好，你这砸下去不要人命啊？"

由于冲突爆发前已经引起了不小的动静，周围有许多目击者都站出来声援她们，指责这个男人。

有人帮忙报警，有人叫了救护车，还有热心市民拦截住了那个骑上三轮车准备逃跑的儿子……

本来一切都在按郑好的计划进行，没想到半路杀出个二愣子。

也不知他是关心则乱还是故意整她，总之，一顿胡乱操作下来，差点让她心梗发作原地去世。

她都睁眼了，二愣子还在不停地拍打她的脸，语气关切地问："你没事吧？你没事吧？"

郑好艰难地支起上身，幽幽地瞥了韩澈一眼。

我看你是不想活了！

韩澈这才停下拍她的脸的手，欣慰地笑了："没事就好。"

做戏要做全套。郑好望着围观人群，挤出了一个虚弱的笑，哑声道："谢谢大家，咳咳咳……的帮忙……刚刚的事，你们都看到了，希望大家做个见证，咳咳……"

不等她咳完，人群自动散开一条道，两个穿蓝色执勤服的民警走过来，视线落在郑好的身上。

"刚才是谁报的警？"

接下来的十五分钟里，在两位民警的主持下，控辩双方展开了一场得理不饶人无理搅三分的激烈口水战。

原告郑好表示，依照平安街摆摊"先到先得"的原则，夫妻俩的儿子来得这么迟，就没资格占据这么好的位置，而且现场有诸多目击证人能证明是男人先动的手，那两大桶冰粉也扎扎实实地砸在了郑好的脑袋上。

郑好还拨开后脑勺的头发，极力向民警证明她本来是扁头，现在生生被砸成了圆头。

被告中年男则认为他们的卤味小摊之前一直占据着这块风水宝地，是这两个小姑娘鸠占鹊巢还恶人先告状。而且他们一家三口的摊位本来就是一起的，只不过儿子临时有事来得迟了点，这两个小姑娘不仅不让位置，还倒地碰瓷，就是想讹钱。

他还痛心疾首地表示现在的年轻人真是不懂尊老爱幼不知礼义廉耻，怪不得世风日下人心不古。

郑好听完当场发飙，怒呛道："谁的摊位谁来占，你一个人占这么大的坑是想给自己挖坟吗？你怎么不撒泡尿把这条街全占了呢？而且凭什么要我尊重你？老弱病残你除了脑残还占了哪样？"

一个年纪稍长的民警猛咳几声，让她说话文明点，另一个年轻民警则强忍着笑，用点头来赞同她话糙理不糙。

接下来又是一番你来我往的骂街扯皮。看热闹的人越来越多，民警们为了维持现场秩序，决定转移战场，将相关人员全带去街道派出所。

正好救护车来了，郑好在年轻民警的陪同下上了车。谷小雨则简单收拾了一下地上的烂摊子，跟随年长民警去派出所做笔录。

车门关上，郑好才发现旁边多了个人。

韩澈也上了车。

郑好瞪他："你来干吗？"

韩澈瞥她一眼，淡淡地说："陪你。怕你突发心梗，没人签字。"

郑好暗暗吐槽：你可真能往自己脸上贴金，吵架干仗的时候你毫无输出，现在又来刷存在感？

她撇撇嘴，问："同事聚餐结束了？"

韩澈背靠着车厢，双目微闭："没心情吃。"

郑好忽然想到什么，惋惜地叹了口气："早知道让我去吃啊！要不，你让同事把你那份打包?"

坐在对面的年轻民警狐疑地打量着郑好:"报警人说你有心脏病,你这看起来挺健康的啊。"

郑好捂着胸口:"那人听错了,我不是心脏病,是'心脏病',zāng,一声。"

年轻民警愣了愣:"啥?"

郑好认真解释:"就是心脏看什么都脏的那种病。"

年轻民警无语了!

CT室外,韩澈给小吴打了个电话,解释说自己要陪朋友看病,不能回饭局了。小吴连声答应,让他放心,不用管他们。

顿了顿,韩澈又说:"还有件事,想请你帮个忙。"

"嗐,跟我客气什么?你说吧,能做的我肯定去做。"

"我记得你说过,店老板是你的舅舅?"

"对啊。"

"那你跟他商量一件事……"

三言两语交代完,韩澈挂断了电话。

他打开微信,给小吴转了一笔钱,正要收起手机,突然"叮"的一声,进来一条新的微信。

是韩母发来的,说明天有家庭聚餐。

韩澈脸色一沉,重重叹了口气,回了个"好"。

恰在此时,检查室的门开了,郑好活蹦乱跳地从里面走了出来。

韩澈收起手机,迅速调整好表情,迎上去问:"怎么样?"

"得一个小时后才能拿到检查结果呢。"郑好瞥见年轻民警过来了,马上揉着太阳穴装头晕,"哎哟哎哟"地叫唤着,"我肯定脑震荡了。"

在急诊室来来回回折腾了一个多小时,终于把所有检查都做完了。

结果证明,郑好什么毛病都没有,健康得宛如一头刚出生的小牛犊,就连后脑勺也只受了轻微的皮外伤,医生说回家用冰袋敷一敷就好了。

三人离开医院,前往平安街派出所,与在那里等候多时的谷小雨会合。

在调解室里,几个人又进行了一轮漫长的扯皮,最终达成调解,由中年男人赔偿她们财产损失一千二,检查费用一千八,共计三千块。

在民警的监督下,中年男人不情不愿地转了钱,骂骂咧咧地走了。

等郑好和谷小雨办完相关手续,走出派出所大门时,已经快十点了。两人推着破破烂烂的小摊车走在街上,像两只打了胜仗的公鸡,虽然造型略显狼狈,但威风凛凛,气势十足。

韩澈提着两只大瘪桶跟在后头,一边走一边小声吸气。

郑好在原地等了会儿,终于发现他的不对劲,问道:"怎么了?"

韩澈抬起左腿,提起裤管,没好气地说:"脚痛。"

他脚后跟上那两个月牙印已经变成了深红色，连带着中间那块皮肤都红肿了。今晚，唯一受伤的人，是他。

他眼神幽怨地看着郑好，问：“你这是使了多大的劲儿啊？连皮带肉都要被你掐下来了。”

这话倒提醒了郑好。她揉捏着两根手指，抱怨道：“你还说呢，我手都掐酸了。谁叫你反应那么迟钝？我再不使点劲儿，你得把我摁进水泥地里。”

韩澈被她气笑了。

敢情你砍我一刀，还要怪我骨头太硬，害你的刀卷刃了呗？

脸皮厚就是好啊，砍人都理直气壮的。

回去的路上要经过事故发生地。都这个点了，那家网红店依旧灯火通明，门口还有不少等位的人。

小摊车从店门口经过时，叫号的服务员居然认出了她们，还主动打招呼：“哎哎，你们别走，我去叫老板来。”说完就扭头进了店里。

郑好和谷小雨面面相觑，心里都有些忐忑。

难道是因为她们在店门口打架，影响了店里的生意，要她们赔偿损失？不会吧？她们可是受害方啊。

还是让她们以后别来这里摆摊了？

正胡思乱想着，服务员带着店老板出来了。

老板长得膘肥体壮，脖子上戴了一大块玉佛吊坠，双手背在身后，笑眯眯地看着她们俩。

"你们之前是在那边摆摊吧？"他抬起手，一根短粗的手指指向右前方，"我见过你们几次，还买过你们的冰粉，味道不错。"

虽然他的态度挺和善，但郑好心里还是打起了鼓，总觉得他后面还藏着话。

老板继续说："我看你们两个小姑娘也不容易，要不以后就在这里摆吧。"他环视四周，一只脚在取号机旁边的空地上画了个圈，"这一块是我们店的地盘，没人跟你们抢。"

郑好蓦地瞪大眼，与谷小雨交换了个震惊的眼神。

这块空地正对着等位的人群，比之前的地方显眼多了，而且旁边还没有竞争对手，简直是天降宝地啊。

"啊？真的吗？这、这、这……"谷小雨被巨大的喜悦冲晕了，激动得语无伦次。

郑好也兴奋不已，但还保留了一点理智："要租金吗？"

在商言商，这块地方就算要收租金也是值得的，就看她们能不能负担得起。

胖老板摆摆手："谈钱就见外了。再说了，我这么大一家店，也不缺你这仨瓜俩枣的。"

居然是免费的！郑好简直要哭了。

世上还是好人多啊，人间自有真情在，胖老板在她心目中的形象瞬间高大起来了。

"行了,就这么说定了,你们明天直接过来。"胖老板冲她们挥了挥手,转身往店里走去。

"哎,老板!"郑好急忙追了上去,"真的太感谢你了,但我们也不能白占你的地盘啊。要不我们给你算提成?就按收入的百分之二十怎么样?每天有两三百,虽然不多,但也是我们的一点心意嘛。"

胖老板哈哈大笑起来,冲店里随意地一指:"你看这里哪桌没有两三百?都说了我不图这点钱,你们自己留着吃点好的吧。"

说到吃的,郑好又想起一件事:"对了老板,你们店是不是有那种……"她张开双臂画了个大圈,"那种满满一桌的小龙虾,要多少钱啊?"

胖老板想了想,说:"那是龙虾盛宴,1288元一桌,至少得八个人才能吃完。你想吃啊?"

郑好两眼放光,疯狂点头。

"那你记得提前三天打电话预约,因为龙虾量大,需要提前备餐。哦对了,还得先支付800元的订金。"

胖老板走了,郑好还在原地盘算着:八个人,平摊下来每个人一百六,也不算贵。

问题是去哪儿凑齐这八个人呢?

深夜的麻雀街静悄悄的,只听见小摊车的车辘辘在地上滚动的声音。

韩澈将二人送到面馆门口。谷小雨先上楼了,留下郑好和韩澈站在楼下,一个别过头,望着街角的流浪猫,一个挠挠鼻子,盯着自己的脚尖。

气氛安静得有些微妙。

"那个……"郑好终于憋不住了,率先打破沉默,"明天你要不要睡个懒觉?咱们约十点吧。"

韩澈一愣,才记起明天是周末。

可是……

他想起韩母发来的微信,心蓦地一沉,脸色也有些凝重。

"明天家里有点事,不能跟你出去了。"

"哦……那后天?"

"再看吧。"

韩澈沉默了会儿,低声说:"其实,和你在一起很开心。"

郑好心里一甜,轻咬着下唇,笑容有几分小得意。

她问:"今晚也是吗?"

韩澈抚着下巴做思索状,认真地说:"虽然开头有些意外,过程有些曲折,但是结局大快人心。总之,还是很开心的。"

郑好粲然一笑:"那就好,没有什么比开心更重要。"

上方传来一阵推窗声，两人不约而同抬起头，看到三楼窗台上探出一个鬼鬼祟祟的狗头。

"你上去吧。"韩澈朝她抬抬下巴，"郑大钱该等不及了。"

"嗯，那我走了。"郑好摆摆手，转身走进了楼梯口。

回到家，郑好和谷小雨一起趴在窗台上目送韩澈的背影渐行渐远，最后消失在麻雀街的尽头。

谷小雨唏嘘道："真是好男人啊！你要是跟他谈恋爱，我绝对举双手双脚赞成。以后我给你当伴娘，给你们的孩子当干妈。"

郑好呆呆地托着腮，眉头紧蹙，半晌没吭声。

谷小雨推推她，打趣道："怎么，害相思病了？"

"不是，我是在想……"郑好望着夜空，一脸愁容，"去哪儿找八个人吃饭呢？你和童梦肯定要去，再加上鬼屋的几个朋友，我还有两个大学室友在江城工作，可惜她们都太忙了，一年见不了几次面……"

谷小雨愣愣地说："咱们不是在聊韩经理吗？"

"对，把他也算上。"郑好掰着手指，喃喃自语，"那还缺两个，找谁去呢？"

"你没救了！"谷小雨真是恨铁不成钢。

看你们直女谈个恋爱可真费劲！

天刚蒙蒙亮，韩澈就醒了，迷迷糊糊地睁开眼，摸到手机一看，才五点多。有两条未读微信，点开一看，是小吴凌晨两点多发来的。

第一条是一笔两万四的转账。

第二条：韩经理，这钱我转给我舅了，但他不肯收。

韩澈揉了揉眉心，让自己清醒一点，坐起身，开始回复微信。

昨晚他打电话拜托小吴，说想跟店老板商量租下店外那块空地，每月租金算两千，还一次性转了一年的租金。

小吴说什么也不肯收，但韩澈执意要给。比起人情往来，他更喜欢金钱交易，平等公平，不拖泥带水。

他让店老板瞒着郑好，也是不想让她觉得欠自己人情。

回完消息，韩澈仰面倒在床上，睁着眼，看着光线透过窗帘的缝隙，在天花板上一点点变幻着。

时间还早，但他没有心情睡个回笼觉。他在心底盘算着中午的家宴，要应付哪些烦人的亲戚，要回答哪些无聊的问题。

其中最烦人的，要数他妈妈。

韩澈烦躁地翻了个身。

虽然生活在同一座城市，但他参加工作之后就将回家的次数降为了每月一次，打电话的频率保持在一周一次。

他不是不孝顺，只是为了自保。因为每回一趟家，他的病情都会加重几分，心理医生和他自己之前的努力全付之一炬。

天光大亮，韩澈终于起身，找了几片药咽下去。

韩家家宴通常在韩家老宅举办，举办时间不固定，理由也各种各样，只要韩老爷子一声令下，所有人都得到场，就连久不露面的韩澈的父亲也得抽空过来。

韩澈驱车赶到时，韩母已经在院子大门外等候多时了。

她保养得很好，五十多岁的人，只有眼角和脖子上有淡淡的皱纹。她今天穿一身香云纱印花套裙，头发盘成一个优雅的发髻，插上一根玉簪，打扮得贵气又得体。

"怎么现在才到？"她一见到韩澈，开口便是一句责问，上下打量他一番，眉头皱得更紧了，"怎么又穿这身衣服？没有新的吗？"

韩澈从车后备厢里提出几个礼盒，低头扫了自己一眼。这身西装是去年买的，他自认还算得体，但韩母好面子，每次家宴前总要精心打扮一番，相比之下，他就显得敷衍了许多。

走进客厅，沙发上已经围坐了许多亲戚，韩母拉着韩澈一一打招呼，笑盈盈地寒暄着。韩澈像个提线木偶跟在后面，点头，微笑，时而回答几句，嘴角保持着标准的弧度，脸都笑僵了。

来到父亲面前，韩澈收起笑容，干巴巴地喊了声："爸。"

韩父将视线从手机上抬起，打量着他，也是眉头一皱："头发留这么长干吗？一点儿精气神都没有。"

韩母连忙接话："已经约好了下午理发。"

韩父"嗯"了一声，低下头继续看手机。

"韩澈找女朋友了吗？"问话的是韩澈的二婶。

不等韩澈开口，韩母就抢先回答："找了。人家姑娘刚从德国留学回来，现在在电网工作，比韩澈小两岁。"

韩澈忍不住蹙眉，转头望向韩母。

编得有鼻子有眼的，要不是他是当事人，他都差点信了。

韩澈收回视线，对二婶笑了笑，说："我目前单身。"

韩母面不改色道："嗐，两个孩子刚开始谈，还不好意思承认呢。"

腰上传来一股力道，是韩母在掐他，透着隐隐的威胁。韩澈清楚地知道，在这种场合拆她的台是什么下场，他只得悻悻地闭嘴。

一顿冗长又无聊的家宴结束，韩澈跟亲戚们一一道别，回到车里。

副驾上坐着韩母，正对着小镜子补妆。

"我有个朋友开了家法式餐厅，晚上你跟我去捧捧场。"

韩澈有些头疼，推辞道："我下午还有事，送两个花篮过去就行了。"

"人家不缺你两个花篮。"韩母收起镜子，瞥他一眼，眼神里透着几分不满，

"别人问你有没有女朋友,你编一个不就行了,何必要说实话?也不嫌丢人。"

韩澈心道:没你会编。

"单身又不丢人,何必要撒谎?"

韩母眼睛一翻,声音尖厉地说:"你都快二十九岁了,还没女朋友,不丢人?你看看人家韩霖,马上要生二胎了。"

韩澈挑挑眉,阴阳怪气道:"他去年赌博把房子都卖了,嫂子还敢生二胎,真是勇气可嘉。"

韩母一时噎住,话锋一转:"那你再看看韩清,她是高校老师,老公又会赚钱,两人也计划生二胎了。"

"我怎么记得她老公好几次出轨,她还发朋友圈说要离婚的。怎么,又不离了?"

"……好歹人家是有正式编制的,就算离了婚,也能过得不错。你看看你三婶,今天气焰那么嚣张,还不是因为他们家韩洋进了三甲医院,工作体面,社会地位高,你呢?"

"韩洋才刚进医院就跟几个医药代表去夜店鬼混,迟早要出事。"

韩母怒瞪着他,厉声斥道:"你怎么老盯着别人不好的地方说事儿?"

韩澈做了个深呼吸,放在方向盘上的双手不自觉地攥紧:"因为你总是盯着我不好的地方。哦,不对,在你眼里我就没有好的地方,浑身上下都是毛病!"

"难道不是吗?你看看你,没成家也没立业,年近三十,一事无成!"

"我怎么没立业了?"

"你那能叫工作吗?除了有点钱还有什么?你毕业那年,你爸本来给你安排了个好单位,你不去,偏要去干什么研究员,干了几年升了个什么经理,有什么用?有正式编制吗?有社会地位吗?听说你现在亏了钱,被人指着鼻子骂。你看看,这就是不听父母话的下场!"

也许是药物抑制了情绪,韩澈此时居然不觉得愤怒或屈辱,只觉得可笑。

父母可笑,这群爱攀比的亲戚可笑,这场虚伪的家宴可笑,他自己更可笑。

"奇怪。"韩澈靠在椅背上,仰头望着车顶,止不住地笑,笑得眼泪都出来了,"我从小到大都听你们的话,也没有什么好下场啊!到底是哪儿出问题呢?还是说我天生就是一块朽木、一摊烂泥、一个废物,不管听不听话,都不会有出息?"

说话间,堂姐抱着小孩从院子里走了出来,车里的两个人都默契地安静了。

堂姐弯下腰,敲了敲韩澈的车窗:"这就要走了吗?下午我们……"她注意到韩澈脸上的笑,话音一顿,好奇地问,"什么事笑得这么开心啊?"

"没事。"韩母迅速堆起笑容,"就是聊起了一些小时候的事。"

堂姐"哦"了一声:"对了,待会儿我们要去SKP,你们一起来吗?"

"不了。"韩澈笑了笑,抓乱了自己的头发,"下午还要去理发。"

引擎启动,车子缓缓上路。

韩母板着脸，闭上眼，冷冰冰地说："这事就先不提了，晚上跟我去吃饭。"

晚餐地点在一家法式餐厅，位于一栋大楼的顶层，大厅里流光溢彩，餐桌上的两家人言笑晏晏。

落地窗上倒映出韩澈空洞的双眼，他百无聊赖地望着窗外的夜景。最亮的那条街应该就是步行街，往东走三公里就到了江边，再沿着江走上十几分钟，就到了麻雀街……

"韩澈，佳佳说大学时还见过你一面。"一道女声将韩澈游走的思绪拉回。

望着对面这位笑容可掬的女人，韩澈一脸茫然："啊？什么时候？"

旁边那个年轻姑娘脸上飞起一抹红晕，嗔道："妈，那都是多久前的事了，学长肯定不记得了。"

"也不一定哦。"韩母笑得暧昧，"佳佳长得那么漂亮，说不定他对你印象深刻呢。"

在两位母亲期待的目光中，许佳佳面露羞赧地说："大概是八年前吧，我刚上大一，在迎新晚会上表演小提琴独奏，学长那时候是主持人呢。我们在后台见过，我的裙摆太长，卡在上台的楼梯缝里了，他还帮我把裙摆拽了出来。"

那么久远的一件小事，韩澈当然没有印象。

他只好笑了笑，抱歉地说："那天演出的人太多，后台又太黑，都看不清楚谁是谁。"

韩母打着圆场："我家韩澈就是开窍晚，遇上这么漂亮的姑娘，也不知道主动留个电话什么的，所以才单身到现在，把我急得哟……"

许母接话："这才好嘛，比那些花花肠子的男人靠谱多了。"

许佳佳好奇地问："学长，你以前没有交过女朋友吗？"

韩澈刚要开口，就被韩母抢先回答了："没呢，我对他管得严，上学的时候当然要以学习为主，等研究生毕业了才开始操心他的个人问题。这不，一晃都毕业四年了，天天忙工作，个人问题还没解决呢。"

"我们佳佳也是，忙完学业忙事业，现在工作也稳定了才考虑成家的事。"

"那正好啊，咱们两家也知根知底的……"

韩澈放下刀叉，打断韩母的话："我去趟洗手间。"

韩母脸上闪过一丝愠怒，极力克制着，挤出一个笑："去吧。"

从洗手间出来，韩澈还不想回到餐桌上，便沿着过道向另一端走去。

过道的尽头是一个小天台，此时空无一人，地上铺了张假草坪，摆放着几张露营桌椅，头顶拉起了几条星光灯带。

韩澈找了张椅子坐下，松了松领带，深深吸气，再徐徐吐气，如此重复几次，心里的烦躁情绪才渐渐缓解。

这几年，韩母隔三岔五就给他安排相亲，大多被他以工作太忙为由搪塞过去了，但偶尔也会被她以各种理由骗到餐桌上，因为她笃定，以他的修养和气度，不会当场甩脸离开。

这次安排的是父亲同事的女儿，刚从国外留学回来，进了国家电网。上次是一个大学老师，上上次是三甲医院的医生……

都是她口中的有体面工作的人。

那种混迹于市井、到处打零工、离经叛道的女孩，永远不会出现在她的准儿媳面试名单里。

郑好的脸又浮现在了韩澈的脑海中。

他还是没忍住，掏出手机给她打了电话。

电话接通，他刚要开口，那头就飘出一串恐怖怪异的音效，让人头皮发麻。

"你在鬼屋？"

郑好压低声音："对啊，今天不用带你玩，我就来上班呗，周末一天三百块呢。"

"你说话声怎么这么小？"

"我躲在棺材里呢，待会儿就要来人了，先不说了。"

眼看她就要挂断电话，韩澈不知怎么生出一股冲动，喊住她："郑好！"

"怎么了？"

韩澈犹豫了下，决定如实相告："我在相亲，是我妈……"

他话没说完就被郑好打断了："你等会儿，我要去吓人了。"

紧接着，就听到郑好发出一阵"嗝嗝"的怪笑，韩澈猜她应该是提刀杀了出去，因为几秒后，他就听到一阵撕心裂肺的惨叫声。

韩澈想象着那"惨绝人寰"的画面，忍不住笑了。

惨叫声渐渐飘远，世界又恢复了安静。

郑好重新举起手机，继续刚刚的话题："你也沦落到相亲市场了？"

韩澈皱起眉，什么叫"沦落"？

郑好幸灾乐祸："我还以为你是'专柜'抢手货呢，没想到也进了'奥特莱斯'。"

韩澈沉默了会儿，承认道："我也不想啊，是我妈安排的。"

郑好意味深长地"哦"了一声："看来你相亲很不愉快啊，不然也不会跑出来给我打电话。"

韩澈没吭声。不愉快是真的，可是给她打电话，并非想把她当作情绪垃圾桶，只是在这种时刻特别想她。

郑好笑嘻嘻道："要不要我帮忙？"

韩澈眉头一挑："怎么帮？"

难道要像电视剧里演的那样，冲进餐厅当众甩他一巴掌，痛骂他是渣男？

"我可以给你提供几条毁掉相亲的小建议，比如……"她思索片刻，语气认真，"当着女方的面抠鼻屎，然后揉成一团，指尖一弹，弹到她的汤里，哈哈哈！"

沉默良久，韩澈才幽幽地说："这种事我做不出来。不过，看你描述得那么形象，你应该没少干过。"

"我从不相亲。"郑好咯咯笑，"不过我小时候经常把鼻屎抹在讨厌的男生身上。"

韩澈一时无语："有更成熟一点的建议吗？"

郑好想了会儿，一本正经道："你吃完饭加她微信，让她把她的那份钱转给你，她肯定对你一秒下头。"

韩澈想象着这画面，艰难地说："……我也做不出来。"

"那你就说你欠了很多钱，一百万！让她跟你一起还债！她肯定会知难而退的。"

韩澈疑惑道："一百万很多吗？"

郑好愣住了。

她差点忘了两人在金钱方面有巨大的鸿沟。

韩澈正要继续发问，突然插进来一个电话，低头一看，是韩母打来的。

他收起笑意，接通电话。

"你去哪儿了？怎么去了这么久？"

"马上回来。"

韩澈挂断电话，发现跟郑好的电话也断了，他犹豫着要不要再拨回去，最终还是收起手机，转身离开了小天台。

回到灯光璀璨的大厅，那种熟悉的窒息感扑面而来，将韩澈裹得密不透气。

他扯下领带，塞进裤兜里，又解开两粒扣子。

回到餐桌边，几个女人都抬眼望向他。

许母问："怎么去了那么久？是工作上的事吗？"

"不是。"韩澈微微一笑，拉开椅子坐下，端起高脚杯，将剩下的半杯香槟一饮而尽。

"刚刚跟我的心理医生打了个电话，"他语气平静，"约了明天复诊。"

许母和许佳佳面面相觑。

韩母脸色一变，在桌底下狠狠踢了韩澈一脚。

韩澈不为所动，拿起餐巾纸擦了擦嘴，抬眸直视着许佳佳："你想问什么就问吧。"

许佳佳犹豫着开口："你是……有什么心理问题吗？"

韩澈直言相告："重度抑郁症，已经确诊很久了，一直在接受心理治疗，不过效果时好时坏。"

"韩澈！"韩母终于忍无可忍，呵斥一声，目露威胁地瞪着他。

"其实……"许佳佳为了缓和气氛打着圆场，"抑郁症挺普遍的，我有个朋友就是。她没吃药也没看医生，靠自我调节自我疏导，慢慢就好了。"

"那是轻症，我的不一样。"韩澈淡淡一笑，拉起袖子，露出伤痕累累的手臂，"重度抑郁症，是这样的。"

相亲最后不欢而散，许母脸色极其难看，拽着许佳佳离开了。

韩母脸色更是阴郁，刚走出餐厅就大发雷霆。

"你觉得自己是个精神病很光荣吗？"她气急败坏地大吼，毫不顾及形象，"你以为你得了病就可以为所欲为？"

韩澈双手抄兜，满不在乎地耸耸肩："坦诚至少比欺骗好。"

韩母更加怒不可遏，用手指狠狠戳着他的肩膀："要是别人知道了你的事，会怎么看你、怎么看你父母，你想过吗？"

"没想过。不过，可以试试。"韩澈掏出手机，手指轻点几下，"我现在就发个朋友圈，向全世界宣布……"

"啪"的一声响，手机被打翻，砸在大理石地面上。

韩母还不解恨，一脚踩下去，尖锐的鞋跟在手机上用力碾磨着。

她死死盯着韩澈，眼底迸射着怒意。

韩澈漠然地迎上她的目光。

对峙许久，韩母终于走了。

韩澈弯下腰，捡起已经彻底报废的手机。

这一刻，他突然很羡慕郑好，可以毫无顾忌地说脏话，还能根据事态的严重程度调整用词，词汇量之丰富令人咋舌。

不像他，被人这般羞辱，也不会还口。

楼下商场就有手机专卖店，韩澈懒得挑，直接买了部同款手机，换上电话卡。好在大部分资料和照片都存在云端，直接同步更新就行。

一条未读信息弹了出来。

点开一看，是一条微信好友申请，添加人是许佳佳。

韩澈眉心微蹙，点了"拒绝"。

已经关灯很久了，韩澈还是睡不着。他在黑暗中睁着眼，脑子异常清醒，过去的种种在眼前不停闪回，那些痛苦的、压抑的、孤独的、无助的回忆，像藤蔓肆意生长，缠得他几乎喘不过气。

他疲惫地坐起身，摁亮床头灯，拿起手机。

已经零点了。

拉开窗帘，对岸的璀璨夜景早已熄灭，只剩下零星的灯光。

韩澈下床，走出卧室，经过书房、次卧、洗手间，最后来到客厅。他打开沿途的每一盏灯，然后裹着毛毯，昏昏沉沉地倒在沙发上。

眼前出现了一个淡淡的黑色梅花印。

他大脑有些迟钝，反应了好一会儿，才想起来这是上次郑好来探病时郑大钱留下的痕迹。

那次，她不仅带了狗，还带来了一条毛毛虫。

对了，韩美丽……他已经好久没去探望它了。

反正睡不着，韩澈掀开毛毯，起身走进次卧，站在飘窗前俯身观察。

韩美丽长得还是那么吓人，黑皮白纹，浑身绒毛。仔细看，它好像肥了一圈，从小拇指变成了大拇指。

韩澈拿起手机，对准这只正在睡觉的大肥虫，"咔咔"拍了几张，然后把照片给郑好发了过去。

他以为她肯定睡了，本想先发过去，等她明早一醒就能看到了，没想到对方几乎是秒回。

郑圆脸：大半夜的，吓我一跳！

韩澈轻呵一声。

你也知道这条虫子丑得很惊悚啊？

过了会儿，她又发来一条。

郑圆脸：还没睡啊？

韩澈：睡不着。

郑圆脸：十五分钟内睡得着吗？

韩澈琢磨了会儿，实在猜不到她想干什么。

韩澈：应该不行。

郑圆脸：那就好，要是我到了你却睡着了，我就杀到你家薅你头发把你从床上拖下来大卸八块。

韩澈愣了愣，一时难以置信。

韩澈：你要过来？

郑圆脸：对啊，睡不着就出来玩呗。

十五分钟后，韩澈在小区南门等到了骑着电瓶车，优哉游哉"飘"来的郑好。

她吹着口哨，将电瓶车停在韩澈面前，挑了挑眉，轻佻一笑："帅哥，一个人吗？"

韩澈感觉身后两个保安的目光都快黏在他身上了。

他配合着演戏："是啊，美女出来玩啊？带上哥呗？"

郑好"扑哧"笑出了声，拍拍后座："上车，姐带你去体验夜生活。"

韩澈这才发现她换了辆车。这台车的体型比她上次骑的小电驴大了一圈，坐两个人完全没问题。

坐在她身后，韩澈感觉像做梦一样，蒙蒙地问："你是本来就在外面游荡，还是专程来找我的？"

郑好嗤笑一声："多大的脸啊？我是出来遛狗的。"

韩澈探着脑袋，看向前面空空的踏板，疑惑道："狗呢？"

不会是他自己吧？

"现在去接啊。"郑好扬起下巴，气势豪迈，"坐稳喽！"

她猛地拧动把手，电瓶车一下飞驰了出去。韩澈猝不及防向后一仰，幸好后面有个储物箱挡着，才没有人仰马翻。

他紧紧攥住郑好的衣角，迎着风，声音里漾着笑意："所以，你是专程来接我的吧？不然怎么会特意换这台车？"

"我这是……"郑好被他拆穿，一时面红耳赤，仍嘴硬，"我的车刚好没电了，就借了童梦的车呗……你可真自恋。"

韩澈没说话，只是笑着，胸腔的震感传递到她的后背，引来一阵共振。

他歪着脑袋一看，原来她也在笑。

暖黄的灯光映在她脸上，夜风吹拂着她的头发，像极了老电影里的画面。

街上空空荡荡，寂静无人，两旁的商铺早已关门，整座城市好像都睡着了，只有他们两个调皮鬼在午夜的街头四处游荡。

韩澈的思绪随着夜风飘得很远，他想起很多年前，当他还是个小学生时，总是对天黑后的世界充满幻想。但随着年岁渐长，他为了学习或工作，熬过无数个夜，也因为心事重重而辗转难眠。夜晚不再神秘，不过是短短的八个小时，困倦时格外短暂，清醒时又格外难熬。

电瓶车慢慢停下，韩澈的思绪又回到了现实。

前面好像是片工地，用蓝色的铁皮板围了起来，周围连路灯都没有，安静得听不见一点动静。

"这是哪儿啊？"韩澈莫名紧张起来，心突突直跳。

夜晚不仅神秘，也危险。

"工地啊。"郑好下了车，冲韩澈抬抬下巴，"你在这儿把风。"

她举起手机照明，在铁皮板上摸来摸去，终于摸到了翘起的一角，再轻轻一掰，铁皮板上赫然出现了一个三角形的豁口。

韩澈一惊："你要进去？"

郑好没说话，手指放在唇边，冲他做了个"嘘"的手势，黑色的瞳仁在手机灯光的映照下闪闪发亮。

她转过身，先迈进一条腿，再将身子一矮，灵活地钻进了豁口。

韩澈在黑暗中焦急不安地等待着。

虽说是把风，但是这里除了黑黢黢的树影，连个鬼影子都看不到。

周围寂静无声，思绪漫无边际，韩澈恍惚想起五个小时前，他还在一家高级餐厅吃着鹅肝蜗牛，听着优雅的钢琴曲。

同一座城市，同一个夜晚，有人在觥筹交错，有人在黑暗中冒险。

两相比较，他还是更喜欢后者的人生。

大约等了五分钟，豁口处出现了一个黑影——郑好回来了，怀里还抱着一条土黄色的小狗。

- 159 -

韩澈急忙上前从她手里接过小狗。

这狗跟郑大钱长得很像,都是中华田园犬,黄毛,体型中等,自带一股憨傻的气质。

"走走走,快走!"郑好推着韩澈的背,催他上车。

韩澈见她慌慌张张的样子,心头又冒出不好的预感:"这狗该不会是你偷的吧?"

郑好斜他一眼:"什么叫偷?这是我朋友,跟你一样。我带它出来玩玩不行啊?"

她把小狗放在踏板上,用双腿护住,等韩澈坐稳就迅速拧动把手,电瓶车伴着夜风重新上路。

直到工地在身后越来越远,郑好才开口解释:"有次我遛狗遛到这里,郑大钱一直朝里面叫,我才注意到保安亭外面拴了条小狗。跟保安大爷聊了会儿天,原来他跟麻雀街老杨废品站的杨婆婆是亲戚,杨婆婆家的狗生了一窝小狗崽,他就要了一条,给工地看大门。"

韩澈隐约猜到了事情的后续:"郑大钱该不会也是老杨家的吧?"

"对喽,它俩还是同一窝呢,所以它闻着味儿就认出来了。你说血缘关系神奇吧?"郑好说得正兴奋,想起初见小狗的情景,语气又变得失落,"这条狗一直被拴在保安亭外,哪儿都去不了,也没人遛它,每天的活动空间就只有以狗绳为半径的圆圈里,实在太可怜了。"

难怪,韩澈回想起这条狗的样子,虽然跟郑大钱很像,但体型瘦了一圈,毛发也脏乱打结,眼神看起来呆呆的,甚至可以用"忧郁"来形容。

"那你也不能直接……"怕"偷"这个字眼惹她生气,韩澈换了个说法,"你带它出来玩,跟保安大爷打招呼了吗?"

"之前跟他说好了,可我每次来都是大半夜,人家都睡了,我也不能把他从床上薅起来啊。"郑好振振有词,转过头来鼓励他,"怕什么?咱们这是在做好事啊。"

韩澈的心渐渐定下来。

她说得对,做好事不需要瞻前顾后。

电瓶车回到灯火通明的沿江大道上,郑好把车停在一片共享单车的停车区,牵着狗绳下车,没走几步,忽然又倒回来,绕着那排单车巡视了一圈。

"你,过来。"她伸手指挥韩澈,"把这辆车抬走。"

韩澈一脸疑惑,站着没动。

干吗?深更半夜做器械训练吗?

郑好催促道:"愣着干吗?搬啊。"

顺着她手指的方向,韩澈这才注意到有辆车的前轮上拴了条锁链。

哦,他懂了,有人把共享单车据为己有,她看不过去,要把它搬到别的地方。

可是……这人够鸡贼的,一把锁圈住了两辆车。

郑好也发现了这一点。她蹲在地上，拿着锁链捣鼓了半天，有些犯难。

"可惜这次出来得匆忙，没带502。"她向韩澈传授经验，"以前我都会随身带一支502胶水，碰到车上锁了，就往锁眼里灌胶水。我骑不骑无所谓，就是不能让这种人骑。"

韩澈嘀咕道："这种损人不利己的行为……"

郑好蓦地打断他："谁说不利己了？我自己爽了，就是利己。"

她站起身，单手提起一辆车掂了掂重量，问韩澈："你能同时扛两辆吗？"

韩澈腹诽：你别太过分了。

"算了，咱俩一起吧。"郑好把两辆车一起拖出来，站在车的左侧，示意韩澈站到右侧。

两人一起蹲下身，抓住自行车的车架，随着"一、二、三"的号令，同时站起身，将自行车扛在肩头。

小狗摇晃着尾巴，寸步不离地跟在后面。

韩澈呼了口气。

重倒是不重，就是……他看着地上两道怪异的影子，觉得自己现在的模样肯定蠢透了。

怎么会有人大半夜不睡觉，跑到大街上扛自行车的？还是并肩扛着两辆"连体"车，想想都觉得荒唐！

幸好街上没其他人。

他只能这么安慰自己。

走了两百多米，韩澈的身心承受能力都到了极限，他开始跟江城百年前的码头工人共情了。

"咱们到底要扛去哪儿啊？"

"至少得搬到一公里开外吧。"

"啊？"韩澈彻底干不动了，直接蹲下身，放下自行车。

他一蹲，郑好也只能跟着蹲。

两人跟街头醉鬼似的，坐在地上大口喘着粗气。

韩澈没好气地说："我说，你干好事就不能想个好点的办法？"

"那你说咋办？"

"比如向单车公司举报啊。"

"我试过了，用处不大。"郑好无力地摆摆手，"说起来，我以前还会随身带个剪锁钳，是找修车的马爹爹借的，剪锁钳可厉害了，碰到这种锁链，'咔嚓'一下就搞定。可惜有次被巡逻的民警给拦住了，剪锁钳也被没收了，回去还挨了马爹爹好一顿骂。"

郑好长叹一口气。

这年头，做好事也不容易啊，动不动就被怀疑是居心叵测。

韩澈环顾四周，幸好这附近没有巡警，不然他俩肯定会被当作可疑分子一顿盘问。

前面有个街头公厕,韩澈站起身,拍拍屁股上的灰,提议道:"咱们把车藏在厕所后面怎么样?"

"哎,机智啊!"郑好眼睛一亮。

说干就干,两人重新扛起车,气喘吁吁地走到公厕后面。这里和江堤之间隔了道一米宽的间隙,正好能塞进两辆车,也不容易被人发现。

终于把这两个包袱安顿好,郑好掏出手机扫了个码,提交了故障报修。

也不知有没有用,总之,她尽力了。

两人牵着小狗沿着江堤溜达了很久,又走到马路对面,沿反方向往回走。

小狗仰着脑袋,摇晃着尾巴,很惬意的样子。

"这狗有名字吗?"韩澈忽然开口。

郑好嫌弃地撇撇嘴:"保安大爷叫它'狗蛋儿',我嫌难听,想叫它'郑小钱',可是它不认。"

韩澈笑了笑,说:"毕竟不是你的狗。其实狗蛋儿也行,英文名就叫Golden。"

前方突然传来一阵争吵声,打断了两人的闲聊。

旁边就是酒吧,酒吧不远处停了一辆白色小车,车门旁,一个女人和两个男人撕扯在一起。女人身子不稳,脚步晃荡,像是喝醉了。两个男人你推我搡,似乎想把她塞进车里。

两人一狗都停住了脚步。

郑好身体不自觉偏向韩澈,声音压得很低:"你觉得他们三个认识吗?"

韩澈冷静分析:"凭我对男人的了解,应该不认识。"

郑好点点头:"凭我对女人的了解,一个女人应该不会跟两个男人一起去酒吧。"

她转头看向韩澈,挑挑眉,眼神跃跃欲试:"怎么样?管不管?"

韩澈揉了揉太阳穴,略感头疼,心说:你这一晚上可真够忙的,蝙蝠侠都没你敬业。

眼看那个醉酒女人就要被推进车里了,郑好急得直跺脚,拽着狗绳就要往前冲,却被韩澈一把拉住了胳膊。

韩澈冷静地说:"你要管也行,但能不能动点脑子?对方是两个男人,还有车。"

"怕什么?"郑好挺起胸膛,毫无惧色,"咱们有狗呢。"

韩澈看着躲在她两腿之间瑟瑟发抖的狗蛋儿,一时无语。

"你看它像是有战斗力的样子?"

"有牙就行!哎呀,不说了,赶紧的。"郑好没工夫跟他商量对策,转身撒腿就跑。

眼看车门就要合上了,郑好气势汹汹地冲上去,大吼一声:"喂!"

她一手掰住车门，一手攥住醉酒女人的胳膊往外扯，高声嚷嚷道："你们要把我姐带哪儿去？来人啊！救命啊！这里有人拐卖妇女！"

虽然周围没有别人，但这一嗓子威力不小，把停在路边的电瓶车都震响了。一时间，警报声此起彼伏，在空旷的街上格外响亮，车里两个男人都傻了。

就在他们愣神间，女人的半个身子已经被郑好拽出了车门。

这时，从驾驶座上下来一个穿着皮夹克的男人。他快步绕过车头，指着郑好吼道："喂，你干吗的？我来接朋友，干什么事啊？快给老子滚！"

见郑好不为所动，那人伸手就要去抓她的肩。恰在此时，狗蛋儿从背后突袭，一口咬住他的腿。

"啊——"

他一边破口大骂一边拼命蹬腿，狗蛋儿却像是黏在了他的腿上，怎么甩都甩不脱。

这边，一人一狗僵持不下，那边，坐在后座的男人也拽着女人的胳膊用力往回拉。郑好一脚蹬在车身上，咬牙死撑着。

两边都陷入了僵局。

身后突然传来一道高亢洪亮的男声："喂？郑叔叔吗？我们已经找到她了，你赶紧派出所过来吧……警察也要过来？行行行，我们就在沿江大道上……"

郑好回头，看见韩澈正举着手机，像煞有介事地打着电话。

两人默契地交换了个眼神。

"……酒吧名字叫'天黑之后'，外面停了一辆白色雪佛兰，车牌号是江AQ32M8，这儿有两个男的，一个穿黑色皮衣……"

车里的男人听到这话，不自觉就泄了劲。郑好猛地加大力道，将女人整个身子拖出车厢，两人齐齐摔倒在地上。

这边，狗蛋儿也终于松了口。

皮夹克男怒火正盛，抬起腿就向狗蛋儿的脑袋踹过去，被它闪身一晃给躲开了。

他又抬起另一条腿，正要猛蹬出去，郑好飞快地爬起身，一把抱住他的腿，起身往上一抬，男人一个趔趄摔倒在地。

"敢踹我兄弟，我断你子孙！"郑好怒气腾腾地冲上去，一脚踢在他小腹上。

往下两寸就是他的特殊部位，她这一脚多少带了点威胁意味。

"算了算了，警察马上就过来了。"韩澈假装去拉郑好，手上还举着手机，正对着地上的男人拍视频，"留下证据要紧，别让他们跑了。"

皮夹克男顿时慌了神，手忙脚乱地爬了起来，跑到驾驶座旁，还恶狠狠地指着郑好骂得极其难听。

郑好攥着拳头，作势要冲上去。

皮夹克男飞快地上了车，"嘭"的一声关上车门。一阵怒气冲冲的轰鸣声后，车子一溜烟地消失在了夜色中。

- 163 -

周围又恢复了寂静，郑好的心"怦怦"直跳，几乎要蹦出胸腔。

一场恶战结束，他们不仅大获全胜，还毫发无损，成功救下落难女子。这光荣战绩，足够她添油加醋吹嘘一辈子了。

郑好转过身，冲韩澈高高地举起手。她咧着嘴，眼睛亮晶晶的，闪烁着兴奋的光。

韩澈无奈地笑了，只好举起手，配合着她幼稚的小仪式。

"啪！"

手掌相触，声音清脆，为这个跌宕起伏的夜晚按下了记忆的快门。

为了防止那辆车去而复返，两人合力抬起醉酒的女人，回到了最初停电瓶车的地方。

可是，无论他们怎么拍打或摇晃这个女人，都没能唤醒她的意识。

"现在怎么办？"郑好嗓子都喊哑了，蹲在地上，发愁地挠挠狗头。

韩澈思忖片刻，提议道："去开房吧。"

"噫……"郑好用复杂的眼神打量着他，语气嫌弃，"你们男的怎么见个美女就想开房啊？"

韩澈简直无语："我是说给她单独开一间！你想什么呢？"

郑好酸溜溜地说："你对人家也太好了吧。"

"……不是你要救她的？"

郑好盯着韩澈，一本正经地说："我虽然喜欢行侠仗义，但也是有原则的。"她竖起一根手指，"每次做好事，尽量不花钱，实在要花，不能超过一百块。"

韩澈无奈，心说：你的善良还挺抠的。

"我出钱，行了吧？"韩澈掏出手机。

"别啊，开房得用身份证，我没带。"郑好低头去看地上的女人，见她穿得清凉，身上也没有包，目测应该没带身份证。

韩澈正在浏览附近的酒店，头也不抬地说："没事，现在可以用电子身份证。"

"哟，你还挺懂。"郑好撇撇嘴。

韩澈抬起头，面无表情地看着她："因为我经常出差。"

郑好还是不同意："万一明天她醒了找前台打听我们的身份信息怎么办？你知道的，我做好事从不留名。"

韩澈只好把手机又塞回兜里，吐槽："我看你就是抠。"

郑好挠挠狗头："那现在怎么办？"

得，又绕回来了。

商量到最后，两人决定先去吃夜宵。

重新上路，电瓶车上略显拥挤——狗蛋儿蹲在踏板上，郑好负责开车，醉酒女人卡在郑好和韩澈中间，韩澈负责扶着女人的肩不让她掉下去。

电瓶车负重前行,晃晃悠悠地行驶在人行道上。

夜深露重,风里夹杂着几分春夜的寒意。

韩澈仰头望着头顶的路灯一盏接一盏地划过,灯光在他的脸上忽明忽灭。

他觉得今晚每件事情的走向都出乎意料。

就比如,当郑好提出去吃夜宵时,他本来是要拒绝的,肚子却不争气地"咕"了一声。

他居然感觉到饿了!

这放在普通人身上是最平常的事,可发生在他身上,堪比卧床多年的植物人突然动了动手指。

为了庆祝身体释放出来的这个积极的信号,他欣然同意她的提议。

电瓶车拐进一片老社区,在寂静的街巷间溜达着,弯弯绕绕走了好久,最后停在一家烧烤摊前。

旁边有棵高大的杨树,树上挂着一盏大灯,树底下摆放着几张折叠桌,大多都空着,只有一桌围坐了几个年轻人,已经喝得七歪八倒了。

郑好在树下挑了张桌子坐下,又搬来几张塑料凳拼成一个简易的小床,与韩澈合力把女人抬了上去。

韩澈环视四周,有天,有地,有树,有灯光,还有烧烤的烟火气,感觉挺好。

郑好点了十几样菜,还不忘给狗蛋儿点了一只烤鸡,特意叮嘱老板不要放任何作料。末了,她又看了一眼菜单,加了一瓶一升装的精酿啤酒。

今晚心情不错,适合小酌。

"已经两点了。"韩澈微微蹙眉,提醒她,"再过几个小时天就亮了。"

郑好满不在乎:"吃油条还得就着豆浆呢,吃夜宵不得就着啤酒?"

"你明天还上班吗?"

"上啊,吃完直接去。"见他神色担忧,郑好安慰他,"没事啦,我酒量好得很。区区一升啤酒而已,当饮料喝的好嘛。"

她给自己倒了一杯,正要给韩澈倒时,被他伸手挡住了杯口。

"我喝饮料就行。"

郑好挑挑眉,揶揄道:"要不要给你点杯牛奶啊,小弟弟?"

韩澈一怔,哑然失笑。半个月前,她还在殷勤地喊他"韩老板",现在已经降格成弟弟了?真是三十年河东,三十年河西。

郑好端起酒杯独饮起来。她不是那种喜欢劝酒的人,他不喝更好,就没人跟她抢了。

烤串一盘盘端上来,很快便摆满了桌面。桌子底下,狗蛋儿正欢天喜地地撕咬着它的专属烤鸡。

韩澈拿起一串烤得油滋滋的羊肉串,一把撸进嘴里,慢慢咀嚼,细细品味。

好像有点儿感觉,麻麻的,辣辣的,在舌根灼烧,刺激着味蕾……

- 165 -

不确定，再来一串。

不知不觉吃了十几串，竹签堆成了小山丘。他转头一看，郑好正举着酒杯痴痴地笑，眼底已经有了几分醉意。

韩澈提起啤酒瓶掂了掂，还没喝到一半呢，这也叫酒量好？

望着她酡红的脸颊，他忍不住翘起唇角。

"哎，跟你说个秘密。"

听说喝醉的人没有记忆，他可以放心把她当一个树洞。

郑好"嗯"了一声，懒洋洋地拖着调子："说呗……"

韩澈上身前倾，慢慢靠近她，沉默良久才低声开口："有时候，我觉得我是一个废物。"

这是他今晚躺在床上睡不着时，想得最多的一句话。

这句话就像一句魔咒，不停地在黑暗中循环播放，占据他的大脑，擒住他的神经。

郑好放下酒杯，双手托腮，直勾勾地望着他，眼神有些失焦。

她打了个酒嗝，慢悠悠地开口："要是平时，我肯定会说，瞧把你能的，好像谁不是个废物似的。"她"呵呵"笑着，大手一挥，"要我说，这世界就是个大型垃圾场，所有人都是废物。我们活着的任务就是将一日三餐变成粪便，直到自己也变成化肥。"

韩澈不禁莞尔。这确实是她的风格，语不惊人死不休。

"因为我喜欢用幽默来安慰人，我知道什么是开玩笑，什么是真心话。"郑好垂下视线，摇了摇头，"可是我现在说不出口。"

"为什么？"

"因为……我心里有些难过。"

韩澈收敛了笑意，静静凝视着她。

郑好又给自己倒了一杯酒，一饮而尽，叹气道："我知道，你身边都是很优秀的人，所以你对自己的评价标准定得很高。可是，按照我的标准，这世上没有人是真正的废物，那些看起来很普通的人，我觉得他们都很厉害。

"比如我家楼下的胡爹爹，热干面大赛十强选手，其他得奖的都是什么老字号传承人，只有他是白手起家的，这不厉害吗？

"比如童梦，一边开店一边打鼓，基本上赚不到几个钱，可她依旧坚持了这么多年，她不厉害吗？

"还有谷小雨。你也看到了，她有侏儒症，就算考上了大学也很难找到一份正式工作，可是她靠摆摊也能养活自己，每个月还给家里寄钱，她不厉害吗？

"我可以开玩笑说自己是废物，可是我不能这么说他们。因为我知道他们有多辛苦，光是活着就已经很不容易了……"

郑好眼里泛起了泪光，声音也哽咽了。

韩澈心里一阵揪疼，扯了几张纸巾，轻轻擦掉了她眼底的泪。

"对不起啊，我……"

郑好抬手打断他，吸了吸鼻子，继续说："我不是在可怜他们。每个人的处境都不同，有人出生在山顶，一辈子顺风顺水风风光光；有人不幸生在了谷底，也能靠自己一路爬上去；还有的人不喜欢赶路，只喜欢四处溜达看风景。人生又不是爬山比赛，何必着急赶路呢？"

韩澈伸出手，揉了揉她的脑袋，笑着说："没想到你还是个大哲学家。"

郑好把下巴搁在桌子上，眼神迷离地看着剩下的肉串，声音含混："还有你啊……"

韩澈向前倾身，脑袋凑过去："我怎么了？"

"你啊……"郑好抬起下巴，慢慢贴近他的耳朵，轻吐着热气，"你已经很厉害了。所以，要是有人说你是废物，他一定是想PUA你……你就当他在放屁，知道吗？"

韩澈转过头，与她的视线交汇。

"要是……我自己也这么觉得呢？"

郑好瞪着他，猛地一拍桌子，气冲冲地喊道："你放屁！"

突如其来的动静把狗蛋儿吓了一跳，它叼起鸡架子飞速逃窜，不小心撞倒了地上的一排酒瓶，发出一阵噼里啪啦的清脆响声。塑料凳上，那个醉酒的女人翻了个身，滚到了地上，发出一声闷响。

"哐……"女人吃痛地揉着自己的肩，皱着眉睁开眼。

韩澈正要去扶她，又听见"嘭"的一声——郑好一头栽倒在桌上。

那个女人摇摇晃晃地站起身，揉着脑袋，一脸茫然地张望着："这是……哪儿啊？"

郑好趴在桌上，抬起一只手臂晃了晃，像是在召唤某人："记得……去……还……狗……"她迷迷糊糊地说完，手臂倏地落下，像是交代完任务，终于可以安心闭眼了。

韩澈站在两个女人中间，望着兵荒马乱的现场，已经无力吐槽。

得，刚醒一个，又倒一个。

简直没完没了。

韩澈觉得他就像每部超级英雄大片里都会出现的倒霉警察一样，英雄负责战斗，他负责善后。

收拾烂摊子的工作，主要分成四步完成：

第一步，学会骑电瓶车。

虽然之前郑好教过他，但他毕竟经验不足，待会儿还要载人载狗，心里还挺发怵。

在来来回回练习了五六遍，终于不再把油门和刹车弄混后，三人一狗踏上了回家的征程。

第二步，送醉酒女人回家。

女人从凳子上摔下来后，虽然意识还混沌着，但能听懂人话了。在喝完一罐冰可乐后，她总算记起自家的地址。韩澈用手机导航，小心翼翼地行驶了十分钟，终于成功把她送到某栋公寓楼下。

打开楼下的大门时，她忽然停住脚步，转身问道："对了，还不知道你叫什么？"

韩澈略一思忖，回答："郑好，好人的好。"

女人笑了笑，冲他扬扬手："谢谢你了，好人。"

第三步，送狗蛋儿回家。

醉酒女人送走了，车上的负重顿时减轻了不少，但又带来新的问题——刚刚是那个女人扶着郑好，郑好才能稳稳坐在车上，可现在……

看着瘫在车座上睡得东倒西歪的郑好，韩澈思忖再三，决定把她挪到前座，他自己坐后面骑车。

虽然他手长脚长，刚好能够到车头，但……

韩澈垂眸，望着窝在他怀里的郑好，不由得脸红心跳，呼吸也有些不畅。

这个姿势，未免太暧昧。

不管了，反正她现在没有意识，只要他不说，谁都不知道。

韩澈费了好一番劲儿才找到那片工地，又绕着工地转了一大圈才找到那个三角形豁口。

可是他跟郑好的体型差得有点多，他刚把半边肩膀塞进去，就被豁口死死卡住了。

折腾几次都无果，没办法，他只好把狗蛋儿单独放了进去。

反正里面就是它的地盘，回自己的狗窝应该不难。

韩澈正把翘起的铁皮往下压，试图恢复原样，忽然从里面伸出一只温热的舌头在他的手背上舔了舔。

小狗的感情永远不加掩饰，热乎乎地暖着你的心。

韩澈笑了，手探进去，揉了揉狗蛋儿的脑袋。

第四步是最麻烦的。

韩澈看着趴在车头上的郑好，无奈又头疼。

现在是凌晨三点半，离天亮还早。是去她家，还是回他家？

郑好是在头痛和口干中醒来的。

她睁开惺忪的睡眼，天花板上的吊灯有些陌生，恍惚地转过头，窗帘的缝隙间透出一缕光，将灰色的墙壁映出几何图案。

一个陌生的房间，一张柔软得几乎能陷进去的大床，一床软乎乎轻飘飘的被子，还有空气中的清冷香气……

郑好慢慢支起上身，回忆着昨晚发生的一切。

她逐一排除了穿书、重生、灵魂交换、失忆等诸多不靠谱选项,最后得出结论——

韩澈带她开房了?

这个臭不要脸的……

等等,他人呢?

偌大的床上只有她一个人。她掀开被子,发现自己衣服虽然凌乱,但都好好地穿在身上,内衣内裤都在,两个腰子也在,浑身上下除了脑仁疼,其他的都完好无损。

郑好稍稍放心下来,爬下床,打开房门,沿着过道走到客厅。

她认出来了,这是韩澈家。

韩澈正裹着毯子窝在沙发里,听到动静,困得眼睛都睁不开,含混不清地嘟囔道:"你醒了?"

"啊?是啊……"郑好莫名有些紧张,干巴巴地笑了几声,"那啥……你把我扛回来的啊?"

韩澈低低地"嗯"了一声,从沙发上坐起,一脸幽怨地看着她。

"你这酒量,"他"啧啧"摇头,"不咋的啊。"

郑好尴尬地挠头。

昨晚忘了向老板打听精酿的度数,以为啤酒都差不多,大概是果香味掩盖了酒精味,喝的时候也没觉得上头,没想到威力那么大,眼一闭就彻底断片了。

"那个……现在几点了啊?"

韩澈瞥了一眼墙上的挂钟:"刚到九点。"

把她背到家时已经是凌晨四点,韩澈在主卧和沙发之间斟酌了片刻,然后很绅士地把大床让给了她。

好在这家伙虽然酒量不好,但酒品还行,一整夜没折腾,也不乱吐,睡得死沉死沉的。

"还好还好。"郑好悬着的心落地了,"我十点上班,还来得及。"

韩澈起身伸了个懒腰,慢悠悠地走到郑好面前,睨着她,眉头微挑:"不去洗洗?都馊了。"

郑好往后退了一步,本想说"我回家再洗",但仔细一闻,身上的味道确实有些复杂——头发上有浓浓的烧烤味,混杂着汗液发酵后的酸味,呼吸间还有酒精味……

他应该闻不到吧?

郑好偷偷瞄一眼韩澈,又往后退了一小步:"行吧。"

主卧的洗手间里,郑好回忆着在网上学过的小知识,先检查镜子,再查看水龙头、花洒、置物架,最后在瓷砖墙上东看看西瞧瞧,不放过每个可疑的小孔。

一切正常。

郑好自嘲地笑笑，觉得自己的顾虑实在多余。韩澈要是真的想干什么，昨晚就会动手了。夜深人静，孤男寡女共处一室，她又睡得那么死，万一他把持不住……

呸呸呸，她在想什么呢？

郑好使劲晃了晃脑袋，把某些不可描述的黄色物料赶出脑海。

"哗哗"水声从浴室里传出，隐隐约约的，像羽毛在耳边轻挠，一股酥酥麻麻的感觉迅速爬满全身，韩澈莫名脸红耳热，明明什么都没看到，可某些画面总是不可抑制地浮现在脑海里。

其实昨晚把郑好抱到床上后，他俯身看着她的睡颜，有那么一个瞬间，他突然很想吻下去。

浴室的水声倏地停了，韩澈急忙收起思绪，钻进了厨房，在冰箱里翻找，假装在忙碌着。

吹风机"嗡嗡"作响，郑好把头发吹到半干，收拾好浴室的东西，走了出来，身上还散发着湿热的气息。

韩澈把切好的欧包放进烤箱，又用酸奶泡了两碗燕麦。

"你要抹什么酱？牛油果还是开心果？"

郑好瞥了一眼墙上的钟："我快来不及了，你自己吃吧。"

她抓起手机塞进包里，急匆匆走到玄关开始换鞋。

"叮——"

欧包烤好了。

"你等等！"韩澈手忙脚乱地用烘焙纸把烤得香喷喷的欧包包好，冲到玄关递给郑好，"记得吃早饭。"

"谢谢啦。"郑好接过面包，推门而出，"我先走了。"

韩澈蓦地想到什么，急忙追了出去，提醒她："我把电瓶车停在了南门。"

"行。"郑好笑了笑。

她走进电梯，冲他摆摆手："你待会儿再补个觉。"

电梯门慢慢合上，韩澈的脸一点点消失，等到眼前只剩下冰冷的门板，郑好才敢肆无忌惮地回忆他的模样。

他昨晚肯定没睡好，眼底的乌青又重了，脸色也有些憔悴，下巴上还冒出了短短的胡茬。

恍惚中，郑好有种错觉，仿佛她是个日理万机的冷酷女霸总，而韩澈是个洗手做羹汤的温柔小娇夫。

呸呸呸！她拍拍脑袋，把自己打醒。

她成天都在想什么？

第七章
/ 今天，就是驴子的复仇日 /

一路紧赶慢赶，郑好还是迟到了十分钟，第一拨客人已经在大厅等候了。她匆匆忙忙跑去更衣室，正好撞上白衣白裙的柳儿姐从里面"飘"了出来。

"哟呵。"柳儿姐打量着她，脸上浮起一丝玩味的笑，"昨晚干吗去了？"

郑好头皮一麻。

她怎么知道？在自己身上装监控了？

不管了，郑好决定死不承认："没干吗啊，就是睡过头了。"

柳儿姐杏目圆睁："别装，你衣服都没换。说！是不是在哪个野男人家留宿了？"

郑好瞠目结舌。

这推理也太武断了吧！虽然结论是对的，但论据完全站不住脚。

于是她一口咬定："当然不是！同一件衣服穿两天怎么了？我其他衣服都洗了没干。"

柳儿姐见招拆招："最近又没下雨。"

耳机里传来老板的催促声，柳儿姐终于肯放过她，轻笑一声："行了，赶紧去换衣服吧。睡个男人而已，又不是什么大事。"

没时间化妆了，郑好着急忙慌地换了一身丧尸服，找了个头套戴上，然后左肩扛着一把斧头，右手提着一个血淋淋的"人头"，杀气腾腾地进场了。

这拨客人是几对年轻情侣，刚进来不久就被几个打头阵的小鬼吓得尖叫连连、作鸟兽散。

等郑好赶到现场时，只剩下一对男女在昏黑的甬道里摸索着墙壁，颤颤巍巍地往前走着。

郑好屏住呼吸，蹑手蹑脚地跟在两人后面。

甬道尽头有一盏壁灯，散发着幽暗的光，灯下是一面黄铜镜子。

男人走在前面，无意中看了眼镜子，蓦然发现身后竟多了一个人！不，这东西满脸脓包，简直人不人鬼不鬼！

他顿时吓得魂飞魄散，"啊啊啊"地惨叫着，飞快地转身，把身后的女友猛地一推，自己则朝反方向拔腿就跑，很快就消失得没影儿了。

郑好和那个无辜的女友倒在地上，一个骂骂咧咧，一个哀号惨叫。

"什么人哪!"郑好骂道,吃痛地揉了揉自己的胸口。

小女友受了惊吓,还在捂着耳朵声嘶力竭地尖叫,震得郑好耳膜都要裂了。

"哎哎哎。"郑好拍拍姑娘的肩膀,摘下头套,"别叫了,我是人。"

尖叫声戛然而止。

这姑娘呆愣地看着她,半响才长长地呼出一口气,声音带着哭腔:"妈呀,吓死我了……"

郑好"啧啧"摇头,嫌弃道:"这男人不行啊,赶紧分了吧。"

姑娘惊魂未定地捂着胸口,瞪大眼睛盯着郑好,愣了半响才讷讷地说:"谢谢啊。"

郑好笑笑,拉她起身:"没事儿,刚刚吓到你了,对不住啊。"

姑娘张了张嘴,还想说些什么,甬道尽头突然出现了那个男人的身影。他大步走过来,冲这姑娘大喊:"怎么还不走?快点啊!"

目送这两人相携而去,郑好幽幽地吐出两个字:"天哪……"

回到更衣室,郑好瘫在沙发里,仰头盯着天花板,双目涣散,神情呆滞。

"怎么了?"柳儿姐坐到她旁边。

郑好转头望着她,一字一顿道:"我撞鬼了。"

"啊?"柳儿姐觉得好笑。这满屋子的牛鬼蛇神,不都是"鬼"吗?见到同行而已,有什么好大惊小怪的?

郑好咬牙切齿地说:"我那死去多年的前男友,居然诈尸了。"

终于熬到下班,郑好扛着"大瓜"火急火燎地赶回家,就等着跟两姐妹开吃。

结果一进门,不等她开口,窝在沙发里看综艺的童梦就抢先问道:"昨晚干吗去了?"

昨晚童梦都要睡了,郑好突然来借车钥匙。

"你要去干吗?"

郑好装模作样地说:"出门遛狗。"

童梦"嗤"了一声,压根不信:"深更半夜的去遛狗?遛吸血鬼还差不多。"

这时,谷小雨抱着薯片走过来,凑到郑好的脑袋边嗅了嗅,语气笃定:"洗发水的味道变了,你昨晚在哪儿睡的?"

郑好目瞪口呆。

你是狗鼻子啊?这都一整天了还能闻得出来?

要不怎么说吃瓜的女人都是福尔摩斯呢。

"先不说这事了。"郑好换好鞋,在沙发上坐下,神秘兮兮地说,"你们猜我今天看到谁了?"

她刻意停顿几秒,瞪大眼睛,语气夸张:"我前男友!和他的现女友!"

谷小雨"咔嚓咔嚓"嚼着薯片,想了想,问道:"就是你那个癌症晚期的前男友？"

童梦疑惑道："我怎么记得是车祸去世的？"

"是不是先得了癌症再出了车祸？"

"不对，是先出了车祸后检查出来癌症。"

"她到底有几个前男友啊？"

眼看两人的讨论越来越偏离重点，郑好清清嗓子，抬手制止道："Stop！他死没死不重要，反正他在我的心中坟头草已经两米高了，万万没想到啊……"

"等等！"童梦蓦地打断她，"我想先知道你昨晚干吗去了。"

谷小雨小鸡啄米似的点头。

郑好难以置信："瓜都摆桌上了你们都不吃？"

两人对视一眼，异口同声道："我们想先吃甜的那个。"

无奈之下，郑好只得把昨晚的事从头到尾交代了一遍。

当然，某些暧昧的、悸动的、只适合自己珍藏的小细节，被她含糊其辞地带过去了。

听完后，两个人安静了好半天。

谷小雨回味地咂咂嘴："还行吧，三分甜。"

童梦摇摇头，略显失望："瓜还没熟，得再养一阵子。"

郑好面无表情道："现在，能听我讲渣男前任的故事了吗？"

郑好的这位坟头草前男友是在大四谈的。

那会儿学校流行黄昏恋，大家都想赶在毕业前谈一场恋爱，不管结果如何，好歹不留遗憾。

看着班上如雨后春笋般冒出了好几对情侣，郑好也有些动心了，于是就在自己的诸多追求者中选了一位身高长相还算符合胃口的男生，开始了她的初恋。

说是恋爱，其实就是多了个饭搭子。两人平时一起去食堂吃饭，周末出去逛街然后吃饭，偶尔他给她送一杯奶茶，她给他点一顿麻辣烫，互相表示关心，仅此而已。

回想起来，这段恋爱谈得实在寡淡无味。

于是，在毕业前夕，两人无痛分手。

无爱一身轻，郑好如释重负地长舒一口气，转头就跟室友装可怜，以失恋为由，骗她们请客吃烧烤。

烧烤摊上，她借着酒劲儿演得声泪俱下，还劝诫室友还是单身幸福。

隔壁桌上几个男生正聊得热火朝天，郑好从旁边经过时，无意中发现有个瘦瘦高高的男生有点眼熟，好像跟前男友是同一个篮球队的。

吃完烧烤，郑好和室友们走在回去的路上，突然有人从背后喊住郑好。

回头一看，竟是那位瘦高个男生。

室友怪叫几声，冲郑好挑挑眉，笑得意味深长。

把室友打发走后，郑好问男生："有什么事吗？"

男生略显紧张，磕磕绊绊地说："那个……我是谢文彬的队友，你是他的，呃……女朋友吧？我见过你几次。"

郑好纠正道："是前女友。"

"哦，你们已经分了啊？"男生长舒一口气，肩膀松了下来，"我还以为他劈腿了呢。"

"啊？"郑好脑子一时转不过弯。

"最近看他跟另一个女生走得挺近的，我就以为……"

郑好蓦地打断他："什么时候的事？"

"就是……"男生回忆道，"上周六吧，那女生还来更衣室给他送了一双AJ，把我们都羡慕死了。"

上周六？那会儿他们还没分呢！

对了，郑好想起来了，那天是前男友的生日，她白天有事，为了弥补，晚上特意去他宿舍楼下，给他送了个小蛋糕。

呵，难怪前女友错过了他的生日他也不生气，估计他当时还沉浸在收到AJ的巨大喜悦之中吧！

分手事小，劈腿事大，郑好的怒火瞬间就起来了。

没想到，男生接下来说的话更让她震惊无语。

"后来，我们篮球队聚餐，他跟我们炫耀，说那个送AJ的女生是一个大三学妹，江城本地人，父母都是好单位的，家里有三套房。学妹追了他好久，他没答应，也没拒绝，一直当个备胎养着。"

郑好翻了个白眼，正要开骂，忽然想到他既然能把学妹的家底摸得这么清楚，那肯定……

"那我呢？他是不是也调查过我？"

男生神色有些尴尬，犹犹豫豫地说："他说，有次周末你回家，他悄悄跟在后面，看到你住在……呃……那种老社区，还是自建房，周围环境挺破的，像城中村……他觉得你家条件不好，就想跟你分手。"

郑好冷冷地问："那他怎么不分？"

"后来，他跟家里人说到这事，他妈妈骂他傻，说那种老社区以后肯定会拆迁，你家有三层楼，至少能分到三套房呢。那个学妹家里虽然已经有了三套房，但都是她父母的，就算结了婚，也落不到他头上……所以他权衡利弊，决定继续跟你交往，趁着拆迁之前跟你结婚，这样的话，拆迁分的房他也有份。"

郑好听得目瞪口呆，三观被震得稀碎。

她也忽然想明白了，为什么前男友会在这时候提分手。

因为最近政府出了个公告，宣布要对一批老旧小区进行改造，其中就包括麻雀街。通常情况下，进行旧改的小区短期内不会开展棚改，也就是说，麻雀街拆迁无望。

盼了十几年，靴子终于落地，却是这么个结果。公告一出，整条街上哀声一片。

郑好的父母倒看得挺开，索性把自家房子从内到外重新装修了一遍，以后不管是自住还是出租，都能住得更舒适一些。

跟左邻右舍的萎靡状态不同，郑好看着焕然一新的房间还挺高兴。她在这条街上住了二十几年，很喜欢这种邻里关系和市井气息。要让她搬走，一时还真舍不得。

令她没想到的是，前男友居然因此跟她提了分手，转而投向了学妹的怀抱。

男生说完这些话，同情地看着郑好，解释道："刚刚在烧烤摊上，我见你还挺伤心的，不忍心看你一直被蒙在鼓里，所以才跟你说这些话……你可千万别跟他说是我说的！"

郑好叹了口气："放心吧。"

冷静下来后，她放弃了手撕渣男的想法。

一方面，她对前男友其实没什么感情，比起伤心，更多的是气愤和心寒。另一方面，跟这种人分手，她也算是躲过了一劫。

童梦和谷小雨听完，都是一脸的惊讶不语，半天没说话。

谷小雨震惊的点在于，男人算计起来，可比女人狠心多了。

男人若是落难了，女人还会顾念旧情拉他一把，而女人一旦没有了利用价值，就会被男人毫不犹豫地一脚踢开。

童梦震惊的点在于，这件事居然没有后续？

像郑好这么疾恶如仇、有仇必报的人，竟然没有把渣男大卸八块，这简直不符合她的人设！

"其实，我之前有想去找那个学妹说清楚，毕竟她是无辜的。"郑好冷哼一声，"谁知道，她一点儿都不无辜！"

后来，郑好按捺不住好奇心，顺着渣男的微博找到了学妹的账号，翻遍了所有内容，才知道原来学妹早就知道渣男有女朋友，还得意扬扬地发合影秀恩爱，炫耀自己上位成功。

"啧啧，真是……"童梦把到嘴的脏话咽了回去，换了个文雅的词，"真是世风日下啊。"

"哎，等等。"谷小雨忽然想到什么，一把抓住郑好，眼睛瞪得老大，"你说你今天碰到前男友和他的现女友，该不会就是这个学妹吧？"

郑好表情沉痛地点点头。

"噫，狗男女还没分呢？"谷小雨一脸难受的表情。

童梦没好气地说："没分才好啊，免得流入市场祸害我们这些老实人。"

谷小雨："那他们认出你了吗？"

郑好回想了一下，不太确定："我估计没有。当时光线很暗，那女生都吓傻了，光顾着尖叫。其实我开始也没认出她，是看到渣男来了才反应过来。"

"那渣男呢？也没认出你？"

"他看都没看我一眼，直接把他女朋友拽走了。"郑好朝天翻了个白眼，"没准儿他瞎了呢。"

童梦拍拍她的肩，安慰道："算了算了，人死不能复生，这次就当撞到鬼了吧。清明节记得给他烧点纸，让他早登极乐。"

谷小雨回味地咂咂嘴："这么一想，还是你跟韩经理的瓜比较好吃。"

有了渣男作对比，童梦也开始觉得韩澈是个难得的正常男人。

"至少他人还不错。"

"也不算计。"

"除了心理上有点小毛病，没什么大毛病。"

"现在谁还没点小毛病？我跟你说，这叫美强惨人设，妥妥的小说男主！"

两人你一言我一语，把韩澈夸上了天。

郑好假装没听见，起身往卧室走去，暗自嘀咕："这有什么可比的？一个是阴沟里的臭老鼠，一个是……"

一时找不到词来形容韩澈。

反正，比那个渣男强了不是一星半点儿。

第二天，同一时间，三个女人又围坐在沙发上。

郑好表情亢奋，用力拍打着抱枕，向两人宣布："我有大瓜！你们猜今天谁来鬼屋了？我那个死了又诈尸的前男友和他的现女友！"

童梦和谷小雨面面相觑。

她疯了吧？为啥同一件事要讲两遍？难道是她们的记忆出现了错乱？

郑好也是没想到，一个过期的烂瓜居然还有后续。

这天下午，当前台小妹打电话说有人找时，郑好还以为是她点的奶茶到了。于是，她妆也没卸，衣服也没换，兴冲冲地跑去大厅，结果就见到了坟头草两米高的前男友和倚在他胳膊上的学妹。

两人衣着光鲜、打扮精致，坐在大厅沙发上，看到穿着奇装异服的郑好，脸上的笑容可以用"小人得志"来形容。

郑好本想扭头就走，反正她今天化了个哥特烟熏妆，配上古早非主流发型，亲妈站面前都认不出。

偏偏这时候外卖小哥到了，他扯着嗓子大喊："郑圆脸？请问哪位是郑圆脸女士？"

郑好心中此刻只有一个想法——回去就把这个用了十年的微信名给换了。

没办法，她只好硬着头皮接过外卖，然后挺胸收腹，优雅从容地走到沙发前坐下，跷起二郎腿，从外卖袋里取出奶茶，轻啜一口，慢悠悠地掀起眼皮，打量着这两个人。

"找我什么事？"

"坟头草"先开口了："昨天吓唬我的是你吧？还是欣欣先认出你来的，她出来后跟我说到这事，我又去前台打听了一下，才确认是你。"

他旁边的女孩笑得眉眼弯弯，声音甜腻："学姐，听说你毕业去了个什么国企，怎么现在在这种地方打工啊？"

郑好在心里冷笑：那都是多久之前的事了，还记得这么清楚，这些年恐怕没少监视我的各种社交账号吧？

"你们不是也来这种地方玩吗？看来这几年混得也不咋样啊。"郑好"啧啧"摇头，语带嘲讽。

学妹一时噎住，扭头瞪着"坟头草"。

郑好抬起手臂，看了眼并不存在的手表，没好气地说："我时间宝贵，要是没什么事的话……"

她起身就要走，"坟头草"急忙跟着起身，"哎哎"几声拦住了她，讪讪地笑道："我们来找你呢，确实有点事。昨天我被你吓到了，忘了欣欣在我后面，条件反射推了她一把，结果她回去就跟我闹别扭，还说你跟她说了些话，说什么我不靠谱，劝她跟我分手……"

郑好翻了个大大的白眼。

所以是我逼你推她的？你俩闹别扭，跟我有什么关系？

"坟头草"拉起学妹的手，深情地望着她，又转头看向郑好："我知道，你一直介意以前的事，可是这些年我跟欣欣感情很好，而且马上就要结婚了，所以，还请你不要再说这些挑拨离间的话。"

郑好顿时炸毛了："你疯了吧？我挑拨什么了？我冤枉你了吗？你那个屌样，摄像头拍得清清楚楚，要不要我放一遍录像给你看？"

学妹噘着嘴，不满地说："学姐，他也不是故意要推我的，你这么说他是不是不太好？"

郑好噎了一下，怒极反笑："我说这位'茶艺大师'，我昨天压根就没认出你，是看你可怜才安慰你几句，你居然说我是挑拨你们的关系？呵呵，你看看他配吗？当然，这种货色配你是绰绰有余了。"

学妹的脸拉得老长，刚要开口，被"坟头草"给拦住了。

"我们今天不是来吵架的，只是想解开这个误会。毕竟我跟欣欣马上就要结婚了，不想为这点小事烦心劳神。当然了，如果老同学你肯赏脸……"

他话音一顿，视线转向学妹。

学妹重新挤出笑脸，从小挎包里抽出一张红艳艳的请柬。

"不是吧？"童梦和谷小雨异口同声地惊呼。

郑好从裤兜里掏出一团折得皱皱巴巴的请柬，扔到她们怀里。

"自己看呗。"

- 177 -

谷小雨打开请柬，童梦也把脑袋凑了过来，一个人负责念，另一个人负责点评。

"谢文彬、林欣欣……就是这对男女的名字？果然俗不可耐！"

"兹定于4月22日……这周六？我听说周末要大降温，哈哈，冻死他们。"

"于希尔顿大酒店……哟哟哟，还希尔顿，这么牛气哄哄的怎么不去白宫摆酒呢？"

一顿阴阳怪气的嘲讽后，两人嫌弃地把请柬扔到茶几上。

郑好斜靠在沙发上，笑眯眯地看着两姐妹："所以，你们谁陪我去？"

童梦目瞪口呆："不是吧？你真要去？"

"去啊。柳儿姐以前去过希尔顿吃席，她说那里的菜品很不错，有什么波士顿龙虾、深海帝王蟹、北极贝、东星斑……"郑好吞了一下口水，"我听着都馋，有这种好机会，当然要去大饱口福。"

童梦简直恨铁不成钢，用手指戳着她的额头，愤愤地骂道："一桌海鲜就把你收买了？你的尊严呢？你的斗志呢？以前的仇可以不报，那今天的呢？人家都骑你脸上了，我听着都火大，你就不生气？"

郑好一边往后躲，一边安抚童梦："你急什么？我又没说不报。"视线转向茶几上的请柬，她挑眉一笑，"机会这不就主动送上门来了嘛。"

童梦愣了几秒，恍然大悟地"哦"了一声，立刻举手："我去！"

一想到婚礼现场的精彩画面，她已经开始摩拳擦掌跃跃欲试了。

谷小雨也举起了手："我也想吃波士顿龙虾……我不去也行，你们带我打包一只吧。"

童梦犹豫着问："可以带几个人？"

谷小雨："请柬上没说，一般默认只能带一个吧？"

郑好捏着嗓子，模仿学妹娇声娇气的音调："要是学姐有对象的话，也可以一起带过来哟，要是没有，就不要勉强喽。"

"啊呸！"童梦啐了一口，"太'茶'了！"

郑好露出奸诈的笑："反正她也没说带几个，那我就都带上呗，到时候就说你们都是我的爱妃，哈哈哈……"

韩澈几乎没有在工作时间收到过郑好的消息。

按照规定，他要在交易时间里上缴手机，等收盘后才能领回。

这天，他拿回手机后随意瞥了一眼，一下子愣住了——满屏都是郑好的微信，一连串的"在吗"……

今天才周二，离周末还早得很，是出了什么急事吗？

韩澈心头一紧，急忙回拨过去。

电话接通，郑好的声音传出："喂，大忙人，这周末有空吗？"

听她的语气一切正常，应该没出什么事。

韩澈松了口气，翻看自己的行程表。他明天要出差，去一家上市公司做实地调研，一切顺利的话，周五晚上应该能赶回来。

"应该有空。有什么安排？"

郑好的声音里漾着笑意："我之前不是说要带你吃香的喝辣的吗？后来你不是生病就是有事耽误了，所以我就想着这周六带你去吃顿好的。"

韩澈嘴角不自觉上扬，声音也轻快起来："好啊，吃什么？"

"海鲜！"

"喔！"韩澈有些意外，继续打听，"去哪家？"

"希尔顿！"郑好每个字都透着浓浓的骄傲。

韩澈更惊奇了，甚至怀疑是哪家海鲜大排档胆大包天蹭了人家五星级酒店的热度。

"会不会太破费了？"

"没事，我从你这儿赚了不少钱，是时候回馈一下老客户了。"

韩澈这才放心下来。反正羊毛出在羊身上，他这只小肥羊心甘情愿被她薅。

商定好时间后，郑好又叮嘱道："到时候你先来我家，记得开车哦。"

韩澈问："你不是最讨厌坐车吗？"

郑好"嘿嘿"一笑："我偶尔也有撑门面的需求嘛。"

人都有虚荣心，能大方承认也挺可爱的。

为了满足某人心血来潮的虚荣心，周六上午，韩澈出门前特意拾掇了一下自己，并且换了辆更高档的车。出门后，他先去4S店把车洗得锃光瓦亮，然后一路放着小曲，驶向了麻雀街。

他倚着车门等候郑好下楼时，那种紧张又期待的心情达到了顶峰。

然而，在见到郑好身后的童梦、谷小雨，以及不知哪儿冒出来的小鬼头时，这种心情瞬间烟消云散，变成了满满的疑惑。

"哈喽！"郑好一见到韩澈，脸上就绽开了笑容，见到他身后的车，更是眼睛一亮，连连称赞，"不错不错，要的就是这个效果。"

韩澈望着她身后，语气不太确定："这是……都要去吗？"

"对啊，我朋友你都认识了。"郑好把小男孩拉到怀里，揉了揉他的脑袋，"这是胡爷爷的孙子胡坨坨，我特意借过来，跟我们一起去。"

"借？"

韩澈越来越觉得这场饭局透着满满的不对劲。

一开始，他以为是二人约会，后来变成了朋友聚餐，现在……他彻底蒙了。

看她手上还拎着一个大塑料袋，里面好像是几个饭盒。怎么，这年头出去吃饭还要自备餐具吗？

而且，这么多人一起去希尔顿，她不怕被吃破产吗？

不等他继续提问，郑好就催促道："先上车，路上再解释。"

车上,郑好抱着胡坨坨坐在后排,语气温柔地引导他:"坨坨,待会儿有人问你几岁,你就说你三岁了,知道吗?"

胡坨坨抗议:"我都四岁半了!"

"你就说你三岁呗,别人又不知道。你要是答应了,我就给你吃糖。"

胡坨坨高举双手欢呼:"好!"

"还有啊,要是有人问我们是什么关系,你就说我是你妈。"

韩澈看不懂,但他大受震撼。

认妈这种事,一包巧克力就轻轻松松搞定了。

"坨坨啊,"郑好捏着小男孩的脸颊,眼里满是慈爱,"大家都说你是调皮孩子,你知道为什么吗?"

胡坨坨嘴里塞满了巧克力,蒙蒙地摇了摇头。

郑好开始列举他的"光辉事迹":"上次水果店的美女姐姐办婚礼,你也去了吧?你还把人家的头纱拽掉了?"

胡坨坨圆脸一红,试图解释:"我是去捡糖,地上有好多喜糖呢,大家都在捡。"

"那上上次,包子西施给儿子办周岁宴,你把人家的三层蛋糕给挖空了?"

胡坨坨脸更红了,讷讷地说:"我就吃了一小块……"

"还有上上上次,幼儿园举办六一会演,你在舞台上当众拉粑粑?"

"我肚子痛,憋不住了!"胡坨坨"哇"的一声就要哭出来,被郑好捂住嘴巴,强行打断"施法"。

"坨坨,我不是怪你。"郑好捧着他的脸蛋,欣慰地说,"今天,你的熊孩子技能终于有用武之地了。"

"咳咳!"韩澈听了半天,实在憋不住了,"请问,你们这是要干吗?"

坐在副驾的童梦解释道:"今天她前男友结婚。"

前男友?

韩澈猛地回头,瞪着郑好,震惊的眼神中夹杂着几分同情。

"喂喂喂,看路!看我干吗?"郑好伸出手,把他的脸推了过去。

韩澈目视前方,依旧难以置信:"所以,我们都要去参加他的婚礼?"

郑好"嗯"了一声,懒得解释。

一时无人接话,车厢里陷入一片沉默。

韩澈正在艰难地消化着这个消息,忽然反应过来:"等等!你带这么多人,不会是要去抢婚吧?"

"呸!"郑好一脸嫌弃,"他也配?"

看她这反应,似乎很讨厌这个前男友,韩澈更疑惑了:"那你去干吗?叙叙旧?送祝福?还是要大闹婚宴?"

郑好轻蔑地笑了:"我去硌硬他们,给这场美好的婚礼留下一点恶心的回忆。"

三个女人牵着小孩下了车，雄赳赳气昂昂地迈上台阶，身后还跟着一个风度翩翩的男人。

郑好走进大厅才发现韩澈还在门外，旋转门都转了几圈了，周围人不停地进进出出，他还在磨磨蹭蹭。

郑好折返回去，问他："干吗呢你？"

韩澈支支吾吾："我只是……呃……突然想起来我好像对海鲜过敏……要不我去车上等你们吧？"

郑好又腰瞪他："少来，你不会是想临阵脱逃了吧？"

"不是……"韩澈犹豫了下，决定说实话，"我有替人尴尬的毛病。我一想到你要去跟前男友碰面，还打算破坏别人的婚礼，我就浑身不舒服……"

郑好被他逗乐了，笑道："你觉得我会干吗？当场撕新娘头花，还是扇新郎嘴巴？放心啦，我又不是泼妇，君子动口不动手，顶多就是阴阳怪气几句，给新人添添堵而已。"

听她这么一说，韩澈的心放下了大半，刚要再劝慰几句，又听她语气严厉地教训道："旁观者才会替人感到尴尬，你要摆正自己的位置，时刻记得你跟我是一伙的，要跟我同仇敌忾，急我所急，想我所想，恨我所恨，知道吗？"

看来她对这位前男友已经不只是讨厌的程度了。

韩澈忍不住好奇："你这么恨他啊？他当年到底做了什么？"

郑好抚着下巴陷入沉思，如何才能言简意赅地解释她跟今天这对新人之间的恩怨情仇呢？

思索片刻，她说："简单来说，我就是别人骑驴找马的那只驴，懂了吗？"

韩澈点点头："……懂了。"

甚至连后面的剧情，他都能自行脑补出来：别人找到了马，就把你这只驴一脚踹了。今天，就是驴的复仇日。

郑好抬起手，朝着大厅方向一挥，说道："现在，跟我上战场！"

大厅里摆放着一张大幅婚纱照，显示"坟头草"的婚礼在三号厅举办。一行人沿着指示牌很快找到了主婚礼现场，与站在门口迎宾的新郎新娘来了个正面对峙。

"坟头草"脸色僵了一瞬，很快又挂上笑容，说："哟，你这一家老小都来了？"

郑好笑眯眯地说："对啊，你不是说可以带对象吗？"她一把挽住韩澈的胳膊，介绍道，"这是我男朋友。"

韩澈斜眼瞟着她，暗暗吐槽：郑导在加戏之前，能不能先跟男主演沟通一下啊？

"还有她们，"郑好又揽住身边的童梦和谷小雨，笑嘻嘻地说，"都是我的女朋友。不好意思哦，对象有点多，又不能厚此薄彼，就都带过来了。你不会介意吧？"

旁边的新娘笑盈盈地说："当然不会啦，学姐，你们的思想好开放哦。"

郑好耸耸肩，佯装苦恼道："没办法啊，谁让我这么受欢迎呢，只好雨露均沾喽。不像你们只谈一个，应该也找不到更好的吧？"

韩澈头皮一麻，脚趾刚要抠地，马上又想起郑好的教诲——他们是一伙的。她占了上风，他与有荣焉。

第一回合，蹭吃蹭喝队胜。

新娘脸上的笑有些挂不住了，转头就去招呼其他客人，只留下"坟头草"一人皮笑肉不笑地望着他们。

顿了顿，他侧身往大厅方向伸出手："几位里面请吧。"

"哎，急什么，老同学难得见面，自然要多聊一会儿啊。"

说着，郑好掏出一个红包，递给旁边负责收红包的伴娘，弯腰在登记簿上签下自己的名字。

她余光瞥见签字台下方的胡坨坨，这才想起差点把这个大招给忘了。

郑好放下笔，弯腰抱起胡坨坨，脸上洋溢着母爱的光辉："坨坨，快说叔叔阿姨好。"

胡坨坨有样学样。

坟头草面露惊诧："这是？"

旁边的新娘招呼完一拨客人，也转过头来，狐疑地打量着这个小孩。

郑好笑着说："哦，这是我儿子，小名叫坨坨。"

新娘和"坟头草"对视一眼，都有些意外。

"你都有小孩了？多大了？"

胡坨坨奶声奶气地说："好妈妈说我三岁了。"

"三岁？"新娘转了转眼珠，似乎在算时间，"那你结婚挺早啊？一毕业就生了吧？"

"还没结婚呢。"郑好叹了口气，嘴角耷拉下来，露出几分委屈神色，"怀上了能怎么办？那就生呗。"

新娘抬眼看向韩澈，自然而然把他当成了孩子的父亲。

"你们怎么不结婚啊？"

韩澈脸一热，刚要开口解释，就被郑好抢先了："哦，你误会了，这孩子不是他的。"

"啊？那……"新娘面露疑色，视线在胡坨坨脸上端详了许久，又转向自己的新郎。

"坟头草"假模假样地关心道："这些年你一个人带孩子辛苦了。"

郑好苦笑："哎，过去的事就别提了……只希望你们幸福就好。"

韩澈用余光偷偷瞄了郑好一眼，见她转头在胡坨坨肩膀上蹭了蹭眼角，似乎在抹泪。

这三个人的对话怎么越来越奇怪？刚刚还剑拔弩张的，现在又惺惺相惜起来了？

看不懂看不懂。

第二回合，勉勉强强打成平手。

郑好重新抬起头望着他们，笑容里还残留着几分苦涩："那我们就先进去了，不耽误你们接待客人。"

他们离开时，新娘的脸上还笼罩着阴云，新郎却浑然不觉，招呼他们往大厅里走去。

大厅入口处摆放着一块宣传板，新郎新娘的卡通形象立在两端，中间的空白处有一行字：帮我们未来的宝宝取个名字吧！

这是婚礼前的趣味互动环节，不少宾客都在宣传板前驻足沉思，然后拿起马克笔，龙飞凤舞写下名字。

有的搞怪，比如"谢谢你"，有的取了女方的姓，有的把男女方的名字结合到一起，还有的明显是偶像剧看多了……

郑好拿起马克笔，想都没想，大手一挥，在板子正中间的位置写下两个大字——"王二"。

旁边的宾客看得一愣一愣的。

郑好还大言不惭地吹嘘道："'王二'多好啊，好记又好写，等以后被老师罚写名字就知道了。"

趁其他宾客反应过来之前，韩澈赶紧把她拉走了。

"干吗？"郑好斜瞥着他，"我还想了好几个名字呢。"

韩澈面无表情地"嗤"一声："幼稚。"

谷小雨凑到郑好旁边，小声问："哎，你刚刚故意说坨坨只有三岁，是不是想让你前男友误会这是他的孩子？"

郑好嗤笑一声："他虽然蠢，但也不至于连基本常识都没有吧？我跟他只谈了半年，连嘴都没亲过，怎么会有孩子？"

闻言，韩澈心头一震，侧眸望着她。

童梦有点不信："哇哦，那你们当时很纯情嘛，什么都没干？"

"顶多牵牵小手。"一想起曾经跟渣男牵过手，郑好就恨不得自断双臂。

谷小雨愣愣地问："那你刚刚还演得那么像？"

郑好挑眉一笑："没事，他不误会，总有人会误会。"

韩澈忍俊不禁。

这种小把戏，除了气气当事人，造成不了什么实质性的伤害。

这一局，勉强算他们队赢吧。

大厅中间是一条长长的走道，铺着红毯，通向繁花锦簇的舞台，走道两旁摆放着十几张大圆桌，宾客已经坐了大半。

郑好挑了张位置偏僻的空桌子，大剌剌地坐下，给大家倒可乐，招呼着吃各种小零食。

桌子中间摆放着白酒、红酒和几种饮料，郑好招手喊来服务员："麻烦给我上一瓶罗曼尼康帝。"

韩澈一口可乐喷了出来。

服务员努力保持着得体的微笑："抱歉小姐，我们这里没有这一款酒。"

郑好优雅地扬起手："那来一瓶53度茅台吧。"

服务员脸上只剩下尴尬："抱歉小姐，婚礼的酒水都是由主家自备的。"

"可我平时只喝这两款酒啊。"郑好撇撇嘴，"难得结一次婚，这么小气巴拉的，像什么话？"

她又拿起桌上的白酒，嫌弃道："噫，这都是什么杂牌酒啊？能喝吗？"

韩澈看不下去了，吐槽道："你酒量又不好，喝点红酒兑雪碧得了。"

服务员走后，韩澈板起脸来教育郑好："你刁难服务员干吗？你讨厌新郎，呛他几句就行，没必要把气撒在别人身上。"

郑好一脸无辜："我没刁难她啊。"

"刚刚那不是故意刁难？"

"哪有啊？"郑好大呼冤枉，"我是第一次来五星级酒店吃席，以为可以实现酒水自由呢。还有那个什么康帝，我是从小说里学来的，好不容易来这种高档地方，我就想开开眼界嘛。"

见她这么坦诚，毫不掩饰自己虚荣的小心思，倒让韩澈有些后悔，觉得自己刚才的指责过于高高在上了。

"抱歉，我以为你……"韩澈语气诚恳，"是我的错。"

郑好"哼"一声，别过头不理会他。

舞台两侧的大屏幕上循环播放着新人的视频，从校园时期的青涩牵手，到初入社会后的相濡以沫，再到现在的修成正果……各种唯美的照片配合着深情的背景音乐，看得谷小雨都有些动容了。

"这位女士，"谷小雨手握拳，伸到郑好嘴边，假装采访她，"请问，参加自己前男友的婚礼是一种什么体验？"

郑好拍了拍手上的瓜子壳碎屑，捂住胸口，幽幽地吐出两个字："难受。"

韩澈闻言一怔，转头看向她，也不知她是真情流露，还是又戏精上身。

他迟疑着伸出手，刚要轻拍她的后背以示安慰，却听见她委屈地说："我包了两百块红包呢！这些钱拿去干什么不好，凭什么给他们？哼，想想就气！"

韩澈愣住了。

他伸出的手又默默收了回来。

谷小雨惊呆了："才、才两百？妈呀，你可真会过日子。"

童梦憋着笑，给郑好竖了个大拇指。

谷小雨又想到什么，拍拍胸脯，自我安慰道："没事，刚刚伴娘拿到红包没打开看，直接就塞进包里了，跟别人的混在一起，他们也不知道哪个是你的。"

郑好哼笑一声，语气得意："我会犯这种低级错误吗？红包上当然要写名字了，不然他们还以为我没送钱，是来白嫖的。"

谷小雨一时无言，看她的眼神里充满了同情。

郑好拍拍谷小雨的肩："放心啦，来者有份，你们的名字，包括胡坨坨的，我都写上去了。"

三脸蒙。

只有胡坨坨还在开开心心地吃着零食，浑然不知"社死"为何物。

郑好见韩澈伸长脖子东张西望，问他："找什么呢？"

"安全出口。"

他觉得自己今天很难活着走出这个大门了。

等待婚礼开场是一个漫长且乏味的过程。这期间，胡坨坨已经吃完了一盘开心果、两包喜糖、三包彩虹糖，还喝了四杯可乐，果不其然开始嚷嚷着要拉肚子。

郑好揉着太阳穴，语气惋惜："你就不能攒个大招吗？我还指望你上台表演当众拉屎的绝活儿呢。"

胡坨坨捂着肚子大喊："我憋不住了啦！"

"吃完就拉，你个造粪机。"郑好低骂一声，扭头看向韩澈，意思很明显——这桌上就你一个男的。

韩澈深吸一口气，无奈地看向胡坨坨："你会自己擦屁股吧？"

"当然啦。"胡坨坨骄傲地扬起脑袋，"我又不是三岁小孩。"

洗手间在舞台侧后方，和更衣室连在一起。把胡坨坨安置好后，韩澈就在门外等着，低头看手机打发时间。

洗手间里不断地有人进进出出，一双双腿在韩澈眼前匆匆走过，突然有一双腿停了下来，伴随着一道略显迟疑的女声："学长？"

韩澈抬起头，看到面前的人，反应了几秒才想起来，哦，上周见过。

"许佳佳？"

"是我。"许佳佳脸上漾起了笑，"学长，你也来参加婚礼吗？"

韩澈淡淡地说："嗯，陪一个朋友来的。你呢？"

"欣欣是我闺蜜。"许佳佳说，"本来她想让我做伴娘，可我妈不同意，说是当伴娘不能超过三次，不然会嫁不出去。"她低头掩唇，笑容略显羞涩。

这时，胡坨坨提着裤子从洗手间里出来了，牵起韩澈的手就要往外走。

韩澈脚步一顿："等等，你洗手了吗？"

"我够不着。"

韩澈叹了口气，跟许佳佳说了句"抱歉"，蹲下身抱起胡坨坨，重新走进了洗手间。

他们洗完手出来后，许佳佳居然还在外面。她望着韩澈怀里的小男孩，目光有些复杂："学长，这是……"

"我朋友的孩子。"顿了顿，韩澈又鬼使神差地补了句，"女朋友。"

"哦……"许佳佳神色黯淡下来，与韩澈并肩往外走。

韩澈觉得有必要跟她解释清楚："这事我妈还不知道，所以擅自安排了我们相亲，结果闹得很不愉快，很抱歉。"

许佳佳的声音有些低落："你应该直接跟我说清楚的，不用找……那种借口。"她的视线垂落在他的手腕上。

韩澈明白她的意思，淡淡一笑："这不是借口。我确实有病，我想你跟你妈妈应该都不能接受一个心理不太正常的人。"

许佳佳蓦地抬头，脱口而出："那她呢？"她指了指胡坨坨，"他妈妈就能接受？"

"她啊……"韩澈顿了下，嘴角不自觉上扬，"她也病得不轻。"

回到宴会厅，韩澈发现桌上多了一男一女。

就这么一会儿工夫，郑好已经跟他们混熟了。她向韩澈介绍道："这是新娘的哥哥，旁边的是他的妹妹。"

"哥哥妹妹？"韩澈有些奇怪，"不是应该坐主桌吗？"

"哎呀，不是亲生哥哥，是那种认的哥哥。"郑好凑到他耳边，压低声音，"就是备胎。"

韩澈恍然大悟，看这男人的眼神多了几分同情。

胡坨坨拉了拉郑好的袖子，小声说："好妈妈，刚刚有个美女阿姨跟韩叔叔搭讪。"

郑好斜了韩澈一眼："行啊你，上个厕所还桃花不断。"

韩澈面露尴尬，解释道："刚刚碰到了个朋友，不熟。"

胡坨坨继续告密："韩叔叔还说你是他女朋友。"

韩澈顿时面红耳赤，张了张嘴，刚要解释，被郑好一句话轻飘飘地带过："行啊，现在咱俩扯平了。"

十二点到了，灯光倏地变暗，大厅里慢慢安静下来。

悠扬的音乐响起，门缓缓打开，一束白光下，新娘挽着父亲的手出现在大厅门口。

来了来了要来了！郑好按捺住激动的心，伸出颤抖的手，捏住胡坨坨的胳膊晃了晃："一、二、三，开始哭！"

胡坨坨小声"嗷"了一嗓子，像刚睡醒打了个哈欠。

郑好不满地"啧"了一声："坨坨，咱俩在车上说好的，新娘一出现你就得哭。你还收了我三包彩虹糖呢。"

胡坨坨嘟囔道："我哭不出来……"

"那你想想伤心的事,比如,你爸不给你买玩具,你妈没收了你的零食,还有,你作业做完了吗?"

"我们幼儿园没作业。"

小屁孩入不了戏,又不能硬来,郑大导演只能在心里暗骂:这倒霉孩子,光吃饭不干活,关键时刻掉链子。

旁边的"备胎哥"听到动静,扭头看过来,冷哼一声。

留给胡坨坨酝酿情绪的时间不多了,新娘已经缓缓走上了红毯,身后跟着两个伴娘,以及一个……

奥特曼?

郑好怀疑自己眼花了。奥特曼不去打小怪兽,跑来这里接商演?

事实证明,这只从天而降的奥特曼并不是郑好的幻觉,因为下一秒,全场都沸腾了。

宾客们发出一阵哄笑,纷纷举起手机,还以为这是主办方特意安排的小惊喜。孩子们更是兴奋地大喊大叫,还有几个调皮的小孩冲上了红毯,围着奥特曼欢呼雀跃。

几个保安急匆匆冲了进来,奥特曼拔腿就跑,越过新娘直奔向舞台,身后跟着一帮哇哇大叫的小孩和一群手忙脚乱捉孩子的家长。

情急之下,婚礼司仪张开双臂,左移右晃,试图拦住奥特曼,却忘了手上还拿着话筒。话筒线横在舞台中央,奥特曼轻松地跨了过去,几个小孩却被绊倒在地,听声音都摔得不轻,一时间哭声大作,台上台下乱成一团。

胡坨坨也坐不住了,捏着拳头大喊一声:"我要去救奥特曼!"就从椅子上跳下来,被韩澈眼疾手快一把拽住了。

"怎么回事啊?"谷小雨和童梦面面相觑。

郑好也一头雾水。

唯一能确定的是,这鸡飞狗跳的桥段肯定不是提前设计的,主办方没那么缺心眼儿。

视线一转,郑好注意到备胎哥笑得尤为开心,还不时拍手叫好,他妹妹也捂着嘴,笑得幸灾乐祸。

郑好心念一动,探着脑袋问他:"你安排的?"

备胎哥得意地挑挑眉:"花三百块钱请的,效果不错吧?"

郑好拍拍巴掌,由衷地赞叹:"还是你厉害。"

她怎么就没想到这招呢?光想着怎么薅羊毛、使绊子、打口水仗,实在太小儿科了。

看看人家,一招制胜,多爽。

红毯上,新娘的头纱不知被谁拽了下来,裙摆也被踩得乱七八糟,几个伴娘护在她旁边,也是手忙脚乱自顾不暇。

奥特曼消失在了舞台后方,熊孩子们也被家长抓了回来,台上台下终于安静下来，可是现场已经一片狼藉。

新娘的脸色已经阴沉得要杀人了。

可是婚礼还得继续。

司仪整理了下发型，清了清嗓子，用激情饱满的声音说："感谢刚刚那位奥特曼先生给现场增添了许多欢乐。下面，让我们进入正题……"

接着就是烦冗的念台词环节。

台下的人虽然都举着手机拍照，但心思全已经飞走了，一半的人还在回味刚刚那场大乱斗，另一半则在惦记着啥时候上菜。

郑好和备胎哥则在忙着互加微信，交流"复仇"的心得体会。

两人相谈甚欢，韩澈冷眼旁观。

啧啧，还说他桃花多，她自己也没好到哪儿去。

对方还是她前男友的老婆的备胎，人物关系这么混乱，她也不知道避嫌。

掌声响起，仪式结束，终于开始上菜了。

期盼已久的波士顿大龙虾没有，变成了白灼基围虾，深海帝王蟹也被平平无奇的梭子蟹取代，东星斑变成了清蒸鲈鱼，鲍鱼海参变成了蒜蓉生蚝……

童梦和谷小雨齐齐看向郑好，眼里写满了失望。

说好的高级顶奢海鲜盛宴呢？

"呃……"郑好讪讪地笑了笑，"待会儿我去跟主办方反映一下。"

韩澈幽幽地来了一句："行了，五个人两百块，还要啥'自行车'？"

桌上没人喝酒，郑好把白酒塞进背包里，自言自语道："还没开封，去小卖部应该能换两百块钱。"

那瓶红酒也被备胎哥以同样的理由收入囊中。

菜差不多上齐了，桌上有盘大肘子一直没人动筷，郑好拿出准备好的饭盒，打开，刚要夹起肘子，另一双筷子突然出现，与她形成争抢之势。

抬眼一看，竟然是备胎哥。

郑好眼睛一眯，脸上堆起假笑："大哥，我家养了狗，这肘子正好给它磨磨牙。"

"我上有五十岁老母，下有三只幼猫，我还答应了给它们带饭。"备胎哥动作麻利地剔下肘子上的肉，夹到自己准备好的打包盒里，又把中间那根骨头夹给郑好，"不是要磨牙吗？喏，骨头全给你。"

郑好恨恨地咬牙。

抢菜大战就此打响。

郑好眼疾手快，抢先攻占了基围虾、梭子蟹、凉拌牛肉、夫妻肺片，备胎哥步步紧逼，把松鼠桂鱼、烤鸭、粉蒸肉据为己有。

这一对卧龙凤雏，刚刚还相见恨晚，现在却兵戎相见，看得谷小雨和童梦一愣一愣的。

韩澈坐山观虎斗，心情莫名愉悦。

最后一道红烧甲鱼煲上桌,卧龙凤雏二人虎视眈眈,蓄势待发,筷子刚伸进煲里,就被童梦一拍桌子给吼住了:"够了你们,还让不让人吃了?"

郑好弱弱地说:"咱们打包回去吃嘛。"

说话间,备胎哥已经将一整只甲鱼夹到了自己碗里。

郑好"哇"的一声哭了出来。

活该你一辈子当备胎!

她正激情号叫着,衣袖突然被韩澈扯了扯,下一秒,所有人都端着酒杯站了起来,脸上挂着职业假笑。

原来是新郎新娘来敬酒了。

"恭喜恭喜。"

"早生贵子啊。"

"新婚快乐。"

千篇一律的祝贺,新娘新郎一一笑纳:"谢谢大家。"

两位新人举起酒杯,刚要送到嘴边,一只胳膊冷不丁地横插进来,挡住了酒杯。

转头一看,又是郑好。

她逐一查看两人的酒杯,还凑近仔细闻了闻,毫不客气地嘲笑道:"这也不是白酒啊。"

新娘、新郎对视一眼,脸色微窘。

新郎尴尬地笑道:"这个……真不好意思,我们喝不了酒。"

郑好眉头一皱,铿锵有力地说:"胡说!你刚刚在领导那桌喝得可起劲了,我都看到了。怎么,瞧不起我们啊?陪领导喝得,陪我们喝不得?"

一阵尴尬的沉默后,新郎无奈地点头:"行行行,我喝。"

旁边的伴郎急忙给他换了杯酒。

重新举杯,郑好像老领导教育下属一般,语重心长地说:"小谢啊,你看你这婚结的,搞这么大的排场,一点儿硬菜都没有,把我们都饿坏了。"

新郎扫了一眼桌面,看到盘子都空了,不由得面露尴尬,耳根泛红。

"行了行了。"郑好拍拍他的肩,大度地笑了笑,"下次结婚注意点,别再这么抠抠搜搜了。"

气氛一瞬间凝固。

新郎的脸涨成了猪肝色,新娘紧绷着唇,眼里喷射着怒火。

谷小雨和童梦后背一凉,大气都不敢出,随时准备逃命。

还是韩澈先反应过来,笑着打圆场:"来,让我们共同举杯,祝两位新人百年好合。"

新郎、新娘冷着脸喝完酒,连"吃好喝好"这种寒暄的话都没说,直接去了下一桌。

备胎哥"啧啧"赞叹,看郑好的眼神充满了崇拜,为表敬意,还毕恭毕敬地献上了甲鱼。

酒席过半,陆续有人起身离场,郑好一行人也看准时机,混在一堆宾客中溜之大吉。

刚走出酒店大门,一辆超跑就停在了郑好面前。红色敞篷车骚气又拉风,备胎哥坐在驾驶座上,两指并拢,在空中一划,冲郑好比了个致敬的手势。

"美女,以后常联系。"

副驾上的妹妹催促道:"装什么装?赶紧把篷升起来,小心又掉下来一坨鸟粪。"

备胎哥不屑一顾:"你懂什么?敞篷才能体验速度与激情。"

"得了吧你,两小时后就得还了,万一磕了碰了又得扣钱。"

郑好被兄妹俩逗乐了,回了个礼:"回见了您嘞。"

酒店对面就是江滩公园,一座大桥巍峨耸立,横跨长江,犹如起伏的长龙。一行人决定去桥底下转转,吹吹江风,顺便消消食。

郑好让他们先去,自己则抱着背包,神神秘秘地往反方向走去。

二十分钟后,他们重新在桥底下会合。

郑好一脸喜色:"刚刚找了个酒行,那瓶酒换了两百三。"

童梦搂住郑好的肩,调侃道:"可以啊,这趟净赚三十。"

"还有这些呢。"谷小雨掂了掂手上拎的打包盒,感叹道,"以后我结婚可不敢请你。"

胡坨坨正"吧唧吧唧"地吃着软糖,郑好看见他手里的喜糖盒,笑道:"可以啊,你小子又顺了一盒?"

"韩叔叔给的。"胡坨坨边嚼边说。

郑好有些意外,看向韩澈。

韩澈别过头,指着公园门口,岔开话题:"坨坨你不是要放风筝吗?那儿有卖的。"

"耶!"胡坨坨拔腿就跑,郑好急忙跟上去。

挑选风筝时,谷小雨凑到郑好耳边小声说:"刚刚你走后,他又回酒店给新郎新娘塞了个红包。"

"什么?"郑好扭头瞪着韩澈,震惊又愤怒,"你干吗?"

韩澈面色微窘,不自然地挠了挠鼻头,嘟囔道:"就……送个礼呗。人家结婚,我总不能空手去吧?"

"你是跟我一起的啊,我送了礼不就行了?"

"你那个……"韩澈视线躲闪,欲言又止。

郑好盯着他的脸,隐约猜到了什么:"我懂了,你是嫌我那个红包太小,丢了你的脸,所以迫不及待要跟我划清界限?"

"我不是这个意思。"韩澈哭笑不得,"咱们毕竟有这么多人,只送两百实在有点说不过去。"

风筝挑好了，韩澈抢先付了钱，牵起胡坨坨转身正要走，被郑好一把揪住衬衣。

"你送了多少？"

韩澈无奈地停下脚步，把被扯出的衣角塞进裤腰后，才不紧不慢地说："一千。"

"你、你、你……"郑好气得说不出话。

韩澈解释道："咱们五个人，平摊下来一人两百，不多。"

"不是钱多钱少的问题，是……"郑好指着他，手指在空中用力戳了几下，"是原则问题！他们是我的仇人，你给仇人送钱，不就相当于在背后捅我一刀吗？这跟投敌叛国有什么区别？"

韩澈叹气："哪有那么夸张？你前男友也没有对你做什么过分的事吧？"

郑好愤愤不平道："你是不知道他以前有多恶劣！而且是他们先犯贱的！我只是小小地报复了一下。"

"以前的事，我听她们讲过了。"韩澈看了眼一旁的童梦和谷小雨，"我觉得，既然你当初不是很喜欢他，那现在也没必要这么恨他。"

"不是恨，是讨厌！"郑好振振有词，"我看见他就不爽，我不爽了，他也别想好过。这种感觉你懂吗？你就没有讨厌的人吗？"

韩澈一怔，眼底闪过一抹阴影，但很快恢复如常："就算讨厌谁，我也不会用这种低级的手段来报复。"

郑好眉头一拧："低级？"

"包个小红包、说几句阴阳怪气的话、在婚礼上捣乱、把桌上的酒顺走……你觉得这种小聪明有用吗？说不定别人根本就不在乎。"

"你你你……"郑好气急败坏，结巴了半天，最后怒吼一声，"你到底站哪边的？"

韩澈也抬高了音量："我是就事论事！"

郑好脸涨得通红，正要发飙，手突然被人攥住晃了晃，低头一看，是胡坨坨。他跺着脚大喊："别吵了！我要放风筝！"

韩澈冷淡道："你们玩吧，我先走了。"

他深深地看了郑好一眼，转过身，大步离开，头也不回。

郑好盯着他的背影，只觉得胸腔里有无数情绪在剧烈翻涌，震荡起伏，愤怒、失望、委屈、难过……

最令她失望的，不是他的背刺，而是他话语里隐隐流露出来的嫌弃。

她知道自己不得体、不大度，为一点小钱斤斤计较，为一点小仇耿耿于怀。她也从不掩饰这一点，但她从未想过韩澈会因此瞧不上她，为了维持自己的体面，不惜跟她划清界限。

童梦在她后背轻拍了两下，安慰道："算了，没必要。"

谷小雨小心翼翼地说:"我觉得,他爱送多少是他的事,反正又不花咱们的钱,你干吗发那么大火?"

"这不是钱的问题,是……"郑好深吸一口气,"我把他当朋友,可他呢?"

童梦一针见血地说:"归根到底,他跟我们本来就不是一路人。你把老板当朋友,本来就是个错误。"

郑好紧抿着唇,一言不发。

这段小插曲过后,大家都有些兴味索然,连胡坨坨也玩得不开心。下午没风,他来来回回跑了好几趟,风筝都没飞起来,他气得一屁股坐在地上,开始撒泼打滚。

郑好叹了口气,揪住他的后衣领,把他拎了起来,说:"回去吧。"

举目四望,司机早被她气走了。

谷小雨有些发愁,低头在手机上搜索:"这附近好像没有地铁站。"

"打个车呗。"郑好没好气道。

她有钱又有腿,还怕回不去?

走出江滩公园,郑好站在路边,向远处的出租车招手。

出租车正缓缓驶近,一辆私家车突然横插进来,停在几个人面前。

是韩澈的车。

胡坨坨先认了出来,兴奋地拉开后车门,手脚并用地钻了进去。

后面的出租车按着喇叭,声音里都透着一股不耐烦。

郑好看了眼出租车,又看向童梦和谷小雨。

这两人的表情都有些纠结。

郑好犹豫再三,最后还是钻进了韩澈的车里。

谷小雨坐在副驾,讪讪地问韩澈:"你一直没走啊?"

韩澈"嗯"了一声,目不斜视地开着车。

"等好久了吧?你也不说一声,我们好早点出来啊。"

"不要紧。"他依旧是淡淡的语气,听不出情绪。

郑好冷哼一声,转过头,一脸冷漠地望着窗外。

全程再没人说话,连胡坨坨也异常安静,气氛沉默得有些尴尬。

半个小时后,车子驶入了麻雀街。

一行人下了车,目送韩澈的车子缓缓离开。

谷小雨晃了晃郑好的胳膊,感叹道:"韩经理人还不错哎,吵完架还能送我们回来,一点不记仇。"

童梦也难得给出正面评价:"情绪稳定,光这一点,就比大部分男人强。"

郑好叉着腰,瞪着她们:"你俩到底站哪边的?"

两人异口同声:"我们是就事论事!"

郑好用了一个下午才把肚子里的气慢慢消掉。

冷静下来一想，其实也不是什么大事，无非是两人三观不同，意见不合。

韩澈嫌她办事不得体，她气韩澈替别人说话。

两人之间最大的问题，正如童梦所说，她到底把他当老板，还是朋友？

或者是……别的什么人？

郑好趴在桌上，紧盯着手机，默默决定，要是他先发来信息，她就原谅他。

用意念施法五分钟后，手机居然真的响了一声。

郑好猛地直起身子，拿起手机一看，眸光瞬间黯淡下来。

是备胎哥发来的微信。

备胎哥：美女，问你个事。

不等郑好回复，他的第二条微信又来了：中午坐你左手边的那个酷酷的美女，能把她微信给我吗？

郑好回想片刻，他说的人应该是童梦。

郑圆脸：你怎么不当面要微信？

备胎哥：我要了，她不给啊。

郑好冷哼一声。

郑圆脸：那不就结了？

聊天陷入僵局。

安静片刻，备胎哥又发来一条消息：这样吧，你把坐你右边那哥们的微信给我。

郑好顿时警铃大作。

郑圆脸：干吗？

备胎哥：我妹妹看上他了呗。

看上了就要微信啊？你妹妹是天仙吗？

郑好心头腾起一股无名之火，连标点符号都带着怒气。

郑圆脸：不给！

备胎哥开始了软磨硬泡：帮帮忙嘛。我妹妹是正儿八经的大学生，长得也不错，配你朋友是绰绰有余。

郑好冷嘘一声，关掉对话框，刚想扔掉手机，忽然心念一动。

她打开跟韩澈的聊天界面，斟酌片刻，打出一行字。

郑圆脸：中午一起吃饭的那小姑娘看上你了，想加你好友，要不要把你的微信推送给她？

发送成功。

郑好盯着对话框看了一分钟，韩澈没回复。

又点开韩澈的头像看了五分钟，还是没回复。

继续点开他的朋友圈，从最近一条看起。他发的内容大多与工作有关，什么财经新闻、最新政策、投资风向……

整个朋友圈冷冰冰的，跟他这个人一样死板无趣。

郑好撇撇嘴，退出朋友圈，又点开了对话框。

依旧没回复。

到底是没看到，还是已读不回啊？

男人心，海底针。郑好捉摸不透，也懒得猜，屏幕一关，把手机扔到一旁。

晚上九点多，韩澈才从心理咨询中心出来。

上次去还是在半个月前。

他告诉心理医生，他认识了一个新朋友，她很特别……具体怎么特别，他也说不上来，总之，每次一靠近她，他就开心。

心理医生姓林，是个面相柔和、说话轻声细语的中年女性。她对他的变化感到欣慰。

而这次，韩澈再度提起这位朋友时，却带着一丝埋怨和困惑。

"我也不知道为什么会吵起来，明明是件小事……"韩澈用力揉着太阳穴，语气有些烦躁，"我觉得自己越来越情绪化了。"

林医生平静地说："对你来说，情绪化是一种好的趋势。不要害怕吵架，及时把负面情绪发泄出来，总比憋在心里要好。"

韩澈一愣，某些遥远的记忆被唤醒："她以前也说过类似的话。"

林医生不紧不慢地说："你会被她吸引，是因为她身上有你羡慕的特质，比如蓬勃的生命力、大方坦荡、不在乎外界眼光等等。同时，这些特质跟你以往的处世准则不符，所以才会产生矛盾。"

"到底哪个是对的？"

"没有对错，只有合不合适。你喜欢哪种人生，就选择哪种准则。"

韩澈低着头，盯着自己放在膝盖上的双手，沉默不语。

"还有一件事……"他迟疑地开口，"当她问到我有没有很讨厌的人时，我脑海里忽然闪现了……"

顿了顿，他欲言又止："算了。"

林医生没有追问，只是耐心等待着。

沉默许久，韩澈终于开口："林医生，我想问一下，一个人讨厌自己的父母，是不是变态？"

林医生注视着他的眼睛，目光平静，语气温和："韩澈，来我们这里做心理咨询的人，有着各种各样的原因，比如婚姻不幸，生意失败，考试压力大。我记得，你当初来到这里，是因为工作受挫。"

韩澈点点头。

他第一次来这家心理咨询中心，是在那次基金暴跌后，他目睹朋友从办公室的窗口纵身一跃。那天傍晚的夕阳就像一个血淋淋的伤口，戳进了他的心头，从未愈合。

林医生继续说："但是，心理咨询进行到最后，我们会发现，所有人的心理问题,归根结底都是源自自己的父母,无一例外。

"所以,你不要觉得自己是不正常的。

"爱与恨,都是人类最正常的情感,但是很多人都羞于提及爱,也害怕谈论恨。我倒是很欣赏你那位朋友,爱憎分明,直截了当,爱就大大方方地表达,恨也能坦坦荡荡地承认。

"韩澈,你也可以像她那样,对自己诚实一点。"

夜风徐徐,韩澈双手抄兜,仰头望着夜空。

每次从心理咨询中心出来,总有种说不出的疲惫感。好在这一次,心里轻松了不少,仿佛长久以来围困住心灵的一堵墙,被撬动了地基。

也不知谁的功劳更大,是林医生,还是"郑医生"?

一想到郑好,韩澈就忍不住想笑。

他从裤兜里掏出早已静音的手机。

居然有她的微信。

嘴角上扬的弧度更大了。

但是,在读完那条微信后,他的笑容就僵在了脸上。

什么鬼?在吵完架后,她发的第一条信息居然是要给他牵红线?

这是什么新型的圈套,还是某种另类的嘲讽?

韩澈冷哼一声,把手机塞回兜里。

算了,这家伙脑子有坑,懒得搭理她。

郑好一向神经大条,所以直到下一个周末前夜,她才隐约意识到,哦,原来某人正在跟她冷战。

证据一,她发的微信,他居然一直没回复。

都过去六天了,整整144个小时,抽出几秒钟回个微信就这么难吗?

不可能没看到。

现代人哪个不是手机不离手?

也不会是出差没信号。六天了,就算是去南极考察也该回来了吧?

证据二,当郑好纠结再三,终于在周五晚上给他打了个电话,好心劝他以后出门要小心点时,他只是冷淡地回了一句:"知道了。"

她隐约听见那头有男人醉醺醺的劝酒声,然后,电话就挂断了。

她盯着黑屏的手机,呆愣了半天。

呵,亏她还在为他的人身安危而担忧,他倒好,在外头花天酒地纸醉金迷逍遥快活呢。

还让她热脸贴上冷屁股,真是自讨没趣。

谷小雨听完郑好的牢骚后,纳闷地问:"你这到底是关心他,还是恐吓他啊?"她摆出一副凶恶相,粗声粗气地模仿,"喂!你小子,以后出门小心点!我的板砖可不长眼睛!"

郑好哭笑不得,解释道:"你最近没看新闻吗?有个基金经理下班回家,在停车场被人用锤子凿得满脸是血,现在还躺在 ICU 里呢。"

谷小雨蓦地瞪大眼睛:"天啊!这么吓人!是基民来寻仇吗?"

"八成是。"郑好像煞有介事地说,"我上网搜了一下,你猜怎么着,这些年出事的基金经理还真不少,有人夜跑的时候莫名其妙掉湖里去了,有人在公司门口被基民们追着打,有人的车被砸了,还有的承受不住压力跳楼了……唉,总之,你管的钱越多,风险也就越大。"

谷小雨唏嘘道:"没想到干这一行还挺危险的。韩经理人这么好,应该不会这么倒霉吧?"

"难说。你想想,像我这么温柔体贴、善解人意,"郑好拍拍胸脯,假装没看到谷小雨嫌弃的表情,继续说,"发现自己亏了五万块的时候,都想拿刀砍他,更不用说那些亏得更多、性格偏激的人了。夺人钱财如杀人父母,他跟那么多人有杀父之仇,啧啧,看来我以后得学点防身术了。"

晚上九点半,韩澈的回电才姗姗来迟。

郑好瞥了一眼屏幕,不为所动,在悦耳的铃声中继续干自己的事,硬生生把冷战结束时间又往后拖延了五分钟。

直到第三个电话响起,她才不紧不慢地接通,拖长调子:"喂——"

电话那头传来隐隐的闷笑。

韩澈也说不清为什么,一听到她的声音就想笑,以至于刚刚在席间,他挂断电话后,客户还打趣他一定是女朋友查岗,他才会笑得一脸春心荡漾。

"刚刚在应酬,不方便接电话。"韩澈嘴角的弧度收敛了几分,又轻咳两声,让声音听上去平静如常,"你说什么要小心点?"

郑好趴在软乎乎的床上,单手托腮,脚后跟有节奏地拍打着屁股。

她懒洋洋地说:"就是你一同行最近被打了,所以我来给你提个醒。"

韩澈猜到了她说的是谁。这个消息在圈子里传得飞快,人是前一天晚上被打的,第二天上班,所有人的开场白都是——"哎,你听说了吧?"

韩澈收回思绪,淡淡地说:"这是小概率事件,不用担心。"

"怎么能不担心?"郑好眉头一拧,语气严肃,"我以后带你出去玩,还得顺便当你保镖。万一你被打,我也要遭殃。"

韩澈轻笑一声:"那件事发生在云城吧?那边民风彪悍,治安不好。咱们江城还行。"

"江城也有啊。"郑好怕他掉以轻心,一骨碌翻身坐了起来,正色道,"你没听说吗?有个基金经理被上门讨债的人逼得跳楼了,就是今年年初的事。"

"我知道,"韩澈沉默片刻,声音低沉了几分,"是我同事。"

郑好一时怔住,不知接下来说什么。

耳边的手机有些发烫,烫得脸颊都开始冒汗,良久,她才回过神来,把手机从右手换到左手,喃喃道:"对不起啊,我不知道……"

"没关系。网上传言不实,他不是被讨债的人逼得跳楼,是那天股市暴跌,打击太大,他精神崩溃了。"

郑好唏嘘道:"你们也挺不容易的。"

韩澈淡淡一笑:"所以你不用替我担心。能击倒我的,只有我自己。"

郑好握着手机,怔怔失语。

她仰面倒在床上,心跳怦然。

顶灯洒下一片柔光,电话那头很安静,韩澈也没说话。

两人就这样静静地听着手机里似有若无的呼吸声,想象着对方此刻的模样。

过了许久,韩澈才轻声开口:"周末有什么安排?"

郑好的耳朵紧贴着手机,被焐得热气腾腾。她翻了个身,慢悠悠地说:"周六不行哦,童梦要跑马拉松,我跟小雨要去给她加油助威。"

韩澈笑道:"跑个马拉松还要自带啦啦队?"

"当然啦。"郑好郑重其事地说,"氛围组是每场大赛必不可少的部分。"

"这么爱凑热闹,你自己怎么不去跑?"

郑好不好意思地笑了:"我跑十公里都够呛。"

"那……"电话那头,韩澈沉吟片刻,"如果可以的话,能不能顺便也给我加加油?"

郑好一愣,猛地坐起身:"你也要去跑?"

韩澈"嗯"了一声:"心理医生建议我多去参加户外运动,所以我就报名了,但是……我还在犹豫明天要不要去。"

他一向不喜欢参与这种声势浩大的集体活动,被人围观的感觉让他浑身不自在。

"去啊,都报名了,当然要去!"郑好语气兴奋,一个劲儿怂恿他,"听医生的话准没错,毕竟人家时薪两千呢,每句话都是金玉良言啊。"

韩澈笑了笑,又问了一遍:"你要来给我加油吗?"

郑好看了眼手机,快十点了,附近的打印店应该早就关门了,但她记得店老板就住二楼,等会儿她就去拍门,把他从床上薅起来。

"行啊。"郑好眼睛一弯,连声音都漾着笑意,"时间还早,我去准备准备。"

"准备?"韩澈有些蒙,"你一不是选手二不是志愿者三不是媒体记者,有什么可准备的?"

郑好的笑声中透着几分得意:"哈哈,'社牛'处处是主场。明天你就安心参赛,我保证把气氛拉满!"

两人就这么说定了。

电话正要挂断,郑好突然想起什么,匆忙喊了一声:"哎!等等——"

韩澈拿开的手机又贴回了耳边:"怎么了?"

郑好冷声质问:"我给你发的微信,怎么一直不回啊?"

韩澈愣了几秒才反应过来。

她还好意思问?

"因为……"他叹了口气,幽幽地说,"你缺心眼呗。"

"啊?"

趁她再次发问之前,韩澈挂断了电话,仰头靠在沙发背上长吁一口气。

不敢再聊下去了。

今晚喝了酒,脑子昏昏沉沉的,他怕藏不住心事,暗涌的情绪就如洪水决堤,一发不可收拾。

第八章
/ "社牛"的主场，"社恐"的火葬场 /

周六早晨，风和日丽，晴空万里。

明明才四月份，阳光照在身上就已经有几分初夏的燥热了。等到日头渐高，肯定更热。

韩澈做完检录后，按照号码找到指定区位，进行着简单的热身活动。

周围的参赛选手神色各异，有人一脸兴奋、两眼放光，有人脸色苍白、紧张不安，还有人目光坚定、志在必得。

而此刻，韩澈的脸上只有两个大字——

后、悔。

他脑子里还在循环播放佟掌柜的声音——"额错了，额真滴错了，额从一开始就不该嫁过来……"

正如韩澈此刻的心声。

他错了，他真的错了。

他从一开始就不该参加这个马拉松，如果他不参加马拉松，就不会一时冲动邀请郑好给自己当啦啦队，如果他没有邀请郑好，那么此时站在围观人群最前方的那两个显眼包就与他无关……

虽然郑好和谷小雨两人都穿着一身灰色罩袍——听说这是最新款的防晒衣，自带遮阳帽和口罩，拉链一拉，墨镜一戴，亲爹都认不出来——但韩澈还是一眼就认出了……自己的巨幅照片。

准确地说，这叫易拉宝，街头推销用的。

韩澈在拍西装革履、抱臂远眺、气宇轩昂的职业照时，怎么也想不到这张用于公司宣传的帅照会出现在这种场合，被众人围观欣赏，拍照打卡。

紧接着，在众目睽睽之下，两只"灰色幽灵"又从随身携带的编织袋里掏出了一卷红布，徐徐展开。

这是一面横幅，上面的标语简洁而接地气：麻雀街全体居民预祝童女神、韩老板取得好成绩！

红底白字，喜气洋洋。"韩老板"三个字还是用黄色颜料临时加上去的，写得歪歪扭扭，更引人注目。

韩澈终于明白郑好昨晚要准备的是什么东西了。

他假装没看到,低着头到处找地缝。

郑好的视线在人群中搜寻了一圈,终于发现了鬼鬼祟祟、东张西望、不知在找什么的韩澈。她兴奋得又蹦又跳,一只手摇晃着横幅,另一只手从编织袋里掏出一只喇叭。

"韩老板加油!勇往直前!冲刺终点!"

激情澎湃的呐喊,伴随着一阵"塑料巴掌"的拍掌声,瞬间吸引了所有人的注意。

视觉冲击叠加音效攻击,是"社牛"专属的助威方式。

韩澈羞窘得不敢抬头。他用胳膊挡着脸,在人群里钻来钻去,试图找个犄角旮旯儿的位置将自己隐藏起来。

他早该想到的,"社牛"的主场,就是"社恐"的火葬场。

而此刻,另一位受害者童梦成功利用其他选手的大长腿做掩护,蹲在地上系了十几分钟鞋带,腿都蹲麻了。

比赛快开始了,选手们纷纷站到了指定区域,摩拳擦掌,蓄势待发。

韩澈一连做了几个深呼吸,试图调整心态。

他安慰自己:没事没事,等比赛开始,啦啦队就该退居幕后了。

发令枪响,人群涌动。

与此同时,喇叭声和巴掌声也震天响:"韩老板冲啊——"

韩澈头皮一麻,撒开腿没命地狂奔。

风在耳畔呼啸而过,韩澈很快冲到了第一,两旁的摄像机对准了他的侧脸,一路紧紧跟随。

他脑子里只有一个想法:快逃!

马拉松开场才十几秒钟,韩澈就已经以博尔特的速度蹿出去百米远。直到确认郑好和她的魔音被远远地甩在身后了,他才逐渐放慢脚步,以正常的速度前进。

马路两侧围观的人群渐渐零星,摄像头也离开了他,去捕捉各式各样的面孔,他心情稍稍放松。身边多了一群同行的人,也让他多了几分安全感。

旁边有位精神矍铄的大爷主动搭腔:"小伙子,第一次跑马拉松吧?看你像个新手。"

身后有位大哥接话:"对啊,你一下子冲那么快,不仅消耗了自己的体力,也把其他人的节奏打乱了。"

右侧又插进一个大妈的声音:"马拉松是持久战,不是闪电战,拼的是耐力,不是爆发力。"

几个人你一言我一语,围着韩澈聊上了。

韩澈只得笑了笑,有苦难言。

今年的江城马拉松共有两万多人参加,除了少数特邀选手,大部分都是普通市民,有人热爱运动,有人喜欢挑战,还有人纯粹是来玩的,比如刚刚从韩澈身边经过的一支"葫芦娃"队伍。

韩澈本以为这是大赛的吉祥物，视线一转，又看见一只绿色的"大青蛙"在蹦蹦跳跳，跟路边的加油团互动击掌。

他不禁感觉震惊。听说今天最高温度有30℃，也不知玩偶里的人能不能扛得住。

过了会儿，又冒出一个"美猴王"，一路耍着金箍棒，红色披风在身后飞舞，很是招摇。

好好的马拉松居然成了"社牛"大舞台，真是令e人（性格外向的人）狂喜，i人（性格内向的人）闻风丧胆。

韩澈看着那群活蹦乱跳的身影，又忍不住想起郑好，她要是参赛，不知道会装扮成什么牛鬼蛇神。

想着想着，他又忍不住笑了。

路过一个补给站，韩澈从志愿者手里接过一根香蕉，放慢脚步，边跑边剥皮，刚要塞进嘴里，耳边突然爆发一道响亮的敲锣声。

韩澈吓得一哆嗦，半截香蕉飞了出去。

他扭头一看，郑好不知何时又出现在了路边，拿着大喇叭激情澎湃地喊起了口号："春风吹，战鼓擂，我们韩神怕过谁！"

"哐——"

又是一记敲锣声，来自她旁边的谷小雨。

韩澈目瞪口呆。

不只是他，赛道上的选手、栏杆后面的围观人群，以及补给站的志愿者们，都被这一记惊天动地的锣声吸引了目光。

韩澈还听见前面那只绿青蛙玩偶里的人说："我的天，牛啊！"

太羞耻了！

他想当场咬舌自尽。

郑好对上韩澈的视线，顿时眉开眼笑，激动地冲他招手。

韩澈吓得一个箭步往前冲，试图用"绿青蛙"硕大的身躯遮挡住自己。

人虽然看不见，但呐喊还在继续："锣声响，箭步飞，我们韩神勇敢追！"

韩澈吓得撒开腿狂奔，犹如被一群狗撵着跑。一口气跑了好远，直到锣声和喇叭声彻底听不见，他才敢停下脚步，弯腰撑着膝盖，大口大口喘着粗气。

一会儿猛冲一会儿停步，犯了马拉松的大忌，可他已经顾不得那么多了。

他从饮水站拿了一瓶水，从头顶淋下，给自己快速降温。等呼吸均匀，心跳平缓，他又拿了瓶水，重新上路。

请佛容易送佛难，韩澈一边跑一边沉痛反思，他为什么会想不开，请来这尊大佛呢？

他幻想中的加油，是像学生时代那样，男生在篮球架下挥汗如雨，女生安静地站在场边，等休息时递上水和毛巾，然后在其他人暧昧的哄笑声中，一脸娇羞地跑开。

现在想想，真是大错特错。

"娇羞"这个表情，就不可能在郑好的脸上出现。

日头渐高，阳光炽热，赛道上没有树荫遮挡，韩澈的前胸后背已经被汗水浸透了，但他的心情异常轻松。

郑好说自己跑十公里都够呛，照理来说，现在应该跑出她的势力范围了吧？

事实证明，韩澈还是过于乐观了。

郑好就不是个按常理出牌的人。

韩澈跑着跑着，突然听到路边传来一阵喜气洋洋的歌声："好运来，祝你好运来，好运来，带来喜和爱……"

心头闪过一丝不祥的预感。

他提心吊胆地转过头，还以为自己大白天见了鬼——栏杆外，一个西装革履的男人缓缓"飘"了过去。

定睛一看，这不是他的巨幅照片吗？

再仔细看，那张易拉宝正架在一辆共享单车上，单车把手上还拴着一个喇叭，《好运来》的歌声就是从那里传来的。

骑车的人从易拉宝后面探出了脑袋，冲韩澈咧嘴一笑，兴高采烈地挥挥手。

韩澈已经麻木了。

反正已经"死"过两次了，这次就当是鞭尸吧。

此刻，他心里只有一个念头，回去就向公司提出申请，把这张给他留下永久心理阴影的照片撤了，再把原件和复印件通通销毁。

后面又驶来一辆共享单车，车头拴着一面锣。

谷小雨看到韩澈，急忙刹车，从袖口掏出一根棒槌，手高高举起。

"哐"一声，震得韩澈脑子"嗡嗡"直响。

不行不行，他得赶紧逃离社死现场。

就在韩澈准备加速时，几个工作人员将共享单车团团围住，以干扰比赛为由，要没收郑好和谷小雨的"杀伤性武器"。

该！

韩澈边跑边回头，冲她们笑得幸灾乐祸。

摆脱了第三波攻击后，韩澈继续保持匀速前行，穿过历史悠久的老城区，跑过高楼林立的CBD，经过江城地标性建筑，一路欣赏着沿途的风景。

天气虽然炎热，但微风和畅，阳光明媚，一草一木都清新可爱，让人心情愉悦。

前方不远处就是东湖，赛程即将过半。

湖面波光粼粼，风一吹，阳光就跃进了眼里。韩澈微微眯起眼，时而仰头望着天上的云，时而低头欣赏湖边的花草，在微风中感受着这片熟悉的风景带来的新奇体验。

跑到三十公里时,韩澈渐渐体力不支,脚步越发沉重。路过补给站,他喝完一瓶水,又吃了两根香蕉,才稍稍恢复了体力。

他平时有健身的习惯,每天上班前会在跑步机上跑半个小时,晚上再沿着江边步道跑二十公里,但这种训练强度来跑马拉松,还是稍显吃力。

过了三十五公里,韩澈已经是汗如雨下,浑身肌肉酸痛,每一次抬腿几乎都耗尽全力。

他一路上咬牙强撑着,终于跑完东湖绿道,这就意味着距离终点不远了。

最后两公里,韩澈完全是凭借意志力强撑着跑的。

终点线就在前方,密密麻麻的人群挤在两旁,向每一个即将冲线的人加油鼓劲。

韩澈的呼吸越发沉重,意识也越来越模糊,左腿和右腿不断进行着机械的交替,艰难地抬起,再沉重地落下……

蒙眬中,他看见人群的最前方有一抹熟悉的灰色。

韩澈强迫自己打起精神,聚焦视线辨认,果然是郑好和谷小雨。

两人都张着嘴,激动地呼喊着什么,手上还举着一串红彤彤的东西,像一串红辣椒。

这又是什么奇怪的习俗?

韩澈迷迷糊糊地想,难道是要庆祝丰收的喜悦吗?

终于挨到了赛道的尽头,韩澈冲刺的一瞬间,浑身的力气都被抽空了,双腿一软,虚弱地瘫倒在地上。

"韩澈!韩澈!"

头顶传来郑好焦急的呼喊,伴随着一阵噼里啪啦的响声。

韩澈虽然身体累瘫了,但意识还算清醒,他总算知道那两串红辣椒是个什么玩意儿了。

是过年放的电子鞭炮。

因为同时响起的,还有那首过年期间飘荡在大街小巷的歌曲。

"恭喜你发财,恭喜你精彩……"

韩澈呼吸一窒,脑袋一歪。

还是死了算了。

几个志愿者七手八脚地把韩澈抬到医疗点,医生给他做了个简单的检查,确认心率和心肺都正常,身体也没有外伤,只是短时间内运动量过大,乳酸堆积造成肌肉酸痛,用冰袋冰敷一下就行。

韩澈软趴趴地坐在地上,后背倚着一棵树才勉强没有倒下去。郑好和谷小雨蹲在两侧,将冰袋摁在他的腿上。

郑好"啧啧"称赞:"才跑了四个半小时,厉害厉害。"

"真的?"韩澈睁开眼,虚弱地笑了笑。

他赛前设立的目标是五个小时跑完全程,没想到最后的成绩远超预期。

一定是被狗撵着跑的缘故。

冰敷了半小时后，韩澈在郑好的搀扶下艰难地站起身，才走了两步就疼得"哎哟哎哟"直叫唤，于是又一屁股坐到地上。

郑好鼓励他："坚持一下，回家躺着吧。"

韩澈有气无力地摆摆手："坚持不了，我估计未来三天都下不了床。"

"那你怎么回去？"

附近交通管制，郑好和谷小雨是打车过来的，下车又走了一公里才到马拉松终点站。

韩澈扭头看向医疗点："要不……叫辆救护车？"

"你又没什么大病，就别浪费医疗资源了。"

"软骨病也是病啊。"

郑好嫌弃地"啧"了一声，起身去跟谷小雨商量："要不咱们把他抬到路口吧？"

谷小雨神色为难，但还是愿意一试。

两个姑娘一人架着韩澈的胳膊，一人抓住双腿，脸都憋红了，才勉强把他的身子抬离地面。

下一秒，两人都泄了劲儿，韩澈又落回原点。

"不行不行……"郑好喘着粗气，斜瞥着韩澈，"看你也不胖啊，怎么这么沉？"

韩澈没好气地瞥回去。

你说呢？本人再瘦，也有一米八六呢。

思忖片刻，郑好灵机一动，向谷小雨提议道："你见过农村过年杀猪吗？咱们把他的手脚一绑，用一根木棍穿进去，扛起来……"她手舞足蹈地比画着，越说越兴奋。

韩澈急了："喂！"

这么变态的计划，要是真的执行起来，他明天肯定会上江城头条。

谷小雨还算冷静："咱们去哪儿找绳子和木棍？他这么沉，得找一根结实的棍子。"

郑好在大编织袋里翻找一番，无果，只得打消了这个念头。

她很快又想到个馊主意："要不把他塞袋子里，咱们一人提一边，提到车上去？"

谷小雨低头打量着这个硕大的红格子编织袋，不太放心："这袋子能承受一个成年人的重量吗？"

"应该可以，"郑好语气笃定，"我看到好多杀人抛尸用的都是这种袋子。"

韩澈腹诽：越来越离谱了！

他简直忍无可忍："你们的脑回路能不能正常点？给我借个担架、租辆轮椅，或者用共享单车把我扛出去都行，能不能别一会儿杀猪一会儿抛尸的？干脆把我肢解运出去算了！"

郑好一愣，又钻进大编织袋里翻翻找找，还喃喃自语："不行啊，我没带锯子……"

韩澈两眼一翻。

死了算了！

最后，在韩澈的以死相逼下，郑好终于放弃了各种变态计划。她去医疗站租了辆轮椅，跟谷小雨一人架一只胳膊，把"半身不遂"的韩澈扛了上去。

谷小雨把杂物都塞进编织袋，说："你们先回去吧，我还得等童梦。"

郑好伸长脖子，眺望着赛道方向："她跑到哪儿了？"

"不知道，她说预计六小时跑完。"谷小雨看了眼手机，估算了下时间，"还早着呢。"

"行，那我们先走了。"

跟谷小雨道别后，郑好推着轮椅往出口方向走去。

前面是一条长长的下坡路，因为交通管制，车进不来，人也少，一路畅通无阻。

郑好又起了坏心思。

"哎。"她弯下腰，凑到韩澈耳边，"你玩过滑板车没有？"

"没有。"韩澈突然有种不好的预感，下意识地抓紧扶手，"你想干吗？"

"我以前玩过胡坨坨的滑板车，太小了，不过瘾。"郑好叹了口气，语气突变，"咱们来玩把大的？"

韩澈倏地瞪大双眼，后背紧绷，用仅剩的力气发出一声呐喊："No！"

"放轻松。"郑好一脸坏笑，双手紧握住把手，调整好轮椅的朝向，一只脚踩在轮椅下方的横杠上，俯下身，瞄准前方。

"一、二、三——"说着，她另一只脚在地上猛蹬两下，"开炮！"

伴随着这一声冲锋的号角，轮椅疾速俯冲下斜坡，车轱辘与地面摩擦，发出欢腾的声响。

风扑打在脸上，韩澈被颠得一上一下，几次差点飞出去。他后背直冒冷汗，只得死死抓住扶手，身体紧贴着轮椅，生怕一个颠簸就人仰车翻。

坐过山车好歹还有安全措施呢，他这完全是以身试险，拿命跑酷。

郑好迎着风放声大笑，笑声畅快而恣意，让韩澈在担惊受怕之余，也感到了一丝宽慰。

能让她笑得这么开心，值了。

一路上几乎不需要用力，郑好一只脚悬空，偶尔蹬一下地面提速。

眼看就要到斜坡尽头了，她轻盈地跳下来，跟着轮椅小跑几步，然后猛地刹住脚步。

车是稳稳刹住了，人就……

韩澈一个猛子栽进了路边的花丛里。

"哎哎哎……"郑好顿时慌了神，赶忙冲上前去把韩澈从灌木丛里扒拉了出来。

韩澈脸上灰扑扑的，头发乱成了鸟窝，还挂着几片枯叶，额头也被灌木枝刮了几道血口子，模样相当狼狈。

他奄奄一息地倒在地上，由半身不遂变成了全身不遂。

"'骚瑞'啊。"郑好的道歉听上去毫无诚意，甚至还在憋笑。

她抱住韩澈的脑袋，使劲儿掐他人中："你还好吧？"

在她的大力掐揉下，韩澈终于睁开了眼睛。

他面如土色，生无可恋，嗫嚅道："等你老了，我也这么玩你。"

郑好"扑哧"一笑："行啊，有你这样的玩伴，我求之不得。"

回到家已经是下午一点多了，韩澈早已饿得浑身无力，郑好也是饥肠辘辘。她点了份外卖，又在买菜软件上买了排骨、牛肉、活虾，准备晚上做顿大餐，给韩澈好好补补。

"你先躺着，外卖到了我喊你。"

郑好正要把轮椅推进卧室，被韩澈阻止了："等等，我先洗个澡。"

他出了一身汗，又栽进花丛里沾了一脸泥，整个人又脏又臭，跟穿了一星期的袜子似的。

他坚决不允许这种脏东西上床。

郑好嗤笑一声，把轮椅转了个方向，推进了浴室。

韩澈颤颤巍巍地站起身，艰难地挪动着双腿，扶着墙站在花洒下，小腿直哆嗦。

郑好看着都心疼，好心问道："你自己能洗吗？要不要帮忙？"

韩澈回头瞥她一眼，幽幽地说："你还真不把自己当女的。"

郑好这才反应过来。

她脸一红，嘴硬道："你想什么呢？我这不是怕你摔倒嘛，到时候还得我来扶……咱们现在就是病人和护工的关系，你能不能别满脑子黄色物料，什么都往那方面想……唉，算了算了，懒得跟你说。"

她骂骂咧咧地推着轮椅走了。

浴室里传出"哗哗"的水声，隔着磨砂玻璃门，隐约能看见他的轮廓，影影绰绰的。

郑好莫名面红耳热，心突突跳得飞快，忍不住心猿意马。

看他那弱不禁风的样子，应该支撑不了多久，万一摔倒了，她是扶还是不扶呢？

就算他能靠自己洗完澡，还有力气穿衣服吗？会不会围着一条浴巾就出来了？上半身还淌着水，水珠顺着他坚实的胸肌往下滑……

这画面，真是赏心悦目。

郑好"咝"了一声。

打住！

他还是个病人呢，作为护工，能不能有职业操守？

她继续遐想，按照电视剧的套路，他的浴巾肯定系得不牢，走两步就得掉。那到时候，她是看还是不看呢？

她可以趁他俯身捡浴巾时飞快地瞟一眼，这样既可以大饱眼福，又能保住她尽职尽责的护工形象。

郑好"咔咔"地笑了。

就在她浮想联翩时，浴室的门开了。

水雾缭绕中，韩澈扶着门框，步履蹒跚地走了出来。他穿着白衣灰裤，头发湿漉漉地耷在额前，清爽中又透着几分虚弱。

郑好一愣，纷飞的思绪被收回，一颗心落回了肚子里，又生出一丝失望。

都穿好了啊？

哎哟，这么见外干吗？她又不是坏人。

韩澈扶着墙壁向她求救："快来扶我一把，我走不动了。"

郑好反应过来，急忙上前将他搀扶到轮椅上。正要往主卧推去时，她突然感受到一股阻力，低头一看，原来是韩澈抓住了车轮。

"我不想睡床，"他嘟囔着，"想睡躺椅上。"

郑好"哦"了一声，转身就把轮椅往书房方向推。

韩澈仍不撒手："我不想睡书房。"

"那你想睡哪儿？"

"客厅。"韩澈指挥她，"你把躺椅挪到沙发边，我想看会儿电视。"

"事真多。"郑好没好气道，把轮椅推到了客厅，"你等着。"

她跑进书房，将躺椅拖了出来，安置在沙发边。

"现在行了吧？"

"再去我床上拿条毯子，对了，飘窗上有个靠枕，一起拿了。"

郑好叉着腰瞪他："你小子……"

"我是病人。"韩澈嘴一瘪，可怜兮兮地望着她，额上的几道伤口还泛着红。

郑好心一软，无奈地叹气。

拿来毯子和抱枕后，郑好又依照韩澈的要求把毯子对折，铺在躺椅上，再把他搀扶过去，最后还得把抱枕垫在他的腰后。

韩大爷舒舒服服地窝在躺椅里，环视四周，又吩咐郑好："光线太亮了，把纱帘拉上吧。"

烦死了。

郑好眸中冷光一闪，"嗖嗖"飞出两记眼刀。

她嘴上虽然抱怨着，身体还是很听话，一会儿拉窗帘，一会儿倒水，一会儿开空调……

韩澈抿唇偷笑。他早就发现了，她就是嘴硬心软，骂得比谁都凶，干活比谁都利索。

忙完这一切，韩澈总算消停了，郑好也终于能坐在沙发上歇会儿了。

茶几上摆放着一盆绿植。

郑好双眼放空，怔怔地看了会儿，突然觉得很眼熟。

哎，这不是她的那棵柠檬树嘛！

郑好眼睛一亮，急忙凑近一瞧，柠檬树已经秃了一半，看起来有些凄惨。在一片叶子的背面，一条绿色大肉虫正慢慢蠕动着。

"哇！"郑好惊叹道，"这是韩美丽？它绿了！"

韩澈也倾身向前，伸长脖子左看右看："哪儿呢？"

郑好指给他看，没好气地说："你根本就不关心它！"

"它昨天还没变啊。"韩澈有些委屈。

为了照顾好韩美丽，他壮着胆子把柠檬树搬回了茶几上，每天上班前下班后都要来看一眼这条虫子。明明昨晚还是一坨鸟屎的状态，谁知道今天就华丽变身了。而他，如此兢兢业业，还要被前主人嫌弃不上心。

他上哪儿说理去？

大绿虫慢吞吞地啃着树叶，旁边两个人类像看吃播一样看得津津有味。

郑好心念一动，抬眼望着韩澈："哎，给你表演个魔术。"

她从柠檬树上折下一小截枯树枝，戳了下韩美丽的大脑袋。

"咻——"

大绿虫嘴里飞快地吐出一根黄色的"Y"形舌头，过了几秒才慢慢收回，随后，空气中弥漫着一股刺鼻的味道。

韩澈看呆了，"嘿嘿"直笑："好玩。"

他从郑好手里接过枯树枝，轻戳了一下大绿虫的脑袋，黄色舌头倏地吐出，就像蛇吐信子。

他又有了新发现："看，它的眼睛好大啊。"

"你有没有做功课？"郑好斜他一眼，"这是花纹，伪装成眼睛来吓唬敌人的。"

"哦哦。"韩澈虚心受教。

他感觉他们就像一对新手父母，面对刚诞生的小宝宝满眼新奇，满心欢喜，又不免手忙脚乱。

"吃播"进行到一半时，门铃响了。

郑好起身，大步往门口走去，抱怨道："外卖总算来了，我都快饿死了。"

打开门，门外站着一个中年女人。她身材修长，穿着一身剪裁合体的浅色风衣，梳着优雅的发髻，手上还拎着几个袋子。

郑好暗暗感叹，不愧是豪华小区啊，物业管家穿得都像刚从巴黎时装周回来的。

"辛苦了。"郑好冲她一笑，向前探身去拿袋子。

女人却没松手。

郑好一愣，抬眼望着她，疑惑道："这不是给我的吗？"

"你是哪位？"女人居高临下地睨着郑好，眼神凌厉。

"我是……"郑好很快反应过来，松开手，直起身，与女人平视，"是这样的，韩先生病了，不方便下床。"

女人眉毛一挑，露出狐疑的神色："病了？"

"嗯。"郑好没有过多解释，伸手去拿袋子，"东西给我就好。"

女人手上力道加大，语气咄咄逼人："你还没说你是谁。"

郑好有些头疼。这什么管家，也太难缠了吧，比亲妈管得还宽。

两人谁都不肯松手。

僵持中，屋里突然传来一声："妈——"

刚刚还挺硬气的郑好听到这声"妈"，霎时吓得脖子一缩，后背贴墙站得笔直，像只乖巧的小鹌鹑。

"呃，那个……"她尴尬地笑着，舌头都捋不直了，"阿姨好，我那个啥……"

韩母冷着脸，斜她一眼，径直走进玄关，高跟鞋踩得"噔噔"响。

郑好肩膀一松，长吁一口气，正要关门，忽然听见电梯传来"叮"的一声。紧接着，又有个男人一路小跑着出现。

定睛一看，是上次给他们送了三次外卖的物业小哥。他拎着两大袋东西，一边喘气一边道歉："不好意思，韩太太，我刚刚去门口给韩先生取外卖，您怎么自己上来了？"

韩母回头看了物业小哥一眼，没说话，又把视线转向郑好。

郑好愣了两秒才反应过来。她急忙从小哥手里接过外卖，道了声谢，然后关上门。

客厅里陡然安静下来，只听见高跟鞋蹬地的声响，一步一步，不紧不慢，仿佛踩在郑好的太阳穴上。

郑好没来由地紧张起来，双脚仿佛钉在了玄关，一时不知道该挪去哪儿。

韩澈还坐在躺椅上，见到韩母，也只是微微支起上身，平静地问："妈，您怎么来了？"

韩母把手上的礼盒搁在茶几上，双手抱臂，立在韩澈面前，眼神带有几分审视的意味。

"你去跑马拉松了？还上了新闻？韩清说在电视上看到你了。"

韩澈往椅背一靠，胳膊枕在脑后，懒洋洋地说："就为这事？"

他也就在新闻里出现了一秒钟，结果这一上午，至少有二十个同事、同学、亲友发微信询问这事。他一概没理，准备等到晚上再统一回复。

"受伤了？"韩母注意到他额头上的几道口子，眉心微蹙。

"没有，就是运动量太大，肌肉酸痛，躺一会儿就好了。"

韩母脸色略有缓和。

她绕过茶几，坐在沙发上，冲玄关的方向抬了抬下巴："这位是？"

韩澈刚要开口，被郑好抢先一步："哦，我是……俺是护工，韩先生叫俺过来照顾他。"

这拙劣的演技、这朴实的口音……

韩澈低下头，唇角情不自禁地弯起，又迅速收敛。

也许是郑好的打扮太普通，又折腾了一上午，搞得灰头土脸的，所以护工这个身份似乎也说得过去。

韩母并未生疑，只是对郑好手里的东西颇为不满："这是你点的？你们公司允许你在雇主家吃外卖？"

"啊？这个……"

郑好一时愣住，还没想好该怎么辩解，就被韩澈接过话："是我点的。我刚回来，还没吃午饭。"

韩母眉头又皱起来："点的什么？我看看。"

郑好讷讷地走上前，把外卖袋搁在茶几上，慢慢打开。

茶几上挤得满满当当的，韩母又指挥她干活："把我带来的东西放进冰箱。里面有一罐佛跳墙，拿出来热热。"

郑好如获大赦，急忙拿起大包小包，一溜烟儿躲进了厨房。

好吓人。

说不出来为什么，她总觉得这个女人的压迫感好强，像极了她学生时代最怕的班主任。

韩母从外卖袋里依次拿出意面、炸鸡、比萨，还有两罐可乐。她眉头越蹙越紧，脸色阴沉得要滴出水来。

"你就吃这种东西？"她质问韩澈，"一罐可乐含多少糖你知道吗？"

韩澈缓了缓呼吸，耐着性子跟她解释："我今天体力消耗太大，需要补充能量。"

"那就更得吃点有营养的东西。"韩母把餐盒装回袋子里，又扯了两张纸巾，嫌弃地擦了擦手。

韩澈一时无言，侧眸望向阳台。

纱帘被风吹起一角，远处，几只白色水鸟舒展着翅膀，在江面翱翔。

安静片刻，韩母又开口了："没事儿去跑什么马拉松？你们公司要求的？"

韩澈轻嗤一声："哪家公司会这么无聊？我就是自己想跑呗。"

"跑这个有什么用？"

韩澈心情莫名烦躁，音量骤然抬高："没用！就是玩玩，行了吧？"

韩母语气不满："你都快三十了，玩心还那么大，小心玩物丧志。"

韩澈紧抿着唇，呼吸越发沉重，像是有什么东西压在胸口，他越想挣扎，就会被压得越紧。

两人都没说话,气氛沉默得近乎压抑。

就在这时,郑好轻手轻脚地走了过来,双手端着一罐佛跳墙,小心翼翼地放在茶几上。

韩母打开盖子,一股浓香扑鼻而来。

"我没胃口。"韩澈转过头,拒绝接过韩母手中的汤勺。

郑好默默咽了下口水,肚子不争气地叫了两声。

真是旱的旱死涝的涝死,你不吃给我吃啊。

韩母盖上盖子,语带嘲讽:"吃垃圾食品你就有胃口了是吧?"她快速起身,拎起外卖袋,扔进了门口的垃圾桶里。

郑好倒吸一口凉气,在心里骂了句脏话。

浪费食物不能忍!

尤其是当着她这个饿得前胸贴后背的人的面,扔掉她辛辛苦苦等来的外卖,简直罪不容诛!

郑好偷偷瞥了一眼韩澈。从这个角度,只能看见他的侧脸,下颌线绷得紧紧的,嘴唇被咬得毫无血色。

郑好默默叹了口气。他也挺难的,还是忍忍吧,别跟他妈妈起冲突。

话说回来,有这样的妈,难怪他会抑郁。

郑好对他又多了几分同情。

她正要把佛跳墙再端回厨房,又听见韩母命令道:"就放这儿,他饿了自然会吃。"

"妈!"韩澈转过头,目光冰冷地看着韩母,"探完病该走了吧?我累了,需要休息。"

"急什么?我还有事要问你。"韩母停下来,刻意瞟了郑好一眼。

郑好没白看这么多宫斗剧,一个眼神立马心领神会。她赶紧起身,撤退回了厨房,躲在门后,长长地吐出一口气。

但这里毕竟不是深宫大院,母子俩的对话声还是清晰地飘进了郑好的耳朵里。

"听佳佳说,你谈了个女朋友,还是个单亲妈妈?"

郑好瞳孔倏地放大。

什么?这厮有女朋友了?还带着孩子?佳佳又是谁?

噫,私生活好混乱,真是知人知面不知心。

郑好恨恨地咬牙。

韩澈的声音低沉,听得不真切。郑好刚探出去半个脑袋,又听见韩母说:"要不是佳佳在婚礼上碰到你们,我还一直被蒙在鼓里。韩澈,你到底是怎么想的?找谁不好,偏要找个带孩子的?"

婚礼?是上周那场吗?

郑好突然反应过来——这个单亲妈妈,不会是她自己吧?

她拍拍胸口，长吁一口气。

还好还好，虚惊一场。

不知道韩澈说了些什么，韩母的声音立刻高了八度："我不同意！你马上和这女人断了，不然以后别喊我妈！我丢不起这个人！"

郑好吓得又缩回了厨房。

她假装洗菜、切菜、打开抽油烟机，试图制造出更大的动静，但客厅里的争吵声愈来愈烈，怎么都盖不住。

她盯着水流怔怔失神，心里有点酸涩，又有点惆怅，许多说不清道不明的小情绪堵在胸口，难以纾解。

虽然她不是单亲妈妈，但是看韩母这趾高气扬的态度，多半也是瞧不上她的。

别说恋人，怕是连普通朋友都不会被允许。

郑好正胡思乱想着，突然听到一记重重的摔门声。她壮着胆子探头一看，韩母终于走了，客厅里只剩下韩澈一人。

郑好总算解脱了。

她第一反应是跑去玄关，往垃圾桶里一看，幸好，韩母没有随手带走垃圾的习惯。

她赶紧拎起外卖袋，拍拍上面的灰，重新放回茶几上。

"赶紧的，饿死我了。"郑好盘腿坐在地毯上，把餐盒一一摆好，拿起一块比萨塞进嘴里，囫囵几口吃完。

啊，大满足。

半天没听到韩澈的动静，郑好疑惑地抬起眼，却看见他依然侧着头，怔怔地盯着阳台，不知在看什么。

"哎哎……"郑好拍拍韩澈的膝盖，"你要吃哪个？比萨还是佛跳墙？"

韩澈这才收回视线，声音略显沙哑："随便吧。"

郑好仰头望着他，挑挑眉，眼神充满期待："哎，我能尝一口吗？"

韩澈一愣："什么？"

"佛跳墙啊，我还没吃过呢。"郑好打开盖子，深吸一口气，感叹道，"好香啊，还热乎着呢，肯定好吃。"

韩澈垂眸凝视着她，终于露出了笑容。

"你吃吧。"他拿起汤勺递给她，"我不爱吃这东西。"

"啊？那你吃什么？"

韩澈拉开可乐罐，仰头畅饮一大口，又拿起一块炸鸡，笑着说："我就爱吃垃圾食品。"

郑好这才放下心来。

她怀着朝圣的心情舀起一勺汤，递到唇边细细品尝。

嗯，汤浓而不腻，鲜而不腥，入口醇香，回味无穷。

再舀起一块瑶柱,在舌尖细抿,肉质嫩滑可口,让人欲罢不能。郑好吃得津津有味,一抬眼,见到韩澈正在吃炸鸡,又有些于心不忍。

"其实你妈妈还挺关心你的,她拿来的都是好东西,什么雪蛤、黑松露、西洋参,还有一根超大的西班牙火腿。"郑好两眼放光,搓了搓手,"待会儿我研究研究,看怎么做好吃。"

韩澈低哼一声:"都扔了吧。"

"啊?"郑好傻眼了。

韩澈神色冷漠:"我不需要这些东西。"

郑好急了:"那也不能这么浪费啊!你不需要,可以……"她咽了咽口水。

韩澈一眼就看透了她的心思:"你想要啊?"

郑好厚着脸皮点点头。

"都拿去吧。厨房柜子里还有好多,都是她拿过来的。你注意看日期,要是喜欢就都拿走。"

"那多不好意思……"面对天降横财,郑好反倒扭捏起来了,"其实你妈妈对你挺好的,就是……说话有点难听。哎呀,父母都这样,刀子嘴豆腐心。"

韩澈垂下眼眸,眼底覆下一片阴霾。

"我比你了解她。"他牵起唇角,笑容里透着几分苦涩,"她是个很功利的人,做什么事都有目的。"他把视线转向茶几上的绿植,"就比如刚刚她看到这棵柠檬树,问我为什么要养这种花,不好看,也没什么用,不如养兰花,可以修身养性。她还说家里有两株翡翠兰,五万一株,明天给我送一盆来。"

"啊?这个……"郑好一时不知该怎么评价,只好没话找话,"兰花也好看啊,你要是喜欢……"

"关键是我不喜欢。"韩澈打断她的话,"我问她为什么养兰花可以修身养性?一株植物而已,跟人的品性有什么关系?养花一定要达到什么目的吗?我就不能只是因为喜欢而去做什么事吗?"

"对。"郑好忍不住鼓掌,"说得真好。"

"然后她就发火了,"韩澈无奈地笑了笑,"又是那堆陈词滥调。我以前都会忍着,今天也许是心情不好,就跟她大吵了一架。"

郑好也说不清为什么,看着他的笑,心头忽然涌上一股酸涩。

她坐到沙发上,试探地伸出手,揉了揉他的头发。

他的头发还没全干,在她的掌心留下水渍,又慢慢洇干。

她轻声安慰道:"没关系的,吵架很正常啊,我跟我妈就是三天一小吵五天一大吵。现在他们搬到郊区了,我想吵架还找不到人呢。"

"是吗?"韩澈笑了笑,"你家里的气氛肯定很好,才会养出你这种性格的小孩。"

郑好嘻嘻笑道:"还行吧,我爸妈都挺可爱的,下次带你去看他们。"

韩澈微微一愣。

今天的见面纯属意外,但是登门拜访的意义完全不同。

"这个……太快了吧?"

郑好不以为意:"快什么快?带朋友回家玩,这不是很正常嘛。童梦和小雨都去过我父母家,还住了好几天呢。"

韩澈犹豫许久,最后郑重地点点头:"行。"

吃过午饭已经快三点了。

韩澈在躺椅上睡了一觉,再次睁开眼,窗外天色青黑,暮色笼罩着客厅。

一瞬间,寂寞如潮,汹涌而来。

"郑好?"他试探着喊了一声。

从厨房传来一道女声:"哎!你醒了?"

厨房门"哗啦"一声拉开了,郑好端着一大盆汤,踮着小碎步走了出来。

她问韩澈:"想在哪儿吃?餐桌还是茶几?"

韩澈看着她漾着笑意的脸,心头一片柔软。

她还在,真好。

躺了一下午的韩澈已经能自己站起来勉强走两圈了。他颤颤巍巍地走到餐桌旁,看到满满一桌的菜,着实有些意外。

香菜牛肉、西芹炒虾、清蒸鲈鱼、白灼菜心,还有一大盆冒着热气的玉米排骨汤。

韩澈眼都看直了。

"恕我冒昧,这些是你做的,还是点的外卖啊?"

郑好把碗筷摆好,拉开椅子坐下,得意地扬眉:"我就当你在夸我喽。"

她给韩澈盛了碗汤,叮嘱道:"对了,炖锅里还剩半锅汤,你记得放冰箱,明天可以煮面吃。"

韩澈心头一暖,刚要回一句"好",忽然领悟到她的弦外之意:"你明天不过来?"

郑好捞起半根玉米,一边啃,一边说:"我来干吗?大周末的,我得出去玩呢。"

韩澈一愣:"不带我啊?"

语气中透着几分委屈。

"你不是瘫了吗?好好躺着吧,争取早日上班。"

"你你你……"韩澈气得吃不下饭,筷子一搁,义正词严,"你还有没有心啊?我都病成这样了,你好意思一个人潇洒快活?"

郑好一口玉米噎在嘴里,愣了几秒才艰难地咽下去。她为难地说:"你的病也不是我造成的啊,而且我又不是专业护工。"

韩澈理直气壮道:"要不是你,我能伤得这么重?"

郑好被他气笑了。

不就是破了个相嘛，怎么还讹上她了？妥妥的农夫与蛇啊。

"行吧行吧，明天我过来。你这怪脾气，除了我，谁伺候得了？唉……"

先忍这一时吧，谁叫他是个病人呢，又受了亲妈的气，怪可怜的。

郑好嘟嘟囔囔，顺手夹了块鲈鱼到碗里，低头挑刺时，忍不住笑了。

韩澈的嘴角也不自觉上扬，急忙埋头佯装喝汤，脸上的笑意却越来越浓，收都收不住。

第二天一早，郑好正要出门，被两个正在刷牙的姐妹一前一后地挡住，动弹不得。

"又去？"童梦满嘴泡沫，声音含混，"我看你干脆住他家好了。"

谷小雨一脸暧昧的笑容："你懂什么？直接同居，就感受不到一日不见如隔三秋的浪漫了。"

"哎呀，你们俩能不能刷完牙再说话，溅我一脸沫子。"郑好佯装发怒，掩饰着心虚，"人家腿脚不便，我去照顾一下怎么了？"

谷小雨阴阳怪气："奇怪了，童梦也跑完了全程，她怎么没事？"

童梦配合地抬起一条腿，架在门上，向郑好展示。

"……他比你跑得快嘛。"

郑好丢下一句苍白无力的解释，落荒而逃，关门时还听见身后两个女人在"哟哟哟"地怪叫。

今天比昨天更热，郑好一路骑着电瓶车，到韩澈的小区门口时，后背已经出了一层汗。

幸运的是，门口保安居然认出了她，还主动放行。七弯八绕终于来到韩澈楼下，郑好蹲在大门口给他打电话。

电话接通，郑好兴冲冲地说："我到了，你快下来吧！"

"稍等。"韩澈声音压得很低，过了会儿才听到他再次开口，"我妈来了。"

"啊？"郑好大惊失色，猛地弹跳起来，像只无头苍蝇转来转去，"咋办？要不我先走？"

"哎！别走！"韩澈急声阻止，又小声解释，"我妈昨天不是说要给我拿盆兰花嘛，你等会儿，她马上就走……"

话未说完，客厅里突然传来一声凄厉的尖叫，韩澈吓得一个激灵，手机差点飞了出去。

叫声足足持续了五秒，有地崩山摧之势，几乎将整栋楼贯穿。

"怎么了？"韩澈飞快地跑进客厅，看到韩母正瘫坐在沙发上，脸色煞白，满眼惊恐，指着茶几上的柠檬树，结结巴巴的，"这、这、这有个……"

电话那头的郑好也听到了这声惨叫，耳膜差点穿孔。她揉了揉耳朵，急忙问："怎么了？谁在叫？你妈？她烫着了？"

韩澈低声道:"等会儿再给你打。"说完就挂断了电话。

韩母稍稍找回了意识,蓦地转过头,瞪着韩澈,吼道:"这是什么东西?"

柠檬树上,大青虫不知何时爬到了最顶端的叶片上,优哉游哉地吃着树叶,浑然不知刚刚自己差点把三个人吓得魂飞魄散。

"虫子啊。"韩澈有些好笑。他第一次见到端庄持重的母亲露出这么丰富又夸张的表情,还挺有趣的。

看到他居然在笑,韩母更震惊了:"你家里怎么会有这种东西?"

"我养的呗。"韩澈一脸云淡风轻。

韩母慢慢站起身,像看怪物一样看着他,声音压抑着怒火:"韩澈,你是怎么想的?养这种东西,不怕有细菌吗?你是不是有病啊?"

韩澈耸耸肩,大方承认:"对,我是有病,您就没有吗?"

韩母不可置信:"什么?"

"心理专家说过,一个家里最先确诊的那个人,反倒是病情最轻的。"韩澈看着韩母,一本正经地说,"您跟爸抽空也去查查吧,没准儿有惊喜。"

"你——"韩母怒不可遏地指着他,手指在空中狠狠戳了几下,"我怎么会生出你这么个怪物!"

韩澈牵唇一笑:"遗传呗。"

韩母恨恨地盯着他,深深吸气,良久,气急败坏地摔门而去。

郑好一进屋,左脚踩右脚飞快地蹬掉鞋子,直奔茶几而去。

直到看到柠檬树还摆在茶几上,韩美丽一切安好,她悬着的心才总算落地。

"哎哟,我的美丽啊,你受惊了。"郑好心疼地看着大青虫,见它一动不动,又担心起来,"它不会被吓死了吧?"

刚刚那一嗓子把她的魂都吓散了。她在楼下等了五分钟,韩澈才打来电话,简单说了下前因后果。

郑好拍拍胸口,安抚着自己"怦怦"乱跳的小心脏。

在等候的五分钟里,她进行了一番头脑风暴,把所有看过的恐怖片和刑侦剧都汇总了一遍,得出三种可能性:一,有人持刀入室抢劫;二,韩母在床底下发现了一具尸体;三,天花板上突然飞出成百上千只蟑螂。

万万没想到,这部恐怖片的大 Boss 竟是单纯柔弱的韩美丽。

郑好撅断一小截树枝,戳了戳韩美丽的脑袋,黄色舌头"嗖"地冒出来。

还好还好,它还活着。

郑好一屁股坐在地毯上,吐槽:"你妈妈也太胆小了,一条虫子而已。"

韩澈在她身后的沙发上坐下,看着她的后脑勺,忽然生出一股冲动,想把她的脑袋乱揉一顿。

脑袋圆圆,头发蓬松,像只狗头,手感一定很好。

"是啊。"他有些走神。

"你看吧，耀武扬威的人其实都是纸老虎，一戳就破。下次她再凶你，你就拿韩美丽吓唬她。"

韩澈"扑哧"一笑。

他发现自己对母亲的畏惧感神奇地消减了许多，他甚至还有些遗憾，要是母亲早几天来就好了，那时候韩美丽还是一坨黑白相间的"鸟粪"，杀伤力肯定更大。

郑好放松下来，这才注意到茶几上还有一盆绿色的植物，叶片纤长青翠，靠近根部的地方开了几朵小花，花瓣也是翠绿色的。

郑好左瞧瞧右看看，也没看出什么特别之处。

"这就是五万一株的兰花？叫什么兰来着？"

"翡翠兰。"

"还……挺好看的。"郑好言不由衷地夸赞，"确实很像翡翠。"

韩澈语气嫌弃："我妈喜欢兰花，家里养了很多。我从小就不喜欢。"

郑好一脸了然："你就喜欢跟你妈对着干呗。"

"不是，我是觉得很假。"顿了顿，他指着翡翠兰的花朵，"你看，它的每朵花都开得刚刚好，每片叶子也那么干净漂亮，没有一点枯萎，完美得不真实。"

郑好看着这盆精致的翡翠兰，又看看旁边那棵被啃得发量堪忧的柠檬树，对比惨烈。

她点点头："确实像假花。"

韩澈继续说："再好的人也有缺点，再美的花也有瑕疵。只有假的东西才完美无缺，但是也很无趣。"

郑好转过头看着他，一脸认真地说："我发现你越来越有趣了。"

韩澈嗤笑，忍不住伸出手捏住她后颈的一小撮肉，在指间揉了揉："你这是变着法子骂我呢。"

郑好脖子一缩，笑嘻嘻道："哪有？明明在夸你。"

中午，两人就着昨天剩的排骨汤，简单地吃了顿午餐。

经过一夜的休息，韩澈的双腿已经能听使唤了，只是走得有些吃力，像个步履蹒跚的老爹爹。

他回卧室换好衣服，问郑好："你想去哪儿玩？"

"去东湖爬山。"

韩澈腹诽：你真是完全不管我的死活啊。

沉默几秒，他问："没有计划 B 吗？"

郑好想了想："去解放公园划船？"

"……计划 C 呢？"

郑好一连提出几个方案，都被韩澈否决了，她逐渐烦躁起来："实在不行，咱们去 C 大小吃街吧？不用走路，我骑电瓶车载你。"

韩澈有些犹豫："都有哪些小吃？"

"去了才知道啊。"郑好背起包走到门口，逼他做出决定，"去不去？不去我走了。"

"哎，我去！"韩澈无奈，只好跟上去，"你等会儿！"

确定好目的地后，霸道小职员和卑微大老板骑着小电驴上路了。

一路车水马龙，郑好目视前方，灵活地穿梭其中，像个乘风破浪的战士。而韩澈卡在后座，辛苦地弓着双腿，像只被绑架的大螳螂。

遇上红灯，小电驴停了下来，韩澈终于能放下双腿，活动一下脚踝。

"哎，"他戳戳郑好的后背，试探地询问，"我能抱着你吗？"

郑好蓦地转头，狐疑地盯着他："什么意思？嫌我车技不好？"

韩澈深深叹气。

什么叫浪漫终结者？

留给韩澈继续制造浪漫的机会并不多，五分钟后，小电驴顺利抵达 C 大小吃街的入口。

现在是下午三点，小吃街两旁的摊位都支了起来，但食客还不多。

郑好骑着电瓶车，缓缓行驶在小摊中间，扭头对韩澈说："要是有想吃的就喊我。"

韩澈对这些小吃都不感兴趣，一条路从头走到尾，郑好都没听到他喊一嗓子。她索性把小电驴停在路旁，叮嘱他："你等着，我去去就回。"

刚刚已经错过好几个想吃的小摊了，她的口水都流成了河。

半个小时后，郑好两手提满了袋子回来，脸上洋溢着丰收的喜悦。

韩澈震惊了："不是刚吃的中饭？"

"就一碗汤，又不管饱，走两步就饿了。"郑好理直气壮。

两人坐在路边的石墩子上，韩澈扭头望着别处，一脸清心寡欲："你吃吧，我不饿。"

郑好"哼"了一声："没人跟我抢，更好。"

她嘴上虽然这么说，但手还是不受控制地用签子叉起一根鸡柳，递到韩澈嘴边，怂恿道："你试试，跟小时候的味道一模一样。"

韩澈最终还是没忍住，咬了一口。

不是因为鸡柳的香味直往鼻子底下钻，也不是因为什么童年的回忆，他小时候压根就接触不到这些小吃，而是他只想借着食物的味道想象一下她童年的模样。

"好吃吗？"

"还行。"味觉好像恢复了些，他隐约尝出了鸡肉的鲜香和外皮的酥脆。

"再试试这个。"郑好又戳了一个丸子，递到他嘴边。

韩澈低下头，乖乖吃了一口。这个味道不明显，但口感不错，Q弹筋道。

"还有这个,我最爱吃的。"郑好继续怂恿他。

这根签子上也不知叉了块什么东西,看着黑乎乎的,韩澈不太放心:"这是什么?"

郑好笑眯眯地说:"你吃了就知道了。"

韩澈不疑有他,一口咬下去,细细咀嚼着。

开始还没什么感觉,下一秒,一股辛辣的味道突然冲脑门,简直要把天灵盖掀飞。

韩澈的眼泪第一次横着飙了出来。

他大口哈着气,泪眼婆娑地瞪着郑好,涨红的脸仿佛在控诉。

大胆刁民!为何要谋害朕!

郑好一脸恶作剧得逞的坏笑,冲他挑挑眉:"尝出来是什么味道了吧?"

"芥末?"

"对喽,我特意给你准备的。"

韩澈无语望苍天,乞求天降正义,给这个没心肝的家伙赐一道闪电。

"你没发现吗?"郑好掐了下韩澈的胳膊,"你能感觉到腿酸,能吃出芥末的味道,还能生气吵架,这说明你的感觉在慢慢恢复啊。"

韩澈没说话,在心里默默祈求上天,刚刚的愿望改一下,把闪电换成鸟粪就好。

反正不能让她这么得意。

郑好浑然不知他心里的弯弯绕绕,站起身,摸了摸他的脑袋。

韩澈慢慢抬起头,对上她的眼睛。

"你看,一切都在变好。"郑好眼里漾着笑意,"而且,会越来越好的。"

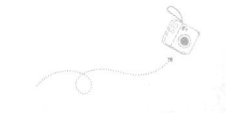

第九章
/ 至少，他拥有这个浪漫的夜晚 /

自从郑好提了一嘴要去见她父母后，韩澈就老惦记着这事，抱着一分期待、十分紧张的心情，等待着郑好的正式邀请。

可是半个月过去了，她都没再提起此事，就跟失忆了一样。

又是一个周末，气温陡降十几度，两人在轮渡的二楼共撑一把伞，眺望着细雨蒙蒙的江面。

韩澈在吐槽完自家的一堆破事后，故作随意地问："对了，你之前说你爸妈在郊区包了块地？"

郑好啜了口热奶茶，慢悠悠地说："对啊，我妈种了好多菜，养鸡又养鸭。我爸最近还承包了一片池塘，以后就不用跑几公里外去钓鱼了。"

"听起来不错。"韩澈语气轻松，"咱们什么时候去看看他们？"

郑好想了想，神神秘秘地说："现在还不行，得等到天时、地利、人和。"

韩澈一脸疑惑。

郑好解释道："天时呢，就是必须得是个大晴天；地利呢，前阵子下了场大雨，他们院子的围墙塌了，现在还没修好呢。"

"那人和呢？你爸妈还没同意？"

"那倒不是，他们挺乐意我带朋友去玩的，就是……"郑好捂住小肚子，脸色微窘，"我最近来'大姨妈'了，身子有点虚。"

韩澈小脸一红。

她还真不拿他当外人啊。

不过，看她这没精打采的样子，韩澈又忍不住心疼。彪悍如她，居然也会被大姨妈困扰，做女人真是辛苦。

于是，下船后，韩澈特意带郑好去了一家法式餐厅，一口气点了十几样甜点。

郑好挖了一勺栗子蛋糕，放进舌尖细细抿开，又拿起马卡龙尝了一小口。

"怎么样？"韩澈满眼期待地看着她。

听说这家店的法式甜点是全江城最正宗的，墙上显眼的位置还挂着主厨在蓝带西点学院进修的证书。

郑好长吁一口气，又喝了半杯咖啡才给出评价："齁甜。"

她拿起剩下的半块马卡龙，递到韩澈嘴边："你应该会喜欢。"

她喂食的动作太自然，眼神不掺一点杂质，像是在喂小猫小狗。

反倒是韩澈，一下就乱了心跳，不敢直视她的眼睛，在她的反复催促下，才做贼心虚地咬下一小口。

待心跳平复，韩澈才故作淡定地说："挺好吃的。"

郑好往嘴里塞了块泡芙，笑着说："看吧，你反应迟钝，就适合吃这种重口的东西。等哪天你也觉得齁了，就差不多恢复了。"

韩澈心头荡漾开丝丝甜意，没接话，继续吃她剩下的甜点。

他低头抿笑，心想：到底是谁更迟钝？

接下来的几天，江城又恢复了晴朗的好天气，气温节节攀升。周五下班的路上，韩澈走在CBD林立的高楼下，扑面而来的风带来几分燥热，夏天似乎有些迫不及待了。

就在这时，他接到了郑好的电话。

"天气预报说，明天是个大晴天，要不要去我爸妈家？"她的语调抑扬顿挫，仿佛永远带着笑意，让人心情愉悦。

"行啊。"韩澈停下脚步，仰头望着树梢的月亮，唇角不自觉弯起，"你'大姨妈'走了？"

郑好一下子变得怒气冲冲的："臭流氓！"

韩澈一愣。

你能说，我就不能问？这人怎么这么双标呢？

不过，听她这中气十足的大嗓门，应该已经恢复得差不多了。

韩澈及时转移话题："哎，问你个事儿。你爸妈喜欢什么？"

第一次上门拜访，总不能两手空空吧。

关于送礼，韩澈特意向公司几个有对象的同事讨教了一二。

有人建议他送烟送酒，两瓶茅台加两条华子，不管是送领导还是送长辈都倍有面儿。

有人觉得送烟送酒太俗，说自己第一次见丈母娘送了条金链子和爱马仕的丝巾。

还有人说，送礼讲究的是投其所好，比如老丈人喜欢文玩，那就送手串，要是喜欢书法，就送笔墨纸砚，反正别整那些金啊银啊的，俗不可耐。

郑好似乎猜出了韩澈的意图，佯装思索道："唔……我妈喜欢玩手机，我爸喜欢上厕所。"说完自己都笑了，"要不，你送他一个马桶？"

韩澈无语地揉揉眉心："别闹，我说真的。"

"那么紧张干吗啊？我爸妈都很随和的，不讲究这些。"

"总不能空手去啊。"韩澈不依不饶，"你帮我想想，该带点什么？"

"这个嘛……"郑好总算认真起来，思忖良久，最后给出了一个惊人的建议，"泳裤。"

"啥？"韩澈怀疑自己听错了，"你是要……顺道去游个野泳？"

郑好"咯咯"直笑："是去潜水，不过也差不多啦。"

韩澈腹诽：你爸妈该不会住在马尔代夫吧？

郑好继续叮嘱道："带个普通泳裤就好，可别带什么三角、蕾丝、透明的。咱是正经人，不好这一口。"

韩澈咬牙。

他正积蓄火力呢，郑好已经挂了电话，留他一人在风中凌乱，手机的黑屏上映出一张吃瘪的脸。

翌日，当韩澈火急火燎地赶到麻雀街路口时，郑好已经骑在小电驴上等候多时了。

"我说大老板，你有没有一点时间观念啊？"郑好拉长了脸，头往后一撇，"上车。"

韩澈坐在驾驶座上没动，冲她喊道："开车去吧，出了三环就不堵了。"

郑好这才注意到，他似乎精心收拾了一番，浅色休闲西装搭配一件白色亚麻衬衫，头发大概是做了定型，额前的碎发往后捋了几道，整个人的精气神都不一样了。

郑好暗自偷笑。她把小电驴停好，大摇大摆地走到车旁，打开车门，坐上副驾，侧头打量着韩澈，脸上浮起一抹意味不明的笑。

"哎，你是不是担心骑小电驴会吹乱你精心打理的发型？"

韩澈不屑地"喊"了一声，耳朵却微微泛起了红。

他一本正经道："你空手去，难道还会空手回？那不得左手一只鸡右手一只鸭，踏板上还放着一筐大白菜？不如开车去，后备厢能装更多。"

"有道理。"郑好深感佩服，同时又有些意外。他对她还挺了解的嘛，难道是因为在一起混久了的缘故？

韩澈收起嘴角，瞥她一眼："安全带系上，你来导航。"

车子行驶了半个多小时，从高楼林立的市中心，到灰扑扑的城乡接合部，再到大片黄绿相间的农田。

郑好迷迷糊糊、将睡未睡时，突然听到导航里的女声提醒："您已抵达目的地……"

郑好瞬间清醒了，兴冲冲地下了车，伸了个大大的懒腰。

一回头，她发现韩澈绕到了车后面，半个身子都探进了后备厢，不知在翻找着什么。

郑好瞪大眼："不是吧？你还真的带了东西？"

韩澈直起身，手上提着一个方盒和一根长条，关上后备厢，还欲盖弥彰地把东西往身后藏。

"没什么，就是一条泳裤。"

郑好眉头一挑：当我瞎呢？

前面是一座农家小院，白色围墙很醒目，应该是新刷的漆，两道铁栅门大开，里面隐约传来一阵有节奏的摩擦声，走到门口一看，一个中年女人正坐在院子里磨刀。

韩澈不禁后背一寒。

这家人迎客的方式还真特别啊。

"妈！"郑好大喊一声，连蹦带跳地跑进院子里，"我回来了！"

冯玉兰起身迎上来，一副气势汹汹的样子，伸长脖子，视线越过她，似乎在找什么东西。

菜刀寒光一闪。

韩澈立马鞠了个九十度的躬，毕恭毕敬道："伯母好，抱歉打扰了。"

郑好被他逗笑了，拽着他的胳膊走到冯玉兰面前，介绍道："妈，这是我老板韩澈，我带他来体验一下农家乐。"

看到冯玉兰还是一脸警惕，郑好笑嘻嘻地说："放心啦，这次没带狗。"

冯玉兰这才收回视线，转向韩澈，脸色缓和了几分："欢迎欢迎，我就叫你'小韩'吧。"她的视线落在他拎着的礼盒上，"哎哟，来就来呗，还带东西干吗？"

"应该的。"韩澈微微颔首，向她介绍，"伯母，这里面是一个蓝牙音箱和无线麦克风，我听说您唱歌特别好听，也喜欢拍抖音，以后可以用这些设备来拍视频。"

冯玉兰满脸惊喜地接过来，"啧啧"称赞："这东西好啊，我记得老李就有一套，把我眼馋的哟……"

韩澈微微一笑，向屋里张望："对了，伯父在家吗？"

"他去钓鱼了，马上回。"冯玉兰喜滋滋地说，"刚刚还给我打了个电话，说钓上来一条草鱼，至少十斤。我这才想着磨一磨菜刀，中午给你们做个酸菜鱼吃。"

"伯父喜欢钓鱼吧？正好，我家有根鱼竿一直闲置着没机会用，就给他拿过来了。"韩澈把手里那根长条物递给冯玉兰。

郑好依稀看见上面有"进口渔具""高密度碳纤维"等字样，一时目瞪口呆。

昨晚打电话时，韩澈还在打听她父母的喜好，为送礼而发愁，今天就准备齐全了，还精准押题。

这是什么社交天赋？神了。

韩澈冲郑好使了个眼色，眉梢眼角挂着几分得意。

冯玉兰笑得合不拢嘴："哦哟，这么好的竿子，老郑看到肯定乐开了花。你这小伙子真是的，送礼送到我心坎里了，难怪能当大老板呢。"

夸完韩澈，她还不忘踩一脚自家闺女："跟你老板学着点，别每次都跟个土匪似的，不是糟蹋我的菜地，就是祸害我的鸡。"

"放心啦，今天我不吃鸡。"郑好从身后抱住冯玉兰，亲昵地蹭了蹭她的脸，撒着娇，"给我做个干锅鸭吧。"

冯玉兰马上变了脸色："滚！"

郑好顿时眉开眼笑："遵命！"

她抓住韩澈的衣袖，直奔墙角的鸡栏。

大概是嗅到了死亡气息，鸡鸭的叫声此起彼伏，东躲西窜，奋力扑棱翅膀，一时间，灰尘羽毛满天飞。

"咱们挑只最肥的。"郑好搓着手，眼里冒着精光，活像只偷鸡吃的黄鼠狼。

韩澈偷偷瞟了一眼冯玉兰。她刚把东西拿进屋里，又手持笤帚出来了，看郑好的眼神带着一股杀气。

韩澈小声劝郑好："还是算了吧，你妈把它们养大也不容易。"

"所以肥水不流外人田啊。"郑好没空理他，视线紧紧盯着一只缩在墙角的灰毛鸭，慢慢挽起袖子，下一秒，手猛地向前一抓，一把揪住了灰毛鸭的脖子。

韩澈急忙撤退，还是被胡乱扑腾的翅膀扇了一脸灰。

经历了一番鸡飞狗跳，血雨腥风，郑好终于成功将灰毛鸭制伏。她拎着奄奄一息的鸭子去找冯玉兰，笑嘻嘻地说："妈，我老板最爱吃干锅鸭了，记得多放点辣。"

冯玉兰黑着脸，提着鸭子进了厨房。郑好在墙角的水龙头下洗了把脸，然后招呼韩澈进屋。

那两份礼盒还摆在桌上。郑好抚摸着锃光瓦亮的鱼竿，简直爱不释手，又嗔怪地瞥了韩澈一眼："你要送礼，怎么也不提前跟我商量呢？"

"商量了啊，你让我送马桶。"韩澈一脸无辜，"没办法，我只能自己猜。"

郑好语气狐疑："猜得这么准？连我妈喜欢唱歌都知道？"

韩澈笑了笑，承认道："我昨晚看了你的抖音，在底下的评论里找到了你妈妈，点进去一看，全是唱歌的视频，所以我早上就去电子城买了这套设备。"

这套流程听起来好熟悉。

郑好忽然想起之前她就是用这个法子找到了网络喷子，没想到被他偷偷学会了。

"行啊你，真不愧是当老板的料，学习能力就是强。"

韩澈故作谦虚："哪里哪里，是师父教得好。"

"哎，跟你商量个事。"郑好把鱼竿抱在怀里，做贼心虚地瞟了一眼门外，压低声音，"我爸有根鱼竿还挺好用的……这根要不给我吧？反正他也不知道，嘿嘿。"

天底下怎么会有这么厚脸皮的人？韩澈真是开眼了。

"你也有，在后备厢。"

郑好眼睛一亮，拔腿就要往外冲。

韩澈急忙喊住她："急什么？回去再看！"

郑好猛地刹住脚步，一脸不解地望着他："为啥啊？"
韩澈无奈地叹了口气："你的那根比这根好，我怕你爸看了会吃醋。"

"咚咚咚——"
厨房里传来有节奏的剁肉声，郑好看了眼手机，快到十一点了。
她问韩澈："泳裤带了吗？"
韩澈拍拍裤兜。他严格执行郑好的指令，特意挑选了一条颜色和款式都很保守的泳裤，卷起来跟一团袜子差不多大，索性直接装裤兜里了。
"去换上吧，我带你去潜水。"郑好冲卧室方向抬抬下巴，示意他去里面更衣。
"现在吗？"韩澈有些意外，"不等你爸回来？"
"他啊，钓到了大鱼肯定要挨家挨户地显摆一番，一时半会儿回不来。"
韩澈不禁失笑。他都能想象得到郑大爷提着鱼扛着竿，招摇过市的模样，这得归功于某人曾给他活灵活现地表演过一回。
听到厨房传来的声响，韩澈又问："饭都快做好了，咱们不能下午去吗？"
"有没有常识啊？刚吃完饭就下水容易吐，而且下午更晒，我可不想还没到夏天就晒得漆黑。"
郑好不由分说抓住韩澈的双肩，把他往卧室里推。
"等等——"韩澈急忙用手撑住门框，扭头问她，"去哪儿潜水？远不远？"
"不远，就在山脚下，穿过后面的村子就到了。"
韩澈总觉得哪儿不对："你不觉得穿泳裤出门有点……伤风败俗吗？"
而且现在农村是老人小孩居多，要是被他们看到……
一想到这场景，韩澈就忍不住头皮发麻、脚趾抠地。
郑好想了想，提议道："要不你披条浴巾？"
韩澈一愣。
一个大男人，光天化日之下裹着浴巾，底下是两条白花花的腿，这画面更不堪入目吧？
他问："泳池旁边应该有更衣室吧？"
"什么泳池啊？就是个池塘，厕所都没有。"郑好挠了挠下巴，琢磨了会儿，"不过，荒郊野外的应该没人，去那儿换也行。"
两种选择似乎都不太安全，韩澈纠结再三，决定赌一把。
"行吧，先去那儿再说。"

两人简单收拾一下就出门了。
走在乡间的土路上，日头正高，阳光明亮炽热，两旁的水田像镜子一样反射着亮光。他们没带伞也没戴帽子，没走多久，头顶就被晒得发烫。
路过一棵个头不高的泡桐树，郑好三步起跳，刚好够到那根最低的树枝。

她薅下两片比脸还大的叶子,将其中一片递给韩澈。

"谢了。"韩澈微眯着眼,看到她的圆脸被晒得通红,便摇着叶子给她扇风。

郑好把叶子覆在头顶上,抱怨道:"好热啊,感觉突然就到夏天了。"

韩澈:"这才五月,不过江城的季节更替一向混乱。"

郑好从随身携带的帆布包里拿出一只大水杯,仰头灌了几大口,又拧紧杯盖装了进去。

韩澈看着她鼓鼓囊囊的包,忍不住好奇:"这里头装了什么?要不要我帮你拿?"

"没事儿,不重。"

他们穿过大片的农田,沿着一条小路进了村。村里很安静,只偶尔听到几声鸡鸣,有几家的大门敞开着,可是都看到人。这个点儿了,估计都在厨房准备午饭。

韩澈走在郑好后头,看着她顶着大叶子的脑袋,总觉得这里面藏了好多鬼点子,有的有趣,有的无厘头,有的令人无语,还有的……藏着危险的气息。

韩澈三两步追上郑好,故作随意地打听道:"对了,你刚刚说要去池塘潜水?多大的池塘?是人工的还是天然的?"

郑好瞥他一眼:"去了不就知道了?"

"我是担心那里的卫生状况,你想啊,烂泥巴、浮游生物,可能还有垃圾,混在一起能不脏吗?"

郑好安慰他:"放心啦,我找的池塘很干净,水清澈见底。"

韩澈紧张地看了她一眼:"听说池塘里有蚂蟥……"

"可能吧。"郑好大大咧咧地笑了。

韩澈越想越害怕:"有蛇吗?"

"有就有呗。"

韩澈猛地刹住脚步,一脸惊恐地望着她。

郑好毫不留情地嘲笑他:"看你这怂样,至于吗?水蛇一般没毒,或者毒性很轻微,我小时候被咬了几次都没事,放心啦。"

"但……"

"但什么但,废话这么多。"郑好抬起脚踹了下他的小腿,"别自己吓自己了,到了地方你就知道没你想的那么恐怖。"

村子后面是一片竹林,林间小路吹来一阵清爽的风,竹叶簌簌作响。

走到竹林的尽头,视野豁然开朗,一片池塘宛如嵌在青山绿野间的一块冷玉,在阳光照耀下,微风轻拂着水面,泛起粼粼波光。

池塘面积不大,韩澈估摸着跟自家小区的游泳池差不多,水面清澈透亮,仔细一看,还能发现一群小鱼在水草间游弋。

有水草,有鱼,周边也没有垃圾污染,这里的水质应该不错。

韩澈稍感安心。

郑好蹲在地上,在帆布包里翻翻找找,先是掏出一件泳衣,又扯出一卷布,抖开,看上面的图案,应该是一块旧床单。

她站起身,双手高举,撑开床单,只有脑袋露在外面。

她招呼韩澈:"来啊,你先换,我帮你挡着。"

"……啊?在这儿?"韩澈呆住了。

这幕天席地的,只用一块破布挡着,实在难为情。

他提心吊胆地环视四周,觉得身后的竹林、前面的山坡,或是在某个隐秘的草丛里,都可能藏着一双偷窥的眼睛……

"放心啦,周围没人。"郑好看到他小心翼翼的模样就想笑。

韩澈巡视了几圈,还是不放心。他注意到池塘边有一丛芦苇,长得高大茂密,至少能遮住他肩膀以下的部位。

"我去那里面换吧。"他边说边大步朝芦苇走去。

郑好急忙追上去,喊道:"哎,你小心啊,那叶子……"

"割手"两字她还没来得及说完,就看见韩澈倏地收回手,"嘶"的一声,倒抽一口气。

看着他手背上的几道红痕,郑好十分无语:"看吧,不听老子言,吃亏在眼前。"

韩澈自知理亏,半恼半怨道:"你也没提醒我啊。"

"谁叫你手速那么快。"郑好没好气地白了他一眼,"下次能不能听我把话说完再行动?"

她又看了眼他的手背,还好伤口不深,一两天就能自愈。

"行了,你不就是怕人偷看嘛。要不这样,你就在这里换衣服,身后有芦苇挡着,前面有我帮你挡着,这样总行了吧?"郑好拍拍胸脯,一身正气凛然。

"那……行吧。"韩澈犹豫了下,从裤兜里掏出泳裤,又正色警告她,"你不准偷看!"

郑好气沉丹田大吼一声:"快点!给你五分钟!"

她双手张开,高举过头顶,将旧床单挡在她和韩澈之间。

那头传来的窸窣的动静,郑好忍不住心猿意马,想象着韩澈在蹬鞋子、解皮带、拉拉链……虽然没有亲眼见过,但声音配上想象力,画面生动得如在眼前。

她盯着陈旧泛黄的床单,有些惋惜地想:这床单怎么这经用?这么多年了,也没破个洞……

"好了。"韩澈的声音响起,瞬间将郑好的思绪拉回。

床单落下,一个结实健壮的胸膛猝不及防撞进郑好的眼底。

郑好慌忙撇过头,避开视线,假装在欣赏远处的风景。

"行了,换我。"她若无其事地将床单塞进韩澈手里,拿起泳衣,走到他刚刚站的位置。

床单再次高高举起,郑好却踌躇着,半天没动。

她总算理解了他刚刚忸怩的心情。

他们虽然是朋友,但关系还没有好到能互看身体的程度,万一谁不小心或者没忍住,往前一步,纯洁的友情就会濒临破碎的边缘。

"咳咳!"郑好装模作样地清了清嗓子,"那个啥……"

她正斟酌着该如何开口,就被韩澈猜到心思:"放心,我不会偷看的。"

郑好的脸倏地红透了。

"你要是敢看,我就挖你眼珠子!"她放狠话虚张声势。

"行。"韩澈爽快地答应了,又催促道,"快点,我数到一百。一,二,三……"

郑好来不及多想,开始手忙脚乱地脱衣服,又不敢一下子脱光,只好先脱下面,把泳衣穿一半,再脱上面,然后飞快地把泳衣拉上去。

"二十四,二十五,二十六……"

郑好俯身调整着胸垫,确认低下头也看不到"沟",才继续整理肩带和裙边。

她长舒一口气:"好了。"

韩澈这时数到了"三十二"。

他放下床单,上下打量着郑好。

她穿着一件珊瑚粉连体泳衣,宽边肩带上缀着一圈荷叶边,下身的裙摆材质飘逸,看上去跟日常穿的短款连衣裙差不多。

他挪开视线,故作淡定:"这么快?"

郑好"嗯"了一声,耳根被太阳晒得发热,激起了一阵酥痒。

低头的瞬间,又瞥见他轮廓分明的腹部……

应该是有腹肌的,六块还是八块?不确定,待会儿在水里再偷偷看一眼。

郑好蹲下身,抱起两人的衣服堆放在床单上,又从袋子里找出两个浮潜面罩,递给韩澈一个。

韩澈以前去国外度假时也玩过浮潜,有专业的教练带领,而且装备更齐全。一对比,郑好的装备也太简陋了,就一个潜水镜加一根呼吸管。

普通呼吸管顶多半米长,这根倒好,足足有一米长,仔细看,还是用几根奶茶吸管拼接而成的,接口处缠着透明胶带。

虽然这片小池塘看看并不危险,但韩澈深感怀疑:这么粗制滥造的呼吸管到底能顶啥用?

"我买回来后又自己改装了一下,怎么样,心灵手巧吧?"郑好的语气居然还挺得意。

"你这……有必要吗?"韩澈一时不知该如何评价,"浮潜用普通的呼吸管就行,深潜就用水肺,你这搞得不伦不类的……"

"有用就行呗。"郑好戴上潜水镜,调整了一下镜框,"我之前踩过点了,这里的水深不超过一米五,我们得蹲在水底,呼吸管要露出水面,至少得有一米长。"

韩澈越听越糊涂了。

蹲？这是什么诡异的潜水姿势？蹲在水底能看到什么？变形的天空，还是脚底的淤泥？

见他迟迟不动，郑好催促道："很简单的，跟着我就行了。"

她走到池塘边，咬住呼吸管的咬嘴，呼吸管高高竖起，直指天空，乍一看还以为她头顶插了根老式天线。

看着她坚定的背影，韩澈莫名想笑，又忍不住担心。装备简陋点就算了，关键是这教练也太不靠谱了。

郑好又回头催他："快点跟上啊！"

韩澈只好将信将疑地戴上潜水镜，学着她的样子咬住咬嘴，将呼吸管别在镜框旁，然后小心翼翼地走进池塘。

正午太阳正烈，但池水还是冰凉的，刚没过小腿，就迅速激起了一层鸡皮疙瘩。韩澈弯下腰，舀起冷水往身上浇淋，让身体尽快适应这样的温度。

一抬眼，郑好已经将整个身体都浸泡在了水里。

她取下咬嘴，指导韩澈："你待会儿走到中间，就像我这样，抱住膝盖往下沉。"

"为什么？"韩澈一头雾水。

"沉下去你才能看到水底的景色啊。"

韩澈不解："浮在水面一样能看。"

"视角不一样。"郑好一脸讳莫如深。她从水里站起身，缓缓向池塘深处走去。

韩澈又忍不住问："干吗不游过去？"

反正都换上泳衣、戴上泳镜了，身上也打湿了，在水里游泳的速度不是更快吗？

郑好被他问烦了，扭过头，凶巴巴地说："跟着我走，不准说话！"

韩澈只得闭上嘴，亦步亦趋地跟着郑好。

很快走到池塘中央，郑好只剩下脑袋露出水面。她转过头，冲韩澈使了个眼色，便一头扎进了水里。

韩澈也紧随其后，依照她的吩咐，抱紧双膝，拱起后背，让身体自然下沉。

尽管速度很慢，但落地时还是带起了一层淤泥。周围一片混浊，韩澈依稀感觉身体像是被一匹柔软的绸缎托住了，跟着水波一起晃晃悠悠。

他试着吸气，呼气，再吸气，呼吸管一切正常，并没有出现他担心的质量问题。

等到呼吸慢慢平缓，浮起的淤泥渐渐沉淀下来，周围的水质也变得清澈透亮，韩澈这才发现自己正身处一丛丛水草之中。

仰头望去，天空荡漾着水纹，太阳模糊成一团光晕，云朵荡来荡去，不时有小鱼成群结队"翱翔"其间，像冬去春来迁徙的大雁。

比起他在热带海域浮潜时看到的景观，这个小池塘里的生态要单调多了，但静下心来观赏，倒也别有一番风味。

韩澈的视线正追随一条银灰色的小鱼，忽然，胳膊被人轻轻捏了一下。

一回头，郑好正望着他。隔着水波和镜片，她的眼睛依旧清亮，仿佛阳光洒落在水面荡漾开了潋滟的水光。

她的手指往前面点了点。

韩澈顺着她指的方向望去，找了半天，却不知该看什么。

没有小鱼小虾，也没有贝壳珊瑚，只有一丛丛水草，如鬼魅般漂漂荡荡。

他回头望着郑好，眼神疑惑。

郑好摁住他的后脑勺往前推，手指悬在一根水草的顶端，用力戳了两下。

韩澈更困惑了。

她的意思是让他看水草？可是，水草有什么好看的？

见韩澈仍是一脸茫然，郑好气得狠狠摁了下他的后脑勺，又把他往前推了几寸。

韩澈睁大眼睛，努力在荡漾的水草中寻找她所谓的"亮点"。

是叶片上斑驳的光影吗？还是石缝间腾跳的小虾？还是泥土里覆满绒毛的螺蛳？

正疑惑着，韩澈突然注意到水草叶片的边缘仿佛镶了一圈小珍珠，手指一碰就飘走了，应该是气泡。

水里到处都是泡泡，起初他以为是鱼群吐出来的，附着在叶片上，所以并没有在意。

凑近一看，叶片顶端也有一串泡泡，笔直地连接着水面。

他凝神观察了片刻，突然意识到这些气泡竟是水草吐出来的。泡泡形成得很快，每个都跟绿豆差不多大小，几乎是一秒一个，直直地往上蹿，无数的泡泡串成了透明的珠帘。

这画面还挺新奇。

韩澈的胳膊又被郑好扯了一下。

她抬抬下巴，示意他往另一个方向看。

那是一蓬茂盛的水草，枝蔓上长满了绿色的绒球，仔细一看，每根绒毛的顶端也都在冒泡，泡泡又小又密，连珠炮似的向天空发射着，连成了无数根纤细的银链。

旁边有一株长条状的水草在光影中摇曳着身姿，它吐出的泡泡更大，速度也更慢。先是在叶尖冒出一个小点，慢慢膨胀，浑圆成形，最后，一颗圆润的"珍珠"慢慢悠悠地向着天空漂去。

触碰到水面的瞬间，韩澈仿佛能听见一声轻微的"啵"。

珍珠绽开了一朵水花。

韩澈环顾四周，惊奇万分，原本平平无奇的水草现在都像是活了一般，化身为豌豆射手，向天空发射着大大小小的弹珠。

光合作用，这是他小学就学过的知识，可是所有的文字和画面描述都比不上这一刻的亲眼所见。

如此生动，如此壮观。

韩澈看得入了神。

在这片与世隔绝的"小森林"里，阳光在水里折射出清晰的形状，光影斑驳变幻，水草也随之轻柔舞动。

韩澈静坐在水底，满眼都是幽绿。偶尔有一群小鱼好奇地凑过来，东瞅瞅西瞧瞧，他稍有动静，鱼群又迅速游走，四散而去，激荡起一片更密集的泡泡。

在这一方小天地里，水草、小鱼、虾米、螺蛳，以及无数看似渺小的生命，都在恣意地呼吸，自由自在地活着。

在这里，活，变成了一个鲜活的动词。

活着，就是世间最美好的事。

许久，韩澈才恋恋不舍地收回视线，转过身，抓住了郑好的手腕。

郑好扭头望着他。

韩澈拔下咬嘴，"噗"一声，往水里吐了个气泡。

他知道自己看上去肯定很幼稚，因为郑好笑得肩膀一抖一抖的，镜片后面的眼睛笑成了两弯漂亮的月牙。

过了会儿，她笑累了，肩膀慢慢松下来，然后她也取下咬嘴，噘起嘴唇，舌头轻轻一弹。

一个透明的圆环从她的唇间弹出，在水中旋转，越转越大，最后，居然圈住了韩澈吐出的小气泡。

这是什么妖术？韩澈震惊地瞪大眼。

郑好的表情仿佛在说：哈哈，班门弄斧了吧。

韩澈模仿着她的动作，一连吐了十几个气泡，直到胸腔里的氧气耗尽也没学到个皮毛。

呼吸管又进了水，没办法，他只好松开双手，舒展身体，慢慢浮出了水面。

郑好也跟着冒出了脑袋。

"你怎么做到的？"韩澈惊奇地问她。

郑好一脸得意："熟能生巧呗。"

"你还吸烟啊？"虽然韩澈不愿相信，但她吐泡泡的方式像极了吞云吐雾的烟民。

郑好无语地白他一眼："什么呀？以前学校有个话剧社，我是道具组的，有个节目要用干冰制造白雾，他们排练的时候，我闲着无聊，就蹲在雾里练习吐圈圈。"

"……抱歉啊。"韩澈尴尬地挠头。

她身上香喷喷的，怎么能跟老烟枪比呢？他真是脑子进了水。

郑好仰面漂浮在水面上，舒舒服服地享受着阳光。韩澈抖了抖呼吸管，把里面的水甩干，又塞进了嘴里。

"还要下去啊？"郑好哀号一声，"再泡就成巨人观了。"

韩澈扬唇一笑，重新潜入水里，一只手攥住郑好的手腕，拖着她向池塘深处游去。

"哎，等等……"郑好急忙把呼吸管塞进嘴里。

她一头扎进水里，任由他牵引着，在清亮的水波下起起伏伏，游来游去，像两条闪闪发光的鱼。

回到小院时早已过了饭点，郑好老远就闻到了熟悉的饭菜香，还听到冯玉兰在呵斥："饿一会儿会死啊？闺女还没回来呢，把你那脏爪子拿开！"

又听到郑青松在嘟囔："我替闺女尝尝咸淡嘛。"

五十多岁的人了，说话还像撒娇。

郑好心头涌起一阵雀跃，连蹦带跳地跑进客厅，纵身一跃，跳上郑青松的后背大喊一声："爹！我可想死你啦！"

"哎！"郑青松顿时眉开眼笑，扛着郑好冲出屋子，满院子撒着欢儿。

转了几圈，终于注意到门口还站了个人，郑青松这才将郑好放下，稍微收敛了表情，向韩澈伸出手："你就是小好的老板吧？"

父女俩简直是从一个模子里刻出来的，都是圆圆的脸蛋，肉肉的鼻头，笑起来眉眼弯弯，特别有感染力。

疯起来更像。

韩澈刚刚一恍神，还以为从屋里蹿出来两只猿猴。

韩澈握住郑青松的手，恭敬地说："伯父好，叫我'小韩'就好。我也算不上郑好的老板，只是她的……"他瞥了郑好一眼，眼底藏着笑意，"朋友。"

郑青松笑呵呵地说："小韩啊，我看到你带来的鱼竿了。哎哟，那牌子可不便宜啊，让你破费了。"

郑好抿笑不语，心想：后备厢里还有根更好的呢。

人比人气死人，算了，不刺激老郑了，先让他得意几天。

三个人有说有笑地进了屋。冯玉兰正在摆放碗筷，见到韩澈，和颜悦色道："回来了？过来吃饭吧。"

"妈，我想先洗个澡。"郑好甩甩湿漉漉的头发，溅了冯玉兰一脸水。

冯玉兰"啧"了一声："等你洗完，饭菜都冷了。"她招呼韩澈，"来来，小韩坐吧，先吃饭。"

满满一桌菜，色香味俱全，韩澈虽然味觉还没完全恢复，但也能尝出个一二。怎么说呢，跟郑好做的相比，味道差别也许不大，但卖相方面，大概就是米其林到路边摊的距离。

他偷偷瞥了一眼"路边摊摊主"郑好。

她正沉浸式地啃着鸭腿，浑然忘了这道干锅鸭名义上是给韩澈点的。

郑好一家人都是闹闹腾腾的性子，吃饭的时候却格外安静，这一点韩澈相当喜欢。他最怕边吃饭还要边聊天，一顿饭各吃各的，安安静静地吃完，多好。

四个人闷头干饭，合力将满桌饭菜消灭干净后，冯玉兰开始分配任务。

"老郑，你去洗碗。郑好，你去村口买包饺子皮，肉馅儿我都剁好了。小韩，你要不去屋里睡会儿？"

韩澈忙起身，收拾着桌上的碗筷："伯母，我来洗吧，我在家经常洗碗。"

郑好瞟他一眼：嚯哟，脸皮还挺厚，也不知跟谁学的。

"别别别，你歇着吧。"冯玉兰试图挡住韩澈勤快的双手，"要不去洗个澡？看你头发里全是沙子。"

郑好抗议道："妈，我先去洗！"

冯玉兰白了她一眼，没好气地说："等会儿又是一身汗，洗了也白洗，赶紧去买饺子皮！"

这厚此薄彼得也太明显了吧。

郑好顶着大太阳出门，一肚子的气都撒在路边的石子上。

送礼果然有用。

她决定下次也要投其所好，让她妈感受一下小棉袄的威力。

郑好买完饺子皮回来时，韩澈已经洗完了澡。他穿着一件蓝色条纹Polo衫，搭配一条黑色大裤衩，脚上还趿拉着一双洞洞鞋。

这一身满满的年代感，一看就是老郑给他搭的。

韩澈正低头整理着衣领，一抬眼，见郑好正似笑非笑地盯着自己，一时有些尴尬，没话找话："你爸的衣服穿着还挺凉快……外头热吧？你快去洗吧。"

郑好绕着他转了一圈，肆无忌惮地打量着他，"啧啧"道："不错，接地气多了。"

韩澈面色微窘，垂眸看见她手上提着的饺子皮，赶紧岔开话题："晚上吃饺子？"

"对啊，肯定又是韭菜馅。"郑好撇撇嘴，愁眉苦脸，"你会包吗？"

韩澈摇摇头。

他这身打扮看上去老实巴交的，平日里精英男的形象荡然无存，让人忍不住想欺负一把。

郑好计上心头，弯眸一笑："我去洗澡，你帮我扯几棵韭菜吧。"她拿起架子上的菜篮递给他。

韩澈接过篮子，正要答应，又觉得哪里不对："韭菜……不是割的吗？"

"你不懂啦，我妈的口味比较刁钻，就喜欢吃韭菜根。"

韩澈成功被说服了："行，要多少？"

"我爸饭量大，一顿要吃五十多个呢，你把地里的韭菜全拔了吧。"

郑好哼着小曲儿,慢慢悠悠地洗完澡,正用毛巾搓着头发,忽然听到院子里传来一声河东狮吼:"哪个杀千刀的把我的韭菜全糟蹋了?"

"哐当——"

卫生间的门被一脚踹开,冯玉兰气势汹汹地冲进来,拽着郑好的耳朵往院子里拖,指着一块被刨得精光的菜地,吼道:"这是不是你干的好事?"

郑好歪着脑袋"哇哇"大叫:"关我啥事啊?是我老板啦,他说他们家就是这么挖韭菜的……松手!再不松我咬人了啊!"

刚从厨房洗完手出来的韩澈愣了愣。

一口大黑锅从天而降。

郑好扭着头,拼命给他使眼色。

韩澈只得忍气吞声,主动承认:"对不起啊伯母,是我干的。我听说晚上吃饺子,想来帮帮忙……正好,我最爱吃韭菜馅饺子,就把地里的韭菜全拔了。"

冯玉兰噎了下,看着韩澈一脸真挚的表情,居然结巴了:"啊?小韩啊……嗐,其实也没多大事,你干活儿累了吧?先去歇会儿吧。"

她转头看向郑好,又是一脸凶神恶煞:"你,跟我去厨房!"

有客人在,冯玉兰不好发火,拽着郑好的耳朵大步走进厨房,拿起菜刀"哐哐"剁了几下,把韭菜根齐齐斩断,大手一挥全扫进篮子里。

"种回去。"冯玉兰把篮子扔进郑好怀里。

郑好傻眼了:"啊?"

"啊什么啊?"冯玉兰凶巴巴道,"赶紧去!"

下午日头更晒了,郑好和韩澈戴着大草帽,蹲在菜地里,把韭菜根一个个塞回坑里。

"这样能活吗?"韩澈有些担心。

"管他呢,死了正好。"郑好露出邪恶的笑,"我的心愿之一,就是全世界的韭菜都死光光!"

韩澈心说:劝你别在你妈的雷点上蹦跶,一旦引爆,非死即伤。

郑好种韭菜种得无聊,杵着小锄头,在菜地里东瞧瞧西看看。

左边两排茄子长势喜人,右边的小白菜刚从地里冒出头,身后还有一排番茄,挂着几个绿油油的果子。

郑好摘下一个青番茄,在衣服上擦了擦灰,递到韩澈嘴边:"试试。"

韩澈一脸狐疑:"这还没熟吧?"

"这种番茄就长这样,我妈今年种的新品种,叫什么……"郑好想了想,一本正经道,"澳大利亚的翡翠番茄,超市要卖十几块一斤呢。"

这名字透着浓浓的诈骗风,韩澈一百个不放心。

"你怎么不吃?"

"吃就吃呗。"郑好把番茄塞进嘴里,咬了一口,还嚼了几下,"吃起来像黄瓜,很清爽,不信你试试。"

咬了半口的番茄又被递到了韩澈的嘴边。

韩澈将信将疑。

他蹙眉观察着郑好,见她面色平静,毫无异样,这才放心下来,凑近她的手轻轻咬了一口。

霎时,一股清凉的汁水喷溅在嘴里,番茄外皮还挺脆生,韩澈咀嚼了几下才感觉嘴里又酸又涩,还带着微微的腥味。

"啊呸——"

一口全吐了出来,酸涩的味道依旧充盈着喉腔,连带着舌根都开始发麻。

韩澈转过头,想找郑好抗议,却发现她的脸已经皱成了一团,脸上的每道褶子都在激烈地控诉这个番茄有多酸多苦多涩。

他赶紧拍拍她的后背:"快吐出来,没熟的番茄不能吃。"

郑好苦着脸,嗓音艰涩:"已经……咽了。"现在想捉弄他一下越来越难了,不仅要演技过关,还得以身试险。

韩澈幽幽地说:"伤敌八百自损一千,何苦呢?"

种完韭菜,两人又被打发去郑青松承包的小鱼塘里帮忙。

鱼塘就在村外的水田边,目测面积不过半亩。郑青松前几天去租了台抽水机,把鱼塘抽得快见底时,意外地发现泥浆里有许多泥鳅,于是他特意留着,就等郑好回来一起抓。

三个人挽起裤腿、撸起袖子,系紧草帽上的绳结,各自占领一块区域,脚边还放着一个小水桶。

韩澈弯下腰,双手探进泥浆里,等待郑好的口令。

"一、二、三,开干!"

韩澈在泥浆里摸索着,很快就感觉到有东西窜来窜去。他双手猛地往前一抓,揪住了泥鳅的尾巴,但泥鳅身上滑溜溜的,脑袋一摆尾巴一摇,轻轻松松地从指尖溜走了。

一连抓了几次都失手,韩澈一时有些气恼,起身擦了擦额上的汗。

几步远的地方,郑好左手右手一个快动作,每次出手,少则一条,多则三四条,不停地往桶里扔。

韩澈探着脑袋望去,里面已经攒了小半桶。

他虚心请教:"郑大师,有什么诀窍吗?"

郑好依旧弯着腰,眼睛紧紧盯着泥浆,头也不抬地说:"诀窍就是,快、准、狠。"

韩澈赶紧记下,可又觉得这三个字太笼统,没什么指导意义:"能说得具体点吗?"

郑好直起身，捶了捶后背，解释道："快，就是手速要快，不能慢慢跟在泥鳅后头，要突然袭击。

"准，就是不要抓泥鳅的身子，要用两个指头掐住泥鳅的脑袋。

"狠，就是不要心慈手软，不要它一挣扎你就松手。"

韩澈连连点头，果然隔行如隔山。

他默念着三字口诀，弯下腰，双手重返战场。

不一会儿，他就感觉到有什么东西从他手边飞快地滑过。

右手猛地向前一抓，指甲迅速内扣，狠狠掐住这东西的脑袋。

"哈哈，抓到啦！"韩澈高高举起手，兴奋地看着在手指间扭曲挣扎的泥鳅，心头腾起一阵变态的快感。

哈，你这磨人的小妖精，待会儿就把你油炸了。

郑好听到喜讯，急忙踩着泥浆过来看，笑嘻嘻地说道："不错嘛，进步神速啊……"

话音猛地收住，她看清他手上抓的东西后，瞳孔骤然一缩，脸色突变，"啊啊啊"地大喊："这是蚂蟥！"

韩澈脑子"轰"的一声炸响，胳膊猛地一甩，把那条滑溜溜的东西甩得老远。

郑好快步走到他身边，检查着他的手："你没被咬吧？"

"不知道啊……"韩澈还处在惊恐中，被她一提醒，这才感到一阵后怕。

他急忙低下头检查自己的身体。两只手臂都挺干净，没看到血口，腿上也还好，除了一些淤泥，没有血迹，也没有疼痛的感觉。

等等，他本来就感觉不到疼啊！

一想到身上可能有个血口正汩汩地往外冒着血，韩澈突然感到一阵头晕目眩，双腿发软，慌忙撑住郑好的肩膀才没有倒下去。

看着他惨白的脸，郑好惊呼："你怎么了？不会是失血过多吧？"

"我有点头晕，快、快扶我上岸……"韩澈有气无力地说。

郑好手在空中一甩，溅了他一脸泥巴。

"骗你的啦！"郑好"哈哈"大笑起来，嘴角都咧到了耳根，"那就是泥鳅！你怎么这么不经吓啊？哈哈哈，笑死我了！"

韩澈咬牙。

三次了！他今天已经被耍三次了！

这家伙简直是丧心病狂。

韩澈暗暗发誓：我再信她就是狗！

夕阳西下，他们提着小桶往回走。乡间小路上投下三道斜长的影子，两旁的水田荡漾着金色的波光。

回到小院，饺子的香气已经飘了出来。

郑好一边在院子里冲洗双脚，一边抱怨："我妈最烦人的一点就是自己喜欢吃什么,就老是给我做,根本不管我死活。唉——"她扭头问韩澈,"你有没有最讨厌的食物?"

韩澈想了想,说:"我妈不许我挑食,时间久了,我也不敢讨厌什么。"

"啊?"郑好同情地看着他,"那你有最喜欢的食物吗?"

"不敢讨厌什么,也就不敢喜欢什么。"韩澈垂下眼帘,挡住了眼底的涩意,弯下腰用水管冲洗着双腿。

在"哗啦"的水声中,郑好听见他的声音渐渐变得低哑:"爱与恨是连在一起的,长期压抑着恨意的人,也会压抑住爱意。"

郑好伸出手,往他背上重重一拍,留下一个湿漉漉的大巴掌印。

"所以啊,咱们要勇敢对讨厌的东西说不!"

韩澈被她打得一蒙,慢慢直起身,看着她炯炯有神的双眼,心里忽然闪过一丝不祥的预感。

"所以呢?"

"咱们一起绝食吧!饿上个三天三夜,让我妈痛哭流涕、追悔莫及!"

韩澈面无表情:"呵呵。"

从他今天的惨痛经历来看,这肯定又她挖的一个大坑。

绝食?还三天三夜?郑大忽悠若能坚持一晚,他就当场跪下喊爹。

热气腾腾的饺子上桌,郑好不情不愿地拿起筷子扒拉着饺子皮,嘟囔:"妈,等你老了,我一天三顿给你做豆芽。"

冯玉兰女士生平最痛恨的菜就是豆芽,据她说是中学时期住校,食堂里每顿都有水煮豆芽,把她都吃吐了,现在她一闻到这个味道就反胃。

"小好啊,"郑青松一本正经地说,"事先通知你一声,我最讨厌的是烤鸡腿、卤猪蹄、油焖大虾,当然,大闸蟹也是我的死敌。"

郑好眼睛一眯,笑嘻嘻地说:"爸,你对我那么好,我肯定要好好孝敬你啊。放心,这些东西我都不会给你吃的,等你老了,你陪我妈顿顿吃豆芽,营养又美味。"

郑青松唉声叹气:"真是我的好闺女啊!"

韩澈埋头吃着饺子,听着这一家人的对话,觉得好笑又羡慕。

他从来不敢这样对父母说话。在他家,"孝顺"这条最高准则是套在他身上的沉重枷锁。他做错什么事,说错什么话,都可能会触及到这条法令,从而导致父母大动肝火,给他安上个"白眼狼"的罪名。

郑好愁眉苦脸地吃完饺子,打了个长长的饱嗝,被自己满嘴的韭菜味熏得眼泪哗啦的。

见韩澈把满满一大碗都吃光了,她问道:"好吃吗?"

"好吃啊,伯母的手艺真好。"韩澈冲她眨眨眼睛。他这么说,一半是为了气她,一半是为了讨好冯玉兰。

果然,冯玉兰听了眉开眼笑,又戳了下郑好的脑门:"你呀,就是山猪吃不了细糠，多跟小韩学学，人家可比你有品位多了。"

郑好不服气地嘀咕："我是人，干吗要吃糠？"说完斜了韩澈一眼。

啧啧，这谄媚的嘴脸，真是没眼瞧。

吃过晚饭，再收拾完厨房，天色已经全黑了。远山暗影幢幢，月亮还没露面，星星倒是挺多，明天应该又是个晴天。

屋檐下亮起一盏大灯，照得院子里明晃晃的。郑好搬出几张板凳，又把韩澈买的蓝牙音箱摆在院子中央，连接上手机后，开始挑选歌曲。

她调试好无线麦克风，站起身，端出一副主持人的派头，抑扬顿挫地说："来来来，我来献歌一曲，给大家助助兴。"

郑青松坐在韩澈旁边，歪着头跟他说："我这闺女吧，什么都好……"

郑好听觉敏锐，立马打断郑青松："不准说但是！"

郑青松咳了咳，换了个词："只是……"

郑好立刻飞来两记眼刀。

"呃……"郑青松斟酌着措辞，讪讪地说，"只可惜吧，遗传了我的唱功。"

"是吗？"韩澈颇为好奇。

上次听她唱歌，还是在音乐节的大合唱上，大家都唱得声嘶力竭，也听不出个好坏。

郑青松瘪着嘴，冲韩澈使了个眼色，提醒他做好心理准备。

音乐声响起，郑好举起麦克风，随着欢快的节奏扭着胯，肩膀也在随意地摇摆。

"今夜我用尽所有的方式，才得到你的名字……"

她的声音一响起，韩澈嘴角就忍不住上扬。

跟郑青松脸上的尴尬笑容不同，他的笑完全是出于开心。

郑好的嗓音跟她这个人一样，直来直去，大大方方，没有技巧，全是感情，欢快活泼的歌声伴随着她可爱的舞蹈，简直甜度超标。

"你是注定派给我的天使，抚慰我不安的种子，让这枯萎的生活重发新枝，爱是最美的情诗……"

唱到这句时，郑好冲韩澈眨了眨眼。

韩澈感觉自己被击穿了。

他笑得合不拢嘴，想看又不敢看她，只得低头掩笑。

郑青松吐槽："这么大的人了，唱歌还像个小孩子一样，一点儿没得到她妈的真传。"

"我觉得挺好听的啊。"韩澈收敛笑意，认真地说，"虽然不专业，但是很有感染力。唱歌能让人开心，也是一种天赋。"

"那是。"郑青松面露得意，夸女儿就是在夸他嘛，"我闺女果然什么都好，没毛病。"

韩澈感觉心脏仿佛被戳了一下。

这种话,他从小到大都没有听父母说过。

他们永远在说"你做得不够好""你看看那个谁""你一手好牌打得稀烂""你都快三十了,还一事无成"……

韩澈心底涌起一阵苦涩。

不知是谁说的,幸福的人,一生被童年治愈;不幸的人,一生都在治愈童年。

他望着灯光下又唱又跳的郑好,又转头看着她的父母——两人看着女儿时,脸上都笑开了花,眼里的爱意毫不掩饰。

真羡慕啊。郑好看上去一无所有,却幸福得要命。

而他,看上去什么都有了,好工作、好家境、顺风顺水的人生、一片光明的前途,可他为什么感觉自己才是一无所有的那个?

"Darling,进入了音乐里,沉醉在这样的夜里……"郑好像个大歌星,把麦克风递到爸妈面前,"会唱的一起来!"

郑青松丢下一句"找你妈去",就害羞地撇过头。冯玉兰只记得最后一句的旋律,记不住歌词,只好哼哼哈哈敷衍着。

麦克风递到了韩澈面前。他抬起眼,迎上郑好的目光,两人脸上都绽开了笑意。

韩澈没开口,静静地望着她。

他只想将这一刻的她牢牢地印在心里。

他也不是一无所有,至少,他拥有这个浪漫的夜晚,这个默契的相视一笑,还有她眼里赤诚热烈的爱意。

韩澈很少在别人家留宿,因为睡眠本就不好,换了个陌生的地方更睡不着。但当这场家庭音乐会结束,郑好父母担心他开夜车回去不安全,让他干脆留这儿住一晚时,他没有犹豫便欣然同意了。

说不出来原因,他只是觉得在这儿待着挺舒服的,没有自家那么多规矩。

"郑·赤脚心理医生·好"曾经说过,人活一世,就图一个开心,待在自己觉得舒服的地方,干自己觉得快乐的事,见自己喜欢的人。

韩澈偷偷瞥了一眼郑好,她正仰头专注地观察着灯罩下扑棱的蛾子,侧脸笼在明亮的灯光下,白净圆润得像个瓷娃娃。

他想,只要遇上了对的人,这三件事,本质上是一件事。

此刻,这个人就在眼前,他又有什么理由拒绝呢?

晚上,韩澈和郑青松睡一个屋。两人洗漱完后,在床上并排躺下。

韩澈本以为郑青松会趁着两人独处的时候,以老父亲的口吻跟他语重心长地交代点什么,可是郑大爷一躺床上就合了眼,不一会儿便听到了轻微的鼾声。

韩澈如释重负,心想:不愧是父女,沾枕就睡这个本事,外人真羡慕不来。

灯熄了,韩澈在黑暗中静静闭着眼。隔壁主卧睡着郑好和冯玉兰,隔音不太好，母女俩不知在聊着什么，有说有笑的，像一对亲密的姐妹。

韩澈在她们的笑声中渐渐入睡。

睡得正沉时，韩澈隐约感觉有人在摇晃他的胳膊，迷迷糊糊中听到郑青松的声音："小韩，醒醒，醒醒。"

韩澈困得眼睛都睁不开，一时分不清这是梦境还是现实，含混地嘟囔了一声，翻了个身继续睡。

郑青松还在坚持不懈地推搡着他的背，试图把他唤醒："小韩，小韩，小韩，小韩……"

念经般的声音持续了很久，韩澈的意识终于从梦境中抽离。他习惯性地拿起床头的手机，睁开惺忪的睡眼看了眼时间，才四点多。

他在心里哀号：天哪，这是什么农耕时期的作息方式？

韩澈艰难地坐起身，打着哈欠问："干吗要起这么早？"

"咱们去钓鱼，我去试试我的新鱼竿。"郑青松语气兴奋，边穿衣服边说，"去晚了就抢不到风水宝地了。"

韩澈彻底无语了。这个毛病怎么也跟郑好一模一样啊？

万般无奈也只能乖乖听命，韩澈简单收拾一下后，就跟着郑青松出了门。

外头天还黑着，郑青松用手电筒打着光，深一脚浅一脚地走在田埂上，周围静谧得只能听见虫鸣。

韩澈一连打了十几个哈欠，心里叫苦不迭。

这个点儿，连鸡都没起。钓个鱼而已，至于这么拼命吗？

水声潺潺，两人坐在黑黢黢的河岸上，郑青松熟练地打窝、穿线、作饵，鱼竿一甩。

韩澈单手支着下巴，呆呆地望着那根夜光浮标在水里上下起伏。他既希望郑青松鱼获满满早点回家，又担心他若真的钓上了大鱼，又要敲锣打鼓满村巡游一圈。

这场面，韩澈经历过一次，实在是怕了。

浮标很快有了动静，郑青松倏地站起身，飞快地转动着线轮。韩澈也抄起网兜准备上前帮忙，当看到鱼终于露出水面、摆尾扑腾时，又悻悻地放下网兜坐了回去。

才巴掌大的鲫鱼，目测不到一斤，犯不上这么大的阵仗。

天边渐渐露出鱼肚白，远处终于传来一声鸡鸣。

陆续有钓友过来，跟郑青松打招呼："老郑啊，来这么早？"

郑青松"嘿嘿"一笑，语气中透着几分炫耀："昨天刚得了根新鱼竿，过来练练手。"

"哟呵，进口货啊。"钓友们饶有兴致地凑了过来，欣赏着他的新鱼竿。

郑青松被一片艳羡之声包围，笑得都合不拢嘴。

有个大爷注意到一旁的韩澈，打趣道："老郑，这是你家女婿吧？小伙儿长得挺精神，一表人才啊。"

韩澈维持着微笑，也不好解释。

郑青松笑呵呵地说："哪啊？这是我闺女的朋友，周末过来玩两天。"

"男朋友吧？"大爷上下打量着韩澈，"小好眼光不错嘛，比我闺女找的那个强多了。"

郑青松回头看了韩澈一眼，眼神别有深意，又转过头笑着说："嗐，年轻人的事，咱们还是少掺和吧，说多了嫌烦。"

"也是。"大爷又闲扯了几句，就提着水桶和鱼竿离开了。

静候片刻，浮标又动了一下，郑青松急忙收线。韩澈还没来得及起身，鱼就被拉扯到了岸上。

又是一条灰鲫鱼。郑青松脸上难掩失望神色。

两个小时后，天光大亮，两人收了竿，提着半桶鲫鱼灰溜溜地打道回府。

郑好正在院子里浇菜地，见到两人回来，忙扔下水管跑上前，探着脑袋向桶里望去。

她"扑哧"一笑，毫不留情地打击道："老郑啊，忙了一早上，就钓上来这点小虾米啊？你这高档鱼竿还不如我那根便宜竿子好使呢。"

郑青松悻悻地说："天太热了，鱼都不爱动……别看这鲫鱼小，有十几条呢，苍蝇腿也是肉啊。"

郑好笑了笑："行了，赶紧进屋吃饭吧。"

打发走郑青松后，郑好双手抱臂，挡在韩澈面前，视线落在他乱蓬蓬的鸡窝头上，嘲笑道："小伙儿这造型挺别致啊，昨天还是都市精英男，今天就成了乡村非主流。"

韩澈早上洗了把脸就匆匆出门了，没来得及整理发型。他面色微窘，小声问："你家有定型喷雾吗？"

"有。"郑好"呸呸"两下，往手上喷了点口水，然后合掌搓了搓。

韩澈惊呆了。

口水……不会发臭吗？

他指着地上的水管，试探地问："就不能用自来水吗？"

"口水才有黏性啊。"郑好张开双手，怂恿道，"来嘛。"

韩澈无奈，只好弯下腰，把脑袋凑到她面前，像一只等待主人抚摸的温顺大狗。

郑好十指插进他的头发里，指腹抚摸着他的头骨，把指间的头发往后捋了几下。

她的指腹触感柔软，韩澈的头皮传来一阵酥麻，顺着后颈慢慢往下蔓延。心跳有些乱，耳根也开始发热，他慌忙垂下眼眸，试图转移注意力。

几只母鸡在脚边转悠，发出"咯咯"声。

郑好没有察觉到他的异常,微微蹲下身,在他额头两侧扒拉出几缕碎发,稍稍整理了一下。

"好啦。"

韩澈直起身,不自然地挠挠鼻尖,视线闪躲:"谢了。"

中午吃过饭,郑好和韩澈收拾行李,准备回城。

冯玉兰一边提着大包小包往后备厢里塞,一边叮嘱郑好:"这两包是泥鳅,已经炸好了,可以直接吃。这两袋鲫鱼已经用盐腌过了,记得放冰箱冷冻层,吃就煎几条。这两袋是鸡肉,已经给你剁好了,想炖汤或红烧都行。还有这包卤花生……"

絮絮叨叨半天,郑好听得头昏脑涨。她抱住冯玉兰的胳膊,佯装抱怨道:"妈,你是不是嫌贫爱富啊?见到人家开车来的,就塞这么多东西,我以前怎么就没有这种待遇呢?"

冯玉兰凉凉地瞥她一眼:"你以前往家里提过东西吗?"

郑好噎了下,讪笑道:"咱们一家人,还提什么礼嘛,多见外。"

冯玉兰点点头:"也对,所以这些东西都给小韩吧,你就别拿了。"

郑好:"……啊?"

韩澈别过头,掩唇偷笑。

冯玉兰大获全胜,露出得意的笑:"不是你说的吗?咱是一家人,不计较这些。"

车子驶出乡间小道,匀速行驶在进城的主干道上。天空湛蓝如洗,远处青山连绵起伏,车窗开了道小缝,清爽的风吹拂在脸上,令人心旷神怡。

车载音响正放着一首英文歌,听着像是英伦摇滚,节奏舒缓,旋律柔和,主唱的嗓音迷幻,却颓而不丧。

这曲风让郑好联想到了另一支乐队:"对了,白牙乐队好像要在江城开专场了,你不是喜欢他们吗?"

韩澈一愣:"你怎么知道?"

"上次音乐节,他们在第一舞台,你为了帮我抓老鹰,没去成他们的现场,我看你还挺失望的。"

韩澈回忆片刻,淡淡一笑:"还好,也谈不上喜欢,就是开车的时候听得多。"

"那就是喜欢啊。"郑好语气笃定,提议道,"咱们去听吧?我来搞定门票。"

韩澈笑容舒展:"行啊,记得找我报销。"

这个话题结束,车厢里安静了片刻。

韩澈想起刚刚冯玉兰的叮嘱:"对了,后备厢里的东西,你都拿回去吧。"

郑好眉头一挑:"怎么,嫌弃咱的农家土特产啊?"

"我哪敢啊?"韩澈一脸无辜,"你知道的,我平时很少做饭,这些好东西给我也是浪费。"

郑好想了想:"也行,到时候我做好了,给你送一份过去。"

"行啊。"

又有见面的理由了,韩澈心中无限欢喜。

车厢里又安静了会儿。

"哎,韩澈。"

郑好突然点名道姓,倒让韩澈有些不适应。他心头一跳,侧眸瞥她一眼,语气也不自觉严肃起来:"怎么了?"

郑好侧身望着他,认真地问:"你这两天玩得开心吗?"

韩澈想都没想:"开心啊,你干吗问这个?"

"那就好,我还怕你不适应农村生活呢。"

韩澈沉吟道:"在哪儿生活其实不重要,重要的是跟什么人一起生活。我觉得你的父母都很好,家庭氛围很轻松。说实话,我还挺羡慕你的。"

郑好咧嘴一笑,谦虚道:"哎哟,我家有什么好羡慕的?说实话,我才羡慕你呢。"

韩澈半开玩笑地问:"那你愿意跟我交换吗?"

郑好笑容一僵,神色略显尴尬:"呃……还是算了吧。"

前方红灯,韩澈缓缓停下车,转头盯着郑好,目光深沉:"我就愿意和你交换。你看,这就是真羡慕和假羡慕的区别。"

郑好有些恼,辩解道:"我又没骗你,我是真的很羡慕你啊。你有好房、好车,还有一份好工作,这就已经超越了百分之九十的人,搁谁谁不羡慕啊?"

韩澈牵起唇角,笑容里带着几分自嘲。

"可是你不愿意交换,因为你知道,我的物质条件,你靠自己的努力也有机会实现,但是你的幸福家庭,我这辈子都不会拥有。"

他收回视线,注视着前方的路口,神色怅然。

"那些永远得不到的,才最令人羡慕。"

郑好看着他落寞的侧脸,不知为何,心头有些酸涩。

她伸出手,揉了揉他的脑袋,手顺势往下,轻轻捏了捏他的后颈。

"你傻啊。"她弯眸望着他,声音带笑,"怎么就永远得不到了?你要是想来玩,随时可以过来啊。我爸妈那么喜欢你,依我看啊,你再多跑几趟,多送几次礼,你在他们心目中的地位都要超过我了。"

韩澈淡淡一笑,调侃道:"那怎么办?你不怕我鸠占鹊巢?"

郑好板起脸,佯装严肃地说:"所以啊,你要时刻谨记,你是来加入这个家的,不是来拆散这个家的。"

韩澈凝望着她,在心里说:行啊,只要你愿意。

第十章
/ 想见她的心情是如此急切 /

夜色深沉,上了一整天班的韩澈走在回家的路上,望着CBD灯火通明的高楼,一时有些恍惚。他忽然想起,前天这个时候,他还在郊外的农家小院里听郑好母女俩飙歌,一整晚嘴角就没放下来过。

那两天的田园生活快乐得不真实,郑好就像是童话故事里的仙女教母,用魔法为他打造出了一个秘密乌托邦。

周末结束,魔法失灵,他不得不回归现实,烦恼接踵而至。

周一的晨会上,投资部副总认为上个月韩澈管理的基金业绩稳定增长,吸引了不少新的基民加入,不如趁此机会增发一支封闭式基金,进一步扩大基金规模。

韩澈当即反对,认为现在国家调控政策和市场都不稳定,应该减少基金规模,而不是为了赚取管理费而盲目扩张,增加投资者的风险。

两人在晨会上争执不下,管理层只好暂时搁置这项提议。

中午吃饭时,副总找到韩澈,七弯八绕又把话题转到了增发新产品这事上。

他半开玩笑地说:"咱们搞投资的应该都听过巴菲特那句名言,'别人恐惧我贪婪'。A股指数已经跌到了历史低位,连散户都知道现在正是加仓买入的好时机。你被基民们骂了那么久,难道不想趁此机会打个漂亮的翻身仗?"

韩澈毫不客气地反驳:"首先,巴菲特那句话是劝大家在熊市时应该持股待涨,而不是加仓买入。其次,恐惧和贪婪是赌徒最常见的心理,但是投资不是赌博。十赌九输这个道理你应该懂,即便这次撞上风口大赚一笔,以后迟早会亏光。"

副总叹了口气,跟他推心置腹道:"说到底,咱们只是帮人管钱的,能赚到管理费就行。你看看那些网红、爱豆、流量明星,哪个不是成名后赶紧捞钱?机会稍纵即逝,你抓住了,就能赚到普通人一辈子都赚不到的钱。"

韩澈沉默良久,坦诚地说:"这个现象确实存在,但我始终觉得世界不应该是这样的。大部分人还是在踏踏实实地工作,本本分分地赚钱,包括我,选择干这行,也不是为了赚快钱。"

谈话不欢而散。

目送副总离开后,韩澈用叉子戳了几片黄瓜放进嘴里,味同嚼蜡。

他没来由地想到了郑好。果然，如她所说，吃"草"让人抑郁。

人还是得吃肉。

他自嘲地笑了，喊来服务生，给自己加了份肋眼牛排。

下午收盘后，韩澈拿回自己的手机，发现有几个未接来电，都是来自同一个陌生号码。

韩澈回拨过去。

接电话的是个中年女性，她介绍说自己是A大金融学院的行政老师，这周五是学校的校庆日，学院也会举办系列活动，她想邀请韩澈以优秀毕业生的身份给学弟学妹们开展一场专题讲座。

校庆的事，韩澈之前在班级群里听同学讨论过。毕业六年了，一次同学会都没办过，于是有人提议，不如趁此机会回趟母校，顺便去探望一下几位老教授。

许多同学欣然响应，同学会计划初步成型。

韩澈在群里一向话少，也不喜欢参加这类活动，所以打算当天找个借口推掉。没想到突然又冒出一个新任务，韩澈顿时感觉压力陡增。他迟疑片刻，以周五要出差为由，委婉拒绝了对方的邀请。

电话挂断后没多久，手机又响了，是韩母打来的。

韩澈本能地觉得这个电话跟校庆的事有关。

他的心一沉，只能硬着头皮接听。

果然，韩母一开口便咄咄逼人："周五又要去哪儿出差？不能换个时间吗？我特意找你们院长争取到了这个机会，本来他们打算邀请林学川。林学川你知道吧？就是那个……"

"我认识。"韩澈不耐烦地打断她。

林学川是他们金融学院的风云人物，比韩澈高两届。听说他毕业后直接进了某家知名私募基金公司，渐渐声名鹊起，现在在投资圈混得风生水起。

"他比我更合适。"韩澈有自知之明，无论是能力、资历，还是名气，自己都不及林学川。

韩母说出不知从哪儿打听到的消息："听说他离职去了澳大利亚，为了校庆特意回来一趟的可能性不大，院长也是考虑到这个因素才决定让你来开讲座。这么好的机会，你可得好好把握。"

这么好的机会？

韩澈实在不懂，一场讲座，是能帮他升职加薪，还是能光宗耀祖？

也许人人都渴望衣锦还乡，就跟混得最好的同学最喜欢组织同学会是一个道理。韩澈回母校开讲座，意味着他的工作成绩和社会地位得到了权威的认可。这对韩母而言，绝对是一项值得炫耀的谈资。

"行了，就这么决定了，我去给你们院长打个电话。"韩母语气不容置疑，"你跟公司商量下，换别人出差吧。"

韩澈没再说话。他只觉得窒息。

今天依旧是晚上十点多才下班，韩澈走在大街上，觉得自己像被一条无形的锁链牵扯着，每一步都走得沉重且缓慢，身不由己。

周末的快乐时光，久远得仿佛是上辈子的事。

经过小区大门时，一个保安忽然喊住了他："韩先生，这儿有您的快递，是同城闪送。物业管家说您不在家，就把东西存放在这儿了。"

同城闪送？

韩澈有些疑惑，脑子晕晕沉沉的，一时也猜不到是什么，便从保安手里接过裹得严严实实的袋子，道了声谢。

他看了眼贴在袋子上的订单，下单人是……

母鸡杀手郑大厨？

韩澈愣了下，随即会心一笑。

郑好的隐藏身份可真多，跟孙猴子似的，千变万化。

韩澈回到家，打开袋子，取出里面的保温盒，一层层打开。最上面的是几样凉菜，中间格是几条香煎鲫鱼，还留有余温，底下是一大碗鸡汤，冒着袅袅热气。

韩澈眼底泛起一阵温热，心头堆积了一整天的疲惫和压抑，仿佛被一只手轻轻柔柔地抚平了。

他掏出手机，给桌上的餐盒拍了张照，发给郑好。

很快便收到郑好的回复。

郑圆脸：你不会现在才下班吧？

韩澈本想回个"嗯"，手指一顿，又点开了黄色小图标，耐心地翻找着表情包。最后选了一张小狗委屈脸发了过去。

郑圆脸：摸摸。

韩澈不自觉笑了，起身进厨房拿了一副碗筷。

其实他吃过晚饭了，公司提供了种类丰富的夜宵，但是谁能在身心俱疲时拒绝一碗香喷喷暖融融的爱心鸡汤呢？

他一边啃着鸡腿，一边跟郑好闲聊。

韩澈：你在干吗？

郑好发来一张照片，是从上往下拍的一只狗头，背景黑黢黢的。

韩澈本以为这是郑大钱，放大看才发现不对，这条狗体型偏瘦，毛发杂乱，好像是……

狗蛋儿？那条被拴在工地上的小土狗？

韩澈倏地放下筷子，双手捧起手机，飞快地打字。

韩澈：又去偷狗了？

郑圆脸：什么叫偷？是接！我都好久没遛它了。

韩澈：你在哪儿呢？

郑圆脸：干吗？

韩澈嘴角上扬，慢慢打字。

韩澈：介意多遛一条狗吗？

韩澈跑出小区，在门口扫了一辆共享单车，顺着沿江大道一直往前骑。夜风吹鼓了他的衣衫，他感觉自己轻盈得像一只风筝。

线的那头，攥在郑好手里。

终于在路边看到那辆熟悉的小电驴，韩澈猛地刹车，一转头，看见郑好就站在旁边的江堤上，双手插兜，歪着脑袋，笑盈盈地望着他。

她身后是一团黑黢黢的树影，头顶是暗沉沉的夜空，街灯的光洒在她身上，朦朦胧胧的，让她看上去仿佛笼着一层暖黄的薄雾。

想见她的心情是如此急切，可是真的见到了，又像是近乡情怯。

他在原地磨磨蹭蹭，不敢表现得太热情，怕吓到她，更怕暴露自己的心事。

狗蛋儿从郑好身后蹿了出来，冲韩澈摇晃着尾巴，叫了两声。

它还记得他。

"傻站着干吗？"郑好蹲下身，向他伸出手，"要我拉你？"

江堤的高度不到一米五，韩澈自己就能爬上去，但他还没有直男到这个程度。女孩的手就在眼前，傻子才会想着去展示自己的男性力量。

他握住郑好的手，用力攥紧，才发现原来她的手这么小，完全可以被他包裹在掌心。

他双脚蹬踩，纵身起跳，借着她的力轻松攀上了江堤。

夜风裹挟着潮气扑面而来，对岸的灯光都熄了，江面和夜空连成一片无垠的黑沉。

郑好盘腿坐在堤上，仰头望着韩澈："你明天不上班啊？"

黑暗中，她的眼睛格外明亮。

"上啊。"韩澈郁闷地叹了口气，坐在江堤上，又偷偷往她身边挪了几寸，"'金融狗'命苦啊，哪像你们'女鬼'工作清闲，昼伏夜出。"

郑好"扑哧"笑了："那你还出来？都快十二点了。"

韩澈单手支着下巴，望着江滩的树影，沉默片刻，闷闷地说："我有时候觉得只有深夜才属于自己，所以我总是晚睡，就是希望能多享受一点自由。"他淡淡一笑，视线转向郑好，"现在，有个人陪我一起熬夜，就不觉得孤单了。"

郑好与他对视，目光变得柔和："上班很累吧？"

韩澈眼眶蓦地发涩，低头笑了下，喃喃地说："身体上的累还好，心理上的就……除了累，还有迷茫，不知道自己的工作到底有什么意义。"

"你喜欢你的工作吗？"

"刚入行的时候，是很喜欢的，但现在……"韩澈微微叹气，"我也看不清了。"

两人都沉默着,静听涛声翻涌,拍打着江堤。

许久,郑好轻声开口:"我毕业后找的第一份工作,是在一家国企做人力资源。"

"什么时候?"韩澈有些意外。

他没想到她还干过这么正儿八经的工作。国企,还是人力,听起来跟她的风格不搭。

"三年前。那时候身边的人好像都有明确的目标,要么考公要么考研要么出国,只有我很迷茫,不知道自己喜欢干什么,适合干什么,只好海投简历,到处面试,最后找到了这份看起来还不错的工作。

"试用期是三个月。试用期满,经理找我谈话,让我写个转正申请。我想了一晚上,写了份辞职信。"

韩澈惊讶地望着她。

"第二天,经理找我谈话,想挽留我。我跟他说,你知道我每天上班路上都在想什么吗?"郑好自嘲一笑,"要是路上有辆车把我撞了就好了,那我就不用上班了。"

韩澈蹙眉不解:"为什么?"

郑好笑了笑:"他当时的表情跟你一样,也是问我为什么。"顿了顿,她继续说,"我告诉他,这三个月我每天都过得很痛苦,说是人力资源,其实一直在打杂,不停地接电话、打电话、接待来访者、通知开会、打印材料……都是些很琐碎的活儿,我不知道这份工作到底有什么意义。

"经理说,我是新来的,还在学习阶段,这些工作并不难,等我适应了就能游刃有余。"

郑好:"我说我怕等不到那一天了。昨天我去洗手间,望着窗户,忽然有种想跳下去的冲动。"怕韩澈不明白,她补了一句,"我们办公室在十六楼。"

韩澈眉头皱得更紧了,神色担忧地望着她,轻声说道:"我没想到,你也会……"

郑好笑容苦涩:"那一刻,我真心觉得窗外的世界比这个格子间要自由。"

高楼大厦困住了身体,无休止的工作压迫着灵魂,那扇窗,是通往自由唯一的出口——韩澈时常也有这种感觉。

他忽然想起他的朋友。

不知道朋友在跳下去的那一刻,指尖有没有触摸到自由的形状。

"那后来呢?"

"经理一听说我要死在公司,立马同意了我的离职,恨不得我连夜卷铺盖走人。"郑好拍拍胸口,深感庆幸,"我本来还担心他要拖我十天半个月呢。"

郑好:"后来,我又找了份工作,是在一家私企做策划。也不知道一个小破公司哪儿来那么多事,每天没完没了地加班,周末说是双休,可是一个电话就得赶到公司。"

郑好:"最忙的那个月,我每天晚上十一点多才下班,眼睛都是花的,连路都看不清。有次一不留神从楼梯上摔了下来,脚崴了,在家休息了几天,还要被扣工资。"她回想起来还是愤愤不平,"什么破公司,早点倒闭算了。"

韩澈猜到了后续:"所以你又辞职了?"

郑好耸耸肩:"再不辞职,我怕我会猝死。"

这两份工作,一个劳神一个伤身,让郑好对自己有了清醒的认知——她压根就不适合上班。

反正上班是为了赚钱,但是赚钱的方式,不止这一种。

后来,她就过上了闲云野鹤般的生活,打打零工,做做兼职,每个月赚的钱能保证开销就行。家里房子租出去了,每个月也能有六千多的稳定收入,养活父母足够了。

回顾完自己短暂而悲催的"社畜"史后,郑好长吁一口气,双手撑在身后,仰头望着黑沉沉的夜空,感叹道:"毕业三年了,我还是不知道自己想干什么。但我觉得这事急不来,现在这种状态挺适合我的,吃得好,睡得好,玩得好,比以前开心多了。"

韩澈转过头,近距离望着她。

他羡慕她的洒脱。她活得很轻盈,没有养家的压力,不在乎周围人的目光,更不屑于向上攀爬,成为什么"人上人"。

可是,韩澈心里清楚,自己永远不可能像她那样。

因为压在他身上的东西太沉重了。

从小到大,升学、高考、留学、就业,父母为他规划好了一切,他只能沿着既定轨道一直向前。

这条路要通向哪里,他也看不清,但他不敢停下来,更害怕走错一步。

安静了会儿,郑好又发自内心地感叹道:"我发现,长大也挺好的,可以想干吗干吗,比小时候自由多了。"

"……是吗?"韩澈一时不知该如何接话。

他恍惚间想起小时候,有次去青少年宫,路过一条热闹的巷口,恰好有一群小孩正在玩斗鸡,就是那种掰起一条腿、单脚蹦跳,用膝盖去撞击对方的格斗游戏。

他驻足观看了好久,迟迟不肯离去,直到被韩母硬生生拽走。

再后来,他上了初中,周末去补习班的路上,又遇见一群斗鸡的小孩,他只是看了两眼就走了。

这次,没有人拽他。

对他而言,长大,就是从被人拖着走,到自己默默赶路。

行色匆匆,从不停留。

"你会玩斗鸡吗?"韩澈忽然冒出一句。

郑好愣了下,旋即绽开笑容:"当然啦,我可是麻雀街鸡王!"

韩澈有些无语。

谁给你赐的封号?这么难听。

怕韩澈不信,郑好拉着他跃跃欲试:"要比比吗?"

韩澈失笑:"……算了,我只是随口一问。"

"哟哟哟,你是不是怕了?"郑好挤眉弄眼,故意激他,"被我一个小女生打败,肯定很丢脸。"

韩澈不屑一顾,说:"呵,我堂堂一八六大汉,体脂率12%,马拉松四个半小时……"

"行了行了。"郑好打断他的吹嘘,起身拍拍屁股上的灰,摆出迎敌姿势,"一八六大汉,来吧!"

"在这儿比?"韩澈环视四周,江堤宽度不足一米,黑灯瞎火的,万一摔下去可不是闹着玩的。

"……也对。"郑好想了想,从堤上一跃而下,双脚稳稳落在人行道上,扭头招呼韩澈,"下来啊!"

韩澈有些迟疑。

跟女生玩这种游戏,实在是有点丢脸。

万一输了,更丢脸。

好在整条街上空空荡荡的,除了他俩,见不到一个人。只要当事人不说,谁会知道?

韩澈脱下外套,搭在共享单车上,弓起一条腿,准备应战。

郑好双目炯炯地盯着他,露出志在必得的笑,脚底像安了弹簧似的,蹦蹦跳跳地弹到韩澈面前,借着弹跳的力道猛地撞了上来。

韩澈单腿屹立,岿然不动,心想:就这?

狗蛋儿在两人之间来回穿梭,不时叫几声,似乎想劝架。

见第一波攻势没有奏效,郑好又退了五米远,同时,将膝盖拱得更高。她一蹦一跳,快速冲到韩澈的侧面,高高跃起,用膝盖撞上他的大腿外侧。

韩澈大腿一阵酸软,身子歪了歪,但很快稳住了重心。他往后挪了一小步,膝盖顶住郑好的肚子,往前轻轻一拱。

郑好猝不及防向后仰,慌乱之中,脚落地了。

她不可置信地瞪大眼。

韩澈啧啧冷笑:鸡王就这水平?

"不公平,咱俩不是一个重量级的!"郑好恼羞成怒地抗议。

韩澈耸耸肩:"所以啊,我一开始就没打算跟你比。"

郑好泄气地坐在地上,背靠着江堤,回忆过往峥嵘,痛心疾首道:"要是回到小时候,我能一打三,整条街的男生都不是我的对手。现在关节都生锈了,唉,不得不服老啊。"

韩澈肩并肩坐在她旁边,一针见血地说:"不是你老了,而是小时候女生普遍发育得比同龄男生要早，所以造成了一种你很强大的错觉。你想想，你的鸡王称号是什么时候被抢走的？"

郑好认真回忆起来："十八岁。比赛那天正好是高考，等我回来时已经比完了，获胜的是个一百四十斤的小学生。"

韩澈腹诽：有没有一种可能，麻雀街特意在高考那天举办比赛，就是为了把你支开？还有啊，你十八岁了还在玩斗鸡？对手还是小学生？你好意思吗？

韩澈想笑又不敢笑，只好假意安慰道："你想想啊，你跟我体型差距那么大，输了不是很正常吗？体型和力量的差距不是单纯靠技术就能弥补的。如果回到小时候，我不一定能战胜你。"

"那是。"郑好又找回了自信，摇头晃脑地说，"你小时候肯定没我厉害。"

韩澈沉默了会儿，轻声说："我小时候没玩过这个，我……没有玩伴。"

"啊？"郑好愣了下，觉得有些不可思议，"你同学呢？你们下课了可以一起玩啊。"

"他们跟我一样，或者说，他们的父母都跟我父母一样。"韩澈回忆起童年，没有任何怀念的心情，"我们小时候就在卷了，那时候，没有玩伴，只有竞争对手。"

郑好看他的眼神又多了几分同情。

沉默片刻，她伸手搂住他的肩，用大哥安慰小弟的口吻说道："如果能回到小时候，你记得来麻雀街找我，我带你玩。"

如果他们从小就认识，会不会成为朋友？她肯定是麻雀街的大姐头，冲锋陷阵，威风凛凛。而他，会成为她的小跟班吗？

韩澈一想到那种画面就觉得好笑。

"谢了。"他把脑袋往肩上一靠，侧脸贴在她的手背上，"如果回到过去，我一定去找你。"

郑好手臂一阵酥麻。她稍稍挪了下位置，将手从他的脑袋下抽出，又若无其事地收了回来。

"好啊。"她扬唇一笑，"到时候我带你去巡街，挨家挨户抓老鼠。"

韩澈一阵无语，脑袋慢慢摆正。

抓老鼠？你是在扮演黑猫警长吗？

郑好眉飞色舞地说："还可以带你去找放屁虫，就是一种指甲盖大小的虫子，在它背上一摁，它就会放屁，好臭！"

韩澈一惊："……啊？"

"过年的时候，我再带你回农村，路边有好多牛粪，这么大一坨……"郑好表情夸张，张开双手比画着大小，"往里面插一根小鞭炮，一点，'砰'的一声，牛粪炸得满天飞！"

韩澈腹诽：郑好小朋友，你能不能玩点正常的？

"就这么说定了。"郑好终于结束幻想，回到现实，拍了拍韩澈的胳膊，

"记得来找我。"

韩澈抿笑不语。

如果玩的都是什么抓老鼠、找臭屁虫、炸牛粪之类的……那我再考虑考虑。

起风了,地上的梧桐树叶打着旋儿,不知从哪里飘来一个白色塑料袋,像幽灵游荡在午夜的街头。

郑好从地上爬起,拍拍身上的尘土,又伸手拉起韩澈,说道:"回去吧。"

"啊?这就要走了?"韩澈还意犹未尽。

郑好一愣:"不然呢?都一点多了,你明天还上不上班?"

正是因为几个小时后就要上班,韩澈才固执地不愿意结束。这场午夜之旅,虽然不比上次跌宕起伏,但平静之中更显温馨,他很享受与她相处的时光。

韩澈低头看着趴在地上的狗蛋儿,假意关心道:"好不容易遛一次狗,总得让它玩够了再回家吧。"

郑好:"给你发照片之前,我已经遛了它很久了。"

"是吗?"韩澈决定让狗子辛苦一下,"我看它休息得差不多了,再遛两小时吧,给它减减肥。"

狗蛋儿:欺负狗不会说话是吧?

"……行吧。"郑好无奈地骑上电瓶车,扭头望着韩澈,"想去哪儿?"

韩澈走上前,握住车把:"我来骑吧。"

一直是你带我玩,这次,换我带你,去看不一样的风景。

"你确定?"郑好犹豫片刻,腾出前面的位置,又有些不放心,掏出手机导航,"你想去哪儿?"

韩澈洒脱一笑:"走到哪儿算哪儿。"

狗蛋儿已经乖乖爬上了踏板。郑好坐上后座,望着韩澈宽阔结实的后背,恍惚中有种错觉——他们这样好像私奔啊。

去哪儿,无所谓,去干什么,也不重要,只要前方是他,天涯海角,她都愿意追随。

小电驴载着两人一狗,沿着江堤匀速向前,奔向黑夜的尽头。

夜风裹着江水潮湿的气息拂过郑好的耳鬓,衬衫的衣角在风中翻飞,她双手先是攥住韩澈的衣摆,然后试探着往前伸,手臂圈住他的腰,慢慢收紧。

此刻,她看不到韩澈的表情,只知道自己在笑。

嘴角上扬的弧度越来越大,她不敢发出声音,但胸腔里心跳得激烈澎湃。

贴那么近,他一定能感觉得到。

路灯洒下一团团橘黄的光,将这个夜晚晕染得格外温柔。

驶过林立的高楼大厦,驶过密集的居民楼,岸边的建筑渐渐稀疏,江堤也愈来愈矮。郑好伸长脖子,看见夜幕笼罩下沉静肃穆的长江,对岸有一排低矮的建筑还亮着灯,隐隐能看见黝黑的烟囱高耸入云,那里应该是老工业区。

再往前就是三环线了。

郑好歪着脑袋,望着韩澈的侧脸,大声问:"你要去哪儿啊?"

"去——"韩澈腾出一只手,指着前方,气冲云霄道,"去长江的尽头!"

郑好一愣:这是要去海市啊?

她觉得有必要提醒他一下:"我的小电驴续航只有60公里。"

"能骑多久?"

"顶多三个小时。"

韩澈的声音带着爽朗的笑意:"够了。"

路面渐渐崎岖不平,路边已经看不到建筑物的黑影了,四周安静得只听得见风吹树梢的声音。

他们在黑暗中行驶了很久,直到小电驴速度渐慢,最后缓缓停在路边。

郑好趴在韩澈的背上,感觉脑袋有些晕,两条胳膊都麻了。她迷迷糊糊地睁开眼,嘟囔道:"到哪儿了?"

韩澈掏出手机,信号太弱,等了半天才显示出完整的地图:"叶家村。"

闻所未闻的地名。地图上大块大块的空白,显示周围全是农田。

离日出还有一个多小时。

"坐会儿吧。"韩澈用手机照明,从路边搬来两块大石头。

郑好困得不行,也懒得追问他想干什么了。她坐在石头上,双腿护住狗蛋儿,手肘撑在膝盖上,双手托腮,呆呆地望着天。

照理来说,郊区的夜空应该能看到更多星星,可是不知道为何,天上黑压压的,不透一丝光,像被一块幕布挡得严严实实。

"哎,"她问韩澈,"你现在不怕了?"

这可是荒郊野外,蛇虫鼠蚁、野狗野猫,或者流浪汉什么的,想想都觉得可怕。

黑暗中,韩澈轻笑一声:"你都不怕,我怕什么?"

郑好硬着头皮说:"我不一样。我行走江湖多年,什么没见过?"

韩澈配合道:"也对,你是郑女侠嘛,你会保护我。"

郑好嗤笑,心想:你堂堂一八六大汉,说这种话不丢人啊?

韩澈又说:"咱们可是雌雄双煞,而且还带了一条哮天犬。"

郑好哈哈大笑,伸手摸了摸狗蛋儿的脑袋:"有道理。"

两人闲聊打发着时间,天边终于露出了鱼肚白。

与此同时,一滴水珠从天而降,浸湿了韩澈的发丝。

韩澈在心里暗骂了一声。

下雨了。

"我说,你俩干脆同居算了。"

清早,童梦倚在洗手间的门口,望着正在给狗蛋儿洗澡的郑好,幽幽地来了一句。

郑好关了花洒,回头白了童梦一眼,面红耳赤地辩解道:"你想啥呢?我俩什么都没干!"

童梦拖着调子"哟"了一声:"一整晚就纯聊天?柏拉图都要拜你为师。"

"真的!"郑好简直百口莫辩,把锅甩给韩澈,"聊着聊着,他突然发神经说要去看日出,骑了三个多小时,最后到了个鸟不拉屎的地儿,想回来都打不到车,只好叫了个货拉拉。"

更倒霉的是,日出没等到,却等来了天降大雨,两人一狗都淋成了落汤鸡。

这叫什么事啊?

童梦看向窗外。

这一早上雨就没停过。看日出?呵,你们暧昧期的男男女女可真有意思。

"确实发神经。"童梦吐槽一句,转身正要回屋,忽然又想起什么,"对了,你之前跟我打听的那个白牙乐队,小路有个朋友是做票务代理的,可以搞到演唱会的票,但是现在只剩下内场的了,你确定要?"

郑好眼睛一亮:"要啊!帮我搞两张!"

演唱会昨天开始售票,郑好没想到这支乐队的人气还挺高,开票不到一分钟就售罄了。她手慢没抢到,只好托她在音乐圈唯一的人脉——童梦帮忙。

而童梦这边,因为上次音乐节老鹰的表现太恶劣,导致乐队后面大大小小的演出都被取消,老鹰又三番五次缺席排练,乐队内讧越来越严重。一次大吵过后,乐队索性宣布解散。

童梦果断弃暗投明,加入了小路所在的青蓝乐队。

"内场票最便宜的也要一千二,你确定要?"童梦反复确认。

郑好笃定道:"要啊,越靠前越好。"

虽然韩澈说过票钱可以找他报销,但她决定自己请客。毕竟她已经从他那儿赚了十多万了,几千块的票钱算什么?就当感恩回馈老客户了。

童梦一边"啧啧"一边掏出手机:"行吧,那我跟他说一声。"

郑好用毛巾擦干狗蛋儿身上的水,起身准备回屋拿吹风机,路过客厅墙上的挂历时,又想起什么,回屋拿了一支笔。

演唱会是在下周六。她在挂历上找到那个日期,用彩笔在上方画了个星星,正要写上备注,视线不经意一扫,发现左边的日期也被她涂了颗星星,还写了个单词"deadline"。

这是什么截止日期?

郑好大脑宕机三秒,突然白光一闪,想起来了。

今年二月份的时候,她抽中了澳大利亚的打工度假签,需要在三个月内提交补充材料和体检报告。

下周五就是截止日期。

因为之前时间充足,加上后来又遇上韩澈,她已经把这事儿给忘得一干二净了。

要不要递交材料呢?

郑好咬着笔头,陷入了纠结。

如果是在三个月前,她肯定毫不犹豫,背起行囊说走就走。

但现在……

韩澈湿漉漉的眼睛在她脑海中浮现,像深夜无家可归的小狗。

她舍不得,也放心不下。

晨会结束后,韩澈给自己泡了一大杯黑咖啡,苦着脸咽下去,难喝程度堪比中药。

办公室的门被敲响,韩澈一声"请进"还未说完,副总就推门走了进来。

韩澈略感头疼,对方估计又是为了昨天的事而来。

果然,副总刚坐下就开门见山道:"我跟投研部几个高管商量过了,还是觉得有必要增发封闭式基金。如果你不愿意负责这支基金,我们只能增聘新的基金经理。你觉得小吴怎么样?"

韩澈愣了下,悬着的心落下了一半,与此同时,又生出新的担忧。

封闭式基金有诸多限制,比如,在规定期限内,基民不能自由赎回基金,有的公司也要求基金经理不得离职。但好处也是显而易见的——更高的基金管理费。

韩澈思忖片刻,如实说:"小吴能力不错,研究报告做得很严谨,虚拟持仓也在稳定盈利,只是……"他停顿片刻,语气略显怀疑,"封闭式基金将基民和经理捆绑在一起,风险更大,压力也更大,他愿意吗?"

副总笑声爽朗:"有升职加薪的机会,谁会拒绝?"

韩澈沉吟不语。

副总的手指在桌上漫不经心地敲打着,再次看向韩澈时,眼底的神色多了几分惋惜:"韩澈,我一直很看好你。绩优则仕,再过两年,你晋升高管层不成问题。"

他微微叹气:"可惜啊,你瞻前顾后,把这么好的机会拱手让人。小吴虽然不错,但毕竟是个新人。买封闭式基金的核心就是挑选基金经理,你现在在投资者心目中的形象已经提升了不少,何不趁热打铁……"

看着副总不停翻动的嘴唇,韩澈恍惚中想起,几年前,他也是这么劝说自己的。

"……投资圈进入了流量时代,把你打造成明星基金经理,能吸引更多投资者,对你的事业和公司的未来发展都有好处,绝对是利大于弊……"

唯独没有说对那些投入了真金白银的普通人是利是弊。

韩澈收回思绪,打断副总的话:"要知道,很多基民收入并不高,好不容易攒下点钱来买基金,无非是想增加收入、改善生活。如果因为我的冒进而让他们遭受亏损,我良心难安。"

副总愣了几秒，有些恨铁不成钢："俗话说，慈不带兵，义不养财。赚钱嘛，就是要杀伐果决一点，心慈手软做不成大事。"

"没办法不心软啊。"韩澈转眸望向窗外。透过高楼间的缝隙，能看到一片片低矮老旧的社区，那里生活着无数个像郑好一样的普通人。

"他们信任我，我也不想让他们失望。"

副总摇摇头，一脸失望地走了。

办公室终于安静下来。

韩澈松了口气，庆幸中还有一丝小骄傲。

原来只要坚定一点、心狠一点，说不，其实没有那么难。

兵荒马乱的一周终于熬到了头。周五这天，韩澈请了一天假，去 A 大参加校庆。

讲座安排在金融学院的阶梯教室里。开场前，韩澈看着门口的易拉宝上自己傻笑的照片，不由得想到了跑马拉松那天，他的巨幅照片跟着他"飘"了几条街的画面。

奇怪的是，现在一点儿都不觉得羞耻了。

果然，近朱者赤。跟某人混久了，他的脸皮厚度也见长。

讲座快开始了，教室里已经坐满了人，连过道的台阶上都有人席地而坐。

韩澈走上台时，窃窃私语声骤然放大。

放眼望去，台下大部分是女生，看向他的目光热烈而大胆。

应学院要求，韩澈今天的讲座是围绕着公募基金的行业现状和基金经理的职业规划来展开的。

他开门见山地引入话题，不用废话来调节气氛，也不绕弯子来回避敏感话题，每页 PPT 都简洁明了，每个观点都直击要害。台下的学生也变得认真起来，有的埋头记笔记，有的蹙眉凝思，轻佻的神色一扫而空。

渐入佳境后，韩澈视线不经意一扫，忽然瞥见角落里有一张熟悉的面孔。

他喉咙一紧，连咳几声才勉强稳住了呼吸节奏。

韩母不知何时进来的，此刻正端坐在后排，扬着下巴，与他遥遥相望。

隔得有些远，韩澈看不清她脸上的表情，只觉得，这张脸在他近三十年的人生里，从未缺席，永远这样高高在上地凝视着他。

韩澈停顿得有些久，台下学生纷纷抬起头，好奇地望过来。

经前排的老师提醒，他这才回过神，抱歉地笑了笑："对不起，我们继续。"

韩澈按部就班地讲完后面的内容。到了交流环节，学生们纷纷举手提问，有的尖锐，有的实际，还有的八卦，他都尽量坦诚且滴水不漏地做了回答。

讲座终于结束。散场时，有几个学生在讲台前推推搡搡，其中一个女生鼓起勇气问："学长，能加个微信吗？"怕被韩澈拒绝，她急忙补了一句，"还有几个问题想请教学长。"

韩澈微微一笑:"PPT最后一页有我的邮箱,你们拍下来了吗?"

女生讷讷地点头。

韩澈温声道:"有问题的话,给我发邮件就行。上班期间我要上交手机,不能及时回复信息,所以还是邮箱更方便。"

女生撇撇嘴,脸上的失望情绪毫不掩饰。

等学生们都散得差不多了,韩母才站起身,不疾不徐地走下台阶。

韩澈做了个深呼吸,调整好表情,抬眼望向她。

他意外地发现韩母身边还有个女生,看着有点眼熟。两人挽着胳膊,交头接耳,如母女般亲密。

等她们走近,韩澈才想起,哦,是许佳佳。

心情又阴沉了几分。

韩母走到他面前,点评道:"刚刚讲得还不错,就是不够圆滑,有些问题你敷衍一下就行,没必要讲得那么清楚。"

"嗯,知道了。"韩澈敷衍地说。

许佳佳笑着说:"我觉得学长讲得挺好的,能学到很多东西,比那些假大空的讲座有意义多了。"

韩澈礼貌地回了句"谢谢",便不说话了。

气氛有些尴尬。

"这样吧,"韩母打破沉默,"你带佳佳四处逛逛,今天学校还挺热闹的。我还有点事,就先走了。"

"我也有事。"韩澈一口回绝,"中午有同学会。"

而且,许佳佳不也是这所学校毕业的吗?需要他"带"吗?

韩母抿了抿唇,脸色明显不悦。

许佳佳连忙解围道:"伯母,我也约了同学,要不咱们下次再聚?"

"也行。"韩母露出慈爱的笑容,在她手背上轻轻拍了两下,"你先去吧。"

许佳佳"哎"了一声,又抬眸冲韩澈笑了笑,转身离开了教室。

只剩下母子二人,气氛沉默得近乎压抑。

韩母主动开口:"你们班是不是有个叫周明礼的?"

韩澈一愣:"您怎么知道?"

周明礼是他们班的班支书,这次同学聚会就是他发起的,韩澈对他的印象比较深。

"他在市财政局工作吧?年纪轻轻的就当上科长了,混得不错。听说他女朋友是局长的女儿?"韩母轻笑一声,"现在的小年轻真厉害。"

韩澈忍不住蹙起眉。

他知道妈妈想说什么,可他不想听。

果然——

"趁这次同学会，跟他搞好关系，以后对你有帮助。"

韩澈烦躁地呼出一口气。

"我先走了。"他甚至懒得敷衍一下。

"哎，我还没说完。"韩母紧跟在他身后，叮嘱道，"还有你们班那个林琪琪，还没结婚吧？你多跟她接触接触。"

韩澈猛地停步，一脸匪夷所思地瞪着她。

一会儿佳佳一会儿琪琪，您到底要找几个儿媳？还是要办个选妃大赛，择优录取？

韩母看他眉头紧皱，还以为他不明白，压低声音，意味深长地说："你可真傻，分行行长的女儿跟你同班四年，你居然没发现？"

韩澈简直忍无可忍，不愿再跟她多说一句，大步离开了教室。

林荫大道上的横幅被风吹得飒飒作响，法国梧桐的绒絮漫天飘飞，钻进韩澈的鼻子里，呛得他喷嚏连连，泪眼婆娑，都快看不清路了。

同学会在学校东门的梅园大酒店举行，韩澈风尘仆仆地赶到，站在门口拍了拍身上的绒絮，然后在服务员的带领下前往二楼的包厢。

经过洗手间时，韩澈脚步一顿，打算先去洗把脸，收拾一下被吹得乱七八糟的发型，不料里面却传出一道女声，指名道姓地提到了他。

"听说韩澈也要来，周明礼肯定气死了吧？"

韩澈一下子愣住。

他想不通其中的前因后果，他是什么时候跟周明礼结的仇？

另一个声音窃笑道："肯定啊，他以前就把人家当竞争对手，现在人家荣归母校，又是捐款又是开讲座，他却毫无存在感，当然气了。"

捐款？

韩澈更糊涂了，这说的是他吗？

"真的假的？他捐了多少啊？"

"一百万呢。不过是以他妈妈的名义捐的，是辅导员偷偷告诉我的。"

"啧啧，这周明礼还怎么跟人家比啊？"

聊天声愈来愈近，韩澈猛地反应过来，闪身一躲，钻进了另一侧的男洗手间。他不习惯应付这种尴尬场面，只有走为上计。

在洗手间整理一番后，韩澈又在门后观察了一阵，确定门外没人，才做贼心虚地走出洗手间，然后进了包厢。

"哟，终于把韩总给盼来了！"

不知谁先号的一嗓子，引得包厢里的人纷纷起身跟韩澈打招呼。

"韩澈？我是袁林啊，好久不见。"

"我是方程，还记得我吗？"

"咱们班草风采依旧啊。"

"什么班草,明明是院草,当年可是咱们金融学院的门面!"

…………

韩澈面带微笑,与老同学一一打招呼。

毕业六年,大家的变化都不大,除了几个发福得厉害的男生。

这就是为什么韩澈足足花了十秒钟才认出周明礼。

周明礼坐在正对着门的主座,起身跟韩澈握了握手,以一副主人待客的姿态招呼韩澈坐下,然后端起酒杯,斟满白酒。

"韩总真是贵人事忙啊,来得这么迟,必须罚酒!"

桌上有人解围道:"没必要吧,又没正式开席,还有几个人没到呢。"

韩澈微微欠身,向前伸手,却没接周明礼的酒,而是绕过他,从桌上拿起一张餐巾纸。

"抱歉啊。"他擦了擦鼻子,瓮声瓮气地说,"最近感冒了,刚吃了头孢,喝不了酒。"他顺手端起茶杯,环视一圈,"我就以茶代酒吧。"

韩澈仰头一饮而尽。有同学笑着说:"行了行了,都是老同学,讲那么多礼数干吗?"

周明礼悻悻地坐下。

坐在韩澈左边的齐耳短发女人关切地问:"你还好吧?"

"不要紧。"韩澈看了这女人一眼,"你是林琪琪?"

林琪琪咧嘴一笑:"你记忆力挺好的嘛。"

韩澈想起韩母的提醒,心头涌上一股不舒服的感觉。他不知道这个座位到底是巧合,还是某人别有用心的安排。

林琪琪很热情:"听说你现在都成明星基金经理了?厉害啊。"

韩澈谦虚道:"没有没有,只是公司宣传的噱头而已,不要当真。"

"那肯定是因为你业绩好,公司才会拿你当金字招牌啊。"

韩澈刚想回一句"过奖",就被旁人打断了:"你俩说什么悄悄话呢?跟我们分享分享呗。"

林琪琪开玩笑道:"我俩正密谋做空股市呢,你有兴趣参与吗?"

有人积极捧场:"行啊,我入股,一百块够不够?"

桌上笑作一团。

恰在此时,包厢门又开了,两个男人跟在服务员身后,一边握拳一边道歉:"到处找不到停车位,来晚了,抱歉抱歉啊。"

大家纷纷起身,又是一轮认脸大赛。

聚餐结束,有人提议在校园里转转,众人欣然同意。

外面不知何时下起了小雨,周明礼找大堂经理借了几把伞,分发给了大家。

林琪琪撑开一把伞,高高举在韩澈头顶上:"咱们共一把伞吧。"

韩澈看了看周围,还有几个同学没有分到伞。他委婉地拒绝道:"要不你跟他们一起吧，我淋点雨也没关系。"

"那怎么行？你还生着病。"

韩澈迟疑片刻，只好接过伞柄："我来吧。"

一群人走在学校主干道上，小雨淅淅沥沥地落下，又被茂密的树冠挡住了大半，打不打伞其实区别不大。

韩澈走在人群的最后面，与林琪琪保持着不近不远的距离。

林琪琪似乎不习惯安静，总想找点话题："听说你还单身？"

韩澈淡淡地说："我们班好像大部分人都还没结婚。"

"工作后想找个合适的对象确实挺难的，还不如大学时候早定下来。"林琪琪偷瞄他一眼，话里有话。

韩澈装作听不懂："人的想法会随着阅历而改变，大学时候思想不成熟，生活也不稳定，找到的对象未必是最合适的。"

"所以，你现在应该稳定下来了吧？"林琪琪歪着脑袋，冲他一笑，"你怎么不找一个？"

韩澈撇开视线，望着路边几个卖文创产品的小摊，会心一笑："快了。"

林琪琪神色一怔，眼底有几分失落。

她很快调整好表情，笑着说："也对，听说好男人都是不流通的，像你这么优秀的人，肯定早就被人预定了吧？"

韩澈抿唇不语。

他其实不喜欢这种形容，像是在描述一件商品。但这点小事，没必要与她争论，他只想要安静一会儿。

不知不觉来到了老图书馆。

这栋中西合璧的建筑是A大的地标，八角重檐的屋顶犹如古代宫殿般气势恢宏，青石拱门和双连廊柱古朴而庄严，东侧的附楼覆满了爬山虎，有几条青藤在风雨中飘飘摇摇。

图书馆大门前有许多人在拍照留念。周明礼号召大家一起拍个合照，于是大家站成两排，随机找了个路人帮忙拍照。

"一，二，三——"

喊"茄子"的一瞬间，韩澈的视线忽然被什么吸引，偏离了镜头。

他居然看到了郑好。

心头猛地一跳，他还以为自己眼花了，使劲揉了揉眼睛，盯着那人仔细看了半天。

还真是她！

她戴着黑色渔夫帽，背着双肩包，双脚岔开站立，一只手端着粉色小相机，另一只手冲前方挥了挥，不知是在跟谁说话："往旁边来一点，哎，笑一个！"

合照结束，大家自觉地挪到旁边。趁着这时，韩澈偷偷绕到郑好身后。

她今天背了个黑色大双肩包，乍一看像背了个箱子，包上居然还有块屏幕，滚动播放着一段文字：拍立得照相，每张10元。化妆做造型，每人10元。

韩澈不禁失笑。

这是什么黑科技？比之前扰民的大喇叭要高级多了。

韩澈屏住呼吸，站在郑好身后，观察了她半天后，终于忍不住轻轻"哎"了一声。

郑好蓦地转过身，抬眼看见他，眉眼一弯，瞬间漾开了笑意。

"哈！我就知道会遇到你！"她兴奋地跳起来，用力捶了一下韩澈的胳膊。

韩澈抿唇憋笑，佯装吃痛地揉了揉胳膊，问："你怎么知道我会来？"

"校门口有块宣传牌，上面罗列了校庆期间的活动，我看到你的名字了。"郑好笑嘻嘻地说，"我还去你们学院听了你的讲座呢。"

"真的？"韩澈意外又欣喜，要是当时看到了她，他肯定会发挥得更好。

"是啊，不过我去晚了，只听到了后半场。"郑好两眼一翻，叹气，"全是专业词汇，听不懂。"

韩澈看着她，没说话，只是笑。

拍立得徐徐吐出一张照片，郑好拿在手里晃了晃，递给一对年轻的男女："怎么样？还满意吗？"

两人看到照片，相视一笑。男生举起手机，对着郑好胸前挂的二维码牌扫码付款。

看着这套娴熟的交易流程，韩澈感叹之余，又想起一件事："对了，你是怎么混进来的？"

A大校门设有门禁，没有校园卡或校友卡，外人很难进入。校庆日活动多，为防止出意外，管理更是严格。

郑好被他问得一愣。

"什么叫混？"她挺起胸膛，理直气壮道，"我是光明正大走进来的！"

"……行吧。"韩澈无奈一笑。她说什么都有理，干什么都有据，没人能在她的逻辑里打败她。

"韩澈！"不远处传来一道女声，紧接着，林琪琪撑着伞跑了过来。

韩澈心里"咯噔"一下，立刻转头看向郑好。郑好也在看他，还挑了挑眉，眼神耐人寻味。

"这是谁啊？"

"我同学。"韩澈飞快地解释，也不知在紧张什么。

说话间，林琪琪已经来到了两人面前，好奇地打量着郑好，又看向她手上的拍立得。

郑好扬唇一笑："要拍照吗？十元一张。"

林琪琪微微一愣，随即露出笑容："好啊。"她又看向韩澈，"要不要合照一张？"

韩澈连忙摇头，唯恐表现得过于亲密。

- 261 -

林琪琪把伞柄塞到韩澈手里，转身跑到图书馆的台阶上，看向镜头，摆出一个可爱的姿势。

郑好蹲着马步，举起拍立得，不断调整着焦距。

韩澈凑到她脑袋后面，假装在看镜头，又没话找话地补了一句："她是我同学。"

"知道。"郑好回头瞟他一眼，视线一转，看着不远处的一群人，"他们都是吧？"

韩澈"嗯"了一声。

郑好露出奸商的坏笑，跟他商量："要不你把他们都叫过来拍照？"

"不行！"韩澈想都没想就拒绝了。

郑好央求道："韩老板，照顾一下我的生意嘛。"

"不行。"韩澈态度很坚决。他向来不喜欢靠亲戚或朋友赚钱，情面和生意是两码事，不该混到一起。

郑好没好气地"喊"了一声，翻了个白眼，继续给林琪琪照相。

"好了。"郑好取出相纸，晃了晃，等待图像慢慢显现。

林琪琪扫码付款，接过相片看了一眼，又举到韩澈面前，语气带着几分得意："你看，拍立得的效果还是挺不错的。"

韩澈敷衍地"嗯"了一声，把她的手拂开，语气冷淡地说："你先走吧，我还有点事。"

林琪琪脸上闪过一丝愕然，看看他，又看看郑好，似乎明白了什么。

"……行，那你先忙。"她讪讪地说着，走了两步又回头，"对了，我们打算去看周教授，你要是忙完了，就给我打电话。"

林琪琪离开后，周明礼又过来跟韩澈闲扯了半天，视线不时瞟向他的身后，带着几分探究。

韩澈知道周明礼的意图，不动声色地挪了下位置，挡住了郑好。

在他们闲聊时，郑好不知从哪儿弄来一张小折叠椅，招呼一个女孩坐上去，又从背包里掏出一个化妆盒。

虽然价格一样，但化妆的效率明显不如拍照。郑好在给女孩画眼影时，又过来一对情侣，指着她背包上循环滚动的广告词，问："能给我们拍一张吗？"

郑好急忙招呼道："行啊，稍等一下。"

妆才化到一半，不可能停下来先去拍照，但她又担心那对情侣等得着急。情急之下，她四处张望想搬个救兵，一扭头，竟发现韩澈还站在身后。

郑好眼睛一亮，冲他招手："哎，你来帮他们拍一张吧，我这儿腾不出手。"

"我……"韩澈看了眼周明礼，有些犹豫，"……我不会。"

郑好马上说："拍立得很简单的，参数我都调好了，你只要把焦距对准人物，按下快门就行。"

周明礼冲韩澈挑了挑眉："你朋友啊？"

"嗯。"韩澈垂下视线,也不知自己在心虚什么。

"行,你先陪她吧。"周明礼笑得意味深长,拍拍他的胳膊,转身走了。

身后,郑好又在催促了,韩澈无可奈何,只得从她手里接过拍立得,将镜头对准那对情侣,调试着焦距,拍下照片。

相纸缓缓吐出,显影之后,效果居然还不错。那对情侣拿着照片,付完钱,心满意足地走了。

给女孩化好妆后,郑好跟韩澈商量:"要不你跟我一起摆摊吧?我负责化妆,你负责拍照,怎么样?"

韩澈果断拒绝:"不行。"

郑好一愣,嘟囔:"又不是不给你钱。"

"不是钱的问题。"韩澈皱起眉,"既然忙不过来,就不该接这么多业务。"

郑好讪讪地笑道:"所以需要你帮忙嘛。"

"如果我今天没有出现,你一个人要怎么应付?你做生意之前,就应该想到这一点。"

很少见他这么不近人情,郑好热脸贴上冷屁股,渐渐有些恼火。她冷嗤一声,阴阳怪气地说:"不帮就不帮。韩大老板日进斗金,看不上这点小钱……"

她话未说完,忽然被一道呵斥声打断:"你们两个!干什么的?"

郑好吓得一激灵,回头一看,两个穿着制服的保安正气汹汹地大步走来。

郑好手忙脚乱地收起折叠凳,将背包上的屏幕关掉,然后把二维码牌胡乱塞进衣服里。

转眼间,两个保安就走到了她面前。

其中一个保安黑着脸说:"学校里面不准摆摊!"

郑好底气不足地辩解:"哪有摆摊?就是拍几张照片……这么多人拍照呢,怎么就不许我拍?"

黑脸保安厉声说:"我站那儿看你半天了。这里是教学场所,你已经严重影响到了学校的教学秩序,请你马上离开。"

郑好一时语塞。

韩澈在旁边低声劝她:"算了,换个地方吧。"

她只好背上包,气鼓鼓地转身离开。两个保安虎视眈眈地跟在她身后,像押送犯人一样寸步不离。

一直走到林荫大道上,路旁都是卖文创产品的小摊,郑好杵在两个小摊之间,转身对保安说:"这儿总可以摆摊了吧?"

"在这里摆摊的都是学生。"保安睨着她,语气轻蔑,"校外人员还请出去,不要扰乱校园秩序。"

郑好正要争辩几句,被韩澈抢先道:"我是校友,可以带家属回母校吧?"

郑好瞪他一眼,没好气地说:"谁是你家属?"

韩澈掏卡的动作一顿,心说:你怎么这么不识好歹呢?看不出来我这是在替你解围吗?"

保安接过韩澈的校园卡看了一眼,神色稍显松动,又把目光转向郑好:"这是你的……"

"我不是他家属。"郑好冷冰冰地打断他,从裤兜里掏出一张卡,递给保安,"我就是校友,回母校看看也不行吗?"

韩澈霎时呆住,惊讶地看着郑好。

保安也有些诧异,盯着校园卡看了半天,又抬眼看看郑好:"你这……看着也不像啊。"

郑好脸色一沉。

校园卡上的照片还是她刚入学时照的,那会儿她又土又圆,留着一头假小子的短发,跟爹毛的波斯猫似的。

这照片是她的黑历史,除非万不得已,不会拿出来示众。

保安满腹狐疑地打量着郑好:"这是你的卡吗?不会是捡的吧?把学号背一下。"

郑好朝天翻了个白眼,干巴巴地背诵:"20160401……"

背完学号也没用,这保安不知是真的尽职尽责,还是故意刁难她,拿着卡左看右看,又提出要求:"身份证出示一下。"

韩澈目睹全程,终于忍无可忍,怒斥道:"太过分了吧!校园卡也看了,学号也背了,还要怎么做才能验明正身?"

保安被他骂得满脸窘色,只得把校园卡还给郑好,讪讪地说:"这是我的工作,请你们体谅一下。"

韩澈把郑好拉到身后,义正词严道:"你说你是保安,怎么证明?穿了这身衣服就能为所欲为吗?你的证件呢?身份证也给我检查一下!"

保安顿时僵住:"你这就……"

另一个保安急忙挡在两人中间,赔着笑打圆场:"嗐,他这人就是爱较真,真是对不住了……没事了没事了,你们不是要拍照吗?这儿就挺好的,你们拍吧。"

把两个保安打发走后,韩澈转身看向郑好,一时不知该说什么。

郑好也一声不吭,面若冰霜。

空气中弥漫着一丝尴尬。

韩澈挠挠鼻尖,垂眸看了眼郑好的校园卡,被她的原生态照片逗笑了。

"你怎么不早说?"

郑好冷哼一声,把校园卡塞回兜里,硬邦邦地说:"你也没问啊。你一开始就认定了我是混进来的,就算我说了实话,你也会像那个保安一样,让我用各种方式验明正身。"

韩澈一时哑然,沉默许久才苍白地解释:"那倒不至于……"

雨渐渐大了,在地上汇成一股股小水流。周边的小摊纷纷撑起大伞,韩澈抓住郑好的胳膊,想把她拉到伞底下躲雨。

郑好胳膊一抬,甩开他的手:"反正你跟他们一样,都是狗眼看人低。"

她冷冷地看他一眼,转过身,大步走进了雨幕中。

"啊?就为这点小事?"

晚上,当谷小雨听郑好怨气冲天地讲完这段故事后,忍不住发出感慨。

就这?她还以为有多狗血呢。

"小吗?"郑好重重哼气,把怀里的哈士奇玩偶暴打几拳,"可是我觉得,特别憋屈!"

"哈士奇"的脸都被捶瘪了,依旧是那副吐着舌头傻乐的表情。

谷小雨心疼地说:"冤有头债有主,谁欺负你你找谁呗。这样吧,明天我陪你去趟学校,找后勤部投诉。"

郑好仰头倒在沙发上,双腿压着狗头,闷闷不乐地说:"我又不是在生那个保安的气。"

"啊?那是……"谷小雨想了想,凑到她脑袋边,试探着问,"是韩老板惹到你了?"

郑好没说话,翻了个身,背过身去。

谷小雨更费解了:"可是他也没干什么吧?还处处维护你,挺好的啊。"

郑好往沙发里拱了拱,瓮声瓮气地说:"好什么好?你又不了解情况。"

"唉,就那么点事,你都翻来覆去说一晚上了。"谷小雨叹了口气,坐在沙发另一侧,双腿搭在郑好屁股上,"你不就是气他狗眼看人低,说你是混进来的嘛。"

沉默许久,郑好的声音才从沙发靠垫里传出:"不是。"

"那是气他不帮你拍照,也不喊同学一起来拍照?哎呀,他也有自己的考虑嘛,你不要强人所难。"

郑好闷闷地说:"……也不是。"

"哦,我懂了。"谷小雨一脸坏笑,"看到他跟女同学共撑一把伞,吃醋了?"

郑好倏地转过头,一张脸憋得通红,气呼呼地说:"他跟别人搂搂抱抱都不关我的事!"

谷小雨点点头,了然一笑:"就是吃醋了。"

"真不是。"郑好烦躁地翻了个身,把谷小雨的腿压在身下,"你别把我想得那么'恋爱脑'。"

"那你说啊,到底是因为什么嘛。"

郑好怔怔地望着茶几上的拍立得,视线渐渐失焦,眼底像笼着一层雾。

"因为……"她回忆起白天的情景,跟同学站在一起的韩澈,看上去意气风发,清贵矜傲,她忽然觉得他离自己好远。

而在面对自己时,他虽然松弛了许多,但眉梢眼角间仍透着几分冷淡疏离,在拒绝她的时候表现得尤为明显。

"因为,我能够感觉到他的……"郑好喃喃自语,"嫌弃。"

"啊?"谷小雨觉得匪夷所思,"你是说他嫌弃你?嫌弃什么?嫌弃你摆摊赚钱,还是被保安驱赶?"

"就是一种感觉……"郑好一时也解释不清,"有的人,也许会跟你成为朋友,但是骨子里是瞧不起你的,觉得跟你在一起丢人,你懂吗?"

谷小雨腾地坐起,直勾勾地瞪着郑好,那眼神像在看一个智障。

"你是说韩澈瞧不起你?你是不是太敏感了?我觉得他挺平易近人的啊。你忘了,他还帮我们摆摊卖柠檬茶呢。"

郑好也坐起身,一本正经地分析道:"那是因为周围没有熟人。换作是你,在一个完全陌生的环境,也能放下面子,做一些平时不敢做的事。"

谷小雨琢磨了半天,还是无法理解:"那次他跟同事聚餐,有人掀我们的摊子,他还帮你出头。你都忘了?"

"那次事发突然嘛,他来不及反应,而且同事跟同学又不一样。"

"哪里不一样了?不都是熟人?"

郑好低着头,沉默不语。

同事朝夕相处,不需要伪装。老同学就不一样了,十年八载才见一回,他当然想把最光鲜最体面的一面留下了。

这是一种很微妙的感受,她也解释不清。

外面还在下着雨,窗户上蒙着一层水雾,郑大钱不能出门,只好咬着拖鞋满屋子晃悠,一不小心脑袋撞上了桌腿,又郁闷地跑到郑好跟前"呜呜"地求安慰。

郑好心情烦闷,敷衍地摸了摸它的脑袋,又塞了片肉干,把它打发走了。

谷小雨拆开一包薯片,一边"咔嚓咔嚓"吃,一边分析:"其实啊,就算他觉得丢脸,也是人之常情。我刚开始摆摊的时候,也有些抹不开面子。唉,毕竟是大学生,读了十几年书,最后连个正经工作也找不到,确实挺失败的。"

郑好揉揉她的脑袋,安慰道:"自食其力有什么丢人的?我上大学的时候就开始摆摊了,卖袜子卖手机壳卖小饰品,生活费都是自己赚的。对了,今天回学校,我还碰到了以前的辅导员,她还让我给她拍了几张照片呢。她说,不管是摆摊还是上班,都是一种赚钱的方式,能养活自己就很了不起了。"

谷小雨捏薯片的动作一顿,斜眼瞟着郑好,幽幽地说:"谢谢你的安慰。但是,能不能别用你摸狗头的手摸我的脑袋?"

"我摸狗头用的是右手。"郑好把左手从她头顶拿下来,伸到她鼻子底下,"这只手是专门用来抠脚的,你闻闻。"

谷小雨呆了几秒,扑身上前掐住郑好,一袋薯片也全撒在她身上了:"我杀了你!"

郑好一边挣扎,一边"哈哈"大笑:"骗你的啦!仙女怎么会抠脚?"

谷小雨气得把食指塞进她嘴里,恨恨地说道:"让你也尝尝本仙女鼻屎的味道!"

郑好还真的舔了一下,点评道:"咸咸的,有股火锅味薯片的味道。"

两人一边打打闹闹,一边捡起沙发上的薯片。

"我说你啊,就是想太多了。"谷小雨往郑好嘴里塞了片薯片,"你平时挺大大咧咧的,怎么今天这么多愁善感?这感觉……就像是从鲁智深变成了林黛玉。"

这什么比喻?郑好斜她一眼。

谷小雨关切地问:"哎,你是不是来'大姨妈'了?"

郑好没好气地说:"没有。"

"那你受什么刺激了?是不是他的女同学特别漂亮,你自惭形秽了?"

郑好"啧"了一声:"都说了,我不是吃醋。"

"没说你吃醋。"谷小雨冲她挤眉弄眼,"我的意思是,恋爱中的女人都会变得敏感。"

郑好拒不承认:"谁说我恋爱了?"

"哟哟哟,"谷小雨揶揄道,"不是恋爱,是单恋,行了吧?"

郑好气得说不出话。

玄关处传来钥匙开门的声音,童梦推门而入,带回来一身的湿寒。

"这鬼天气,电瓶车差点熄火。"她骂骂咧咧地换鞋,把湿漉漉的雨披挂在门后。

谷小雨起身迎上去:"晚饭吃了吗?"

"吃了,酒吧老板请客。"童梦钻进洗手间,拿了条干毛巾擦头发,走到沙发边。

她从怀里掏出两张门票,递给郑好,顺手夹起郑好头发里的薯片:"喏,第三排,好不容易才搞到这么靠前的位置。我对你好吧?"

郑好看着两张被雨水打湿的门票,心情复杂又沉重。

如果是昨天拿到票,她肯定欣喜若狂,迫不及待去跟韩澈邀功。

可现在……

实在提不起兴趣。

郑好抬头望着童梦,神色为难,欲言又止:"这个……呃……可不可以退了啊?"

童梦擦头发的动作一顿。

她眸光一冷,将毛巾狠狠甩在沙发上,怒气冲冲道:"信不信我砍死你?"

第十一章
/ 抓小偷可比看演唱会刺激多了 /

等韩澈终于发现事情不对劲时,已经过去六天了。

这期间,他也在微信上跟郑好道过歉,解释了自己当时的处境和顾虑,得到的回复只有"知道了"三个字。

冷淡至极,连标点符号都懒得给。

之后他又发了几条信息,却连回复都没有,给她打电话也不接,似乎铁了心要跟他冷战到底。

不至于吧?

夜深人静的时候,韩澈又把那天发生的事复盘了一遍,依旧不明白她生气的点在哪里。他固然有错,不该有眼不识泰山,但也罪不至死吧?

直到第五天晚上,他下班回到家,照例去看一眼茶几上的柠檬树,找了半天都没发现绿肉虫的影子,他吓得心跳骤停,差点报警。

再举着手机仔仔细细找一遍,终于发现树枝上有片叶子的形状十分古怪,还有两根银丝将叶片和树枝缚在一起。

韩澈恍然大悟,韩美丽开始化蛹了。

这个发现让他欣喜若狂。他急忙掏出手机,把这历史性的一刻记录下来,并且在第一时间分享给郑好。

郑好却迟迟没回复,仿佛根本没看到。

韩澈盯着手机,等了一整晚,心情烦躁又郁闷。

她平时不是最关心韩美丽的蜕变进程吗?怎么这会儿一点反应都没有?

大人吵架,也不能不管孩子吧?

夜里,韩澈辗转难眠,一边为自己犯过的错而懊悔,一边又害怕郑好从此再不搭理他。

人跟人之间的缘分,有时候坚不可摧,仿佛宿命般纠缠不清,有时候又脆弱得跟蛛丝一般,稍不留神就断裂了,被风吹散,再不可寻。

翻来覆去到凌晨两点,韩澈实在撑不住了,起身吃了两片药才勉强入眠。

第二天是周五,上班的时候看不到手机,韩澈坐立难安,一颗心七上八下的。

终于挨到下班,拿到手机,飞快地浏览完所有信息,却发现没有一条来自郑好时,韩澈的心终于沉寂下来,彻底坠入谷底。

离开公司已是夜里十点，韩澈出门拦了辆车，直奔麻雀街。

站在郑好家楼下，一楼的热干面店早已关门，韩澈仰头望着三楼亮灯的阳台，焦躁不安的心忽然冷却下来。他在原地踟蹰了好久，终于鼓起勇气上楼。

在三楼站定，韩澈做了个深呼吸，敲了敲门。

"谁啊？"门里传来一道懒洋洋的女声，听着不像是郑好。

"韩澈，我找郑好。"

等了会儿，门开了，童梦出现在门口，手里还拿着个半个苹果。

"郑好不在，出去了。"

这么晚还没回家？不会是故意躲他吧？

韩澈心一沉，忙问："她干吗去了？"

"看她提着鱼竿，应该是去钓鱼吧？"

"她去哪儿钓？"

"不知道，你自己问她呗。"童梦挑挑眉，露出一副看好戏的表情，"哦，我忘了，你俩闹崩了。"

韩澈一时气急："没闹崩，就是有点小矛盾……我这周太忙，没怎么跟她联系……"

童梦毫不客气地嘲笑道："还嘴硬呢？"

韩澈越发急躁，一时跟她解释不清，只得告辞："我先回去了，她要是回来，让她给我回个电话……我有急事找她。"

他转身还没走几步，又被童梦喊住了："喂，明天的演唱会你们到底去不去啊？"

韩澈脚步一顿，转过头，一脸茫然地看着童梦："什么演唱会？"

"白牙的啊。我托了多少关系才帮她弄到两张票，结果她居然要我退了！"童梦泄愤地啃了一大口苹果，恨恨地嚼着，"我要是退了，我朋友得骂死我！我让郑好去闲鱼上出掉，她又不肯……"童梦越想越恼火，满脸都是怨气，"现在退也来不及了。你们要是不去，明天自己去体育馆外面卖了，别来烦我！"

韩澈不记得自己是怎么下的楼，等回过神来才发现自己在空无一人的麻雀街上来来回回走了好多趟，像游魂野鬼一般，心神恍惚不宁，脚步虚软无力。

一直等不到郑好出现，韩澈只好跑去江边，找到他们上次钓鱼的地方。

临近午夜，江边还有不少钓鱼佬，一个个都如石狮子般蹲坐不动。韩澈看不清他们的面容，只能看见夜光浮标在江面上忽隐忽现。

他只好沿着江滩一路寻找。

这个体型太壮，明显不是。那个正抽着烟，肯定也不是她……

好不容易看到一个背影差不多的，韩澈心突突直跳，一路小跑过去，快接近时又不自觉放缓脚步。

他在这人身后观察了很久——戴着郑好同款的渔夫帽，穿着白色上衣，安安静静地独坐一隅。

韩澈绕到侧面。黑灯瞎火的,又有帽子遮挡,他依旧看不清这人的长相。

韩澈只好赌一把。他伸出手,掀开渔夫帽……

"你搞什么啊?"

一道粗声粗气的男声骤然响起,吓得韩澈急忙把渔夫帽重新戴回他头上,并连连道歉:"对不起对不起……"

得,继续找吧。

他在脑海中铺开江城的地图——汉江和长江在此交汇,可以钓鱼的地方绵延数十公里,还不包括遍布全城大大小小的湖泊……

韩澈长叹一口气,掏出手机,抱着一丝希望,拨下郑好的号码。

依旧无人接听。

这家伙真是油盐不进、软硬不吃、铁石心肠……

所有跟顽固有关的词,都可以用来形容她。

可是一想到她偷偷买了票,韩澈的心头又泛起一阵温软。

他不过是随口一提,她便记在了心上,想方设法满足他的愿望。这么温暖美好的她,他又怎么忍心去埋怨呢?

与此同时,在几十公里外的郊区,郑好坐在一条黑黢黢的河边,心不在焉地盯着浮标,跟郑青松有一搭没一搭地闲聊着。

"最近是不是有什么烦心事?"郑青松一眼看穿她,"为情所困了?"

郑好起了一身鸡皮疙瘩,嫌弃道:"噫,这个词别用在我身上,矫情死了。"

郑青松吸了口烟,又徐徐吐出:"那是因为什么事?缺钱了?还是工作上遇到麻烦了?"

沉默许久,郑好才闷闷地开口:"爸,我连个正经工作都没有,你会不会觉得很丢人?"

郑青松轻笑一声,反问:"什么才叫正经工作?体制内?坐办公室?还是进大厂?"

"你懂的,就是那种很稳定的、光鲜亮丽的、让人羡慕的工作。"

黑暗中,郑好能感觉到郑青松的目光定在自己脸上,带着几分探究,几分关切。

"照你这么说,那些自己开店的小老板、技术工人、干服务行业的人,都不正经?"

"唉,我不是那个意思……"郑好叹了口气,感觉跟他解释不清。

"我懂,不过,你所谓的正经工作,并不适合你。"郑青松提起鱼竿,在钩上挂了几粒玉米,重新甩竿入水,"你忘了,你刚毕业那会儿,不是还在一家国企上过几天班?那时候街坊都在羡慕我,说你找了个好工作,以后就等着享福。当时我就告诉他们,你那工作肯定干不长久。"

郑好有些意外,她还是第一次听爸爸说起这事。

"因为那段时间你每天上班前总是唉声叹气的,下班回来也垮着个脸,网上那句话怎么说来着？'感觉灵魂被掏空'。当时我就觉得你不适合干这种死板又琐碎的工作。"

郑好忍不住笑了,过了会儿又慢慢收敛笑意,语气有些失落:"可是,你也说了,街坊都很羡慕你,说明那份工作至少让你很有面子。"

郑青松呵呵笑道:"面子算什么！哪有我女儿的快乐重要？"

郑好鼻头一酸,把脑袋靠在他胳膊上轻轻蹭了蹭。

安静片刻,郑青松又说:"那我问你,你爸妈现在都是农民,你会不会觉得丢人？"

郑好脱口而出:"怎么会？农民有什么丢人的？你们觉得开心就好了。"

"这不就得了？"郑青松笑起来,拍拍她的后脑勺,"家人之间,互相心疼还来不及,怎么会互相嫌弃呢？"

轻描淡写的一句话,让郑好眼泪都绷不住了。

她转过头,偷偷抹掉眼泪,哽咽着说:"哎哟,老郑,一大把年纪了,还搞这么煽情……"

等郑好和郑青松提着几条大鱼回到家时,天都快亮了。

郑好在院子里洗了把脸,回到房间,拿起床头的手机。

昨晚出门前,手机恰好没电,她懒得带充电宝,想着跟亲爹在一起又不会出什么事,索性把手机搁在家里充电。

屏幕一亮,郑好倏地瞪大眼。

什么情况？三十二个未接来电,全是同一个人打来的。

这家伙大半夜的发什么神经？

不会出什么事了吧？

这个念头在脑海中一闪而过,郑好后背突然直冒冷汗,手指也开始不听使唤,哆嗦着点了几次才把通话记录打开。

从昨晚十一点到今天凌晨四点多,整整五个小时,三十二个电话。

是半夜突发恶疾,还是出了车祸？还是家中闯入劫匪？

郑好忍不住胡思乱想,犹豫着要不要拨回去。

五个小时,就算真的出了什么事,现在也该凉凉了。

不对,还有一种可能。

郑好突然想到韩澈手腕上的伤。

莫非他深夜突然产生负面情绪,想自杀,又想在临终前找个人交代遗言,才坚持不懈地给她打电话？

一定是这样！

郑好顿时慌了神,心脏剧烈跳动着,几乎要蹦出胸膛。她竭力抑制住恐慌的情绪,正要拨号,忽然,手机响了,屏幕上弹出他的名字。

郑好慌忙按下接听,将手机举到耳边。

电话那头很安静,没有人说话,只听见隐约的潮水声和浅浅的呼吸声。

"喂?"郑好不自觉屏住呼吸,小心翼翼地开口,"你……还好吧?"

夜色笼罩着暗沉沉的江面,潮声涌动,韩澈眼眶微热,一开口,才发现喉咙干涩得厉害:"你终于接电话了。"

"韩澈,"郑好的声音带着几分焦急,"你可别干傻事啊。"

韩澈苦笑。这一晚上,他干的傻事还少吗?

为了找她,他沿着江边来来回回不知走了多少趟,每次碰到一个疑似她的身影,就蹲在那人身后拨通她的号码,然后观察这人兜里有没有动静。

就这样,一晚上,给她打了无数个电话。

他带着一点执拗和几分怨气,心想:你越是装鸵鸟,我就偏要打到你接为止,看谁犟得过谁。

半天没听到他的声音,郑好急声问:"你还在外面?"

"嗯,在江边。"

这正好验证了郑好的猜想。她心脏突突狂跳,竭力让声音保持平静,还试图打趣:"这大晚上的,在江边喂蚊子啊?赶紧回家睡觉。"

"那你呢?"韩澈突然反问,"你在哪儿?"

"我?"郑好有些摸不着头脑,"我在爸妈家啊。晚上跟我爸出去钓鱼了,手机没带,才没接你的电话。"

原来是这样。

韩澈心里的一股劲儿突然就松懈了。

他本以为,两个人的拉扯像是在拔河,他铆足了劲儿不肯认输,谁知道她压根没放心上,绳子往树上一系,自己逍遥快活去了。

韩澈用力揉了揉通红的眼睛,慢慢蹲在地上,只觉得身心俱疲。

"行吧,我先回去了。"

"嗯,拜拜。"

不知为什么,郑好还是不放心,明明说了再见,却迟迟没有结束通话。

电话那头,韩澈沉默了很久,久到郑好都疑心他是不是已经挂断了电话。但手机里断断续续的背景音告诉她,他还在。

"韩澈。"郑好轻声喊着他的名字,手机紧贴着脸颊,渐渐发烫,连带着耳朵都烫红了。

"你明天……不对,已经是今天了。"她莫名有些紧张,咽了咽口水,"你今天有空吗?"

韩澈仰头望着黑漆漆的夜空,"嗯"了一声。

"我多了一张演唱会的门票,不知道该找谁去。"郑好走到窗边,抬头望着同一片夜空,"你想一起去吗?"

这一刻，韩澈听到自己心里的声音——
好啊，我们一起去。

离演唱会开场还有一个多小时，体育馆入口处已经排起了长队。馆前广场上游荡着不少闲散人员，有的在摆摊卖水、卖荧光棒、卖乐队周边，有的在巨幅海报墙下拍照打卡，有的在着急忙慌地找人找东西，还有的在四处晃荡，神神秘秘的，看模样像是黄牛。

郑好蹲在树下，无聊地观察着形形色色的人，在心里暗骂韩澈：居然让女生等，有没有一点认错道歉的态度？还想不想和好了？

手机响了，是韩澈打来的。

"我已经到了，你在哪儿？"

郑好夸张地"咦"了一声："韩少爷，您亲自来了？我还准备去您府上接您呢。"

电话那头沉默了数秒。

韩澈自知理亏，语带歉意："刚刚排队进停车场，等了好久，抱歉……你在哪儿呢？"

郑好冷哼一声："广场上有一面海报墙，往东走五十米，第八棵树下面。"

韩澈略感头疼，还得打开手机指南针找哪边是东："直接在海报墙碰头不行吗？"

郑好不情不愿地站起身，嘟囔道："行吧。"

五分钟后，他们顺利在墙下会合。

时隔一周，再次见面，两人不知为何都有些别扭，视线对上又马上移开，手脚都不知该往哪儿放。

"那个……"韩澈视线在郑好身上飞快扫过，轻咳一声，尝试开启话题，"你的包呢？"

郑好双手插在卫衣前面的大口袋里："没带，听说安检要排很久的队，走无包通道比较快。"

"……哦。"

又冷场了。

韩澈也学着她双手插兜，故作洒脱道："那票……"

"在这儿。"郑好拍拍裤兜，怕他不放心，又掏出来给他看了一眼。

韩澈笑了笑："我的意思是，票多少钱，我转给你。"

郑好瞥他一眼，脸沉下来。

"我是不是又说错话了？"韩澈心头一紧，讷讷地解释，"上次不是说好了吗？你买票，我报销。"

"随你便。"郑好没好气地说完，扭头就往外走。

童梦说得没错，给男人花钱要倒霉三年，心疼男人要倒霉一辈子。他要给就给吧，正好省一笔钱，她还能留着跟姐妹们吃吃喝喝呢。

韩澈赶紧跟上去。

他觉得今天的郑好有些古怪，像是憋着火，隐忍不发，又像是藏着心事，欲言又止。

入场的队伍已经排得老长了，一眼望不到尾，两人只好沿着长队往后走。路旁是各种琳琅满目的小摊，郑好一路逛过去，碰到感兴趣的也会逗留片刻，停留得最久的，是一个编发的小摊。

摊主是个打扮时尚的年轻姑娘，坐在小马扎上帮另一个长发姑娘编辫子，几缕头发在她的指尖绕来绕去，再配上各色的彩带，一个俏皮的双马尾辫便跃然呈现。

韩澈见郑好看得入神，便鼓励道："要不你也试一下？"

郑好摇摇头："有点难。"

韩澈不解，这有什么难的，不就是二十块钱吗？

"网上应该有很多教程，等我回去自学一下。"郑好自言自语。

说话间，小马扎上又坐下一个鬈发女孩。选好发型后，摊主又开始了指尖上的魔法。

看着郑好全神贯注的样子，韩澈这才明白过来，原来她是想摆摊编发啊。

生意人眼里，处处是商机。他真是低估她了。

这条路上摆摊的都是年轻人，有的热情主动，有的内向羞怯，还有的熟练老到，仿佛已经入行多年。

韩澈忽然想起一个大学同学，他刚入学就在宿舍楼里卖水杯、雨伞、袜子等生活用品，大学四年，只要没课的时候，几乎都在摆摊，夏天卖水卖冰棍，冬天卖手套围巾。

那会儿班上有几个富二代同学经常在背地里笑话他掉钱眼里去了。韩澈虽然钦佩他的生意头脑，但内心深处，其实多少有点看不上这种行为，觉得他为了这点小钱浪费宝贵的时间和精力，实在不值。

现在看来，自己的想法何其幼稚，又何其傲慢。

韩澈盯着郑好的侧脸，心绪复杂万千，酝酿了许久，终于说出那句："对不起。"

"啊？"郑好蓦地转过头，疑惑地望着他。

韩澈对上她的眼睛，神色稍显羞赧，但目光无比真诚。

"那天我确实做得不对……可能是我太虚荣了，在同学面前拉不下脸，所以才……"喉咙突然干涩，韩澈话音顿住，紧张地咽了咽口水。

虽然有点词不达意，终究是说出了口，心里像开了个闸，积压许久的情绪终于释放出来。

他终于敢大大方方地承认自己虚荣、清高、傲慢，不过是因为有教养，所以平日里伪装得很好。

郑好没想到韩澈会突然这么认真地道歉，一时没做好心理准备，支吾了半天才嘟囔道："那天是你主动来找我的，你要是觉得丢脸，大可装作不认识我，我也不会自讨没趣。"

"我知道。"韩澈垂眸望着她，"可我忍不住。"

忍不住想靠近你，像是一种本能。

他说得如此诚恳，郑好觉得自己再斤斤计较，就太钻牛角尖了。

静默许久，她才淡淡开口："这也不能全怪你，毕竟整个社会都是这样，你身处其中，还是占尽优势的一方，当然会维护这样的价值观。"

韩澈有些惊讶。

他没想到郑好看得还挺透彻，而且在看透生活的真相之后，还能从容接受，并且体谅他人，更是难得。

两人离开小摊，继续往队伍的尾巴走去。

郑好继续说："我能跳出这样的价值体系，是因为我有一对很好的父母，他们活得很快乐、很洒脱，不会随波逐流，但不是所有人都跟我一样幸运。"

郑好停了下来，抬起眸，柔和的目光落在韩澈脸上。

"我没去过你家，只见过你妈妈一次，大致能猜到你的家庭氛围是什么样子。我知道，你也想跳出那种生活，想找到真正的自己。"郑好拍了拍他的胳膊，安慰道，"别太自责，你已经很努力了。"

韩澈怔怔地看着她，只觉得心头泛酸，喉中苦涩。

他喃喃地问："你怎么知道？"

郑好微微叹气："如果你不是挣扎得太过痛苦，也不会生这种病。"

长长的队伍终于到头了，两人站在最后，随着检票的速度，向前龟速移动。

"谢谢你。"韩澈望着郑好的后脑勺，真心实意地说，"有时候我觉得你比心理医生还管用。"

郑好转过头，眼底泛起温和的笑意："我不是你的心理医生，也不是治你的药，我顶多是……"她想了想，"你的病友。"

韩澈挑了下眉。这个说法挺新颖的，两人的地位瞬间平等起来，还生出了几分同病相怜之情。

"你看看这些人，"郑好环视周围，大手一挥，"看着都挺正常的，其实或多或少有些心理疾病。你可以把世界想象成一座大型精神病院，所有人都是你的病友，这样你就不会害怕丢脸，也不会觉得孤单了。"

看着前方攒动的人头，韩澈忍俊不禁，心想：要是他们知道你这么说，肯定会群殴你一顿。

"笑什么？"郑好眉头一拧，举起拳头佯装威胁，"想尝尝精神病人沙包大的拳头吗？"

"没什么。"韩澈笑着摇头，伸出一只手，包住她的拳头，轻轻晃了晃，"就是想谢谢你，病友。"

郑好眸光一怔，飞快地抽出自己的手，塞进卫衣的兜里，脸上渐渐浮起一抹红晕。

队伍继续往前蠕动。

为了平复忽然乱了的心跳，郑好若无其事地岔开话题："童梦说，你昨天去找我了？"

韩澈幽怨地看了她一眼："谁让你微信不回，电话不接？只能亲自登门拜访了。"

"找我干吗？"

韩澈静默片刻，觉得"我想你了"这句话太矫情，他实在说不出口。

于是，他扯了个非常正当的理由："我给你发的照片看到没？韩美丽开始结蛹了。"

郑好"嗯"了一声，回忆着科普文章里的内容，推算着日期，自言自语道："结蛹之后，大概要过九到十五天才能化蝶，不知道来不来得及……"

韩澈好奇："什么来不及？"

"没什么。"郑好想了想，转头问韩澈，"你有相机吗？或者闲置的手机？万一你去上班了，还能把它化蝶的过程录下来。"

"相机一般录不了那么久。"韩澈思忖片刻，"这样吧，我在家里装个监控，摆在茶几上正对着它。"

"可以啊。"郑好松了口气，还不忘叮嘱，"有什么进展一定要通知我。"

韩澈又瞟她一眼，带着几分怨气，幽幽地说："孩子长大了才知道关心它，早干吗去了？"

"哎哟，我这不是……"郑好一时语塞，尴尬地挠挠耳朵。

好在队伍已经排到了头，前方就是检票人员，她急忙岔开话题："不说了，该检票了。"

手伸进裤兜，忽然一顿，又往里探去，边边角角都摸了一遍。

"哎哟！"郑好倏地瞪大眼睛，扯出空荡荡的裤兜，不可置信地大号一声，"我的票呢？"

排练室里，随着最后一击重重敲响，狂野热烈的鼓声戛然而止，童梦缓了缓呼吸，拿起脚边的水壶，仰头大口喝水。

"梦姐，你手机好像响了。"键盘手小路提醒她。

童梦转头看向挂在架子上的外套，口袋里亮着莹莹的光。她探身取出手机，一看，顿时愣住。

十几个未接来电，全部来自郑好。

什么情况？童梦一头雾水地回拨过去。

电话刚一接通，那头就传来郑好哭天抢地的号叫声："童梦！你可算接电话了！我跟你说，我可太倒霉了，呜呜……"

在郑好时断时续、抽抽搭搭的哭诉声中，童梦艰难地做完听力测试，总算搞清楚发生了什么事——

票被偷了。

"你先别急。"童梦急忙安慰她，"报警了吗？"

郑好哭得都开始打嗝了："报了，嗝……我们在警务站，警察说，嗝……要看我的买票凭证，呜呜呜嗝……"

挂断电话，童梦长叹一口气："这大傻子。"

体育馆外的警务站里，郑好和一群同样被偷了票的倒霉蛋将民警大叔团团围住，哭着喊着央求道："警察叔叔，你可得替我们做主啊！"

在电脑前，韩澈正和一位民警小哥回看当时的监控画面。

二十分钟前，当郑好发现票不见了时，大脑是一片空白。她把全身上下每个口袋都翻了一遍，依旧找不到票，这才不得不接受这个悲惨的事实。

当时，她还抱着一丝侥幸心理，希望票只是掉在了某处，然后被一个拾金不昧的好心人捡到了，等着他们回去认领。

虽然这种情况发生的概率极低，但是……万一人间有真情呢？

郑好和韩澈沿着原路往回走，一路搜寻一路打听，既没发现静静躺在地上的门票，也没看到蹲在路边等候失主的好心人。

郑好急得跺脚，嘴一瘪，不顾形象地大哭起来。

韩澈还算冷静，分析道："票一直装在你右侧的口袋里，这一路大部分时间我都站在你身后，如果有人偷票，我应该会注意到。只有在编发的小摊前，我站在你左侧，小偷最有可能在那里下手。"

经他这么一提醒，郑好也想起来了，她在编发摊前逗留的时间最久，而且当时人来人往、你推我搡的，就算被偷了也察觉不到。

于是，他们火急火燎地回到编发小摊前。摊主听完郑好的哭诉，面露同情又稍显为难："对不住啊，我一直在忙，没注意到。要不你们报警吧，警务站就在那儿。"她起身指了个方向，又扭头看向后方的柱子，"对了，这儿有个监控，应该能拍到当时的画面。"

两人又急匆匆赶到广场的警务站，却发现小小的房间里塞满了人。郑好艰难地挤进去，听完他们的哭诉，才知道原来同是天涯沦落人。

这么多人，竟然都在入场前被偷了票，真是离了个大谱。

郑好只好一边排队，一边给童梦打电话。报警肯定需要提供购票凭证或者其他证据，票是童梦帮忙搞定的，现在也只能求助于她。

好不容易等到前面的人完成登记，终于轮到他们。

郑好刚要开口，看到民警大叔蓝色的制服，一时间，无数委屈涌上心头，忍不住抱住他的胳膊大声哭号起来："我的票是内场第三排的，一千五一张呢，两张票花了我三千，是我两个月的饭钱啊……"

眼看她鼻涕眼泪都要抹人胳膊上去了，韩澈急忙将她拉到身后，温声对民警说:"对不起啊,她情绪有点激动……是这样的,我们的票被偷了,应该是在那里。"他回过头,指着外面那片人流密集的区域,"那上面有个摄像头,能不能麻烦您把监控视频调出来给我们看一下?时间应该是在 6 点 10 分到 6 点 20 分之间。"

为了节省时间,监控视频被调至两倍速播放。韩澈眯着眼,紧盯着屏幕,终于在密密麻麻的人头中找到了郑好的身影。

"这是我们。"他急忙提醒民警大叔,"能放大一点吗?"

郑好刚挂断电话,一听到这话,匆忙抹掉眼泪,凑到民警大叔身后,努力睁大红肿的眼睛:"哪儿呢哪儿呢?"

看到了!她和他并肩站在小摊前,不时凑近脑袋交流着什么。她的目光一直专注地盯着编发的摊主,而他,时而转头看她,时而顺着她的视线看向小摊,神色若有所思。

郑好看着看着就有些走神,她突然发现,他每次看向自己时,嘴角总是噙着笑。

监控画面像素太差,看不清他眼底的情绪,但她回想起无数个与他对视的瞬间,他的目光总是温和而坚定的,眼角带着浅淡的笑意。

那笑容,仿佛能包容她的一切。

"是这个人吗?"一声提醒打断了郑好的思绪。

韩澈指着人群中一个戴鸭舌帽的男人。

民警将画面调至最大,发现这人在郑好身后晃荡了半天,低着头,似乎在寻找什么,还不时抬头看看四周。

"确实形迹可疑。"

民警又调出周边几个摄像头,全方位锁定这个男人。

他体型敦实,估计一米七出头,鸭舌帽挡住了大半张脸,身上斜挎着一个黑色皮包,胳膊肘搭着一件外套——民警一眼就识破了,这是小偷的惯用伎俩,用来遮掩偷东西的动作。

郑好掏出手机,对着这男人"咔咔"拍了几张,然后拽着民警的胳膊就要往外走:"他偷了票肯定得卖吧,难不成自己进去看?现在赶紧去找啊。"

民警"哎哎哎"叫了几声,费力地抽出自己的胳膊:"小姑娘,广场那么大,人那么多,你上哪儿去找?"

"那就……分头找呗。"郑好试图怂恿大家一起行动,"说不定咱们的票都是这一伙人偷的,拔出萝卜带出泥,抓住一个就能一窝端。"

民警思忖片刻,对大家说:"这样吧,演出也快开始了,我把你们送到检票口,跟工作人员说明一下情况,让你们进去。"

听到这话,众人神色各异,有的人面露欣喜,反复确认:"真的吗?真的能放我们进去?那进去之后坐哪儿啊?"

有的人依然义愤填膺,比如郑好。

"那小偷怎么办？就这么放了吗？凭什么？"

民警宽慰道："小偷我们负责抓，你们放心进去就行。买的是什么票，就坐哪儿。大家来这里不就是为了看演出嘛，别为了这种事影响自己的心情。"

听到这话，大家都欢欣鼓舞，连郑好也忍不住动摇了。

她看向韩澈，征求他的意见。

韩澈略一沉吟，微微点头："行，先进去吧。"

一群人在民警的护送下顺利进入体育馆。

离开场只剩不到十分钟，无论是看台还是内场都坐得满满当当，郑好和韩澈一边沿着内场的通道往前走，一边商量着对策。

"你觉得他们能捉到那个小偷吗？"郑好忧心忡忡的。

韩澈不想泼她冷水，但实际情况不容乐观："从他偷票到现在已经过去一个小时了，我估计票已经出手了，他应该不在外面。"

郑好愁眉苦脸，仰天长叹："郁闷哪！"

韩澈安慰道："咱们不是都进来了吗？这也算不幸中的万幸了。"

"可是我一想到小偷把票转手一卖，就能白赚几千块，就恨不得暴打他一顿。"郑好对着空气拳打脚踢，愤愤不平道，"凭什么？"

韩澈扶住她的双肩，推着她往前走，好声安抚道："别气了，先看演出，回去后再想办法。反正你已经拍下了他的照片，想找个人还不容易吗？"

说话间，两人已经来到了前排。

根据童梦发来的截图显示，他们的位置是三排15号和16号。前方正对着舞台，绝对的C位。

他们挨个找过去，15号椅子是空着的，但奇怪的是，旁边的16号居然已经有人了，是个一头羊毛卷的年轻姑娘。

"不好意思，"郑好弯下腰，礼貌地询问，"请问，你是不是坐错位置了？"

羊毛卷姑娘一脸困惑，从包里掏出一张对折的门票，仔细看了一遍上面的号码："三排16号，没错啊。"

郑好看到她手里的票，眼睛倏地瞪直了，伸手就要去抢，被羊毛卷姑娘眼疾手快地藏在了身后。

"你干吗啊？"

郑好急忙解释："我没有恶意，就是想看看你的票……你是在哪儿买的？"

羊毛卷姑娘一脸戒备地盯着她，遮遮掩掩地说："关你什么事？反正……我的票是真票，刚刚在检票机上刷过了的。"

"我不是这个意思。"郑好在她旁边坐下，耐心解释道，"我的票刚刚被偷了，我看到你的票好像是皱的。我拿到票的那天，正好在下雨，所以票的右半边是湿的。"

羊毛卷姑娘神色狐疑，转身背对着他们，掏出门票又仔细检查了一番。

郑好说："你放心，我不是要抢你的座位。我只是想知道你的票是从谁手上买的？那人可能是小偷，我现在要找到他。"

羊毛卷姑娘看着她，半响，终于放下了戒心，如实相告："刚刚有个阿姨问我要不要票，原价一千五，我给一千二就行。"

"阿姨？"郑好眉头一皱，跟韩澈交换了个疑惑的眼神，"女的吗？"

"嗯，短头发，四十多岁的样子。"羊毛卷姑娘掏出手机，展示给郑好看，"我怕她卖假票，就加了她的微信，想着要是不能进场，就找她退钱。喏，这是她的微信。"

郑好眼睛倏地亮了。

姑且不管这阿姨跟那小偷是什么关系，反正有了微信号，找人就容易多了。

郑好脑子转得飞快，跟羊毛卷姑娘商量："能不能麻烦你跟她发条微信，就说……"她思索片刻，"就说你朋友也想买票，问她还有没有。"

羊毛卷姑娘露出为难神色："你们……要干吗啊？"

"引蛇出洞啊。"郑好一脸兴奋。

"但是，我怕……"姑娘面露担忧，把手机藏进怀里，"我怕她知道了会报复我，毕竟她有我的微信……"

郑好无奈叹气，站起身，跟韩澈商量对策。

人家不愿意，他们也不能逼她冒险，毕竟立场不同，顾虑也不同。

韩澈凑近郑好耳边，低声耳语一番。

"行，试试吧。"

郑好转身又坐回羊毛卷身边，跟她商量："要不你把她微信告诉我，我加她好友。"

姑娘犹豫了下，同意了。

填写好友申请时，郑好和韩澈讨论一番，斟词酌句地打出一行字：朋友说你有多的门票，我想买一张，最好是内场的。

提交申请后，那边迟迟没有动静。

他们现在能做的，只有等。

两人背靠背挤在一张椅子上，各自用手撑着膝盖，望着密密麻麻的人群发呆。

郑好隔五秒看一眼手机。

还没通过。

烦。

羊毛卷姑娘看她这心神不宁的模样，有些心软，安慰道："你也别太着急了，先看演出吧。反正你有了她的微信，等散场了去报警，肯定能……"

话未说完，全场忽然响起雷鸣般的欢呼声。

前排的观众不约而同地站起身，把视线挡得严严实实，郑好只好跟着起身，踮起脚尖，伸着脖子望向舞台。

馆内灯光骤然变暗。

舞台上，幕布缓缓降下，一束白光投下，一个长发男人抱着吉他，周身仿佛笼罩着一层白雾。

周围的欢呼声更热烈了，就连韩澈也忍不住跟着号了一嗓子。

一阵扫弦过后，全场渐渐安静下来，男人低沉磁性的嗓音响起："晚上好，我们是白牙乐队，欢迎大家来听我们的演唱会。"

郑好正听着主唱讲话，忽然感觉到手心一振。

低头看一眼手机，好友申请通过了！

郑好兴奋得差点跳起来。她竭力稳住手指，飞快地打出一行字：你好，请问还有票吗？

她紧紧盯着手机，看着上方的"对方正在输入中"，一颗心"怦怦"直跳。

韩澈注意到她的异样，也垂下视线，正要开口，就看到屏幕上弹出了对方的回复：有，内场看台都有，要几张？

郑好兴奋地打出一行字：一张内场的，在哪儿交易？

她正要发送，忽然被韩澈按住了手腕。

台上主唱正在引吭高歌，台下观众集体大合唱，在这样喧闹的背景音下，韩澈凑到郑好耳边，热气轻扑："不能这么心急。"

郑好耳根迅速激起一阵酥麻。

她垂下视线，揉了揉耳朵，看着他从自己手中拿走手机，修长的手指在屏幕上跳跃。

郑圆脸：内场的要多少钱啊？

那边很快回复：一千八。

郑圆脸：啊？这么贵啊？能不能再便宜点？

郑好不解地瞪着韩澈。都什么时候了，还讨价还价？万一把人气跑了怎么办？

对方回：这个位置好，三排正前方，原价一千五，只加你三百，不算贵。

韩澈继续砍价。

郑圆脸：现在都开场了，便宜点嘛，一千六行吗？

那人终于松口：行吧，你要多久过来？

郑好心头一喜，撸起袖子摩拳擦掌，恨不得立马拔腿冲出去。

韩澈气定神闲地打字：我就在体育馆外面啊，你呢？

等了几秒，那边发过来一个定位。

韩澈看了一眼，迅速收起手机，一把攥住郑好的手腕，气场全开："走！"

"哎哎——"郑好急忙把他往回拉，"你待这儿，我去就行！"

韩澈眉心一紧："怎么可能让你一个人去？"

郑好抽回自己的手，冲舞台方向抬了抬下巴："上次你就错过了他们的演出，这次就安心听歌吧。我去找民警，带他们一起抓人。"

韩澈"嗤"一声："等你们过去，人早就跑了。"

"走吧。"他目光炯炯,重新抓住郑好的手腕,攥得紧紧的,大步往外走去,"抓小偷可比看演唱会刺激多了。"

韩澈和郑好沿着甬道走出体育馆,巨大的音浪被抛在身后,一根根高大的灯柱屹立在夜幕中,点亮了整片广场。

周围人影零星,只剩几个卖水的小贩百无聊赖地守在出口处,等着散场后的生意。

郑好掏出手机,仔细看了一遍那人的定位——广场东侧的公交车站,走过去只需三分钟。

快到目的地时,郑好和韩澈蹑手蹑脚地靠近,弯下腰,躲在路边一辆面包车后暗中观察。

公交车站有几个等车的人,体型打扮都与监控里拍到的那位大叔相差甚远,不过,有个女人倒是挺符合羊毛卷姑娘描述的特征——短发,看着四十多岁,斜挎着一个小方包,正举着手机,东张西望。

韩澈压低声音,跟郑好商量:"我们只买一张票,如果去了两个人,恐怕会引起怀疑。这样,我过去,你在这里等着,万一她想跑,你就从侧面包抄过来。"

郑好提议道:"还是我去吧。一般人对女孩不会太防备,而且,我得先去确认她的身份,万一她只是个普通'黄牛',那我们不就抓错人了?"

韩澈思忖片刻,点头同意。

郑好直起身,提起一口气,雄赳赳气昂昂地走向公交车站。

她站在短发女人身侧,睁大眼睛,装出一副清澈又愚蠢的模样,礼貌地问道:"阿姨,您在卖票吗?"

短发女人抬起眼,打量着她,语气戒备:"什么票?"

郑好掏出手机给短发女人看:"刚刚我在微信上跟您聊过的,内场票,一千六。"

短发女人眸光微动,眼里的警惕少了几分。她在斜挎包里翻找一番,抽出一张皱皱巴巴的门票:"你先转账。"

郑好僵了一下,依旧保持着礼貌:"您先给我看看票,我怕买到假的。"

短发女人眉头一皱,语气不满:"怎么会是假的呢?这一晚上好几个人找我买票,都顺利进去了,没有回来扯皮的。"

"就给我看一眼嘛。"郑好面露担忧,"我听说真票右下角有个防伪标签,您这张票好像没看到。"

"肯定有啊。"短发女人被她一激,把门票展开,露出右半边,"你看看。"

郑好假装近视,眯着眼凑得很近,不仅看到了门票右边打湿后风干的痕迹,还偷偷瞄了一眼座位号:三排 15 号。

果然!

郑好怒上心头,来不及多想,扑身上去环抱住短发女人,双手扣得死死的,大骂道:"就是你!死小偷!臭不要脸!"

短发女人立刻反应过来,在郑好怀里剧烈挣扎着,无奈双臂都被她紧紧箍住,只能拼命抬高腿,试图用膝盖撞开她。

很快,韩澈也飞奔而来,双手迅速解开腰间的皮带。

郑好一愣:"啊?"

在她愣怔间,韩澈已经抽出了皮带,将短发女人箍住。

"你看着她。"

郑好急忙抓紧皮带,无视她的疯狂谩骂和吐口水,抬头问韩澈:"你要干吗?"

"我马上回来,你在这儿等警察。"韩澈简短地交代完,拔腿就往马路对面跑去。

刚刚他埋伏在面包车后观察着周围的动静,意外地发现马路对面的树影里,有个男人骑在电瓶车上一动不动,视线一直盯着公交车站。

光线太暗,看不清那人的长相和身材,所以韩澈并没有贸然出动。

但是,当郑好突然抱住短发女人,他拔腿冲上去时,他用余光瞥见电瓶车迅速蹿出了树影。

等他将女人放倒在地,再抬眼一看,那个男人已经骑电瓶车跑得老远了。

周围的人都在紧张地看热闹,那人却头也不回地跑了,肯定是心里有鬼。

韩澈死死盯着那个背影,一路不管不顾,用尽全力狂奔。

夜风呼啸而过,他边跑边在脑海中计算:这种小型电瓶车续航顶多60公里,时速大概每小时20公里,跟一个成年男子跑步的速度差不多。

韩澈轻蔑一笑,他可是只用了四个半小时就跑完了马拉松全程的人。跟他比耐力?呵呵……

与电瓶车的距离慢慢近了,他咬紧牙关,拼命加快脚步,终于看清了骑车男人的体型和穿着。没错,跟监控里的一模一样。

那男人似乎意识到了有人在追他,车速陡然加快,然后一个甩尾,拐进了路边一条小巷。

韩澈猛地刹住脚步,也跟着拐了进去。

巷子狭窄又昏暗,两旁堆满了杂物,电瓶车在这里并不占优势,那男人一边骑一边往后看,又急又气地大吼:"你找死啊?"

韩澈没说话,依旧紧追不舍,步子迈得飞快,最后,与那电瓶车几乎只有一米的距离时,他一个箭步扑身上前,抱住电瓶车的后备厢,往旁边的墙上用力一推。

一连串巨大的声响,打破了巷子的静谧。

男人也撞得不轻,抱着胳膊,吃痛地咒骂一声。

韩澈揪住他的衣领,把他从电瓶车上拽了出来,单手掐住后颈,摁在地上,一边削他的后脑勺,一边厉声道:"我的票是你偷的吧?"

男人顿时愣住,啐了一口唾沫:"不就几张票,有必要下死手吗?"

韩澈冷笑:这也叫下死手?你没被人揍过是吧?

屡次反抗无果,男人态度放软,好声好气地求饶:"小兄弟,有话好好说,你要几张票,我给你就行了嘛。"

"去跟警察说吧。"韩澈冷哼一声,反剪住男人的两只胳膊,把他从地上提起来。

男人被他推着往外走,一路挣扎一路求饶,见他软硬不吃,忽然像是想起什么,急吼吼地说:"哎哎,我的电瓶车还在这儿!"

韩澈回头看了一眼,冷冷道:"等你从局子出来再来找吧。"

男人急得眼泪都快出来了:"不行啊,我钥匙没拔!万一被人骑走了,我上哪儿找去啊!这可是我好不容易才买的啊……"

韩澈神色稍有松动,犹豫几秒,终于还是心软了,押着他的胳膊往回走。

走到倒下的电瓶车前,韩澈松开男人的一只手,看着男人拔下车钥匙,塞进裤兜里。他正要重新扣住男人的胳膊,男人突然暴起,一只拳头狠狠砸在他的胸口。

韩澈闷哼一声,也顾不上痛,上前就去抓男人的手腕,另一只手却不经意松了几分。男人觑准时机,用尽全力挣脱,终于摆脱他的钳制,扭头拔腿就跑。

韩澈心跳如擂鼓,暗叫不好。他迅速追上去,瞄准那个惊惶逃窜的背影,纵身一跃,侧身撞在男人的背上。

男人重重地摔倒在地,发出一声痛苦又愤怒的惨叫。

韩澈正要从他背上爬起,突然间,一阵剧痛从左肩袭来,他浑身止不住地颤抖起来,额上渗出了豆大的汗珠。

男人的惨叫声夹杂着各种不堪入耳的谩骂,在宁静的巷子里显得格外聒噪。周围有几户人家开了条门缝,好奇地探出了脑袋。

韩澈忍着剧痛,咬紧牙关,艰难地支起上半身,向那个离得最近的大爷求助:"麻烦帮我报个警……"

急诊室里,医生护士脚步匆匆,灯光明亮如白昼。

"所以,你的胳膊就是这么断的?"听完韩澈的讲述,郑好又气又心疼。

还有一丝丝好笑。

居然是自己摔的,说出去可太丢人了。这一身的腱子肉白练了,关键时刻完全没发挥作用嘛。

韩澈的左肩呈一个扭曲的姿势高高耸起,胳膊完全动弹不得,郑好稍稍转动一下,他就疼得撕心裂肺,面目狰狞。

"啊疼疼疼!Stop!"

"不要乱动。"一位戴眼镜的男医生大步走了过来,手上还拿着新鲜出炉的X光片,"没有骨折,是肩关节脱位,也就是脱臼,还好没有韧带撕裂,直接复位就行。"

郑好点点头，松了口气。

脱臼嘛，不是什么大事，她小时候老脱，送到医院，眼一闭牙一咬，就掰正了。

韩澈依旧愁眉不展，满脸哀怨地问："要打石膏吗？"

"要进行支具固定，四周左右就能完全恢复。"

"那……"

韩澈还想再问点什么，被医生打断了："先进行复位吧。"

在医生的指引下，韩澈忐忑不安地躺在病床上，看着医生将他受伤的左臂慢慢旋转，心头忽然涌出一股巨大的恐慌。

"哎！等等！"韩澈大喊，"我还没做好心理准备！"

医生动作一顿。

郑好"啧"了一声。

身体素质不行，心理素质也堪忧，真是个身娇肉贵的小少爷。

"疼吗？"韩澈紧张得声线都颤抖了。

"疼，但也就一秒钟的事。"医生耐心地安慰他，"要不你咬个什么东西吧，千万别咬舌头。"

韩澈转过头，眼巴巴地望着郑好。

郑好一脸无语地蹲下身，递上自己的胳膊，放进他嘴里。

感觉自己像个皮糙肉厚的大丫头。

医生继续刚才那套动作，将韩澈的胳膊慢慢举到头顶，手摸到腋下的一块凸起，用力一摁。

随着"咔嗒"一声弹响，韩澈闷痛地哼唧一声。

好像……也没有想象中那么疼。

他缓缓坐起身，看着郑好手臂上的一圈牙印，一时有些尴尬。

见郑好面色如常，韩澈惊讶地问："你不疼吗？"

"还好。"郑好揉了揉胳膊上的牙印，"小时候被狗咬过，比这疼多了。"

韩澈："……对不起。"

郑好"呵呵"一笑："没事儿，被你咬，至少不用打狂犬疫苗。"

半个小时后，韩澈吊着胳膊走出了急诊室。郑好拿着冰袋，敷在他的肩膀上，提醒他："哎，你有没有发现，你的痛觉恢复正常了？"

韩澈怨念深重："你知道脱臼有多痛吗？连这种痛都感觉不到的话，那我可以直接做无麻截肢了。"

郑好想了想，把冰袋贴在他的脸上："现在呢？什么感觉？"

韩澈闭上眼，认真地感受了一会儿："冰冰的，久了会有一丝丝刺痛。"

后脑勺突然被敲了个栗暴，韩澈愕然睁开眼，捂着脑袋，瞪着郑好。

"痛！"

郑好咧嘴一笑，又揪住他的耳朵："现在呢？"

"痛痛痛!"

"我就说嘛,你已经恢复得差不多了。"郑好喜笑颜开,对他又踹又打又拧又挠,"塞翁失马,焉知非福啊。"

韩澈被她折腾得已经无力反抗了,浑身都散发着怨气:"我看你就是趁机报复!"

离开医院后,两人又去了趟附近的派出所,做完笔录出来后,已经是凌晨了。

跟韩澈猜测的差不多,中年男人和短发女人是一对夫妻,听民警透露,两人就住在体育馆附近的小区,平时都是上班族,周末则化身为一对雌雄大盗,男人偷票,女人卖票,已经得手好多次。

演唱会早已结束,票找回来也没用了,于是,雌雄大盗将门票折算成现金,当场赔偿给了郑好。

至于韩澈的胳膊……

中年男人委屈喊冤:"这真不赖我啊,是他自己摔的,别乱碰瓷啊!我也受伤了,那他也得赔我医药费!"

韩澈懒得跟他继续纠缠,只能自认倒霉。

走出派出所的大门,郑好和韩澈都如释重负地长舒一口气。

"午夜钟声已敲响,灰姑娘打算怎么回去啊?"郑好揶揄道,"瞧你这缺胳膊少腿的,也开不了车,要不,坐我的南瓜马车?"

韩澈眼眸一弯,语气轻快:"行啊,谢谢仙女教母。"

夜凉如水,晚风拂面,两人挤在一辆小电驴上,优哉游哉地晃荡在午夜的街头。

"为了补偿你的精神损失,我给你开演唱会吧,免费的。"郑好的头发在风中乱飞,声音也被风吹得听不真切,"你想听什么?"

韩澈仰头望着夜空,想了想:"唔……《小电驴》。"

郑好笑起来:"好啊,咳咳——"

她郑重其事地清了清嗓子,扯着喉咙开唱:

"我有一只小电驴,我从来也不骑,有一天我心血来潮骑着它去赶集……"

清亮的歌声穿透寂静的夜晚,飘到了很远。

"我身后坐着大帅比,我心里正得意,不知怎么哗啦啦啦,我摔了一身泥!"

最后一句唱完,两人都"哈哈"大笑起来。

虽然演唱会没看成,还光荣负伤,但韩澈却觉得无比满足。他感觉到了久违的疼痛,也体会到了发自内心的畅快。

这个夜晚,值得铭记一辈子。

第十二章
/ 她是自由的鸟,谁都无法让她停下 /

郑好一觉睡到天昏地暗,直到手机铃声一遍遍地响起,吵得她不得不中断美梦。

摸到手机后,她连来电显示都懒得看,迷迷糊糊地接通了。

"今天什么安排?"耳畔传来韩澈神清气爽的声音。

郑好仍旧闭着眼,把手机搁在枕头上,含混不清地说:"我说韩老板啊,你就放了我吧,我昨晚两点才睡……"

韩澈提醒她:"这都十点了。"

其实他也才刚醒不久,正靠在床头发呆,忽然看见胸前吊着的胳膊,才想起自己受了伤。

哎,这不正是个装可怜博同情的好机会吗?

于是,他毫不犹豫地拨通了郑好的电话,美滋滋地说着今天的计划:"要不你先来我家吧,我给你做一顿 brunch(午餐),然后看看电影、打打游戏,晚上再去江滩吹吹风。"

"什么'难不难吃'?听不懂。"郑好打了个长长的哈欠,眼睛勉强睁开一条缝,"你想吃啥自己弄吧,我今天哪儿也不去,昨天可把我累死了。"

韩澈急了:"喂,我都受伤了,你有没有爱心啊?"

郑好懒洋洋地翻了个身,换了个更舒服的睡姿,脸贴着手机说:"你只是手断了,又不是瘫痪了,生活应该能自理吧?实在不行叫个护工,我出钱,就当是献爱心了。"

韩澈急得抓耳挠腮,试图唤起她的同情心:"这大好的周末时光,一直宅在家会憋坏的,要不你陪我出去逛逛?"

"你都受伤了,就别乱跑了,安心在家养着吧。想吃什么自己点外卖,就这样,挂了。"

困意汹涌而来,郑好眼皮直打架,趁着还有最后一丝意识,强撑着挂断了电话。

这个老油条员工,不仅消极怠工,还冷漠无情,韩澈气得想扣她工资。

新的一周开始了。

韩澈吊着胳膊的造型一出现在公司，立刻引起众人注意。领导和同事轮流过来嘘寒问暖，顺便打听一番是怎么回事。

韩澈一律解释是帮别人追小偷时不幸负伤，至于具体怎么伤的，全由他们发挥想象。

他说得轻描淡写，同事听得惊叹连连，领导还制作了一面"见义勇为"的锦旗，在晨会上当众颁发给他，以示表彰。

前一阵的工作进入了收尾阶段，近期也没有什么迫在眉睫的事，又因为受伤，所有不必要的应酬一律推掉，原本安排的出差也由小吴全权代理，所以这一周，韩澈过得相当轻松。

周五难得准时下班，韩澈走在回家的路上，看着夕阳在道路尽头投下最后一抹余晖，两旁鳞次栉比的高楼反射着金灿灿的光辉。

这样的时刻，让他第一次有了岁月静好的感觉。

黄昏也变得可爱起来，仿佛在告诉他，除了工作，他还有自己的生活。这是他生而为人的权利，而不是资本家的额外开恩。

要是每天都这样，该多好。

韩澈心情格外愉悦，走进小区大门时，还笑着跟保安打了个招呼，步伐带着几分雀跃。

回到家，洗了个澡，时间还早，韩澈舒舒服服地窝在沙发里，给郑好发了条微信：在干吗？

等了半天，郑好迟迟没有回复。韩澈不耐烦了，直接拨了她的电话。

电话接通后，他开门见山地问："明天有空吗？"

郑好愣了下："有啊，怎么了？"

"去爬云雾山吗？"韩澈腿上放着笔记本电脑，屏幕上显示着最新的旅游攻略。

"……啥？"郑好蒙了。

云雾山在邻市，开车过去至少得三个小时，而且海拔不低。如果她没记错的话，韩澈的胳膊还打着石膏呢，这么高强度的户外活动，能行吗？

郑好好心劝他："你的伤还没好全，还是安心在家宅着吧。"

"我是手断了，又不是瘫痪了。"韩澈用她的原话回敬她，"而且我查过了，上山可以坐观光车加缆车，下山搭乘玻璃电梯，全程步行不超过五公里。"

看来他已经做足了功课，郑好"啧啧"两声，表示佩服："你还真是身残志坚啊。"

韩澈弯起唇角，叮嘱道："那我明早八点来接你，你今晚把行李收拾好。"

"还要收拾行李？"郑好一听头都大了，爬个山而已，又不是西天取经，至于吗？

"你们女生出门不是都要带什么洗漱用品、护肤品、换洗衣物之类的吗？"

韩澈虽然没有跟女生独自过夜的经历，但每次出差，无论时间长短，随行的女同事总是带着行李箱。久而久之，他也就总结出了一点生活常识。

"等等，等等……"郑好脑子打结了，呼吸有些不稳，"咱们不会要在那里过夜吧？"

韩澈说得理所当然："要看日出，当然要过夜。山顶上有片露营区，我们可以去那里租装备。"

是露营啊……郑好稍稍松了口气，至少比住酒店安全。

狗血剧里的男女出游，酒店永远只剩最后一间房。露营区的帐篷应该不会这么紧俏吧？

就算不得不跟他共处一帐篷，露天席地的，料他也做不出什么色胆包天的事。更何况他还受着伤呢，她一个彪形大姐，难道还斗不过一个残障人士？

这么一想，郑好终于放心下来，也开始对明天的行程有了些许期待。

"好嘞，那就明天见。"

韩澈莞尔一笑，刚要说再见，又听见她急吼吼地大喊一声："等等！"

"怎么了？"

郑好有些不好意思，吞吞吐吐道："那个啥……韩老板，明天的行程是你安排的，我是不是……要付你钱？"

韩澈一脸无语，浪漫的心情瞬间荡然无存。

"不用，我是免费的。"他没好气地回道，末了，还不忘吐槽一句，"哪像你，满脑子生意，没有一点情义。"

挂断电话，郑好心事重重地叹了口气，瘫在沙发里，久久没有动弹。

"我都听到了。"谷小雨贼兮兮地凑过来，冲她挑挑眉，脸上挂着意味深长的笑，"你俩进展够快的啊，这就要过夜了？啧啧，小心擦枪走火。"

郑好一口气差点没提上来。

"走什么火？你真是……"郑好满脸通红，又羞又窘，瞪着谷小雨，"我说你能不能纯洁一点？我们的主要任务是去爬山，就算要过夜，也是各睡各的，别想得那么猥琐。"

"噫哟，你敢说你没动过那方面的心思？"

面对谷小雨审视的目光，郑好挠挠鼻尖，有些心虚："至少目前还只是纯洁的上下级关系……"

谷小雨轻嗤一声，脸上的表情表明她早已看透一切。

过了会儿，她忽然想起什么，又问郑好："他这时候约你去爬山，是想跟你告白，还是告别啊？"

郑好翻了个身，把头埋进抱枕里，声音闷闷的："告什么别啊？我还没跟他说呢。"

"啊？"谷小雨声音陡然提高了八度。她掰正郑好的脸，强迫郑好与自己对视，"不会吧？他还不知道？"

"哎呀！"郑好挣开她的双手，往沙发里拱了拱，语气有些烦躁，"我是觉得没必要说。毕竟我跟他也就是合作关系，现在他的病差不多好了，我的任务也快完成了，以后……就各走各的路呗。"

谷小雨一脸不可置信，呆呆地看着郑好，过了许久才"啧啧"感叹："你真是没心没肺啊。"

郑好腾地坐起，抓起一个抱枕砸过去，被谷小雨灵敏地躲开了。抱枕砸中了窗户，又软绵绵地滚落在地上。

"干吗？"谷小雨叉腰瞪着她，"被我说中了，恼羞成怒想杀人灭口？"

郑好气呼呼地说："我懒得跟你说。"

她大步冲进卧室，"嘭"的一声关上房门。

第二天，郑好起得很早，匆匆拾掇完自己就开始收拾洗漱用品。

一转身，谷小雨不知何时出现在了卫生间门口，披头散发，双眼浮肿，穿着白色睡裙，像个四处游荡的鬼魂。

郑好吓了一大跳，赶紧拍拍胸口安抚自己，骂道："你有病啊？走路也不出声！"

谷小雨也不说话，只是阴恻恻地盯着她，眼神像在审视犯人。

郑好被她盯得浑身发毛，卫生间的门又被她堵住，无奈之下只得答应："我说，我说，我一定说，行了吧？"

谷小雨冷哼一声，脸色缓和了几分，指了指阳台方向："人已经来了，在楼下吃热干面呢。"

郑好愣了几秒才反应过来："这么早？"

她三两步冲到阳台，探着脑袋向下望。

果然。

热干面店门口，韩澈正蹲坐在小板凳上埋头吃面，接地气的姿势看起来与旁人无异，但那优越的外形还是让郑好一眼就锁定了他。

郑好手忙脚乱地收拾好行李，把背包往肩上一甩，冲到玄关处换鞋。谷小雨双手抱臂，盯着她的背影，语重心长地叮嘱："记得做好防护措施。"

郑好霎时羞红了脸，没好气地呛道："防你个头！"

郑好气喘吁吁地停在韩澈面前。

地上投下一片阴影，韩澈抬起头，挥着筷子跟她道了声早。

他的脸庞迎着清晨的阳光，明亮温润得像一块白玉，眼里闪烁着笑意，嘴角的一圈芝麻酱又给他添了几分傻气。

偏偏他还穿了件水洗蓝牛仔外套，搭配一件简单的白T恤，一只胳膊缠着绷带挂在脖子上，肩上还斜背着一个黑色运动包。

快三十岁的人了，还嫩得像个男大学生。

郑好一时心荡神摇，不禁感叹：韩老板真是驻颜有术啊。瞧瞧这"小奶狗"

的模样,谁看了不迷糊?

"坐啊。"韩澈见她傻站着不动,从旁边搬来一只小凳子,又像变戏法一样从怀里掏出一堆小吃,堆放在面前的大红色塑料凳上,招呼她,"还没吃早饭吧?我买了一些,多吃点,吃饱好上路。"

郑好在他旁边坐下,挨个提起塑料袋,米粑、烧卖、豆皮、梅花糕……

全是碳水,也全是她爱吃的。

韩澈又递上两个茶叶蛋,可怜兮兮地说:"我一只手剥不了壳。"

郑好"扑哧"一笑,接过茶叶蛋,仔细剥好壳,把蛋放进他的纸碗里,然后继续剥第二个。

思绪渐渐飘远。

这场景,像极了他们第一次出游的时候。

只是,这一次,两人的身份对调了,他是在前方带路的导游,而她,是放心把一切交给他的游客。

韩澈包了一辆车,司机负责把他们送到云雾山脚下,第二天再接回。

城区依旧拥堵,驶出二环,道路终于通畅起来,窗外的色调也变得明亮而丰富。路旁草木芊芊,油菜花还有几簇未凋谢,稻田刚插上的幼苗排得整整齐齐,底下的水田泛着亮光,青绿和鹅黄交错,宛如一幅春意盎然的画卷。

郑好把车窗开了道小缝,清爽的风卷进车厢,带来一阵草木的清香,还夹杂着淡淡的牛粪味。

郑好闭上眼,深深嗅闻。

嗯,春天就是这个味道,真上头。

头发被风吹得乱七八糟,她抬起手捋顺,随意扎了个丸子头,扭头问韩澈:"咱们在山上露营,怎么解决吃饭和洗漱的问题?"

韩澈靠在椅背上,双腿敞开,被阳光晃得微微眯起眼,语气轻松:"放心,营地有厨房和洗手间,就跟国外的房车营地一样,你只需要付租金就行。"

提到房车,郑好顿时来了兴致,问他:"房车多少钱能买一辆?需要什么驾驶证啊?"

"现在价格都降下来了,最便宜的也就十多万吧,小型房车 C1 的证就行,如果是大型房车,就要 A1 或者 B1 的驾照。"韩澈淡淡地瞥她一眼,"怎么,你有兴趣啊?"

郑好脸上洋溢着憧憬:"有啊,我的梦想之一,就是开着房车浪迹天涯。"

韩澈觉得她过于天真了:"流浪跟旅游是两码事。要是游山玩水,我还能陪陪你,流浪就算了。"

"不是旅游,也不是流浪。"郑好认真地说,"是旅行,背上包说走就走,随心而游,无羁无绊。我想过那样的生活。"

韩澈笑了一声,不以为然:"等最初的新鲜劲儿过了,你就会发现,自由的代价是孤单。这样的日子能过多久呢?"

郑好转头望向窗外,两旁的行道树不断地后退,云飘得很快,太阳在云层后面若隐若现,阳光在她脸上忽明忽暗。

"至少一年吧。"她自语道,"等一年之后再决定要不要换种活法。"

她从小就对外面的世界充满渴望。小时候离家出走了几次,最远的一次,她独自走到郊外,从白天走到黑夜,越走越害怕,越怕越不敢停下,但是她已经忘了回家的路。

终于看到一座灯火通明的巨大建筑,她坐在门口号啕大哭,最后被下班的女工发现并报警,才平安送回了家。

她跟韩澈聊起这件事,韩澈听完,怅然若失地说:"我小时候也幻想过离家出走。"

"然后呢?"

"没有然后。"韩澈耸耸肩,笑容有些黯淡,"我一直循规蹈矩,有这种想法已经算很叛逆了。"

郑好同情地唏嘘一声,继续追忆往事。

上了大学后,终于有了完整的寒暑假可以自由支配,她用摆地摊赚来的钱去了好多地方,先是在国内穷游,然后是一些物美价廉的东南亚国家,最后去了梦想已久的英国,一路省吃俭用,抠抠搜搜,终于把预算控制在两万以内。

印象最深的是在伦敦的那几天,她为了省下餐饮费,买菜回民宿做饭,结果油烟味太大引发了火警,饭还没做完,消防车已经到楼下了。幸好那个华人房东通情达理,没有扣她的押金。

韩澈钦佩她的勇气,但是不太认同她的价值观:"旅游就是图个开心,这么辛苦,还不如多攒点钱再去。"

"旅游的花销是没有上限的,要攒到什么时候是个头啊?"郑好颇有哲理地说,"穷人也有旅行的权利,也可以享受穷游的快乐啊。"

前排的司机默默听着两人的聊天,很应景地切了首歌,沧桑的男声伴随着悠扬的旋律,在风中飘荡:

"曾梦想仗剑走天涯,看一看世界的繁华,年少的心总有些轻狂,如今你四海为家……"

三个小时的车程很快结束,郑好和韩澈提着行李下了车,在山脚下的小饭馆吃了顿简餐,又在路边买了两根登山杖。

进入云雾山景区后,他们先是坐大巴车沿着盘山路弯弯绕绕了半个多小时,抵达半山腰的停车场,然后乘坐缆车沿着山脊向上。

全透明的轿厢外是连绵起伏的青山,脚底下是青翠茂密的树林。郑好心情激动,一刻也坐不住,一会儿起身眺望远方,一会儿坐下让韩澈拍照。小小的轿厢也随之摇摇晃晃,像小船儿游荡在碧波之中。

轿厢是全封闭的，隔绝了外界的声音，安静得能听见彼此的呼吸。

这样的时刻，这样的场合，这样的两人。

韩澈目光沉静地看着郑好。

她坐在他对面，低头看着手机里的照片，抱怨道："我的脸有这么胖吗？会不会拍啊？手机举高点才会显脸小。唉，这张好丑啊……"

"郑好。"韩澈突然喊她的名字。

郑好依旧盯着手机，随口接道："怎么了？"

"你觉得我，呃……"韩澈迟疑了下，觉得这么说不妥，斟酌片刻，重新开口，"你愿不愿意……"

"哇，你看下面！"

话音突然被打断，郑好指着脚下，惊喜万分。

韩澈一时噎住，只好顺着她的视线望去。透明的玻璃地板下是漫山遍野的山花，白色胜雪，粉色如黛，还有几簇玫红点缀其间，在这山野之间恣意生长着，连绵成一片灿烂的花海。

郑好趴在地上，对着下面不停地拍照，拍完后查看照片，又深感惋惜："拍出来的效果比真实的景色差远了。"

"你也知道啊？"韩澈笑了笑，蹲在她面前，"手机拍不出最真实的风景，也拍不出你最美的样子，所以，不要再抱怨我拍得不好了。"

郑好掀起眼皮，幽怨地说："自己技术不行，还找那么多借口。"

韩澈腹诽：这是重点吗？前面夸你的那句，你完全没听到是吧？

下了索道，两人沿着石阶爬了半小时，终于到达山顶的玻璃栈道，一块块钢化玻璃架在悬崖之上，尽头是一个全透明的圆形观景台。

刚走上栈道，郑好的双腿就不受控地颤抖起来。

前面有个游客也吓得不轻，紧紧抱着栏杆，不敢挪动一步，被几个胆大的同伴毫不留情地嘲笑了一番。

感觉迟钝也是有优势的，比如现在，韩澈走得如履平地，经过郑好时，还炫耀般地绕着她转了一圈。

"怎么，腿软了？"他明知故问，"'女鬼'也恐高啊？"

郑好双腿僵硬，向他伸出登山杖，颤颤巍巍地说："我不敢走，你牵我过去吧。"

韩澈满意地笑了，握住登山杖的另一端，往怀里扯了扯，说："别低头，看着我。"

郑好僵硬地抬起头，对上他的视线。

韩澈眼底浮起笑意，目光和煦温柔，手牵着登山杖，一步一步倒退着走。

郑好盯着他的眼睛，心里神奇般地平静下来，仿佛有一股力量在源源不断地涌入，让她能紧紧跟上他的步伐。

终于走到圆形观景台，郑好扶住栏杆，一连做了几个深呼吸。

远眺重峦叠嶂,俯瞰深山密林,山间的风带着几分寒意,刮得脸颊发冷、耳朵冰凉,但阳光照耀在身上又是那么温暖舒服。

"真壮观啊!"头顶传来韩澈的感叹。

郑好回过头,发现他正站在自己身后,一只手撑着栏杆,另一只手如果不是打着石膏行动不便,也许会撑在她的另一侧,用他的身躯为她搭建一个小小的避风港。

他眺望着远方,自言自语道:"每次看到这样的美景,我总是会想,要是能死在这里就好了。"

郑好心头一震,蓦地抬起头,视线却被他清秀的喉结吸引住了——白净的脖子上那块小小的凸起,随着说话的动作微微颤动,让她忍不住想去摁一下,看看他的反应。

韩澈浑然未觉,继续说:"第一次是在阿尔卑斯山的脚下,一个叫施皮茨的小镇,你要是去过就知道,所有言语都无法形容它的美。我也不知道怎么了,突然就冒出这个念头,要是能死在那里就好了。"

郑好终于收起她那无厘头的思绪,转过头,盯着对面山峰上的一树白花,说:"我每次看到美景,都会想,要是能生活在这里就好了。但很快,我就打消了这个念头。这世上的美景那么多,我这辈子都看不完,哪能在一个地方停留太久呢?我必须好好活着,活得越久越好,这样能看到的风景就更多。"

韩澈垂眸看着她头顶蓬松的发髻,不由得感叹:"咱们真是两个极端,一个过于悲观,一个过于乐观。"

"我觉得你不是悲观,你只是……"郑好想了想,认真地说,"暂时没有找到能留住你的东西。"

韩澈面露疑惑,没有接话。

郑好继续说:"我觉得,人生在世,与其追求那些虚无缥缈的词汇,比如幸福、圆满、理想、成就,不如去追求一些具体的东西。"

韩澈挑眉:"比如?"

"比如一些快乐的回忆,一个微小的愿望,一句承诺,一件你想做却一直没做成的事,一部还没完结的番剧,一个没打通关的游戏,一个你想要好好守护的人……"郑好顿了下,回眸望着他,眸光清亮如水,"很多很多,大的小的,只要能让你觉得快乐的人、物、事,都可以留住你。"

韩澈低笑一声,转开视线望向别处,轻声道:"有时候,痛苦太多,多到难以承受,这些东西就不顶用了。"

"对,所以你需要不断地去搜集这些东西,越多越好。"郑好松开握住栏杆的手,慢慢张开,像鸟儿被风托着翅膀,"也许,每个人都会经历一段至暗时刻,仿佛站在悬崖边上,身后有无数双手在推着你往下跳。这时候,那些曾经让你快乐的东西就是能救你一命的绳索。"

韩澈望着郑好的背影,忽然想起那个夜晚,她告诉自己,她也曾差点跳下窗台。

"那你呢?"

在人生的悬崖边上,是什么留住了她?

"你说那次啊?"郑好不好意思地笑了,"那天我盯着窗户,跟走火入魔似的,只想跳下去一了百了,不知从哪儿飘来一股烤鸡味,我突然想起了我妈做的板栗烧鸡。那时候正是板栗上市的季节,我必须吃完了再走。"

韩澈愣了愣:"……好朴素的理由。"

他深深怀疑她当时是饿出幻觉了。

郑好一边回忆,一边说:"回到家后,我就缠着我妈,让她给我做了顿板栗烧鸡,我一个人干掉了半锅,吃饱喝足后美美睡了一觉,第二天果断辞职不干了。

"再后来,我就定了个人生目标——去寻找能留住我的东西,越多越好。我换了几份工作,养了狗,交了很多新朋友,有空就出去玩,攒了点钱就去旅游。

"可惜这几年一直没有机会去旅游,我感觉外面的世界变得好陌生,所以我打算出趟远门,下周出发。"

话题转变得有点生硬,韩澈一时愕然,只能顺着她的话问:"去哪儿?"

郑好垂下眼帘,睫毛在眼底投下一片荫翳,声音低了几分:"澳大利亚。"

韩澈微微一愣,随即笑了:"行啊,我今年还有十天年假,可以陪你去。"

沉默许久,郑好才重新抬眸看向他,眼底情绪复杂:"我要去很久,不止十天。"

韩澈脑子蒙蒙的,直愣愣地看着她,连声音都变得不像自己的了:"多久?"

"一年。"

澳大利亚 WHV(工作假期签证),可以边旅游边打工,为期一年,韩澈对此并不陌生。大学毕业那年,班里有个男生也申请到了这个签证,韩澈偶尔看到他发的朋友圈,阳光下,一张晒黑的脸,笑容无比灿烂,身后是一望无际的橙子园。

但是,知道不等于理解。

韩澈不明白,为什么要在大好的年华里白白浪费一年时间去体验一段对以后的工作没有任何帮助的经历。

但是遇到郑好后,这个想法又动摇了。

原来,真的有人可以跳出毕业、工作、结婚、生子这条千篇一律的轨道,奔向自己的旷野。

自由得像风,轻盈得像云。

甚至,在听郑好说起这件事时,他脑子里闪过一个念头——这个签证,简直是为她量身打造的。

她性格那么开朗,即使到了异国,也是妥妥的"社牛",肯定能交到不少新朋友。

她打工经历丰富,又吃苦耐劳,找个兼职养活自己不在话下。

更重要的是,工作之余还能四处游玩,这不正好满足她对生活的全部期待?

可是,理解不等于接受。

韩澈趴在栏杆上,望着天边聚了又散的云,沉默不语。

他们相识相交不过短短三个月,他好不容易确定了自己的心意,鼓起勇气想迈开那一步,她却要走了。

整整一年,有太多变数了,她也许会认识一个热情洋溢的澳大利亚大男孩,也许会找到一份稳定的工作,拿到长期签证,也许结束这段旅程后还意犹未尽,马上开始下一段……

许久,韩澈收回视线,转头看向郑好:"你还会回来吗?"

"我也说不好。"郑好别过头,回避着他的视线,如实回答,"就像我在车上跟你说的,我想开着房车浪迹天涯。"顿了顿,她自嘲地笑了,"我也知道这种想法很天真,但我想试一试,等一年之后,再决定要不要继续这种生活。"

韩澈眸光渐渐黯淡,喉结轻轻滚动,心头翻涌起一股酸涩。

就这样吧。

那句来不及说出口的告白,那些藏在心底的悸动,那个刚要开始就被叫醒的美梦。

韩澈唇角牵起一抹苦涩的笑,眼睫低垂,掩盖住眼底一闪而逝的落寞。

山上渐渐起了雾,风吹得身上发冷,韩澈蓦地转身,大步往回走。

没走几步,他又忍不住回头。

郑好还站在原地,紧紧抓着栏杆,双腿僵直不动。

韩澈暗暗叹气,又掉头往回走。

就这点胆子,还大言不惭地说要浪迹天涯。

他牵起郑好的手,在掌心攥紧,往怀里轻轻带了下。郑好这才敢迈开腿,踮着脚尖,小心翼翼地踩下去。

两人牵着手,一前一后地走在悬空的玻璃栈道上。雾气弥漫,随风聚了又散,山峦在雾中若隐若现,他们仿佛走在云里。

走下玻璃栈道,郑好长舒一口气,双腿终于找回了知觉。

紧攥的手松开了。

山风拂过,手背上那一缕温热的湿意,很快蒸发殆尽。

韩澈没看她,沿着石阶兀自往前走,一路沉默无话。

只有偶尔遇上陡坡或沟壑,他才会回头瞥一眼郑好,心照不宣地伸出手。

携手相持,走过最难走的路,一到平地,又立马松开。

仿佛是他们这三个月的缩影。

郑好看着韩澈的背影,心里闷闷的,堵得难受。

她知道自己太任性,没有跟任何人商量就擅自买了去墨尔本的机票,时间还那么仓促。

其他人倒还好,他们早就知道她申请到了WHV签证,离开是迟早的事,所以虽然不舍,但很快接受了这个事实。

除了韩澈。

她不知道该如何跟他开口,甚至想过偷偷离开,等在异国落地,再潇洒地通知他一声,说自己有事出趟远门,一年后见。

但尚存的良心让她打消了这个残忍的想法。

斟酌了许久,又铺垫了许久,她终于故作轻松地开口,一颗心不再忐忑不安,却又坠入无尽的内疚之中。

终究还是伤害了他。

日头渐渐西斜,他们终于抵达山顶的露营区。

一路跋涉,步履不停,又被沉甸甸的心事压着,两个人都是身心俱疲。

他们在管理处租了帐篷、充气床垫和睡袋,以及配套的炉子、餐具和桌椅,选好地方就开始安营扎寨了。

两顶小型帐篷很快搭建好,郑好用炉子生火,等小锅里的水沸腾后,拆开两包泡面放了进去。

两人就这么面对面坐着,静静地看着面饼在沸腾的红汤里慢慢变软、散开,热气袅袅上升,香味也随之弥漫开来。

郑好用筷子挑了半碗面,正要递给韩澈,一抬眼,却发现他正直直地盯着自己。

"怎么了?"郑好一脸茫然。

"看。"韩澈指着她身后。

郑好蒙蒙地转过头,巨大的夕阳正缓缓沉入峰峦之间,余晖洒满山林,群鸦盘旋,晚霞漫天,晕染开了一片橙红。

"真好看。"郑好喃喃道。

城市的夕阳总是被各种建筑挡住,就像一幅画被切割成了无数片,她只能在几何图案中捕捉到几片破碎的美丽黄昏。

"等你去了澳大利亚……"韩澈话音一顿,低头拧熄了炉子的火,默了片刻才把话说完,"别忘了看看夕阳。"

郑好回头望着他,眸光微动。

他终于愿意接受她要走的事实了?

"嗯,我会给你拍好多照片。"郑好弯眸一笑,把手中的碗递给他。

韩澈勉强笑了一下,拿起筷子,拨弄着碗里的面,声音闷闷的:"给我拍干吗?你自己觉得开心就好。"

"我希望你也开心。"郑好看着他,认真地说,"韩澈,如果哪天你也站上了人生的悬崖,希望你能想起我,还有我带你看过的风景。你会发现,这世界很大,也很美,值得你活得更久一点。"

韩澈心头一颤,挑面的筷子停在了空中。

他缓缓抬头,对上她的眼睛。

暮色四合,暗蓝的天空上缀着几颗星,群山沉默,山林寂静,耳畔只有风吹动帐篷,发出哗啦的轻响。

恍惚中,韩澈又想起了那个朋友。

如果,在他生前,能有人对他说出这番话,他也许就不会万念俱灰,跳得那么毅然决然。

可惜,不是每个人都能遇到自己的郑好。

"谢谢……"刚说两个字,鼻子就开始发酸,韩澈蓦地低下头,胡乱扒拉着碗里已经冷掉的面。

郑好又给他舀了一勺热汤。

香辣的汤汁伴着咸涩的液体入喉,身子渐渐暖和起来了。

就像郑好那时嗅到的烤鸡味一样,韩澈心想,也许,在未来的某个时刻,这一股泡面的香味,也会将他从悬崖边缘拉回来。

夜幕降临,山顶温度很低,营地中间生起了篝火。

今晚露营的人不多,七八顶帐篷,一共不过十来个人。大家围坐在篝火旁聊聊天,玩玩游戏,打发着玩不了手机的无聊时光。

韩澈情绪低落,郑好也玩得心不在焉,一整晚安静得不像她。还不到九点,两人就去洗手间简单洗漱了一下,钻进了各自的帐篷里。

郑好裹在睡袋里,久久不能入眠。听着外面的欢声笑语渐渐稀小,最后终于彻底安静了,她翻了个身,摁亮手机一看,才十点。

山顶信号微弱,刷个APP都要等半天。她叹了口气,无奈地关掉手机。

都市的夜生活才刚刚开始,深山里的漫漫长夜却如此难熬。

外面的篝火依旧燃烧着,帐篷上的火光忽明忽暗。郑好重新闭上眼,没多久,隐约听到一阵窸窣的声响,睁眼一看,帐篷上映出了一道斜长的黑影。

她的心猛地一跳,尖叫声刚要溢出喉咙,就听到外面传来韩澈的询问:"郑好?"声音很轻,带着几分试探。

郑好松了口气,暗骂一声,从睡袋里爬出来,拉开帐篷的门帘。

韩澈就站在帐篷外,篝火的暖光虚虚地笼着他。他的身形有些奇怪,郑好定睛一看,他怀里还抱着个鼓鼓囊囊的东西。

"干吗?"郑好没来由地紧张起来。

韩澈弯下腰,一双漆黑的眸子沉沉地凝视着郑好,良久才轻声开口:"我能跟你睡吗?"

"……啊?"郑好呆住了,怀疑是自己理解有误,"你是要睡外面还是睡里面?"

韩澈指了指帐篷里面，一字一顿清晰地说："我想抱着你睡。"

郑好蓦地愣住，一时间连呼吸都停了，心脏又开始狂跳不止，脸颊热得像在发烧。

这么流氓的话，他怎么能说得这么坦荡又自然？

郑好竟然开始自我怀疑，是不是她思想太猥琐了？他说的"抱着你睡"，也许像小孩抱着玩偶甜甜睡去的那种"素觉"，而不是她想象的那种睡着睡着就扭打成一团的"荤觉"？

"你这、这、这……"郑好已经语无伦次了。

"你放心，我不碰你。"韩澈往前挪了一小步，蹲下身。

郑好这才看清他怀里抱的是睡袋。

她尴尬地问："为什么啊？"

"我怕你不见了。"韩澈的语气带着几分委屈，再次恳求，"可以吗？"

这深山老林的，她能跑到哪儿去？郑好一时分不清他是在撒娇，还是真的害怕。

她沉默了很久。

韩澈依旧蹲在帐篷门口，一动不动，静静等待她的指令，像一块顽固的石头。

郑好缓缓抬起头，对上他黑沉的眼眸，向他张开双臂："进来吧。"

韩澈钻进帐篷，转身拉上拉链，狭小的空间里塞进两个人，显得拥挤了许多。郑好甚至觉得空气都不太够用，不然，她怎么连呼吸都急促了起来？

篝火融融，"噼啪"作响，帐篷上映着红光。

韩澈俯身铺好睡袋，紧挨着郑好躺下。郑好也将睡袋裹得紧紧的，只露出一个脑袋。

临睡前，她又偷偷瞟了一眼韩澈。

他已经闭上了眼，面容平静，脸上笼罩着一层暖色调的柔光。

难道真的只是来睡个素觉的？

郑好暗暗松了口气，正要收回视线，就听见他低哑的声音："看什么？"

难道是她的视线太灼热了，闭着眼都能感觉到？

郑好咽了咽口水，声音有点紧张："有点挤，你不觉得吗？"

两人胳膊挨着胳膊，腿挨着腿，即使隔着睡袋，她还是浑身不自在，试着往旁边挪了挪，却是徒劳。

"那你侧着睡。"韩澈依旧闭着眼。

郑好讷讷地"哦"了一声，翻了个身，背对着他。

但是并没有好一点，他的呼吸似乎更近了。过了会儿，她感觉到一只胳膊探了过来，搭在她的腰间，慢慢收紧。

郑好后背绷紧，不敢动弹，像块僵硬的木板。

他的胸膛贴着她的后背，心跳的震动如鼓如雷，清晰可闻，也不知是他的，

- 299 -

还是她的。

睡袋里温度迅速攀升,郑好已经开始冒汗了。

这还怎么睡得着?

"那个……"她用手肘推了推他,好心地提醒,"你那只胳膊还没好,不能侧躺吧?"

韩澈轻"嗯"一声,热气扑在她的后颈:"那怎么办?要不咱们换个方向,你抱着我?"

郑好顿时噎住。怎么,耍流氓还要她主动吗?

她缓了缓呼吸,胡乱找了个借口:"我怕冷,不想把胳膊伸出睡袋。"

"要不咱们换个位置?"韩澈终于松开手,"你睡我右边,这样既能抱着你,也不怕压着胳膊。"

郑好有些无奈:"一定要抱吗?"

韩澈"嗯"了一声:"我也怕冷。"

以前也没见他睡觉前有这么多要求啊?今晚怎么像个小屁孩一样,幼稚又难缠?

郑好只得答应:"行吧。"

她正要起身,韩澈却已俯身上来,一只胳膊撑在她的脑后。他虽然已经努力撑起身体,但下半身的重量还是不可避免地压了上来。

眼前光线骤暗,郑好蓦地闭上眼,屏住呼吸,感觉到他的鼻尖轻轻蹭过自己的耳郭,呼吸温热而潮湿。

停顿了几秒,他又往侧边一翻,滚落在她的身后。

帐篷晃了晃。

郑好急忙睁开眼,像一只大青虫,一拱一拱地挪到了他刚刚的位置上。

她还没来得及长舒一口气,韩澈喑哑的声音就在她的头顶响起:

"过来。"

郑好回过头,看到他已经伸直了胳膊,就等着她自己靠近。

郑好脸热得发烫,犹豫片刻,终于下定决心,翻了个身,将脑袋轻轻枕在他的臂弯里。

韩澈把她往怀里收紧。

隔着一层睡袋,郑好依偎在韩澈的胸膛前,紧绷的身体慢慢舒展,好不容易平静下来,耳膜又像是打起了鼓,"扑通、扑通",急促有力。

好半天才反应过来,是他的心跳。

郑好从睡袋里伸出手,贴在他的胸口,震感明显。

"你的心跳得好快。"她开玩笑道,"不会猝死吧?"

韩澈喉结滚动,抓住她的手腕,一把甩开。

"干吗?"郑好斜撑起上身,不服气地又摸了上去,还故意搓了两圈。

"别乱动。"韩澈眉头微蹙,"我怕痒,受不了刺激。"

"噗——"

郑好笑出了声，手往上探，贴在他的脸颊上，还调戏地拍了两下："医学奇迹啊，木头人居然变成了敏感肌……"

话未说完，就被堵在了唇间。

韩澈猛然欺身上来，将她压在身下，低头覆上她的唇。

郑好蓦地僵住，心跳迟滞了几秒，身体不受控制地颤动，却被他的手臂箍得更紧了。

霎时间，情欲纷纷，如野火蔓延，迅速吞没了意识。

郑好仰起头，主动迎上他的吻。

鼻息交缠中，过去的许多个瞬间在脑海里一帧一帧地回放。成年人的暧昧是心照不宣，在彼此凝望的目光中，某种情愫在心底滋生、蔓延、暗涌，只等闸口开启，就会喷薄而出。

这个吻，彼此都是蓄谋已久。

帐篷外，风渐渐喧嚣，帐篷被吹得"呼啦"作响，山林低吼如海浪，篝火忽明忽暗……可是这一切，都与他们无关。

这个小小的帐篷，是他们温暖的巢穴。

不知过了多久，韩澈终于缓缓抽离了唇，胸口上下起伏，低低地喘着气。

郑好深深吸气，许久才从那个吻里缓过神来。

她做贼心虚地听着外面的动静，风声、树声、篝火声，好像没有听到人的脚步声。

饶是如此，还是心有余悸。

韩澈俯身定定地凝视着她，伸手将她被汗粘在脸颊上的头发捋到耳后，顺势摸到她的后颈，轻轻揉捏着。

"我感觉太快了……"郑好讷讷地说，"而且这里……不合适吧？"

韩澈低笑一声："放心，我说过不会碰你的。"

郑好斜瞥着他的手。

呃……

那刚刚是在干吗？

现在又是在干吗？

"那我能碰你吗？"说话间，郑好的手已经摸到了韩澈的腰上，还用力掐了下。

她还没来得及胡作非为，就被他迅速逮住："不行！"

韩澈将她的手牢牢锁在身后。

郑好冷哼一声，抗议道："只许你摸，不准我碰？双标狗！"

韩澈压低嗓音，语气无奈："我怕我忍不住。"

郑好耳根又是一热，把脸埋在他的胸口。

安静了会儿，她忽然发出一阵闷笑。

"我跟你说过,一个人,如果食欲、睡眠和性欲三样中有两样得不到满足,身体或心理就会失衡,三样都没有,就会出大问题。"

"嗯。"韩澈记得很清楚,"你说我命不久矣。"

郑好笑着说:"恭喜你啊,现在都恢复正常了,我也能功成身退了。"

韩澈愣了下,搂着她的手臂慢慢收紧,下巴蹭了蹭她头顶的发丝:"要是我的病没好,你会不会留下?"

郑好没正面回答,只是说:"你会好的。没有我,你一样会康复。"

外面的篝火彻底熄灭了,帐篷里漆黑一片。

黑暗中,韩澈将郑好抱得更紧了,说话声带上了浓浓的鼻音:"谢谢你救了我。"

郑好轻笑一声,伸手摸了摸他的脑袋:"救你的人,是你自己。是你主动来找我的,你忘了?"

"你说过,我应该去寻找那些能留住我的东西。"韩澈压抑着泪意,"可是,在这世上,唯一能留住我的人,是你。"

沉默了许久,郑好吸了吸鼻子,在他的衣服上蹭掉眼角的泪。

"谢谢你,韩澈。"她笑了,"我也会为了你好好地活着。"

韩澈心头泛起无尽的酸涩,眼泪无声地淌了下来,渗进郑好的头发里。

她是这世上唯一能留住他的人,可是,面对她的离开,他却说不出任何挽留的话。

他知道,她是自由的鸟,谁都无法让她停下。

爱情也不能。

郑好醒来时,旁边的睡袋已经空了。

昨晚睡得很不安稳,两人抱在一起,她焐出了一身的汗,迷迷糊糊地把睡袋踢开,又被冻醒,只好重新钻进睡袋。

如此反复,折腾了一晚。

郑好揉了揉惺忪的睡眼,掀开帐篷,天刚蒙蒙亮,山顶弥漫着一层薄雾。

身后响起一阵脚步声。

郑好回过头,白雾中,韩澈的身影渐渐出现,大步向她走来。

他应该是去洗漱了,脸上看起来干净清爽,额发打湿了几绺,遮住了眉眼。这倒比平时多了几分少年气,只是眼底有一层淡淡的乌青,透出些疲态。

韩澈走到郑好面前,蹲下身,黢黑的眸定定地望着她。

"昨晚没睡好?"他声音有些沙哑。

郑好又想起昨晚那个吻,蓦地低下头,脸慢慢泛了些红。

韩澈伸出手捏了捏她的脸,温声道:"快去洗漱,我们去看日出。"

十分钟后,两人并肩坐在一块平坦的岩石上,举目眺望远方。

天边渐渐露出了鱼肚白,但云层很厚,只能看到云缝间漏出的几缕晨光。

"今天是阴天啊。"郑好惋惜地说。

两人不约而同地想起上次看日出的经历。

那场大雨，记忆犹新。

韩澈眼里浮起笑意："至少不会比那天更惨。"

最倒霉的情况都遇到过，还有什么不能接受呢？

"是啊。"这么一想，郑好的心情轻松了许多，"再等等吧。"

不知过了多久，阳光终于穿破层层云雾，洒落在连绵的群山之上，给山脊镀上了一层金色的光辉。

太阳慢慢升起，天边的云霞绚丽如画，雾气渐渐消散，山林里一片鸟鸣啁啾。

韩澈舒心地笑了，转头望向郑好。

阳光温柔地洒落，她脸上的绒毛微微泛着光，风一吹，耳鬓的发丝也跟着起舞。

感受到他凝望的目光，郑好转过头，静静地回望着他，一双眼眸清亮得如被水洗过。

韩澈低下头，在她的额头上轻轻落下一个吻。

遇上她，真好。

他的人生，自此无憾。

"你要开心。"韩澈望着郑好的眼睛，郑重地叮嘱。

郑好弯了弯眸子："你也是啊。"

韩澈把她抱在怀里，喃喃地说："还要健康，要平安，要吃好睡好玩好，还有……"

他顿了顿，唇贴近她的耳畔："要记得我。"

第十三章
/ 只有出发，才是一切的开始 /

从云雾山回来，郑好正在房里收拾行李，两名吃瓜群众闻着味儿就过来了。

在她们的围追堵截下，郑好只好将这两天一夜的经历避重就轻地讲了一遍。

"就这啊？"谷小雨听完大失所望，甚至还有些恨铁不成钢。

都睡一个窝里了还没什么进展，难道非要她亲自上阵手把手指导吗？

唉！白白浪费这么好的机会。

"这还不够啊？"童梦面露不满，与谷小雨持相反的观点，"就差一层窗户纸了，还不捅破确立关系，他该不会是不想负责吧？"

郑好无语地白了她们一眼，抱起一团脏衣服，扔进了洗衣机。

她提醒道："你俩是不是忘了，我周六的飞机。现在确立关系，不是给彼此找麻烦吗？"

异国恋太难了，这一年里会发生什么，谁也说不好。她不喜欢用承诺约束别人，也不想让自己陷入患得患失的内耗之中。

三个人都沉默了。

郑大钱摇着尾巴走了过来，把大脑袋往郑好手上凑。

"那你们……"谷小雨叹了口气，"以后怎么办？就这样了？"

郑好在床边坐下，心不在焉地揉着郑大钱的脑袋，淡淡地说："随缘分到哪儿算哪儿吧。"

谷小雨深感遗憾，又有几分不解："我一直觉得你是那种喜欢就会主动的人，怎么现在变得这么消极被动了？难道你不喜欢他？不可能吧？我的爱情雷达可从来没失灵过。"

郑好低头捋着狗毛，没说话。

喜欢是一回事，谈恋爱又是另一回事。她和韩澈之间存在着巨大的鸿沟，她没办法视而不见，这不是靠她主动、热情、不顾一切，就能跨越过去的。

只能等他主动走向她。

但他又不是傻子。

浪漫的私奔只属于周末，时针转到十二点，沉重的现实卷土重来。

更何况，在爱情之外，他们还有更广阔的人生。

"别聊这个了。"郑好收回思绪，抬头对两人咧嘴一笑，"周五有空吗？

我请你们吃饭!"

世上还有很多东西比男人更重要,比如,小龙虾。

自从上次郑好在"虾之大者"的包厢目睹龙虾盛宴的盛况后,就对那一大桌红彤彤的小龙虾念念不忘。她暗下决心,有生之年一定要吃一顿,并且在小本本上列了个七人名单,作为宴请的嘉宾。

上面的名字添了又删,涂涂改改,还得挨个打电话确认,直到周四晚上,她才决定好最终的名单。

谷小雨和童梦是必须要来的,还有那个乐队的小路。郑好去过他们的现场几次,总觉得他和童梦之间有戏,干脆就借此机会撮合一把。

柳儿姐和老驴也受邀参加晚宴。郑好跟他们关系不错,从鬼屋离职那天,还是他们据理力争,从抠门老板那儿给她争取到了一千块的加班费。

郑好有几个关系要好的大学同学留在了本市,都是忙得不见天日的"社畜",周五晚上还得加班到深夜。他们听说郑好要去澳大利亚,一个个长吁短叹,羡慕又不舍,却都抽不出时间来赴宴。

还有胡坨坨,这小家伙不知从哪儿得到的吃大餐的消息,直接赖在郑好家不走了。每次郑好出门,他必定要跟上去,生怕她不带上自己。

最后,还有一个人。

郑好反复纠结,磨磨蹭蹭,终于鼓起勇气给韩澈发了这条聚餐的消息。

在忐忑不安中,她等到了韩澈的回复。

韩澈:这周要出差,抱歉。

郑好怔怔地盯着手机,心情复杂难解,失落、内疚,又有一丝庆幸。

不来也好。跟他说再见,比跟其他人都难。她要面对的,不仅仅是离别的伤感,还有爱情刚萌芽就被迫掐断的遗憾。

她正要放下手机睡觉,突然又进来一条微信。

韩澈发来了一段视频,是监控镜头下的柠檬树。树枝上粘着一个黑绿相间的蛹,乍一看还以为是一片长了斑的树叶。

视频做了倍速处理,透过薄薄的蛹壳,郑好依稀看到里面有什么东西在蠕动,很快,蛹壳上方开了道口子,蝴蝶的身体艰难地钻了出来,翅膀皱皱巴巴地耷拉在身后。它停在树枝上,像是在等待什么,安安静静,不急不躁,直到翅膀一点点展开,露出黑边白斑的精致花纹。完全舒展后,翅膀轻扑几下,像美人轻摇羽扇,轻盈且优雅。

万物皆美,大自然是最高超的画家。

一个渺小的生命的蜕变,让郑好感动不已,不知不觉间眼含热泪。

视频的最后,韩美丽轻轻扑扇着翅膀,在光秃秃的柠檬树上盘旋着,越飞越高,最终,飞出了镜头。

郑好看了眼右上角的时间,是今天上午九点左右。

她急忙给韩澈发微信：韩美丽呢？

韩澈：飞走了。

郑好瘪瘪嘴，心里泛起一阵涩意。

这个小坏蛋，好吃好喝养着你，翅膀硬了就飞走了，连再见都不说一句。

几秒后，韩澈又发来一条消息：跟你一样。

郑好眼眶又是一涩，拿起手机打了许多字，又删删改改，最后只剩下一句：这个没良心的。

韩澈嘴角泛起苦笑，放下手机，继续收拾行李。

今天上班，他临时接到通知，明天要去邻市出差，最快也要周六才能回来。

深夜回到家，他照例去茶几上看一眼柠檬树，却发现树枝上的蛹只剩下个空壳。他急忙打开监控查看，原来今天上午，在他出门后，韩美丽悄悄羽化成蝶了。

满屋子找了一圈，没看见它的身影。

霎时间，满室寂静，韩澈心里空落落的，怅然若失地杵在原地。

蝴蝶，郑好，这世间的美好，他一样也留不住。

龙虾盛宴跟期待中的一样豪华壮观，最下面一层是铺得满满当当的小龙虾，目测至少有四百只，中间一层是八种凉菜，最上面是摆成孔雀形状的水果拼盘。

大菜盘一抬上桌，大家齐齐发出惊叹之声，然后掏出手机从各个角度拍照。

开吃前，大家集体碰杯，插科打诨地跟郑好说着祝福的话。

老驴笑呵呵地说："听说在国外打工一天能赚上千块呢，一年就能赚二十多万，祝你发大财，哈哈哈！"

柳儿姐不咸不淡地瞥他一眼，转头看向郑好，说："别把自己搞得那么辛苦。要我说啊，你都出国了，那肯定得找个金发碧眼的大帅哥，以后生个混血宝宝啊。"

郑好笑着打哈哈："行行行，赚钱、恋爱两手抓，到时候我一手提着二十万，一手搂着大帅哥，羡慕死你们。"

谷小雨和童梦对视一眼，都忍不住笑了。

两人都在想，没心没肺就是好啊，幸好韩老板今天没来，不然得活活气死。

周六一大早，郑青松驱车前往机场，副驾上坐着冯玉兰，后排挤着郑好和两个小姐妹，后备厢里塞着一只硕大的行李箱。

冯玉兰不时扭头看一眼郑好，没话找话：

"身上带了多少钱？"

"听说那边是冬天，你把羽绒服拿出来，到了就穿上。"

"要不要带转换插头啊？"

"听说澳大利亚的袋鼠会打人，你要是遇见了，要离得远点，听到没？"

郑好哭笑不得："妈，我又不是第一次出国了，这点常识没有吗？放心吧，我都做过攻略了。"

"你这孩子，以前就爱到处乱跑，现在胆子更大了，一走就是一年。要是留在国外，我跟你爸想看你，还得坐飞机漂洋过海……"冯玉兰说着说着就哽咽了，低头擦了擦眼泪。

"哎哟，妈……"郑好一时无言，不知道怎么安慰。

她知道，自己一向任性妄为，做决定前从来不考虑别人的感受，好在父母足够包容，永远是她的后盾，她才能这么有恃无恐。

上午九点，小车抵达机场，一行人下了车。

郑青松走在前面，背着郑好的登山包，冯玉兰拖着大行李箱跟在后面。

郑好看着父母的背影，鼻子又忍不住发酸。

谷小雨挽着她，羡慕地说："你爸妈好爱你啊。"

"是啊。"郑好吸了吸鼻子，喃喃道，"我也很爱他们。"

办理完值机和托运后，就要进海关了，送行的亲友都被挡在了门外。

郑好跟他们挥挥手，嘴角扬起微笑，语气轻快地说："我走啦！"

转身时，眼泪终于克制不住地溢出眼眶。

她有时候觉得自己是个很矛盾的人，明明舍不得，却还是选择离开。

说完"我爱你"，马上就说"再见"。

一边心软，一边心狠。

从海关到边检再到安检，郑好走完所有的流程后，一个人站在空旷的候机大厅里。恍惚间，回头望去，父母和朋友早已不在身后。

她以为自己早已刀枪不入，可此时此刻，她还是被这支名为"孤独"的箭快准狠地刺中了胸口。

她终于理解了韩澈的那句话——

自由的代价是孤单。

郑好找到登机口，坐在冷冰冰的椅子上，发着呆，一时不知道该干什么。

离登机还有一个多小时，她想玩玩游戏，心却总是静不下来，APP不停地刷新，走马观花地浏览着，什么都看不进去。

犹豫再三，她最终还是打开了微信，给韩澈发了几个字。

郑圆脸：我走了，再见。

"咻"一声，微信发送成功。

下一秒，"叮——"的一声，耳边响起了微信的声音。

却不是她的。

郑好愣了下，呆呆地抬起头，眼前出现了一双笔直的腿，穿着深色西装裤，再往上，窄腰，宽肩，白色衬衣有些皱痕，袖口挽起，露出线条流畅的小臂，再然后，她就看到了韩澈的脸。

他垂眸望着她，神色略显疲惫，眼里却带着和煦的笑意。

候机室里回荡着机场的播报声,乘客们拖着行李箱步履匆匆,无数轮子在地面滚动,发出杂乱的声响。

下一秒,郑好腾地跳起身,扑了上去,紧紧搂住韩澈。

管他是不是幻觉呢,先抱了再说。

身体的触感是如此真实,气味是如此熟悉,一切都在准确无误地告诉她,这不是梦。

郑好抱了很久才依依不舍地松开。她仰起头,手臂勾着韩澈的脖子,怔怔地凝望着他的脸,想把他看得更清楚。

不是没有幻想过他会突然出现,但她的亲友们都被挡在海关之外,他是怎么混进来的?

韩澈看出她眼里的疑惑,莞尔一笑,解释道:"买张出国的机票就行。幸好我出差都随身带着护照,省得回去取了。"

郑好倏地瞪大眼,又惊又喜:"你也要去?"

"澳大利亚的签证没那么快,我就随便买了张免签地的机票。"韩澈把手中的机票递给她。

郑好接过一看,目的地是济州岛,出发时间跟她的班次差不多。

"啊?"郑好有些糊涂了,"那你是……要去济州岛玩吗?"

韩澈笑了笑:"都说了是随便买的,能进候机室就行。去哪儿无所谓,就当花一张机票钱买了一张站台票。"

"……就为了来送我?"郑好真是开眼了,感动之余,更多的是震撼。

真不知是该夸他机灵,还是钞能力显灵。

韩澈垂眸注视着她,眼里笑意渐浓,扬起护照敲了下她的脑袋:"傻。"

郑好揉了揉脑袋,抬头看了眼显示屏上的时间,离登机还有半个小时。

刚刚还觉得时间难熬,他一出现,时间又变得弥足珍贵,一分一秒她都不想浪费。

他们紧挨着坐在排椅上,身旁是巨大的落地窗。窗外,阳光明亮得晃眼,停机坪上停着一架架银灰色的飞机,机翼反射着炫目的光。

"你来得正好。"郑好从斜挎包里掏出一个小本子,"我本来想把它留给你,可是这周一直没机会见面。"

韩澈从她手里接过这个比巴掌稍大的本子,封面是一棵粉色的樱花树,翻开扉页,正中间写着一行字,"春日出游计划"。

下面还有个副标题,"韭菜的复仇"。

韩澈忍俊不禁,看向郑好:"这棵韭菜,该不会是你吧?"

"哎呀,不要在意这些细节。"郑好讪讪的,急忙翻开下一页,"内容比较重要。"

韩澈低头抿笑,垂下眼帘,继续翻看手中的本子。

纸张花里胡哨的,典型的小女生风格,里面的内容像是旅游攻略,比如第一页的大标题写着三个大字,"游樱园",下面还介绍了樱园的门票、路线、时间、注意事项等等,像高考生做笔记一样事无巨细。

右下角还有一张简笔画,虽然画风很抽象,但韩澈还是一眼就认出了唐僧那张生无可恋的脸。

……看着有点眼熟。

第一次出游的经历清晰得如昨天发生的一样,先是车堵车,然后人挤人,一整天像赶集一样,从人山到人海。那时他感觉头都要炸了,现在回想起来,那种热热闹闹的场景,何尝不是一种充满人间烟火气的幸福呢?

再往后翻,每页都有一个主题,比如"摆地摊""踏青""音乐节""马拉松""农家乐""演唱会"……

回忆的PPT在脑海中一页页翻开,韩澈边看边笑。

笑着笑着,他忽然有些难过,原来每一件看似平平无奇的小事都需要那么用心地规划和准备。

而他,总是在挑剔、抱怨、质疑,不知不觉错过了好多本该尽情享受的时刻,也辜负了她的用心。

韩澈盯着本子怔怔失神,半天没翻页。

郑好推了推他,提醒道:"后面还有好多计划没有执行,就留给你一个人去体验吧。"

韩澈收回思绪,继续往后翻,什么"江心岛一日游""石头谷探险""横渡长江""探访废弃鬼屋",光看标题就觉得趣味十足。

本子还空了一大半。翻到最后一页,上面只写了一句话:只有出发,才是一切的开始。

韩澈在心里默念这句话,若有所思,良久才合上本子。

"等你回来,咱们一起去。"

郑好摇摇头,认真地说:"我留给你,就是想让你自己去玩的。难道我走了之后,你又要像以前那样把自己封闭起来吗?那我们之前的努力不就白费了吗?"

韩澈仍有些犹豫:"可是我一个人……"

工作上,他能独当一面,生活上,他也能照顾好自己。但是,一个人出去玩,未免太孤独了。没有玩伴,乐趣就少了一半。

"我不管。"郑好板着脸,郑重其事地说,"反正本子上未完成的计划全由你来完成,等我回来了要验收成果的。"

韩澈一时哑然,自知犟不过她,只好同意。

只是……

"这个'探访废弃鬼屋'是个什么项目?"

看起来怪瘆人的,他一个人能行吗?

郑好眼底浮起一抹坏笑,神秘兮兮地说:"每座城市都有自己的都市怪谈,咱们江城也不例外。咱们这里的这座鬼屋来头可大了,就在平×大厦十八楼。老板十年前神秘失踪了,鬼屋也没人接手,就这么放着,久而久之,就成了探险爱好者的打卡圣地。不过我听说,有人进去了之后再也没有出来,从此就人间蒸发了!最恐怖的是洗手间……"

"别说了!"韩澈急忙打断她。

他搓了搓胳膊上的鸡皮疙瘩,强装镇定:"这个,呃……术业有专攻,捉鬼这种技术活,还是留给道士吧。我,呃……横渡长江倒是可以考虑……"

郑好"扑哧"一笑,拍拍他的肩:"行啊,到时候记得开直播,我给你刷火箭。"

大厅上方响起了播报声,飞往墨尔本的航班开始登机了,周围的旅客陆续起身,走到登机口排队。

郑好和韩澈对视一眼,脸上的笑容都黯淡了。

韩澈捏了捏她的脸,深深地凝视着她,叮嘱道:"记得给我寄明信片。"

郑好轻咬着唇,勉强笑了下:"这都什么年代了,还寄明信片?多慢啊。直接发微信不就得了?"

"微信要发,明信片也要寄。"韩澈看着手中的本子,认真地说,"一笔一画写出来的字,比手指敲出来的更有意义。"

发一条微信只需要几秒,买明信片、贴邮票、写下名字和地址,至少需要十分钟。

至少,在这十分钟里,你是想着我的。

队伍不断地前进,郑好也不得不起身。

"那你也答应我一件事。"她指了指韩澈手中的机票,"去济州岛。"

韩澈愣了下,随即笑了:"我都说了,这张票是随便买的。"

郑好鼓励他:"你不是说免签吗?既然票都买了,就出去玩一趟,明天晚上再回来。"

"……这也太突然了吧?"韩澈双手一摊,语气无奈,"我什么都没准备,当地的电话卡、货币、住宿也没定,连去哪儿玩都不知道。"

郑好振振有词:"这些都不是问题,去了就知道该怎么办。比如货币,可以在机场兑换,电话卡也可以在机场买,住宿就更好办了,你现在就可以在手机上订一间。"

韩澈沉默不语,内心依然觉得这个提议太疯狂,极其不符合他的个性。

他从不打无准备之仗,在国内出差都要提前做好准备再动身,更不用说去一个语言不通的陌生国家。

郑好从他手里拿走本子,又从包里掏出一支笔,在最新的一页写下三个龙飞凤舞的大字,"济州岛"。

"空白的部分,就由你自己去填满吧。"

韩澈眸光微闪,似有所触动。

郑好合上笔，提醒他："别忘了，只有出发才是一切的开始。你不主动，故事永远不会发生。"

登机口的队伍已经排到了末端，机场广播再次提醒登机。

紧接着，响起了另一道播报声，飞往济州岛的航班也要开始登机了。

郑好扬唇，笑容灿烂，冲韩澈摆摆手："去吧！去看海、爬山、吃烤肉、看韩国美女……"

不等她说完，韩澈蓦地攥住她的手腕，往怀里一拉，低头堵住了她的唇。

郑好微微一怔，下意识地闭上眼，感觉腰间的手臂在慢慢收紧，几乎要将她嵌进他的身体里。

她努力踮起脚尖，仰起头，去迎接他的双唇，身体也从最初的僵硬慢慢变得柔软、熨帖，适应着他拥抱的力道。

机场播报第三次响起，郑好的意识才渐渐回笼。

双唇终于分离，温热的鼻息还在交缠，难舍难分。

韩澈捧着郑好的脸，与她额头相抵，赤诚的目光直直地看进她的眼里。

他低喃道："祝你旅途愉快。"

济州岛的航班登机口就在不远处，队伍在缓缓向前移动。

韩澈倒退着往后走，扬起手中的机票和护照，冲郑好挥挥手："再见啦！"

郑好眼眶盈满了泪，眼前的一切都模糊了，唯独他的笑，清晰而温暖。

终于，两人转过身，向着相反的方向，踏上了各自的旅途。

韩澈边走边频频回头，直到郑好的身影彻底消失在登机口，才收回视线。他低下头，用力揉了揉通红的眼睛。

他脚步缓慢地走在廊桥上，与冷气十足的候机室一对比，这里又闷又热，像个透明的烤箱。

身后有两个大爷边走边吐槽："这才几月啊，就热成这样，这鬼天气真让人受不了。"

"是啊，今天得有三十多度了吧？前阵子还冷得像冬天，刚脱下羽绒服，就穿上短袖了。"

"怪不得人家都说江城的春秋在战国时期就结束了。"

"哈哈哈，还真是，今年的春天还没来就走了。"

韩澈静静听着他们的聊天，不自觉弯起唇角。

只有他知道，春天曾经短暂地来过，在他的生命里，拂过一阵温柔的风。

夏至这天，郑好寄出的第一张明信片终于漂洋过海，抵达韩澈的信箱。

明信片上，两只考拉抱在一起，憨态可掬。

郑好的字迹圆润规整，密密麻麻地挤在小小的卡片上。

在墨尔本的第二周，我已经找到工作啦，在一家美甲店兼职。幸好我来之前跟朋友突击学了一周，现在已经得心应手了。我每天上五个小时的班，猜猜我的时薪多少？25澳元！厉害吧？

韩澈眼底浮起笑意。他仿佛能看到郑好一边舔手指一边数钱，得意扬扬的模样。
后面还有一段话——

　　对了，我准备去考驾照，到时候买一辆二手车，活动范围就大多了。说不定等你收到明信片时，我已经有自己的"航母"了，嘿嘿。

韩澈看了眼落款的时间，距离现在已经过去了半个月，不知道她的小小愿望实现没有。
七月末，第二张明信片姗姗来迟。

　　我买车啦！虽然拿到了驾照，但是按规定，我不能独立开车，所以我的室友佩琳经常带我去兜风。她是菲律宾人，背包环游过二十多个国家，还去南美做过两年的志愿者，真的好厉害。对了，昨天我给一位华人姐姐做美甲，她在墨尔本大学读博，还是数学专业，最让我佩服的是，她四十岁才出国读博，同时带着两个孩子。还有我的房东，六十多岁的老太太，居然开始学架子鼓，哈哈，真想介绍她跟童梦认识一下。

空白处已经写满了，底下一支箭头指向了明信片的正面，最后一段写在蓝天白云之间：

　　我喜欢那些勇敢独立的女性，敢于跳出世俗的轨道，奔赴人生的旷野。从她们身上，我看到了人生无限的可能。

韩澈看着这句话，久久沉默着。
他已经被困在这条既定轨道上太久了，久到已经忘了外面的世界有多精彩，导致云缝里偶尔漏出来的一丝天光都会刺痛他的眼睛。
晚上，韩澈算着时间，给郑好打了个视频。
背景黑漆漆的，手机屏幕的荧光映在郑好的脸上。她龇着大牙，冲韩澈傻傻地笑着。
"你还在外面？"韩澈眉头蹙起。
她那边已经十点了吧？这么晚了，外面安全吗？
郑好的声音透着满满的兴奋："我们在地质公园，听说今晚有流星雨，我这辈子还没看过流星呢！"

"我们？"

"还有佩琳。"郑好跟旁边的人说了几句，然后手机一转，一个满头小辫子、小麦肤色的姑娘便出现在了镜头前，笑容比郑好更灿烂。

"嗨，帅哥！"她搂着郑好，用蹩脚的普通话跟韩澈打招呼，"你女朋友现在在我手上，想要见她，准备五百万。"

韩澈愣了愣。

奇奇怪怪的幽默感，难怪她俩能玩到一起。

镜头又转向了郑好。她盘腿坐在垫子上，单手托腮望着韩澈，不说话，只是笑。

韩澈也笑了，问她："钱还够用吗？"

郑好"扑哧"一声："你怎么跟个老父亲一样？我读大学的时候，每次给我爸打电话，他第一句话也是钱够用吗，够用啊，那就行。没了。"

"这不是担心你买完车，钱都花光了嘛。"

"放心啦，我买的是二手车，不贵。"郑好爬起身，举着手机往前走，"给你看看我的'航母'。"

视频里出现了一辆银灰色的老旧面包车，韩澈有些意外："你不是想买房车吗？"

"哎呀，面包车不就是房车的平替嘛。我把后面都腾空了，白天运货，晚上铺上床垫睡觉，还能省住宿费呢。"

"这……"韩澈有些心疼，"会不会太辛苦？"

"辛苦什么？"郑好往床垫上一躺，优哉游哉地跷起二郎腿，"你不知道我现在有多自在，想走就走，想停就停。对了，明天我们打算去布里斯班，听说那儿的黄金海岸超级美。"

看来是乐不思蜀了。

韩澈笑了笑，言不由衷地说："挺好的。"

郑好换了个趴睡的姿势，托腮望着他："你那边呢？最近还好吗？有什么新鲜事？"

韩澈陷入了沉默。

有什么好汇报的呢？他的生活实在是乏善可陈。夏天本就漫长，等待又让这种日子变得更加难熬。

他靠在沙发上，垂眸睨着茶几上的柠檬树。逃离了韩美丽的魔爪后，它的顶端终于冒出了几片新芽。

想到韩美丽，韩澈记起一件事。

"前几天，我在楼下的橘子树上发现了一只蝴蝶，翅膀和韩美丽很像。"他摇了摇头，眼底浮起一丝落寞，"可是我突然想到，蝴蝶活不了那么久，也许它早就进入下一个轮回了。"

郑好伸出手，隔空摸了摸他的脑袋，说："这是好事啊。如果它真的重生了，以后你遇到的每一只蝴蝶，都可能是它回来看你了。"

韩澈终于舒展眉头，会心一笑："不愧是'赤脚心理医生'，张口就是一碗鸡汤。"

郑好弯眸望着他，也跟着嘿嘿傻笑。

安静了会儿，她又问："明天是周末，有什么打算？"

韩澈佯装思索，半响后，决定说实话："待在家里吹空调。"

郑好坐起身，一脸严肃地盯着他："我临走前的谆谆教诲，你都当耳旁风是吧？本'赤脚心理医生'拒绝收治你这么不听话的患者。"

韩澈挠了挠脑袋，颇为无奈："这大热天的，哪儿都不想去。"

"那就逛商场呗，还可以给家里省点电费。"

"我一个男的逛什么商场？没劲。"

郑好抚着下巴想了想，突然眼睛一亮："对了，你可以去废弃鬼屋啊！那里阴气十足，肯定能让你从头凉到脚。"

韩澈满脸无语。

你就不怕我彻底凉了？

"就这么定了。"郑好兴奋地搓着手，恨不得钻到手机的另一头，"去的时候记得跟我视频，我要第一视角看捉鬼现场。"

尽管韩澈百般不情愿，但是第二天，他还是在郑好的软磨硬泡加威逼利诱下，顶着大太阳去了那栋大厦。

不知道是不是心理因素作祟，这栋大楼外观看着还挺正常的，怎么一进去就浑身不舒服，后背一阵阵发凉？

韩澈一只手抱紧胳膊，另一只手还得腾出来举起手机，调成后置镜头，让郑好看得更清楚。

进电梯了，韩澈刚说完"信号可能不太好"，手机里的画面就卡住了。郑好表情呆滞，一动不动。

电梯数字不断攀升，终于顺利抵达十八楼，韩澈稍稍松了口气。

一走出电梯，信号又恢复正常，郑好眨了眨眼，惊喜地说："这里还挺热闹的嘛。"

韩澈头皮一麻，脚步蓦地顿住，声音都在发抖："你、你、你别吓我啊……哪儿有人？"

"刚刚跟你一起下电梯的人还挺多的啊。"郑好睁大眼睛，一脸纯真，"你没看到吗？"

韩澈猛地回头，身后空无一人，再看看四周，电梯口空空荡荡，连灯都没开一盏，哪儿来的人？

郑好终于憋不住，"扑哧"一声笑喷了。

韩澈这才反应过来，顿时有些恼火："你撞鬼了吧？"

"原来那些是鬼啊？我说呢，怎么都飘来飘去的。"郑好一脸坏笑，继续指挥他，"去里面看看。"

韩澈长吁一口气，定了定神，举着手机继续往前走。

鬼屋的招牌还挂在门上，结满了蜘蛛网。往里走，甬道光线昏暗，只有尽头的窗户透着一点天光，两旁的房门都拴着铁锁，透过窗户，他看到里面一片狼藉，七零八落的道具上覆着一层厚厚的灰。

这里安静得仿佛与世隔绝，只隐约能听见潺潺的水声，似乎是从洗手间传来的。

韩澈屏住呼吸，蹑手蹑脚地往前走。屏幕里，郑好眼睛一眨不眨，生怕错过了什么精彩画面。

韩澈走到洗手间门口，里面黑漆漆的，什么都看不清。

扑面而来一阵冷风，带着一股年久失修的潮湿腐臭的气息，韩澈心里直发怵，哆哆嗦嗦地打开手电照明。

刚走到男洗手间门口，他猝不及防地跟里面的人撞了个满怀。

"啊啊啊！"

尖叫声此起彼伏，除了洗手间里的两个大男人"嗷嗷"的惨叫声，还有手机里郑好惊恐万分的嘶吼。

足足过了半分钟，两个男人终于恢复神智。

只剩郑好还在手机里鬼哭狼嚎："那是一坨什么东西啊？漆黑的……不会是烧焦的干尸吧？听说这里发生过火灾，啊啊啊……"

从洗手间里出来的男人捂着胸口，喘着粗气，举着手机说："家人们，谁懂啊，我差点见到我太奶奶了！点赞到一千，我们继续啊。"

原来他在直播。

也是，除了主播，谁会这么无聊，来这个鬼地方探险？

韩澈肩膀一塌，彻底松了口气，还得安抚郑好："别叫了，是个大活人！"

这位男主播仍心有余悸，抱着韩澈的胳膊把他往外拖，小声道："赶紧出去吧，吓死我了，哎哟喂……"

韩澈边走边回头看："你不等你的朋友吗？"

"……啊？"男主播愣愣地看着他。

韩澈指着黑漆漆的洗手间，神色有些古怪地问："里面的人不是跟你一起的吗？"

男主播脸色惨白，僵硬地转过头，咽了咽口水，声音发颤："啊？这里面……哪有人啊？"

手机里，郑好眯眼看着韩澈，"啧啧"感叹："学好不容易，学坏一出溜啊。"

韩澈谦虚道："谢谢，名师出高徒。"

之后的几个月，郑好的明信片如雪花般纷纷而至。

　　韩澈，我到了黄金海岸，这里的风景跟我梦里的一样，我终于理解你说的想死在这里的心情了。换句话说，是想余生都在此度过。我在海边一家咖啡馆找了份兼职，时薪二十，每天能看到这么美的海景，已经足够了。

　　韩澈，我又找了份兼职，在果园摘猕猴桃，可以边摘边吃。但是！我竟然！被蛇咬了！一起干活的小伙伴把我送到了医院，还好没什么大碍。世界毒蛇千千万，澳大利亚占一半！天啊！以后的日子该怎么办？

　　韩澈，佩琳走了，去了新的国家，继续新的旅程。我也要考虑一下以后该怎么办。有几个WHV的小伙伴申请了续签，最多可以待三年。还有人申请了护理学校，能转学签继续留在这里。你觉得我要留下来吗？

　　韩澈，我在澳大利亚南部的袋鼠岛，加入了一个环保组织，主要任务是打捞海洋垃圾。岛上的生活很宁静，同事都很友善，工作氛围也很轻松。上司说如果我愿意，可以跟我签一份长期的工作合同，我就能申请工签留下来了。

　　韩澈，今天我救了一只被渔网缠住的海龟，离开的时候，它跟我挥了挥手，好像在说再见。我的宿舍后院有片桉树林，昨天，我看见两只袋鼠在打架，正要拍照发给你看，它们就蹦蹦跳跳地跑了。我看着手机里我们的聊天记录，突然有些难过，觉得要是你在我身边就好了。

　　韩澈，我在岛上已经待了两个月，夏天到了，你那里应该是冬天了吧？不知道今年江城会不会下雪。我好想你。

韩澈坐在飘窗上，读完这张明信片，转头望向窗外。
夜色深沉，白絮纷飞，真的下雪了。
要是她在身边就好了。
他真的好想她。

今年的冬天又冷又漫长，三月都接近尾声了，春天还迟迟不肯来。
韩澈站在办公室的落地窗前，最后一次从这个视角欣赏城市的风光。
阴沉沉的天空，云压得很低，随时会下雨。
东西都收拾得差不多了，工作也顺利交接，除了这片景观，他没什么好留恋的了。

副总推门而入，视线落在空荡荡的办公桌上，颇为惋惜地说："本来还想着今年推你进管理层，结果……"他重重地叹了口气，"私募虽然相对自由一点，但压力也不小。公募要是成绩不好，顶多被人在网上喷。私募要是亏了钱，可是会被投资人指着鼻子骂的。你可得想清楚了。"

韩澈转过身，神色从容笃定："我想得很清楚。"

有离职的想法不是一两天了，最开始是听说郑好要离开，他内心涌起一股冲动，只想抛下一切不管不顾地跟她走。

在郑好明确表示想留在澳大利亚后，他正式向公司提交了辞职申请。交接工作比想象的复杂，足足用了两个月，他才彻底卸下重担。

副总提醒他："现在公转私有一年的静默期，你的损失可不小。"

韩澈耸耸肩，不以为意："对方公司给我提供了两种选择，一是从研究员做起，就不用被这条规定约束了；二是先跟我签合同，让我申请澳大利亚的工签，等一年后再正式入职。"

"哇哦，待遇不错。你选哪种？"

"当然是第二种。"韩澈释然一笑，"正好可以休息一年，我已经好久没有睡个好觉了。"

副总愣了下，看着他眼底的疲惫，一时心有戚戚。

副总走后没多久，小吴又进来了。看他脸上欲言又止的神色，估计也是来当说客的。

前阵子，小吴去了一趟舅舅的小龙虾店，在门口遇到摆摊的谷小雨，寒暄几句后，才得知郑好已经离开大半年了。

难怪韩经理总是郁郁寡欢、心事重重，原来是害了相思病啊。

在得知韩经理的新东家是澳大利亚的一家专门服务于华人的私募基金公司时，同情又变成了震惊。

"韩经理，没想到你还是个'恋爱脑'啊。"

韩澈失笑："我这么做，不光是为了她，也为了我自己。"

小吴不解地看着他。

韩澈解释道："我喜欢投资，但任何投资都是有风险的，这些年，公募基金吸引来的投资者大部分没有承受风险的能力，我不想拿他们的钱冒险。相比较下，私募基金设定了准入门槛，是对投资者的一种保护。赚他们的钱，我更加安心。"

小吴惋惜道："但是你的基金规模会小很多，相应的，赚得就少了。"

"在我看来，还有很多事比赚钱更重要，比如，让自己心安。"

"可是，这份工作高薪又体面，多少人求之不得。就这么放弃了，真的值得吗？"

小吴回想当初，自己也是过五关斩六将才拿到这个 offer，兢兢业业工作了很多年，从研究员到经理助理再到基金经理，不停地向上攀爬，才有了今天的成就。他是绝不可能为了一个女孩放弃这一切的。

韩澈淡淡一笑，目光沉静地注视着小吴，温声道："小吴，只是一份工作而已，不要期望过高，给自己太大的压力。"

他转头望向窗外，这场大雨终于落下，玻璃上溅起一片水花。

"如果哪天撑不下去了，记得给我打电话。"

周末又有韩家家宴。

韩澈从角落里找出那盆吃灰的翡翠兰，用纸袋装好，提到车上。

他一进门，韩母就迎了上来，看到他一身的休闲装扮，脸色瞬间由晴转阴。

"怎么穿成这样就来了？"她嫌弃地扯了扯他的卫衣袖子，视线落在他的运动鞋上，"一点礼数都没有。"

韩澈耸耸肩，懒得解释。

韩母接过他手里的纸袋，打开一看，眉头蹙得更紧了："这不是我给你的那盆翡翠兰吗？连花盆都没换。"她不满地瞪着韩澈，"你怎么回事？连礼物都不用心准备。"

韩澈终于开口："今天是什么大日子吗？为什么要送礼？"

不就是韩老爷子又心血来潮，召见"皇子皇孙们"前来"朝觐"吗？每次来都要盛装出席，还得精心准备礼物，韩澈真是演腻了。

韩母看了看韩澈，又低头看着袋子里的翡翠兰，面露疑惑："那你这是干什么？"

"给您的。"韩澈换好鞋，大步往里走去，"我不喜欢这东西，还给您。"

客厅里已经围坐了不少亲戚，韩母紧跟在韩澈身后，低声呵斥道："韩澈，你是不是吃错药了？你要是不想来，找个理由推掉就行，没必要在这里发疯。"

韩澈不屑一顾，轻嗤道："放心，以后不会再来了。"

但是今天，他有事情要宣布。

韩父依旧端坐在沙发上，盯着报纸，不苟言笑。见到韩澈进来，他也只是漫不经心地抬起眼，淡淡地"嗯"了一声。

几个堂哥堂姐跟韩澈打了个招呼，给他腾个位置。

寒暄几句后，堂哥韩霖举着手机，似笑非笑地说："韩澈，我看到你们公司发的公告了，说你离职了？真的假的？"

韩澈面不改色："对。"

韩父的视线终于从报纸上抬起，落在他脸上，带着几分审视的意味。

"啊？"二婶浮夸地瞪大眼，惊诧地问，"为什么啊？你这工作不是挺赚钱的吗？听你妈说，光年终奖就有七位数，还说你是公司的什么明星来着？"

韩霖笑着接话："离职还能因为什么啊？肯定是找到了更好的呗。"

"现在在哪家公司高就啊？"堂姐韩清语气试探。

韩澈摇摇头，大大方方地说："没工作，现在是无业游民。"

众人面面相觑，气氛一时有些尴尬。

韩母赶紧出来解围："哎哟，我早就劝他离职了。别看基金经理赚得多，工作可辛苦了，你看他都累瘦了。正好，老韩单位有个空缺，一直给他留着呢，打声招呼就能进。"

韩澈轻笑一声，语带嘲讽："不用麻烦韩总了，我现在好得很。来这里就是要通知大家一声，我准备出趟远门，以后的家宴，不用再叫我了。"

他厌倦了这种阿谀奉承的社交，也不想再看到这些惺惺作态的嘴脸。

此言一出，大家都愣住了。

韩母声音压抑着怒气："你什么意思？你打算去哪儿？"

"澳大利亚。"

"去干什么？"韩父终于开口，冷冰冰地注视着韩澈，"继续读书，还是找到了工作？"

韩澈丝毫不惧，迎上他的目光，眼里甚至还浮起了笑意，轻飘飘地吐出两个字："去玩。"

众人一时哑然。

身后突然传出一声低沉苍老的嗓音："胡闹！"

回头一看，韩老爷子不知什么时候从楼上下来了，手拄拐杖，脸色铁青，怒视着韩澈。

众人纷纷恭敬起身。

韩澈也站起身，不卑不亢地说："正好您下来了，我就不用特意上楼请安了。我今天来……"

韩母在他身后用力掐他的腰，威胁意味明显。

"嗷！"韩澈故意吃痛地叫了一声，扭头望着韩母，语带埋怨，"妈，您掐我干吗？我话还没说完呢！"

韩母讪讪地收回手，假惺惺地笑着说："有什么话回家再说。"

"回家跟谁说去？"韩澈双手一摊，一脸无辜，"我也想跟你们好好聊聊，可是爸常年不回家，您又从来不听我说话，那我能怎么办？只能来这里，当着爷爷的面跟你们说了。"

"好，那你说。"韩父低喝一声，踱步到韩澈面前，脸色阴沉，周身散发着一股压迫的气势，"现在，我给你机会说。"

韩澈冷笑："嘴长在我身上，我想说就说，还需要您恩准吗？"

"韩澈！"韩母怒斥一声，"怎么跟你爸说话的？"

韩澈咬牙忍了忍，往后退了一步，向韩老爷子微微鞠了一躬，微笑道："我今天来，就是想跟大家说声再见，以后，我不会回来了。"

说完，他潇洒地转身，朝门口大步走去。

"韩澈！"韩母怒不可遏，紧追在他身后，发疯似的拍打着他的后背，优雅的发髻都散开了，声音变得无比尖厉，"你疯了？你要去哪儿？"

韩澈弯腰穿好鞋，回过头，垂眸望着她。

母子俩很久没有对视了。

如今，近在咫尺，目光却像隔着千重山，万里云。

韩澈始终看不透母亲的心，韩母也突然发觉，眼前的儿子变得无比陌生，不再是记忆中那沉默温顺的模样。

她一时怔住，攥紧着他的衣袖的手不自觉松开。

"再见。"韩澈打开大门，冲大家挥了挥手，弯唇一笑，"我要去玩了。"

飞机缓缓向天际攀升，从舷窗向外看去，城市在不断缩小、慢慢下坠。远处，蜿蜒的长江像一条银色丝带，在阳光下泛着点点光泽。

从江城到墨尔本，一趟航程要飞十几个小时。

韩澈倚着舷窗闭目休憩，怀中的画册渐渐滑落，封面上，两个小女孩走在开满鲜花的草地上，上面印着书名——

《走向春天的下午》。

他就要走向他的春天了。

在引擎的低鸣声中，韩澈做了个梦。

梦里，他又回到了小时候。

母亲开车带他去青少年宫上培训班，车子堵在一条热闹的老街上，母亲有些急躁，不停地摁着喇叭。

他无聊地向窗外望去，街边的杨树下有片空地，一群小孩正在树下玩斗鸡。他们掰起一条腿，蹦蹦跳跳地撞向对方，也不分阵营，就是一顿大乱斗。赢了的孩子哈哈大笑，被撞倒的孩子气得哇哇叫，迅速爬起来再战。

韩澈看得津津有味，羡慕不已。

在这群小孩中，有个小姑娘尤其引人注目。她玩得满头是汗，脸颊通红，头上扎着两根羊角辫，其中一只被倒下的小孩给拽散了。

几个高个儿一起围攻她，她不急也不恼，脚下像安了弹簧，蹦着跳着，灵活地躲闪着攻击，然后微微蹲下身，抬起膝盖，从下方将他们挨个顶翻。

看着高个儿小孩纷纷栽倒在地，韩澈忍不住拍起巴掌，哈哈大笑起来。

母亲扭头瞪他："笑什么笑？培训班都要迟到了！"

韩澈吓得缩起脖子，笑容瞬间消失，只敢趁母亲不注意时偷偷瞥一眼窗外。

小女孩两根辫子都散开了，头发凌乱地飞舞，笑容肆无忌惮。其他小孩都倒在了地上，只有她屹立不倒，威风凛凛，像个英勇的战士。

前面的路被几个小吃摊给堵死了，母亲急得不行，下车去跟他们交涉。

车上只剩下韩澈一人。

他悄悄打开车门，溜了出去，一路小跑到女孩身后，用手指戳了戳她的肩。

小女孩回过头，眼睛亮晶晶的，从树叶间漏下的斑驳阳光在她脸上跳跃着。

她的脸上绽开了笑容:"韩澈,你终于来了。"

与此同时,身后响起韩母的厉声呵斥:"韩澈,你给我回来!"

郑好毫不犹豫地一把抓住韩澈的手腕,拉着他一路狂奔。他们跑过热气腾腾的面馆,穿过琳琅满目的小摊,大步跨过堆在地上的瓜果,追逐着街边嬉闹的小猫小狗,在熙熙攘攘的人群里,不停地奔跑……

所有的色彩和声音都在往后退,韩澈唯一能感知到的,是她的手在他的手腕间传递着一股温暖而坚定的力量,让他无比安心,心生欢喜。

"你要带我去哪儿啊?"他大声问。

郑好一边奔跑一边回头,头发在风中恣意飞扬,笑容如阳光般明亮生动。

"世界那么大,一起去玩吧!"

—正文完结—

番外一
/ 你的未来规划里,终于有我了 /

海风轻拂,夕阳西下,天与海都笼罩在一片梦幻的余晖之中。
韩澈坐在沙滩上,抓起一把沙,看着细腻的白沙从指缝泻下,又被海风吹散。
在他身后,两条狗正在刨坑,黄色的大尾巴兴奋地晃来晃去。
韩澈拍拍手上的沙子,无聊地叹了口气。
一人两狗从江城飞到墨尔本,在机场短暂地休息了一会儿,又马不停蹄地飞到阿德莱德,然后包了辆车去码头,再搭轮渡抵达袋鼠岛。耗时一天一夜,终于在日落之前,找到了那个环保组织所在地。
韩澈本来想给郑好一个惊喜,却怎么也找不到她的身影,也打不通她的电话。向驻守的工作人员一打听,韩澈才知道昨天附近海湾有小面积原油泄漏,郑好随大部队出海清理油污,天没亮就出发了,一时半会儿估计回不来。
暮色渐至,伴随着一阵轰鸣声,几艘快艇陆续在码头靠岸,海风带来一股浓烈的汽油味。
韩澈急忙起身,大步上前,两条狗也寸步不离地跟在他身后。
光线昏暗,码头上人影纷乱,但韩澈一眼就认出了郑好的身影。
在一群人高马大的外国人中,她显得尤为瘦小,一张圆脸晒成了小麦色,橙色的救援服上满是油污。
她正在跟另一个姑娘合力抬起一只铁笼,笼子里蜷缩着几只受伤的海鸟,海鸟浑身漆黑,像一团团煤球。
韩澈牵着两条狗,好整以暇地站在码头旁,等着郑好认出自己。
不料,她竟然目不斜视地走了,步履匆匆,带起一阵风。
两条狗发出低鸣声,大尾巴沮丧地耷拉了下来。
眼看她的背影就要被暮色吞没,韩澈终于回过神来,急忙抬腿追了上去:"郑好!"
"哎!"郑好几乎是条件反射地应了一声,随即又反应过来已经好久没听别人这么喊自己了。
岛上中国人很少,外国人又不习惯叫她的中文名,她只好随便给自己起了个英文名"珍",别人叫得顺口,她也答得自然。
冷不防听到自己的原名,她心下一颤。

久违的名字，熟悉的声音。

郑好蓦地回头。栈道尽头，那个熟悉的身影赫然出现，朝自己一步步走来。在他身后，是暗沉的暮色和翻涌的海浪。

郑好鼻子一酸，眼泪克制不住地涌了出来。

她放下笼子，向韩澈飞奔而去。快靠近时，她又猛地刹住脚步，低头看了看自己。

韩澈知道她在介意什么。他张开双臂，向前迈了一大步，紧紧抱住了她。

满身油污又如何？脏的是衣服，又不是她。

郑好把脸埋在韩澈的胸膛，眼泪鼻涕全蹭在了他的白衬衣上，又哭又笑地问："你怎么来了？"

韩澈笑了笑："江城的冬天太长，我熬不下去了。"

"……啊？"郑好扬起脸，下巴搁在他的胸口，一双蒙着水雾的眼睛呆呆地望着他。

就知道她听不懂。

韩澈微微叹气，抬手捧着她的脸，用拇指抹掉她脸上的污渍。

有什么东西攀上了小腿，她垂下视线，惊喜万分："郑大钱？你把它也带来了？哎，这是……"她蓦地抬眼，惊讶地看着韩澈，"狗蛋儿？"

韩澈"嗯"了一声，视线越过郑好的肩，望向岸边等候她的同事："你什么时候下班？"

经他一提醒，郑好才想起今天的工作还没完成。

她跟同事从油污里打捞出了数十只海鸟，许多已经奄奄一息，必须及时送到医疗站抢救。

郑好略一思忖，从救援服里掏出一串钥匙，递给韩澈。

"公司后面有一栋小楼，是员工宿舍，我住204。"她叮嘱韩澈，"你们先回去休息。餐边柜里有几盒泡面，你要是饿了，可以先垫垫肚子。"

韩澈把钥匙攥在手里，捏了捏她的脸："等你回来一起吃。"

郑好的宿舍在二楼，房间不大，陈设也很简单，好在被她布置得很温馨，浅色的窗帘、印着小雏菊的床单、黄格子桌布，屋子里到处点缀着绿植和野花。

韩澈卸下背包，仰头倒在小沙发里。暖暖的灯光洒在脸上，他长长地舒了口气。

漂洋过海，终于到家了。

洗完澡后神清气爽，韩澈收拾完行李，又给两条狗洗了个澡，吹干毛发。

一切收拾妥当，只等女主人到家。

等着等着，沙发上传来了两条狗此起彼伏的鼾声。长途跋涉过后，精力早已到达极限，韩澈脑袋越来越沉，眼皮直打架，终于扛不住了，斜靠着床头沉沉睡去。

不知过了多久，洗手间里传出淅淅沥沥的水声。

半梦半醒间，韩澈挣扎着睁开眼，看见洗手间门开了。热腾腾的雾气中，郑好裹着浴巾走了出来，弯腰在衣柜里翻翻找找。

困意顿时消散了。

韩澈悄无声息地下床，快步冲到郑好身后，不等她反应过来，一把将她拦腰抱起。

"哎——"

郑好惊呼一声，慌乱中抓起几件衣服挡住自己的上半身。她浑身都在冒热气，湿漉漉的头发粘在脸上，却遮不住脸颊上的一抹绯红。

韩澈的目光逐渐晦暗，从肩膀、到胸口、到大腿、再到脚趾，像扫描仪一样，不紧不慢地扫遍她的全身。

"喂喂！非礼勿视！"郑好窘得耳根通红，慌忙用衣服蒙住他的脸。

"这就是你的待客之道？"韩澈"啧啧"两声，"挺热情的。"

"不是……"郑好底气不足地解释，"我忘了拿换洗的衣服。"

韩澈拨开脸上的衣服，将她放在地上，双臂环抱。

"那你换吧。"他垂眸盯着她，丝毫没有要回避的意思。

郑好气急败坏地瞪着他，突然高喊一声："郑大钱！"

沙发上，郑大钱立即支起上身，一见到郑好就双眼放光，热情似火地扑了上来。

狗蛋儿也被吵醒了，迷迷糊糊地跟在它身后，绕着两人的腿打转儿。

韩澈暗暗叹气，早知道就不带这两只电灯泡了。

他思忖片刻，重新将郑好打横抱起，钻进洗手间，腿往后一勾，关上了门。

洗手间里雾气未散，郑好双手撑在水池边，韩澈从身后环抱住她，下巴搁在她的肩窝，与镜子里的她对望。

镜面覆着一层水雾，郑好的眸光渐渐涣散。

她转过头，眼前蓦地一暗，不等她做好准备，韩澈的唇已经覆了下来，鼻息温热，轻扑在她脸上，一呼一吸间浸润着沐浴过后的清冽气息。

浴巾在挣扎中松开了，郑好仓促地抓起一角，却被韩澈箍住手腕，将手指一根根掰开。

"唔……"她闷哼一声，抬起手肘抵住了韩澈，气息微喘，"那个……还没吃饭吧？你不饿吗？"

韩澈慢慢抽离了唇，低眉望着郑好，目光沉沉。

"是有点饿。"他牵起唇角，笑得不怀好意，"不过，干点体力活的力气还是有的。"

郑好紧紧攥住浴巾，提醒他："楼下在烤肉，晚了就抢光了。"

韩澈扬眉，眼里笑意渐深："家里不是有泡面吗？"

郑好沉默了几秒，踮起脚尖，唇贴在他耳边，小声说："问题是……你有那个吗?"

韩澈一愣,失笑,摇摇头。

"所以喽,"郑好轻咻他的耳朵,"咱们还是得有点安全意识。"

韩澈如过电般浑身一麻。

再度开口,他声音都哑了:"但是,你这个动作……"他咽了下口水,喉结滚动,"很危险。"

两人腻歪了半天才换好衣服下楼。

院子里支起了大灯,两只大烤炉翻腾着热浪,大块的牛肉在架子上滋滋冒油,大虾在慢慢变红,扇贝接二连三地开壳,猪肉肠也被火烤得裂开一道道小口。

烤炉前,几个外国人端着盘子有说有笑,郑好向他们介绍了韩澈,又简单寒暄了一阵,然后端着满满当当的盘子围坐在长桌边,一起喝酒聊天。

一位金发碧眼的小哥盯了韩澈半天才将视线转向郑好,语气惋惜地问道:"珍,原来你有男朋友,那我以后还能追你吗?"

韩澈转过头,微微眯起眼,目光幽幽地盯着郑好。

哟,可以啊,你桃花朵朵,我情敌遍地。

郑好被韩澈盯得浑身发毛,大呼冤枉:"我早就跟你说过了,还给你看过他的照片!"

金发小哥更委屈了:"照片太帅了,我以为你拿网上的照片来糊弄我的,谁知道是真的?"

郑好"扑哧"一笑,转头凑到韩澈耳边小声说:"看见没,你的颜值得到了南半球的认可。"

"你也不赖。"韩澈挑挑眉,"在这儿还挺受欢迎的嘛。"

"那是!"郑好扬起下巴,表情还挺骄傲,"我在哪儿不受欢迎?"

一桌人边喝酒边聊天,郑好不时插几句话,韩澈安静地听着。他们在讨论救回来的那些海鸟,大部分已经清洗干净了,暂无生命危险,但是有几只中毒较深,需要送到阿德莱德的动物医院进行治疗。

郑好跟他们聊完,跟韩澈解释道:"我明天得开车送他们,晚上回来,你一个人能行吗?"

韩澈低头切着盘子里的牛肉,淡淡地说:"没关系,你去吧。"

郑好看着他平静的脸,有些内疚,只好搂住他的肩,安慰性地拍了拍:"晚上我给你做一份旅游攻略,你明天可以在岛上转转。"

"行啊。"

郑好沉默了一会儿,低声说:"对不起啊,不能陪你。"

"没关系,真的。"韩澈看着她的眼睛,认真地说,"能见你一面,我就已经很开心了。"

顿了顿,他举起啤酒杯,灿烂一笑:"看到你终于找到了喜欢的工作,我更开心。"

郑好也笑了,举起啤酒杯跟他碰了下杯,声音清脆。

"我也很开心啊。"她仰起头,"咕噜咕噜"喝下半杯,杯子放下后,嘴上还糊着一圈泡沫,眼睛亮晶晶的,"我以前总觉得工作就是驴子拉磨,日复一日,枯燥又无聊。来到这里我才知道,原来有些工作,在让自己快乐的同时,也能让世界一点点变好。"

"就是……"郑好忽然欲言又止,凑到韩澈耳边,"赚得有点少。"

"多少?"

郑好瘪瘪嘴:"一个月两千,只能够基本开支,攒不下什么钱。"

韩澈忍不住笑了。他挺直腰背,拍拍胸脯:"财神爷这不就来了嘛。"

郑好迅速从长凳上滑下去,单膝跪地,双手抱拳,语气铿锵道:"义父在上,请受孩儿一拜!"

真是没脸没皮。

谁叫韩澈偏偏就吃这一套呢?他从小就被父母规训得板正端方,一举一动都不得逾矩。郑好却恰恰相反,完全无拘无束。他就喜欢她的离经叛道,口无遮拦,无所顾忌,仿佛什么家规和礼法都管不了她。

韩澈轻咳两声,努力憋笑,故作高冷地睨她:"还不快来给你爹揉揉肩?"

"哎!"郑好一个猛子蹦到他身上,搂住他的肩,在他脸上重重"吧唧"一口。

两人各自别开脸,傻傻地笑着。

海风晃着大灯,餐桌上光影摇曳,香味飘得满院子都是,两条狗端坐在郑好身后,等待着主人的投喂。

郑好把猪肉肠切成小块,放在纸盘里,端到小狗面前:"吃吧。"

两条狗干饭风格完全不同,郑大钱埋头苦吃、心无旁骛,狗蛋儿左顾右盼、小心翼翼,生怕有人抢食。

郑好看着它比郑大钱瘦了一圈的小身板,不禁心生怜悯。

她抬眼望向韩澈:"你是怎么得到它的抚养权的?"

"你走了之后,我又去遛过它几次,当然了,都是在大白天光明正大去的。"韩澈刻意加重语气。

郑好假装听不懂:"然后呢?"

"保安大爷见我喜欢它,说反正工地要完工了,这狗也带不走,让我干脆把它买下来。"

"多少啊?"

韩澈伸出一只手,五指张开。

郑好"啧"了一声,伸手揉了揉狗蛋儿的脑袋:"可以啊你,身价比郑大钱还贵。"

韩澈补充道:"然后托运花了六千。"

郑好倒吸一口气,惊呼:"比我的机票还贵!"

韩澈弯眸笑了笑："值得。"

晚上，两人挤在那张只有一米宽的小床上，心里有些忐忑，都在惦记着晚饭前未完成的活动。

吃完烤肉，两人溜达到了附近的便利店，拿了一堆零食和饮料。结账的时候，韩澈才遮遮掩掩地拿起一个小方盒，连型号都来不及看清。

他也没经验，先用了再说，一回生二回熟嘛。

房间里关了灯，但不是全黑，木质的百叶窗漏下一道道月光，从地板延伸到床上，映着恋人对望的双眸。

万籁俱寂，月色朦胧，气氛烘托得恰到好处。

韩澈搂着郑好，慢慢往怀里收紧，见她没有反抗，才放心俯身压上来，一路轻吮慢啄，从她光洁的额头到微颤的睫毛，再攀上小巧的鼻尖……

抵达双唇时，她仿佛等候多时，嘴唇微张，迫不及待地迎上他的吻。

唇齿纠缠，气息交融，小屋里温度渐渐上升。

只是……

床头不知何时蹿出来一团黑影，两只耳朵警觉地竖起，嘴里哈出的热气都扑到了两人的脸上。

韩澈动作一僵，瞬间清醒。他蓦地转过头，在幽暗的光线下，对上了一双圆溜溜的眼睛。

一人一狗面面相觑。

"你瞅啥？"对视几秒后，韩澈气笑了，"你绝育了，我又没有。"

另一侧床头又探出了一个圆鼓鼓的脑袋。

得，两条狗都来看热闹了。

郑好窘得不行，扯过被子捂住脸，语气哀怨："听说狗是夜视眼，咱们还是避避嫌吧。"

箭在弦上又被迫收回去，韩澈忍得额头直冒汗。

他抱着一丝侥幸心理："它们毕竟是狗，应该看不懂人类的行为吧？"

"谁说的？狗子的智商相当于三岁小孩呢。你好意思当着两个幼崽的面干这种事？"

韩澈咬咬牙，从郑好身上翻下来，四肢无力地瘫在床上。

算了，继续忍着吧，谁让这两只拖油瓶是他带来的呢？

"哎。"郑好伸手挠了挠韩澈的腰窝，试探地问，"反正睡不着，想不想出去走走？"

韩澈腾地坐起，斩钉截铁地说："走！"

十分钟后，两人并肩坐在沙滩上，身后有一片嶙峋的礁石作掩护，挡住了来自岸边小镇的灯光。

月光清亮如水,倾泻而下,沙滩被映得像雪地一样,海面上泛着粼粼的银光,海浪层层叠叠地往后退,白色银边渐行渐远。

韩澈一时有些恍惚。

一天前,他还在北半球那个全是由钢筋水泥铸成的森林里,耳畔是嘈杂的人声和机械声,电脑里是不断变换的K线图。

而现在,围绕着他的,是他梦寐以求的一切——月光、大海、夜风,还有他心心念念的姑娘。

他侧眸看向郑好,视线久久不肯挪开。

南半球的小岛刚入秋,夜晚有些冷,她只穿着一件小吊带,露出流畅的腰线,下身是一件宽松的沙滩裤,脚指头勾着一双细绳人字拖,打扮得简单而松弛。

她确实变了,以前是明媚和可爱,现在又多了一份性感,简直令他难以抗拒。

感受到韩澈凝望的目光,郑好也转过头,静静与他对视。

海风吹乱了她额前的碎发,露出一双漂亮的眼睛,瞳仁里映着莹莹的月光。

"韩澈。"她轻声开口,"真的值得吗?"

吃晚饭时,韩澈告诉了她之后的计划。

放弃国内优渥的条件,到一个人生地不熟的国家重新开始人生的后半程,不是所有人都有这样的勇气。

她可以抛下一切,因为她本来就一无所有,但他不同。

她怕他会后悔。

"当然。"韩澈望着她的眼睛,吐字清晰地说,"不管是为了你,还是为了我今后的人生,都值得。"

郑好眉头微蹙,仍有些担忧:"你新找的工作靠谱吗?给你保留一年的职位,哪家公司会这么大方?"

"放心,我做过背调。这家公司虽然成立不久,但是业绩增长很稳定。公司合伙人是我的大学学长,我给他投的简历,也说明了我的特殊情况,他很能理解。"

闻言,郑好的心稍稍放下,随即又冒出一股酸意。

精英人士找工作可真轻松,不像她,找个农场采果子的工作都要竞争上岗。

她又问:"你们公司在哪儿?"

"墨尔本。"

郑好想了想,说:"我们公司在墨尔本也有分部,我努努力,争取下半年调到那里。"

韩澈望着她,嘴角慢慢扬起。

"怎么了?"郑好摸摸自己的脸,不明白他这意味深长的笑容是怎么回事。

"真不容易啊。"韩澈感慨道。

郑好一脸茫然:"什么啊?"

韩澈慢悠悠地说:"你的未来规划里,终于有我了。"

虽然是开玩笑的口吻，但话语间的委屈，她可是听得真真切切。

想想也是，她一向没心没肺，无牵无挂，想干什么全凭自己的喜好和心情。她的人生计划里，什么时候出现过除自己之外的第二个人？

如果有，那么这个人一定很重要。

两人静默许久，在低沉的海浪声中，郑好终于开口："韩澈，我昨天做了个梦，梦见咱们在一座游乐场玩，我玩得太嗨了，一回头，发现你不见了。"

韩澈也想起自己在飞机上做的那个梦。不得不承认，他们在某些时候还真是心有灵犀。

"然后呢？"

"我就在人群中到处找你，一遍遍喊你的名字，最后，把自己给喊醒了。"郑好低下头，不好意思地笑了笑，"醒来后，我忽然觉得很难过，不该丢下你一个人去玩。"

韩澈伸出手，手指轻轻摩挲她的脸颊："我听到了你的呼唤，所以，马不停蹄地赶过来了。"

郑好抓住他的手，裹紧，神情郑重道："以后，我再也不会丢下你了。"

韩澈弯眸笑起来："丢下也没关系。不管你在哪儿，我都会来找你。"

"那就说好了。"郑好举起一只手。

韩澈慢慢敛笑，也伸出手。

两只手掌在夜色中合在一起，发出清晰的声响，像是在宣誓——

世界是一座大型游乐场，我们是彼此最好的玩伴，你负责带路，我负责跟随。

既然买票进场，就要玩得尽兴。

他们相视一笑，仰头倒在沙滩上，任由身体陷进细腻柔软的白沙里，手还紧紧牵在一起。

浩瀚星空在眼前展开，如梦似幻。

人生有一玩伴，足矣。

还有什么时刻会比此刻圆满？

半年后，又是一个春光明媚的下午，小面包车行驶在墨尔本的市区。副驾上，韩澈打开手机，给郑好导航。

郑好瞟了一眼手机，目的地在墨尔本东部的河谷区，开车得一个多小时。

"去干吗啊？"

韩澈故意卖关子："到了再说。"

郑好挑挑眉，哟，才半年就反客为主了，还跟她在这儿玩神秘。

经过一条开满蓝花楹的小路，挡风玻璃上光影摇曳，花瓣纷飞，仿佛置身于紫色的梦境之中。

韩澈一时恍惚，想起了江城的樱花，同样花团锦簇，如云似雾，洋溢着春天的浪漫气息。

有时候春天是个形容词,象征着美好、明媚、生机勃勃,有时候又像是一种心情,只要一想到春天,就感觉愉悦、轻盈、身心舒畅。

韩澈转头看着身旁的人。

她开车也不专心,一会儿抬头看天上的云,一会儿探头看路边的树,嘴里还哼着一首不知名的曲子,欢快的曲调在韩澈的心头荡漾。

所有描绘春天的词,都可以用来形容她。

此刻,她就是春天在人间的化身。

郑好跟着导航的指引,将车开到了一片空旷的山坡上,沿着长长的木栅栏一路向前,最后停在一道木门前面。

"这是什么地方啊?"郑好跳下车,望着木门旁的门牌号。

这里似乎是个农场。怎么,韩老板要雇她挤牛奶?

韩澈牵着两条狗下车,从怀里掏出一串钥匙,像回自己家一样轻车熟路地打开木门,招呼郑好:"进来看看。"

郑好愣怔了片刻,喃喃道:"不会吧?"

不会是她想的那样吧?

韩澈回头,冲她一笑:"进来啊,看看咱们的新家。"

郑好心头一震,不敢置信地望着他,愣了半晌才找回声音:"啊?"

"啊什么啊?"韩澈牵起她的手,硬拖着她往里走,"这个农场面积不大,才十五亩,没你想的那么贵。"

才十五亩?郑好对面积没什么概念,只是隐约觉得,这里应该能种不少菜。

"没多贵是多贵啊?"

韩澈淡笑道:"一百二十万澳币,换算成人民币也就五百六十万。"

也就?

郑好惊呆了。

当然,这里的房价跟国内的不能比,但五百六十万对她而言,依然是个极其夸张的数字。

花了好半天才消化这个事实,郑好的脑子仍是蒙的。她像个木头人,任由韩澈牵引着,在农场四处转悠,巡视他们的领土。

农场东侧是大片的山坡和草地,西侧有一条溪流穿过,岸边种满了樱花树。此时,樱花开得正盛,风一吹,落英缤纷,簌簌地坠入溪水中,汇成一片粉色的小径。

农场尽头坐落着一栋小楼,两人进去简单地转了一圈,里面空荡荡的,但装修保养得还不错,买一些家具就可以入住了。

这里摆沙发,那里放餐桌,墙上挂个大电视,再买两个躺椅摆在露台上晒太阳……

郑好站在空旷的客厅里,环视四周,幻想着未来的生活。

以后,这里就是他们的小窝了。

窗外是一片草地，一眼望不到尽头，郑大钱和狗蛋儿兴奋地追逐打闹着，没一会儿就跑得无影无踪了。

韩澈站在郑好身侧，见她已经出神了半天，抬手敲了下她的脑袋，笑着问："女主人，想好怎么规划了吗？"

"唔……"郑好思忖片刻，笃定地点点头，"养鸡。"

韩澈愣了愣。

他幻想中的田园牧歌生活，突然开始弥漫着一股鸡屎味。

郑好一脸兴奋，举起手刀比画道："以后，我想吃鸡就宰一只，再也不用看我妈的脸色了。"

"……行。"韩澈艰难地点头，"还有吗？"

"再挖一口池塘，把那边的溪水引进来，养点小鱼小虾和水草，平时可以游游泳、钓钓鱼。"

"嗯。"总算有点诗情画意了。

"然后再养一群鸭子。"郑好搓着手，吸溜着口水，"好久没吃啤酒鸭了。对了，再搞点小肥羊小肥牛小肥猪……"

"打住！"韩澈终于忍无可忍，出声制止，"咱们还是把重点放在农业上吧。"

畜牧业风险太大，一旦有病毒流行，就全军覆没了。

而且，一想到农场遍地是鸡鸭鹅的粪便，耳边萦绕着猪羊牛的叫唤，韩澈脑袋就开始隐隐作痛。

郑好认真想了想，猛地一拍巴掌："对，再种一排樱桃树，我喜欢吃。"

"行啊。"总算开始靠谱了，韩澈感到欣慰，"再种点柠檬树、橘子树、橙子树。"

购买农场的时候，中介告诉他这里的土壤偏酸性，适合种柑橘类的果树，东侧的山坡上还有前任农场主种的十几棵脐橙树呢。

除此之外，他心里还有个小小心愿——如果韩美丽愿意回来看他，他将用一整个金灿灿的柑橘园来迎接它。

郑好继续幻想："再种一畦韭菜，等我妈过来看我，可以包饺子给她吃。"

韩澈："……行吧。"

母女情深，可以理解。

"再沿着木栅栏种一排向日葵，这样，我们每次回家，都像是走在阳光里。"

这画面，想想都觉得很温暖。韩澈一笑："好啊。"

"如果还有空地，就种……"郑好抚着下巴，陷入了思索。

夕阳正缓缓沉入远山之间，韩澈牵着郑好的手，走到金色的余晖之中。

她冥思苦想的样子实在可爱，韩澈情不自禁地笑了，在她的头顶落下一吻。

郑好浑然未觉，还在自言自语："种什么好呢？"

种什么好呢?

种桃种李种春风,开尽梨花春又来。

反正,有这么大的家园,有那么长的余生,足够他们种下一个又一个的春天。

番外二
/ 找对了人，一切都是水到渠成 /

八月，南半球正值冬季，位于墨尔本市中心的维多利亚女王市场一如既往的热闹，叫卖声络绎不绝。

郑好一大早就驱车赶到这里，在水果摊前挨个商量，终于从一个白人大爷那儿花五十刀租了一半摊位。

她从面包车里卸下一筐筐橙子，橙子金灿灿、圆滚滚的，散发着清甜的香气，在桌上堆成了小山。

市场另一边，韩澈穿梭在美食区，负责采买郑好指定的小吃。他艰难地穿行在拥挤的人潮中，看着两旁小摊上琳琅满目的商品，耳边传来小贩们热情饱满的吆喝声，恍惚间有种回到麻雀街的错觉。

他足足花了一个多小时才买完清单上的所有小吃，急匆匆赶往蔬果区时，又顺道买了一束金合欢花枝。鹅黄色的花球明媚又可爱，让他想起了江城春天的油菜花，心里仿佛吹过一阵轻柔的风。

经过卖冰激凌的小推车时，他停住脚步，要了个芒果口味的冰激凌球。

手捧鲜花的男人在哪儿都招人喜欢，卖冰激凌的婆婆半个身子探进冰柜里，给他挖了个比拳头还大的冰激凌球，还笑眯眯地说了句："Have a nice day（祝你有美妙的一天）！"

隔着熙熙攘攘的人群，韩澈终于看见小摊后面的郑好，顿时眉开眼笑。他高高地举起鲜花，冲她挥了挥。

郑好嘴角也噙着笑意，看着他穿过人潮一步步走向自己，就像电影里的慢镜头……

她脸上的笑容更加灿烂了。

等韩澈走近，郑好从他手里接过冰激凌，舔了一大口。面上的一层融化了，变成了芒果味的奶昔，裹满了舌尖，沁入一缕温润的甜。

"生意怎么样？"韩澈放下手中的纸袋，像变戏法一样从里头依次拿出烤乳酪饼、铜锣烧、德式香肠、青口贝、烤栗子。

小摊很快被摆得满满当当，旁边的大爷看得目瞪口呆。

郑好撇撇嘴："一般般，竞争太激烈了。"

最近正是澳大利亚的脐橙上市季,他们的农场原有的十几棵脐橙树产量奇高,两人累死累活地收了一大车,发现凭一己之力根本吃不完,于是送邻居、送同事,甚至送不认识的路人,直到身边每个人都吃得小脸蜡黄,一见到他们就连连摆手,十分感激,但万分抗拒。

好好的水果总不能让它烂在车里,没办法,郑好只好带上"学徒"韩澈重操旧业——摆摊。

只可惜,这里卖橙子的太多,又不能用喇叭和音响,小贩们都练出了一副金嗓子,吆喝声洪亮有穿透力,自带立体音效,郑好的大嗓门完全斗不过他们。

郑好把冰激凌递到韩澈嘴边,韩澈低头咬了一口,芒果的香甜混合着奶酪的醇香在舌尖蔓延开来。

郑好又端起青口贝吮了一口,汤汁酸辣开胃,让她恍惚想起了与韩澈初遇的那天早上那碗热气腾腾的牛肉面。

她叹气道:"我有点想家了。"

韩澈一愣,刚想安慰几句,又听见她自言自语道:"江城的小吃又好又多又便宜,甜咸搭配永动机。光过早就有面窝米粑酱香饼,豆皮煎包热干面,烧卖藕粉糊汤粉……"

一段流畅的贯口,把韩澈都说饿了。

怀念完早餐,郑好抓起铜锣烧两三口啃完,又开始怀念江城的夜宵:"一到夏天,晚上路边到处是烧烤摊,随便一家都好吃。我们麻雀街上有家小胖烧烤,那烤猪蹄真是绝了,喷喷喷,软糯鲜香……"说着说着就开始咽口水。

韩澈笑了笑,抽出纸巾给她擦了擦嘴角,视线往下,发现她的白色衣领上溅了几滴汤汁,用纸巾使劲擦了几下,没用,只能回去洗了。

郑好收回思绪,视线垂落在自己的领口上。她揪起衣领凑到鼻子底下闻了闻,露出嫌弃神色:"噫,什么味儿啊?怪怪的。"

"还能有什么味儿?"韩澈果然中计,俯身凑到她的颈边。

他正要深深吸气,脸颊上忽然落下轻盈一吻,带着温热的气息,旋即离开。

韩澈蓦地抬眸,对上一双亮晶晶的眼,眼里闪着几分狡黠。

又是这招!

他心底瞬间漾开了蜜,别过头,抿唇憋笑,不想让她太得意,可上扬的嘴角怎么也压不住。

郑好歪着脑袋,看着他慢慢泛红的耳根,笑得肆无忌惮。

脸皮薄就是好啊,撩起来特别有成就感,就算是这种老套路,也屡试不爽。

她就喜欢他这点。

吃饱喝足,郑好把嘴一抹,撸起袖子斗志满满:"看好喽,我要开始放大招了。"

她挑出三个大小差不多的橙子在手里掂了掂,然后站到小摊前,蹲马步,提起一口气,挨个将手里的橙子高高抛起,接住,再抛起。她的手速越来越快,橙子连续不断,在空中好像连成了一个圈……

韩澈不由得睁大眼,发出一声惊叹,脑海中如弹幕般飘过一句经典台词——你还有多少惊喜是朕不知道的?

"Bravo(太棒了)!"路边有人拍手叫好。

郑好斜瞥一眼,见小摊前已经围了一圈人,心中甚是得意。果然,全世界人民都爱看热闹,免费的杂技表演可比大嗓门管用多了。

郑好转头冲韩澈使了个眼色,他心领神会,抓起一只橙子扔给她。

她飞快地腾出一只手,稳稳接住,继续抛球表演,周围的人群又爆发出一阵欢呼。

趁着围观的人多,郑好用英语吆喝道:"新鲜脐橙,2刀一袋!"

叫卖声不断,手上动作不停,她还见缝插针地冲韩澈喊:"再来一个!"

空中又飞来一只橙子,可惜这次翻了车,她接了这个丢那个,一时间手忙脚乱,橙子接二连三地落下,还有一个不偏不倚地砸在她脑门上,然后在地上滚了好远。

围观群众都很有礼貌地憋住了笑,有几个小孩还帮她四处捡橙子。

虽然闹了洋相,但宣传效果很好,小摊前聚了一圈人,韩澈半卖半送,很快清空了一大筐橙子。

等这拨客人散去,郑好把几个"光荣负伤"的橙子切开,跟韩澈分享胜利的果实。

韩澈真心佩服她:"你还真是十八般武艺样样精通。"

"那是。"郑好毫不谦虚,得意地挑挑眉,"我可是全能艺人,找了我,你算是挖到宝了,以后就等着享福吧。"

韩澈"哈哈"大笑,将她揽入怀里,下巴蹭着她的头顶,心想自己真是捡到宝了。

下午,墨尔本又刮起了妖风,顶棚被吹得"呼啦"作响,集市上渐渐冷清起来。守摊无聊,郑好靠在成堆的橙子上自拍了一张,发在姐妹聊天群里。

郑圆脸:脐橙滞销!果农都要哭了!

童梦:脐橙?你是在澳洲还是赣州啊?

她的回复一如既往,冷幽默。

谷小雨也发来一条语音:"你又在摆摊?你俩不是当大地主了吗?"说话声气喘吁吁的,似乎是在走路。

郑好叹气,也用语音回道:"啥地主啊,就是换个地方打工。今年脐橙大丰收,根本吃不完,卖都卖不动。辛辛苦苦大半年,一算收入五毛钱。"

谷小雨发了个"流口水"的表情包,又说:"吃不完给咱寄点啊!"

郑好不是没想过家乡的父老乡亲,可是一打听运费就被吓退了。韩澈也提醒她，生鲜类食品过不了海关，她只好打消了这个念头。

正想着，谷小雨的视频电话就打过来了。

郑好脸上绽开了笑容，立马接通视频。

看到屏幕中谷小雨脸色通红，额上汗涔涔的，她担心地问："这大热的天，你在外面干吗呢？这么早就出摊吗？"

江城正值盛夏，听说最高温度已经突破38℃，算算时间，此刻正是中午，想想就知道室外肯定很热。

谷小雨在路边找了片树荫，蹲下歇歇脚，又从包里掏出便携电风扇对着脖子一顿猛吹。

她向郑好解释："我之前不是说想开家饮品店嘛，昨天在网上看到有人发帖说C大小吃街上有家店铺打算转租，我就过来看看。"

谷小雨这几年靠摆摊攒了一笔钱，打算开家饮品店，可是市场上那些连锁品牌的加盟费都高得惊人，权衡之下，她决定自创一个品牌。只是进展有些缓慢，截止到目前，店名待定，店铺在找，菜单暂无。

"不错嘛！"郑好兴致勃勃地说，"那边学生多，生意肯定很好。"

谷小雨掉转镜头，屏幕里出现了一条熟悉的街道，各色招牌挨挨挤挤，高低错落，其中一家小店玻璃门紧闭，贴着招租的广告。

韩澈也饶有兴致地凑到手机前，示意道："你把镜头拉远点，我看看周围是什么情况。"

谷小雨依言举着手机缓慢地转了一圈，一边转，一边介绍："这条街有四米宽，两头都可以进来，离学校侧门大概一百米远。现在是暑假，人不多，我想尽快把店盘下来，再简单装修一下，这样正好能赶上开学。"

韩澈思忖片刻，分析道："这家店对面有一家火锅店、一家烤肉店，还有一家大排档，对于饮品店来说是优势，但是你旁边有三家品牌奶茶店，你确定能竞争得过它们吗？"

谷小雨神色一黯，叹了口气："我就是担心这个。"

韩澈继续说："做学生的生意，价格是第一位的，你想从这几家店手里抢走客源，必须要有价格优势。"他思索片刻，"这样，你可以用优惠来吸引学生，比如出示校园卡，每杯优惠两块，每杯单价控制在十二元以内。"

郑好在一旁连连点头："还有啊，价目表一定要简洁醒目！最好贴在店门口，让街对面的人一眼就能看见。"她最烦那种价格不透明的店，店员支支吾吾语焉不详，总让人疑心前方有大坑。

"这是肯定的。"谷小雨虚心受教，但对韩澈提的建议还是有些不放心，"单独给学生群体优惠，会不会让我损失其他客户啊？"

韩澈刚要开口，就被郑好抢话："不用担心！C大小吃街周围有三所大学，往远了看，江城还有百万大学生呢。得学生者得天下呵！"

谷小雨一愣，笑道："你俩还真是有默契。行，我试试看。"

顿了顿,她又说:"关于饮品,我想主打柠檬茶,一来有经验,二来周围几家店都是以奶茶为主,三来……"

"现在是夏天,柠檬茶生意更好!"郑好迅速接话,冲她眨眨眼,"你看,咱俩这才叫有默契呢。"

三个人都笑了。

郑好怀念地说:"还记得咱们当初的商业蓝图吗?创立一个品牌叫'猛男暴打柠檬茶',雇几个健身教练捶柠檬,边捶边跳舞,让大家一想到你的柠檬茶就流口水,哈哈哈!"

韩澈脸一黑,眼神幽怨地看着她。记忆的画面又浮现在脑海——在那个初春的下午,他为了卖出一杯柠檬茶,不仅卖出体力,还要出卖色相……

现在回想起来,居然不觉得羞耻,果然近 e 人者脸皮厚。

谷小雨连连摆手,说道:"你饶了我吧,我可不想开业第一天就被扫黄打非办抓走。"

两个姑娘嘻嘻哈哈胡侃一通,半小时后才挂断视频。郑好一扭头,小摊前围着几个东亚面孔的年轻人,韩澈端出两箱橙子任由他们挑选。

郑好暗暗唏嘘,这年头,什么生意都不好做啊,就连日进斗金的韩老板周末也得来菜市场打工。

她正想着,韩澈仿佛心有灵犀地回头,挥了挥刚收的两张纸币,冲她挑眉一笑。

瞧他那得意样儿……郑好"嗤"一声,别过头不理他,嘴角的笑却怎么也收不住。

转眼就到了农历新年,墨尔本的街头也洋溢着新春的喜庆气息。郑好坐在车里,看着绿树繁花下的一盏盏红灯笼,觉得挺新奇:"我还是第一次在夏天过年呢。"

前几年过年,他们都会回到江城,今年则换了个新玩法——他们正驱车前往机场,准备迎接亲朋好友的大驾光临。

等了一个多小时,终于看到了熟悉的面孔。

走在最前头的是冯玉兰,她戴着墨镜,踩着高跟鞋,昂首阔步,走出了超模的气场。

郑好的笑容刚要绽放,又僵住了。

三十多度的天气,她的母后穿了一件貂皮大衣,身后的郑青松也罕见地穿了一身西装,更奇怪的是,他走路还一瘸一拐的。紧接着是穿着小香风套装的谷小雨和童梦,两人都热得不行,边走边给自己扇风。

郑好和韩澈面面相觑,互相打量着对方。

对比亲友们的隆重登场,他俩穿得就太随意了,T恤短裤松松垮垮,看起来像在江城地铁站里纳凉的爹爹婆婆。

"超模"冯玉兰翘首张望一圈,终于发现了接机人群中的郑好和韩澈——这两人都被澳大利亚的阳光晒得黢黑,像挖了三年的煤,她差点没认出来。

"哎哟!我的好好啊!"她激动地大喊一声。

"妈!"郑好也张开双臂迎了上来,一把抱住那厚厚的貂皮大衣,感觉浑身的汗都被粘住了。

她调侃道:"冯女士,你是不是飞反了?这里是土澳,不是戛纳。"

郑青松也抱了抱女儿,又跟韩澈颇为正式地握了握手。

韩澈注意到他的走路姿势,关切地问:"您的腿怎么了?"

"还说呢。"郑青松瞥了眼冯玉兰,一脸无奈,"她自己盛装出席就行了,非要逼着我穿新买的皮鞋,十几个小时的飞机啊,我的脚肿得跟白萝卜一样!"

童梦叹气:"阿姨说这叫仪式感。第一次来探亲,必须展现亲友团良好的精神风貌。"

"喏,这套衣服还是她买的呢。"谷小雨给郑好展示自己这一身装扮,"好看是挺好看,就是太热了!"

郑好哭笑不得,正要打趣几句,突然发现不对劲——冯玉兰已经抱了她好半天了,肩膀还微微颤动着,似乎在哭。

这可把郑好吓得不轻,她急声问道:"妈,你哭啥啊?太久没见,想我了?我一年回三趟家,还经常跟你视频聊天,昨天打电话还好好的,这是怎么了?"

冯玉兰抬起头,一副泫然欲泣的模样,抽抽搭搭道:"我的鸡,十几只鸡啊,我养了大半年,呜……"

说的啥啊?郑好向郑青松投去疑惑的目光。

郑青松叹气道:"你妈给你带了十几只鸡,都杀好了,装得严严实实的,结果过安检的时候不让带,全给没收了。"他抠了抠耳朵,颇为无奈,"飞机上听她念叨了一路,耳朵都起茧子了。"

原来是为这事啊……

郑好松了口气,觉得好笑又心疼,心疼那些没有完成使命的鸡,更心疼爸妈。老两口很少出国,不清楚海关的规定也情有可原。也怪她没有提前提醒他们,生鲜类食物是禁止出入境的。

"没事儿。"郑好拍拍冯玉兰的后背,安慰道,"我院子里养了十几只鸡呢,你想吃,我天天给你做。"

冯玉兰依旧闷闷不乐:"我那是正宗走地鸡,跟你养的肉鸡不是一回事。"

郑好骄傲地拍拍胸脯:"我的鸡是溜达鸡,每天徒步、健身、打架,一身腱子肉可好吃了。"

"那不一样。我的鸡吃的都是五谷杂粮,纯天然无污染。"

"我的鸡……"

"停!"郑青松终于忍无可忍,强行打断了这场莫名其妙的battle。

冯玉兰嘴角一瘪,捏了捏郑好的脸,心疼道:"我这不是怕你吃不到什么好东西嘛。你看看你,小脸黑得跟老抽似的。"她又将视线转向韩澈,"还有你啊,原本多白净好看一小伙,现在黑成这样了,这几年肯定没少吃苦。"

郑好哭笑不得:"妈,这儿紫外线强,晒黑是很正常的。而且这种肤色不好看吗?多阳光啊。"

冯玉兰摇摇头,表示难以理解。她生平憾事之一,就是年轻时迷上了"白古",到处寻找他的物料,结果发现他已经成了"黑古",一夜之间,小伙变大叔,她的追星之路就此终结。

"行了,咱们上车再聊吧。"韩澈从郑青松手里接过行李箱,招呼众人往外走。

郑好从包里掏出小镜子,盯着自己的脸,越看越发愁。她小声问韩澈:"真的像老抽吗?"

"绝对不是!"韩澈强忍住笑,摸了摸她的脸,安慰道,"顶多是生抽,放心吧。"

商务车匀速行驶在机场大道上,窗外视野开阔,大片大片的绿色让人心旷神怡。路边不时蹿出一只袋鼠,引得车内众人一阵惊呼,齐刷刷举起手机拍照。

童梦边拍边说:"听说澳大利亚有很多巨型生物,大到变态的那种。"

"对对对,我看过视频,蜘蛛有脸盆那么大,蜥蜴比鳄鱼还大,蝙蝠比人还高!"谷小雨语气浮夸,边说边比画。

郑好弯唇一笑,云淡风轻地说:"是啊,前几天下大雨,院子里还进来了一条巨型蜥蜴,被我用铁锹赶了出去。"

两个姑娘倒吸一口冷气,前排的郑青松和冯玉兰也转过头,震惊地看着她。

谷小雨愣愣地问:"真的啊?你都见过?"

郑好佯装思索,一本正经地说:"见过一些吧,比如你说的那种大蝙蝠,现在还在我家屋檐上挂着呢。"

谷小雨脸色煞白,跟童梦交换着不可置信的眼神。

童梦强装镇定,干笑两声:"这个……只要他们对人类无害,也是可以和谐共处的……对了,它们不吃人吧?"

"不吃人,只会咬人。"郑好似乎没察觉到他们脸色的变化,自顾自地说,"不过被咬一口也挺疼的,还可能有毒。"

"不会……还有蛇吧?"谷小雨弱弱地问。她听说澳大利亚蛇多,但是一想到郑好在这里生活了几年都平安无事,又觉得是自己多虑了。

郑好微微一笑:"这个你放心,我家附近有医疗站,什么类型的蛇毒血清都有。"

谷小雨:"……谢谢,有被安慰到。"

内心狂吼:放我下车!我要回家!我要回到祖国母亲的怀抱!

眼看谷小雨下一秒就要跳车逃亡,郑好终于憋不住了,"哈哈"大笑起来:

"骗你的啦,没你说的那么可怕!大蜥蜴、大蝙蝠都是我瞎编的,我也只在网上见过。"她忽地收住笑,恢复了严肃神色,"不过蛇是真多,我就被咬了三次,好在医疗站离得不远,打一针就没事啦。"

韩澈也信誓旦旦地保证:"真的没网上说的那么可怕。至今为止,我遇到过最变态的生物就是袋鼠。刚来那会儿不知道这家伙的脾气,在野外碰到了一只,想过去跟它合影,结果被它一脚踹了三米远,肋骨差点断了,从此敬而远之。"

两个姑娘目瞪口呆,唏嘘不已。

好家伙,本以为你俩神仙眷侣双宿双飞,没想到搁这儿荒野求生呢。

终于抵达郊外的农场,驶过一条开满向日葵的小道后,眼前出现了一片开着野花的草地,车里的人都打开了窗户,一阵大呼小叫:

"嚯,这些都是你家的地?这得多少亩啊?"

"啧,这块地不种点菜可惜了。"

"哇,这是什么花啊?好漂亮。"

"咦,那是郑大钱?我没看错吧,它在放羊?"

…………

终于进了屋,换鞋时,谷小雨又指着鞋柜旁立着的木棍,好奇地问:"这是干啥的?"

"哦,是这样用的。"郑好脱下鞋子,拿起棍子示范给她看,"每次出门前用它戳一戳鞋子,把里面的小动物赶出来。"

谷小雨呆呆地问:"小动物?"

"什么小蜈蚣、小蜥蜴、小蟑螂啊,就喜欢往鞋子里爬。"郑好一本正经地叮嘱众人,"你们每次穿鞋前,也记得用棍子捅一捅。"

谷小雨愣了好几秒,默默地把刚脱下的鞋又穿上了,问郑好:"你家有鞋套吗?"

她决定了,以后这双鞋就焊死在脚上,睡觉都不脱!

几人的澳大利亚之旅从明天正式开始,今天下午没啥安排,冯玉兰和郑青松在房间里补觉,童梦和谷小雨还没过兴奋劲儿,要郑好带她俩去农场四处转转。

"行啊。"郑好从储物间里搬出一筐工具,"带你们去体验一下农家乐。"

正值蓝莓成熟季,两个姑娘戴着大兜帽,穿着防晒服,在灌木丛里摘着蓝莓,恍惚间都有种漂洋过海来当劳工的被骗感。

谷小雨抹了一把颈上的汗,吐槽道:"我说你咋那么热情邀请我们来玩,包吃包住还包机票,原来是地主家里缺长工了啊。"

童梦一针见血:"果然,天下没有免费的午餐。"

"哟,大明星。"郑好抱住童梦的胳膊,冲她挤眉弄眼,"你的小保镖怎么没跟过来啊？"

童梦往嘴里扔了颗蓝莓："大过年的，总得让人休息几天吧。"

郑好和谷小雨相视一笑，发出"哟哟哟"的怪叫。

去年，青蓝乐队创作的新歌被一个大网红翻唱，一夜之间成了抖音神曲，这支乐队也因此声名鹊起。又酷又飒的御姐鼓手更是火出了圈，收获了一批妹妹粉。

在那之后，演出和商业合作接踵而至，童梦将女装店转手，跟着乐队天南海北地跑商演，开livehouse（现场音乐场所），参加各种音乐节。

与此同时，童梦跟小路的关系也越来越暧昧。谷小雨不止一次在深夜关店回家时撞上两人在楼下腻腻歪歪，她赶紧拍下第一手物料跟郑好爆料。

面对两姐妹旁敲侧击的打探，童梦故作高冷："现在私生饭比较多，他主动提出要当我保镖，也是为了咱们的安全考虑。"

就差把"欲盖弥彰"四个字写脸上了。

郑好津津有味地吃瓜的同时，也不禁感叹：谁能想到呢，一向笃信"远离男人保平安"的童梦居然会对一只"小奶狗"失去抵抗力，而当初"恋爱脑"的谷小雨现在却成了拼事业的女老板。

人生的际遇真是奇妙啊。

"哎，对了，你那家店生意怎么样？"郑好看向谷小雨。

提起自己的小店，谷小雨神色有掩不住的骄傲："还行，半年就回本了，每个月的收入还挺稳定的，比起之前风吹日晒还得抢摊位，已经好太多了。我就是有点担心……"她又想到什么，笑意渐敛，叹了口气，"毕竟是干个体户的，得靠自己打拼，万一……"

万一出现竞争者，万一老客户喝腻了，万一小吃街拆迁……不确定因素太多了，她每每想到这些总会发愁。

"傻。"郑好伸手揉了揉谷小雨紧锁的眉头，又往她嘴里塞了一把蓝莓，安慰道，"不要为还没发生的事焦虑。

"这世上有千百种人，千百条路，就像排列组合一样，你得一次次试错，才能找到自己最喜欢的、最适合的那条路。"

远处的草地上，郑大钱在撒欢打滚，狗蛋儿追在几只小羊身后，将它们往羊圈里赶。夕阳悬在天边，晕染出一片绯红橘黄，给灌木丛笼上了一层朦胧的金辉。

郑好向着夕阳，目光柔和却坚定："如果找到了，就放心大胆地去走吧。"

韩澈和郑好带着亲友们在墨尔本玩了一周，打卡了大大小小的景点，今天坐蒸汽小火车穿越丛林，明天去大洋路兜风看海边落日，后天又去他们摆摊的维妈市场品尝世界各地的美食……

虽然有各种防晒装备加持，大家还是不可避免地黑了几个色号。到最后，

— 341 —

连冯玉兰也放弃挣扎了,遮阳伞一扔,尽情享受澳大利亚阳光的热情拥抱。

旅程的最后一天,冯玉兰又穿上了落地时那身贵妇装,站在镜子面前给自己脸上疯狂扑粉,把一旁正在系领带的郑青松呛得直咳嗽。

其他人都换上了最正式的衣服,连两条狗都系上了黑色领结。郑好也难得地扮起了优雅,穿了一条白色吊带刺绣长裙,头发烫了微卷,随性地散落在肩头,跟穿着深色西装的韩澈并肩站在一起,这画面,美得像是电影海报。

最后一站,他们去了位于墨尔本东区的旧财政大楼。

这栋文艺复兴风格的大楼外观华丽,气势宏伟,台阶上有不少游人在拍照打卡,然而他们却无心停留,跟等候在门外的华人摄影师碰了个头后,便直奔大厅而去。

一个月前,韩澈和郑好上传了结婚意向书,预约了登记日期。今天,他们来到这里,除了签署各种法律文件外,还要举办一场小小的婚礼宣誓仪式。

一行人被带进一个小房间,在证婚人的主持下,韩澈和郑好各自念了一段简短的英文誓词,然后交换戒指。

掌声响起,他们拥抱在一起,浅浅地接了个吻。

郑青松低下头,偷偷抹着眼泪。

冯玉兰拿胳膊肘捅捅他,小声嘀咕:"你哭啥?他们叽里呱啦说些什么呢?你听得懂?"

"你管我听不听得懂呢,我就想哭,不行吗?"郑青松红着眼,像小孩一样耍起了脾气。

"哎,行吧行吧。"冯玉兰从包里抽出纸巾递给他,嘟囔道,"我都还没哭呢……"

她想起一个月前,郑好打来视频,跟他们提起结婚的事,郑青松嘴上说着"你喜欢就好,爸妈没意见",挂断视频后,却一个人蹲在院子里抽了半宿的烟。

当时,冯玉兰还笑话他:"你不是说那小伙子挺不错的嘛,怎么,又反悔了?"

郑青松郁闷地吐着烟雾,唉声叹气地说:"别人家的孩子再好,也比不上我家小好好。"

如今,这么好的姑娘突然要嫁人了,他万分不舍,也不得不接受,只能安慰自己,闺女一向聪明有主见,她选的人,肯定不会错。

仪式结束后,一行人带着两条狗去了附近的公园拍照留念。

韩澈和郑好凑到一起,趁着拍照的空隙嘀嘀咕咕。

"我妈在江城订好了酒席,下个月十号,二十桌呢。"

"下个月?婚礼上一堆事要筹备,来得及吗?现在就得订机票了吧?"

"咱们不用参加。这婚礼就是走个形式,把之前送出的份子钱收回来。"

"……咱妈可真会过日子。"

郑好又想起一件事："对了，你还记得我那个坟头草前男友吗？咱俩合起来给他送了一千二呢！"

韩澈一脸黑线："还惦记着人家呢？该不会是想……"

"对咯！"郑好一拍巴掌，笑容奸诈，"我给他发个通知，来不来随他，但该交的份子钱一分不能少。"

"你还有他微信呢？"韩澈语气里有几分醋意。

郑好笑嘻嘻道："早拉黑了，不过可以再放出来嘛。他要是装死，我还有他老婆的微博、他老婆备胎的微信，掘地三尺也要把他挖出来！"

好复杂的人际关系……

而且，前男友这玩意儿不是早就埋了吗？动不动就刨人家坟，也不怕诈尸。

他们正要继续讨论，摄影师又举起相机，吆喝道："来，看镜头！新郎新娘不要交头接耳。"

两人赶紧闭嘴，重新挂上笑容。

趁着摄影师低头检查照片的空当，韩澈又跟郑好商量道："咱们在墨尔本再办一场正式的婚礼吧，到时候把你家亲戚朋友都请过来。"

郑好蓦地抬头，睁大眼睛："都请过来？你要包机啊？你知道要多少钱吗？就为了一场婚礼，值得吗？"

"我要这么多钱有什么用？不就是给你花的？"韩澈笑了笑，低下头，覆上她的唇，"你开心了，就值得。"

新人拍得差不多了，摄影师又招呼大家："来，所有人站成一排，咱们拍张合影。"

拍全家福的过程就像小学生课堂，摄影师接连拍了几张都不太满意。他低着头一遍遍调整相机参数，趁着这个空当，几个人又开始窃窃私语。

冯玉兰看见郑青松通红的眼眶，忍不住笑话他："咋又哭了呢？闺女结个婚你都哭三回了，跟水龙头一样。"

郑青松装模作样地打了个哈欠："哭啥哭啊，我这是困了，昨晚没睡好。"

冯玉兰"嗤"一声："得了吧，我还不知道你，眼窝子浅。赶紧擦擦吧，闺女看见该笑话你了。"说完又抖了抖貂皮大衣的衣襟，给自己扇风，嘟囔，"啥时候能拍完啊？热得我妆都花了。"

这下轮到郑青松笑话她了："啧啧，三十多度的天，非得穿这身衣服，也不怕中暑……"

谷小雨一向话多，拍照时却非常沉默。童梦揽着她的肩，问："还好吗？怎么感觉你也要哭了？"

"没什么，就是心情有点复杂。"谷小雨呼出一口气，"就像看到女儿出嫁，替她高兴，又觉得心里空落落的。"

童梦也是同样的心情。

有些人，只有在离开后，你才会意识到她的好。但郑好不一样，她的存在本身就是一件美好的事。

她像小狗一样，有着赤诚的情感和饱满的情绪，会在冬夜里温暖着你，在低谷时支撑着你，在孤独时陪伴着你。

她真的特别好，好到让童梦觉得谁都配不上她。

童梦斜瞥着身边的韩澈，突然想揍他一顿。

她把指关节摁得"咔咔"响，暗暗骂道：你小子真是好福气，好好待她，不然我这沙包大的拳头，追到天涯海角也要砸到你头上。

韩澈对身边的危机浑然不觉，还在跟郑好商量婚礼的细节："你想在哪儿办，教堂、草地，还是海边？"

郑好不假思索道："就在咱们农场办呗，日子嘛……"她想了想，"就定在秋天吧，到时候果子都熟了，正好带大家一起摘，也省了雇工人的钱。"

"……你还真会过日子。"韩澈哭笑不得，又想到墨尔本的妖风，不免担忧，"户外婚礼容易出岔子。上次我同事艾瑞克结婚，你还记得吧？桌布被风掀翻了，三层蛋糕只剩下一个底座，新娘都气哭了。"

郑好笑道："婚礼不就是亲朋好友聚在一起办个主题party嘛，最重要的是玩得开心，刮风下雨也可以很浪漫啊。"

韩澈则考虑得更长远："结婚毕竟是人生大事，你难道不希望这天是完美的吗？以后回忆起来，也会觉得很幸福。"

"确实是大事，可是它的大，不在于婚礼的排场有多大、宾客有多少、蛋糕有多高、婚纱拖尾有多长，只在于要跟你结婚的那个人。毕竟婚礼结束后的日子，就是我们两个人过了。"郑好挽住韩澈的胳膊，扬起下巴望着他，眼里漾着笑意，"找对了人，一切都是水到渠成。"

终于调整好镜头参数，摄影师抬头一看，这帮人还聊得火热呢，就连前面的两条狗也在"嗷嗷呜呜"，仿佛在商量待会儿去哪里玩。

交头接耳，闹闹哄哄，没一个省心的。

摄影师叹了口气，刚要高喊一声，忽然心念一动，举起手中的相机，捕捉下了这一幕——

斑驳的阳光透过枝叶缝隙洒落在他们脸上，每张脸都笑得那么生动鲜活，比刚刚摆拍的那几张自然多了。

不错不错，今天的任务圆满完成。

摄影师手臂一挥，五指在空中握成拳："收工！"

- 全文完 -